线装典藏

唐宋八大家集

册一

明·茅坤 编选

U1000629

黄山书社

线装典藏

唐宋八大家集

明·茅坤 编选

册一

黄山书社

总序

中华文明的历程，源远流长，据地下出土的实物考证，迄殷商之际，就已经出现文明起源的标志——文字。此种文字，或刻于甲骨，或铭于青铜，概因材料限制，所记史事无不约略而简明。春秋时期，简牍出现，而后缣帛流传于世。但仍未步入寻常百姓家。直到纸张的出现，典籍才真正扩大了传播的范围。

璀璨的中华民族文化典籍，先后在这些载体中延续，为后世留下了一笔宝贵的精神财富。延至唐代，雕版印刷术的发明，加快了典籍的传播进程。有宋以来，活字印刷术的出现，使大批量典籍的印制成为可能。刻书不再为官府独有，开始扩大到民间。两宋三百余年间，刻书事业极为兴盛，据不完全统计，官私刻书竟达一万多种，而印刷数量更是以千万来计，各种名目的图书进入了百姓之家。即便元代，虽不足百年，然刻书数目也达到三千多种，蔚为可观。

然而，随着朝代更迭，『兵燹』与『祸乱』并行，各种典籍散佚极其严重，加之历代执政者焚书，传世典籍已经日趋珍稀。至明清，唐五代时期所刻典籍，如片鳞只甲，大多湮没于世；而宋元时期所刻典籍，亦所剩无多。宋版书千金难求，一旦偶获，即被奉为瑰宝。无怪乎清代版本学家、校勘学家顾广圻发出这样的概叹：『宋元本距今远者八百余年，近者不足五百年，而天壤间乃已万不一存。』

时至今日，文物古籍已成稀世之宝，多被束之高阁，藏于各大图书馆、博物馆之中。随着科技的进步，通过高超的影印技术可以把古籍准确地还原出来，让人思接千载，神游万仞。但令广大读者遗憾的是，面对这些艰涩的辞句，真能入乎其中、探骊得珠者，为数甚少。而境外诸邦，咸称中国传统文化，尊奉其为修身真理，治世良策。有鉴于此，新排古籍应运而生。这种融古今于一体的出版方式，真正适应了大众读者的需求。它采用了线装的形式，加入现代人的阐释和解读，使这些曾闪现在历史长河中鲜为人知的思想火花，呈现出绚丽的光芒，有力地推动了中华文化在海内外的传播和发展。

前言

唐宋盛世，诞生了这样八位被后世仰望的文人：他们用笔墨呼风唤雨，借作品名扬千古；他们倡导了古文运动，先秦诸子的文字与思想因此复兴；他们开创的新体古文支配文坛1000多年，其盛况余韵直至清末；他们在中国散文发展史上地位崇高，彪炳于文林……他们，被后人尊奉为『唐宋八大家』。

这八位大家，即指唐代韩愈、柳宗元，宋代欧阳修、曾巩、王安石、苏洵、苏轼、苏辙。他们之所以被人们一再地放在一起不断提及，是因为那场他们所倡导的颇具声势的古文运动。

古文运动的宗旨，是『宜师古圣贤人』。他们认为，学古文，根本上是为了学习『道』。这个道，并不是表面看来的伦常教化、道德规范，更兼指人的内在修养和人格精神。韩愈曾在文章中引用孟子的话说明，如果人格高尚、志趣充实，文章也会充实，而『充实之谓美』。

在他们笔下，先秦诸子的文化与思想，又被重新演绎得精彩出色。八大家所谓『古文』的复兴，虽然是站在他们自己的时代而言，但是追求实用性与思想性的原则，古今皆同。

为了能够让读者领悟八大家的文章神韵，领略中国古代散文的恒久魅力，我们为读者精心编辑了这本《唐宋八大家集》。书中兼顾八家，风格多样，对散文的各个文体类别——论说、书信、杂记、山水游记、赠序、书序、传记、祭文、寓言等都有涉及，所选多为八大家的代表佳作，使读者对八大家的全貌和唐宋散文的精妙一览无余。熟读这些经典美文，读者不仅可以穿越时空碰撞思想、感悟人生，而且还可以积累许多传世的文言名句，学习成功的写作方法。

为了使大众读者更轻松地欣赏古代散文，我们在书中精心设计了作者简介、注释和译文等项目。这些项目有对作者生平经历、主要著作、成就贡献的介绍；有对所选文章的艺术特色、思想内涵的精彩评论；有对文中难点、知识点的详细解释；还有对古代经典准确优美的翻译。这些项目使此书成为普通读者了解古代散文的入门佳作。

为了调节读者的阅读节奏，每隔几篇都会设有一段作者逸事。这些流传下来的小故事，或真或演，增添了读者的阅读乐趣。

唐宋八大家的散文，影响着一代又一代中国人。我们从他们那里获得的，又岂止是噙香佳句而已。随着岁月的流逝，一切都被人遗忘，他们的佳作却犹如一棵不朽的千年古木，其翠欲滴、其嗅弥香，无言地诉说着中国传统经典的博大精深与万年常青。

目录

册一

韩愈集

目录

目录

目录

目录

苏轼集

册四

目录

目录

苏辙集

韩愈集

【作者简介】

韩愈（768——824），字退之。唐代文学家、哲学家，河内河阳（今河南省孟州市）人。贞元八年（792）进士，贞元十二年（796）出任宣武军节度使观察推官，贞元十九年（803）迁监察御史，又贬为连州阳山令。后为国子博士、国子祭酒等学官。元和十二年（817），协助宰相裴度，以行军司马身份平定淮西军乱，因军功晋授刑部侍郎。又因谏宪宗迎佛骨，被贬为潮州刑史。后相继调任兵部侍郎、吏部侍郎。

韩愈因官吏部侍郎，又称韩吏部。谥号『文』，又称韩文公。在文学上他与柳宗元并称『韩柳』。他是唐代古文运动的倡导者，世称其『文起八代之衰』，位列『唐宋八大家』之首。自称郡望昌黎，世称韩昌黎，作品被收入《韩昌黎集》。

原道[①]

原文

博爱之谓仁，行而宜之之谓义，由是而之焉之谓道[②]，足乎己无待于外之谓德[③]。仁与义为定名[④]，道与德为虚位[⑤]。故道有君子小人，而德有凶有吉。

老子之小仁义，非毁之也，其见者小也[⑥]。坐井而观天，曰天小者，非天小也。彼以煦煦为仁，孑孑为义，其小之也亦宜[⑦]。其所谓道，道其所道，非吾所谓道也；其所谓德，德其所德，非吾所谓德也。凡吾所谓道德云者，合仁与义言之也，天下之公言也。老子之所谓道德云者，去仁与义言之也，一人之私言也。周道衰，孔子没，火于秦[⑧]，黄老于汉，佛于晋、魏、梁、隋之间。其言道德仁义者，不入于杨[⑨]，则入于墨；不入于老，则入于佛。入于彼，必出乎此。入者主之，出者奴之；入者附之，出者污之。噫！后之人其欲闻仁义道德之说，孰从而听之？老者曰：『孔子，吾师之弟子也。』佛者曰：『孔子，吾师之弟子也。』为孔子者，习闻其说，乐其诞而自小也，亦曰『吾师亦尝师之』云尔。不惟举之于其口，而又笔之于其书。噫！后之人虽欲闻仁义道德之说，其孰从而求之？甚矣，人之好怪也！不求其端，不讯其末，惟怪之欲闻。

古之为民者四，今之为民者六；古之教者处其一，今之教者处其三。农之家一，而食粟之家六；工之家一，而用器之家六；贾之家一，而资焉之家六。奈之何民不穷且盗也！古之时，人之害多矣。有圣人者立，然后教之以相生养之道；为之君，为之师，驱其虫蛇禽兽而处之中土。寒然后为之衣，饥然后为之食。木处而颠，土处而病也，然后为之宫室。为之工，以赡其器用；为之贾，以通其有无；为之医药，以济其夭死；为之葬埋祭祀，以长其恩爱；为之礼，以次其先后；为之乐，以宣其湮郁；为之政，以率其怠倦；为之刑，以锄其强梗。相欺也，为之符玺、斗斛、权衡以信之；相夺也，为之城郭甲兵以守之。害至而为之备，患生而为之防。今其言曰：『圣人不死，大盗不止；剖斗折衡，而民不争。』呜呼！其亦不思而已矣！如古之无圣人，人之类灭久矣。何也？无羽毛鳞介以居寒热也，无爪牙以争食也。是故君者，出令者也；臣者，行君之令而致之民者也；民者，出粟米麻丝，作器皿，通货财，以事其上者也。君不出令，则失其所以为君；臣不行君之令而致之民，民不出粟米麻丝，作器皿，通货财，以事其上，则诛。今其法曰：『必弃而君臣，去而父子，禁而相生相养之道，以求其所谓清净寂灭者。』呜呼！其亦幸而出于三代之后，不见黜于禹、汤、文、武、周公、孔子也；其亦不幸而不出于三代之前，不见正于禹、汤、文、武、周公、孔子也。

帝之与王，其号各殊，其所以为圣一也。夏葛而冬裘，渴饮而饥食，其事殊，其所以为智一也。今其言曰：『曷不为太古之无事？』是以责冬之裘者曰：『曷不为葛之之易也？』责饥之食者曰：『曷不为饮之之易也？』传曰：『古之欲明明德于天下者，先治其国；欲治其国者，先齐其家；欲齐其家者，先修其身；欲修其身者，先正其心；欲正其心者，先诚其意。』然则古之所谓正心而诚意者，将以有为也。今也欲治其心，而外天下国家，灭其天常，子焉而不父其父，臣焉而不君其君，民焉而不事其事。孔子之作《春秋》也，诸侯用夷礼则夷之，进于中国则中国之。经曰：『夷狄之有君，不如诸夏之亡。』《诗》曰：『戎狄是膺，荆舒是惩。』今也举夷狄之法，而加之先王之教之上，几乎其不胥而为夷也！

夫所谓先王之教者，何也？博爱之谓仁，行而宜之之谓义，由是而之焉之谓道，足乎己无待于外之谓德。其文《诗》、《书》、《易》、《春秋》，其法礼乐刑政，其民士农工贾，其位君臣父子、师友宾主、昆弟夫妇，其服麻丝，其居宫室，其食粟米果蔬鱼肉。其为道易明，而其为教易行也。是故以之为己，则顺而祥；以之为人，则爱而公；以之为心，则和而平；以之为天下国家，无所处而不当。是故生则得其情，死则尽其常；郊焉而天神假，庙焉而人鬼飨。曰：『斯道也，何道也？』曰：『斯吾所谓道也，非向所谓老与佛之道也。』尧以是传之舜，舜以是传之禹，禹以是传之汤，汤以是传之文武周公，文武周公传之孔子，孔子传之孟轲；轲之死，不得其传焉。荀与扬也，择焉而不精，语焉而不详。由周公而上，上而为君，故其事行；由周公而下，下而为臣，故其说长。

然则如之何而可也？曰：『不塞不流，不止不行。人其人，火其书，庐其居，明先王之道以道之，鳏寡孤独废疾者有养也。其亦庶乎其可也！』

注释

①原道：探求儒家道统之源流。

②是：指仁、义。之焉：向前走去。道：道理，此指按儒家的仁义标准去立身行事。

③足乎己：自己内心满足，心安理得。无待于外：不需要外界的任何帮助和劝慰。

④定名：事物固定的名称。

⑤虚位：空位，抽象的东西。

⑥小仁义：把仁义的内容缩小。老子认为仁义是道德被废弃后的产物。非毁之：并不是他有意诋毁仁义。其见者小也：是他的视野狭小，见识短浅。

⑦煦煦：柔顺和好的样子。此指只对亲近之人和顺。孑孑：孤独的样子，此指行为特出，与众不同。其小之也亦宜：他贬低仁义的内容就是很自然的事了。

⑧没：死。火于秦：指秦始皇焚书之事。

⑨杨：杨朱，战国时卫国著名思想家，主张『为我』。

译文

博爱叫做仁，行动合于仁叫做义，由此向前叫做道，自身具有不需凭借外物叫做德。仁和义是内容确定的名词，道和德是意义不具体的名词，所以道有君子之道和小人之道，而德有恶德和美德。

老子不重视仁义，并不是诋毁仁义，而是因为他的观念狭小。坐在井里看天的人，说天很小，其实并不是天小。他把小恩小惠当作仁，把谨小慎微认为义，他不重视仁义就很自然的了。他所说的道，是把他所认为的道当作道，不是我所说的道。他所说的德，是把他观念里的德当作德，不是我所说的德。凡是我所说的道德，是结合仁和义而说的，是天下的公论。老子所说的道德，是脱离了仁和义说的，只是他的一家之言。周道衰落，孔子去世后，典籍焚于秦，黄老学说行于汉，佛教盛行于晋、魏、梁、隋之间。那时谈论道德仁义的，不归入杨朱之学，就归入墨翟之学；不归入道学，就归入佛学。归入了那一家，就背离了另外一家。尊崇所归入的学派，就贬低所背离的学派；依从归入的学派，

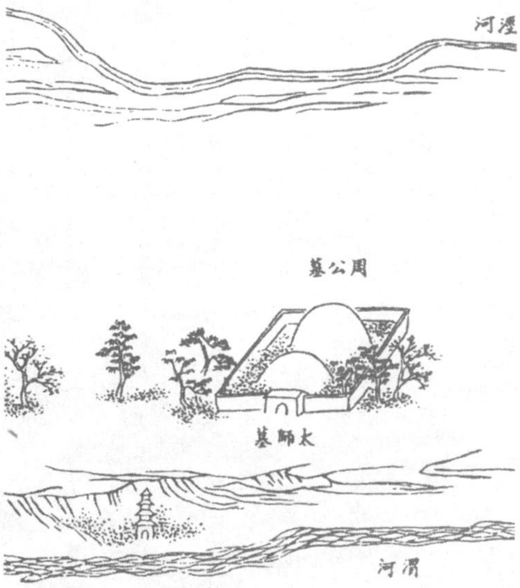

周文王陵

『由周公而上』指周公以前的尧、舜、禹、汤、周文王、周武王等。

就污蔑反对的学派。唉！后世的人想了解仁义道德的学说，应该听从谁呢？尊崇道家的说：『孔子是我们老师的弟子。』尊崇佛家的也说：『孔子是我们老师的弟子。』研究孔学的人，听惯了那些话，乐于接受他们的荒诞言论而轻视自己，也说『我们的老师曾向他们学习』。不仅在口头说，而且写进书里。唉！后世的人即使要想了解仁义道德之说，又该向谁去请教呢？人们喜欢听古怪的说法，真是太过分了！他们不探求起源，不考察结果，只喜欢听怪诞之说。

古代的人民分为四类，今天的人民有了六类。古代负有教育人民的任务的，占其中之一，今天却占其中之三。务农的一家，要供应六家的粮食；务工的一家，要供应六家的器用；而经商的一家，也要服务于六家。人民怎能不因穷困而去偷盗呢？古时候，人民遭受的灾害很多。有圣人出来，才教给人民互相提供生活的资料和条件，做他们的君王或老师。驱走蛇虫禽兽，使人们在中原安居。天冷就教他们做衣裳，饿了就教他们生产粮食。住在树上容易掉下来，住在洞里容易生病，于是就教导他们建造房屋。又教他们做工匠以供应生活用具；教他们经营以流通货物；教他们医药知识以拯救夭亡的人；制定葬埋祭祀的制度，以增进人们的恩爱感情；制定礼节，以区分尊卑秩序；制作音乐，以宣泄心中的郁闷；

制定政令，以督促倦怠之人；设立刑罚，以铲除那些强暴之徒。有人互相欺骗，又制作符节、印玺、斗斛、秤尺作为凭信。有人争夺抢劫，于是设置了城池、盔甲、兵器来守卫。灾害要来了就做好准备，祸患将发生就及早防范。现在道家说：『圣人不死，大盗便不会停止。砸掉斗斛，折断秤尺，人民就不会争夺。』唉！这都是未经思考的话罢了。如果古代没有圣人，人类早已灭绝。为什么呢？因为人们没有羽毛鳞甲以适应寒暑，也没有坚牙利爪来夺取食物。因此，君王是发布命令的；臣子是执行君王的命令并实行于民众之中的；百姓是生产粮食、丝麻，制作器物，流通财货以供奉在上的统治者的。君王不发布命令，就丧失了做君王的资格；臣子不执行君王的命令并实行于民众之中，就失去了做臣子的资格；百姓不生产粮食、丝麻、制作器物、交流商品来供应在上统治的人，就要受责罚。现在佛家的法规说，一定要抛弃你们的君臣之义，消除你们的父子亲情，禁止你们相生相养的办法，以便追求他们所谓的清净和寂灭。哎呀！他们也幸而出现在三代之后，才免于被夏禹、商汤、周文王、周武王、周公、孔子贬斥。他们又不幸而没有出现在三代以前，没能受到夏禹、商汤、周文王、周武王、周公、孔子的教导。

五帝与三王，名号虽不相同，但他们成为圣人的原因是一样的。夏天穿葛衣，冬天穿皮衣，渴了喝水，饿了吃饭，这些事情虽然不同，但它们都是人类的智慧。如今道家说：『为什么不实行远古的无为而治呢？』这如同责怪冬天穿皮衣的人们：『为什么不穿简便的葛衣呢？』或者责备饿了吃饭的人们：『为什么不光喝水，那多方便？』《礼记》说：『在古代，想要将他的光辉道德发扬于天下的，先要治理好他的国家；要治理好他的国家，一定要先整顿好他的家庭；要整顿好他的家庭，必须搞好自身的修养；要进行自我修养，必须先端正心志；要端正心志，先要具有诚意。』因此，古人所谓正心和诚意，是为了有所作为。现在有些人想修身养性，却弃天下国家于不顾，灭绝天性，做儿子的不把父亲当作父亲，做臣子的不把君主当作君主，百姓不做他们该做的事。孔子作《春秋》，把采用夷狄礼俗的视为

解网施仁

商汤仁义，将捕鸟的网解开三面，只留一面。人们认为他的仁义能够惠及人民，纷纷归商。

夷狄；把采用中原礼俗的诸侯视为中国人。《论语》说：『夷狄虽有君主，也不如中国的没有君主。』《诗经》说：『应当攻击夷狄，惩罚荆舒。』现在，却尊崇夷礼之法，将其置于先王的政教之上，那么即使我们不是夷狄，又相差多少呢？

所谓先王的政教，是什么呢？就是博爱即称之为仁，合乎仁的行动叫做义。由此向前进就是道。自身具有不需凭借外物叫做德。与其相关的书有《诗经》、《尚书》、《易经》和《春秋》。相关的方法是礼仪、音乐、刑法、政令。其人民是士、农、工、商，其伦理次序是君臣、父子、师友、宾主、兄弟、夫妇，其衣服是麻布、丝绸，其居处是房屋，其食物是粮食、瓜菜、鱼肉。它们作为理论是易懂的，它们作为教育是易施行的。所以，用它们修身，就和顺吉祥；用它们待人，就博爱公正；用它们修养内心，就和谐而宁静；用它们来治理天下国家，就没有不恰当之处。因此，人活着就能感受到它们赋予的情谊，死了就是正常结束了人生。祭天，则天神降临，祭祖，则祖先的灵魂来享用。如有人问：『这个道，是什么道呀？』我说：『这是我所说的道，不是刚才所说的老子和佛家的道。这个道是从尧传到舜，舜传给禹，禹传给汤，汤传给文王、武王、周公，文王、武王、周公传给孔子，孔子传给孟轲，孟轲死后，没有再传下去。

荀卿和扬雄，有所选取但选得不精，有所谈论但不全面。从周公以上，继承的都是居上从位为君王的，所以儒道能够实行；从周公以下，继承的都是在下为人臣的，所以其学说能够流传。

那么，怎么办才行呢？我以为：『不堵塞便不能流畅，不禁止便无法实行。必须把僧道还俗为民，烧掉佛经道书，把佛寺、道观改成民房。阐明先王之道以教导人民，使鳏夫、寡妇、孤儿、老人、残废人、病人都能得到赡养，这样也就差不多了吧。』

说明

此篇是韩愈表达复古崇儒、排斥佛老观点的作品。『原道』就是探求『道』的含义。作者在文中提出了自己对『道』的理解，反对佛学『清静寂灭』之道。文章观点鲜明，对历史、社会生活等方面进行分析，驳斥佛老，阐述尊儒的宗旨。

原毁[1]

原文

古之君子，其责己也重以周[2]，其待人也轻以约[3]。重以周，故不怠[4]；轻以约，故人乐为善。闻古之人有舜者，其为人也，仁义人也。求其所以为舜者，责于己曰：『彼，人也；予，人也。彼能是，而我乃不能是！』早夜以思[5]，去其不如舜者，就其如舜者。闻古之人有周公者，其为人也，多才与艺人也。求其所以为周公者，责于己曰：『彼，人也；予，人也。彼能是，而我乃不能是！』早夜以思，去其不如周公者，就其如周公者。舜，大圣人也，后世无及焉。周公，大圣人也，后世无及焉。是人也，乃[6]曰：『不如舜，不如周公，吾之病也。』是不亦责于身者重以周乎[7]！其于人也，曰：『彼人也，能有是，是足为良人矣[8]；能善是[9]，是足为艺人矣。』取其一，不责其二，即其新，不究其旧，恐恐然惟惧其人之不得为善之利。一善，易修也。一艺，易能也。其于人也，乃曰：『能有是，是亦足矣。』曰：『能善是，是亦足矣。』不亦待于人者轻以约乎！

今之君子则不然，其责人也详，其待己也廉。详，故人难于为善；廉，故自取也少。己未有善，曰：『我善是，是亦足矣。』己未有能，曰：『我能是，是亦足矣。』外以欺于人，内以欺于心，未少有得而止矣，不亦待其身者已廉乎。其于人也，曰：『彼虽能是，其人不足称也；彼虽善是，其用不足称也。』举其一不计其十，究其旧不图其新；恐恐然惟惧其人之有闻也。是不亦责于人者已详乎！夫是之谓不以众人待其身，而以圣人望于人，吾未见其尊己也！

虽然，为是者有本有原，怠与忌之谓也。怠者不能修，而忌者畏人修。吾尝试之矣。尝试语于众曰：『某良士，某良士。』其应者，必其人之与也；不然，则其所疏远，不与同其利者也；不然，则其畏也。不若是，强者必怒于言，懦者必怒于色矣。又尝语于众曰：『某非良士，某非良士。』其不应者，必其人之与也；不然，则其所疏远，不与同其利者也；不然，则其畏也。不若是，强者必说于言，懦者必说于色矣。是故事修而谤兴，德高而毁来。呜呼！士之处此世，而望名誉之光，道德之行，难已！

将有作于上者，得吾说而存之，其国家可几而理欤！

注释

①原：推究。毁：毁谤。

②责己：要求自己。重：严格。以：连词，相当于『而』。周：全面。

③轻：宽容。约：简要。

④不怠：不怠慢。

⑤早夜以思：早上晚上都在思考。

周公旦　周文王姬昌第四子，西周初期杰出的政治家、军事家和思想家。因采邑在周，称为周公。

⑥乃：就，便。

⑦是不亦：这不就是。身：自身。

⑧良人：良好的人。

⑨善是：擅长做这个。

译文

古代的君子，要求自己严格而全面，要求别人宽容而简单。严格而全面，所以从不懈怠；宽容而简单，所以都愿多做好事。听说古人中有个叫舜的，他的为人，是个仁义的人；寻求舜所以成为舜的原因，对应来要求自己：『他是人，我也是人；他能如此，而我却做不到！』早晚都在思考，去掉那些不如舜的地方，效仿舜的方法做事。听说时候有个周公的，从行事看，是个多才多艺的人；寻求周公所以为周公的原因，对应来要求自己：『他是人，我也是人；他能如此，而我却做不到！』早晚都在思考，去掉那些不如周公的地方，仿效周公的方法做事。舜，是大圣人，后人无法赶上他。周公，是大圣人，后人也无法赶上他。这人就说：『不如舜，不如周公，这是我的缺陷。』这不就是对自己要求严格而全面的体现吗？可是对待别人就说：『那个人，能做到这些，就够得上一个善良的人了；能擅长这些事，这就够得上是个有才艺的人了。』取他的一个方面，不苛求其他方面；只看他现在的表现，不追究他的过去，提心吊胆地唯恐那个人得不到做好事的益处。一件好事容易办到，一种技艺容易掌握，于是他对别人说：『能做到这些，就够了。』又说：『能擅长这些，就够了。』这不就是对待他人宽容而简单吗？

如今的君子却不是这样，他们要求别人很细致，要求自己却很少。对人要求细致了，所以人们很难做好事；要求自己少，自己的进步就少。自己没有做好事，却说：『我有做到这点，这也就够了。』自己没什么才艺，就说：『我擅长一点，也就足够了。』对外欺骗别人，对内欺骗自己的良心，还没有什么进步就停止了，不是要求自己的太少的表现吗？对待别人，就说：『他虽然才能这样，但他的为人不值得称道。他虽然擅长这些，但这本领并不值得赞美。』抓住某一点来批评，却不考虑他人其他的优点，追究他从前的错误，不注重他的现在表现，提心吊胆地唯恐他人有了名望，这不也是要求别人太细致了吗？这就叫做不用一般人的标准衡量自己，却用圣人的标准苛求别人，我看不出他这是尊重自己。

即使如此，这样做的人也有他的思想根源，那就是懒惰和嫉妒。懒惰的人不提高修养，而嫉妒的人就害怕别人进步。我曾经试着对众人说：『某某是个贤良之人，某某是个贤良之人。』赞成的人，一定是那个人的朋友；否则，就是同他不亲近，与他没有利害关系的人；再不，就是害怕他的人。如果不是这样，强硬的人一定会生气地说出反对的话，懦弱的人一定会显示反对的脸色。我又曾经试着对众人说：『某某不是好人，某某不是好人。』那些不赞成的人，一定是那人的朋友；否则，就是同他不亲近，没有利害关系的人；再不，就是害怕他的人。如果不是这样，强硬的人一定高兴地说出赞成的话，懦弱的人一定会显示高兴的脸色。所以，事情做成了，诽谤也就跟着来了，声望提高了，诬蔑也随之而至。唉！读书人处在当今之世，希望名誉昭著，道德推广，真是太难了。

身居高位而希望有作为的人，听到我所说的这些道理而牢记它，那他差不多就可以把国家治理好了吧。

说明

相互毁谤是道德败坏的表现，本文即是探求毁谤产生的原因。作者认为，毁谤产生于对自身修养的懈怠和对他人优点的嫉妒，指出了按君子之德的要求，一个人应该怎样对待自己和他人，并以与不符合这一标准的行为相对照，说明其原因和害处。

潮州韩文公庙碑

原文

匹夫而为百世师，一言而为天下法，是皆有以参天地之化，关盛衰之运。其生也有自来，其逝也有所为。故申、吕自岳降[①]，傅说为列星[②]，古今所传，不可诬也。孟子曰：『我善养吾浩然之气。』是气也，寓于寻常之中，而塞乎天地之间。卒然遇之，则王、公失其贵，晋、楚失其富，良、平失其智，贲、育失其勇，仪、秦失其辩。是孰使之然哉？其必有不依形而立，不恃力而行，不待生而存，不随死而亡者矣！故在天为星辰，在地为河岳，幽则为鬼神，而明则复为人。此理之常，无足怪者。

自东汉以来，道丧文敝，异端并起。历唐贞观、开元之盛，辅以房、杜、姚、宋而不能救。独韩文公起布衣[③]，谈笑而麾之，天下靡然从公，复归于正，盖三百年于此矣。文起八代之衰，而道济天下之溺，忠犯人主之怒，而勇夺三军之帅。岂非参天地、关盛衰，浩然而独存者乎？

盖尝论天人之辨：以谓人无所不至，惟天不容伪。智可以欺王公，不可以欺豚鱼；力可以得天下，不可以得匹夫匹妇之心。故公之精诚，能开衡山之云，而不能回宪宗之惑；能驯鳄鱼之暴，而不能弭皇甫镈、李逢吉之谤；能信乎南海之民，庙食百世，而不能使其身一日安于朝廷之上：盖公之所能者天也，其所不能者人也。

始潮人未知学，公命进士赵德为之师，自是潮之士，皆笃于文行，延及齐民，至于今，号称易治。信乎孔子之言：『君子学道则爱人，而小人学道则易使也。』潮人之事公也，饮食必祭，水旱疾疫，凡有求必祷焉。而庙在刺史公堂之后，民以出入为艰。前守欲请诸朝作新庙，不果。元祐五年，朝散郎王君涤来守是邦④，凡所以养士治民者，一以公为师，民既悦服，则出令曰：『愿新公庙者，听。』民欢趋之，卜地于州城之南七里，期年而庙成。

或曰：『公去国万里而谪于潮，不能一岁而归，没而有知，其不眷恋于潮，审矣！』轼曰：『不然。公之神在天下者，如水之在地中，无所往而不在也。而潮人独信之深，思之至，焄蒿凄怆，若或见之。譬如凿井得泉，而曰水专在是，岂理也哉！』

元丰七年，诏封公昌黎伯⑤，故榜曰『昌黎伯文公之庙。』潮人请书其事于石，因作诗以遗之，使歌以祀公。其辞曰：

公昔骑龙白云乡，手抉云汉分天章⑥，天孙为织云锦裳⑦。飘然乘风来帝旁，下与浊世扫粃糠。西游咸池略扶桑⑧，草木衣被昭回光。追逐李、杜参翱翔，汗流籍湜走且僵⑨，灭没倒景不能望。作书诋佛讥君王，要观南海窥衡湘，历舜九嶷吊英皇。祝融先驱海若藏，约束蛟鳄如驱羊。钧天无人帝悲伤，讴吟下诏遣巫阳。犦牲鸡卜羞我觞，於粲荔丹与蕉黄。公不少留我涕滂，翩然被发下大荒。

注释

①申、吕：指申伯、吕侯。

②傅说：《庄子·大宗师》说傅说『乘东维，骑箕尾，而比于列星。』

③韩文公：韩愈，字退之，谥文，世称韩文公。

④朝散郎：七品文官。

⑤昌黎伯：韩愈的远祖籍在昌黎，因而被封为昌黎伯。

⑥云汉：指银河。天章：指天上的日月星辰。

⑦天孙：织女，是天帝之孙。

⑧咸池：传说中太阳沐浴的地方。

⑨偃：仆倒。

译文

一个普通人能够成为百代的榜样，一句话却成为天下行为的准则。这是因为他们可以参助天地化育万物，也关系到国家的兴衰。他们的降生在世上是有来历的，他们的逝世也是有原因的。所以，申伯、吕侯由高山五岳神气降生，傅说死后成为天上的列星，从古到今传颂的事情，是不可否认的。孟子说：『我善于修养我的浩然之气，并将其充满于天地之间。』突然遇上它，相比之下，王公贵族就会失去他们的尊贵，晋楚大国就显示不出他们的富有，张良、陈平就会失去他们的智慧，孟贲、夏育就会失去他们的勇力，张仪、苏秦就会失去他们的辩才。是什么原因使它这样呢？必定有一种不依附形体而成立，不依靠外力而运行，不等待出生就存在，不随着死亡就消逝的东西。这种东西，在天上就成为星宿，在地下就化为河川山岳；在阴间就化为鬼神，在阳世就变成了人。这个道理很普通，不值得奇怪。

自从东汉以来，道德沦丧，文风败坏，各种邪说一齐出现。经历了唐代贞观、开元时期的盛世，依靠房玄龄、杜如晦、姚崇、宋璟等贤臣辅佐，仍不能挽救。只有韩文公从普通人里崛起为文坛领袖，在谈笑间一挥手，天下人纷纷追随他，使思想和文风又回归正道，到现在已经三百年了。他的文章挽回了八代以来衰败的文风，他对儒道的宣扬拯救了天下人心的沦丧，他的忠诚曾触发了君王的恼怒，他的智勇能折服三军的主帅：这难道不是参助天地化育万物，关乎国家盛衰，独立存在的浩然之气吗？

我曾谈到天道和人事的区别：认为人没有做不到的事，只是天容不得人作伪。人的智谋可以欺骗王公，却不能欺骗豚鱼；人凭借武力可以取得天下，却不能得到普通百姓的心。所以文公的专心诚意，能够驱散衡山上的乌云，却不能够解开宪宗的执迷；能够驯服残暴的鳄鱼，却不能够制止皇甫镈、李逢吉的诽谤；能够取得潮州百姓世代的信任受到祭祀，却不能使自身在朝廷上有一天的平安。这是因为文公能够遵从的是天道；不善于处理的是人事。

从前，潮州人不知道学习，文公指派进士赵德做他们的老师。从此潮州的读书人，都专心努力地学习礼义文章，并影响到普通百姓。到现在，潮州仍被称为容易治理的地方。孔子的话确实很对啊，他说：『有地位的人学了道理就有仁爱之心；平民百姓学了道理就容易治理。』潮州人敬奉文公，有好吃的必定先祭祀他，遇到灾荒病疫，必定到祠庙里去祈祷。可是祠庙在州官衙门大堂的后面，百姓祭祀时出入不方便。前任太守想向朝廷申请建造新的祠庙，未能实现。元祐五年，朝散郎王涤来这个州做地方官，对待士人，治理百姓，完全以文公为榜样。百姓心悦诚服以后，他便下命令说：『愿意重新修建文公祠庙的人，就来听从命令。』百姓兴高采烈地赶来参加这项工程。在州城南面七里选了一块地方，用了一年新庙就建成了。

有人说：『文公被贬到离京城万里的潮州，不到一年便回去了，假如他死后有知，是一定不会深切怀念潮州的。』我说：『不是这样，文公的神灵在人间，好比地上的水，无处不在。而且潮州人对他的信仰特别深厚，思念十分恳切，对着文公的在天之灵，就像见到了他，好比挖井得到了水，就说水只在这个地方，难道有这个道理的吗？』

元丰元年，皇帝下诏书封文公为昌黎伯，所以新庙的匾额上题写着『昌黎伯韩文公之庙』。州人请我撰文书将他

杜如晦　经历了唐代贞观、开元时期的盛世，依靠房玄龄、杜如晦、姚崇、宋璟等贤臣辅佐，仍不能挽救。

的事迹刻在石碑上，于是我便作首诗送给他们，让他们歌咏着祭祀文公，此诗的词句是：

您从前骑龙遨游帝乡，银河云彩在您的身旁，织女替您织成云锦衣裳。您轻快地乘风来到天帝身旁，降临人间，为混乱的俗世扫除异端。您西游咸池，巡视了扶桑，草木也承受了您的恩泽和光辉。您追随李白、杜甫，与他们一起翱翔，使张籍、皇甫湜与您比起来相形见绌，您高尚的光辉使人不能仰望。您曾写出诋佛的文章，讽谏君王，因而被贬至荒远的潮州，又途经埋葬帝舜的九嶷山，凭吊了娥皇和女英。火神祝融为您在前面开路，海神率怪物深深躲藏，您管束蛟龙、鳄鱼，如驱赶羊群一样。天上缺少贤材，天帝为之悲伤，派巫阳唱到下界招您回到天上。敬献上我们微薄的祭品，还有殷红的荔枝，金黄的香蕉。您不在人间稍作停留，使我们泪下如雨，请从天上下来吧，接受我们的祭祀。

说明

唐宪宗元和十四年，韩愈因谏迎佛骨被贬为潮州刺史。在潮州期间，韩愈施行仁政，深受当地百姓拥护。后来，当地人建庙纪念他。宋哲宗时，潮州人另建新庙，苏轼写了这篇碑文，对韩愈的价格、思想及对后世的影响都给予了高度评价。

获麟解

原文

麟之为灵①，昭昭也。咏于《诗》②，书于《春秋》③，杂出于传记百家之书，虽妇人小子，皆知其为祥也。

然麟之为物，不畜于家④，不恒有于天下，其为形也不类⑤，非若马牛犬豕豺狼麋鹿然。然则虽有麟，不可知其为麟也。角者吾知其为牛；鬣者吾知其为马⑥；犬豕豺狼麋鹿，吾知其为犬豕豺狼麋鹿。惟麟也不可知。不可知，则其谓之不祥也亦宜。虽然，麟之出，必有圣人在乎位，麟为圣人出也。圣人者必知麟。麟之果不为不祥也⑦。

又曰：麟之所以为麟者，以德不以形⑧，若麟之出不待圣人⑨，则谓之不祥也亦宜。

注释

①麟：麒麟，传说中的一种动物。灵：灵异之物。

②咏于《诗》：《诗经》里歌咏过它。

③书于《春秋》：《春秋》记载了鲁国人获麟之事。

④畜于家：在家中饲养。

⑤不类：什么也不像。非若……然：不像……那样。

⑥鬣者：长有鬃毛的。

⑦果不为不祥：最终不能算不祥之物。

⑧以德不以形：（麟之所以为祥瑞之物）是因其德行，而不是因其形貌。

⑨不待圣人：不等待有圣人在位就出世，即生不逢时。

译文

麒麟是灵兽，这是众所周知的。《诗经》咏颂它，《春秋》里记载着它，史传和杂记之类的书中也多次提到它。连妇女和小孩都知道它是一种吉祥之物。

但是麒麟虽然是吉祥的象征，却不能养在家里，世上也不常出现。它的外形与什么也不相似，不像马、牛、狗、猪、豺、狼、麋、鹿。虽然有麒麟出现在人间，一般人见了也不认得。看到它的角，我知道它是牛；看到它的鬣毛，我知道它是马；看到它像狗、猪、豺狼、麋鹿，我知道它是狗、猪、豺狼、麋鹿。无法识别，那么说它是不祥之物也可以。虽然，麒麟出现之时，在位之君一定是圣人。麒麟为圣人出现，圣人一定认识麒麟。因此麒麟果然不是不祥之物。

有人说：麒麟之所以被当作祥物，是因为它的德行而不是外表。如果麒麟出现在圣人尚未登位之时，被有的人视为不祥之物当然也是有道理的。

说明

人们都认为麒麟是代表祥瑞的，但又不清楚麒麟的形状，通过这一点，作者得出了内在的德行比外在的形状更重要的观点。因此，麒麟是否代表祥瑞，还要根据它是不是与圣德之人相呼应而出现而定。

杂说一[1]

原文

龙嘘气成云，云固弗灵于龙也。然龙乘是气，茫洋穷乎玄间[2]，薄日月[3]，伏光景[4]，感震电[5]，神变化，水下土，汩陵谷[6]。云亦灵怪矣哉！

云，龙之所能使为灵也；若龙之灵，则非云之所能使为灵也。然龙弗得云，无以神其灵矣。失其所凭依，信不可欤！异哉！其所凭依乃其所自为也。

《易》曰：『云从龙。』既曰『龙』，云从之矣。

注释

①杂说：《杂说》是韩愈写的一组短论，共有四篇。短论没有揭示论说内容的题目，总称叫《杂说》。

②茫洋：浩渺无际的样子。玄间：天空。

③薄：迫近。

④伏：藏匿，遮蔽。

⑤感：通『撼』，动摇。

⑥汩：淹没。

译文

龙吐出气形成云，云自然不比龙灵异。但是龙乘着这股云气，在茫茫的青天四处遨游，接近日月，遮蔽它的光芒，雷电为之震动，变化神奇，雨水降落在大地，淹没了山谷。云也是很灵怪的啊！

云，是龙的神力使它有灵异的。至于龙的灵异，却不是云的能力使它拥有的。但是龙没有云，就不能使其灵异显现。失去所凭借的东西，实在是不行的啊。奇怪啊，龙所凭借的，正是它自己造成的云。

《易经》说：『云随着龙。』既然叫做『龙』，就会有云跟随着它啊！

说明

这篇杂文以龙和云的关系的比喻，来说明君臣之间应该相互依赖，委婉含蓄地劝说帝王要重用有才能的贤臣。

杂说四

原文

世有伯乐[1]，然后有千里马。千里马常有，而伯乐不常有。故虽有名马，只辱于奴隶人之手[2]，骈死于槽枥之间[3]，不以千里称也[4]。

马之千里者，一食或尽粟一石[5]。食马者，不知其能千里而食也。是马也[6]，虽有千里之能，食不饱，力不足，才美不外见，且欲与常马等不可得，安求其能千里也。

策之不以其道[7]，食之不能尽其材，鸣之而不能通其意[8]，执策而临之[9]，曰：『天下无马。』呜呼！其真无马耶？其真不知马也！

注释

①伯乐：姓孙，名阳，战国秦穆公时善于相马的人。

②辱：屈辱。奴隶人：地位低贱，受人役使的人。

③骈死：成双成对地死去。槽枥：养马的地方。槽，盛饲料的器具；枥，马棚。

④不以千里称也：不因为能日行千里而出名啊。

⑤一食：吃一顿。或尽粟一石：有时要吃完一石小米。

⑥是：这。

⑦策：鞭（用作动词）。

伯乐相马

『千里马常有，而伯乐不常有。』本文通过伯乐相马的故事，说明了『伯乐』的重要性，也表达了作者怀才不遇的愤懑之情。

⑧鸣之而不能通其意：千里马得不到应有的待遇，嘶叫了，人们又不懂它的意思。

⑨临之：面对着它。

译文

世上有了伯乐，然后才会有千里马被发现。千里马常有，而伯乐却不常有，因此虽然有不少好马，却只能在奴仆手中受糟蹋，最后接连死在马厩之中，而不能作为千里马而闻名天下。

那些千里马，一顿往往要吃尽一石粟米。喂马的人，不知道它能日行千里，拿它当普通马一般地饲养。于是，这千里马，虽然有日行千里的本领，可是吃不饱，力气不足，它内在的才能也就不能表现出来，这样，即使想与凡马一般也做不到，又怎能叫它日行千里呢？

因此不能顺其本性来驾驭它，不能让它吃饱使它充分发挥才能，马虽然哀鸣，人却不了解它的意思。还拿着马鞭对它说：『天下没有千里马！』唉！这究竟是真的没有千里马呢，还是不能识别千里马呢！

说明

本文通过伯乐相马的故事，说明当权者应当用正确的方法发现、识别人才，否则即使有贤才也会被埋没。文章结尾，也委婉地表达了作者对自己不得志的叹息。

师说

原文

古之学者必有师①。师者，所以传道、受业、解惑也②。人非生而知之者，孰能无惑？惑而不从师，其为惑也，终不解矣。

生乎吾前，其闻道也，固先乎吾③，吾从而师之；生乎吾后，其闻道也，亦先乎吾，吾从而师之。吾师道也，夫庸知其年之先后生于吾乎④？是故无贵无贱，无长无少，道之所存，师之所存也。

嗟乎！师道之不传也久矣⑤！欲人之无惑也难矣！古之圣人⑥，其出人也远矣⑦，犹且从师而问焉；今之众人，其下圣人也亦远矣⑧，而耻学于师⑨。是故圣益圣，愚益愚。圣人之所以为圣，愚人之所以为愚，其皆出于此乎？爱其子，择师而教之。于其身也，则耻师焉，惑矣！彼童子之师，授之书而习其句读者，非吾所谓传其道、解其惑者也。句读之不知，惑之不解，或师焉，或否焉，小学而大遗，吾未见其明也。

巫医乐师百工之人，不耻相师。士大夫之族，曰师曰弟子云者，则群聚而笑之。问之，则曰：『彼与彼年相若也，道相似也。』位卑则足羞，官盛则近谀。呜呼！师道之不复可知矣！巫医乐师百工之人，君子不齿。今其智乃反不能及，其可怪也欤！

圣人无常师，孔子师郯子、苌弘、师襄、老聃。郯子之徒，其贤不及孔子。孔子曰：『三人行，则必有我师。』是故弟子不必不如师，师不必贤于弟子。闻道有先后，术业有专攻，如是而已。

李氏子蟠，年十七，好古文，六艺经传皆通习之。不拘于时，学于余。余嘉其能行古道，作《师说》以贻之。

注释

①学者：求学的人。

②传道：传授道理。受业：教授学业。解惑：解除疑难。

③生乎吾前：生在我之先的。闻：这里有懂得的意思。固：本来就。先乎吾：比我早。

④夫：语首助词。庸：难道。

⑤师道：求师的风尚。

⑥圣人：泛指品格高尚、智慧高超的人。

⑦出人：超过常人。

⑧下圣人：低于圣人。

⑨耻学于师：耻于求师问学。

译文

古时求学之人一定有老师。所谓老师，就是传授道理、教授学业和解答疑难问题的人。人不是生下来就有知识的，谁没有困惑呢？有困惑却不向老师请教，那些困惑便终究不能解决了。

在我之前出生的，他懂得道理本来就比我早，我向他学习；在我之后出生的，如果他懂得道理也比我早，我也向他学习。我学习的是道理，哪里管他是在我之前还是之后出生呢？因此，不论地位高低，不论年龄大小，谁懂得道理，谁就是老师。

唉！从师求学的道德失传已经很久了，要人们没有疑惑是很难了！古时候的圣人，超出一般人很远，尚且跟从老师请教；现在的一般人，比圣人差得很远，却耻于从师学习。因此，圣人就更加圣明，愚人就更加无知。圣人之所以成为圣人，愚人之所以成为愚人，大概就是这个原因吧？

一个人爱自己的孩子，就选择老师来教他们；而自己呢，却不好意思去从师学习，这真是太糊涂了。那些儿童们的老师，教他们读书断句，并非我所说的那种传授道理、解答疑惑的。读书不会断句，有疑惑却不向老师请教，小事学习，大事反被忽略，我看不出这是明白道理的做法。

巫医、乐师、各种手工业者，不以相互从师学习为耻，而士大夫们，一提到叫『老师』，叫『学生』等称呼，就许多人聚集在一起笑话人家。问他们为什么这样，他们就说：『他和他年纪差不多，学识修养也差不多。』称地位低的人为师，是一种羞耻，称官位高的人为老师，就近于奉承。唉！从师学习的风气不能恢复，由此可知了。巫医、乐师和各种手工业者，是君子们所不屑相与为伍的，现在这些君子的见识反而不及那些人，真是很奇怪呢！

圣人没有固定的老师。孔子曾向郯子、苌弘、师襄、老聃学习。郯子这些人，他们的品德比不上孔子。孔子说：『三个人一起走，那里面一定有可以当我老师的人。』所以，学生不一定不如老师，老师不一定比学生强。懂得道理有先有后，专业不同，各有所长，如此而已。

青年李蟠，十七岁，爱好古文，六经的经文和传注都全面学习过，他不受时俗的拘束，来向我求学。我赞许他能实行古人之道，作了这篇《师说》送给他。

说明

本文批评了当时社会上耻于相师的不良风气，阐明了从师求学的道理。文章首先提出『师』是『传道、授业、解惑』的人，并指出人必须学习才能有所知，然后得出『弟子不必不如师，师不必贤于弟子』的结论。

进学解

原文

国子先生晨入太学，招诸生立馆下[①]，诲之曰[②]：『业精于勤荒于嬉，行成于思毁于随[③]。方今圣贤相逢[④]，治具毕张[⑤]，拔去凶邪，登崇俊良[⑥]。占小善者率以录[⑦]，名一艺者无不庸[⑧]。爬罗剔抉[⑨]，刮垢磨光。盖有幸而获选，孰云多而不扬！诸生业患不能精，无患有司之不明；行患不能成，无患有司之不公。』

言未既，有笑于列者曰：『先生欺余哉！弟子事先生，于兹有年矣，先生口不绝吟于六艺之文，手不停披于百家之编。记事者必提其要，纂言者必钩其玄。贪多务得，细大不捐。焚膏油以继晷，恒兀兀以穷年。先生之业，可谓勤矣。觝排异端，攘斥佛老；补苴罅漏，张皇幽眇。寻坠绪之茫茫，独旁搜而远绍。障百川而东之，回狂澜于既倒。先生之于儒，可谓有劳矣。沉浸醲郁，含英咀华；作为文章，其书满家。上规姚姒，浑浑无涯，《周诰》、《殷盘》，佶屈聱牙，《春秋》谨严，《左氏》浮夸，《易》奇而法，《诗》正而葩；下逮《庄》、《骚》，太史所录；子云、相如，同工异曲。先生之于文，可谓闳其中而肆其外矣。少始知学，勇于敢为；长通于方，左右具宜。先生之于为人，可谓成矣。

然而公不见信于人，私不见助于友。跋前踬后，动辄得咎。暂为御史，遂窜南夷！三年博士，冗不见治。命与仇谋，取败几时。冬暖而儿号寒，年丰而妻啼饥。头童齿豁，竟死何裨？不知虑此，而反教人为！』

先生曰：『吁！子来前！夫大木为杗，细木为桷，欂栌侏儒，椳闑扂楔，各得其宜，施以成室者，匠氏之工也。玉札丹砂，赤箭青芝，牛溲马勃，败鼓之皮，俱收并蓄，待用无遗者，医师之良也。登明选公，杂进巧拙，纡馀为妍，卓荦为杰，较短量长，惟器是适者，宰相之方也。昔者孟轲好辩，孔道以明，辙环天下，卒老于行；荀卿守正，大论是弘，逃谗于楚，废死兰陵。是二儒者，吐辞为轻，举足为法，绝类离伦，优入圣域，其遇于世何如也？

今先生学虽勤而不由其统，言虽多而不要其中，文虽奇而不济于用，行虽修而不显于众。犹且月费俸钱，岁靡廪粟；子不知耕，妇不知织，乘马从徒，安坐而食；踵常途之促促，窥陈编以盗窃。然而圣主不加诛，宰臣不见斥：兹非其幸欤？动而得谤，名亦随之。投闲置散，乃分之宜。

若夫商财贿之有亡，计班资之崇庳，忘己量之所称，指前人之瑕疵，是所谓诘匠氏之不以杙为楹，而訾医师以昌阳引年，欲进其豨苓也。』

注释

①馆：学舍。

②诲：教导。之：指诸生。

③业精：学业精进。行成：德行成就。随：因循，要求不严格。

④圣贤相逢：圣君贤臣相遇。

⑤治具：法令。毕：完全。张：设，建立。

⑥登崇：进用推崇，含有提拔的意思。俊良：有才能而善良的人。

⑦占小善者：有一点儿优点的人。率：都。

⑧名一艺者：有一技之长的人。庸：录用。

⑨爬：爬梳，整理。罗：搜罗。剔：区别。抉：选择。

译文

国子先生早上来到太学，召集学生们站立在学舍下面，训导他们说：『学业的精进依靠勤奋，耽于玩乐就会荒废；德行的成就依靠思考，因循随便就会毁掉。如今圣君与贤臣相遇合，规章制度健全。拔除奸恶，晋升俊贤。具有微小优点的都被录取，以一技之长见称的无不任用。搜罗人才，除去他们的短处，发扬他们的优点。大概只有侥幸而得选上的，怎会有才能优秀而不被高举呢？你们只怕学业不能精进，不要怕主管的官吏看不清；只怕德行不能成就，不要怕主管的官吏不公正。』

话没有说完，有人在班位里笑着说：『先生在欺骗我们吧？学生跟从先生，到现在已经好几年了。先生不曾停止地诵读六经的文章，两手不停地翻着诸子之书。对记事的一定提取它的要点，对议论的一定探索它深奥的旨意。多方面学习务求有所收获，大的小的都不漏掉。点上灯烛夜以继日，一年到头都刻苦用功。先生在学业方面可以说是很勤奋了。抵制、排除异端邪说，排斥佛教与道家，弥补儒学的不足，发扬光大精深微妙的意义。寻找渺茫失落的古代儒家学说，独自广泛搜求、继承。对异端邪说像防堵纵横奔流的各条川河，排向东海；挽救回已经倾倒泛滥的狂涛怒澜。先生您对于儒家，可以说立了功劳。心神沉浸在意味浓郁的典籍中，品尝咀嚼其中精华，写作起文章来，堆满了屋子。向上取法虞、夏的典章，博大无垠；周代的诰书和殷代的《盘庚》，多么曲折拗口；《春秋》的语言精准，《左传》的文辞铺张；《易经》变化奇妙而有法则，《诗经》纯正而华美；往下一直到《庄子》、《离骚》，太史公的《史记》；扬雄、司马相如的创作，各不相同却一样的美妙。先生的文章可以说是内容博大精深而外表波澜壮阔。先生少年时代就开始懂得学习，敢作敢为，长大之后通达道理，处事合宜。先生的做人，可以说是有所成就了。

可是在官场却不能被人们信任，在私交中得不到朋友的帮助。像狼一样，前进退后都很困难，动不动便招来过错。当了一段时间御史就被贬到南方边远地区。做了三年博士，职务闲散也没再表现出政绩。您的命运似乎与您有仇，不时使您遭受失败。在冬天里还算暖和的日子，您的孩子还要哭着喊冷；年成丰收而您的夫人却仍啼说饥饿。您自己的头顶秃了，牙齿缺了，就是死了，又有什么好处呢？不想想这些，反而来教训别人做什么呢？』

国子先生说：『唉，你过来听我说！大的木材做屋梁，小的木材做瓦椽，做斗拱，短椽的，做门臼、门橛、门闩、门柱的，各得其所，各适其宜而建成房屋，这是工匠的技术啊。地榆、朱砂，天麻、龙芝，牛尿、马屁菌，坏鼓的皮，全都收集储藏，等到需用时使用，这是医师的高明之处啊。公正贤明地选用人才，才能高或低的人都得到引进，有的人谦和是种美德，有的人豪放而所以杰出，比较衡量各人的长处和短处，按照他们的才能品格适当地任用，这是宰相的方法啊！从前孟轲爱好辩论，孔子之道得以阐明发扬，他的车迹周遍天下，最后在奔走中度过一生。荀况恪守正道，宏伟的理论得以弘扬，因为避谗言逃到了楚国，还是丢官而死在兰陵。这两位大儒，说出的话可以当成经典，一举一动可以成为效法的准则，超越常人，达到圣人的境界，可是他们在世上的遭遇是怎样的呢？

现在我学习虽然勤劳却不成系统，言论虽然不少却切不中要害，文章虽然写得出奇却起不到实际作用，行为虽然有修养在一般人中却并不突出。这样还每月浪费国家的俸钱，吃着国家的粮食；儿子不会种田，妻子不懂得织布；出门骑着车马，后面跟着仆人，安然地坐着吃饭。按世俗常规行事，窃取古书里的陈言。然而圣明的君主不加责罪，也没有被大臣斥逐，不是很侥幸吗？动不动就遭到毁谤，名志却也跟着大了。被置于闲散的位置，这正是应该的。

至于计算财物的有无，计较品级的高低，忘记了自己有多高的才能，指摘别人的缺点，这就相当于责问工匠为什么不用小木桩做大柱子，批评医师为什么用菖蒲延年益寿，却不用猪苓啊！』

说明

本文是作者任国子博士时所作，『进学解』的意思是勉励学生们在学业、德行方面取得进步，并回答他们提出的疑问，并通过学生之口，表现了自己学习、捍卫儒家学说以及在文章写作方面进行的努力与取得的成绩，衬托了作者怀才不遇的不平心情，也表达了对当时社会的一些批评。

讳辩

原文

愈与李贺书，劝贺举进士[1]。贺举进士有名，与贺争名者毁之[2]曰：『贺父名晋肃，贺不举进士为是，劝之举者为非。』听者不察也，和而倡之[3]，同然一辞[4]。皇甫湜曰[5]：『若不明白[6]，子与贺且得罪[7]。』愈曰：『然。』律曰：

啮指心痛

曾参，字子舆，春秋时期鲁国人，孔子的得意弟子，以孝著称。曾参少年时家贫，常入山打柴。一天，家里来了客人，母亲不知所措，就用牙咬自己的手指。曾参忽然觉得心疼，知道母亲在呼唤自己，便背着柴迅速返回家中，跪问缘故。

『二名不偏讳[8]。』释之者曰：『谓若『言「征」不称「在」，言「在」不称征』是也。律曰：『不讳嫌名。』释之者曰：谓若『禹与雨，』『丘与蓲』之类是也。』今贺父名晋肃，贺举进士，为犯二名律乎？为犯嫌名律乎？父名晋肃，子不得举进士；若父名仁，子不得为人乎？

夫讳始于何时？作法制以教天下者，非周公孔子欤？周公作诗不讳；孔子不偏讳二名；《春秋》不讥不讳嫌名。康王剑之孙实为昭王；曾参之父名皙，曾子不讳『昔』。周之时有骐期，汉之时有杜度，此其子宜如何讳？将讳其嫌，遂讳其姓乎？将不讳其嫌者乎？汉讳武帝名『彻』为『通』，不闻又讳车辙之『辙』为某字也？讳吕后名『雉』为『野鸡』，不闻又讳治天下之治为某字也。今上章及诏，不闻讳『浒』、『势』、『秉』、『饥』也。惟宦官宫妾乃不敢言『谕』及『机』，以为触犯。士君子言语行事，宜何所法守也？今考之于经，质之于律，稽之以国家之典，贺举进士为可邪？为不可邪？

凡事父母，得如曾参，可以无讥矣；作人得如周公孔子，亦可以止矣。今世之士，不务行曾参、周公、孔子之行，而讳亲之名，则务胜于曾参、周公、孔子，亦见其惑也。夫周公、孔子、曾参卒不可胜。胜周公、孔子、曾参，乃比于宦官宫妾，即是宦者宫妾之行孝于其亲，贤于周公、孔子、曾参者耶？

注释

①李贺：字长吉，河南昌谷（今河南宜阳）人。中唐著名诗人，颇得韩愈赏识。举进士：应进士科考试。

②毁之：诋毁他。

③不察：不加分辨。和而倡之：随声附和。

④同然一辞：众口一词。

⑤皇甫湜：字持正，睦州新安（今浙江淳安）人。元和进士，曾任工部郎中。

⑥明白：讲清楚。

⑦且得罪：将要得到无视『避讳』这种礼法习俗的罪名。

⑧二名不偏讳：名字中的两个字不单避讳其中的一个字。

译文

我给李贺写信，勉励他参加进士科考试。李贺应考可以得中，同他争名的人出来诋毁他，说李贺的父亲名晋肃，李贺不参加进士考试才对，勉励他去考的人是错的。听到这种议论的人不加分辨，随声附和，众口一声。皇甫湜对我说：『如果不辩解明白，您和李贺都将获罪。』我说：『是。』律说：『双字的名不单避讳其中的一个字。』解释者说：『孔子的母亲名「征在」，孔子说「征」时不说「在」，说「在」时不说「征」。』律又说：『不讳声音相近的字。』解释者说：『就像「禹」和「雨」，「丘」和「苬」之类就是。』李贺的父亲名叫晋肃，李贺去考进士，是违背双字名只避一字的礼法呢，还是不避音近字的礼法呢？父名晋肃，儿子不可以参加进士考试，若父亲名仁，儿子就不能做人了吗？

避讳是从何时开始的呢？制订礼法制度来教化天下的，不是周公、孔子吗？而周公作诗不避讳，孔子只避母亲双亲名中的一个字，《春秋》中对音近而不避讳的事例，也没有加以讥刺。周康王名剑，他孙子的谥号是昭王。曾参的父亲名皙，曾子不避『昔』字。周朝有个人叫骐期，汉朝有个人叫杜度，他们的儿子又该如何避讳呢？是为了要避父名的近音字而改姓呢？还是就不避讳近音字了呢？汉代讳武帝名彻，改『彻』为『通』，没有听说又讳车辙的辙字为别的什么字；讳吕后名雉，改『雉』为『野鸡』，但没有听说又讳『治天下』的『治』字为别的什么字。现在臣子上奏章、皇帝下诏书，也没听说要避『浒』、『势』、『秉』、『机』这些字，只有宦官和宫女，才不敢说『谕』和『机』等字，说了就犯忌。君子的言论行动，应该遵守什么法度呢？考据经典、对照律文，查核国家典章，李贺参加进士考试，是可以，还是不可以呢？

大凡服侍父母能像曾参那样，就无可指责了；做人能像周公孔子，也算到了极致了。如今的读书人不学周公、孔子的行事，却要在避讳尊长的名字上，去超越周公、孔子，可见他们的糊涂。周公、孔子、曾参，毕竟是无法超过的，在避讳上超越了周公、孔子、曾参，就和宦官、宫女一样了。那么岂非宦官、宫女对亲人的孝顺，就超过周公、孔子、曾参了吗？

说明

封建时代，对于帝王和尊长的名字，需用其他字代替，而不能直接写或说，这叫做避讳。如果有人违犯便会受到批判。所以，才华横溢的诗人李贺，只因为他父亲的名字晋肃的『晋』与进士的『进』同音，便不能参加进士科考试而取得功名。对此，韩愈十分气愤，在此文中，他虽然不敢反对避讳，但引用经典和法律，对避讳过多表示反对。

后十九日复上宰相书

原文

二月十六日，前乡贡进士韩愈①，谨再拜言相公阁下②。

向上书及所著文后，待命凡十有九日，不得命。恐惧不敢逃遁，不知所为。乃复敢自纳于不测之诛，以求毕其说，而请命于左右。

愈闻之：蹈水火者之求免于人也，不惟其父兄子弟之慈爱，然后呼而望之也；将有介于其侧者，虽其所憎怨，苟不至乎欲其死者，则将大其声疾呼，而望其仁之也。彼介于其侧者，闻其声而见其事，不惟其父兄子弟之慈爱，然后往而全之也；虽有所憎怨，苟不至乎欲其死者，则将狂奔尽气，濡手足，焦毛发，救之而不辞也。若是者何哉？其势诚急，而其情诚可悲也。愈之强学力行有年矣。愚不惟道之险夷③，行且不息，以蹈于穷饿之水火，其既危且亟矣；大其声而疾呼矣，阁下其亦闻而见之矣。其将往而全之欤？抑将安而不救欤？有来言于阁下者曰：『有观溺于水而爇于火者④，有可救之道而终莫之救也。』阁下且以为仁人乎哉？不然，若愈者，亦君子之所宜动心者也！

或谓愈：『子言则然矣，宰相则知子矣。如时不可何！』愈窃谓之不知言者。诚其材能不足当吾贤相之举耳，若所谓时者，固在上位者之为耳，非天之所为也。前五六年时，宰相荐闻，尚有自布衣蒙抽擢者，与今岂异时哉？且今节度、观察使及防御、营田诸小使等，尚得自举判官⑤，无间于已仕未仕者；况在宰相，吾君所尊敬者，而曰『不可』乎？古之进人者，或取于盗，或举于管库。今布衣虽贱，犹足以方于此。情隘辞蹙⑥，不知所裁，亦惟少垂怜焉。愈再拜。

注释

①乡贡进士：唐代由州县荐举出来参加科举考试而考中进士的人称乡贡进士。

亟用贤人

韩愈希望能够得到宰相的引荐。因此书写此文，但迟迟未获答复，从此行文可见作者渴望建功立功、大展抱负的雄心。

②相公：宰相。

③惟：考虑。

④爇：焚烧。

⑤判官：唐代为节度使、观察使和防御使的属官。

⑥隘：窘迫。蹙：急促。

译文

二月十六日，前科乡贡进士韩愈，谨再次向宰相阁下拜伏进言。

前些日子奉上书信及拙作文章之后，等待了十九天，未获回复。心中惶恐而不敢躲避，不知如何是好。便再次甘冒难以预料的惩罚，以期能说明自己的真心话，而恳请阁下指示。

我听说，陷于水火之灾的人向别人呼救，不只是考虑父母、兄弟、子女的慈爱之情，然后呼唤而盼望他们来拯救。只要是正在身边的，虽然自己曾经讨厌和怨恨他，但还不至于是盼着自己死的人，便要大声呼喊而期待他能怜惜救助自己。那些站在身边的人，听到他的呼救，看到他危险的处境，不只是考虑父母、兄弟、子女的慈爱感情，然后去救他的性命。即使对他有所厌恶和怨恨，但还不至于盼他死的人，就会拼命跑去，不顾弄湿了身体，烧焦了头发胡须，也要拯救他而不会推辞。这是为什么呢？正是因为他的处境确实危急而他的情态确实可怜啊。我刻苦学习、勉力实践已经多年了。我生性愚笨不知考虑道路的艰险或平坦，不停地往前走，以至于陷入穷愁饥饿的水深火热之中，处境危困而又紧急，只好嘶声急切呼喊，阁下应该也听到并看到了。是走过来帮助我呢，还是无动于衷不予救援呢？有人禀告阁下说：『有的人看见别人掉到水里或被困火中，有办法援救而最终没去救。』阁下将会认为他是仁爱的人吗？若不这样认为，像我这种情况，德高望重的人也是应该为之动心的。

有人对我说，你的话是对的，宰相也了解你，但是时机还不允许，怎么办啊？我认为，那些言论不为宰相所了解、重视的人，确实是他们的才干不足以得到我们贤明的宰相的举荐啊。说到时机，本来就是身居高位的人提供的，不是苍天给予的。五六年前，由于宰相的荐举，尚且有从平民百姓中得到提拔的人，那时和现在在时势上难道有什么变化吗？而今的节度使、观察使以及防御使、营田使等，尚且可以自己选用判官，对有无官职的都同样看待；何况是宰相，我们的君主所尊敬的人，怎么好说不能做到呢？古时候举荐人才，有的从盗贼中选取，有的从管理仓库的人中提拔，现今我这个平民虽然地位低贱，还是能和那些人相比的。心情积郁而言辞忧苦，不知写了些什么，也只是希望能多少得到一点您的怜惜垂顾啊。韩愈再拜。

说明

韩愈少时家境贫穷，25岁中进士后，却没有朝中权贵的推举引荐，居长安数载未被任用，后来，他接连给当时的宰相赵憬、贾耽和卢迈等写信，希望能够得到他们的推荐，却未获答复，多次登门也被拒，他也只好暂时离开长安。

本文是在写了第一封信19天后未获答复时写的。

与于襄阳书

原文

七月三日，将仕郎守国子四门博士韩愈①，谨奉书尚书阁下②。

士之能享大名、显当世者，莫不有先达之士、负天下之望者，为之前焉。士之能垂休光、照后世者，亦莫不有后进之士、负天下之望者，为之后焉。莫为之前，虽美而不彰；莫为之后，虽盛而不传。是二人者，未始不相须也。然而千百载乃一相遇焉！岂上之人无可援，下之人无可推欤？何其相须之殷而相遇之疏也？其故在下之人负其能不肯谄其上，上之人负其位不肯顾其下，故高材多戚戚之穷，盛位无赫赫之光。是二人者之所为皆过也。未尝干之，不可谓上无其人；未尝求之，不可谓下无其人。

愈之诵此言久矣，未尝敢以闻于人。侧闻阁下抱不世之才，特立而独行，道方而事实，卷舒不随乎时，文武唯其所用，岂愈所谓其人哉！抑未闻后进之士，有遇知于左右，获礼于门下者，岂求之而未得邪？将志存乎立功，而事专乎报主，虽遇其人，未暇礼邪？何其宜闻而久不闻也。愈虽不才，其自处不敢后于恒人，阁下将求之而未得欤？古人有言：『请自隗始③。』愈今者惟朝夕刍米仆赁之资是急④，不过费阁下一朝之享而足也。如曰吾志存乎立功，而事专乎报主，虽遇其人，未暇礼焉，则非愈之所敢知也。世之龊龊者，既不足以语之，磊落奇伟之人，又不能听焉，则信乎命之穷也。

谨献旧所为文一十八首，如赐览观，亦足知其志之所存。愈恐惧再拜。

注释

①将仕郎：文散官。守：唐代品级较低的人担任较高官职的叫守。四门：即四门学，为国子监所统辖，其中设

博士若干人。

②阁下：指于頔。因做过襄州大都督，故称于襄阳。

③隗：郭隗。郭隗建议燕昭王礼贤待士『先从隗始』。

④刍：草料。

译文

七月三日，将仕郎守国子监四门学博士韩愈，谨呈此信给尚书阁下。

士人能获得大的名声，显耀于当世的，无不是靠地位显贵、为天下景仰的前辈为先导；士人能有美好的声望流传、光照后世的，同样没有一个不是靠誉满天下的后起之秀来继承他。无人做他的先导，他虽有美好的才华，也不能在世上闻名；没有人继承他，那他虽然飞黄腾达，也不能名传后世。这两种人，并非不是相互期待，然而千百年才能偶然遇到。难道是处于高位的人中没有可以请托的，身处下位的人中没有值得推举的吗？为什么他们期待对方时那么殷切，但相遇又那么艰难呢？这是因为身处下位的人自恃其才而不肯讨好身处高位的人，身处高位的人倚仗自己显贵的地位而不肯照应身处下位的人。因此有才能的人往往不得志，位尊之人的名声往往不显赫。这两种人的做法都是不妥的。既然不曾拜访过，就不能说身处高位的人中没有可以请托的；既然不曾物色过，也不能说身处下位的人中没有值得推举的。

我默念这样的话很久了，没有敢对别人说起过。我从旁人处听说阁下所怀的才能世间少有，立身行事超过常人，道德端正办事踏实，进退有度不受时俗影响，文武双全才能出众，难道您不就是我上面说的那种天下景仰的贤达之人吗？可是却又并未听说过哪位晚辈受到您的赏识，在您门下受到礼遇。是不是有人访求过却没有找到？还是您忙于建功立业，报效君主，虽然遇到了贤才，却无暇礼待？为什么本该有您荐举后进的事迹传扬，却未曾听过呢？我虽然才疏学浅，但在律己方面却不敢低于常人。阁下是不是想寻求贤才却没有找到？古人曾说：『请从我郭隗开始吧！』我现在只为日常用度的费用着急，这些只不过是阁下一顿早餐的费用而已。如果阁下说：『我忙于建功立业，报效君主，虽然遇到了贤才，却也无暇礼待。』那就不是我敢知道的了。世上那些狭隘龌龊的人，不值得我对他们说这些话，而那些胸怀磊落、奇伟不凡的人又不能倾听这些话，那么我的命运必定很穷困了。

谨向阁下呈上从前所作的十八篇文章，如有幸得到您的阅览，也可以表达我的志向所在。韩愈惶恐再拜。

说明

本文也是韩愈的一篇干谒文章。作者写信给于頔，希望能够获得他的赏识与推荐。士人若要扬名于世，就需要有身居高位的人提拔引荐，而身居高位的人也需要有后起之秀来继承他的事业才能使自己流芳千古，这两种人应该是相辅相成的，作者把于襄阳和自己分别比作这两种人，试图以这种赞美获得于襄阳的赏识。

应科目时与人书

原文

月、日，愈再拜：

天池之滨，大江之濆①，曰有怪物焉，盖非常鳞凡介之品汇匹俦也②。其得水，变化风雨，上下于天不难也。其不及水，盖寻常尺寸之间耳③，无高山大陵旷途绝险为之关隔也，然其穷涸，不能自致乎水，为獱獭之笑者，盖十八九矣④。如有力者，哀其穷而运转之⑤，盖一举手一投足之劳也。然是物也，负其异于众也，且曰：『烂死之沙泥，吾宁乐之；若俯首帖耳⑥，摇尾而乞怜者，非我之志也。』是以有力者遇之，熟视之若无睹也。其死其生，固不可知也。

今又有有力者当其前矣，聊试仰首一鸣号焉；庸讵知有力者不哀其穷而忘一举手、一投足之劳[7]，而转之清波乎[8]？其哀之，命也；其不哀之，命也；知其在命，而且鸣号之者，亦命也。

愈今者，实有类于是，是以忘其疏愚之罪，而有是说焉。阁下其亦怜察之。

注释

①渍：水边。

②常鳞凡介：平常的鱼类、龟鳖等动物。匹俦：一样，相同。

③寻常尺寸之间：指极近的距离，活动范围极小。寻，八尺为「寻」；常，倍寻为「常」。

④猵獭：均为水中小动物。十八九：十之八九，言大都如此。

⑤有力者：有力量的人，指当权者。哀其穷：怜悯其困厄。运转：移动位置，即改变处境。

⑥俯首帖耳：驯服从命。

⑦庸讵知：岂知，怎知。

⑧转之清波：放之于江海。

译文

某月某日，韩愈叩首：

南海的边上，大江的水边，传说有一种奇物，大概不是平常鱼类水兽等动物可以相比的。它得了水，就能变化于风雨之间，上天下地都很容易。但若得不到水，也就是寻常所见的大小，期间并无广阔险峻的高山土丘，也只能困处干枯，不能到达有水的地方，十有八九会被水獭之流嘲笑。如果遇见有力量的人，可怜它的窘境而把它拉到水里去，只不过是举手之劳罢了。但是这种怪物的抱负却与众不同，它会说：『烂死在沙泥里，也是我所高兴的。如果俯首帖耳，摇尾乞怜，绝非我的志向。』因此有能力帮它的人走过，它也熟视无睹，像没看见一般。它的死活，也就无法预测。

如今又有一个有能力的人来到眼前，试着抬起头鸣叫一声，看看有能力的人是否可怜它的窘境，而忘记了举手之劳，把它转移到水中去呢？若有人可怜它，是它的命。无人可怜它，也是它的命。知道生死由命还鸣号求助的，也算是一种命吧。

我现在的境况确实有点类似于它，所以不顾自己的粗俗和笨拙，而写下这些话，请您怜察！

说明

本文是贞元九年，韩愈参加博学宏词科考试时，为了传扬自己的名声，希望别人帮助他做宣传时写给相关人的信。作者通过生动的比喻，描述了自己的处境、心态，把自己的愿望以及对方的身份作用很有分寸地表达了出来。

送孟东野序①

原文

大凡物不得其平则鸣：草木之无声，风挠之鸣②。水之无声，风荡之鸣，其跃也，或激之③；其趋也，或梗之；其沸也，或炙之。金石之无声，或击之鸣。人之于言也亦然：有不得已者而后言，其歌也有思，其哭也有怀。凡出乎口而为声者，其皆有弗平者乎！

乐也者，郁于中而泄于外者也，择其善鸣者而假之鸣④。金、石、丝、竹、匏、土、革、木八者，物之善鸣者也。维天之于时也亦然，择其善鸣者而假之鸣。是故以鸟鸣春，以雷鸣夏，以虫鸣秋，以风鸣冬。四时之相推敚⑤，其必有不得其平者乎！

孟郊

孟郊，字东野，与韩愈同为『韩孟诗派』代表人物，他们都尚古好奇，多写古体诗。

其于人也亦然。人声之精者为言，文辞之于言，又其精也，尤择其善鸣者而假之鸣。其在唐、虞，咎陶、禹，其善鸣者也[6]，而假以鸣。夔弗能以文辞鸣，又自假于《韶》以鸣[7]。夏之时，五子以其歌鸣。伊尹鸣殷，周公鸣周。凡载于《诗》、《书》六艺，皆鸣之善者也。周之衰，孔子之徒鸣之，其声大而远。《传》曰：『天将以夫子为木铎[8]。』其弗信矣乎？其末也，庄周以其荒唐之辞鸣[9]。楚，大国也，其亡也，以屈原鸣。臧孙辰、孟轲、荀卿，以道鸣者也。杨朱、墨翟、管夷吾、晏婴、老聃、申不害、韩非、慎到、田骈、邹衍、尸佼、孙武、张仪、苏秦之属，皆以其术鸣。秦之兴，李斯鸣之。汉之时，司马迁、相如、扬雄，最其善者也。其下魏晋氏，鸣者不及于古，然亦未尝绝也。就其善者，其声清以浮，其节数以急，其词淫以哀，其志弛以肆。其为言也，乱杂而无章。将天丑其德莫之顾耶？胡为乎不鸣其善鸣者也？

唐之有天下，陈子昂、苏源明、元结、李白、杜甫、李观，皆以其所能鸣；其存而在下者，孟郊东野始以其诗鸣。其高出魏晋，不懈而及于古，其他浸淫乎汉氏矣。从吾游者，李翱、张籍其尤也。三子者之鸣信善矣，抑不知天将和其声而使鸣国家之盛耶？抑将穷饿其身，思愁其心肠，而使自鸣其不幸耶？三子者之命，则悬乎天矣。其在上也奚以喜？

其在下也奚以悲？东野之役于江南也，有若不释然者，故吾道其命于天者以解之。

注释

①孟东野：即孟郊（751—814），著名诗人。四十六岁始中进士，五十岁被任命为溧阳县尉。

②挠：搅动，搅乱。

③其跃：指水掀起波浪。或激之：是有东西阻遏其势。

④假之鸣：借助于其物而发出鸣声。

⑤推敚：推移变化。敚，同「夺」。

⑥唐：帝尧的国号。虞：帝舜的国号。咎陶：即皋陶，舜时执掌司法和典章制度的大臣。

⑦夔：舜时的乐官。韶：韶乐，舜时的乐曲名。

⑧夫子：指孔子。木铎：金属制成的大铃，中有舌，摇之即响，因舌为木制，故称木铎。古时以摇木铎为召集民众的信号。

⑨荒唐之辞：指其文章设辞奇诡，汪洋恣肆，气势宏大无边。

译文

大凡事物不得其平时就会发出声音：草木本来没有声音，风摇动它才发出声响。水本来没有声音，风摇荡它就发出声响。水浪腾涌，是受阻激起浪花；水势急流，是有东西阻塞了水道；水花沸腾，是有火在煮它。金属石器本来没有声音，有人敲击它就响。人的语言也同样如此，往往到了不得已时才讲。人们唱歌是为了寄托情思，哭泣是有所怀恋，凡是从口中发而为声的，都是因有所不平吧！

音乐，是人们心中郁闷而宣泄出来的声音，人们选择善于发音的东西来奏乐。金、石、丝、竹、匏、土、革、木这八种，是器物中发音最好的。上天对于四季也是这样，选择最善于发声的借以发声。因此春天让百鸟鸣，夏天让雷鸣，秋天让虫鸣，冬天让风鸣。四季互相推移变化，也必定有在得其平之处吧？

对于人来说也一样。人类声音的精华是语言，文辞对于语言来讲，又是它的精华，所以尤其要选择善于鸣的借之以鸣。在唐尧、虞舜时，咎陶、禹是善于表达的，就借助他们来表达。夔不能用文辞来表达，就借演奏韶乐来表达。夏代，五子用他们的歌声来表达。伊尹鸣于殷，周公鸣于周。凡是记载在《诗》、《书》中的，都是表达得最好的。周朝衰落时，孔子师徒表达看法，他们的声音大而传得远。经传上说：『上天将使孔子成为木铎。』这可以不相信吗？周朝末年，庄周用他那荒诞虚幻的文辞来表达。楚国是大国，它灭亡时，靠着屈原来表达。臧孙辰、孟轲、荀卿等人用道来表达。杨朱、墨翟、管夷吾、晏婴、老聃、申不害、韩非、慎到、田骈、邹衍、尸佼、孙武、张仪、苏秦这些人，都用各自的主张来表达。到秦朝兴起，李斯是表达者。在汉朝，司马迁、司马相如、扬雄，是表达得最好的人。此后的魏晋时期，善表达的人虽不及古代，可是也并未绝迹。就其比较好的人来说，他们的声音清轻而浮泛，节奏频繁而急迫，文辞艳丽而伤感，志趣颓废而恣肆；他们的言论，杂乱而没有章法。这也许是上天憎恶这个时代的德行而不愿照顾他们吧？何以不让那些善于表达的人出来表达呢！

唐朝建立后，陈子昂、苏源明、元结、李白、杜甫、李观，都凭他们所擅长的方法表达心声。如今尚在而身居下位的，孟郊开始用他的诗歌来表达感情。他的诗超过了魏晋，有些经过不懈的努力可以赶上古人，其他作品也都与汉朝的水准接近了。跟我交往的人中，李翱、张籍最出色。这三位的文辞表达确实很好，但不知道上天将应和他们的声音，让他们来表达国家的强盛呢，还是将让他们贫穷饥饿，心肠愁苦，以借此来表达自身的不幸呢？这三位的命运，就取决于上天了。身居高位有什么可喜？沉沦下僚又有什么可悲？东野将赴江南任职，心里好像有不愉快的地方，所以我讲了一些命由天定的话来宽慰他。

说明

中唐著名诗人孟郊，一生郁郁不得志，他年轻时屡试不第，四十六岁才中进士，五十岁时被任命为溧阳县尉。在他即将上任时，韩愈写了这篇文章对他加以赞扬并进行了安慰，表达了对朝廷不能选用人才的感慨和不满。

送李愿归盘谷序

原文

太行之阳有盘谷。盘谷之间，泉甘而土肥，草木丛茂，居民鲜少。或曰，谓其环两山之间，故曰盘。或曰，是谷也，宅幽而势阻①，隐者之所盘旋②。友人李愿居之。

愿之言曰：『人之称大丈夫者，我知之矣！利泽施于人③，名声昭于时。坐于庙朝，进退百官④，而佐天子出令。其在外，则树旗旄，罗弓矢⑤，武夫前呵，从者塞途，供给之人，各执其物，夹道而疾驰。喜有赏，怒有刑。才俊满前⑥，道古今而誉盛德，入耳而不烦。曲眉丰颊，清声而便体⑦，秀外而慧中，飘轻裾⑧、翳长袖，粉白黛绿者，列屋而闲居，妒宠而负恃，争妍而取怜。大丈夫之遇知于天子，用力于当世者之所为也。吾非恶此而逃之，是有命焉，不可幸而致也。

『穷居而闲处，升高而望远，坐茂树以终日，濯清泉以自洁。采于山，美可茹；钓于水，鲜可食。起居无时，惟适之安。与其有誉于前，孰若无毁于其后；与其有乐于身，孰若无忧于其心。车服不维，刀锯不加，理乱不知，黜陟不闻。大丈夫不遇于时者之所为也，我则行之。

『伺候于公卿之门，奔走于形势之途；足将进而趑趄，口将言而嗫嚅；处污秽而不羞，触刑辟而诛戮。侥幸于万一，老死而后止者，其于为人贤不肖何如也。』

昌黎韩愈闻其言而壮之，与之酒而为之歌曰：

盘之中，维子之宫。盘之土，可以稼。盘之泉，可濯可沿。盘之阻，谁争子所？窈而深，廓其有容。缭而曲，如往而复。嗟盘之乐兮，乐且无殃。虎豹远迹兮，蛟龙遁藏。鬼神守护兮，呵禁不祥。饮且食兮寿而康，无不足兮奚所望？膏吾车兮秣吾马，从子于盘兮终吾生以徜徉。

注释

①宅幽：地方很幽静。势阻：形势很险要。

②盘旋：盘桓，逗留。

③利泽：利益恩泽。

④进退百官：决定百官的进退升降。

⑤罗：列。弓矢：弓箭。

⑥才俊：才能出众的人，这里指大官的门客。

⑦便体：美好的体态。

⑧裾：衣襟。

译文

太行山的南面有个叫盘谷的地方。盘谷中间，泉水甘美，土地肥沃，草木丰茂，人烟稀少。有人说：『因为它处于两山环抱之间，所以称作「盘」。』也有人说：『这个山谷，位置幽静而地势阻塞，是隐者盘桓逗留的地方。』我的朋友李愿就在这里隐居。

李愿说：『人们称为大丈夫的人，我很了解。施利益恩惠给别人，使自己名望在当世传扬，在朝廷上任免百官，辅佐皇帝发布命令。到了朝廷外，便树起旗帜，罗列弓箭，武夫在前面呼喝，侍从堵塞了道路，供应服侍的人各自拿着物品，在路旁奔跑。高兴就赏赐，生气就处罚。他们跟前挤满了才能出众的人，论古说今，赞扬他们的功德，叫人听在耳中不感厌烦。那些眉毛弯弯，面颊丰腴，声音清脆，体态轻盈，外貌秀丽，内心聪颖，起舞时轻轻的衣襟飘动，低托着长长的衣袖，白粉搽脸，绿黛描眉的女子，舒适地养在一排排后房中，失宠时就忌妒得到宠爱的姬妾；比美以求主人的怜爱。这就是受到皇帝的赏识，为当代出力的大丈夫的所作所为啊！我并非厌恶这些而逃避，只是命中注定，不能侥幸得到啊！

『在山野过穷困的生活，登上高处眺望远方，整日悠然静坐在繁茂的树下，在清澈的泉水里洗涤以使自身洁净。从山上采来的果子，甘美可食；从水中钓到的鱼虾，鲜嫩可口。日常作息没有定时，只要舒适就行。与其当面受到赞誉，不如背后不受毁谤；与其肉体享受快乐，不如心中无所忧虑。既不受官职的约束，也不受刑罚的威胁；无须知道天下的治乱，也不问官吏的升降。这些都是时运不好的大丈夫的所作所为，我就要这样做。

『侍候在公卿门下，在权势的路上奔走，想要抬脚迈出又犹豫不决，想要开口说话又嗫嚅无言。处于污浊之中而不知羞耻，触犯了刑法而遭到诛戮。希望侥幸获得发迹的机会，直到老死才罢休。在为人方面哪种好哪种不好呢？』

昌黎韩愈听了这番话，称赞他讲得有气魄。为他敬酒，并为他唱了一首歌说：

盘谷之中，有你的房屋。盘谷的土地，可以耕种。盘谷的清泉，可以用来洗涤，可以沿它徘徊。盘谷地势险阻，谁会来争夺你的住所？幽远深邃，空阔宽广足以容身；山谷回环曲折，走过去却又绕回原处。啊！盘谷中的乐趣啊，快乐无穷。虎豹的足迹远离啊，蛟龙逃避躲藏。鬼神守护啊，呵斥禁绝不祥。有吃有喝啊长寿而健康，没有不满足的啊，还有什么奢望？用油抹我的车轮啊喂好我的马，跟随你去盘谷啊，一辈子在那儿优游徜徉。

说明

唐德宗贞元十七年，韩愈在长安等候调官，因仕途不得志，所以心情也不顺畅，故借好友李愿归隐盘谷的事情，抒发心中不平之气。通过对显贵、隐士和趋炎附势之徒的对比，表达了他对官场腐败现象的批判以及对隐居的向往。

送温处士赴河阳军序

原文

伯乐一过冀北之野而马群遂空。夫冀北马多天下，伯乐虽善知马，安能空其群耶？解之者曰：『吾所谓空，非无马也，无良马也。伯乐知马，遇其良，辄取之，群无留良焉[①]。苟无良，虽谓无马，不为虚语矣。』

东都，固士大夫之冀北也。恃才能深藏而不市者，洛之北涯，曰石生；其南涯，曰温生[②]。大夫乌公，以鈇钺镇河阳之三月，以石生为才，以礼为罗，罗而致之幕下。未数月也，以温生为才，于是以石生为媒，以礼为罗，又罗而致之幕下。东都虽信多才士，朝取一人焉，拔其尤；暮取一人焉，拔其尤[③]。自居守河南尹，以及百司之执事，与吾辈二县之大夫，政有所不通，事有所可疑，奚所谘而处焉[④]？士大夫之去位而巷处者，谁与嬉游？小子后生，于何考德而问业焉[⑤]？缙绅之东西行过是都者，无所礼于其庐。若是而称曰：『大夫乌公一镇河阳而东都处士之庐无人焉。』岂不可也？

夫南面而听天下，其所托重而恃力者，惟相与将耳。相为天子得人于朝廷，将为天子得文武士于幕下，求内外无治，不可得也。愈縻于兹⑥，不能自引去，资二生以待老⑦。今皆为有力者夺之，其何能无介然于怀耶⑧？生既至，拜公于军门，其为吾以前所称，为天下贺；以后所称，为吾致私怨于尽取也⑨。留守相公首为四韵诗歌其事，愈因推其意而序之。

注释

①群无留良：马群中没留下一匹好马。

②石生：石洪。温生：即温造。二人同隐于洛阳，石洪住洛水北，温造住洛水南。

③拔其尤：选拔其中最优秀者。

④奚所咨而处焉：到什么地方去询问以得到解决。

⑤考德：考察其品德。问业：请教学业上的问题。

⑥縻于兹：被束缚在这河南县。

⑦自引去：自己离开。资二生：依靠此二人。

⑧介然于怀：耿耿于怀。介然：耿耿，有心事。

⑨吾致私怨于尽取：我因人才尽被有力者夺去而耿耿于怀。私怨，指个人耿耿于怀。

译文

伯乐一经过冀北之野，马群就空了。冀北是天下产马最多之地，伯乐虽善于相马，怎么能使那里的马群空了呢？解释的人说：『我们说的空，不是没有马了，而是没有良马。伯乐能识马，遇到好马就把它挑走，马群里留不下一匹好马。如果没有良马，即使说没有马，也不算是假话。』

东都洛阳，本是士大夫的『冀北』。有才学而隐居不仕的，洛水北岸有位石生，洛水南岸有位温生。御史大夫乌公凭节度使的身份镇守河阳的第三个月，识得石生是个人才，就依礼仪，把石生招入幕府。没有过几个月，又看中温生是个人才，于是通过石生介绍，又把温生招致幕下。东都虽然是人才很多的地方，可是怎么禁得起早晨挑选一个，把尖子挑走，晚上挑选一个，把尖子挑走呢？这样一来，从东都留守、河南尹到各部门的官员和我们两县的官吏，如果政事上遇到问题，事情遇到疑点，找什么人去咨询以妥善解决呢？辞官闲居的士大夫们和谁交游呢？青年后辈又到哪里去考察德行、请教学业呢？东来西往经过洛阳的官员们，也无法到他们的住所去拜访。这种情况可以说是：『御史大夫乌公镇守洛阳，洛阳处士的住所就没有人了。』难道不行吗？

皇帝治理天下，所依靠的得力之人，只有宰相和大将罢了。宰相为皇帝搜罗人才到朝廷，大将为皇帝网罗文人武士到军帐里，如果这样，国家内外治理不好是不可能的了。我羁留在这里，不能自己引退，依靠石、温两位的帮助度过晚年。如今他们都被有权力的人要走了，这怎么不让我耿耿于怀呢？温生到任，在军门拜见乌公时，正如我前面所说，应为天下人祝贺；就像我后面所说，我个人对本地人才被选空是有抱怨的。东都留守相公首先作诗四韵以赞美此事，我便依照他的意思作了这篇序。

说明

文中将镇守河阳的节度使乌重胤比喻为善于相马的伯乐，说他到河阳不久就网罗了当地的人才石生，几个月后又通过石生将温生招至幕下，还以埋怨的口吻抱怨乌公将当地人才尽皆选去，赞扬乌公能够为国选材，也将温处士比喻为国家需要的贤士。

祭十二郎文

原文

年月日，季父愈，闻汝丧之七日，乃能衔哀致诚[1]，使建中远具时羞之奠[2]，告汝十二郎之灵：

呜呼！吾少孤[3]，及长，不省所怙[4]，惟兄嫂是依[5]。中年，兄殁南方[6]。吾与汝俱幼，从嫂归葬河阳，既又与汝就食江南，零丁孤苦，未尝一日相离也。吾上有三兄，皆不幸早世，承先人后者，在孙惟汝，在子惟吾[7]。两世一身[8]，形单影只。嫂尝抚汝指吾而言曰：『韩氏两世，惟此而已。』汝时尤小[9]，当不复记忆；吾时虽能记忆，亦未知其言之悲也。

吾年十九，始来京城，其后四年而归视汝。又四年，吾往河阳省坟墓，遇汝从嫂丧来葬。又二年，吾佐董丞相于汴州，汝来省吾，止一岁，请归取其孥；明年，丞相薨，吾去汴州，汝不果来。是年，吾佐戎徐州，使取汝者始行，吾又罢去，汝又不果来。吾念汝从于东，东亦客也，不可以久，图久远者，莫如西归，将成家而致汝。呜呼！孰谓汝遽去吾而没乎！吾与汝俱少年，以为虽暂相别，终当久相与处，故舍汝而旅食京师，以求斗斛之禄。诚知其如此，虽万乘之公相，吾不相以一日辍汝而就也。

去年，孟东野往，吾书与汝曰：吾年未四十，而视茫茫，而发苍苍，而齿牙动摇，念诸父与诸兄，皆康强而早世，如吾之衰者，其能久存乎！吾不可去，汝不肯来，恐旦暮死，而汝抱无涯之戚也。孰谓少者殁而长者存，强者夭而病者全乎！呜呼！其信然耶？其梦耶？其传之非其真耶？信也，吾兄之盛德而夭其嗣乎？汝之纯明而不克蒙其泽乎？少者强者而夭殁，长者衰者而存全乎？未可以为信也。梦也，传之非其真也，东野之书，耿兰之报，何为而在吾侧也？呜呼！其信然矣，吾兄之盛德而夭其嗣矣！汝之纯明宜业其家者，不克蒙其泽矣！所谓天者诚难测而神者诚难明矣！

所谓理者不可推，而寿者不可知矣！虽然，吾自今年来，苍苍者或化而为白矣，动摇者或脱而落矣，毛血日益衰，志气日益微，几何不从汝而死也！死而有知，其几何离；其无知，悲不几时，而不悲者无穷期矣！汝之子始十岁，吾之子始五岁，少而强者不可保，如此孩提者，又可冀其成立耶？呜呼哀哉！呜呼哀哉！

汝去年书云：比得软脚病，往往而剧。余曰：是疾也，江南之人常常有之。未始以为忧也。呜呼！其竟以此而殒其生乎？抑别有疾而至斯乎？汝之书，六月十七日也。东野云，汝殁以六月二日；耿兰之报无月日。盖东野之使者不知问家人以月日，如耿兰之报不知当言月日，东野与吾书，乃问使者，使者妄称以应之耳。其然乎？其不然乎？今吾使建中祭汝，吊汝之孤与汝之乳母，彼有食可守以待终丧，则待终丧而取以来；如不能守以终丧，则遂取以来；其馀奴婢，并令守汝丧。吾力能改葬，终葬汝于先人之兆，然后唯其所愿。

呜呼！汝病吾不知时，汝殁吾不知日；生不能相养以共居，殁不得抚汝以尽哀，敛不得凭其棺，窆不临其穴。吾行负神明，而使汝夭，不孝不慈，而不得与汝相养以生，相守以死。一在天之涯，一在地之角，生而影不与吾形相依，死而魂不与吾梦相接，吾实为之，其又何尤？彼苍者天，曷其有极！自今以往，吾其无意于人世矣！当求数顷之田于伊、颍之上，以待馀年，教吾子与汝子，幸其成；长吾女与汝女，待其嫁。如此而已。呜呼！言有穷而情不可终，汝其知也耶？其不知也耶？呜呼哀哉！尚飨。

注释

①衔哀：含着哀痛。致诚：表达心意。

②时羞：应时的鲜美菜肴。奠：祭品。

③孤：幼年死去父亲（韩愈的父亲韩仲卿去世时，韩愈只有三岁）。

④不省所怙：不晓得依靠谁。

⑤兄嫂：韩会和郑氏，就是十二郎的嗣父母。

⑥兄殁南方：韩愈十岁时，韩会贬官韶州，后来死在任上。

⑦在孙惟汝，在子惟吾：从韩愈的父亲一辈算起，孙子一辈只剩下十二郎，儿子一辈只剩下韩愈自己。

⑧两世一身：两代各都只剩下一人。

⑨汝时尤小：你当时很小。

译文

某年某月某日，叔父韩愈在听到你去世消息的第七天，才强忍哀痛向你表达心意。打发建中从远路备办了时鲜食品，告慰于十二郎的灵前：

唉！我幼年丧父，等到长大，还不清楚父亲的样子，所依靠的只有哥哥和嫂子。哥哥中年时，在南方去世。当时我和你年纪还都小，跟随嫂嫂送哥哥的灵柩回河阳。后来又和你到江南谋生。孤苦伶仃，我俩没有一天分离过。我上面有三个哥哥，都不幸很早去世了。继承先父后嗣的，在孙子辈里只有你，在儿子辈里只有我，两代都只有一人，孤孤单单。嫂嫂曾一面抚摸着你一面指着我说：『韩家两代，就只有你们了！』那时你还小，大概已记不得了；我虽能记得，但也不懂得她的话有多么悲酸。

我十九岁时，第一次到京城。此后四年，才回家去看你。又过了四年，我去河阳扫墓，遇到你送嫂嫂的灵柩前来安葬。又过了两年，我在汴州辅助董丞相，你来看望我，只住了一年，就要求回去接家眷。第二年，董丞相去世，我离开汴州，你没能前来。那一年，我在徐州辅助军务，派去接你的人刚动身，我又罢职，你又没能够来。我想，即使你跟我到东边，也是异乡客地，不能久住；从长远打算，不如西归故乡，先安好家再接你来。唉！谁料到你突然去世离开了我啊！我与你都还年轻，以为虽然暂时分离，终究会长久相聚的，所以才离开你到京师谋食，企图得微薄的俸禄。若早知如此，即使是做王公宰相，我也不愿一天离开你而去任职啊。

去年，孟东野前往江南，我托他带信给你说：『我还未到四十岁，而两眼昏花，头发花白，牙齿松动。想到我诸位叔伯父和各兄长，都是在身体健康时便过早去世，像我这样衰弱的人，能长命吗？我无法离开职守，你又不肯来。只怕我早晚死了，使你陷入无穷无尽的忧伤。』谁料想到年少的先死而年长的活着；身强的夭折而病弱的却保全了生命呢？唉！这是真的吗？还是做梦呢？还是传言不真实呢？如果是真的，为什么我哥哥德行那么美好他的儿子却夭亡？你那么纯洁聪明却不能承受他的遗泽？年少身强的反而早死，年长衰弱的反而活着，我不敢相信这是真的啊。这是梦，是传错了消息。孟东野的来信、耿兰的讣文，却又为什么在我的身边呢？呜呼！这是真的啊！我哥哥有那么美好的德行他的儿子却夭亡，你那么纯正贤明适合继承家业，竟不能承受他的遗泽！所谓天啊，实在测不透；神啊，实在让人难以明白！所谓理，不可推究，所谓寿则不可知啊！虽说如此，我从今年以来，花白的头发有的已经全白，松动的牙齿有的已经脱落。体质一天比一天衰弱，精神一天比一天衰退。还有多少时间不跟着你去死呢！如果死后能有知觉，那分离的日子也不会很久；如果没有知觉，那我也悲伤不了多少时候，而不哀伤的日子倒是无穷无尽的。你的儿子才十岁，我的儿子才五岁。年少身强的都保不住，像这样的孩子，又怎么能希望他们长大成人呢？呜呼，悲伤啊！呜呼，悲伤啊！

你去年来信说：『近来得了软脚病，而且越来越严重。』我说：『这种病，江南人是常有的。』未曾为此而担忧。唉！难道你竟然因为这种病而丧失了生命吗？还是得了别的病而无法挽救呢？你的信，是六月十七日写的。东野说：

你是六月二日去世的，耿兰报丧的信没有写明月日。大概东野的使者不知道向家里人问明月日；而耿兰的丧报，又不懂得应当说清月日。或是东野给我写信时询问差使，差使信口胡说罢了。是这样呢？或不是这样呢？现在我派建中祭奠你，慰问你的儿子和你的奶妈。他们如果有粮可以守到丧期结束，那么就等到丧期完了再接他们来；如果无法守到丧期结束，现在就把他们接来，其余下人，都让他们为你守丧。如果我有能力给你迁葬，一定把你葬到祖先的墓地，如此才算了却我的心愿。

唉！你患病我不知道时间，你去世我不知道日期；你活着时我们不能互相照顾，你去世了我不能抚摸你的遗体表达我的哀痛，入殓时我不能紧靠你的棺木，下葬时我不能亲临你墓穴边。我的行为有负于神明，而使你夭折。我对上不孝，对下不慈，我既不能和你互相照顾共同生活，又不能和你相互依靠一同死去；一个在天涯，一个在地角，活着时你的影子不能与我的形体靠拢，死后你的魂灵不能和我在梦里相会。这实在是我造成的，还能怨谁呢！苍茫的上天啊，我的痛苦何时才有尽头！从今以后，我无意活在人世！我应当在伊水和颍水旁边置几顷田地，度过我的晚年，教育我的儿子和你的儿子，期望他们成才；抚养我的女儿和你的女儿，等到她们出嫁，我想做的不过如此了！唉！话有说尽之时，而悲痛的心情却是无尽的，你是知道了呢？还是不知道呢？啊，悲恸啊！望你的灵魂享用祭品吧！

说明

十二郎名老成，是韩愈次兄的次子，过继给他的长兄，在族中排行第十二。韩愈小时丧父，由长兄嫂抚养，与十二郎因年龄差不多，感情十分亲密。这篇祭文回忆了小时与十二郎共同成长的往事，融入了真挚的感情，非常感人，被誉为祭文中的『千年绝调』。

祭鳄鱼文

原文

维年月日，潮州刺史韩愈，使军事衙推秦济①，以羊一，猪一，投恶溪之潭水②，以与鳄鱼食，而告之曰：

昔先王既有天下，烈山泽，罔绳擉刃③，以除虫蛇恶物为民害者，驱而出之四海之外。及后王德薄，不能远有，则江汉之间，尚皆弃之以与蛮、夷、楚、越；况潮，岭海之间④，去京师万里哉！鳄鱼之涵淹卵育于此⑤，亦固其所。

今天子嗣唐位，神圣慈武，四海之外，六合之内，皆抚而有之；况禹迹所揜⑥，扬州之近地，刺史，县令之所治，出贡赋以供天地宗庙百神之祀之壤者哉！鳄鱼其不可与刺史杂处此土也。刺史受天子命，守此土，治此民，而鳄鱼睅然不安溪潭⑦，据处食民畜、熊、豕、鹿、獐⑧，以肥其身，以种其子孙⑨，与刺史抗拒，争为长雄。刺史虽驽弱，亦安肯为鳄鱼低首下心，伈伈睍睍，为吏民羞，以偷活于此耶！且承天子命以来为吏，固其势不得不与鳄鱼辨。

鳄鱼有知，其听刺史言：潮之州，大海在其南，鲸、鹏之大，虾、蟹之细，无不容归，以生以食，鳄鱼朝发而夕至也。今与鳄鱼约：尽三日，其率丑类南徙于海，以避天子之命吏。三日不能，至五日；五日不能，至七日；七日不能，是终不肯徙也。是不有刺史，听从其言也；不然，则是鳄鱼冥顽不灵，刺史虽有言，不闻不知也。夫傲天子之命吏，不听其言，不徙以避之，与冥顽不灵而为民物害者，皆可杀。刺史则选材技吏民，操强弓毒矢，以与鳄鱼从事，必尽杀乃止。其无悔！

注释

①军事衙推：官名，州刺史之属官。

②恶溪：潮州境内一河流。

化及于兽

明朝王士弘为海宁知县，有惠政，祷甘霖，除虎害。邑人歌曰：『打虎得虎，祈雨得雨。岂弟君子，民之父母。』

③烈山泽：放火焚烧山林和沼泽。列：同『烈』，这里用作动词。罔绳：用绳结网捕捉。擉刃：用利刃刺杀。

④以与：以之给予。况潮岭海之间：何况潮州在五岭和南海之间。言其被视为蛮荒僻远之地。

⑤涵淹：潜伏于水中。卵育：产卵繁殖。

⑥禹迹：夏禹治理洪水，足迹遍及九州岛，故以此称中国的疆域。揜：同『掩』，覆盖。

⑦睅然：瞪大眼睛，凶恶的样子。

⑧据处：占据固定的地点。民畜：百姓的家畜。

⑨种：繁殖。

译文

某年某月某日，潮州刺史韩愈派遣军事衙推秦济，把羊一头、猪一口，投入恶溪的潭水中，送给鳄鱼吃，并警告它：

古时候的帝王拥有天下，封锁山岭和泽地的，用绳网捉、用利刃去刺，把虫、蛇等给人民带来危害的可恶动物驱逐到四海之外。到了后代，帝王的德行威望不够，不能维护远方，于是，长江、汉水之间的大片土地只得丢给蛮、夷、楚、越各族；更何况地处五岭和南海之间，离京城有万里之遥的潮州呢！鳄鱼之所以潜伏、生息在此地，也是适宜的地方。

当今天子继承了大唐帝位，神圣，仁慈、英武，四海之外，天地四方之内，都归他统治；更何况潮州是大禹足迹所至之处，古代扬州的地域，是刺史、县令治理的地区，又是进贡纳税以供应皇上祭天地、祖宗、神灵的地方呢？鳄鱼，你不可以同刺史一起居住在这块土地上啊！刺史奉天子之命，镇守这块土地，治理这里的人民，而鳄鱼竟敢不安分地呆在溪潭中，侵吞土地吞食人、畜、熊、猪、鹿、獐，来养肥自己的身体、繁衍自己的子孙，与刺史抗衡争雄；刺史虽然软弱无能，又怎么肯在鳄鱼面前低头屈服，战栗害怕，给民吏丢脸，并在官府中苟且偷安呢！而且本刺史是奉天子的命令来这里任职的，不得不与鳄鱼讲明道理：

鳄鱼如有灵性，就听刺史我说：潮州这地方，大海在它的南面，大至鲸、鹏，小至虾、蟹，没有不在此安身，生活取食的，鳄鱼早上出发，晚上就可以到达大海。现在，刺史与鳄鱼约定：三天之内，务必率领你的同类南迁到大海去，以躲避天子任命的刺史；三天办不到，就五天；五天办不到，就七天；七天还不行动，就表明始终不肯迁移了。就是不把刺史放在眼里，不听我的话；不然的话，就是愚蠢顽固，虽然刺史已经有言在先，你们却听不进，不理解。凡对天子任命的官吏傲慢无礼，不听他的劝诫，不肯躲避迁入大海，以及愚蠢顽固而残害人民的牲畜，都应该杀掉。刺史就要挑选才技出众的官吏和民众，操起强弓毒箭，同鳄鱼作战，直到把鳄鱼斩尽杀绝才肯罢手。你们可别后悔啊！

说明

元和十四年，韩愈因谏迎佛骨，被唐宪宗贬为潮州刺史。据说，韩愈到潮州后听说境内的恶溪中有鳄鱼为害百姓，于是作了这篇《祭鳄鱼文》，劝诫鳄鱼搬迁，使得潮州境内永远免受鳄鱼的侵害。这当然只是一个传说，但此文简短有力，体现了韩愈为百姓除害的思想。

柳子厚墓志铭①

原文

子厚讳宗元。七世祖庆，为拓跋魏侍中，封济阴公。曾伯祖奭，为唐宰相，与褚遂良、韩瑗俱得罪武后，死高宗朝。皇考讳镇②，以事母弃太常博士，求为县令江南；其后以不能媚权贵③，失御史，权贵人死，乃复拜侍御史；号为刚直，所与游皆当世名人。

子厚少精敏，无不通达。逮其父时④，虽少年，已自成人，能取进士第，崭然见头角⑤，众谓柳氏有子矣。其后以博学宏词⑥，授集贤殿正字。俊杰廉悍⑦，议论证据今古，出入经史百子⑧，踔厉风发⑨，率常屈其座人，名声大振，一时皆慕与之交；诸公要人，争欲令出我门下，交口荐誉之。

贞元十九年，由蓝田尉拜监察御史。顺宗即位，拜礼部员外郎。遇用事者得罪，例出为刺史，未至，又例贬州司马。居闲益自刻苦，务记览，为词章，泛滥停蓄，为深博无涯涘，而自肆于山水间。

元和中，尝例召至京师，又偕出为刺史，而子厚得柳州。既至，叹曰：『是岂不足为政耶！』因其土俗，为设教禁，州人顺赖。其俗以男女质钱，约不时赎，子本相侔，则没为奴婢。子厚与设方针，悉令赎归；其尤贫力不能者，令书其佣，足相当，则使归其质。观察使下其法于他州，比一岁，免而归者且千人。衡湘以南为进士者，皆以子厚为师，其经承子厚口讲指画为文词者，悉有法度可观。

其召至京师而复为刺史也，中山刘梦得禹锡亦在遣中，当诣播州。子厚泣曰：『播州非人所居，而梦得亲在堂，吾不忍梦得之穷，无辞以白其大人。且万无母子俱往理！』请于朝，将拜疏，愿以柳易播，虽重得罪，死不恨。遇有以梦得事白上者，梦得于是改刺连州。呜呼！士穷乃见节义。今夫平居里巷相慕悦，酒食游戏相征逐，诩诩强笑语，以相取下，握手出肺肝相示，指天日涕泣，誓生死不相背负，真若可信；一旦临小利害，仅如毛发比，反眼若不相识，落陷阱，不一引手救，反挤之，又下石焉者，皆是也。此宜禽兽夷狄所不忍为，而其人自视以为得计，闻子厚之风，亦可以少愧矣！

子厚前时少年，勇于为人，不自贵重顾藉，谓功业可立就，故坐废退。既退，又无相知有气力得位者推挽，故卒死于穷裔，材不为世用，道不行于时也。使子厚在台省时，自持其身，已能如司马、刺史时，亦自不斥；斥时有人力能举之，且必复用不穷。然子厚斥不久，穷不极，虽有出于人，其文学词章，必不能自力以致必传于后如今，无疑也。虽使子厚得所愿，为将相于一时，以彼易此，孰得孰失，必有能辨之者。

子厚以元和十四年十一月八日卒，年四十七。以十五年七月十日归葬万年先人墓侧。子厚有子男二人，长曰周六，始四岁；次曰周七，子厚卒乃生。女子二人，皆幼。其得归葬也，费皆出观察使河东裴君行立。行立有节概，重然诺，与子厚结交；子厚亦为之尽，竟赖其力。葬子厚于万年之墓者，舅弟卢遵。遵，涿人，性谨慎，学问不厌。自子厚之斥，遵从而家焉，逮其死不去；既往葬子厚，又将经纪其家，庶几有始终者。铭曰：

是惟子厚之室，既固既安，以利其嗣人。

注释

①墓志铭：一种文体。刻在石头上，葬时埋在墓内。一般包括志和铭两部分，志用散文，类似死者的传记；铭用韵文，是对死者的赞扬、悼念或安慰的话。

②皇考：宋代以前，对死去的父亲的尊称。

③权贵：居高位而有权有势的人，这里指的是窦参。窦参任中书侍郎同平章事（相当于宰相的职位），柳镇因得

罪窦参，由御史贬为夔州司马。

④逮其父时：柳宗元童年时代，他父亲柳镇去江南，他和母亲留在长安家里。到他十二三岁时，柳镇在湖北、江西等地做官，他跟父亲一起去，这里指的是这个时期。逮，到。

⑤崭然：突出的样子。见头角：比喻青年人显露出才华出众的气概。

⑥博学宏词：选拔博学能文之士的考试科名，贞元十二年（796），柳宗元中博学宏词科。

⑦廉悍：品行方正，廉洁有骨气。

⑧出入：这里有融会贯通的意思。百子：先秦诸子百家的著作。

⑨踔厉：议论纵横。风发：见识高远。

译文

子厚，名宗元。七世祖柳庆，北魏时做过侍中，被封为济阴公。曾伯祖柳奭，曾任唐朝宰相，同褚遂良、韩瑗一起得罪了武后，在高宗时被处死。父亲柳镇，为侍奉母亲，放弃了太常博士的任命，请求到江南做县令。后来因为他不肯迎合权贵，丢掉了御史的官职。直到那位权贵死了，才又被用为侍御史。人们都称他刚毅正直，所交往的都是当时有名望的人。

子厚少年时就很精明能干，通达事理。当他的父亲还在世时，他虽然很年轻，但已经成人，能够考中进士，显露出超凡的才华，人们都说柳家有个好儿子。后来又通过博学宏词科的考试，被授为集贤殿正字。他才智出众，清廉刚毅，发表议论时能引证今古事例为据，精通经史百家学说，见识高深，意气风发，常常使在座的人为之叹服。因此名声轰动，一时之间人们都向往与他交往。那些公卿贵人争着要收他做自己的门下，众口一词地赞誉推举他。

贞元十九年，他由蓝田县尉升任监察御史。顺宗即位，又升为礼部员外郎。正遇当权人获罪，他也被贬出京城做州刺史，还未到任，又被依例贬为州司马。为官清闲，自己更加刻苦为学，专心诵读，写作诗文，如江河泛滥，雄厚凝练，造诣精深博大，而自己只能纵情于山水之间了。

元和年间，他曾与一同被贬的人奉召回到京师，又一起出京为刺史，子厚分在柳州。到任后，他慨叹道：『这里难道不值得实施政教吗？』于是按照当地的风俗，制订了教谕和禁令，百姓都顺从并信赖他。此地习惯于用儿女做抵押向人借钱，如不能按时赎回，等到利息与本金相等时，子女就会成为债主的奴婢。子厚为借债人想方设法，让他们都把子女赎了回来；那些特别穷困没有能力赎回的，就让债主记下子女当佣工的酬劳，到应得的工钱和所借钱数相当时，就让债主归还人质。观察使把这个办法推广到其他的州，一年后，免除奴婢身份回家的有近千人。衡山、湘水以南准备考进士的人，都将子厚当作老师，那些经过子厚亲自指点的人所写的文章，都可以看出很好的章法。

当他被召回京又被遣出做刺史时，中山人刘梦得禹锡也在被遣之列，应当去播州。子厚流着泪说：『播州不适于居住，况且梦得有老母在堂，我不忍心看到梦得处境困窘，以至于无法把这事告诉他的老母；况且绝没有母子一同前往的道理。』于是他准备上书向朝廷请求，情愿拿柳州换播州，即使因此再次获罪，死也无憾。正好有人把梦得的情况告知了皇上，梦得因此改任连州刺史。呜呼！人在困窘之时，才看得出他的道义和气节！现在一些人，平日互相仰慕讨好，一起饮宴嬉戏，强作笑脸，互相表示愿居对方之下，手握手作出掏肝挖肺之状给对方看，指着天日流泪发誓，表示死都不背弃朋友，就像真的一样可信。一旦发生小的利害冲突，哪怕只像头发丝般细小，也会翻脸不认人；朋友落入陷阱，也不伸手援救，反而借机推挤他，往下扔『石头』，前面说的都是这样的人啊！这些事连那些禽兽和野蛮人都不忍心干，而那些人却自以为得计。他们听到子厚为人的风度，也应该感到些许惭愧吧！

子厚年轻时，勇于助人，不看重和爱惜自己，认为功名事业可以一蹴而就，结果受到牵连而被贬斥。被贬后，又没有有权力的熟人推荐与引进，所以最后死在穷困荒凉的边地，才干不得施展，抱负不能实现。如果子厚当时在御史台、尚书省任职时，能谨慎约束自己，像做司马、刺史时那样，也自然不会受贬斥；贬官后，若有人推举他，一定会再次被任用，不至陷入困境。然而若是子厚被贬斥的时间不长，穷困的处境未至极点，虽可出人头地，但他在文学上一定不能这样地下工夫，以至于能如今天这样流传后世，这是毫无疑问的。即使满足子厚的愿望，在一个时期内官至将相，用那个换这个，何者为得，何者为失？人们一定可以分辨。

子厚在元和十四年十一月初八去世，享年四十七岁。灵柩在十五年七月初十安葬在万年县祖先的墓旁。子厚有两个儿子：大的名周六，才四岁；小的名周七，子厚去世后才出生。还有两个女儿，都很小。他的灵柩能够归葬祖茔，是观察使河东人裴行立出资帮助的。行立为人有气节，守诺言，与子厚是朋友，子厚对他也很尽心尽力，最后竟靠他出力处理了后事。把子厚安葬到万年县墓地的，是他的姑舅表弟卢遵。卢遵是涿州人，性情谨慎，好学不满足；自从子厚被贬斥之后，卢遵就跟随他住在一起，直到他去世从未离开过；送子厚归葬后，又准备安排料理子厚的家事，可称得上是位有始有终的人了。铭文说：

这是子厚的墓室，既牢固又安适，有利于他的子孙。

说明

韩愈和柳宗元同是唐代古文运动的领袖，私交很深。柳宗元在元和十四年去世，本文作于元和十五年，是韩愈写的哀悼和纪念文字中的一篇。文章概括叙述了柳宗元的生平，着重论述了他的政绩、文学成就及其现实意义，并对他长期仕途的坎坷表示了同情。

伯夷颂[1]

原文

士之特立独行[2]，适于义而已[3]。不顾人之是非[4]，皆豪杰之士，信道笃而自知明者也[5]。一家非之，力行而不惑者[6]，寡矣；至于一国一州非之，力行而不惑者，盖天下一人而已矣；若至于举世非之，力行而不惑者，则千百年乃一人而已耳。若伯夷者，穷天地，亘万世，而不顾者也[7]。昭乎日月不足为明[8]，崒乎泰山不足为高[9]，巍乎天地不足为容也。

当殷之亡，周之兴，微子贤也，抱祭器而去之。武王、周公，圣也，从天下之贤士与天下之诸侯而往攻之，未尝闻有非之者也。彼伯夷叔齐者，乃独以为不可。殷既灭矣，天下宗周，彼二子乃独耻食其粟，饿死而不顾。繇是而言，夫岂有求而为哉？信道笃而自知明也。

今世之所谓士者，一凡人誉之，则自以为有馀；一凡人沮之，则自以为不足。彼独非圣人，而自是如此。夫圣人乃万世之标准也，余故曰：若伯夷者，特立独行，穷天地，亘万世而不顾者也。虽然，微二子，乱臣贼子接迹于后世矣。

注释

①本文选自《昌黎先生集》卷十二。伯夷：姓罗，名允，字公信，为商末孤竹君之长子。此文为韩愈有所为而发，表现了韩愈不与世俗同流的精神。

②特立独行：不随波逐流，有自己独特的见解看法和作为。

③义：通宜，适宜。

④人之是非：在别人看来自己的做法到底对不对。

伯夷

商末孤竹君之长子，姓墨胎氏。天下宗周，而伯夷、叔齐耻食周粟，逃隐于首阳山，采集野菜而食之，及饿将死，作歌。其辞曰：『登彼西山兮，采其薇矣。以暴易暴兮，不知其非矣。神农、虞、夏忽焉没兮，我安适归矣？于嗟徂兮，命之衰矣！』遂饿死于首阳山。

⑤信道笃：忠实地相信自己的道。

⑥不惑：不受别人的蛊惑，坚持自己所想。

⑦前面一句指的是空间，后面指的是时间，全句意思是说伯夷是从古到今天地之间唯一的『不顾人非』的『豪杰之士』。

⑧昭：光，明亮。

⑨崒：山势险峻。《说文》：『崒，危高也。』

译文

读书人做人做事，有自己独特的见解和行事方式，都只把义作为自己做事的依托。不管别人的看法如何而坚持自己行为的，都是豪杰之士，是能够坚信自己的道并对自己的所作所为非常清楚的人。不管一家的批评而去坚持的人很少，而尽管一国一地的人批评他，仍然去坚持的人，整个天下恐怕只能找得到一个人而已。如果全世界的人都批评他，还能坚持自己做法的人，千百年来好像只有一个人。像伯夷的做人做事，哪怕经历了万世万代也不会回头的。和他相比，日月的光都不够明亮，泰山也不够雄峻，即便是天地之大也无法包容。

当殷商快要灭亡，而周要兴起的时候，连微子这样的贤人都抱着祭祀用的器具离开了殷商，武王、周公般的圣人带领着天下的贤德之士和各诸侯国攻打殷商，没有听到过谁批评他们。只有伯夷、叔齐认为他们做得不对。殷商灭亡后，全天下的人都承认了周的统治，只有伯夷叔齐认为吃周的粮食是耻辱的事，即使饿死也不吃。他们这样做难道是为了要博取什么吗？只是忠实地坚信自己的道并且清楚自己的所作所为罢了。

现在所谓的读书人，一旦有人称赞他，就觉得自己品德高尚才学过人，想要更多的赞誉；而一旦有人不满他，就会认为批评者的话不一定正确。他可以自以为是到独自去批评圣人的地步，要知道圣人的行事是万世的标准啊。所以我说：像伯夷这样的人，是做人做事特立独行，即便经历了万世万代也不会回头的人。尽管说如果不是他们两个，乱臣贼子也不会接连不断地在后世出现。

【作者逸事】

很早以前，在韩江里做工的放排工，又要去岸上扛杉木，又要跳下江水去扎杉排，这样在江水里跳进爬出的，身上的衣服一会湿、一会干，常常闹肚子，时间久了还容易得风湿病。后来的放排工索性就把衣服全脱了，光着身子干活。这样一来，那些每天在江边挑水洗衣的妇女们就不乐意了，一大帮男人整天赤身裸体地在眼前晃来晃去，实在是不好意思，于是报了官府。官府派人下来一看，这确实有伤风化，该闹肚子你还得闹肚子：于是放排工没办法，只能继续穿着时干时湿的衣服干活。

韩愈上任后，亲自跑到江边看了看放排工的工作状况，这样下去可不得了，整天裹着身湿衣服，就是铁人也扛不住啊。于是他做了个决定，以后放排工工作的时候，可以不穿衣服，在腰间扎块能遮羞的布就行了。这样一来，放排工高高兴兴，挑水的妇女也没了意见，皆大欢喜。后来这块布成了潮州人遮羞、洗澡甚至做包裹用的常备布，被称为『水布』。

《张中丞传》后序

原文

元和二年四月十三日夜[1]，愈与吴郡张籍阅家中旧书[2]，得李翰所为《张巡传》[3]。翰以文章自名[4]，为此传颇详密。然尚恨有阙者：不为许远立传[5]，又不载雷万春事首尾[6]。

远虽材若不及巡者，开门纳巡，位本在巡上。授之柄而处其下[7]，无所疑忌，竟与巡俱守死，成功名，城陷而虏，与巡死先后异耳。两家子弟材智下，不能通知二父志[8]，以为巡死而远就虏，疑畏死而辞服于贼。远诚畏死，何苦守尺寸之地，食其所爱之肉，以与贼抗而不降乎？当其围守时，外无蚍蜉蚁子之援[9]，所欲忠者，国与主耳，而贼语以国亡主灭。远见救援不至，而贼来益众，必以其言为信；外无待而犹死守，人相食且尽，虽愚人亦能数日而知死处矣。远之不畏死亦明矣！乌有城坏其徒俱死，独蒙愧耻求活？虽至愚者不忍为，呜呼！而谓远之贤而为之耶？

说者又谓远与巡分城而守，城之陷，自远所分始。以此诟远，此又与儿童之见无异。人之将死，其脏腑必有先受其病者；引绳而绝之，其绝必有处。观者见其然，从而尤之，其亦不达于理矣！小人之好议论，不乐成人之美，如是哉！如巡、远之所成就，如此卓卓，犹不得免，其他则又何说！

当二公之初守也，宁能知人之卒不救，弃城而逆遁？苟此不能守，虽避之他处何益？及其无救而且穷也，将其创残饿羸之馀，虽欲去，必不达。二公之贤，其讲之精矣！守一城，捍天下，以千百就尽之卒，战百万日滋之师，蔽遮江淮，沮遏其势，天下之不亡，其谁之功也！当是时，弃城而图存者，不可一二数；擅强兵坐而观者，相环也。不追议此，而责二公以死守，亦见其自比于逆乱，设淫辞而助之攻也。

愈尝从事于汴徐二府，屡道于两府间，亲祭于其所谓双庙者。其老人往往说巡、远时事云：南霁云之乞救于贺兰也，贺兰嫉巡、远之声威功绩出己上，不肯出师救；爱霁云之勇且壮，不听其语，强留之，且食与乐，延霁云坐。霁云慷慨语曰：『云来时，睢阳之人，不食月馀日矣！云虽欲独食，义不忍；虽食，且不下咽！』因拔所佩刀，断一指，血淋漓，以示贺兰。一座大惊，皆感激为云泣下。云知贺兰终无为云出师意，即驰去；将出城，抽矢射佛寺浮图，矢著其上砖半箭，曰：『吾归破贼，必灭贺兰！此矢所以志也。』愈贞元中过泗州，船上人犹指以相语。城陷，贼以刃胁降巡，巡不屈，即牵去，将斩之；又降霁云，云未应。巡呼云曰：『南八，男儿死耳，不可为不义屈！』云笑曰：『欲将以有为也；公有言，云敢不死！』即不屈。

张籍曰：『有于嵩者，少依于巡；及巡起事，嵩常在围中。籍大历中于和州乌江县见嵩，嵩时年六十馀矣。以巡初尝得临涣县尉，好学无所不读。籍时尚小，粗问巡、远事，不能细也。云：巡长七尺馀，须髯若神。尝见嵩读《汉书》，谓嵩曰：「何为久读此？」嵩曰：「未熟也。」巡曰：「吾于书读不过三遍，终身不忘也。」因诵嵩所读书，尽卷不错一字。嵩惊，以为巡偶熟此卷，固乱抽他帙以试，无不尽然。嵩又取架上诸书试以问巡，巡应口诵无疑。嵩从巡久，亦不见巡常读书也。为文章，操纸笔立书，未尝起草。初守睢阳时，士卒仅万人，城中居人户，亦且数万，巡因一见问姓名，其后无不识者。巡怒，须髯辄张。及城陷，贼缚巡等数十人坐，且将戮。巡起旋，其众见巡起，或起或泣。巡曰：「汝勿怖！死，命也。」众泣不能仰视。巡就戮时，颜色不乱，阳阳如平常。远宽厚长者，貌如其心；与巡同年生，月日后于巡，呼巡为兄，死时年四十九。』嵩贞元初死于亳宋间。或传嵩有田在亳宋间，武人夺而有之，嵩将诣州讼理，为所杀。嵩无子。张籍云。

注释

①元和二年：公元807年。

张巡

张巡（708—757年），唐代河南南阳邓州人。聪敏好学，博览群书，讲气节，倾财好施，扶危济困。安史之乱时，张巡誓死守卫睢阳，他虽为文官，但精通兵法，屡次击败叛军，但终因寡不敌众，战死于睢阳。

②张籍（约767—约830）：字文昌，原籍吴郡（治今江苏苏州），少时迁和州乌江（今安徽和县乌江镇），唐代著名诗人，韩愈的学生。

③李翰：字子羽，赵州赞皇（今河北省元氏县）人，官至翰林学士。

④自名：自许。

⑤许远（709—757）：字令威。唐杭州盐官（今浙江海宁西南）人，今伊桥人。唐开元末年进士。

⑥雷万春：张巡部下勇将。

⑦柄：权柄、权力。

⑧通知：通晓。

⑨蚍蜉：黑色大蚁。蚁子：幼蚁。

译文

元和二年四月十三日那天晚上，我和吴郡人张籍一起翻看家里的旧书，发现了李翰写的《张巡传》。李翰此人以写文章写得好自夸，这篇传记写得非常周密详尽，但可惜的是，这其中还是有不好的地方，既没有替许远立传，也没有写下雷万春事迹的开始和结尾。

许远的才能虽然比不上张巡，但他打开城门接纳张巡，本来自己的官位在张巡之上，却把兵权交给了张巡，听从他的指挥而没有妒忌猜测。

最后和张巡一起遭受磨难，成就了功名，守卫的城池沦陷后被俘虏，他与张巡的死比起来只是先后时间不同罢了。许家和张家两家的子弟不明事理，不能从根本上理解两位贤人的志气。张家的子弟认为张巡牺牲而许远被俘虏，因此怀疑许远是怕死。如果他真的怕死的话，为什么要苦苦地守着一个小小的城池，把自己的仆人杀了让士兵吃，抗战到底而不投降呢？当他们被围困的时候，城外连一个援兵都没有，他们想要效忠的只是国家和自己的君主而已，叛军告诉许远唐朝已经灭亡，君主死了。许远看到一直没有救兵，而城外的叛军越来越多，一定相信了敌人的话。明知没有救兵还在坚守，城内人吃人也快吃完了，就是蠢人也知道死亡近在眼前。这样看来，许远不怕死是非常明显了！哪有城池被攻破，将士死完，而他自己却承受耻辱活下来呢？即便是最愚蠢的人也不会这么做的，难道像许远这么贤德的人会这么做吗？

评论者又说许远和张巡分开守城，城破是从许远这里开始的。用这个来骂许远，就跟孩子的见识没什么两样了。人要死的时候，他的五脏六腑一定有个先得病的器官；拉断绳子，首先断开的一定是绳子的某一处。观察者看到这样的情况，就责怪先得病的那个部位和先断开的绳子那一段，也太不懂事情的道理了。小人喜欢非议别人，不喜欢夸赞成全别人到了这个地步！像张巡、许远这么卓越的贡献还不能免除别人的指责，其他的事情该怎么说呢？

当张巡、许远两个人刚刚守城的时候，他们怎么能知道没有人来救援，从而放弃城池退走呢？如果不能够坚守睢阳，即使退到别的地方又能有什么用呢？等到没有一个救兵陷入困境的时候，两人率领着伤兵弱兵，即使想走也走不了了。像他们这样贤明的人，想的已经够周全了！守卫一座城池，保卫着朝廷的周全，凭借着千百个濒临死亡的残兵，抵挡着上百万越来越多的大军，遮蔽江淮之地，阻遏敌军前进的势头，朝廷没有灭亡，到底应该是谁的功劳呢？那个时候，放弃城池保全自己的不是少数几人，坐拥强兵静观局势的人满地都是。不去批评这些人，反而责怪死守城池的张许两人，由此可见那些抨击者是把自己比作了叛军，用歪理邪说来帮助叛军攻击两人。

我曾经在汴州、徐州两地任过推官，经常来往于两州之间，多次经过睢阳城，亲自到被人称为『双庙』的地方祭拜过。在那里生活的老人经常会谈论到张、许两人的事迹。老人常说：南霁云曾经向贺兰进明请求出兵援助，贺兰妒忌张、许两人，觉得他们的声名和功绩超过了自己，不愿意派兵。贺兰欣赏南霁云的勇猛壮硕，不理会他要求出兵的请求，强行想要把他留在自己的身边做部将，并且摆下了酒肉准备了歌舞请南霁云入座。南霁云慷慨激昂地说：『我来这里求援的时候，整个睢阳城里的人已经有一个多月没什么可吃的了。我虽然想独自一个人吃，但道义上不能这么做，即使我吃进嘴里也咽不下去啊！』而后他拔出自己随身带的刀砍掉一根指头，血淋淋地拿给贺兰看。在座的人都大惊失色，感动得快要哭了出来。南霁云看出来贺兰说到底也不会出兵援救睢阳了，就拍马离开。即将离开城池的时候，南霁云一箭射向佛寺高塔上面的图案，箭头有一半都扎进了墙里。南霁云说：『我这次返回睢阳，如果能够打退叛军，一定回来杀掉贺兰！这一箭就代表我的决心！』我在贞元年间路过泗州的时候，船上的人还指着当年被箭射中的佛塔给我描述当时的情况。当睢阳城沦陷的时候，叛军用刀逼迫张巡投降，张巡宁死不屈，就被拉到一边准备斩首。判军又去威逼南霁云，南霁云没有说话。张巡大喊道：『南八，大丈夫死就死了，不能屈服于不义的人！』南霁云笑着说：『我本来还想做些事情的。您现在说了这样的话，我敢不死么？』于是就从容就义。

张籍说：有一个名字叫做于嵩的人，年轻的时候跟着张巡做事。张巡起兵讨伐叛军的时候，于嵩也曾被敌军围困过。张籍大历年间曾经在和州乌江县看到过于嵩。这时于嵩已经六十来岁了。由于张巡曾经建立战功而自己跟随过张巡的原因，曾经当过临涣县县尉；于嵩喜欢读书，涉猎很广。张籍那个时候年纪还小，只是简单了解过张、许二人的事迹，知道的并不是很详细。于嵩说张巡有七尺多高，胡子长得像神灵一般威武。有一次张巡看见于嵩在看《汉书》，就问他：

『你怎么总是读这一本书呢？』于嵩说：『我现在还没有读熟呢。』张巡说：『我读一本书从来不会多于三遍，读过后一辈子都不会忘记。』于是就背诵起于嵩正在读的那一卷，整卷书一个字都没有背错。于嵩非常惊讶，他认为张巡只是凑巧对这一卷书非常熟悉，于是就随意乱抽出其他的各卷来让张巡背，结果都背得非常熟。于嵩又从书架里抽出另外一些书来试着考张巡，张巡立马背诵，没有丝毫停顿。于嵩跟着张巡很久，很少见到张巡读书。但在写文章的时候，起笔就写，从来没有打过草稿。张巡刚开始驻守睢阳的时候，士兵的数量几乎有上万人，城中的居民也有差不多几万户。张巡只要见过一个人一面，问过他的姓名后，以后再看到时都能认识。张巡发怒的时候胡子总是张开的。城池沦陷的时候，张巡等几十个人被捆着，坐在一起等着被杀。张巡站起来小便，其他人看到张巡站起来，有的也跟着站起来，有的坐在地上流眼泪。张巡说：『你们都不要害怕，死是命中注定的事情。』将士们低头哭泣，都不忍心抬起头来。张巡被杀害的时候，脸色没有丝毫变化，就跟平常一个样子。许远是个老实人，宽厚待人，相貌和他的内心一样朴实。他和张巡同年出生，出生的日子在张巡之后，所以称呼张巡兄长。许远死时四十九岁。于嵩在贞元初年死于亳、宋那一片。有人说于嵩在那里有一些田产，有个武人强行霸占了他的田宅。于嵩想要去睢阳告状，结果却被杀害。于嵩没有儿子。这些都是张籍所说的。

说明

张中丞，即张巡（709—757），邓州南阳（今河南邓县）人。开元时进士及第，天宝中任清河（今河北巨鹿）县令、真源（在今河南鹿邑东）县令，安史之乱时，他率兵进入雍丘（今河南杞县）、抗拒叛将令狐潮的围攻，后因上级虢王抑兵，他退出雍丘，正好睢阳（治所宋城在今河南商丘南边）太守许远告急，张巡带了三千人，与许远协同防御睢阳郡城，多次打退敌将尹子奇的进攻，最后因粮尽援绝，在至德二载（757）十月城陷牺牲。中丞为张巡驻守睢阳时朝廷所加的官职。

此文写于唐宪宗元和二年（807），距安史之乱已有四十多年，四十岁的韩愈正任国子博士。韩愈政治主张的一个重要方面，是反对藩镇割据，维护中央集权，本文即表达了这一思想。文中表彰张巡、许远抗击安史叛军的功绩，驳斥对张、许的诬蔑、中伤，以此来歌颂抗击藩镇作乱的英雄人物。元和元年（806年）宪宗开始制裁藩镇。在这样的背景之下，韩愈重新阐扬张、许功绩，具有一定的现实意义。

新修滕王阁记[1]

原文

愈少时侧闻江南多临观之美，而滕王阁独为第一，有瑰伟绝特之称。及得三王所为序、赋、记等[2]，壮其文辞，益欲往一观而读之，以忘吾忧。系官于朝，愿莫之遂。十四年，以言事斥守揭阳[3]，便道取疾以至海上，又不得过南昌[4]，而观所谓滕王阁者。其冬，以天子进大号，加恩区内，移刺袁州[5]。袁于南昌为属邑，私喜幸自语，以为当得躬诣大府，受约束于下执事，及其无事且还，傥得一至其处，窃奇目偿所愿焉。至州之七月，诏以中书舍人太原王公为御史中丞[6]，观察江南西道，洪、江、饶、虔、吉、信、抚、袁悉属治所。八州之人，前所不便，及所愿欲而不得者，公至之日，皆罢行之。大者驿闻，小者立变，春生秋杀，阳开阴闭，令修于庭户数日之间，而人自得于湖山千里之外。吾虽欲出意见，论利害，听命于幕下，而吾州乃无一事可假而行者，又安得舍己所事以勤馆人？则滕王阁又无因而至焉矣。

其岁九月，人吏洽和[7]。公与监军使燕于此阁，文武宾士皆与在席。酒半，合辞言曰：『此屋不修，且坏。前公为从事此邦，适理新之，公所为文，实书在壁，今三十年而公来为邦伯[8]，适及期月，公又来燕于此，公乌得无情哉？』

滕王阁图　滕王阁与湖南岳阳楼、湖北黄鹤楼并称『江南三大名楼』。登阁纵览，赣江、抚东浩浩汇流，远处长天万里，西山横翠，南浦飞云，长桥卧波，令人心旷神怡。

公应曰：『诺。』于是栋楹梁桷板槛之腐黑挠折者，盖瓦级砖之破缺者，赤白之漫漶不鲜者⑨，治之则已。无侈前人，无废后观。

工既讫功，公以众饮，而以书命愈曰：『子其为我记之。』愈既以未得造观为叹，窃喜载名其上，词列三王之次，有荣耀焉；乃不辞而承公命，其江山之好，登望之乐，虽老矣，如获从公游，尚能为公赋之。

注释

①滕王阁：始建于唐显庆四年（659年），为唐高祖李渊之子李元婴任洪州都督时所创建。

②三王：王勃，字子安，为滕王阁序。王勃作序后，唐代王绪写《滕王阁赋》，王仲舒写《滕王阁记》，史书称之为『三王记滕阁』佳话。

③揭阳：唐之潮州，汉南海揭阳地。

④南昌：位于今江西南昌。

⑤袁州：位于今江西宜春县。

⑥太原王公：即王仲舒，字弘中，并州祁（今山西祁县）人。

⑦洽和：指融洽的样子。

⑧邦伯：州牧，地方长官的官名。

⑨赤白：指画上的颜色。漫漶：色彩暗淡、破败损毁、看不清楚。

译文

我年轻的时候听说过江南有很多适合于登高游玩的地方，这些地方中以滕王阁排在第一位，有瑰丽雄奇等说法。等到后来看到了三王写的文章，觉得他们的言辞壮丽，更加想去滕王阁欣赏前人的文章，以此来忘掉我的忧虑。由于在朝中做官身不由己，一直没有机会实现去参观滕王阁的愿望。十四年，我因为上书谈论佛骨的事情被贬往揭阳，因为贪图便利，走了海路，又没有经过南昌来看看滕王阁。这一年的冬天，皇帝庆祝年号，施加恩惠给全国各地，我因此能够转到袁州上任。袁州隶属于南昌，我暗自高兴地告诉自己，应该能有机会到南昌府，在您的管制下做官，等到事情做完可以回来的时候，也许可以去参观一下滕王阁。我内心深处迫切地希望能达成所愿。袁州七月的时候，朝廷下达了任命中书舍人太原王公为御史中丞的诏书，命其考察江南西道。洪、江、饶等地区都是归属管理的地方，这些地方的百姓，以前的不便利和不能被满足的要求，王公来到之后都得到改善。大的事情通过使者告诉王公，小的问题马上就可以解决。这样过了一段时间，短时间内百姓都有美好的品德，此时您在非常远的地方游玩。我虽然有些建议想要提出，谈论事情的利弊，在您的管制下做事，但我这里没有任何可以拿来出行的借口，更何况又怎么能不管我的任务而前去叨扰您呢？于是又没有机会前去滕王阁。

这一年的九月，官民相处融洽，您和监军在这个地方摆下了宴席，文武官员和宾客们都坐在酒席上。酒至半酣的时候，大家纷纷议论说，滕王阁如果不加以修整的话，就会毁掉了。以前您在这里做官，有充分的理由来翻新滕王阁，您的文章也被写在了墙壁上。三十年后的今天，您来到南昌做父母官，在入职一个月的时候来这里摆宴，您怎么可能对滕王阁没有感情呢？您说是啊。于是就把腐烂变黑弯曲折断的梁木换掉，把残破败坏的砖瓦翻新，而墙壁上颜色变淡模糊不清的字画也重新修整。既不比前人奢华，也没有让后人失去能看的景观。

完工以后，您和大家在一起饮酒，并且写信命我把这件事情帮您记录下来。我因为一直没有去过滕王阁而非常遗憾，现在心里非常高兴能把名字写在那里，文章放在三王后面，实在是光荣啊。所以就毫不推辞地接下了您的命令。那里的风景如此优美，登高眺望是那么的快乐，虽然我现在年纪大了，如果有机会能和您一起出游，我还可以给您写文章。

【作者逸事】

唐宪宗崇信佛法，迎接佛舍利入宫殿供奉。有一天，宫殿夜里大放光明，早朝时群臣都向皇帝祝贺，只有韩愈不但不贺，还陈上了『谏迎佛骨表』，斥责佛为夷狄，触怒了对佛非常虔诚的皇帝，于是被贬到潮州当刺史。

当时潮州地处南荒，文化未开，大颠禅师道行超迈，深为大众所推崇。韩愈来到潮州后，一直不屑于去拜访大颠。有一天韩愈出巡，在街上看到一个和尚，相貌丑陋，尤其是露在嘴外面的两颗长牙，看起来非常凶恶。韩愈本来就对和尚没什么好感，一看到这个和尚的模样，更觉得要好好教训他一番。他决定回去后找人把这和尚的两颗牙敲下来，解解心中的怨气。没想到刚回到衙门，守卫就送过来一个红包，说是有个和尚送来的。打开一看，红包里不是别的，正是他想要派人去拔掉的两颗大牙。韩愈大惊失色，心想我并没有说出来啊，那个和尚怎么就知道我心中想的事情呢？四处一打听，才知道这个和尚原来就是鼎鼎大名的大颠。见面交谈后，韩愈发现大颠不但见解过人，而且学养深厚，韩愈自叹不如，对两颗牙齿的事情更是非常羞愧。两人后来成为非常好的朋友，后人在城中修了座庵，以此来纪念两人的友谊，名字就叫做『叩齿庵』。

毛颖传

原文

毛颖者，中山人也①。其先明视，佐禹治东方土，养万物有功，因封于卯地，死为十二神②。尝曰：『吾子孙神

明之后，不可与物同，当吐而生③。』已而果然，明视八世孙䨲④，世传当殷时，居中山，得神仙之术，能匿光使物，窃姮娥⑤，骑蟾蜍入月，其后代遂隐而不仕云。居东郭者，曰㕙，狡而善走，与韩卢争能，卢不及。卢怒，与宋鹊谋而杀之⑥，醢其家。

秦始皇时，蒙将军恬南伐楚，次中山，将大猎以惧楚，召左右庶长与军尉，以《连山》筮之，得天与人文之兆。筮者贺曰：『今日之获，不角不牙，衣褐之徒，缺口而长须，八窍而趺居，独取其髦，简牍是资，天下其同书。秦其遂兼诸侯乎！遂猎，围毛氏之族，拔其豪，载颖而归，献俘于章台宫，聚其族而加束缚焉。秦皇帝使恬赐之汤沐，而封诸管城，号曰管城子，日见亲宠任事。

颖为人强记而便敏，自结绳之代，以及秦事，无不纂录。阴阳、卜筮、占相、医方、族氏，山经、地志、字书、图画、九流百家、天人之书，及至浮图、老子、外国之说，皆所详悉。又通于当代之务，官府簿书，市井货钱注记，惟上所使。自秦皇帝及太子扶苏、胡亥、丞相斯、中车府令高，下及国人，无不爱重。又善随人意，正直、邪曲、巧拙，一随其人；虽见废弃，终默不泄。惟不喜武士，然见请亦时往。累拜中书令，与上益狎，上尝呼为『中书君』。上亲决事，以衡石自程，虽宫人不得立左右，独颖与执烛者常侍，上休方罢。颖与绛人陈玄、弘农陶泓及会稽楮先生友善，相推致，其出处必偕。上召颖，三人者不待诏，辄俱往，上未尝怪焉。

后因进见，上将有任使，拂试之，因免冠谢。上见其发秃，又所摹画不能称上意。上嘻笑曰：『中书君，老而秃，不任吾用。吾尝谓君中书，今不中书邪？』对曰：『臣所谓尽心者。』因不复召，归封邑，终于管城。其子孙甚多，散处中国夷狄，皆冒管城，惟居中山者，能继父祖业。

太史公曰：毛氏有两族，其一姬姓，文王之子，封于毛，所谓鲁、卫、毛、聃者也。战国时，有毛公、毛遂。独中山之族，不知其本所出，子孙最为蕃昌。《春秋》之成，见绝于孔子，而非其罪。及蒙将军拔中山之豪，始皇封诸管城，世遂有名，而姬姓之毛无闻。颖始以俘见，卒见任使。秦之灭诸侯，颖与有功，赏不酬劳，以老见疏，秦真少恩哉！

注释

①中山：位于今安徽宣城。

②十二神：指古代的十二地支。

③吐而生：没有雄兔，雌兔望着明月并怀孕，自己吐出来幼兔，因此兔就是吐。

④明视：指兔子。

⑤窃姮娥句：后羿曾向王母娘娘请求得到长生不老药，后被嫦娥窃取，奔向月亮，称为蟾蜍。

⑥韩卢、宋鹊：良犬名。

译文

毛颖，中山人。他的先祖明视，曾经辅佐禹管理东方地界的事情，养育万物立下了汗马功劳，所以被封在了卯地，死后成为十二生肖神其中的一个。明视为曾经说过：『我的子孙都是神明的后代，不能跟普通

嫦娥

嫦娥又称姮娥，神话中的人物。她美貌非凡，后飞天成仙，住在月亮上的仙宫。

人一样，应该像兔子一样从口中生出来。』后来他的子孙果真是这样。明视的八世孙䨲，人们传说他在殿朝的时候，在中山居住，学会了神仙的法术，能够躲藏在光线之中驱鬼使物，后来偷了嫦娥、骑着癞蛤蟆跑去月亮上了，所以他的子孙都隐居起来不去朝廷做官。有个居住在中山东城外的子孙叫做㕙，善于奔跑、非常狡猾，他和韩卢较量高低，韩卢比不上他；韩卢对此很恼火，和宋鹊密谋杀害了他，还把他的一家老小都剁成了肉酱。

秦始皇的时候，蒙恬将军带兵去攻打南方的楚国，大军驻扎在了中山，蒙恬想要搞一次大规模的围猎，来震慑楚国。蒙恬叫来左庶长、右庶长和军尉，用连山来占卜这件事的吉凶，卦象显示了天运、人事的吉利兆头。占卜者祝贺蒙恬说：『这次田猎所要获得的，不是长角利齿的野兽，而是身着粗布短衣的人，这些人嘴上有缺口、胡须很长，长有八窍，盘腿坐在自己的脚背上。您只需要选取他们之中优秀的人，依靠他们来书写竹简，可能就会统一天下的文字，秦国估计就能兼并诸侯国了吧！』蒙恬听后于是去田猎，抓住了毛氏家族，并从他们之中选出了最优秀的人，用车子把毛颖拉了回来，并且在章台宫把俘虏献给了秦始皇，把他的族人都聚集在一起居住，管制住他们。秦始皇让蒙恬赐给了毛颖一些土地，把他封在管城，人称管城子。毛颖渐渐受到了始皇的亲近和宠爱，并承担起了重要工作。

毛颖博闻强记，做事聪明快捷，他把从早期结绳记事那时候开始，一直到现在秦朝的历史，全部都记载编录了下来。阴阳、占卜、看相、医方、族氏、山经、地志、字书、图画、九流、百家、天人等方面的书籍，以及佛家、老子、外国等方面的学说，他也都知道得非常详细。对于现在的各种事务他也很熟悉，政府公文以及市面上记载钱财、货物数额的账本，都能按照皇上的意思写好。这样一来，上至秦始皇、太子扶苏、胡亥、丞相李斯、中车府令赵高，下到普通的老百姓，没有不欣赏重视他的。他还很善于做人，不管对方为人正直还是邪恶、做事聪明还是笨拙，他都听任这些人的安排，即使最后被他们抛弃，也什么都不说，始终守口如瓶。他唯一不喜欢的就是军人，但这些人请他的时候也经常去。这样他的官一步步高升，坐到了中书令的位置，和皇帝的关系也越来越好，皇帝曾经亲切地称呼他为『中书君』。皇帝每天亲自管理政事，批阅的公文达到一百二十斤竹简，即便是宫人也不能站在他的身边侍奉，只有毛颖与拿烛火照明的人能够经常陪着他，直到皇上休息的时候才离开。毛颖与绛州人陈玄、弘农的陶泓以及会稽的楮先生关系非常好，互相夸赞推荐，他们不管是在家还是出门都在一起。皇帝召见毛颖的时候，其他三个人不等到皇帝下诏就一起去，皇帝也从来没有因为这个而怪罪他们。

后来有一次毛颖进见的时候，皇帝想要给他派任务，拂了他一下，他就取下帽子向皇帝请罪。皇帝看到他头发都掉了，又看到他写画的东西已经不能称自己的心意，就笑嘻嘻地对他说：『中书君，你现在又老又秃，我已经很难重用你了，以前我叫你「中书」，你现在难道不擅长书写了吗？』毛颖答道：『我是个对皇上尽心尽意的臣子。』从此皇帝再也不召见他了。毛颖后来回到了自己的封地，最终死在了管城。他的子孙后代很多，散居在各地，都说自己是管城人。而只有居住在中山的子孙，能够继承先祖的事业。

太史公说：『毛氏有两族人，其中姬姓的一族，是文王儿子封在毛地的，即封在鲁、卫、毛、聃四地中的一个。所以战国时有毛公、毛遂这两个人。只有在中山居住的那一族，查不到他们先祖的出处，子孙人数也最多。《春秋》上面写的历史，到了孔子死的时候就没有了，但这并不是毛氏族人的过失。等到蒙恬挑选除了居住在中山毛氏的佼佼者，而秦始皇给毛颖封地，让他的族人住在了管城，中山毛氏就在这世上有了名声，但是姬姓的毛氏还是没有多少人知道。毛颖刚开始见到皇帝的时候是俘虏的身份，最后终于被信任并做了高官。在秦国吞并各诸侯国的时候他也参与其中，有很大的功劳，但始皇对他的赏赐不能够匹配他做出的成绩。最后反而因为自己年纪大了就被皇帝疏远，秦国真是少恩啊！』

【作者逸事】

韩愈被贬到潮州以后，在闲暇的时候到灵山造访名僧大颠。他来到大颠的僧舍，劈头便问：『大师，我要处理的事情非常多，今天来这里向您讨几句教诲，让我好明白事情的轻重缓急。』大颠正在坐禅，听到韩愈动问，从定中醒来，一直坐着不动，没有回答韩愈的问题。这时，大颠的侍者正好在场，他便举手猛击禅床三下。咚、咚、咚地响了三声。大颠问道：『你干什么呢？』侍者回答：『先以定修，后以慧拨。』韩愈一听大喜，对大颠说：『大师您的门风真是高峻啊，我在您的侍者这里就看到了点道理。』原来，侍者的回答是非常巧妙的双关。韩愈刚开始问大颠问题，大颠不答，正和侍者的『先以定修』一句相应；而侍者击床三下，则与『后以慧拨』一句相印，所说的话与语境契合，相互照应，别有趣味，所以韩愈听了后很有感悟。

御史台上论天旱人饥状[1]

原文

右[2]。臣伏以今年已来，京畿诸县[3]，夏逢亢旱，秋又早霜，田种所收，十不存一。陛下恩逾慈母，仁过春阳，租赋之间，例皆蠲免[4]。所征至少，所放至多；上恩虽弘，下困犹甚。至闻有弃子逐妻，以求口食；坼屋伐树，以纳税钱；寒馁道途，毙踣沟壑。有者皆已输纳，无者徒被追征。臣愚以为此皆群臣之所未言，陛下之所未知者也。

臣窃见陛下怜念黎元，同于赤子。至或犯法当戮，犹且宽而宥之，况此无辜之人，岂有知而不救？又京师者，四方之腹心，国家之根本，其百姓实宜倍加忧恤。今瑞雪频降，来年必丰，急之则得少而人伤，缓之则事存而利远。伏乞特敕京兆府，应今年税钱及草粟等在百姓腹内[5]，征未得者，并且停征，容至来年，蚕麦庶得，少有存立[6]。

臣至陋至愚，无所知识，受恩思效，有见辄言，无任恳款惭惧之至。谨录奏闻。谨奏。

注释

①御史：谏官，唐代设置的一种官职名称。台：与阁、府、寺等相似的一种机关。
②右：古时写文章是从右往左的竖行写法，因此右代指右边的文章标题。
③京畿：都城及其周边一带。亢旱：大旱。
④蠲免：免除。
⑤腹内：唐朝时的一种俗语，公文中也常常用到，相当于后来的『名下』。
⑥少有存立：能够勉强生活下去。少：稍微。

译文

右题。臣俯首，今年以来，京师周边各县，夏天碰到了大旱灾，秋天又遇到了早霜冻，地里的收成，连原来的十分之一都没有。陛下您的恩德超过对孩子慈爱的母亲，仁慈之心就连春天的阳光都赶不上，赋税和田租，按照以前的惯例统统免除掉了。虽然陛下您征收的田租少了，但普通官员施加给百姓的压力却更多，虽然陛下您慈爱宽宏，普通百姓却更加困苦。甚至听到有人扔掉孩子赶走妻子，就为了能吃上一口饭；拆掉房子砍伐树木，为了凑够纳税的钱，大街上到处都是饥饿寒冷的人，许多人饿死在了路边的沟里。有钱人家有能力都已经纳了税，而穷苦人只能受到逼迫压榨。我认为造成这样的局面是大臣们没有上奏，所以陛下您有所不知。

我私下认为皇上您爱惜自己的百姓，就像爱护婴儿一样，就连有人犯法应该被处死，您还饶恕了他，更何况是这些无辜的百姓，您如果知道了他们的处境怎么可能不去救助他们呢？再说京城是国家的心脏，一个国家的根本所在，这里的老百姓应该受到更多的照顾。如今瑞雪连续降下，明年一定是丰年，如果急于逼迫百姓强征赋税不但不能多收税，还会伤害到百姓的积极性，而缓征赋税则能给百姓留下余地也能维持国家的长远利益。我万分恳请陛下您能颁下告示给京兆府，今年应征钱粮赋税而没有征收的，前去征收但还没有缴纳的，今年全部停止征收，等到明年蚕丝、麦子收获以后，老百姓收获完毕还有节余的时候再征收。

我这个人愚昧浅薄，没什么眼光见识，因为感受皇恩浩大，想要报答陛下，有了点想法就赶紧说了出来，言辞恳切甚至于恐惧到了极点。微臣这里恭谨地写下奏状呈递给皇上您，谨奏。

说明

贞元十九年（803年），韩愈调任御史台任监察御史。这虽然只是一个八品的小官，职权却很大。韩愈的职责范围包括考察万官，巡查地方行政等，有干政的机会。有一年，都城长安周边好几个县出现了灾情，春天夏天两季干旱，而秋天又遭受了早霜袭击，老百姓收成连以前的十分之一都没有。可当时主抓京城行政的京兆尹李实，却为了赢得皇上的欢心，一直欺下瞒上报喜不报忧。天灾加上行政长官的不作为，老百姓的生活极端困苦。性格刚直的韩愈为此向皇上呈上了这份奏状，在文中揭露了灾情的事实，请求皇上能减免周边县域的赋税。状文在介绍了今年京城周边一带遭受灾害的情况之后，还向皇帝请求灾民今年的赋税，等来年有了好收成的时候再一起征收。而后作者写出了自己的心声，说自己愚昧鲁莽，这篇文章只是看到什么说什么。这篇揭露现实的文章触怒了皇上，加上另外一些因素的影响，韩愈被贬为阳山县令。

论佛骨表①

原文

臣某言②：伏以佛者夷狄之一法耳③。自后汉时流入中国，上古未尝有也。昔者黄帝在位百年④，年百一十岁；

说咒消灾

释迦牟尼佛在净居中，对诸天神众、二十八宿、十二宫神等一切圣众说咒消灾。《论佛骨表》中的『佛骨』就是指佛祖释迦牟尼的一节指骨，传说这节指骨能庇佑众生。

少昊在位八十年⑤，年百岁；颛顼在位七十九年⑥，年九十八岁；帝喾在位七十年⑦，年百五岁；帝尧在位九十八年⑧，年百一十八岁；帝舜及禹，年皆百岁。此时天下太平，百姓安乐寿考⑨，然而中国未有佛也。其后殷汤亦年百岁。汤孙太戊在位七十五年，武丁在位五十九年，书史不言其年寿所极，推其年数，盖亦俱不减百岁。周文王年九十七岁，武王年九十三岁，穆王在位百年，此时佛法，亦未入中国。非因事佛而致然也。

汉明帝时，始有佛法，明帝在位才十八年耳。其后乱亡相继，运祚不长。宋、齐、梁、陈、元魏以下，事佛渐谨，年代尤促。惟梁武帝在位四十八年，前后三度舍身施佛，宗庙之祭，不用牲牢，昼日一食，止于菜果；其后竟为侯景所逼，饿死台城，国亦寻灭。事佛求福，乃更得祸。由此观之，佛不足事，亦可知矣！

高祖始受隋禅，则议除之。当时群臣材识不远，不能深知先王之道、古今之宜，推阐圣明，以救斯弊。其事遂止，臣常恨焉。伏惟睿圣文武皇帝陛下，神圣英武，数千百年以来，未有伦比。即位之初，即不许度人为僧尼道士，又不许创立寺观。臣常以为高祖之志，必行于陛下之手。今纵未能即行，岂可恣之转令盛也？今闻陛下令群僧迎佛骨于凤翔，御楼以观，舁入大内。又令诸寺递迎供养。臣虽至愚，必知陛下不惑于佛，作此崇奉，以祈福祥也。直以年丰人乐，徇人之心，为京都士庶设诡异之观，戏玩之具耳。安有圣明若此，而肯信此等事哉！然百姓愚冥，易惑难晓，苟见陛下如此，将谓真心事佛，皆云：『天子大圣，犹一心敬信，百姓何人，岂合更惜身命！』焚顶烧指，百十为群，解衣散钱，自朝至暮，转相仿效，惟恐后时，老少奔波，弃其业次。若不即加禁遏，更历诸寺，必有断臂脔身，以为供养者。伤风败俗，传笑四方，非细事也。

夫佛本夷狄之人，与中国言语不通，衣服殊制，口不言先王之法言，身不服先王之法服，不知君臣之义，父子之情。假如其身至今尚在，奉其国命，来朝京师，陛下容而接之，不过宣政一见，礼宾一设，赐衣一袭，卫而出之于境，不令惑众也。况其身死已久，枯朽之骨，凶秽之馀，岂宜令入宫禁？孔子曰：『敬鬼神而远之。』古之诸侯，行吊于其国，尚令巫祝先以桃茢祓除不祥，然后进吊。今无故取朽秽之物，亲临观之，巫祝不先，桃茢不用，群臣不言其非，御史不举其失，臣实耻之。乞以此骨付之有司，投诸水火，永绝根本，断天下之疑，绝后代之惑，使天下之人知大圣人之所作为，出于寻常万万也，岂不盛哉！岂不快哉！佛如有灵，能作祸祟，凡有殃咎，宜加臣身，上天鉴临，臣不怨悔。无任感激恳悃之至，谨奉表以闻。臣某诚惶诚恐。

注释

①佛骨：指佛祖的一节指骨。据说当时的法门寺的护国真身塔中藏有佛祖释迦牟尼的一节指骨，三十年开一次塔，可以给国家和百姓带来好运。元和十四年法门寺开塔之时，唐宪宗就派人将此佛骨迎入宫内，供养三日之后才送还。当时上至王公贵族，下至平民百姓都希望能借佛骨带来好运，加以庇佑。韩愈反对佞佛，对此现象很不满，于是就向唐宪宗进谏劝阻，宪宗大怒，遂将韩愈贬为潮州刺史。表：古代的一种文体，一般用于臣子对帝王陈

情谢贺之时。

②臣某言：表这种文体的一种格式，某，上表者的自代词。

③伏，俯伏，下级对上级的一种敬辞。夷狄，古代对少数民族的称呼，在此指佛教的发祥地天竺（今印度）。

④黄帝：姓公孙，名轩辕。中国古代圣贤的部落首领，他先后战胜炎帝和蚩尤，成为中华民族的始祖。

⑤少昊：名挚，号穷桑帝，中国上古时期的部落首领。

⑥颛顼：相传为黄帝之子昌意的后裔，号高阳氏，中国上古时期的一位部落首领。

⑦帝喾：相传为黄帝之子玄嚣的后裔。

⑧帝尧：相传为帝喾之子。

⑨寿考：长命百岁。

译文

下臣认为：说起佛，只是蛮夷之人的一种法度罢了，这是从后汉时才开始流传到中原的，之前根本不存在。以前黄帝在位百年，活了一百一十岁；少昊在位八十年，活了一百岁；颛顼在位七十九年，活了九十八岁；帝喾在位七十年，活了一百零五岁；尧在位九十八年，活了一百一十八岁；舜和禹都活了百岁。这时候天下太平，老百姓安居乐业健康长寿，但那个时候中国并没有佛教。再后来，殷汤也活了百岁，汤的孙子太戊在位七十五年，武丁在位五十九年，史书上虽然没有说他们到底活了多久，但是算算年数，估计都不会少过一百岁。周文王活到九十七岁，周武王活到九十三岁，周穆王在位百年。这些时候佛教也还没有传到中国。所以，并不是因为推崇佛教才让皇上长命百岁、百姓安居乐业。

佛法从汉明帝的时候才开始出现，但明帝在位才仅仅十八年。从那以后国家动乱，根本不能长久维系。宋、齐、梁、陈、元魏之后，国家对佛教的推崇越来越厉害，可朝代维持的时间却越来越短，更替越来越频繁。只有梁武帝在位达四十八年，他曾前后三次把全部身家都献给了佛法，到了后来甚至连宗庙的供奉都供不起牛羊，自己吃饭也只能每天一顿，而且只能吃一些瓜果蔬菜。再后来居然被侯景逼迫，饿死在了台城，国家也跟着灭亡了。推崇佛教，是为了能够获得福运，哪知道没有福运，却招来了祸害。所以从这里看得出来，不能信奉佛教是有道理的。

唐高祖刚打下江山的时候还有隋朝佛法，他曾商议过是否应该把佛法废掉。那时的大臣们见识短浅，不能够明白先王的道理，不懂什么是应该做的，因此不能让先皇做出英明的决定来破除这个弊端，而废除佛法的事情也就没有完成。我因此而经常耿耿于怀！如今的万岁您，英明神武，千百年以来没有一个人能比得上您。从您刚开始即位就不允许随便把百姓度为僧人、尼姑或是道士，又不允许随意修建寺院。我当时认为先祖的愿望一定能在您这里实现。可如今即使您不去实行，可怎么能对佛教放任不管让它兴盛呢？我听说皇上您命令僧人们在凤翔迎接佛骨，修建起高楼来瞻仰，还要把它迎接到皇宫里面，让各个寺院传递着供奉。虽然我蠢笨异常，但却敢斗胆说皇上您一定不会被佛法所迷惑，您这样做的目的只不过是为国家和百姓求福瑞。如今恰逢丰年，百姓安居乐业，为了顺应民心，为京师官民提供一些新奇的娱乐，让大家高兴一下罢了。像您这样英明神武的皇帝怎么可能真的去信奉什么佛法呢？可惜的是百姓们头脑蠢笨，容易受到现象的迷惑，他们很难明白事情的真相。他们看到您这样侍奉佛法，都会认为您是真心信佛的。老百姓会说：就连皇上这样尊贵的人都这样信奉佛法，我们老百姓这样轻微卑贱，怎么能不牺牲一切奉献给佛法呢？这样他们就会百十人聚成一伙，灼烤头顶烧焦手指，解开衣服散尽财物，每天效仿彼此，放弃生计四处奔波，什么也不管不问地一心侍奉佛法。如果您不马上禁止，还让佛骨在寺院之间传递供奉，那么一定会有人切断手臂割下皮肉来供养佛法。这样的行为伤风败俗，让天下人耻笑，这可不是儿戏啊。

佛祖本身是个从番外来的外国人，不但和我们语言不通，就连衣着打扮也不一样。他既说不出先王的法度，也不服从先王的条律，既不知道君臣之间的道义，也不懂得父子之间的情意。如果他还活着，奉了他们国王的命令来京城朝拜皇上您，您无非就是见他一面，在接待处见见他，在礼宾司请他吃顿饭，赏给他一身像样的衣裳，再让人保护他顺利离开咱们国家，是不可能让他在国内迷惑老百姓的。更别说现在佛祖早就死了，剩下的只是几根腐朽的骨头，这种污秽又不吉祥的东西，怎么能带到皇宫里来呢？孔子说过：对鬼神要敬而远之。以前的诸侯们回朝凭吊的时候，都会让巫师用桃木法器驱除掉身上的秽气，然后才去凭吊。现今您却无缘无故地把污秽的东西拿出来，并亲自去观看，且没有派出巫师和法器帮您清扫秽气。大臣们都不说这样做不对，御史们也都当睁眼瞎，可我觉得这实在是太可耻了！微臣乞求您能把这几根佛骨交给衙门，用火烧水浇的办法，斩草除根，让人们不再疑惑，让子孙后代不再迷信。让天下人都知道您这样做是天经地义的，难道这样做不好、不痛快么？佛祖如果真的在天有灵，能够造出什么祸端的话，有什么坏事降临，就都加在我一个人的身上吧！苍天作证，我决不会抱怨后悔。我激动到不能自已了，只能写这一封奏章来让您知道我的想法，我实在是诚惶诚恐不知道自己在说些什么啊。

【作者逸事】

韩愈贬到潮州以后，十分关心百姓疾苦。韩江从前叫做恶溪，里面有许多鳄鱼。吃了不少人，老百姓惊恐失措。韩愈知道后心里很着急，担心鳄害不除，后患无穷。于是就命人宰猪杀羊，到城北江边设坛祭鳄。

韩愈在渡口上面设了个祭坛，摆了祭品，点上香烛，对着大江很严厉地说：『鳄鱼！鳄鱼！我到这里来做刺史，为的是保护百姓安居乐业，你们却在此祸害百姓、为非作歹。如今看在你们无知的分上，限你们三天之内，全部出海。

三天我来看一次，五天之后我再来看一次，如果七天后你们还不走，我就不客气了！』

从此，江里再没看见鳄鱼，百姓拍手称颂，对韩愈更加敬畏。现如今，人们把韩愈治鳄的地方叫『韩埔』，大江就叫做了『韩江』。

《顺宗实录》卷二《宫市》

原文

旧事①：宫中有要市外物②，令官吏主之，与人为市，随给其直③。贞元末，以宦者为使，抑买人物④，稍不如本估⑤。末年不复行文书⑥，置『白望』数百人于两市⑦，并要闹坊⑧，阅人所卖物，但称『宫市』，即敛手付与，真伪不复可辨，无敢问所从来。其论价之高下者，率用百钱物买人直数千钱物，仍索进奉门户并脚价钱⑨。将物诣市，至有空手而归者。名为『宫市』，而实夺之。

尝有农夫，以驴负柴至城卖，遇宦者称『宫市』取之，才与绢数尺，又就索门户，仍邀以驴送至内。农夫涕泣，以所得绢付之，不肯受，曰：『须汝驴送柴至内。』农夫曰：『我有父母妻子，待此然后食。今以柴与汝，不取直而归，汝尚不肯，我有死已！』遂殴宦者。街吏擒以闻，诏黜此宦者，而赐农夫绢十匹。然『宫市』亦不为之改易。谏官、御史数奏疏谏，不听。上初登位，禁之。至大赦，又明禁。

注释

①旧事：以前的惯例。

②市：买，置办。

③直：通『值』。

④抑买：压低价钱购买。

⑤本估：原本的价钱。

⑥行文书：出示文书证明。

⑦两市：长安东、西两市。

⑧要闹坊：指繁华地带。

⑨进奉门户：指卖主将货物送入宫中的时候，每过一道宫门都向守门人交纳的钱。脚价钱：雇人搬运货物的钱。

译文

依照以前的习惯：如果宫中需要出去买外面市场上的东西，就让相关的官员负责这些事情，派人向摆摊的老百姓买宫中需要的物品，随便给点钱就行了。贞元末年，皇上命令宦官负责出外买东西，这些宦官趁机用很低的价格来买市场上的物品，给的钱要远远低于货品的价值。贞元末年的时候，这些宦官买东西时甚至不出示公文，皇上设立了一个叫做『白望』的组织，大约有几百人。这些人在京城的东西两市和繁华的闹市区，一旦相中了某件货品，就说自己是负责『宫市』（即皇上派出来买东西的人），马上就要掏钱买东西。这些人身份真假没有人知道，但没有人敢问他们到底是什么身份。他们跟卖东西的人讨价还价时，价值几千文的东西，用差不多百文钱就买走了，甚至还要被索要进宫门的钱和运费。有的老百姓来集市上卖点东西，甚至有空手而归的。虽然宦官的这种行为名为『宫市』，其实就是强取豪夺。

曾经有个农民，用毛驴拉了几捆木柴到城里的集市卖，遇到了几个宦官，自称是『宫市』，拿走了他所有的木柴，一共才给了几尺绢，还要向农民索取给守门人的进门费，并且让农民用驴把木柴送到皇宫里去。这个农民哭了出来，把刚刚得到的几尺绢都给了这些宦官，没想到他们不愿意要，说：『你必须用毛驴把木柴送到皇宫里面。』这个农民说：『我家里还有父母双亲妻儿老小，都在等着我用毛驴拉一点东西赚几个钱，才能去买点粮食吃饭。如今我把木柴全都给了你们，一分钱都不要只想回家，你们这还不愿意，分明是想把我逼上死路啊！』于是就上前去打那几个宦官。街上巡逻的士兵抓住他，然后把这个农民的事禀告了皇上。皇上颁下诏书罢免了那个强买的宦官，并且赏赐给农民十匹绢。但是『宫市』这种现象并没有因为这件事情而减少。谏官和监察御史们多次上书向皇上提意见，但皇上并没有采纳。顺宗皇帝刚刚即位就废止了这种做法。后来大赦天下的时候，又明令禁止了所谓『宫市』的行为。

说明

这篇文章抨击了宫市的蛮横和罪恶。宫市有几百个称为『白望』的人，在京城市场上肆意抢夺，他们的首领是被皇上默许了地宦官，所以肆无忌惮地作恶。这篇文章描写的农夫的遭遇，只不过是冰山一角而已。农夫在被逼到绝境的情况下，无可奈何下起身反抗，虽然皇上罢免了负责的宦官，还赏赐了农夫一些绢，但这种施小恩惠的办法，只能稍微缓和一下官民对立的局面，起不到实质性的作用。

送董邵南序

原文

燕赵古称多感慨悲歌之士①。董生举进士②，连不得志于有司③，怀抱利器④，郁郁适兹土⑤。吾知其必有合也。董生勉乎哉！

夫以子之不遇时，苟慕义强仁者皆爱惜焉。矧燕、赵之士出乎其性者哉⑥！然吾尝闻风俗与化移易，吾恶知其今不异于古所云耶？聊以吾子之行卜之也。董生勉乎哉！

乐毅济上劳军

乐毅辅佐燕昭王振兴燕国，燕惠王即位后乐毅受到不公，他弃燕归赵被封为『望诸君』，但乐毅也并不因个人得失而说赵伐燕，以泄私恨。他与燕昭王在兴燕破齐的事业中建立的君臣情谊，为封建社会的贤人志士所向往。韩愈以乐毅暗示董邵南即使生不逢时也不应失英雄之义。

吾因之有所感矣。为我吊望诸君之墓⑦，而观于其市，复有昔时屠狗者乎⑧？为我谢曰：『明天子在上，可以出而仕矣。』

注释

①燕赵：战国时期的燕国和赵国。

②董生：即董邵南。

③有司：在此指主管进士考试的官员。

④怀抱利器：形容才能出众。

⑤兹土：指当时能够自己选用官吏的河朔三镇。

⑥矧：况且。

⑦望诸君：即乐毅，战国时燕国名将，曾为燕昭王洗刷耻辱，收复被齐国侵吞的国土，战功赫赫，但是后来却被小人诬陷，被迫逃离燕国归赵，赵国将观津（今河北武邑东南）作为乐毅的封地，并封其为『望诸君』。

译文

自古相传燕、赵之地有很多慷慨豪迈击剑高歌的侠义之士。董生去考进士，连着几次都没有被录取，其实才情过人，但却郁郁不得志，于是他决定要到燕赵之地去。我知道他这次前去一定会有好的机遇。董生，加油啊！

像你才高八斗却生不逢时，如果是钦慕先哲而自身又仁德高义的人，都会同情爱惜你的才智的。更何况像燕、赵之地的豪侠之士的仁义完全是他们的本性！不过，我听说过一个地方的风俗是会随着教化而有所不同，我也不知道现在的燕赵之地跟以前所说的有没有什么不同啊？所以这次你就前去验证一下吧。董生，努力吧！

你这趟远行让我产生了一些想法。请你帮我到望诸君乐毅的墓前去凭吊一番，另外请你到那里的街上看看，那里还有以前所说的屠狗者之类的侠义之士吗？替我向他们表达我的敬意：『如今的天子英明神武，你们可以出世任官职效忠皇上了！』

说明

董邵南，寿州安丰（今安徽寿县）人，因为好几次考进士都没有中第，所以就想去河北加入藩镇幕府。韩愈向来反对割据的藩镇势力，所以就写了这篇序送给他，既表达了对他仕途不顺的同情，同时劝告他不要替割据势力做下不忠不义之事。第一段先说这次远行一定会有所收获。第二段马上又说因为古今的风俗有所不同，这次远行不一定真的有好的机遇。虽然没有明确表达自己的想法，但倾向已经很清楚。最后一段暗示董邵南生不逢时，他应该和燕赵之地以前的忠义之士一样全力效忠朝廷。全文用词讲究，情意恳切，虽然字数不多，但起伏跌宕，具有很强的感染力。

蓝田县丞厅壁记

原文

丞之职所以贰令①，于一邑无所不当问。其下主簿、尉②，主簿、尉乃有分职③。丞位高而偪④，例以嫌不可否事⑤。文书行⑥，吏抱成案诣丞⑦，卷其前⑧，钳以左手⑨，右手执纸尾，雁鹜行以进，平立睨丞曰：『当署。』丞涉笔占位，署惟谨，目吏，问：『可不可？』吏曰：『得。』则退。不敢略省，漫不知何事。官虽尊，力势反出主簿、尉下。谚数慢，必曰『丞』。至以相訾謷。丞之设，岂端使然哉？

博陵崔斯立，种学绩文，以蓄其有，泓涵演迤，日大以肆。贞元初，挟其能战艺于京师，再进再屈千人。元和初，以前大理评事言得失黜官，再转而为丞兹邑。始至，喟曰：『官无卑，顾材不足塞责。』既嘿不得施用，又喟曰：『丞哉，丞哉！余不负丞，而丞负余。』则尽枿去牙角，一蹑故迹，破崖岸而为之。

丞厅故有记，坏漏污不可读。斯立易桷与瓦，墁治壁，悉书前任人名氏。庭有老槐四行，南墙巨竹千梃，俨立若相持，水㶁㶁循除鸣。斯立痛扫溉，对树二松，日哦其间。有问者，辄对曰：『余方有公事，子姑去。』

考功郎中、知制诰韩愈记。

注释

①丞：县丞。贰：副职，这里作动词，辅佐之意。唐代官职制度，京都周边的各县除了设置县令之外，还设置了县丞，以辅助县令。

②主簿、尉：很小的官职，位居县令、县丞之下。

③分职：官职各有分工。

④偪：同『逼』，逼近，侵迫。此句之意是县丞的官职比主簿、尉要高，又与县令的官职临近。

⑤例以嫌不可否事：按照惯例县丞因为要避嫌，所以对公事不能发表自己的看法。

⑥文书：公文。

⑦成案：既定的案卷。

⑧卷其前：卷起公文的前面部分，也就是不让县丞知道公文的内容。

⑨钳：夹住。

译文

县丞这个职务是专门帮助县令的，对于自己管辖范围县域的事情都可以过问。县丞手下有主簿、尉的官职，他们都分别有自己的职责。县丞在官位职权上仅次于县令，而比主簿、尉都要高。但为了避嫌，县丞一般对公务不多加过问，在公文即将要发出去的时候，小吏抱着已经写好定下来的公文案卷，送到县丞办公处，把前面的重要内容卷起来，用左手夹住，然后右手指着公文卷尾需要签名的地方，像雁子那样一摇一摆地走进来，直着身子斜眼瞄着县丞，说道：『这里需要你签个名。』县丞拿着笔看着需要自己签名的地方，小心谨慎地签上字。而后看着小吏问：『这样行了么？』小吏说：『这就行了。』而后就走了。县丞不敢问一句自己签署的公文到底是什么内容，一点都不知道到底卷宗上写的是什么。虽然其官职上稍微高一些，但实权却要在主簿和尉之下。谚语一旦说到没有实权纯做摆设的官职，一定会提到县丞，甚至百姓互相谩骂攻击时都说对方是县丞。县丞这个职务，难道设立之初就是这个目的吗？

博陵人崔斯立，为了丰富自己的学识刻苦勤勉，学习不倦。他的学识内容丰富，兼容并包，日益精进，以致才华横溢。贞元初年，他带着满腹经纶，在京城和别人比较文学方面的造诣，接连让众人折服。元和初年，他任大理评事的时候，因为呈上奏折议论政事而遭贬，经过两次周折，来到这个地方担当县丞的职务。刚到这里的时候，他感慨地说：『官职没有大小的区别，怕就怕我能力有限，不能称职啊。』然而在县丞只能装聋作哑什么都做不了的残酷现实面前，他又感慨道：『县丞啊县丞，我没有辜负你，你却对不起我！』于是他完全去除自己的锋芒和棱角，做事的方式也完全和以前的县丞一样，平庸地度过每一天。

县丞的办公处原来有面墙上刻有文章，由于屋破漏水导致没有办法阅读。崔斯立把房屋修整一番，把墙壁粉刷一新，将以前在这里做过县丞的人的名字全部写上。庭院还有四行老槐树，南墙那里有千株很大的竹子，傲然站立，好像僵持的样子互不相让，庭阶下潺潺而过的水流汩汩做声。斯立把屋里屋外都清扫得干干净净，在位置对着的两个地方种上两棵松树，每天在庭院里吟诗做诵。有人来找他，他就说：『我正在忙公事，请您走吧。』

考功郎中知制诰韩愈记。

说明

唐朝以来，各个官府办公的地方，经常会有『壁记』的存在，主要用来叙述官府创立之初的情况、官职的确立以及官员的迁递等，通常是刻在办公处的墙上。后来地方官府也都效仿。『壁记』主要是为了让继任者了解自己的工作职责和前任的事迹，一般写得比较朴实详尽。韩愈的这篇壁记却和以前的不一样。本文主要揭露出了县丞完全就是个摆设，有职无权，甚至还要受到小吏们的轻视和欺压，只能低头做人，有才华抱负的人只能在县丞的位置上郁郁不得志。文中以崔斯立在蓝田任县丞时的境遇为例刻画描摹，暗含讽刺。韩愈希望借文章代崔斯立抱不平，以此来让朝廷有所关注。蓝田县（今属陕西西安市）。崔斯立于元和十年（815）任蓝田县丞。

答李翊书

原文

六月二十六日，愈白[1]。李生足下[2]：

生之书辞甚高，而其问何下而恭也。能如是，谁不欲告生以其道？道德之归也有日矣，况其外之文乎？抑愈所谓望孔子之门墙而不入于其宫者[3]，焉足以知是且非邪？虽然，不可不为生言之。

生所谓『立言』者，是也；生所为者与所期者，甚似而几矣。抑不知生之志：蕲胜于人而取于人邪？将蕲至于古之立言者邪④？蕲胜于人而取于人，则固胜于人而可取于人矣！将蕲至于古之立言者，则无望其速成，无诱于势利，养其根而俟其实⑤，加其膏而希其光。根之茂者其实遂，膏之沃者其光晔⑥。仁义之人，其言蔼如也⑦。

抑又有难者。愈之所为，不自知其至犹未也；虽然，学之二十徐年矣。始者，非三代两汉之书不敢观，非圣人之志不敢存。处若忘，行若遗，俨乎其若思，茫乎其若迷。当其取于心而注于手也，惟陈言之务去⑧，戛戛乎其难哉⑨！其观于人，不知其非笑之为非笑也。如是者亦有年，犹不改。然后识古书之正伪，与虽正而不至焉者，昭昭然白黑分矣，而务去之，乃徐有得也。

当其取于心而注于手也，汩汩然来矣。其观于人也，笑之则以为喜，誉之则以为忧，以其犹有人之说者存也。如是者亦有年，然后浩乎其沛然矣。吾又惧其杂也，迎而距之，平心而察之，其皆醇也，然后肆焉。虽然，不可以不养也，行之乎仁义之途，游之乎《诗》、《书》之源，无迷其途，无绝其源，终吾身而已矣。

气，水也；言，浮物也。水大而物之浮者大小毕浮。气之与言犹是也，气盛则言之长短与声之高下者皆宜。虽如是，其敢自谓几于成乎？虽几于成，其用于人也奚取焉？虽然，待用于人者，其肖于器耶？用与舍属诸人。君子则不然。处心有道，行己有方，用则施诸人，舍则传诸其徒，垂诸文而为后世法。如是者，其亦足乐乎？其无足乐也？

有志乎古者希矣，志乎古必遗乎今。吾诚乐而悲之。亟称其人，所以劝之，非敢褒其可褒而贬其可贬也。问于愈者多矣，念生之言不志乎利，聊相为言之。愈白。

注释

①白：告诉。

②足下：对对方的尊称。
③抑：可是。
④蕲：通『祈』，希望。
⑤俟：等待。
⑥晔：明亮。
⑦蔼如：形容很茂盛。
⑧陈言：陈述言论。务：务必，一定。
⑨戛戛：龃龉的样子。

译文

六月二十六日，韩愈白，李生足下：

你来信的文辞立意很高，而那提问的态度是多么谦卑和恭敬呀。能够这样，谁不愿把立言之道告诉你呢？假以时日，您一定能完全理解掌握儒家的仁义道德，更何况这些讲述道德的文章呢？不过我只是个刚刚摸着孔子学术门道的人，还根本没有登堂入室，我怎么能分得清对错呢？当然，虽然这么说，我还是不能不跟您谈谈我的看法。

你想要『立言』的看法是很对的，而且您现在所做的事情跟您的希望，已经比较接近了。不过我不知道您的志向到底是希望超过别人，让自己的言论被他人接受，还是希望能达到古人的高度呢？如果是前者，那么你已经达到了自己的目的。如果你的目的是期望达到古人的高度，那么就不要让它速成，不要被现实利益所诱惑，而要像用心培养树木的根一样去期待树的果实，像为了让灯放出光亮而首先给灯添油一样。根如果扎实茂盛就会让果实顺利成熟，灯油充足就会让灯的光亮耀眼。仁义的人，他的文章一定非常和气。

当然这也有困难的地方，我自己现在也不知道有没有达到古人的高度，尽管我自己已经学习古文二十多年了。刚开始读书的时候，不是夏商周三代和东西两汉的书我就不敢看，如果跟圣人的意愿不符合就不敢在心里丝毫停留。一个人呆着的时候像遗忘了什么东西，走路的时候好像掉了什么，矜持的时候像在想问题，发呆的时候好像着迷一样。每次我把心里想的东西写出来的时候，一定把那些陈言去掉，其实这是很难的啊！把自己的文章让人看的时候，不管别人的嘲笑和批评，这样经过了很多年，我还是坚持自己的想法。而后我才能认清楚古人言论中道理的真假，以及不太完善的正确道理，一切都弄得非常清楚，那些错误的和残缺的毫不犹豫去除，才慢慢有了自己的心得。

当我写出自己心里的想法时，文思就如泉涌一样不断。我把自己的文章给别人看时，如果批评它我就很高兴，赞颂我就很担心，因为我的文字里还有现在人的想法。这样再经过了很多年后，我才真正做到了下笔时文思的滔滔不绝。而这时我还担心文章里有残缺不全的道理，所以就从相反的角度去挑毛病，平心静气地研究，直到文字道理都理顺了，才放心去写文章。尽管到了这一步，还是不敢不继续增进自己的学养。在古人仁义道德的路上前行，在古人的言论源泉里游弋，认清道路，保护源头，我这一生都会这样做。

文章的气势，就像水一样；而文字言论，就像是在水上漂着的东西；水势浩大，那么不管东西大小，只要能漂浮都会漂起来。文章气势和文字言论的关系也是如此，气势充足，那么不管是语言长短还是声音的抑扬顿挫都非常适宜。即便这样，有谁敢说自己的文章差不多成功呢？就是差不多成功了，别人用的时候能得到什么呢？等待着被别人任用的人，大概就跟物品差不多，不管用不用都是属于别人的。君子跟这样的人不一样，他们想问题时都本着仁义的原则，做事有一套自己的规范，如果被任用，就大力推行自己的道，而如果不被任用，那么就把自己的道传给弟子，通过文章把道传下去让后人效仿。像这样，是值得高兴呢，还是不值得高兴呢？

有志于学习古代圣人的人已经很少了，而这些人一定会被现在的人所抛弃。我为这些人高兴，但也为他们悲伤。我多次称赞那些学习古人的人，是为了鼓励他们，而不是敢随便表扬或者批评那些可以这样对他们的人。有很多人向我问道，考虑到你并不是为了功利，所以暂且对你说了这些话。韩愈叙述。

说明

这篇论说文是写给李翊的回信，作于唐德宗贞元十七年。文章讲述了自己在文学方面的想法和自己学习的经历，提出了很多独特的文学主张，比如内容决定形式、大力创新等思想，体现出了韩愈大无畏的精神和积极进取、不甘人后的性格。

感二鸟赋并序

原文

贞元十一年①，五月戊辰②，愈东归。癸酉③，自潼关出息于河之阴④。时始去⑤京师，有不遇时之叹。见行有笼白乌、白鸲而西者⑥，号于道曰：『某土之守某官，使使者进于天子。』⑦东西行者皆避路，莫敢正目焉。因窃⑧自悲，幸生天下无事时，承先人之遗业，不识干戈、耒耜、攻守、耕获之勤⑨，读书著文，自七岁至今，凡二十二年。其行已不敢有愧于道，其闲居思念前古当今之故，亦仅志其一二大者焉。选举于有司，与百十人偕进退，曾不得名荐书，齿下士于朝，以仰望天子之光明。今是鸟也，惟以羽毛之异，非有道德智谋，承顾问，赞教化者，乃反得蒙采擢荐进，光耀如此。故为赋以自悼，且明夫遭时者，虽小善必达；不遭时者，累善无所容焉。其辞曰：

注释

①贞元十一年：即公元 795 年。

②五月戊辰：按照干支纪年是农历五月初二。

③癸酉：即五月初七。

④潼关：在今陕西华阴县。河之阴：黄河的南岸。水的南岸叫阴。

⑤去：离开。

⑥行：道路。笼：这里用作动词，用笼子装着。鸲：鸟名，即八哥。西：向西。

⑦号：叫喊。使：用作动词，派使者。

⑧因：于是。窃：私下里。

⑨勤：苦。

译文

贞元十一年五月初二，韩愈往东回故乡。初七，我从潼关出来，在黄河南面休息。当时刚刚离开长安，有生不逢时的感叹。我看到路上有用笼子装着白色的乌鸦和白色的鸲往西走的人，一边走一边在路上喊着：『某地某官派使者进献给皇上！』来来往往的行人都把路让开，没有人敢正眼看他。

我由此而私下为自己觉得悲哀，有幸生在天下太平的时候，继承了先人的遗产，没用过兵器和农具，不知道征战固守和耕耘收获的辛苦，读经书、写文章，从七岁到现在，一共已经二十二年了。我的行动不敢有愧于道义，空闲呆着的时候，想着古往今来的事迹，也只记住其中一两件最重要的。我到吏部去参加选拔考试，和很多人一起听候差遣，连举荐的文书都没能列上名字，不能与小官吏同上朝堂，得以瞻仰皇上的光明。现在这两只鸟，只因为羽毛不一般，而不是有道德有智谋，可以让人征求意见，帮助朝廷教育统治百姓的人，却反而得到提拔推荐，这样荣耀。所以我作这篇赋来为自己悲悼，并且阐明那些有时运的人，即使只有小小的长处也一定能成为达官显贵，而没有时运的人，就算有一连串的优点也没有地方施展。这篇文章是：

原文

吾何归乎！吾将既行而后思，诚不足以自存，苟有食其从之①。出国门而东骛②，触白日之隆景③；时返顾以流涕，念西路之羌永④。过潼关而坐息，窥黄流⑤之奔猛；感二鸟之无知，方蒙恩而入幸⑥；惟进退之殊异，增余怀之耿耿⑦；彼中心⑧之何嘉，徒外饰焉是逞。余生命之湮⑨，曾二鸟之不如；汩东西与南北，恒十年而不居；辱饱食其有数，况策名于荐书；时所好之为贤，庸有谓余之非愚。昔殷之高宗，得良弼于宵寐；孰左右者为之先，信天同而神比。及时运之未来，或两求而莫致；虽家到而户说，只以招尤而速累。

盖上天之生余，亦有期于下地；盍求配于古人，独怊怅于无位。惟得之而不能，乃鬼神之所戏；幸年岁之未暮，庶无羡于斯类。

注释

①苟：如果。其：这里是第一人称代词，指我。

②骛：奔驰、疾跑。

③隆景：盛景。

④羌永：遥远的样子。羌，发语词。

⑤黄流：指黄河水。
⑥幸：得到皇帝的宠幸。
⑦耿耿：忧虑不安的样子。
⑧中心：心中。
⑨湮：困厄，阻塞不通达。

译文

我回到哪儿去呀！我将在行动以后再思考。如果的确不足以让自己生活下去，哪里有饭吃我就到哪里去。出了京城的门就往东飞快地走，接触到白天明亮的阳光；我时时回头看，忍不住涕泪双流，感叹西边离长安的道路是多么漫长。走过潼关，我坐下来休息，看见黄河的流水澎湃奔流；感触于那两只鸟无知却正蒙受皇上的恩宠，想到自己和两只鸟一个被斥退一个被宠爱境遇完全不同，心里更增加了烦闷不安；它们的内在有什么美好的地方？只不过是靠外表美丽而自鸣得意。我一生的命运艰难阻塞，连这两只鸟都比不上；我在东南西北四处漂泊，连续十年没有安定的住所；屈辱地吃饱饭的时候都寥寥可数，更何况被列名于推荐文书之上呢？现在的时尚就喜欢贤人，哪里有人说我这个人不笨呢？当年殷高宗在晚上睡梦中得到贤良的辅佐；在这个贤人的周围，哪里有什么人为他推荐，实在是得到了天神的认同和帮助。在时运没有到来的时候，有时候两方面的追求都达不到目的；即使是挨家挨户的去宣扬自己，也只能招来错误和麻烦。

大概上天生下我，也还是希望我在人世间有所作为；我为什么不希望与古人相比，而独独为自己得不到官位而惆怅呢？我想那些得到了官位的人却无法胜任，是鬼神的戏弄；幸好我的年纪还没到太老的地步，大可不必羡慕这一类人。

说明

按照唐朝的制度，学子中了礼部进士后，还必须经吏部考试合格，才能得到一官半职。考取进士后，韩愈满怀希望地应试吏部的『博学宏词』科，但连续三年应试均告失败。此时韩愈已二十八岁，到京求位已历十年，犹未得一官，他心中极为焦灼，深感命运的作弄。这年正月，他曾三次上书宰相，以优美的笔调表白自己的抱负和才华，以及穷愁潦倒之态，但韩愈的上书如石沉大海，求仕不得的韩愈只好离开京城，怀着不得志的心情东归故里。在归乡途中，见有人笼白乌、白鸲西行送给天子，韩愈深有感触，联想到自己饱读诗书、身怀抱负，却不得名于荐书，而这两只鸟只不过有华丽的羽毛，反得如此光耀，感物伤生，心中极为苦涩，于是，就有了这篇《感二鸟赋》，在文中韩愈发出了『遭时者虽小善必达，不遭时者累善无所容』之叹。他把穷达归因于命运的安排，只好按捺住自己要求出仕的迫切心情，等待机会，相信『善上天之生余，亦有期于下地。』第二年机会终于来了，因汴州发生叛乱，韩愈被辟署试校书郎，汴、宋、亳、颍四州观察推官，随宰相董晋由洛阳到了对州。

送石处士①序

原文

河阳军节度、御史大夫乌公为节度之三月，求士于从事之贤者。有荐石先生者，公曰：『先生何如？』曰：『先生居嵩、邙、瀍、谷之间②，冬一裘，夏一葛；食：朝夕饭一盂，蔬一盘。人与之钱则辞，请与出游，未尝以事辞，劝之仕，不应。坐一室，左右图书，与之语道理，辨古今事当否，论人高下，事后当成败，若河决下流而东注，若驷马驾轻车、就熟路，而王良造父为之先后也③，若烛照数计而龟卜也。』大夫曰：『先生有以自老，无求于人，其肯为某来邪？』从事曰：『大夫文武忠孝，求士为国，不私于家。方今寇聚于恒，师④环其疆，农不耕收，财粟殚亡⑤。吾所处地，归输之涂，治法征谋，宜有所出。先生仁且勇，若以义请而强委重焉，其何说之辞？』于是撰书词，具马币，卜日以授使者，求先生之庐而请焉。

注释

①石处士：即石洪，字川，洛阳人。被罢免黄州录事参军一职之后，退居于洛阳。因此作者称其为『处士』。

②嵩：嵩山，在今河南登封市西北。邙：邙山，位于今河南省洛阳市北。瀍：瀍水，源出于河南孟津县西北任家岭，向南流经洛阳县，东入于洛阳。谷：谷水，发源于河南渑池崤山以东的马头山谷，全长九十公里，经渑池、新安，至洛阳与孝河交汇，东南流注洛河，现在和涧河汇为一流。

③王良：东汉时候的人。造父：为周穆王驾车的人，擅长驾车。

④师：军队。

⑤殚：尽。亡：通『无』。

译文

河阳军节度使、御史大夫乌公，就任节度使的第三个月，就在僚属里贤能的人中访求贤才。有推荐石先生的，乌公问道：『石先生为人如何呢？』回答说：『先生隐居在嵩、邙二山和瀍、谷二水之间，冬天一件皮袍，夏天一身葛衣；早晚用餐，都是一碗饭，一盘青菜。人们送他钱，他推辞不受，请他外出游玩，从来没有借故推脱过，劝他做官，则不答应。独坐一室，两旁都是图书，和他谈论道义事理，分析古今大事的得失，评论人物德才的高低，预卜事情的成败，他的口才好像黄河决流波涛奔腾东入大海，好像四匹骏马拉着轻便的车子在熟悉的道路上奔驶，而由王良、造父这样的高手驾驭，好像用明烛照察幽微，以蓍草计数算卦，灼龟壳占卜那样痛快淋漓、明确无误，富有预见性！』

御史大夫问道：『先生有颐养天年的条件，对他人没有什么期求，难道愿意为了我而出山吗？』僚属答道：『大夫您具备文才武略而且忠孝两全，搜求人才为了国家，而不谋私利。现在叛贼结集在恒州，大军包围了恒州的境地，农民不能耕种收获，财物粮食损失已尽。我们所处的地方，是供给转运军需的要地，治理的办法和征讨的谋略，都应该有高人出谋划策。先生仁德而且勇敢，如能以道义去敦请而恳切地委以重任，他有什么理由能够推辞呢？』于是便写好书信，准备好了马匹礼品，挑选吉日交付使者，到先生的家中去敦请。

原文

先生不告于妻子，不谋于朋友，冠带出见客，拜受书礼于门内。宵则沐浴，戒行事①，载书册，问道所由，告行于常所来往。

晨则毕至，张上东门外。酒三行，且②起，有执爵而言者曰：『大夫真能以义取人，先生真能以道自任，决去就，为先生别。』又酌而祝曰：『凡去就出处何常，惟义之归。遂以为先生寿。』又酌而祝曰：『使大夫恒无变其初，无务富其家而饥其师，无甘受佞人而外敬正士，无昧于谄言，惟先生是听，以能有成功，保天子之宠命。』又祝曰：『使先生无图利于大夫，而私便③其身。』先生起拜，祝辞曰：『敢不敬蚤④夜以求从祝规。』于是东都之人士咸知大夫与先生果能相与以有成也。遂各为歌诗六韵。退⑤，愈为之序云。

注释

①行事：行李。

②且：将要。

③私便：为自己谋福利。

④蚤：通『早』。

⑤退：结束之后。

译文

先生既不将此事告诉家人，也不跟朋友商量，戴冠结带出来会见客人，在家中恭敬地接受了聘书和礼物。当晚就沐浴身体，备好行李，装起书籍，问明了路从哪儿走，然后向经常来往的朋友辞行。

第二天清早朋友们都来到上东门外为他设宴饯行。酒过三巡，将要起身，有一位朋友手持酒杯说：『御史大夫真能够以道义访求人才，先生真能够以道义作为自己的使命，来决定去留，我为先生送行！』又斟满了酒祝愿说：『退隐、出仕没有定规，只能以道义作为标准，因此我为先生祝贺。』又斟满了一杯祝愿说：『希望御史大夫永远不改变他的初衷，不去做使自己的家庭富有而让军士挨饿的事情，不内心喜好巧言花语的人而表面上却假做尊敬正直人士，不被谗言迷惑，能够对先生言听计从，以便建功立业，保持住天子的宠信和委命。』又祝愿说：『希望先生不要在御史大夫那儿图谋私利，而使自身得到方便。』先生站起来施礼答谢祝辞说：『我怎么敢不恭敬小心地力求按照朋友祝辞中的规戒去做呢。』由此洛阳的人士，都预见到御史大夫和先生必定能够融洽相处并会做出一番事业。于是在座的各位都写了一首六韵十二句的诗歌送行。酒宴结束之后，委派我为之写了这篇『序』。

祭田横[1]墓文

原文

贞元十一年九月，愈如[2]东京，道出田横墓下，感横义高能得士，因[3]取酒以祭，为文而吊之，其辞曰：

事有旷[4]百世而相感者，余不自知其何心，非今世之所稀，孰为使余歔欷[5]而不可禁？余既博观乎天下，曷有庶几[6]乎夫子之所为？死者不复生，嗟余去此其从谁？当秦氏之败乱，得一士而可王，何五百人之扰扰[7]，而不能脱夫子于剑？抑[8]所宝之非贤，亦天命之有常。昔阙里之多士，孔圣亦云其遑遑[9]。苟余行之不迷，虽颠沛其何伤？自古死者非一，夫子至今有耿光。跽陈辞而荐酒，魂仿佛而来享。

注释

①田横：齐国狄县（今山东省高青县东南）人，原为齐国贵族。曾自立为王反抗秦国。刘邦称帝后，深以田横为患，遂遣使者诏田横入京，田横自刎而死。刘邦以王礼葬之。随后派使者去海岛诏田横的部下，五百义士听说田横的死讯，全部自尽。

②如：往，到……去。

③因：于是。

④旷：远隔。

⑤歔欷：哭泣时候哽咽的样子。

⑥庶几：差不多。

⑦扰扰：人数众多的样子。

⑧抑：或许。

⑨遑遑：匆忙的样子。

译文

贞元十一年九月，我到东京洛阳去，经过田横的墓地，感叹田横义气高迈、能得到士人，所以取酒来祭奠，写文章吊唁他，文辞说：

事情有相隔许久却仍然产生感触的，我不知道这是什么原因，如果不是当今世界上所稀少的东西，什么会让我这样哽咽哭泣、悲痛不止？我已经放眼观察世界，哪里有行动可以和田横差不多的？死去的人不会复活，我感慨自己离开这里又去跟从谁呢？在秦王朝衰败混乱的时候，得到一个士人就可以称王，为什么五百人那么大的数量，却不能使田横从剑的锋芒中得到解脱呢？莫非他所重视的并不是贤人，或者天命有它的常规。当年阙里孔门有很多士人，但孔圣人也说他焦躁不安。只要我的行为没有迷失正确方向，即使倾覆跌倒又有什么关系呢？自古以来死的人不止一个，田横到现在仍然散发着光辉。我跪在地上宣读祭文并献酒祭奠，田横的魂魄好像来享用它们了。

争臣论①

原文

或问谏议大夫阳城于愈②：『可以为有道之士乎哉？学广而闻多，不求闻于人也。行古人之道，居于晋之鄙③，晋之鄙人薰其德而善良者几千人。大臣闻而荐之，天子以为谏议大夫。人皆以为华，阳子不色喜。居于位，五年矣。视其德，如在野。彼岂以富贵移易其心哉？』

愈应之曰：『是《易》所谓「恒其德贞」而「夫子凶」者也，恶得为有道之士乎哉！在《易·蛊》之「上九」云：「不事王侯，高尚其事。」《蹇》之「六二」则曰：「王臣蹇蹇，匪躬之故。」夫不以所居之时不一，而所蹈之德不同也。若《蛊》之「上九」，居无用之地，而致匪躬之节；以《蹇》之「六二」，在王臣之位，而高「不事」之心，则冒进之患生，旷官之刺兴。志不可则，而尤不终无也。今阳子在位不为不久矣；闻天下之得失，不为不熟矣；天子待之，不为不加矣，而未尝一言及于政。视政之得失，若越人视秦人之肥瘠，忽焉不加喜戚于其心。问其官，则曰谏议也；问

其禄，则曰：下大夫之秩也；问其政，则曰：我不知也。有道之士，固如是乎哉！且吾闻之：有官守者，不得其职则去；有言责者，不得其言则去。今阳子以为得其言，言乎哉？得其言而不言，与不得其言而不去，无一可者也。阳子将为禄仕乎？古之人有云：仕不为贫，而有时乎为贫，谓禄仕者也。宜乎辞尊而居卑，辞富而居贫，若抱关击柝者可也。盖孔子尝为委吏矣，尝为乘田矣，亦不敢旷其职，必曰：「会计当而已矣；」必曰：「牛羊遂而已矣。」若阳子之秩禄，不为卑且贫，章章明矣，而如此，其可乎哉？』

注释

①争臣：敢于进谏的大臣。

②谏议大夫：负责向皇帝进谏的大臣。阳城：字亢宗，定州北平（今河北省定县）人，有贤名。

③鄙：边境。

译文

有人问我：『谏议大夫阳城，可以称作有高尚道德的人吗？他学识广博见闻很多，而不去追求世上虚名。效法古人的遗风，隐居在晋的边远乡野，晋边远地区的人们，受他的道德的熏陶而品德贤良的有几千人。朝中大臣听到他的名声便举荐了他，天子任命他做了谏议大夫。人们都认为这是荣耀的事情，而阳先生却没有喜形于色。在这个职位上已经五年了，人们看到他的德行仍然和隐居田野时一样。他哪里会因为富贵而改变自己的节操呢？』

我回答说：『这就是《易经》中所说的「经常保持一种德操」而「对男子来说反倒是不祥」的啊，哪里能算得上贤明高尚的人呢！《易经》中《蛊卦》「上九」说：「不侍奉王侯，使自己的行为高尚。」《蹇卦》「六二」则说：「君王的臣属不断地直言进谏，并不是为了自身利益的缘故。」这也就是因为所处的时势不同，而所遵循的道德准则便不同啊。如果像《蛊卦》「上九」所说，处于无职无权的地位，而偏去实行「匪躬」的节操；照《蹇卦》「六二」的说法，在君王臣属的职位上，却以不臣事王侯的志向为高尚，那么，前者就会带来贸然求仕的灾患，后者就要招致怠忽职守的批评。这种思想志向不能去效法，而过失也不会长期避免的。现今阳先生在谏官的职位上，不能算不久了；他对于天下的利弊得失的了解，不能算不熟了；天子对待他，不能算不重视了，但却从没有说过一句涉及朝政的话；看国家政治的得失，就像越国的人对于秦国的人的胖瘦，十分淡漠而无动于衷。问他的官职，便说是谏议大夫；问他的俸禄，便说是下大夫的级别；问他朝政，则说我不了解。贤明有道的人，能是这个样吗！而且我听人说：有官职的人，如果不能称职就要辞官；有进谏责任的人，如果不能向君王进言就要辞职。现今阳先生认为能够向君王进言吗，进言了吗？能够进言而不进言，与不能进言而不辞职，二者都是不对的。阳先生或许是为了俸禄而做官吧？古代的贤人说：做官不是因为穷，但也有人却也为了家贫，指的就是为俸禄而出仕的啊。这样的话，就应当辞掉高位而就任卑职，辞掉富贵而居于贫贱，担任看守城门的、巡夜打更的差使就可以了。孔子曾经做过管理仓库的小官，曾经做过管理放牧的贱吏，却也不敢怠忽自己的职责，一定要说「计算准确就行了」；一定要说：「牛羊肥壮就行了」。像阳先生的官级俸禄，不算低微和贫贱，是十分明显的，而他的这种做法难道恰当吗？』

原文

或曰：『否，非若此也。夫阳子恶讪[①]上者，恶为人臣招[②]其君之过而以为名者。故虽谏且议，使人不得而知焉。《书》曰：「尔有嘉谟嘉猷，则入告尔后于内，尔乃顺之于外，曰斯谟斯猷，惟我后之德。」夫阳子之用心，亦若此者。』

愈应之曰：『若阳子之用心如此，滋所谓惑者矣。入则谏其君，出不使人知者，大臣宰相者之事，非阳子之所宜行也。夫阳子本以布衣隐于蓬蒿之下，主上嘉其行谊，擢在此位。官以谏为名，诚宜有以奉其职，使四方后代知朝廷有直言骨鲠之臣，天子有不僭赏从谏如流之美，庶岩穴之士闻而慕之，束带结发，愿进于阙下，而伸其辞说，致吾君于尧舜，熙鸿号于无穷也。若《书》所谓，则大臣宰相之事，非阳子之所宜行。且阳子之心将使君人者恶闻其过乎？是启之也。』

注释

①讪：诽谤。

②招：揭示。

译文

有人说：『不对，不是这样！阳先生讨厌诽谤君上的人，讨厌那种作为臣属而去公开指摘君主的过失，以博取自己敢于直谏名声的人。因此他虽然也规谏评议，却使人不知道。《周书》说：「你有好主意好计谋，就到宫内告诉你的君王，而你在公开场合却要顺从君王的意旨，说：这好计谋和好主意，都靠我王的贤德圣明。」阳先生的用心，也正是如此啊！』

我回答说：『如果阳先生的用心是这样，更是所谓的糊涂人了。进官规谏君王，到外面不让人知道，这是大臣宰相的事情，不是阳先生所应该做的。阳先生本来以平民的身份隐居于山野之间，君王赞赏他的德行，提拔到这个职位上。官是以谏议为名称的，实在应当有所作为来履行自己的职责，使四方之人和子孙后代，知道朝廷上有敢于直言、耿介正直的臣子，君主具备不滥加赏赐、能虚心采纳意见的美德；能让那些隐居的贤士，听到这种情况而心向往之，系好衣带、盘结头发，愿意到朝廷中来阐述自己的见解和主张；使我们的君王成为尧舜那样的圣君，让君主贤德的大名光照万代。像《周书》所说的大臣宰相的事情，不是阳先生所应当做的。况且阳先生这样的想法，是让君临天下的帝王，讨厌听到自己的过失呢？还是要诱导君王文过饰非呢？』

原文

或曰：『阳子之不求闻而人闻之，不求用而君用之，不得已而起，守其道而不变，何子过[1]之深也？』

愈曰：『自古圣人贤士皆非有求于闻用也。闵其时之不平，人之不乂[2]，得其道，不敢独善其身，而必以兼济天下也。孜孜矻矻，死而后已。故禹过家门不入，孔席不暇暖，而墨突不得黔，彼二圣一贤者，岂不知自安佚之为乐哉？诚畏天命而悲人穷也。夫天授人以圣贤才能，岂使自有余而已，诚欲以补其不足者也。耳目之于身也，耳司闻，而目司见，听其是非，视其险易，然后身得安焉。圣贤者，时人之耳目也；时人者，圣贤之身也。且阳子之不贤，则将役于贤，以奉其上矣；若果贤，则固畏天命而闵人穷也，恶得以自暇逸乎哉！』

或曰：『吾闻君子不欲加诸人，而恶讦以为直者，若吾子之论，直则直矣，无乃伤于德而费于辞乎？好尽言以招人过，国武子之所以见杀于齐也，吾子其亦闻乎？』

愈曰：『君子居其位，则思死其官；未得位，则思修其辞以明其道，我将以明道也，非以为直而加人也。且国武子不能得善人而好尽言于乱国，是以见杀。《传》曰：「惟善人，能受尽言。」谓其闻而能改之也。子告我曰：阳子可以为有道之士也。今虽不能及已，阳子将不得为善人乎哉！』

注释

①过：这里用作动词，指责。

②乂：治理。

译文

有人说：『阳先生不求闻名而人们却听到他的名声，不求任用而君主却任用了他，是不得已才出山的，他能保持自己高洁的品德不变，为什么您却这么苛刻地责备他呢？』

我答道：『自古至今的圣人贤者，都是不追求闻名和任用的。他们忧虑时势不安定，人民得不到治理，自己掌握了道义，不敢只是修养个人的品德，而一定要为天下人民谋利。勤奋劳苦，一直到死。因此大禹治水三次经过家门而不进去，孔子周游列国，坐席都来不及坐暖，墨子奔走四方，家中的烟囱都烧不黑。这两位圣人一位贤者，难道不知道自己安闲自在是乐事吗？实在是敬畏天命而哀怜人民困穷啊。天授予人以贤圣的才智，难道只是为了使他自己去过优裕的生活吗？诚然是想让他来补救天下的不足啊。耳、目对于身体来说，耳管听，目管看，听觉辨别是非，视觉观察安危，身体才会得到安康。圣贤，好像当代人的耳目；当时的一般人，恰似圣贤的身体啊。况且阳先生如果不贤明，就要被贤者役使来侍奉自己的主人；如果确实贤明，就本应敬畏天命而忧虑人民困穷，怎么会贪图自己逍遥自在呢！』

有人说：『我听说君子是不想强加于人的，厌恶那种好指谪别人以表现自己正直的人，像您这种说法，坦率是够坦率的了，不是有损于德行而多费唇舌吗？好直言不讳以显扬人家的过失，这就是国武子在齐国被杀的缘故啊，您大概也知道吧？』

我说：『君子处在一定官职上，就要考虑为自己的职责献出生命；没有得到官职，就考虑使言论善美以阐明自己的主张。我是要以这些话来阐明道义，不是为了表现正直而强加于人的。况且国武子没遇到贤人，却喜好在淫乱的国家中直言不讳，因此被杀。《经传》说：「只有善人才能采纳直言。」是说他们听到批评而能改正失误啊。您告诉我：阳先生可以算做有道之士。现在看来虽然够不上有道之士的标准，难道阳先生还算不得一位勇于更正的善人吗！』

柳宗元集

【作者简介】

柳宗元（773——819），字子厚，河东人。唐贞元九年（793）进士，十二年（796）又中博学宏词科。累官至监察御史里行。唐顺宗即位，柳宗元辅佐王叔文推行改革，遭到宦官和权贵们的反对。数月后，宫廷政变，唐宪宗即位。王叔文被杀，柳宗元与刘禹锡等八人同时被贬。柳宗元被贬为永州司马，十年后始得还朝。不久，又出为柳州刺史，后死于柳州。他是与韩愈同时的古文运动倡导者，杰出的散文家和诗人。有著作《柳河东集》传世。

驳复仇议

原文

臣伏见天后时[1]，有同州下邽人徐元庆者，父爽，为县尉赵师韫所杀，卒能手刃父仇，束身归罪。当时谏臣陈子昂建议诛之而旌其闾[2]，且请编之于令[3]，永为国典。臣窃独过之[4]。

臣闻礼之大本[5]，以防乱也，若曰无为贼虐[6]，凡为子者杀无赦；刑之大本，亦以防乱也，若曰无为贼虐，凡为治者杀无赦[7]。其本则合，其用则异，旌与诛莫得而并焉[8]。诛其可旌[9]，兹谓滥，黩刑甚矣；旌其可诛，兹谓僭，坏礼甚矣。果以是示于天下，传于后代，趋义者不知所以向，违害者不知所以立，以是为典可乎？

盖圣人之制，穷理以定赏罚，本情以正褒贬，统于一而已矣。向使刺谳其诚伪，考正其曲直，原始而求其端，则刑礼之用，判然离矣。何者？若元庆之父，不陷于公罪，师韫之诛，独以其私怨，奋其吏气，虐于非辜，州牧不知罪，刑官不知问，上下蒙冒，吁号不闻；而元庆能以戴天为大耻，枕戈为得礼，处心积虑，以冲仇人之胸，介然自克，即死无憾，是守礼而行义也。执事者宜有惭色，将谢之不暇，而又何诛焉？其或元庆之父，不免于罪，师韫之诛，不愆

公羊高

公羊高，《春秋公羊传》的作者。战国时齐国人。相传是子夏弟子，治《春秋》，传于公羊平。《春秋公羊传》，亦称《公羊春秋》或《公羊传》，是今文经学的重要典籍，着重阐释《春秋》之『微言』、『大义』，史事记载较简略。

于法，是非死于吏也，是死于法也。法其可仇乎？仇天子之法，而戕奉法之吏，是悖骜而凌上也。执而诛之，所以正邦典，而又何旌焉？

且其议曰：『人必有子，子必有亲，亲亲相仇，其乱谁救？』是惑于礼也甚矣。礼之所谓仇者，盖以冤抑沉痛而号无告也，非谓抵罪触法，陷于大戮。而曰『彼杀之，我乃杀之』，不义曲直，暴寡胁弱而已，其非经背圣，不亦甚哉！《周礼》：『调人掌司万人之仇』，『凡杀人而义者，令勿仇，仇之则死。』『有反杀者，邦国交仇之。』又安得亲亲相仇也？《春秋公羊传》曰：『父不受诛，子复仇可也。父受诛，子复仇，此推刃之道，复仇不除害。』今若取此以断两下相杀，则合于礼矣。

且夫不忘仇，孝也；不爱死，义也。元庆能不越于礼，服孝死义，是必达理而闻道者也。夫达理闻道之人，岂其以王法为敌仇者哉？议者反以为戮，黩刑坏理，其不可以为典，明矣！

请下臣议，附于令。有断斯狱者，不宜以前议从事。谨议。

注释

①伏见：看到。伏，和下文『窃』一样，是旧时下对上用来表示敬意的。天后：指武则天。

②旌其间：在徐元庆家所在的里巷用立牌坊或赐匾额等方式来表扬。

③编之于令：把处置这案件的办法编为法令。

④窃独过之：个人意见认为陈子昂的建议是错误的。

⑤大本：根本作用。

⑥无为贼虐：不让杀人逞凶。

⑦凡为治者杀无赦：凡是治理人民的官吏，无故杀人也不可赦免。

⑧莫得而并焉：没有能同时并用的。

⑨诛其可旌：杀死那可以表扬的。

译文

据臣所知，则天皇后时，同州下邽县有个叫徐元庆的人，父亲徐爽被县尉赵师韫杀害，他最后亲手杀死仇人并自缚到官府领罪。当时的谏官陈子昂建议将他处死，同时在他家乡表彰他的孝行，并请朝廷将这一建议编入法令，永远作为国家的制度。我私下认为这是不对的。

我听说礼的根本作用是为了防乱。是说不可伤害他人，凡是做儿子的为父报仇而杀了别人，就必须处死，决不赦免。刑法的根本作用也是为了防乱。是说不可伤害他人，凡是官吏胡乱杀人，也必须处死，决不赦免。礼和刑的根本作用是一致的，采取的方式则不同。表彰和处死是不能同用于一人身上的。处死该受表彰的人，就叫乱杀，是亵渎刑法太过分了。表彰应当处死的人，就是僭，破坏礼制也太过分了。若将陈子昂的建议作为准则传给后代，追求正义的人就不知道前进的方向，想避开祸害的人就不辨立身之道，以此作为准则行吗？

圣人制定礼法，是悟透了道理来规定赏罚，根据人情来定奖惩，不过是把礼、刑二者相结合来考察罢了。当时如

千金不易父仇

《型世言》中所载王世名为父报仇的故事。

能弄清案情的真伪，查明是非，推究其起因，那么有刑或依礼，就能明显地区分开了。为什么呢？如果徐元庆的父亲，不曾犯法获罪，赵师韫杀他，全是出于他个人的私怨，施展他当官的威风，残杀无罪之人，州官又不治赵师韫的罪，执法的官员也不予过问，上下互相蒙骗包庇，对冤屈之声充耳不闻；而徐元庆却与杀父之仇不共戴天，把时刻不忘报杀仇看做是合乎礼制的，想尽办法，用武器刺进仇人的胸膛，然后正直地捆缚自己，即使死了也不遗憾，这是守礼行义的行为啊。执法的官员本应感到惭愧，自愧不如还来不及，还有什么理由要处死他呢？如果徐元庆的父亲确有不赦之罪，赵师韫杀他就不违法，他也就不是死于私怨，而是因为犯法被杀。法律难道可以被看做仇人吗？仇视天子的法律，又杀害执法的官吏，就是悖逆犯上的行为了。将其抓获处死，严正国法，又为什么要表彰他呢？

陈子昂的奏议还说：『人必有儿子，儿子必有父母，人们因亲而互相仇杀，这种混乱局面谁来解救呢？』这是对礼的认识太模糊了。礼法上说的仇，是指被冤枉，悲伤呼号而又无法申告，并不是指犯法获罪而被处死的情况。若说『他杀了人，我就杀他』，不问是非曲直，不过是欺凌孤寡弱者而已。这种诋毁违背经书圣教的做法，不是太过分了吗？《周礼》上说：『调人，主管调解众人的怨仇。』『凡是杀人而合乎礼义的，就不要将其当作仇人，如要报仇，则处死刑。』『有重复杀人的，全国的人就都要把他当作仇人。』这样，又怎么会因亲人而互相为仇呢？《春秋公羊传》说：『父亲无辜被杀，儿子复仇是可以的。父亲因罪被杀，儿子报仇，这就是互相报私仇，这样的行为是不能除去互相仇杀之害的。』现在如果用这个标准来判断互相仇杀之案，就合乎礼制了。

而且，不忘父仇，这是孝；不怕死，这是义。徐元庆能不越出礼的范围，守孝道，为义而死，这一定是个通达事理、懂得圣贤之道的人啊。通达事理、懂得圣贤之道的人，难道会视王法为仇敌吗？但上奏议的人反而认为应将其处死，这种滥用刑法，败坏礼制的建议，不能作为定法，是很明显的。

请将臣此议附在法令之后颁发下去。今后有审理这类案件的，不应再按以前的意见处理。谨议。

说明

本文是针对陈子昂的《复仇议状》而作的。徐元庆为父报仇，杀死仇人后自首。对此，陈子昂认为杀人犯法、应判死罪，而为父报仇又合乎礼义、又应予表彰。柳宗元认为这种观点赏罚不明，自相矛盾，指出徐元庆为父报仇合于礼义和法律。此文强调了封建礼义和法律的一致性，但在吏治腐败的封建社会，也具有一定的进步意义。

桐叶封弟辨

原文

古之传者有言①：成王以桐叶与小弱弟②，戏曰：『以封汝。』周公入贺，王曰：『戏也。』周公曰：『天子不可戏。』乃封小弱弟于唐③。

吾意不然。王之弟当封耶，周公宜以时言于王，不待其戏而贺以成之也。不当封耶，周公乃成其不中之戏，以地以人与小弱弟者为之主，其得为圣乎？且周公以王之言，不可苟焉而已，必从而成之耶？设有不幸，王以桐叶戏妇寺④，亦将举而从之乎？

凡王者之德，在行之何若。设未得其当，虽十易之不为病；要于其当，不可使易也，而况以其戏乎？若戏而必行之，是周公教王遂过也。

吾意周公辅成王宜以道，从容优乐，要归之大中而已。必不逢其失而为之辞；又不当束缚之，驰骤之，使若牛马然，急则败矣。且家人父子尚不能以此自克，况号为君臣者耶？是直小丈夫缺缺者之事⑤，非周公所宜用，故不可信。或曰：封唐叔⑥，史佚成之⑦。

注释

①古之传者：指《吕氏春秋》的编者吕不韦和《说苑》的作者刘向。

②成王以桐叶与小弱弟：周成王姬诵用桐叶当珪（帝王用作凭证的玉制品）送给幼弟叔虞。

③唐：古地名，在今山西翼城一带。成王封叔虞于此，后来改称晋。

④妇寺：指妇人和宦官。

⑤缺缺：小聪明的样子。

⑥唐叔：即叔虞，因封于唐，故称唐叔。

⑦史佚：即尹佚，周朝太史。

译文

古时的记事者说：周成王拿着一片桐树叶子和年幼的弟弟开玩笑，说：『凭这个封藩给你。』周公入宫祝贺。成王说：『这是玩笑呀。』周公说：『天子不可以随便开玩笑。』于是成王便把唐地封给了年幼的弟弟。

桐叶封虞

成王以桐叶与小弱弟戏曰：『以封汝。』周公入贺。王曰：『戏也。』周公曰：『天子不可戏。』乃封小弱弟于唐。

我认为事情不应该这样。成王的弟弟若理应受封，周公就应及时地告诉成王，而不必等他开了玩笑再去庆贺并促成这件事。若不当受封，周公就使一句不恰当的戏言变成了事实，把土地和百姓交给年幼的弟弟做主宰，周公这么做还算是圣人吗？并且周公只是认为君王说话不可随便罢了，难道一定要听从玩笑并促成它吗？如果不幸，成王拿桐叶与妃嫔和太监开玩笑，也要依照办理吗？

大凡君王的恩德，在于如何实行。如果不恰当，即使改变十次也不为过；关键要处理得当，使事情不再更改，更何况是用它来开玩笑呢！如果玩笑也要奉行，就是周公在教唆成王顺从过错了。

我认为周公辅佐成王，应当用正确的原则去引导他，要使他的行动从容自得和恰如其分，归于中道，必然不会去迎合他的过错并替他找借口。又不应当对他管束太严，使他像牛马那样奔忙，急于使他成长反会坏事。并且家人父子之间，尚不能用这种方式来约束，何况还有君臣名分之不同呢？这不过是缺少见识而又自作聪明的人所干的事，不是周公所应该采用的做法，所以不可信。有人说：封唐叔这件事，是太史尹佚促成的。

说明

本文论述了大臣应如何辅佐君主这一问题。通过桐叶封弟的典故，作者批评了君主随便的一句玩笑话，臣子也要绝对服从的荒唐现象，主张不要盲从统治者的言行，要看它的客观效果。在封建社会，发表这样的观点需要非同一般的胆识。

箕子碑

原文

凡大人之道有三：一曰正蒙难，二曰法授圣，三曰化及民。殷有仁人曰箕子①，实具兹道以立于世。故孔子述六经之旨，尤殷勤焉。

当纣之时，大道悖乱，天威之动不能戒，圣人之言无所用。进死以并命，诚仁矣；无益吾祀，故不为。委身以存祀，诚仁矣；与去吾国，故不忍。具是二道，有行之者矣。是用保其明哲，与之俯仰；晦是谟范②，辱于囚奴。昏而无邪，隤而不息③。故在《易》曰：『箕子之明夷④。』正蒙难也。及天命既改，生人以正，乃出大法，用为圣师，周人得以序彝伦⑤，而立大典。故在《书》曰：『以箕子归，作《洪范》⑥。』法授圣也。及封朝鲜，推道训俗，惟德无陋，惟人无远，用之殷祀，俾夷为华。化及民也。率是大道，聚于厥躬。天地变化，我得其正。其大人欤！

於虖！当其周时未至，殷祀未殄⑦，比干已死，微子已去，向使纣恶未稔而自毙⑧，武庚念乱以图存⑨，国无其人，谁与共理？是固人事之或然者也。然则先生隐忍而为此，其有志于斯乎？

唐某年，作庙汲郡，岁时致祀。嘉先生独列于《易》象，作是颂曰⑩。

注释

①箕子：名胥馀，商纣王叔父，因封在箕地，又称箕子。

②谟：谋划。范：法，原则。

箕子

箕子名胥余，商纣王叔父，因封在箕地，又称箕子。

③陨：跌倒。

④明夷：卦名，象征暗君在上、明臣在下，明臣隐藏起自己的智慧。

⑤彝：常规。伦：人伦。

⑥《洪范》：相传为禹时的文献，箕子增订并献给周武王。

⑦殄：灭绝。

⑧向使：如果。未稔：没成熟，没达到顶点。

⑨武庚：名禄父，纣王子。周武王灭商，封武庚以存殷祀。武王死，武庚与管叔蔡叔反叛被杀。

⑩文后原附颂文近百字，此处未录。

译文

一般说来，伟人的原则有三条：一是在危难中保持正直的品德；二是将规范传授给圣明的君主；三是施教化给人民。殷朝有位贤人叫箕子，确实具备这三方面的德行而立身于世，因此孔子在概述『六经』的宗旨时，对他特别重视。

在殷纣王统治时，整个法度和政治陷于混乱，天威显示不能予以制止，圣人的话也不起作用。不顾性命进谏以维护天命国运，确实是一种『仁』，但不利于家族的延续，因此箕子不这样做；委身降顺以求自家宗庙的留存，也是一种『仁』，只是参与灭亡自己的国家，他也不忍心去做。这两种方法，已经有实行的人了。因此他便保持自己清醒的头脑，随其从沉浮；隐藏自己的主张，在被囚的奴隶中受屈辱；表面糊涂却不去做邪恶之事，看似柔弱却自强不息。因此《易》中说：『箕子能知道韬晦。』这就在危难中保持正直的品德。等到朝代更替后，人民得到了公正和安定，便献出治国的大法，成为圣王的老师，而周人也能据此调整伦理道德，创立典章制度。因此《尚书》说：『因召回了箕子而作《洪范》。』这便是将法规传授给圣明的君主。等到受封于朝鲜，在那里推行道义，训化民俗，崇尚德行不再鄙陋，人民不再被疏远，用以光大殷朝宗绪，使外夷变为华夏，这就是将教化施于民众啊！所有这些崇高的品德，集于他一人之身，天地变化发展，箕子独得其中的正『道』，难道不是伟人吗？

啊！当那周朝尚未建立，殷朝尚未灭亡，比干已死，微子也已离去，假如纣尚未恶贯满盈而自己死去，武庚能忧于祸乱并力图保存社稷，国中如没有箕子这样的人，谁和武庚一起治理国家呢？这本也是人事发展的一种可能性啊。那么，箕子能忍辱含屈到这种程度，是否在这方面有所考虑呢？

唐朝的某年，在汲郡修建箕子庙，逢年遇节便祭祀他。我敬慕先生独列名于《易经》的卦象，便写了这篇颂。

说明

箕子是殷纣王的叔父，因劝谏纣王被囚禁。商被灭后，不愿仕周，武王将朝鲜封给了他。柳宗元因参加王叔文集团的政治革新获罪，被贬谪到边远地区为官，其遭遇与古代贤者箕子有相似的地方，他写此文也是为了寄托自身的感慨。

捕蛇者说

原文

永州之野产异蛇，黑质而白章①，触草木尽死，以啮人，无御之者。然得而腊之以为饵②，可以已大风、挛踠、

泰山问政

孔子曰：『苛政猛于虎也。』

瘘疠③，去死肌，杀三虫。其始，太医以王命聚之④，岁赋其二⑤。募有能捕之者，当其租入。永之人争奔走焉⑥。

有蒋氏者，专其利三世矣。问之，则曰：『吾祖死于是，吾父死于是，今吾嗣为之十二年，几死者数矣。』言之，貌若甚戚者。

余悲之，且曰：『若毒之乎⑦？余将告于莅事者⑧，更若役，复若赋⑨，则何如？』

蒋氏大戚，汪然出涕曰：『君将哀而生之乎？则吾斯役之不幸，未若复吾赋不幸之甚也。向吾不为斯役，则久已病矣。自吾氏三世居是乡，积于今六十岁矣，而乡邻之生日蹙。殚其地之出，竭其庐之入，号呼而转徙，饥渴而顿踣，触风雨，犯寒暑，呼嘘毒疠，往往而死者相藉也。曩与吾祖居者，今其室十无一焉；与吾父居者，今其室十无二、三焉；与吾居十二年者，今其室十无四、五焉。非死则徙尔，而吾以捕蛇独存。

『悍吏之来吾乡，叫嚣乎东西，隳突乎南北，哗然而骇者，虽鸡犬不得宁焉。吾恂恂而起，视其缶，而吾蛇尚存，则弛然而卧。谨食之，时而献焉。退而甘食其土之有，以尽吾齿。盖一岁之犯死者二焉；其馀则熙熙而乐，岂若吾乡邻之旦旦有是哉？今虽死乎此，比吾乡邻之死，则已后矣，又安敢毒耶？』

余闻而愈悲。孔子曰：『苛政猛于虎也。』吾尝疑乎是。今以蒋氏观之，犹信。呜呼！孰知赋敛之毒有甚是蛇者乎？故为之说，以俟夫观人风者得焉。

注释

①黑质而白章：黑底上白的花纹。

②腊：做成干肉。

③已：治疗。大风：麻风病。挛踠：手脚弯曲不能伸展的病。瘘：脖子肿。疠：恶疮。

④以王命聚之：拿皇帝的命令来征集这种蛇。

⑤岁赋其二：一年征缴两次。赋，征取。

⑥争奔走焉：抢着做这件事。奔走，忙着做某件事。

⑦若：你。毒之乎：怨恨这件事吗？

⑧莅事者：指地方官。莅，临，视。

⑨复若赋：恢复要你纳税。赋，给官府出财物。

译文

永州的野外出产一种奇异的蛇，黑色身体，白色花纹，接触到草木，草木全都枯死；咬到人，没有能抵抗的。但是搏杀它，然后风干做成药物，可以治麻风、屈肢、颈部脓肿、毒疮，除去坏死的肌肉，杀死危害人体的三尸虫。当初，太医奉皇帝的命令征集这种蛇，每年征收两次。招募能捕捉它的人，可用来充抵应纳的租税。永州的人都争着去做这件事。

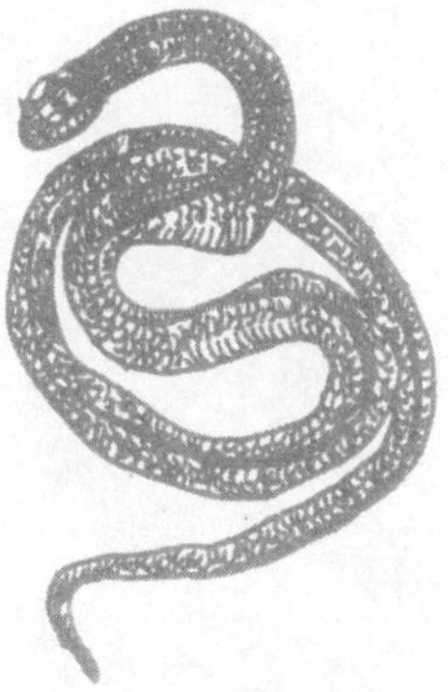

乌蛇

乌蛇，可入药。苛捐杂税逼迫百姓每天都在冒生命危险。韩愈通过本文对苛政进行了强烈的批判。

有家姓蒋的，独享这个差使的好处已有三代了。我问起这件事，他说：『我祖父死在这差事上，我父亲死在这差事上，如今我继承这差事已经十二年，好几次也差点死掉。』说着，表情变得很悲伤。

我替他难过，就说：『你怨恨这差事吗？我去向管事的人诉说，让他更换你的差事，恢复你的赋税，你看怎样？』

姓蒋的听了更为伤心，眼泪汪汪地说：『你是哀怜我，想让我活下去吗？那么我这个差事的不幸，远比不上恢复我的纳税厉害呀。若当初我不干这捕蛇的差事，早就困苦不堪了。自从我家三代居住在此地，到如今已经六十年了，而乡邻们的生活却一天比一天困难。他们拿出地里的全部产出，交出家里的所有收入；哭哭啼啼地迁离故乡，饥渴交加而倒毙在地；一路上被风吹雨淋，冒严寒酷暑，呼吸毒雾瘴气，因此死掉的人常成堆地躺在路边。从前和我祖父同居于此的，现今十家中只剩不到一家了；和我父亲同居于此的，现在十家中只剩不到两三家了；和我一起住了十二年的，如今十家中也只剩不到四五家了：不是死了，就是搬走了。我却因为捕蛇而能幸存。

『凶狠的差役来到我们村里时，到处吵闹，吓得人们乱叫乱嚷，连鸡狗也不得安宁。我只要小心翼翼地起来，看看那只瓦罐，见我捕的蛇还在里面，就安心睡下。平时小心地喂养，到规定的时间就去上交。回来后就能自在地享用地里的产出，以安度天年。因此我一年之中只有两次冒生命危险，其他的时候都过着心情舒畅的生活，哪像我的乡邻们那样天天经历危险呢！现在即使我死在捉蛇上面，比起我乡邻们的死亡已经很晚了，又怎么敢怨恨呢！』

我听了越发难过。孔子说过：『暴政比老虎更凶猛。』我曾经怀疑过这句话。现在拿姓蒋的遭遇来看，这话是真的啊。唉，谁知道横征暴敛对百姓的毒害竟比毒蛇更厉害呢！因此我才将此事记下，留待考察民情风俗的官吏参考。

说明

本文通过对以捕蛇为业的蒋家三代遭遇的描述，记录了在苛捐杂税的压迫下百姓难以生存纷纷逃亡的社会现实，揭露了唐朝社会政治的黑暗和统治阶级的贪婪，体现了孔子所说的『苛政猛于虎』的思想。

种树郭橐驼传

原文

郭橐驼[1]，不知始何名。病偻[2]，隆然伏行[3]，有类橐驼者，故乡人号之『驼』[4]。驼闻之曰：『甚善，名我固当[5]。』因舍其名，亦自谓橐驼云。其乡曰丰乐乡，在长安西。

驼业种树，凡长安豪家富人为观游及卖果者，皆争迎取养[6]。视驼所种树，或移徙，无不活，且硕茂早实以蕃[7]。他植者虽窥伺效慕[8]，莫能如也。

有问之，对曰：『橐驼非能使木寿且孳也[9]，能顺木之天，以致其性焉尔。凡植木之性：其本欲舒，其培欲平，其土欲故，其筑欲密。既然已，勿动勿虑，去不复顾。其莳也若子，其置也若弃，则其天者全而其性得矣。故吾不害其长而已，非有能硕茂之也；不抑耗其实而已，非有能早而蕃之也。

种树郭橐驼

能顺木之天，以致其性焉尔。

『他植者则不然，根拳而土易，其培之也，若不过焉则不及。苟能有反是者，则又爱之太恩，忧之太勤，旦视而暮抚，已去而复顾，甚者爪其肤以验其生枯，摇其本以观其疏密，而木之性日已离矣。虽曰爱之，其实害之；虽曰忧之，其实仇之。故不我若也。吾又何能为哉？』

问者曰：『以子之道，移之官理，可乎？』驼曰：『我知种树而已，理，非吾业也。然吾居乡，见长人者好烦其令，若甚怜焉，而卒以祸。旦暮吏来而呼曰：官命促尔耕，勖尔植，督尔获，早缫而绪，早织而缕，字而幼孩，遂而鸡豚。鸣鼓而聚之，击木而召之。吾小人辍飧饔以劳吏者，且不得暇，又何以蕃吾生而安吾性耶？故病且怠。若是，则与吾业者其亦有类乎？』

问者曰：『嘻，不亦善夫！吾问养树，得养人术。』传其事以为官戒也。

注释

①郭橐驼：种树者郭姓，因貌似骆驼，故人称为郭橐驼。

②偻：曲背。

③隆然：高耸着（指的是脊背）。伏行：身体俯下去走路。

④号之：称他为。

⑤名我固当：这样叫我实在很恰当。

⑥争迎取养：争着（把郭橐驼）迎来，养在家中。
⑦硕茂：高大茂盛。早实：早结果实。蕃：繁多。
⑧效慕：模仿。
⑨寿：活得长久。孳：滋生得快。

译文

郭橐驼，不知原名是什么。他患有佝偻病，脊背高高隆起，低着头走路，像骆驼一样，所以乡里人称他为『驼』。橐驼听到后，说：『很好啊，这样称呼我很恰当。』于是放弃原名，也自称『橐驼』了。他的家乡叫丰乐乡，在长安城西。橐驼以种树为职业，长安城的豪绅人家积德观赏游览的树木，以及卖水果的商人，都争相迎请他。橐驼所种植或者移植的树木，没有不成活的，而且高大繁茂，果实结得又早又多。其他种树的人即使暗中察看仿效，也比不上他。

有人问他原因，他答道：『我郭橐驼并不能使树木活得久且长得快，只不过能够顺应树木的本性，使它尽性成长罢了。一般说来，树木的习性是：树根要舒展，培土要均匀，根部要带旧土，捣土要细密。这样做了以后，不要再去动它，也不必再担心它，离开后就不必再管它了。移栽时要像培育子女一样精心，栽好后就像丢弃一样将它置于一旁，那么树木的本性就不受破坏，而能按照它的本性生长。所以我只是不妨害它生长罢了，并没有使它长得高大茂盛的诀窍；我只是不抑制、减少它的果实罢了，并没有使它的果实结得又早又多的诀窍。

『其他种树的人却不这么做，树根拳曲，又换了新土，培土不是过多就是不够。如果有与此不同的做法，又对树木爱得过深，担心得太过，早晨看看，晚上摸摸，离开后还要回头看顾。更严重的是用手指抓破树皮来检验它的死活，摇动树根来察看土的松紧，这样，就背离树木的本性了。虽然说是爱护树，实际上是在害它；虽说是担心树，实际上却是仇恨它。所以都比不上我，我又有什么特别的本领呢？』

问的人说：『将你种树的方法，转用到为官治民上，可以吗？』橐驼说：『我只知道种树罢了，为官治民并非我的专业啊。然而我住在乡里，看到那些官吏喜欢不断地发布命令，好像很爱惜百姓，却给百姓带来灾害。每天早晚，差吏跑到村中叫喊：「官长命令催促你们耕地，勉励你们播种，督促你们收割。早些缫你们的丝，早点纺你们的线。抚育好你们的小孩，喂大你们的鸡、猪。」一会儿击鼓聚集人们，一会儿敲木梆召集大家。我们小百姓顾不上吃饭来应酬慰劳差吏，尚且都没有空暇，又怎能人口兴旺，生活安定呢？所以都非常困苦而且疲乏。如果是这样，那就与我们种树这一行也有相似之处吧？』

问的人叹道：『这说得不是很好吗！我问养树，却得到了治民的办法。』我记下此事，将其作为官吏的借鉴。

说明

这是一篇具有寓言性质的传记文章，通过为郭橐驼立传，记述了郭橐驼『顺木之天，以致其性』的养树之道，将养树与养民相比较，对中唐时有损百姓的吏治进行了批评，表达了作者希望改革弊政和同情下层百姓的思想。

梓人传

原文

裴封叔之第在光德里[1]，有梓人款其门，愿佣隙宇而处焉。所职寻引、规矩、绳墨[2]，家不居砻斫之器[3]。问其能，曰：『吾善度材；视栋宇之制，高深、圆方、短长之宜，吾指使而群工役焉。舍我，众莫能就一宇。故食于官府，吾受禄三倍；作于私家，吾收其直太半焉。』他日，入其室，其床阙足而不能理，曰『将求他工。』余甚笑之，谓其无能而贪禄嗜货者。

其后，京兆尹将饰官署④，余往过焉。委群材⑤，会众工，或执斧斤，或执刀锯，皆环立向之；梓人左持引、右执杖而中处焉。量栋宇之任，视木之能举⑥，挥其杖曰：『斧！』彼执斧者奔而右。顾而指曰：『锯！』彼执锯者趋而左。俄而斤者斫，刀者削，皆视其色，俟其言，莫敢自断者。其不胜任者，怒而退之，亦莫敢愠焉。画宫于堵⑦，盈尺而曲尽其制，计其毫厘而构大厦，无进退焉。既成，书于上栋曰：『某年某月某日某建』，则其姓字也；凡执用之工不在列。余圜视大骇。然后知其术之工大矣。

继而叹曰：彼将舍其手艺，专其心智而能知体要者欤？吾闻劳心者役人，劳力者役于人，彼其劳心者欤？能者用而智者谋，彼其智者欤？是足为佐天子相天下法矣，物莫近乎此也。彼为天下者本于人。其执役者，为徒隶，为乡师、里胥，其上为下士，又其上为中士，为上士，又其上为大夫，为卿，为公⑧。离而为六职，判而为百役⑨。外薄四海，有方伯连率，郡有守，邑有宰，皆有佐政。其下有胥吏，又其下皆有啬夫版尹，以就役焉。犹众工之各有执伎以食力也。彼佐天子相天下者，举而加焉，指而使焉，条其纲纪而盈缩焉，齐其法制而整顿焉。犹梓人之有规矩绳墨以定制也。择天下之士，使称其职；居天下之人，使安其业。视都知野，视野知国，视国知天下，其远迩细大，可手据其图而究焉。犹梓人画宫于堵而绩于成也。能者进而由之，使无所德；不能者退而休之，亦莫敢愠。不衒能，不矜名，不亲小劳，不侵众官，日与天下之英才，讨论其大经。犹梓人之善运众工而不伐艺也。夫然后相道得而万国理矣。相道既得，万国既理，天下举首而望曰：『吾相之功也。』后之人循迹而慕曰：『彼相之才也。』士或谈殷周之理者，曰伊、傅、周、召，其百执事之勤劳，而不得纪焉。犹梓人自名其功而执用者不列也。大哉，相乎！通是道者所谓相而已矣。

其不知体要者反此。以恪勤为公，以簿书为尊。衒能矜名，亲小劳，侵众官，窃取六职百役之事，听听于府庭，

梓人架屋 一会儿众工匠刀砍斧削地开始工作。

而遗其大者远者焉。所谓不通是道者也。犹梓人而不知绳墨之曲直、规矩之方圆、寻引之短长，姑夺众工之斧斤刀锯以佐其艺；又不能备其工，以致败绩，用而无所成也。不亦谬欤？

或曰：『彼主为室者，傥或发其私智，牵制梓人之虑，夺其世守，而道谋是用，虽不能成功，岂其罪耶？亦在任之而已。』余曰：不然。夫绳墨诚陈，规矩诚设，高者不可抑而下也，狭者不可张而广也。由我则固，不由我则圮。彼将乐去固而就圮也，则卷其术，默其智，悠尔而去，不屈吾道，是诚良梓人耳。其或嗜其货利，忍而不能舍也，丧其制量，屈而不能守也。栋桡屋坏，则曰：『非我罪也。』可乎哉？可乎哉？

余谓梓人之道类于相，故书而藏之。梓人盖古之审曲面势者，今谓之都料匠云。余所遇者，杨氏，潜其名。

注释

①裴封叔：名瑾，柳宗元的姊夫。一说名玮，闻喜人，曾任长安县令。

②寻引：计量长度的器具。寻，八尺；引，一丈。规：圆规。矩：矩尺。绳墨：木匠画直线用的工具。

③砻：磨刀石。斫：刀、锯、斧之类的工具。

④京兆尹：官名，管理京都及其附近属县的地方长官。唐改雍州为京

兆府，以亲王担任雍州牧，雍州长史称京兆尹，治所在长安。

⑤委：集聚、堆积。

⑥举：适用，承当。

⑦宫：这里指宫室图样。

⑧徒隶：差役。乡师：一乡之长。里胥：一里之长。士：周时最低一级的贵族。大夫：地位在士之上的官员，再上为卿。公：公侯。

⑨六职：指吏、户、礼、兵、刑、工六部。百役：即百官。

译文

裴封叔的住所位于京城光德里。一天，来了一位木匠求见，想在裴家租一间空屋居住。他工作的用具只有量尺寸的寻引、画方圆的规矩和弹墨线的墨斗等，家中没有磨刀石和刀斧之类的用具。问他会做什么，他说：『我善于测算材料，根据房子的规模、高深、圆方、长短选用合适的木料，指挥工匠们干活。如果没有我的指挥，他们连一间房子也建不成。所以我在官府干活，工资相当于一般木匠的三倍；给私人干活，我的工资要占所有人工资的一大半。』有一天，我来到他的卧室，看见他的床坏了一条腿，他自己不会修，他说：『我准备请别的木匠来修。』我觉得这很好笑，认为他是一个并无真实本领而只是贪钱爱财的人。

后来，京兆尹的官署要修理，我到那里看了看。那儿已堆放好了许多建筑材料，聚集了许多工匠，有的拿着斧子，有的拿着刀锯，都围着那木匠听候指挥。那木匠左手拿着引绳，右手拿着一根木杖，在中间站立。他测量好栋梁的尺寸，又看准木料合用与否，然后挥起木杖说：『斧子！』拿着斧子的工匠立刻奔向右边；他转过头说：『锯

木匠

木匠放弃了具体的手艺，运用智慧谋划指挥，却建成了高楼，他没有动手建楼却是建楼的核心人物。本文借木匠建造房屋，阐述宰相的关键作用及其应有的治国之道。

子！』拿着锯子的就立刻奔向左边。一会儿众工匠刀砍斧削地开始工作，全部都按照他的眼色号令行事，没有谁敢自作主张。有些做得不好的工匠，被他退在一旁，也不敢抱怨生气。他把房子的图样画在了房子上，虽然只有一尺见方却全面详尽，根据图上缩小的尺寸比例建的高楼，与设计完全相符而且不增减分毫。房子建好后，他在大梁上写上『某年某月某日某某造』，『某某就是他的名字』，而那些执斧锯操作的工匠的名字却一个也不写上。我在房子四周观察一番以后大吃一惊，才知道这木匠的技艺确实太高明了。

后来，我感慨地说：那个木匠必定是个放弃了手艺，专心于智力的运用，能够把握关键的人啊。我听说用心智的人指挥别人，用体力的人被人指挥，那个木匠该是个用心智的人吧。有技能的负责操作，有智慧的只管谋划，那个木匠该是个有智慧的人吧。这足可以为辅佐天子治国的人仿效，因为没有比这更与治国相似的事了。治国应以人为根本，从事具体工作的，是徒隶，是乡师里胥，他们的上面是下士，下士之上是中士、上士，再往上是大夫、卿、公。可分成六种职别，再细分为各种差事。从京城外到边境四方，有方伯、连率这样的地方大员，郡有郡守，县有县令，都有辅助的僚属。下面有胥吏，再往下还有啬夫、版尹，这些都是担当职役的人。和工匠们都有各自的技能，靠劳动生活一样。那辅佐天子治国的人，推荐提拔，然后指挥使用他们。整理纲纪而予以进退，使法制规范而加以整顿。如同那位木匠使用规矩、绳墨来测量格局、规模。他鉴别天下的人才，使之称职，他安顿天下的百姓，使之安居乐业。他看了京城便知道了乡野的情况，看了乡野便能了解封地，看了封地便能判断全国，远近大小之地，都可以按照地图考究出来，就像那位木匠把房屋的图纸画在墙上，按图建筑便可成功一样。有才能的人，按一般的程序推荐他，使他不必感恩戴德；无能的人，就予以辞退，他也不会有怨恨。辅佐天子的人不自己显耀才能，夸大名声，不亲自处理费力的小事，不侵犯各级官员的职权。每天与豪杰贤士探讨治国的重大方针。这与那位木匠善于指挥众工匠而不夸耀自己的手艺是一样的。这样，就懂得了宰相之道，国家也就得到了治理。懂得了宰相之道，国家得到治理后，全国百姓都会敬佩地说：『这是我们宰相做的啊！』后世人遵循他的足迹而仰慕地说：『那宰相的才能真高啊！』谈论殷、周之治的读书人只称赞伊尹、傅说、周公、召公，而从事各种具体事务的官员们，虽然勤劳，却不能被记载。就像那位木匠在房屋建好后把自己的名字书写在屋梁上，而干活的工匠们的名字却不能被书写一样。伟大啊宰相，明白这道理的，也只有宰相了。

那些不能把握关键的人与此相反，他们将勤劳刻苦作为功业，以处理公文作为大事。自己炫耀能力，夸大声名，亲自处理费力的小事，侵犯官员们的职权，把各种差事都抢过来，还在朝廷上为此争辩，忽略了远大的事业。这就是不懂得宰相之道的人啊。就好像木匠不懂得绳墨的曲直，规矩的方圆，寻引的短长，姑且夺过工匠们的斧锯来辅助他们工作，又做得不好，以至失败，因而不能取得成就。这岂是很荒谬吗？

有人说：『如果主持建房的那个人，为了表示自己的聪明，束缚木匠的思考，剥夺他的职责，却与路人商量并采纳他们的意见。那么如果建不成房子，难道要算成是木匠的过失吗？能否成功，不过在于是否信任而已。』我说：不是这样的。经过绳墨规矩确定，高处就不能压低，窄处就不能扩大。按我的方法房子就能坚固，不按我的方法就会倒塌。主持建房的人乐于放弃坚固选择倒塌，那么就该收回自己的方法，隐藏自己的智慧，悠然地离开，坚持主张而不屈服，这才是真正的好木匠啊。如果他贪图财物，忍耐而不离去，就丧失了原则，屈服而不能坚持职守。屋梁房屋弯曲倒塌，却说：『不是我的错。』能这样吗？能这样吗？

我认为做木匠与做宰相的方法相似，所以写下来留存。木匠大概就是古时所说的『审曲面势』，现在叫做『都料匠』的人。我遇到的那位木匠，姓杨，名字叫潜。

说明

本文借梓人建造房屋的方法来阐述宰相的治国之道。作者认为，作为辅佐君主治理国家的宰相，应该懂得治理国家的道理，不需要事必躬亲，而应掌握全局，统领百官；若君主犯了错误，宰相也应坚持原则，宁可辞官也不能贪恋权位而迎合上意。

小石城山记

原文

自西山道口径北，逾黄茅岭而下①，有二道。其一西出，寻之无所得；其一少北而东，不过四十丈，土断而川分，有积石横当其垠。其上，为睥睨梁㮰之形②；其旁，出堡坞③，有若门焉。窥之正黑，投以小石，洞然有水声，其响之激越，良久乃已。环之可上，望甚远。无土壤而生嘉树美箭，益奇而坚，其疏数偃仰④，类智者所施设也。

噫！吾疑造物者之有无久矣⑤。及是，愈以为诚有。又怪其不为之于中州，而列是夷狄⑥，更千百年不得一售其伎⑦，是固劳而无用。神者傥不宜如是，则其果无乎；或曰：『以慰夫贤而辱于此者。』或曰：『其气之灵，不为伟人而独为是物，故楚之南少人而多石。』是二者，余未信之。

注释

①黄茅岭：在今湖南零陵西南。

②睥睨：同『埤堄』，城上的矮墙。梁栅：屋的正梁。

③堡坞：小城堡。

④数：密。

⑤造物者：古人指创造万物的上帝。

⑥列是夷狄：排列布置这样的美景在偏远地区。

⑦伎：同『技』，技巧，指小石城山的奇景。

译文

从西山路口一直向北走，越过黄茅岭再向下，有两条路。一条向西，走过去寻找风景却一无所获；另一条稍微偏北朝东，只走了四十丈，泥土断裂，川河分流，许多石块堆在这条路的尽头。石山顶部天然生成城墙栋梁之状，旁边有堡垒，好像有个洞门。向里面望，一片漆黑，丢一块小石子进去，咚的一下有水响声，清澈洪亮，好久才消失。环绕着登到山顶，站在上面望得很远。这里没有土壤却长着很好的树木和竹子，更显得形状奇特坚挺，竹木分布疏密高低、错落有致，好像是智者特意布置的。

啊！我怀疑造物主的有无已很久了，到了这儿更相信造物主确实是有的。但又奇怪他不生在中原，却生在这荒远的蛮夷之地，即使经过千百年也没有显示技艺的机会，这简直是费力却无用，神明的造物主似乎是不会这样做的。那么造物主真的不存在吗？有人说：『这安排是用来安慰被贬于此的贤人的。』也有人说：『山川的灵之气不孕育伟人，而唯独凝聚成奇景，所以楚地的南部少人才而多奇石。』这两种说法，我都不信。

说明

本文是《永州八记》的最后一篇。文章先对小石山城奇异的景色进行了描述，以这种景色的不为人知来借景抒情，表达了自己虽有才学却无用武之地的感慨，隐约地含有对统治者在不能任用贤才方面的讽刺。

封建论[1]

原文

天地果无初乎？吾不得而知之也。生人果有初乎？吾不得而知之也。然则孰为近？曰：有初为近。孰明之？由封建而明之也。彼封建者，更古圣王尧、舜、禹、汤、文、武而莫能去之。盖非不欲去之也，势不可也。势之来，其生人之初乎？不初，无以有封建。封建，非圣人意也。

彼其初与万物皆生，草木榛榛[2]，鹿豖狉狉，人不能搏噬[3]，而且无毛羽，莫克自奉自卫，荀卿有言[4]，必将假物以为用者也。夫假物者必争，争而不已，必就其能断曲直者而听命焉。其智而明者，所伏必众；告之以直而不改，必痛之而后畏；由是君长刑政生焉。故近者聚而为群。群之分，其争必大，大而后有县大夫，有县大夫而后诸侯，有诸侯而后有兵有德。又有大者，众群之长又就而听命焉，以安其属，于是有诸侯之列。则其争又有大者焉。德又大者，诸侯之列又就而听命焉，以安其封，于是有方伯[5]、连帅[6]之类，则其争又有大者焉。德又大者，方伯、连帅之类又就而听命焉，以安其人，然后天下会于一。是故有里胥而后有县大夫，有县大夫而后有诸侯，有诸侯而后有方伯、连帅，有方伯、连帅而后有天子。自天子至于里胥，其德在人者，死必求其嗣而奉之。故封建非圣人意也，势也。

帝尧

尧，中国古代传说的圣王。《尚书》和《史记》都说他名叫放勋。后代又传说他号陶唐，姓伊祁氏，故亦称为唐尧。相传尧父为帝，母为陈锋氏女。帝乃黄帝曾孙在位70年，『日月所照，风雨所至，莫不从服』，卒后由尧之异母兄挚继位。挚在位9年，为政不善，而禅让于尧。

夫尧、舜、禹、汤之事远矣，及有周而甚详。周有天下，裂土田而瓜分之，设五等，邦群后，布履星罗，四周于天下，轮运而辐集。合为朝觐会同，离为守臣扞城[7]。然而降于夷王[8]，害礼伤尊，下堂而迎觐者。历于宣王，挟中兴复古之德，雄南征北伐之威，卒不能定鲁侯之嗣。陵夷迄于幽、厉，王室东徙，而自列为诸侯矣。厥后，问鼎之轻重者有之，射王中肩者有之，伐凡伯、诛苌弘者有之。天下乖盭，无君君之心。余以为周之丧久矣，徒建空名于公侯之上耳。得非诸侯之盛强，末大不掉之咎欤？遂判为十二，合为七国，威分于陪臣之邦，国殄于后封之秦。则周之败端，其在乎此矣。

秦有天下，裂都会而为之郡邑，废侯卫而为之守宰，据天下之雄图，都六合之上游，摄制四海，运于掌握之内，此其所以为得也。不数载而天下大坏，其有由矣。亟役万人，暴其威刑，竭其货贿。负锄梃谪戍之徒，圜视而合从，大呼而成群。时则有叛人而无叛吏，人怨于下而吏畏于上，天下相合，杀守劫令而并起。咎在人怨，非郡邑之制失也。

汉有天下，矫秦之枉，徇周之制，剖海内而立宗子，封功臣，数年之间，奔命扶伤之不暇。困平城，病流矢，陵迟不救者三代。后乃谋臣献画，而离削自守矣。然而封建之始，郡邑居半，时则有叛国而无叛郡。秦制之得，亦以明矣。继汉而帝者，虽百代可知也。

唐兴，制州邑，立守宰，此其所以为宜也。然犹桀猾时起，虐害方域者，失不在于州而在于兵，时则有叛将而无叛州。州县之设，固不可革也。

或者曰：『封建者，必私其土，子其人，适其俗，修其理，施化易也。守宰者，苟其心，思迁其秩而已，何能理乎？』余又非之。周之事迹，断可见矣。列侯骄盈，黩货事戎。大凡乱国多，理国寡。侯伯不得变其政，天子不得变其君。私土子人者，百不有一。失在于制，不在于政，周事然也。秦之事迹，亦断可见矣。有理人之制，而不委郡邑，是矣。有理人之臣，而不使守宰，是矣。郡邑不得正其制，守宰不得行其理，酷刑苦役，而万人侧目。失在于政，不在于制。秦事然也。汉兴，天子之政行于郡，不行于国；制其守宰，不制其侯王。侯王虽乱，不可变也；国人虽病，不可除也。及夫大逆不道，然后掩捕而迁之，勒兵而夷之耳。大逆未彰，奸利浚财。怙势作威，大刻于民者，无如之何。及夫郡邑，可谓理且安矣。何以言之？且汉知孟舒于田叔，得魏尚于冯唐，闻黄霸之明审，睹汲黯之简靖，拜之可也，复其位可也，卧而委之以辑一方可也。有罪得以黜，有能得以赏。朝拜而不道，夕斥之矣；夕受而不法，朝斥之矣。设使汉室尽城邑而侯王之，纵令其乱人，戚之而已。孟舒、魏尚之术，莫得而施；黄霸、汲黯之化，莫得而行。明谴而导之，拜受而退已违矣。下令而削之，缔交合从之谋，周于同列，则相顾裂眦，勃然而起。幸而不起，则削其半，削其半，民犹瘁矣，曷若举而移之以全其人乎？汉事然也。今国家尽制郡邑，连置守宰，其不可变也固矣。善制兵，谨择守，则理平矣。

或者又曰：『夏、商、周、汉封建而延，秦郡邑而促。』尤非所谓知理者也。魏之承汉也，封爵犹建。晋之承魏也，因循不革。而二姓陵替，不闻延祚。今矫而变之，乘二百祀，大业弥固，何系于诸侯哉？

焚书坑儒

秦始皇统一六国之后，废除了分封制，施行郡县制，统一了文字，统一货币，统一度量衡，还下令焚书坑儒。『焚书坑儒』的实质是统一思想的运动。这些措施都是国家大一统的基本要素。在柳宗元看来，秦的灭亡『咎在人怨，非郡邑之制失也』。

或者又以为：『殷、周，圣王也，而不革其制，固不当复议也。』是大不然。夫殷、周之不革者，是不得已也。盖以诸侯归殷者三千焉，资以黜夏，汤不得而废；归周者八百焉，资以胜殷，武王不得而易。徇之以为安，仍之以为俗，汤、武之所不得已也。夫不得已，非公之大者也，私其力于己也，私其卫于子孙也。秦之所以革之者，其为制，公之大者也；其情，私也，私其一己之威也，私其尽臣畜于我也。然而公天下之端自秦始。

夫天下之道，理安斯得人者也。使贤者居上，不肖者居下，而后可以理安。今夫封建者，继世而理。继世而理者，上果贤乎？下果不肖乎？则生人之理乱未可知也。将欲利其社稷，以一其人之视听，则又有世大夫世食禄邑，以尽其封略。圣贤生于其时，亦无以立于天下，封建者为之也。岂圣人之制使至于是乎？吾固曰：『非圣人之意也，势也。』

注释

①封建：君王把爵士授予臣子，称为封建，这种封赏制度在周得以完整地建立。爵分为公、侯、伯、子、南五等，封地也有百里、七十里、五十里之分。这种制度最终被秦始皇废除。

②榛榛：杂乱芜秽。

③噬：啃噬，咬。

④荀卿：赵国人，名况。

⑤方伯：诸侯之长。

⑥连帅：十个国家合称为连，执掌连的称为连帅。

⑦扞：捍卫，守卫。

⑧夷王：周夷王名燮，周懿王之子。

译文

难道天地真的没有最原初的阶段吗？我无法知道。人类真的有最原初的阶段吗？我也无法知道。那么，这两种说法哪种更符合事实呢？在我看来：有最原初的阶段这种说法比较吻合事实。从何而知呢？从『赏封国土、设立诸侯』的封建制就能够知道。那种封建制，经历了古代圣贤的君王尧、舜、禹、商汤、周文王和周武王，但是却没有一个人能够废止它。大概并非是不想废除它，而是形势不允许废除它吧！这种形势的产生，应该是在人类的最原初的阶段吧？没有最原初的阶段的那种形势，封建制就不可能诞生。封建制，并非是古代圣贤之人的本意。

人在最初的阶段是和万物生活在一起的，那时草木杂乱芜秽，野兽四处奔窜，人不能像野兽一样抓扑啃咬，并且也没有毛羽来御寒，不能自我供养、自我保护。荀卿说：『人类必然要借外物为己用。』然而借助外物必然会引起纷争，纷争不能停止，就肯定会找一个能够明辨是非的人，并且听从于他的命令。如果是既智慧又能明辨事理的人，那么必定会有很多人服从于他；把正确的告诉那些起纷争的人，他们却不悔改，就必定会遭受痛苦，之后产生畏惧，于是君长、刑法、政令就诞生了。如此一来附近的人就会结成群体，分成各个群体之后，彼此间的纷争就会更大，争斗的规模变大了之后就会出现军队和威德。如此，就又会出现更有威德的人，各个部族的首领就又会听命于他，以此来使部属安定，于是就产生了诸侯。这样争斗就会更大，又有更具威德的人，诸侯们又会听从于他的命令，以此使自己的封国安定，于是就又产生了方伯、连帅这样的诸侯首领，他们的争斗当然也会更大。这样就又出现了更具威德的人，方伯、连帅们这样的首领也要听从他的命令，以此安定百姓，这之后天下就统治在天子一人之手了。所以说有了乡里的长官之后才产生县大夫，有了县大夫之后才产生了诸侯，有了诸侯之后才产生了方伯、连帅，而有了方伯、连帅之后才产生了天子。从天子到乡官，那些造福于民的人死了之后，人们一定会遵奉他们的子孙担任他的职务。因此说封建制不是出于圣人之意，而是形势所迫。

尧、舜、禹、汤的事情已经太遥远了，到了周朝的时候记载得就十分详备了。周朝统治天下之后，就把土地分割、瓜分开来，分为公、侯、伯、子、男五等爵位，把土地分封给了众多的诸侯，诸侯国就像天空的繁星一样多，遍布于国家的各个方向，围在天子周围，就像车轮一样辐条集中在车毂上，围绕着中心旋转。诸侯集合的时候朝拜天子，分离的时候就要守卫疆土、捍卫城池。然而到了周夷王的时候，立法就被破坏了，天子的尊严也受到损伤，天子只能下堂去迎接觐见的诸侯。到了周宣王的时候，他虽然有复兴周王朝的功德，具有南征北伐的威名，但是终究无法决定鲁王的继承人。从周夷王到后来的幽王、厉王，后来周平王东迁国都，也就把自己列在与诸侯一样的位置上去了。从此以后，向周天子询问九鼎的轻重的事情出现了，射杀天子射中天子肩膀的事情出现了，威逼天子讨伐凡伯、诛杀大夫苌弘的事情也出现了。天下一片混乱，再也没有尊重天子的心了。在我看来周王朝丧失实际的统治权已经很长了，只不过保留着一个在公侯之上的空名罢了！这难道不是由于诸侯过于强大，就像尾巴太大而摇不动所产生的过错吗？于是周王朝就分裂为十二个诸侯国，后来又合并为七个，国家的权威都分散到了陪臣的国家，最终被很晚才分封为诸侯的秦国所灭。周王朝衰败的开端，应该就在这里吧。

舜受禅让

尧、舜、禹、商汤、周文王和周武王等之后封建制一直没有被废，本文柳宗元对封建制存在的原因进行了论述。

秦一统天下之后，分裂诸侯国改设郡邑，废除诸侯而设置郡县长官。雄踞天下险要的地势，在上游建立国都，掌控全国，将国家掌握在自己手中，这是它做得对的地方。没过几年天下就大乱，那是另有原因的。秦王朝多次紧急征集上万人的劳役，使严酷的刑法暴露无遗，钱财也被消耗殆尽。那些扛着锄头木棍被责罚戍守边境的百姓，彼此环视一下就联合起来了，呼号成群。当时只有造反的百姓却没有造反的官吏，处于下层的百姓仇恨秦朝，但是官吏却对朝廷十分畏惧。天下百姓互相配合，都在劫杀郡守县令。这过失在于引起民怨，却不在于郡邑制度。

汉朝统一天下之后，矫正了秦朝的过失，遵循周朝的封建制，分割四海，分赏给宗子和功臣。几年之间，奔走平息镇压诸侯国的叛乱，以至连救死扶伤都顾不上。汉高祖刘邦被围困在平城，为箭射伤，国家日益衰落，三代都没能强盛。后来谋臣晁错进谏献策，削弱诸侯国，并由朝廷官员管理诸侯国。但是汉朝采用封建制之初，诸侯国和郡县的土地各占一半，那时有诸侯国叛乱却没有郡县叛乱，秦朝采用的郡县制是正确的，也就可以看出来了。汉以后称帝的统治者，即使再过一百代，也可以知道这种郡县制的优越性。

唐朝建立以后，设立州邑，任命州县官员，这么做是对的。但有时还会有一些暴虐狡猾之人进行叛乱、侵州夺县，这样的过失不在于实行州县制度而在于军事制度，当时只有反叛的将领却没有叛乱的州县。因此州县制度的设立，的确是不能改变的。

有的人说：『封建制分封的诸侯，必定会认真治理其封地，对待自己封地的百姓就像对待自己的儿女一样，适应那里的风俗，治理国家，比较便于施行教化。而郡县制的州县官员，抱着一种苟且的心理，只想着怎么升官而已，如何能够治理好州县呢？』我并不认同这种说法。从周朝的事情，可以很清楚地看到这一点：诸侯们骄奢淫逸，贪财好战，基本上是混乱的诸侯国多，而治理得好的诸侯国少。诸侯们无法改变混乱的政局，天子不能撤换诸侯国的君王，真正珍惜土地像爱护子女一样爱护人民的诸侯，一百个人之中还没有一个。弊病在于封建制，而不在于政治治理，周朝的事情就是这样。从秦朝的情况来看，也可以很清楚地看出这一点：国家有治理百姓的制度，不委权于郡县，这是对的；国家有管理百姓的大臣，不让郡县的官员自行其是，这也是对的。只是郡县未能很好地发挥郡县制的作用，郡县的官员不能很好地治理百姓，严酷的刑罚、繁重的劳役，使百姓侧目而视。弊病在于政治治理，而不在于郡县制，秦朝的情况就是如此。汉朝兴建之时，天子的政令能够在郡县实行，却不能在诸侯国实施；天子只能掌控郡县官员，却不能掌控诸侯。即使诸侯胡作非为，天子也无权撤换；即使诸侯国的百姓生活困顿，国家也不能解救他们。只能等到诸侯发生叛乱，这之后才能将其逮捕、流放，或者兴率兵讨伐、灭掉他们。在他们的罪恶还没有完全暴露之时，即使他们搜刮钱财，凭借权势作威作福，给百姓造成很大的灾难，国家也不能将他们怎么样。而郡县，可以说是得到了很好的治理、社会安定。为什么这样说呢？汉王朝从汉中守田叔那里知道了孟舒，从冯唐那里知道了魏尚，听闻了黄霸此人明察审慎，目睹了汲黯为人从政简约，就可以授予他们官职或恢复他们原来的官职，甚至可以让汲黯躺着上任，委任他去安抚一方。官员触犯了法律可以被罢免，有才能的可以奖赏。早晨刚刚任命，但是倘若发现他不行正道，晚上

黄霸

黄霸，生年不详，卒于公元前51年，字次公，淮阳阳夏人。为人明察秋毫，心思敏捷，通晓文法，而又性情温良懂谦让，有智慧。他做县丞，处理事情颁布决议都合乎法律，迎合人心，深得爱戴。

就可以罢免；晚上任命的官吏，倘若发现他违法乱纪，第二天早晨就能废除他。如果汉王朝把土地全部分封给了诸侯，纵使诸侯危害百姓，也只能发愁而已。孟舒、魏尚治理国家的方法无法实施，黄霸、汲黯的教化也不能推行。公开的谴责劝导诸侯，他们当面即使接受了，但转身就又违反了；倘若下令削减他们的土地，诸侯国彼此之间就会互相串通联合阴谋反叛，怒视天子，气势汹汹地反叛朝廷。即使很庆幸，他们没有联合反叛，那么就能削减他们一半的土地，可即使削减了他们一半的封地，百姓还是要受害，为什么不彻底废除诸侯以保护那里的百姓呢？汉朝的情况便是如此。现在国家全部实行郡县制，接连不断地任命郡县官员，这种制度是一定不能改变的。只要妥善地治理军队，谨慎认真地选择官吏，国家就会太平了。

又有人说：『夏、商、周、汉四代实行封建制国家都统治了很久，而秦朝实行郡县制，却很快就灭亡了。』说这种话的人更不是懂得治理国家的人。魏承袭汉朝，继续实行封爵的封建制；西晋延续魏代，承袭旧制不加变革，这两个朝代都很快就灭亡了，没有听说过统治长久的。如今我们唐朝矫正魏晋的错误加以改变，国家已经统治了近二百年，国家基业更为稳固，这和分封诸侯有关系吗？

又有人认为：『商、周二朝的君王，都是圣君，但是他们都未曾变革封建制，改变封建制这件事原本就不该再议论了。』这种说法十分错误。商、周二朝之所以没有变革封建制，是没有办法的事。归顺于商朝的诸侯国大概有三千个，商朝凭借他们的力量才灭掉了夏，因此商汤不能废除诸侯；归顺于周朝的诸侯有八百个，周朝也是依靠他们的力量才打败了商朝，因此周武王也无法废除诸侯。沿用它是为了安定，因袭它是为了习俗，这就是商汤王、周武王没有废除封建制的原因。他们这是没有办法，并不是大公无私，他们是要借诸侯之力为己用，借诸侯的力量保卫自己的子孙。秦朝的变革，所采用的郡县制，是最大的公；它的目的是为自己，是想要树立自己的权威，使天下所有的人都服从于自己。但是废除封建制，以天下为公，却是以秦朝开端的。

天下的治国之道，是国家安定，得到百姓的拥护。有贤能的人居于上位，没有才能的人居于下位，之后国家才会安定。封建制的诸侯，是世代相袭地统治。世代相袭治理诸侯国，居于上位的真的会很贤明吗？居于下位的人就真的没有才能吗？如此一来，百姓究竟是享受太平还是遭受祸乱，也就不知道了。倘若想要有利于国家社稷，统一人民的思想，同时又世袭爵位俸禄，占尽诸侯国的封地。即使是圣贤之人，生活在那个时代，也将无法在天下立足，这都是源于封建制。难道是圣人想使事情发展到这种地步吗？因此我说：『这并非是圣人的本意，而是形势所致。』

说明

此篇是柳宗元哲学类作品的名篇，见解独特，一反对秦始皇的否定论调，对秦始皇的政绩以及革新进取的重大历史作用给予了肯定，指出秦始皇实行的一些措施对于维护统一、巩固政权具有很大的必要性，不但『谈古』，而且『论今』，联系时局，发表自己的见解。

罴说

原文

鹿畏貙①，貙畏虎，虎畏罴②。罴之状，被发人立，绝③有力而甚害人焉。楚之南有猎者，能吹竹为百兽之音。寂寂持弓矢罂火④，而即之山，为鹿鸣以感其类⑤，伺其至，发火而射之。貙闻其鹿也，趋而至⑥，其人恐，因为虎而骇之。貙走而虎至，愈恐，则又为罴，虎亦亡去。罴闻而求其类，至则人也，捽搏挽裂而食之⑦。今夫不善内而恃外者，未有不为罴之食也。

注释

①貙：一种类似于狐狸，但大于狐狸的野兽。

②罴：一种比熊还要凶猛的野兽。

③绝：极度，非常。

④寂寂：悄悄。罂火：火种。

⑤感：召唤。

⑥趋：快走，小跑。

⑦捽：揪住，抓住。挽：厮打。

译文

鹿害怕貙，貙害怕老虎，而虎又害怕罴。罴的样子，披着长发，能够像人一样站着，力气很大并且经常吃人。在楚的南部有个猎人，用竹笛能模仿很多野兽的声音。有一次，他悄悄地拿着弓箭和火种上了山。他先模仿鹿的声音召

鹿

鹿本是一种温顺的动物，因鹿茸是珍贵的药材，常被猎人窥伺。

唤鹿的同类，等到鹿出来的时候，他就点燃火种射向鹿。之后貙听到了鹿的声音，就赶快跑出来，猎人有些恐惧，于是就模仿虎的声音吓唬貙。貙跑了，但是老虎听到同类的声音就跑出来了，猎人更为害怕，于是又模仿罴的叫声，老虎也被吓跑了。但是罴听到声音之后也出来寻找自己的同类，出来却发现是人，罴就揪住他，跟他搏击，厮打他，最后吃了他。如今那些自己没有真本领，却倚仗外在力量的人，没有不被罴吃掉的。

【作者逸事】

柳宗元不仅是很有名的文学家，他还十分关心百姓疾苦，鼓励发展生产，做了很多有益于百姓的好事。他在柳州任职之时，柳州城内的百姓用水都是用瓦罐从柳江中取出来的，但是当时江岸很高，陡坡很不好走，尤其是下雨的时候，道路就会很滑，容易跌倒，于是柳宗元就组织了人力，在城北挖了一口深深的水井。这口井水源十分充足，不仅解决了百姓们的饮水问题，还大大方便了农民灌溉菜地，极大地造福了百姓。

段太尉逸事状①

原文

太尉始为泾州刺史时，汾阳王以副元帅居蒲②。王子晞为尚书③，领行营节度使④，寓军邠州⑤，纵士卒无赖⑥。邠人偷嗜暴恶者，率以

货窜名军伍中⑦，则肆志，吏不得问。日群行丐取于市，不嗛⑧，辄奋击折人手足，椎釜鬲瓮盎盈道上⑨，袒臂徐去，至撞杀孕妇人。邠宁节度使白孝德以王故，戚不敢言。

太尉自州以状白府，愿计事。至则曰：『天子以生人付公理，公见人被暴害，因恬然。且大乱，若何？』孝德曰：『愿奉教。』太尉曰：『某为泾州，甚适，少事；今不忍人无寇暴死，以乱天子边事。公诚以都虞候命某者，能为公已乱，使公之人不得害。』孝德曰：『幸甚！』如太尉请。

既署一月，晞军士十七人入市取酒，又以刃刺酒翁，坏酿器，酒流沟中。太尉列卒取十七人，皆断头注槊上，植市门外。晞一营大噪，尽甲。孝德震恐，召太尉曰：『将奈何？』太尉曰：『无伤也！请辞于军。』孝德使数十人从太尉，太尉尽辞去。解佩刀，选老躄者一人持马，至晞门下。甲者出，太尉笑且入曰：『杀一老卒，何甲也？吾戴吾头来矣！』甲者愕。因谕曰：『尚书固负若属耶？副元帅固负若属耶？奈何欲以乱败郭氏？为白尚书，出听我言。』

晞出见太尉。太尉曰：『副元帅勋塞天地，当务始终。今尚书恣卒为暴，暴且乱，乱天子边，欲谁归罪？罪且及副元帅。今邠人恶子弟以货窜名军籍中，杀害人，如是不止，几日不大乱？大乱由尚书出，人皆曰尚书倚副元帅，不戢士。然则郭氏功名，其与存者几何？』言未毕，晞再拜曰：『公幸教晞以道，恩甚大，愿奉军以从。』顾叱左右曰：『皆解甲散还大伍中，敢哗者死！』太尉曰：『吾未晡食，请假设草具。』既食，曰：『吾疾作，愿留宿门下。』命持马者去，旦日来。遂卧军中。晞不解衣，戒候卒击柝卫太尉。旦，俱至孝德所，谢不能，请改过。邠州由是无祸。

先是，太尉在泾州为营田官。泾大将焦令谌取人田，自占数十顷，给与农，曰：『且熟，归我半。』是岁大旱，野无草，农以告谌。谌曰：『我知入数而已，不知旱也。』督责益急。且饥死，无以偿，即告太尉。

太尉判状辞甚巽，使人求谕谌。谌盛怒，召农者曰：『我畏段某耶？何敢言我！』取判铺背上，以大杖击二十，垂死，舆来廷中。太尉大泣曰：『乃我困汝！』即自取水洗去血，裂裳衣疮，手注善药，旦夕自哺农者，然后食。取骑马卖，市谷代偿，使勿知。

淮西寓军帅尹少荣，刚直士也。入见谌，大骂曰：『汝诚人耶？泾州野如赭，人且饥死；而必得谷，又用大杖击无罪者。段公，仁信大人也，而汝不知敬。今段公唯一马，贱卖市谷入汝，汝又取不耻。凡为人傲天灾、犯大人、击无罪者，又取仁者谷，使主人出无马，汝将何以视天地，尚不愧奴隶耶！』谌虽暴抗，然闻言则大愧流汗，不能食，曰：『我终不可以见段公！』一夕，自恨死。

及太尉自泾州以司农征，戒其族：『过岐，朱泚幸致货币，慎勿纳。』及过，泚固致大绫三百匹。太尉婿韦晤坚拒，不得命。至都，太尉怒曰：『果不用吾言！』晤谢曰：『处贱无以拒也。』太尉曰：『然终不以在吾第。』以如司农治事堂，栖之梁木上。泚反，太尉终，吏以告泚，泚取视，其故封识具存。

太尉逸事如右。

元和九年月日，永州司马员外置同正员外宗元谨上史馆。今之称太尉大节者出入，以为武人一时奋不虑死，以取名天下，不知太尉之所立如是。宗元尝出入岐、周、邠、斄间，过真定，北上马岭，历亭鄣堡戍，窃好问老校退卒，能言其事。太尉为人，姁姁，常低首拱手行步，言气卑弱，未尝以色待物；人视之，儒者也。遇不可，必达其志，决非偶然者。会州刺史崔公来，言信行直，备得太尉遗事，复校无疑，或恐尚逸坠，未集太史氏，敢以状私于执事。谨状。

注释

①段太尉（719—783），名秀实，字成公，公元783年，泾原士兵在京发生哗变，唐德宗仓皇出逃，叛军拥立叛贼朱泚称帝，段太尉在朝中痛斥他们的叛逆行径，并用朝笏投向朱泚，于是被叛贼杀害，后被追封为太尉。

逸事状，是古代专门记述人物逸事的一种文体。

②汾阳王：即郭子仪，公元762年，郭子仪因平定安史之乱有功被封为汾阳王；蒲：州名，唐为河中府，位于今山西永济县。

③王子晞：即郭晞，汾阳王的三子，跟随郭子仪出征，屡立战功，后被封为兵部尚书。

④领：兼任。节度使：官职名，主要掌军事。

⑤寓军：把军队驻扎在辖管区域以外。邠州：州名，位于今陕西彬县。

⑥纵：纵容。

⑦货：钱财。

⑧嗛：满足。

⑨椎釜鬲瓮盎：泛指一切器皿。釜，锅；鬲，古时一种用于烹饪的三脚器皿；瓮，一种盛酒的容器；盎，腹大口小的瓦盆。

译文

段太尉出任泾州刺史之时，汾阳王凭借副元帅的身份将军队驻扎在蒲州。当时汾阳王的三子郭晞任职尚书，兼任行营节度使，把军队驻扎在他辖管区域以外的邠州，纵容士兵胡作非为。邠州那些狡猾贪婪、暴戾凶恶的人，都用钱财进行贿赂，使自己名列军队之中，于是更加肆无忌惮，官吏们都不敢过问。每天成群结队地在街市上强取豪夺，不能满足的时候，就大打出手，折断别人的手脚，街道上到处都是被棍棒打烂的器皿，然后裸露着臂膀扬长而去，甚至还撞杀过孕妇。邠宁节度使白孝德由于汾阳王的原因，心中虽然悲戚却不敢说。

段太尉在泾州用文书向节度使府禀报，希望能够管制此事。段太尉到了节度使府就说：『天子把百姓托付给您来治理，而您看到百姓遭到残害，却无动于衷。将要发生大乱了，您打算怎么办啊？』白孝德说：『我愿意听从您的赐教。』段太尉说：『我治理泾州，十分闲适，事务很少；如今看到百姓没有敌寇却要身遭残害心中十分不忍，这也是扰乱天子的边防。倘若你能够任命我为都虞候，我就能为您制止暴乱，使您的百姓不再受到残害。』白孝德说：『太好了！』于是就应许了段太尉的请求。

段太尉出任都虞候之职一个月，郭晞部下有十七个人到街市上拿酒，又用刀刃刺伤卖酒的老翁，砸坏了酿酒的器皿，酒都流到了沟中。段太尉让士兵捉拿了这十七人，把他们全都砍了头，并且把头挂在长矛上，立在城门外。郭晞的整个军营都十分骚动，全都穿上了盔甲。白孝德十分恐惧，就把段太尉召过来问：『这可怎么办啊？』段太尉说：『没事！您让我到军中去和他们讲理。』白孝德想派几十名士兵跟着段太尉，可太尉都谢绝了。他解下佩刀，选了一个又老又跛的士兵给他牵马，到了郭晞军营门下。身披盔甲的士兵都冲了出来，段太尉笑着走进营门，说道：『杀一个老兵，用得着身披战甲吗？我顶着我的头颅来啦！』身着战甲的士兵很惊讶。于是段太尉乘机劝解说：『难道郭尚书有负于你们吗？难道副元帅有负于你们吗？为何要用暴乱的行径败坏郭家的威名呢？请替我禀报郭尚书，请他出来听我一言。』

郭晞出来会见太尉。段太尉说：『副元帅的功勋卓著，应该力求善始善终啊。如今您纵容士兵胡作非为，就将发生变乱，祸乱边境，打算归罪于谁啊？这罪行将会累及到副元帅啊。如今邠州这些恶霸子弟用钱财在军名册上冒充挂名，残害百姓，倘若这样不加制止，还能有几天不造成大乱啊？大乱从您这里产生，人们都会说尚书您是仰仗着副元帅，才会对部下不加管束的。如此一来郭氏一门的英名，还能保存下多少呢？』太尉话还没说完，郭晞就再拜道：『承蒙您对我的教诲，您的恩情如此之大，我愿意奉全军听命于您。』回头训斥部下说：『全都脱了盔甲，解散回到队伍之中，有胆敢滋事者，杀无赦！』段太尉说：『我还没有吃晚饭，请您为我简单准备些吃的。』吃完之后，又说：『我的病又犯了，想在您的军中留宿。』于是就让牵马的人先回去，第二天早上再来。于是段太尉就在军中睡下了。郭晞衣服都不脱，命令侍卫敲打着梆子以保护段太尉。第二天早上，郭晞就同段太尉一起到节度使白孝德那儿，向他道歉说自己不才，请求改正错误。邠州从此以后再也没有祸乱了。

在此之前，段太尉在泾州担任营田官。泾州大将焦令谌霸占他人土地，自己一人就占有土地数十顷，他把地租给农民耕种，并说：『作物熟了的时候，一半的粮食要归我。』这一年天大旱，地里寸草不生，农民把情况禀报给焦令谌。焦令谌却说：『我只知道我要收取多少，不知道天旱不旱。』还更加紧急地催逼讨要粮食，农民都要饿死了，没有粮食偿还，于是只好禀报段太尉。

段太尉言辞很温和地写了判决书，派人拜见并告知焦令谌。焦令谌非常愤怒，就把农民叫来，说道：『难道我会怕那姓段的吗？你胆敢去告我！』他拿出判决书平铺在农民背上，打了农民二十大杖，农民都快被打死了，才被扛到太尉府上。太尉见了大哭道：『是我害了你啊！』赶紧亲自取水来为农民洗去身上的血，撕下衣服给农民包扎伤口，亲手为他敷上好药，早晚亲自先喂农民吃完饭自己才吃。并卖掉自己的马，换来谷子替农民偿还粮食，还瞒着农民不让他知道。

驻扎在淮西的军队主帅尹少荣，为人刚直，前来会见焦令谌，大骂道：『你还是不是人？泾州土地干旱，百姓都要饿死了；你还必须要得到谷子，又用大杖打没有犯罪的人。段太尉是个十分仁义守信的人，但是你却不知道要尊敬他。如今段太尉只剩下一匹马了，还把它贱卖了买了谷子交给你，你竟然还收下了，一点也不觉得羞耻。大凡不顾及天灾、冒犯长者、杖打没有罪过的人，又收取仁者的谷子，使主人外出没有马匹，你有何颜面面对天地啊，不为作为奴仆而感到羞愧吗？』虽然焦令谌为人骄横暴戾，但听了之后，还是惭愧得都流泪了，吃不下东西。一天晚上，就怨恨而死。

等到段太尉从泾州被召为司农卿的时候，警戒他的家人道：『路过岐州的时候，朱泚可能会送给你们钱财，一定不能收啊。』段太尉的家人经过岐州之时，朱泚坚持要送给他们三百匹大绫，太尉的女婿韦晤坚决拒绝，最终还是没有推辞掉。到了京城，段太尉知道之后非常愤怒地说：『居然不听我的话！』韦晤道歉说：『我出身卑微，不能拒绝啊。』太尉说：『无论如何不能把东西放在我家。』于是就将绫绢送往司农办公的地方，存放在了梁木上。朱泚叛乱，段太尉死后，官吏们把此事禀报给了朱泚，朱泚把绫绢取下来看了看，原来的封识还完整无损。

段太尉逸事如上。

元和九年某月某日，永州司马员外置同正员柳宗元恭谨地将此文献给史馆。如今赞扬段太尉有大节的人，基本上是认为其是武夫，一时冲动不畏惧死亡，从此才成名于天下，不知道太尉是像上面所讲述的那样安身立命。我曾经出入于岐、周、邠、嫠诸州之间，经过真定，北上马岭山，游历了亭台、屏障、堡垒和戍所等军事建筑，私下里喜欢访问年迈和退役的将士，他们都给我讲述一些段太尉的事迹。太尉为人谦逊，经常低着头、拱着手走路，说话语气卑微，从来不给人脸色看；人们都把他视作一个儒者。遇到不认可的事情，他必须实现自己的心志，这种事绝不偶然。永州刺史崔能前来，言而有信、做事正直，比较全面地了解了段太尉的逸事，反复核对没有可疑之处。我还是担心有的被遗漏，没有为史官搜集到，因此要将这篇状私下呈送给执事。谨为此状。

说明

此篇选取段太尉勇服郭晞、仁愧焦令谌、节显治事堂这三件典型的逸事，从不同侧面进行勾勒，将段太尉外柔内刚、仁爱谦和却又刚毅有节的形象跃然纸上。本文虽对段太尉充满赞扬之情，但是全文却没有一处议论，而是寄赞颂于冷静从容的写实之中，手法颇为独特。

唐宋八大家集

线装典藏

册二

明·茅坤 编选

黄山书社

线装典藏

唐宋八大家集

明·茅坤 编选

册二

黄山书社

童区寄传①

原文

柳先生曰：越人少恩，生男女必货视之。自毁齿已上②，父兄鬻卖，以觊其利③。不足，则盗取他室④，束缚钳梏之，至有须鬣者⑤，力不胜，皆屈为僮⑥。当道相贼杀以为俗，幸得壮人，则缚取幺弱者⑦。汉官因以为已利，苟得僮，恣所为不问。以是越中户口滋耗⑧。少得自脱，惟童区寄以十一岁胜⑨，斯亦奇矣。桂部从事杜周士为余言之。

童寄者，郴州荛牧儿也。行牧且荛，二豪贼劫持反接，布囊其口，去逾四十里之虚所卖之。寄伪儿啼，恐栗为儿恒状。贼易之，对饮，酒醉。一人去为市，一人卧，植刃道上，童微伺其睡，以缚背刃，力上下，得绝，因取刃杀之。

逃未及远，市者还，得僮大骇。将杀童，遽曰：『为两郎僮，孰若为一郎僮耶？彼不我恩也。郎诚见完与恩，无所不可。』市者良久计曰：『与其杀是僮，孰若卖之；与其卖而分，孰若吾得专焉。幸而杀彼，甚善。』即藏其尸，持僮抵主人所，愈束缚牢甚。夜半，童自转，以缚即炉火烧绝之，虽疮手勿惮，复取刃杀市者。因大号，一虚皆惊。童曰：『我区氏儿也，不当为僮。贼二人得我，我幸皆杀之矣，愿以闻于官。』

虚吏白州，州白大府，大府召视，儿幼愿耳。刺史颜证奇之，留为小吏，不肯。与衣裳，吏护还之乡。乡之行劫缚者，侧目莫敢过其门，皆曰：『是儿少秦武阳二岁，而讨杀二豪，岂可近耶！』

注释

①童区寄：童，童子；区，姓；寄，名。

②毁齿：换乳牙，儿童大概在七岁左右时换牙。

荆轲刺秦王

秦武阳燕国勇士，十三岁杀人，后随荆轲一同行刺秦王。

③觊：觊觎，贪图。

④他室：别人家。

⑤鬣：长须。

⑥僮：随从，仆人。

⑦幺弱：幼小柔弱。

⑧滋耗：更为减少。

⑨区寄：人名。

译文

柳先生说：『越人很少有恩情，生了孩子，必定会把他们视作货物。七岁以上的孩子，父亲兄长就会把他们卖了，以贪图利益。孩子不到七岁的，就去偷别人家的孩子，捆绑铐住孩子，至于那些年老的人，不能以力取胜了，就都会屈服作为仆人。在大道上贼寇厮杀已经成为习以为常了，如果有幸比较强大，就束缚捆绑幼小柔弱的。汉官为了自己的利益，倘若能够得到仆人，就会放纵他们的行为不加过问。由于这样的原因，越中这个地方人口越来越少。很少有能脱逃这些的，只有儿童区寄十一岁时胜利脱身，这就更加奇特了。桂部从事杜周士对我言说了此事。』

儿童区寄，是柳州一个砍柴放牧的孩子。一次，他正在放牧砍柴，两个豪强劫持捆绑了他，把他的手反捆起来，用布塞住他的嘴，把他带到四十多里以外的集市上要把他卖了。区寄故意假装像小孩一样啼哭，吓得浑身发抖，像常见的小孩那样。这两个豪强就觉得他很好对付，互相对饮，后来就喝醉了。一个豪强到市场上去卖区寄；另一个豪强卧躺着，把刀插在了路上。孩子偷偷地观察着等他睡着了，就把捆绑着手的绳子凑到刀刃上，用劲地上下摩擦，绳子割断了，于是他拿起刀就把那个人给杀了。

区寄还没来得及跑远，到市场上去的那个强盗就回来了，抓住孩子，十分惊恐。将要杀区寄的时候，区寄赶紧说：『给两个人当随从，哪里能和给一个人当仆人相比呢？他对我不好，你倘若真的能保全我的性命，好好待我，什么我都能替你做。』这个豪强考虑了很久，心想：『与其杀了这个孩子，不如卖了他；与其把他卖了钱两个人分，不如我独自占有。幸好这个孩子把他杀了，很好！』于是就把那个贼寇的尸体掩藏起来，带着孩子到主人家，当然他也把孩子捆绑得更加结实了。半夜的时候，区寄自己转过身，把捆着手的绳子靠近炉火，烧断了绳子，虽然手也被烧伤了但却不害怕；然后他又拿起刀把那个到市场上卖他的强盗杀了。而后大声哭号，集市上的人都十分吃惊。孩子说：『我是区家的儿子，不应该成为别人的奴仆。有两个豪强抓了我，很幸运地我把他们都杀了。希望能让官府知道这件事情。』

管理集市的小吏向州官禀报，州官又向太府禀报。太府召见这个孩子，看了看，这是个年幼老实的孩子。刺史颜证觉得他很奇特，就想把区寄留下来当作小吏，区寄不肯。于是刺史赠给他些衣服，让小吏护送他回乡。乡里那些抢劫绑架的人，都不敢正视他，不敢从他家门前经过，都说：『这孩子比秦武阳当时还要小两岁呢，却已经杀了两个豪强了，怎能接近呢？』

【作者逸事】

柳宗元在柳州为官之时，柳州一带盛行巫术，每当人生病的时候，不找大夫看病，却请巫师进行占卜，并且要滥杀牲畜。最初的时候是宰杀鸡鸭等来祭神，倘若病情未能好转，就得宰杀猪羊之类的；倘若病情还未见好，就要宰杀牛马这样的『大牲』；还没有奏效，病人就会认为自己马上就要死了，于是就会和亲人诀别，用布遮面，不再进食等待死亡。这种不求医只求巫的陋习，给生活和农业生产带来了极大的破坏。为了改善这种情况，柳宗元修复了曾被大火焚毁了的大云佛寺，让僧徒们大力宣扬佛教不杀生的思想，教化百姓，引导百姓保护牲畜，发展生产，破除迷信，治病要求医而非巫术，并最终取得了很好的效果。

蝜蝂

原文

蝜蝂者①，善负小虫也。行遇物，辄持取②，卬其首负之③。背愈重，虽困剧不止也④，其背甚涩，物积因不散，卒踬仆不能起⑤。人或怜之⑥，为去其负。苟能行，又持取如故⑦。又好上高，极其力不已，至坠地死。

今世之嗜取者⑧，遇货不避⑨，以厚其室，不知为己累也，惟恐其不积。及其怠而踬也，黜弃之，迁徙之，亦以病矣。苟能起，又不艾。日思高其位，大其禄，而贪取滋甚，以近于危坠，观前之死亡不知戒。虽其形魁然大者也，其名人也，而智则小虫也。亦足哀夫！

注释

①蝜蝂：一种虫子。

②辄：就。

③卬：仰头，抬头。

④困剧：极为疲惫。剧，十分。

警谕贪顽

文昌帝君惩治贪官污吏：东晋永和年间的官吏王仔、马谔搜刮民脂民膏，文昌帝君分别将其变为牛、马，以示惩处。看看文中的『蝜蝂』就会知道贪的结局。

⑤踬仆：压倒，摔倒。
⑥或：有的人。
⑦如故：与以前一样。
⑧嗜取者：贪取财物的人。嗜，贪婪。
⑨货：财物。

译文

蝜蝂，一种喜欢负载东西的小虫。前行的时候碰到什么东西，就会抓过来，仰着头背上这些东西。背的东西越来越重，即使极为疲惫也不会停止。它的背很涩，不光滑，所以那些东西就会积聚在背上不散落，以致最终被压倒爬不起来。有些人怜悯它，把它背上的东西弄下来。但是倘若蝜蝂还能爬行，他就会像之前一样再把东西驮到背上。而且蝜蝂还喜欢向高处爬，用尽所有的力气也不愿停下来，最终掉到地上摔死。

如今世间那些贪婪的人，碰到钱财绝不会躲避，以此使自己的家产更为丰厚，不知道这些钱财已经成为自己的累赘了，还担心无法积攒更多的钱财。等到由于疏忽懈怠而垮下来的时候，被废黜，贬谪迁徙到边远之地，也算吃了苦头了。倘若还能够东山再起，他们就又会不思悔改。整天想着升官晋爵，更为贪婪，以至于就快要被摔死了，看到以前那些已经被摔死的人还不知以之为戒。虽然表面看来他们很庞大，他们是人，但智力却和蝜蝂一样，实在是太可悲了！

【作者逸事】

柳州以前总是被认为是蛮夷之地，经济文化都比较落后，民风剽悍，烧杀抢掠的恶习严重，而且『董之以礼则顽，束之以刑则逃』，这种恶习长期以来都未能得到大的改善。柳宗元到任之后，针对这种民风大力修复孔庙，极力宣扬儒家思想，他认为孔子思想的宣扬对于国家政令的推行有很好的促进作用，要使国家政令得到很好的贯彻实施，就必须从教育开导百姓的思想着手，大力提倡儒家思想的学习，改变当地愚昧落后的观念，对百姓『动以礼法』。不仅如此，在孔庙修好之后，他还亲自撰写了《柳州文宣王新修庙碑》，倡导百姓永远尊重孔子。三年之后，百姓的道德品行得到了很大的提高。

三　戒

原文

吾恒恶世之人[1]，不知推己之本[2]，而乘物以逞。或依势以干非其类[3]，出技以怒强[4]。窃时以肆暴[5]，然卒迨于祸[6]。有客谈麋、驴、鼠三物，似其事，作《三戒》。

注释

①恒：常常。

②推己之本：从自己出发考虑问题。

③干：干预。

④出技：实施权术伎俩。

⑤窃时：利用时机。

⑥迨：及，至。

译文

我常常痛恨世人，不知道要从自己的实际情况出发来考虑问题，而是仰仗外物逞强。有的人倚仗权势触犯他人的利益，实施权术伎俩激怒强者。利用时机肆意猖狂，这样终致招来祸患。有位客人谈论麋、驴、鼠这三种动物，与此十分相似，因此写下了《三戒》。

说明

《三戒》是柳宗元的代表作，是其贬谪到永州之时写下的三篇寓言，『三戒』据说是取意于《论语》『君子有三戒』。这三篇文章虽然篇幅短小，但却寓意深刻，主题彼此独立却又内在相连，正文前的小序交代了文章写作的主旨，文章借麋、驴、鼠这三种动物辛辣地讽刺了现实社会中那些倚仗人势、色厉内荏、作威作福的人，具有很强烈的现实针对性和普遍性。语言简洁凝练，形象刻画生动细致，具有很高的艺术性。

临江之麋

原文

临江之人畋[1]，得麋麑[2]，畜之。入门，群犬垂涎，扬尾皆来。其人怒，怛之[3]。自是日抱就犬[4]，习示之，使勿动，稍使与之戏。积久，犬皆如人意。麋麑稍大，忘己之麋也，以为犬良我友[5]，抵触偃仆[6]，益狎。犬畏主人，与之俯仰甚善，然时啖其舌[7]。

三年，麋出门，见外犬在道甚众，走欲与为戏。外犬见而喜且怒，共杀食之，狼藉道上，麋至死不悟。

鹿群

依仗人势得以在狗群中生存的鹿，最终还是被狗咬死了。

注释

①临江：地名，位于今江西清江县。畋：打猎。
②麑：幼鹿。
③怛：恐吓，吓唬。
④就：接近，靠近。
⑤良：的确，真的。
⑥抵触：用头角相抵相触。偃仆：仰面卧倒，俯面卧倒，即翻滚之意。
⑦啖：吃，在此为舔的意思。

译文

临江有个猎人，得到一只小鹿仔，就想饲养它。刚进家门，群狗就对小鹿仔垂涎三尺，都摇着尾巴跑过来了。猎人十分愤怒，把那些狗吓走了。从这天起猎人每天都抱着这只小鹿仔去和狗亲近，让狗看习惯它，不再伤害它，并慢慢地让狗和小鹿仔一起嬉戏。时间长了，狗都知道了主人的心意了。小鹿仔稍微长大些之后，就忘了自己是麋鹿了，以为狗真的是它的朋友，与狗一起头角相抵，在地上翻滚，与狗更加的亲近了。狗因为畏惧主人，也就很温顺地和小鹿仔一起嬉戏，但是有时候仍然舔着自己的舌头，馋得发慌。

三年之后，有一次麋鹿自己出门，看到路上有许多别人家的狗，就跑过去想要和它们一起玩耍。别人家的狗看到麋鹿，既高兴又愤怒，一起把它吃了，路上一片狼藉，可是麋鹿到死也不明白这究竟是为什么。

黔之驴①

原文

黔无驴，有好事者船载以入，至则无可用，放之山下。虎见之，庞然大物也，以为神。蔽林间窥之，稍出近之，慭慭然莫相知②。

他日，驴一鸣，虎大骇远遁③，以为且噬己也，甚恐。然往来视之，觉无异能者。益习其声，又近出前后，终不敢搏。稍近益狎，荡倚冲冒④，驴不胜怒，蹄之。虎因喜，计之曰：『技止此耳！』因跳踉大㘎⑤，断其喉，尽其肉，乃去。

噫！形之庞也类有德⑥，声之宏也类有能，向不出其技，虎虽猛，疑畏，卒不敢取；今若是焉，悲夫！

注释

①黔：地名，位于今四川彭水、酉阳、秀山以及贵州北部一带。

②慭慭然：小心谨慎的样子。

③遁：逃遁。

④荡倚冲冒：碰撞、接近、冲撞、冒犯。

⑤㘎：吼叫。

⑥德：道行。

译文

黔这个地方没有驴子，有个好事者就用船载了头驴运进去。到了以后，觉得驴子没什么用处，于是就把驴放到了山下。老虎看到它那么庞大，就以为它是神。于是就躲避到树林中偷偷地观察，逐渐靠近它，十分小心谨慎，不知驴子是什么东西。

有一天，驴子长鸣了一声，老虎十分害怕，逃遁得远远的，以为驴子要吃了它，十分恐惧。但是来回观察驴子，也没有发现它有什么独特的本领。后来老虎更加习惯了驴子的叫声，又开始靠近驴子，在它周围出没，但始终不敢与之搏斗。渐渐地越发接近驴子，就越发轻视它，并开始冲撞冒犯它，驴子不禁大怒，就用脚踢老虎。老虎因此十分高兴，心中盘算道：『原来本领不过如此啊。』于是老虎就跳跃起来，大声怒吼，一下子就咬断了驴子的喉咙，吃完了驴子的肉，然后就走了。

唉！驴子形体如此庞大，好像很有道行的样子，声音那么洪亮，也好像本领很高。倘若起初不露出自己的本领的话，那么虽然老虎十分凶猛，但由于疑虑恐惧，也终究不敢进攻。如今却是这个下场，实在是可悲啊！

永某氏之鼠①

原文

永有某氏者，畏日②，拘忌异甚。以为己生岁直子③；鼠，子神也④，因爱鼠，不畜猫犬，禁僮勿击鼠。仓廪庖厨⑤，悉以恣鼠⑥，不问。

由是鼠相告，皆来某氏，饱食而无祸。某氏室无完器，椸无完衣⑦，饮食大率鼠之馀也。昼累累与人兼行⑧，夜则窃啮斗暴，其声万状，不可以寝，终不厌。

数岁，某氏徙居他州；后人来居，鼠为态如故。其人曰：『是阴类⑨，恶物也，盗暴尤甚。且何以至是乎哉？』假五六猫，阖门撤瓦灌穴，购僮罗捕之，杀鼠如丘，弃之隐处，臭数月乃已。

呜呼！彼以其饱食无祸为可恒也哉！

鼠

作威作福的老鼠不能长久地猖獗下去。

注释

①永：即永州，位于今湖南零陵县。

②畏日：怕犯日忌。古时认为日子有吉凶，某些日子忌讳做某些事情，否则就会不祥。

③生岁：出生的年份。直子：正值农历子年。直，通『值』。

④子神：在此指生肖。

⑤仓廪：粮仓。庖厨：厨房。

⑥恣：放纵，纵容。

⑦椸：衣架。

⑧累累：形容很多。兼行：并行。

⑨阴类：偷偷活动的东西。

译文

永州有个人，害怕犯了日忌，做事十分拘谨忌讳。认为自己出生之年正是子年，而鼠，是子年的生肖，所以就喜欢老鼠，不畜养猫和狗，也禁止仆人伤害老鼠。粮仓、厨房，都纵容老鼠肆意横行，不加管制。

因此老鼠互相转告，都来到了这个人家里，既能吃得饱又不会有什么灾祸。所以这个人家里没有一件完好的器皿，衣架上也没有一件完好的衣服，吃的东西也差不多都是老鼠吃剩下的。白天成群的老鼠和人一起并行，夜里就会偷偷地咬东西，互相争斗打闹，什么样的声音都有，人都没法睡觉，但是这个人始终不厌恶老鼠。

几年之后，这个人搬到了其他州，后来的人居住在这里，老鼠仍然像以前一样猖獗。之后住进来的人就说：『老鼠是偷偷活动的十分可憎的动物，这里的老鼠偷吃东西吵闹得尤其严重，是什么原因使它这么猖獗呢？』于是就借了几只猫，关上屋门，翻开瓦片，往老鼠洞里灌水，出钱雇用仆人捕杀。杀的老鼠都堆积成了小山，然后把它们扔在隐蔽的地方，臭了几个月才停止。

唉！那些老鼠认为既能吃饱又不会有灾祸，但岂能一直这样？

鞭贾

原文

市之鬻鞭者①，人问之，其贾宜五十②，必曰五万。复之以五十③，则伏而笑④；以五百，则小怒，五千，则大怒；必以五万而后可。有富者子，适市买鞭⑤，出五万，持以夸余。视其首，则拳蹙而不遂⑥；视其握，则蹇仄而不植⑦；其行水者⑧，一去一来不相承；其节朽墨而无文，掐之灭爪，而不得其所穷；举之翲然若挥虚焉。余曰：『子何取于是而不爱五万？』曰：『吾爱其黄而泽。且贾云者。』余乃召僮爚汤以濯之。则遬然枯，苍然白，向之黄者栀也，泽者蜡也。富者不悦。然犹持之三年。后出东郊，争道长乐坡下，马相踶，因大击，鞭折而为五六。马踶不已，坠于地，伤焉，视其内则空空然，其理若粪壤，无所赖者。

今之栀其貌，蜡其言，以求贾技于朝，当其分则善。一误而过其分，则喜；当其分，则反怒，曰：『余曷不至于公卿？』然而至焉者亦良多矣。居无事，虽过三年不害。当其有事，驱之于陈力之列以御乎物，夫以空空之内，粪壤之理，而责其大击之效，恶有不折其用而获坠伤之患者乎？

注释

①鬻：卖。

②贾：价值。

③复：回复，引申为还价。

④伏：弯腰。

⑤适：到，去。

⑥拳蹙：卷曲。遂：舒展。

⑦蹇仄：歪斜。植：通『直』。

⑧行水：行。

译文

集市上卖鞭子的人，倘若有人问鞭子的价格，价值五十的时候，必定要说五万。还价还到五十的时候他就假装笑弯了腰，出价五百，他就会稍微有些愤怒，出价五千，他就会十分愤怒，一定要出到五万才答应。有个富家子弟，到市场上去买鞭，花了五万，拿着它来向我夸耀。看看鞭梢，很卷不舒展；看看它的鞭柄，歪歪斜斜不正；看它的鞭缨，一去一来连接得也不好，看它的鞭节朽败晦暗没有纹理，用手掐鞭子，指甲都陷进去了，不知道究竟有多深；举起来轻飘飘的，好像手里没拿东西一样。我说：『你不惜花了五万，可是你得到了什么呢？』他回答说：『我喜欢它的黄色并且十分有光泽，这是卖鞭子的人说的。』我把童仆叫来用烧热的水浇在鞭子上，很快鞭子就干枯了，变得十分苍白。原来之前的黄色是用栀子染的，而光泽是用蜡打出来的。这个富家子弟很不高兴，但是依然坚持用了三年。后来外出到东郊去，在长乐坡下争道，马互相踢踏，于是狠狠地抽了一鞭子，鞭子就折了五六节，而马依然踢踏不停，这位富家子弟就坠落到地上，受了伤。看看鞭子里面，空空的，纹理就像粪土一样，十分空疏，没有可依赖的。

如今那些粉饰容貌，雕琢言语，以此谋求向朝廷献技的人，倘若职位和他的才能相当还好。可一旦出错，所给的职位在其能力之上，就会十分高兴；倘若职位的安排恰如其分，反而会很愤怒，说：『我为什么没有当上公卿？』但是这样的情况也很多。平常的时候没什么事，即使混上三年也没什么危害。可赶上有事的时候，命令他出力，为国家处理大事，以他那空空之腹，如同粪土一样的纹理，让他实现大力鞭打的效果，承担大任，怎么会不被折断，获得摔伤这样的灾祸呢！

【作者逸事】

柳宗元出任柳州刺史之时，柳州一带盛行用子女作抵押偿还债务的恶俗。百姓们交不起地租或者是借了高利贷的时候，就要用自己的子女作抵押，未能及时赎回，就会利滚利，最终这些还不起债的穷家子女就会沦为奴婢，终身任人驱使，没有一点人身自由，以至于『豪家婢妾百余，男仆数百』，而贫穷之家支离破碎，并且还对生产以及国家税收的缴纳产生了很大的负面影响。柳宗元到任之后，认真遵行朝廷颁布的『不许典贴良人男女作奴婢驱使』的政策，让债主给穷家子女按时间计算工钱，以工钱偿还债务，数目相当的时候，债主就必须把人放回家。不仅如此，柳宗元还尽自己的能力出资帮助穷人赎回子女。柳宗元的这一改革措施，不仅极大地造福了穷苦百姓，还受到了上级官员裴行立的赞赏，并在其所管辖的区域内大力推行。

愚溪诗序

原文

灌水之阳有溪焉[①]，东流入于潇水[②]。或曰：冉氏尝居也，故姓是溪曰冉溪。或曰：可以染也，名之以其能，故谓之染溪。余以愚触罪，谪潇水上，爱是溪，入二三里，得其尤绝者家焉。古有愚公谷[③]，今余家是溪，而名莫能定，土之居者犹龂然[④]，不可以不更也，故更之为愚溪。

愚溪之上，买小丘为愚丘。自愚丘东北行六十步，得泉焉，又买居之为愚泉。愚泉凡六穴，皆出山下平地，盖上出也。合流屈曲而南，为愚沟。遂负土累石，塞其隘为愚池。愚池之东为愚堂。其南为愚亭。池之中为愚岛。嘉木异石错置，皆山水之奇者，以余故，咸以愚辱焉。

夫水，智者乐也[⑤]。今是溪独见辱于愚，何哉？盖其流甚下，不可以灌溉；又峻急，多坻石[⑥]，大舟不可入也；幽邃浅狭，蛟龙不屑，不能兴云雨。无以利世，而适类于余，然则虽辱而愚之，可也。宁武子[⑦]『邦无道则愚』，智而为愚者也；颜子『终日不违如愚』[⑧]，睿而为愚者也，皆不得为真愚。今余遭有道[⑨]，而违于理，悖于事，故凡为愚者莫我若也。夫然则天下莫能争是溪，余得专而名焉。

溪虽莫利于世，而善鉴万类，清莹秀彻，锵鸣金石，能使愚者喜笑眷慕，乐而不能去也。余虽不合于俗，亦颇以文墨自慰，漱涤万物，牢笼百态，而无所避之。以愚辞歌愚溪，则茫然而不违，昏然而同归，超鸿濛，混希夷，寂寥而莫我知也。于是作《八愚诗》，纪于溪石上。

溪

作者以溪水自喻，溪水虽美，但地处偏远，于世无用。

注释

①灌水：水名，湘江的支流。阳：水的北面称为阳，南面称为阴。

②潇水：水名，因为源头在潇山，因此得名潇水。

③愚公谷：位于今山东淄博以北。相传齐桓公外出打猎，在山中发现一谷，就向山间老翁询问是何谷，老翁回答说『愚公之谷』，桓公又问名字的由来，老翁说是因自己的名字而得名。

④龂然：争论不休的样子。

⑤乐：喜欢，喜爱。

⑥坻：水中的高地。

⑦宁武子：即宁俞，『武』是其谥号，春秋时期卫国的大夫。宁武子身处战乱无道之时，就佯装愚笨，然而实际上却是大智之人。《论语·公冶长》有云：『子曰：「宁武子，邦有道则智，邦无道则愚。其智可及也，其愚不可及也。」』

⑧颜子：即孔子的学生颜回，字子渊。颜回求学于孔子，但是从不发表与孔子不同的言论，貌似愚笨，实际上他能将孔子的话付诸实践，并能有所发挥。《论语·为政》有云：『子曰：「吾与回言终日，不违如愚。退而省其私，亦足以发，回也不愚。」』

⑨有道：指国家政治清明，治国有道。

译文

在灌水的北边有条溪流，向东流入潇水。有人说，以前有个姓冉的人曾经在这里住过，因此借用这个人的姓将这条溪流命名为冉溪。有人说，这溪水能够染色，以它的功能进行命名，称之为染溪。我因为愚犯了罪，被贬谪到了潇水，非常喜欢这条溪流，沿着它走了二三里，发现一个风景十分优美的地方，就安家在此地了。古时候有个愚公谷，现在我的家就在这条溪流旁边，但是没有人能定下这条溪流的名字，此地的居民依然还在争论，看来不能不给它改名了，因此把给它改名为愚溪。

我在愚溪上面买了个小丘，取名为愚丘。从愚丘往东北方向走六十步，又找到了一汪泉水，又把它买下来，取名为愚泉。愚泉一共有六个泉眼，都处于山下的平地，泉水都是自下而上喷涌。各个泉眼中的泉水合流之后弯曲着向南流去，我就把泉水流经的地方命名为愚沟。于是我又运土堆石，在狭窄的地方堵住隘口，筑成了愚池。愚池的东面是愚堂，南面是愚亭。池子中央是愚岛。嘉木、异石参差错落，这些都是奇特美丽的山水，因为我的原因，都选用了『愚』字，使它们受到了玷污。

水是智者所喜爱的。但如今这条溪流却因愚字而蒙受羞辱，这是为何呢？大概是因为它的水道太低，不可以用于灌溉吧。水流很急，中间又多浅滩和石头，大船无法入内；溪流幽邃浅狭，蛟龙也不屑于屈居在此，不能制造云雨，不能造福于世人，恰恰与我十分相似。既然这样，那么即使是蒙受耻辱，用愚字来称呼它，也是可以的。宁武子『在国家昏庸无道的时候就表现得很愚蠢』，这是聪慧之人假装糊涂。颜子『整天也没有发表过不同于老师的见解，好像很愚笨一样』，这是睿智之人假装得很愚笨。他们都并非是真愚。现在我身处政治清明之时，却违背常理，行事有悖世道，因此我是所有愚人之中最为愚笨的人了。但是天下没人能与我争夺此溪，独有我能够给它命名。

溪流虽然没有造福于世人，但是它却善于映照世间万物，清莹透彻，能铿锵作响发出金石般的声音，让愚蠢之人喜笑颜开，对它产生眷恋爱慕之情，十分快乐不忍离去。我虽然与俗世不合，也还很能用文章聊以自慰，洗涤世间事物，囊括百态，没有什么避忌。我用这愚笨之辞咏唱愚溪，觉得茫茫然却不违背情理，昏昏然却与我有着同样的归宿，超越混沌的尘世，融入虚寂缥缈之中，处于寂寞清静之中没有人能了解我。因此写下《八愚诗》，记在溪石上。

说明

本篇是柳宗元贬谪到永州之时为其《八愚诗》而写的序文，《八愚诗》现已遗失，只剩下这篇序。作者在此借溪水自喻，溪水虽美，但处于偏远之地，于世无用；作者虽很有才能，但终被贬黜，触景生情，情景交融，抒发了自己遭受排挤、不能施展伟大抱负的激愤之情。

始得西山宴游记

原文

自余为僇人[①]，居是州[②]，恒惴惴。其隙也[③]，则施施而行[④]，漫漫而游[⑤]。日与其徒上高山，入深林，穷回溪[⑥]，幽泉怪石，无远不到。到则披草而坐，倾壶而醉。醉则更相枕以卧[⑦]，卧而梦。意有所极，梦亦同趣[⑧]。觉而起，起而归。以为凡是州之山水有异态者，皆我有也。而未始知西山之怪特。

今年九月二十八日，因坐法华西亭[⑨]，望西山，始指异之。遂命仆人，过湘江，缘染溪，斫榛莽，焚茅茷，穷山之高而止。攀援而登，箕踞而遨，则凡数州之土壤，皆在衽席之下。其高下之势，岈然洼然，若垤若穴；尺寸千里，攒蹙累积，莫得遁隐，萦青缭白，外与天际，四望如一。然后知是山之特立，不与培塿为类。

悠悠乎与灏气俱，而莫得其涯；洋洋乎与造物者游，而不知其所穷。引觞满酌，颓然就醉，不知日之入。苍然暮色，自远而至，至无所见，而犹不欲归。心凝形释，与万化冥合，然后知吾向之未始游。游于是乎始，故为之文以志。

是岁元和四年也。

注释

①僇人：罪人。僇，同『戮』。

②是州：这个州，即永州。

③隙：空闲，闲暇。

④施施：慢慢。

⑤漫漫：随意，没有目的。

⑥回溪：弯弯曲曲的溪流。

⑦相枕：互相依靠着。

⑧『意有』二句：心中想什么，做梦就会梦到什么。

⑨法华：即法华寺，位于永州地势最高之处。西亭：位于法华寺西，为作者所筑，经常与朋友一起在此宴游赋诗。

译文

自从我成为罪人，就贬居到这个州，常常惴惴不安。闲暇的时候，就慢慢地行走，随意地游览，每天与我的朋友们上高山，入深林，走遍了那些曲曲折折的小溪。只要是有幽静的泉水和怪异的石头，再远也会走到那儿；到了那就拨开草坐下，将壶里的酒全部喝完以致喝醉。喝醉了就相互依靠着睡觉，睡着了就会做梦。心中想什么，做梦就会梦到什么；睡醒之后就起来，起来就回去。以为这个州所有的有奇特之态的山水，我都已经游览过了，但是却还不知道西山的怪异。

今年九月二十八日，因为坐在法华西亭，向西山望去，才开始指着西山发现它很奇特。于是就命令仆人，过湘江，沿着染溪，一路砍伐灌木杂草，焚烧干枯的茅草，一直走到高处才停下来。然后，攀缘着爬上山，两腿伸开席地而坐，欣赏美景，而后发现所有这几个州的土地，都在自己所坐的这块地方的下面。这些高高低低的地形，那些山谷深池，看起来就像是小土堆，像洞穴；那些远在千里之外的景物现在却近在眼前，那些景物像是聚拢、粘缩在了一起，没有什么能逃离视线；青山白水萦绕在一起，视野之外的景物与天相连接，四周都是这个样子。这之后才发现这座山的卓然耸立，与那些小丘迥然不同。

悠悠地与大自然融为一体，没有人会知道它们的边崖在哪里；完美啊，与造物的天地一起游览，不知道尽头所在。拿起酒杯斟满酒，很快就喝醉了，不知太阳已经下山了。暮色昏暗，暮色从远处一步步逼近，直到天黑得什么也看不见了，但却依然不想回去。形神皆忘，与世间万物融化在一起，之后才明白我以前等于没有游览过，这次才是真正的游览。因此为这次游览写下这篇游记以此记述。

这年是元和四年。

说明

本文与《钴鉧潭记》《钴鉧潭西小丘记》《至小丘西小石潭记》《袁家渴记》《石渠记》《石涧记》《小石城山记》并称为『永州八记』，是柳宗元代表性的游记作品。本文作于元和四年(809)作者被贬谪到永州之后，这段时间作者经常游览山水，以此排解心中的苦闷，并在写景中抒发了自己政治失意的痛苦。

钴鉧潭西小丘记

原文

得西山后八日[1]，寻山口西北道二百步[2]，又得钴鉧潭，潭西二十五步，当湍而浚者为鱼梁[3]。梁之上有丘焉，生竹树。其石之突怒偃蹇[4]，负土而出，争为奇状者，殆不可数。其嵚然相累而下者[5]，若牛马之饮于溪；其冲然角列而上者[6]，若熊罴之登于山[7]。丘之小不能一亩，可以笼而有之[8]。问其主，曰：『唐氏之弃地，货而不售[9]。』问其价，曰：『止四百。』余怜而售之。李深源、元克己时同游，皆大喜，出自意外。

即更取器用，铲刈秽草，伐去恶木，烈火而焚之。嘉木立，美竹露，奇石显。由其中以望，则山之高，云之浮，溪之流，鸟兽鱼之遨游，举熙熙然回巧献伎，以效兹丘之下。枕席而卧，则清泠之状与目谋，瀯瀯之声与耳谋，悠然而虚者与神谋，渊然而静者与心谋。不匝旬而得异地者二，虽古好事之士，或未能至焉。

噫！以兹丘之胜，致之沣、镐、鄠、杜，则贵游之士争买者，日增千金而愈不可得。今弃是州也，农夫渔父过而陋之，贾四百，连岁不能售。而我与深源、克己独喜得之，是其果有遭乎！书于石，所以贺兹丘之遭也。

注释

①西山：山名，位于永州城西五里，今位于湖南零陵县附近。

②寻：探寻。

③浚：水深。鱼梁：用于阻拦水流的坝，中间有缺口，可放置竹篓捕鱼。

④突：突起。怒：向发怒了一样。偃蹇：高耸，上翘。

⑤嵚然：从高处向下倾斜的样子。

⑥其冲然角列而上者：有的石头直往上冲，好像要争着向前。
⑦罴：熊的一种，体形很大，又称『人熊』。
⑧笼：包括，笼罩。
⑨货：买。

译文

发现西山的奇异之后的第八天，沿着山口往西北方向探寻着走了二百步，又发现了钴鉧潭。钴鉧的简体）潭往西再走二十五步，在急流水深的地方修建的堤坝上的缺口处，张开了一张渔网。堤坝上有个小土丘，长了一些竹子树木。小丘上的石头像发怒一样高耸着，破土而起，竞相展示着奇形怪状，几乎都数不过来；有的石头互相推挤着向下倾斜，如同牛马在溪边饮水一样；有的石头往上冲，好像要争着向前冲锋，就好像熊罴在攀山一样。这个土丘面积很小，还不到一亩地，好像可以把它装在袖子里，独自占有一般。我向小丘的主人询问，主人说：『这是唐氏废弃的土地，想要卖却没卖出去。』我又问小丘的价钱，主人说：『只要四百两。』我很怜悯小丘的遭遇就把它买下来了。当时李深源、元克己和我一起游览，大家都很高兴，觉得是意外的惊喜。

于是就又拿来器具，铲割荒草，砍去杂树，点了把烈火把那些荒秽烧了。佳木挺立起来了，秀竹也显露出来了，奇石也更为显突。从这些竹木山石间远望，高山耸峙，云气飘浮，溪水流淙，鸟兽遨游；万物其乐融融地轮流呈现技巧，都呈现在这小丘之下。铺开枕席躺下，清澈明净的景状呈现在眼前，淙淙的流水声传入耳内，悠远空阔的境界与精神相通，深沉恬静的境界与心灵相合。还不到十天我就得到了两处奇景，即使是古代那些嗜好风景的人，也许还没有我这么幸运！

唉，以这小丘的美景，倘若是处在长安附近沣、镐、鄠、杜这些地方，那些喜欢游览的贵族人士必定会竞相购买的，地价每天增加一千两，也会越发地买不到。如今被人遗弃在永州，从此路过的农人渔夫轻视它，出价只有四百两，却多年都未能售出，而唯独我和深源、克己很喜爱它并买下了它，难道这就是所谓的时运吗？我把这篇文章写在石头上，以此来庆贺这个小丘的时运。

说明

本文是《永州八记》的第三篇，以工巧生动的笔触为我们勾勒了钴鉧潭上小丘的美丽景色，并借小丘喻自己相似的境遇，小丘是『唐氏之弃地』，而作者也身遭朝廷的贬谪，抒发了自己怀才不遇、遭人排挤的抑郁。

吊屈①

原文

后先生盖千祀兮②，余再逐而浮湘③。求先生之汨罗兮，揽蘅若以荐芳④。愿荒忽之顾怀兮，冀陈辞而有光⑤。

先生之不从世兮，惟道是就。支离抢攘兮⑥，遭世孔疚⑦。华虫荐壤兮⑧，进御羔袖⑨。牝鸡咿兮，孤雄束咮。哇咬环观兮，蒙耳大吕。堇喙以为羞兮，焚弃稷黍。犴狱之不知避兮，宫庭之不处。陷涂藉秽兮，荣若绣黼。榱折火烈兮，娱娱笑舞。谗巧之哓哓兮，惑以为《咸池》。便媚鞠恧兮，美逾西施。谓谟言之怪诞兮，反而瑱远违。匿重痼以讳避兮，进俞、缓之不可为。

注释

①屈原：名平，字原，又名正则，字灵均。是战国时候的楚国人，在楚怀王执政时，任左徒、三闾大夫。后遭到小人谗言诋毁，被放逐，写成了千古名篇《离骚》，最终投汨罗而亡。在文学史上屈原开创了浪漫主义的文风，

屈原

屈原，战国时期楚国人，他是爱国诗人的典范。柳宗元通过此文表达了对屈原的怀念，对他所处黑暗社会的愤慨以及自己的无奈之情。

有着很重要的地位。

②后：晚。祀：年。

③浮湘：漂泊在湘水间的意思。

④蘅若：杜蘅、杜若两种香草名。

⑤荒忽：同恍惚。冀：希望。

⑥抢攘：纷繁杂乱的样子。

⑦遭世：遭遇乱世的意思。孔疚：特别害怕。

⑧华虫荐壤：美丽的冕服被委屈的弃置在地上。

⑨羔袖：用小羊皮做成的衣服，是比较低贱的。

译文

先生逝世后约一千年的今天啊，我又被放逐乘船来到湘江。为访求先生的遗迹我来到汨罗江畔啊，手捧杜蘅、杜若向先生敬献芳香。愿先生在幽冥中能顾念到我啊，我希望能荣幸地向你倾诉衷肠。先生不肯随波逐流啊，只遵循正确的政治主张。当时国家是那样的残破纷乱啊，你生活的时代实在令人忧伤。华贵的衣服被抛弃在地上啊，换上了羊皮做的粗劣衣裳。母鸡呱呱乱叫啊，昂立的公鸡却不能放声高唱。低级庸俗的曲调人们围住欣赏啊，对高雅美妙的音乐反而捂住耳朵尽力遮挡。把毒药当成美好的食物啊，真正的粮食却被抛弃烧光。明明是牢狱却不知躲避啊，丢下美丽的宫殿远去异国他乡。陷进泥坑坐在污秽的地方啊，还自以为美得像披上锦绣服装。房屋已被烈火烧毁啊，却还歌舞欢笑喜气洋洋。喋喋不休的谗言巧语啊，却糊糊涂涂地当成悦耳的歌唱。本是阿谀奉承厚颜无耻的小丑啊，却把她看成比西施还要漂亮。把治国图强的言论视为怪诞啊，反而塞住耳朵把它抛到远方。患了不治之症还要讳疾忌医啊，其实就是请来名医也苦无治病良方。

原文

何先生之凛凛兮①，厉针石而从之②。但仲尼之去鲁兮，曰吾行之迟迟③。柳下惠之直道兮，又焉往而可施④？今夫世之议夫子兮，曰胡隐忍而怀斯⑤？惟达人之卓轨兮⑥，固僻陋之所疑⑦。委故都以从利兮⑧，吾知先生之不忍；立而视其覆坠兮⑨，又非先生之所志。穷与达固不渝兮，夫惟服道以守义。矧先生之悃兮，滔大故而不贰。沉璜瘗佩兮，孰幽而不光？荃蕙蔽匿兮，胡久而不芳？

注释

①凛凛：心中畏惧的意思。

②厉：与「砺」通假，磨砺。针石：古代治病用的石针。

③但仲尼之去鲁兮，曰吾行之迟迟：这两句出自于《孟子·万章下》：「孔子之去齐国，接淅而行；去鲁，曰：「迟迟吾行也。」去父母国之道也。」

④柳下惠之直道兮，又焉往而可施：这两句出自于《论语·微子》：「枉道而事人，何必去父母之邦？」仲尼、柳下惠的例子是用来比喻屈原对自己国土十分依恋，不愿意另投他主，但没有得到楚王的理解。

⑤怀斯：心里怀有忠诚和苦闷的情感。

⑥卓轨：超凡不群的准则。

⑦僻陋：偏执鄙俗的人。

⑧委：抛弃的意思。

⑨覆坠：颠覆、灭亡。

译文

为什么像先生这样高风亮节的人啊，还偏要磨砺针石去医治那不能治愈的创伤？但从前孔子离开鲁国的时候啊，曾说：『我走得很慢，步履踉跄。』柳下惠奉行『直道』啊，也曾说过到哪里去都不能实现这种主张。现在世上的人都在议论先生啊，说你为什么那样忍受打击还要关怀楚国的兴亡？见识高远的人的卓越行为啊，本来是知识浅薄的人无法想象。抛弃自己的祖国去谋求个人的利益啊，我知道先生决不忍心干这样的勾当。袖手旁观坐视自己国家灭亡啊，这更不是先生的志向。无论处境好坏都不改变自己的志向啊，你始终坚守自己的节操和理想。何况先生一直对祖国忠心耿耿啊，即使牺牲生命也决不改变立场。美玉无论沉在水底还是埋进土里啊，怎么会变得幽暗无光？香草被隐藏起来啊，怎么会因时间久了就失去芳香？

原文

先生之貌不可得兮，犹仿佛其文章。托遗编①而叹喟兮，涣②余涕之盈眶。呵星辰而驱诡怪兮③，夫孰救于崩亡？何挥霍④夫雷电兮，苟为是之荒茫。耀辞之朗兮⑤，世果以是之为狂。哀余衷之坎坎⑥兮，独蕴愤而增伤。谅先生之不言兮，后之人又何望。忠诚之既内激兮⑦，抑衔忍而不长。芈为屈之几何兮⑧，胡独焚其中肠？

吾哀今之为仕兮，庸有虑时之否臧⑨！食君之禄畏不厚兮，悼得位之不昌。退自服以默默兮，曰吾言之不行。既媮风之不可去兮，怀先生之可忘！

注释

①遗编：遗留于世的著作。

②涣：本指水多，这里代指眼泪。

③本句讲的是屈原写作《天问》时的情景。

④挥霍：指速度很快。

⑤耀辞之朗兮：美好的意思。朗，光线昏暗，日不明亮的样子。

⑥坎坎：不平。

⑦内激：内心感到激动的意思。

⑧芈：楚国的祖姓，屈姓包含在其中。为：帮助的意思。

⑨庸：难道之意。

译文

先生的容貌已经无法看见了啊，但从你的文章里却仿佛看到了你一样。捧读先生的遗著而感慨叹息啊，我止不住热泪盈眶。你呵斥星辰而驱遣各种怪异啊，那样又怎能挽救国家的危亡？你为什么那样指挥雷霆闪电啊，姑且浸沉于那荒诞渺茫的幻想。你写下了那些辞藻华美而又朦胧难明文章啊，世上的一般人果真以为你在发狂。唯独我为你的遭遇深怀不平啊，内心充满了悲愤和哀伤。如果先生不写下这些文章啊，后世的人又如何对你仰望？你那爱国的赤诚既然在胸中激荡啊，就是想忍耐在心中也不能久长。芈姓的楚国同你姓屈的能有多大关系啊，为什么你独独忧心如焚地为它着想？

我对现在的那些当官的感到痛心疾首啊，他们中有哪一个关心国家的治乱兴亡！他们只担心自己的俸禄不多啊，又发愁不能立刻腾达飞黄。我只好退身自守默不作声啊，因为我也难以实现我的主张。既然这苟且偷安的恶劣世风难以去掉啊，我只有长怀先生永不遗忘！

说明

在永贞革新失败后，柳宗元被先贬为邵州刺史，后又二次接到被贬为永州司马的诏令，受到沉重的打击。途中，他怀着悲愤的心情从洞庭湖一直上溯湘江，到汨罗江畔写下这篇《吊屈原文》，以此来悼念屈原。作者对忠良之士遭谗有很深刻的认识，对打击迫害屈原的守旧贵族势力进行了猛烈抨击，将美丑颠倒的丑恶世界勾勒了出来。讽刺了世人不分清浊，背道趋恶的现状，烘托出屈原不流俗、不背道的高尚气节，同时也表达了对屈原的怀念之情。这是一篇借古讽今的作品，『吾哀今之为仕兮，庸有虑时之否臧』，表达了作者对现实黑暗的谴责。写作形式采用了屈原辞赋的形式，悼念屈原，感慨自身，是柳宗元辞赋作品中的杰作。

答韦中立论师道书[1]

原文

二十一日，宗元白：辱[2]书云欲相师，仆道不笃，业甚浅近，环顾其中，未见可师者。虽尝好言论，为文章，甚不自是[3]也。不意吾子自京师来蛮夷间[4]，乃幸见取[5]。仆自卜固无取[6]，假令有取，亦不敢为人师。为众人师且不敢，况敢为吾子师乎？

韩愈

韩愈，字退之，河阳（今河南省孟州市）人，祖籍河北昌黎，世称韩昌黎。唐代文学家、哲学家。晚年任吏部侍郎，又称韩吏部。谥号『文』，又称韩文公。韩愈不顾流俗，收招后学，作《师说》，抗颜而为师。

孟子称：『人之患在好为人师。』由魏、晋氏⑦以下，人益不事师。今之世，不闻有师，有辄哗笑之，以为狂人。独韩愈奋不顾流俗，犯笑侮，收召后学，作《师说》，因抗颜⑧而为师。世果群怪聚骂，指目牵引，而增与为言辞⑨。愈以是得狂名，居长安，炊不暇熟，又挈挈而东，如是者数矣。屈子赋曰：『邑犬群吠，吠所怪也。』仆往闻庸蜀之南，恒雨少日，日出则犬吠，余以为过言。前六七年，仆来南，二年冬，幸大雪逾岭，被南越中数州，数州之犬，皆苍黄吠噬狂走者累日，至无雪乃已，然后始信前所闻者。今韩愈既自以为蜀之日，而吾子又欲使吾为越之雪，不以病乎？非独见病，亦以病吾子。然雪与日岂有过哉？顾吠者犬耳。度今天下不吠者几人，而谁敢怪于群目、以召闹取怒乎？

注释

①韦中立：是潭州刺史韦彪的孙子，今天陕西西安人，元和十四年中进士。韦中立曾自京赴永州时认识的柳宗元，回到京城之后给柳宗元写信，向他求教，这篇文章是柳宗元给韦中立的回信。

②辱：表达恭敬的意思。

③自是：指的是自以为是的样子。

④吾子：是对人一种亲切的称呼。蛮夷：是对边远地区少数民族的称

呼，在这里指的是被贬之地永州。

⑤见取：指的是有所取，即韦中立想要拜柳宗元为师这件事情。

⑥自卜：自己估计的意思。

⑦魏、晋氏：指魏晋时代。

⑧抗颜：指的是态度刚强、不屈服。

⑨指目牵引：在一旁指手画脚，牵连、干预之意。而增与为言辞：添加一些语言来诋毁韩愈。

译文

二十一日，宗元陈述如下：承蒙来信说要拜我为师，我的道德修养不深，学业也很浅薄，从各方面衡量自己，看不到可以为师的地方。虽然我经常喜欢发表议论，写文章，但很不自以为是。想不到你从京师长安来到这偏远的永州，就荣幸地被你认为我尚有可取之处。我自忖确实没有可取之处，即使尚有可取之处，也不敢当别人的老师。我当一般人的老师尚且不敢，难道还敢成为你的老师吗？

孟子说：『人的毛病就在于喜欢当别人的老师。』从魏、晋以后，人们愈加不敬重老师。当今之世，不听说还有什么老师，如果有个老师，大家就七嘴八舌讥笑他，把他说成是狂妄之人。只有韩愈奋勇敢为，不顾社会上的坏风气，敢冒别人的讥笑轻侮，招收后生学子为徒，还写了一篇《师说》，从而态度严正地当起老师来了。社会上果真群起责怪谩骂，他们挤眉弄眼拉扯示意，给韩愈身上增添诽谤的言辞。韩愈因此得到了狂人的名称，居住在京城长安，连饭都来不及煮熟，又匆匆忙忙东去，这样的情况不只一次。屈原的赋《九章·怀沙》中说：『县城里的狗成群结队，看到不常见的就狂吠不止。』我以往听说庸国、蜀国之南，经常下雨，很少见到太阳，有朝太阳出来狗就对日狂吠，我认为这是夸大其词。前六七年，我来到南方的永州，第二年冬天恰逢下大雪，越过五岭，覆盖南越（今两广）的几个州，这几个州的狗都惊慌失措又叫又咬，到处狂奔，一连好几天，直到雪化尽了才停止。从此以后，我才相信以前听到的蜀犬吠日的传闻。现在韩愈既然已经使自己成为蜀地之日，你又想让我成为南越之雪，不是太令人为难了吗？这不仅是使我为难，也会因此让你难堪。然而雪与日难道有什么错误吗？只是狗狂吠不止啊！推测如今世上见怪不吠的能有几人，那么又有谁敢以不同凡响的行动招引群人的侧目而视，招来大家取闹，惹来别人恼怒？

原文

仆自谪过以来①，益少志虑。居南中九年，增脚气病，渐不喜闹，岂可使呶呶者②，早暮吾耳，骚吾心？则固僵仆烦愦③，逾不可过矣。平居望外，遭齿舌不少，独欠为人师耳。

抑又闻之，古者重冠礼④，将以责成人之道，是圣人所尤用心者也。数百年来，人不复行。近有孙昌胤者⑤，独发愤行之。既成礼，明日造朝⑥，至外廷，荐笏言于卿士曰：『某子冠毕。』应之者咸怃然⑦。京兆尹郑叔则怫然曳笏却立⑧，曰：『何预我耶？』廷中皆大笑，天下不以非郑尹而快孙子⑨，何哉？独为所不为也。今之命师者大类此。

注释

①谪过：贬官之意。谪：本意降职。过：指的是错。

②呶呶：指的是不停地喧闹。：破坏、扰乱。骚：搅乱之意。

③固：势必要的意思。僵仆：扑倒、卧倒的意思。烦愦：心情烦闷。

④冠礼：在古代，二十岁的青年男子要施行冠礼，以此来表示他已经成人。在唐代冠礼已经不太盛行了。

⑤孙昌胤：古代人名，资料不清。

⑥造朝：是指上朝。外廷：是大臣在朝拜前后，商议事务的厅堂。荐笏：指的是古代的官员把笏板插在腰带上。

⑦怃然：不明原因，莫名其妙。

⑧京兆尹：是古代的官职名，掌管京城周围中央直属的京兆地区，在唐代，主要有京兆、左冯翊、召扶风三个行政区域。佛然：指的是怒气冲冲的样子。

⑨快孙子：以孙子的行动为快，是意动用法。命师者：指当老师的人。

译文

我自从被罪遭贬谪以来，更加志短没有什么打算，在南方居住了九年，增添了脚气病，渐渐不喜欢热闹，哪里经受得了喧闹的声音，早晚在耳边聒噪，骚扰我的思想？这样一来，本来困顿烦恼的日子就更加无法过下去了。平时在这里，经常发生意外，遭到别人非难的事不少，就欠好为人师一事了。

我又听说，古代很看重成人加冠仪式，表示将要用成年人的标准来要求他，这是圣人所特别认真思考的问题。近几百年来，人们不再举行成人仪式了。近来有个叫孙昌胤的人，独自发愤举行成人礼仪，仪式完毕后，下一天上朝去，到达等候朝见的地方时，把笏板插在衣服上，对在等候朝见的同僚们说：『我的儿子举行完加冠仪式了。』跟他交谈的人都茫然不知如何回答。京兆尹郑叔则生气地提着笏板退后一步站定了说：『这关我什么事啊？』在场的人都哄然大笑。世上的人没有人认为郑尹的行动不对，反而取笑孙昌胤，这是为什么？因为孙昌胤独自做了别人不做的事。如今认为是老师的人跟这事非常相似。

原文

吾子行厚而辞深，凡所作皆恢恢然有古人形貌，虽仆敢为师，亦何所增加也[①]？假而以仆年先吾子，闻道著书之日不后，诚欲往来言所闻，则仆固愿悉陈中所得者[②]。吾子苟自择之，取某事去某事，则可矣。若定是非以教吾子，仆才不足，而又畏前所陈者[③]，其为不敢也决矣。吾子前所欲见吾文，既悉以陈之[④]，非以耀明于子，聊欲以观子气色诚好恶何如也。今书来，言者皆大过[⑤]。吾子诚非佞誉诬谀之徒[⑥]，直见爱甚故然耳。

始吾幼且少，为文章，以辞为工[⑦]。及长，乃知文者以明道，是固不苟为炳炳烺烺，务采色、夸声音而以为能也[⑧]。凡吾所陈，皆自谓近道，而不知道之果近乎，远乎[⑨]？吾子好道而可吾文，或者其于道不远矣。故吾每为文章，未尝敢以轻心掉之，惧其剽而不留也；未尝敢以怠心易之，惧其弛而不严也；未尝敢以昏气出之，惧其昧没而杂也；未尝敢以矜气作之，惧其偃蹇而骄也。抑之欲其奥，扬之欲其明，疏之欲其通，廉之欲其节，激而发之欲其清，固而存之欲其重，此吾所以羽翼夫道也。本之《书》以求其质，本之《诗》以求其恒，本之《礼》以求其宜，本之《春秋》以求其断，本之《易》以求其动，此吾所以取道之原也。参之谷梁氏以厉其气，参之《孟》、《荀》以畅其支，参之《庄》、《老》以肆其端，参之《国语》以博其趣，参之《离骚》以致其幽，参之太史公以著其洁，此吾所以旁推交通而以为之文也。

凡若此者，果是耶，非耶？有取乎，抑其无取乎？吾子幸观焉，择焉，有余以告焉。苟亟来以广是道，子不有得焉，则我得矣，又何以师云尔哉？取其实而去其名，无招越、蜀吠怪，而为外廷所笑，则幸矣！宗元复白。

注释

①行厚而辞深：指的是品行端厚、文辞精深的意思。恢恢然：指的是文章气势恢宏。何所增加：添加什么有利

的东西。

②陈中：指的是陈述心中的事情。

③畏前所陈者：指的是害怕前面说讲的那些被世俗嘲笑的事情。

④陈之：将它摆出来的意思。

⑤大过：是太过的意思。大：与『太』通假。

⑥佞誉：指的是流于形式的赞誉。

⑦以辞为工：指的是在评判文章的时候，以文辞是否优美为标准。

⑧『是固』后三句的意思：于是我不再去追求文章辞藻的华美，不以声韵之美而炫耀了。炳炳烺烺：明亮光彩的意思。务采色：指的是追求辞藻的华美。

⑨『凡吾』之后几句的意思是：所有我文章中讲到的，自己认为是接近儒道的，但是不知道距离是近还是远。

译文

你品行纯厚，文辞修养很深，所有的作品恢弘博大有古人作品的形态面貌，即使我敢于当你的老师，对你又能有什么益处呢？如果因为我比你年长几岁，闻道著书的时间比你早一些，真的想来往交谈学习写作的心得体会，那么我一定愿意把我心中知道的东西全部告诉你。你可以任意自行选择，决定取舍哪些就可以了。如果要我来判定是非来教导你，我的才能不够，而且又怕前边所说的难以为师的情况，所以我不敢为师的主意已下定。你以前说想看我的文章，也就全部陈列到你的面前，这不是用来在你面前夸耀自己，只是姑且想借此观察你的表情态度来鉴别我的文章的好坏。如今你来信，说得实在太过分了。我知道你确实不是花言巧语阿谀奉承一类人，只是过分看重我的文章的缘故。

起初我年轻幼稚，写文章认为讲究辞藻才算巧妙。及至长大以后，才明白文章是用来明道的，这本来就不该一味追求辞采丰富、声韵和谐；不能着意于华丽的辞藻、夸耀于声韵的悠扬，把这认为是能事。凡是我所陈列在你面前的，都是我自认为接近圣人之道的，然而并不真正明白这些究竟离圣人之道果真是近还是远。你熟悉圣人之道而又赞许我的文章，也许我的那些文章离圣人之道不远了。因此，我每次写文章，从不敢掉以轻心，担心太轻率不深刻；从不敢以懈怠的态度来进行写作，担心文章结构松散不严密；从不敢糊里糊涂地写出来，担心内容不明、条理不清；从不敢以矜持的态度写出来，担心文章盛气凌人，不平易。我写文章，不任意挥洒，想要文章表现得深刻；尽情发挥，想要文章显得明快；理顺语气，想要文章通畅；严格遣词造句，想要文章精练有力；反复修改，剔除陈言旧语，想要使文章清新不落俗套；凝聚保存文章的气势，想要使文章凝重不浮，这就是我们来阐明圣人之道的写作态度。根据《尚书》设法做到文章质朴，根据《诗经》设法做到艺术感染力强，根据《礼记》设法做到分寸适宜，根据《春秋》设法做到观点明确，根据《易经》设法做到变化发展，这就是我学习圣人之道的源泉。参考《谷梁传》锻炼文气通畅；参考《孟子》、《荀子》使文章内容博大，条理通顺；参考《老子》、《庄子》开拓思路；参考《国语》扩大意趣；参考《离骚》达到含义幽深；参考《史记》，使文章的语言简洁，这就是我广泛推崇吸取并融会贯通从而作为写文章的准则。

凡是像这样做的，果真是对还是不对？可取还是不可取？希望你看后作出抉择，抽空把你的选择告诉我。希望常来信推广这些写文章的方法和态度，这样，你虽然没有什么收获，我却很有收获，又还说什么拜我为师呢？我们取交流写文章之道的实质，去掉拜师的虚名，不要招来越犬吠雪、蜀犬吠日的事，而被朝野的人所讥笑，那么实在万幸！宗元禀告。

说明

柳宗元多次给人写信，为的是让自己的师道惠之于人。他一向遵守的师道原则是『取其实而去其名』。在孟子『人之患在好为人师』的指引下，柳宗元的怨愤来自于那些不事师、不尊教的社会风气。韩愈坚持『抗颜而为师』的理论观点，最后落得仓皇的困境；蜀之日和越之雪没有过错而受到不公平的待遇。孙昌胤行使成年礼反而受到讥讽。文章中运用了许多引证之词、精到的喻言，对韦中立表明世俗的风气对他正确思想造成的桎梏。而且文章又是作于被贬之时，舆论的影响力是很大的，『平居望外，遭齿舌不少，独欠为人师耳』，文辞中可以看出作者沉痛和激愤的心情。在书中，柳宗元向韦中立全部说出了如何为文的方法，是后人研究柳宗元、研究写作必读的名篇。清代的林云铭称道：『虽不为师而为师过半矣。』

设渔者对智伯[1]

原文

智氏既灭范[2]、中行，志益大，合韩魏围赵，水晋阳。智伯瑶乘舟以临赵，且又往来观水之所自，务速取焉。群渔者有一人坐渔，智伯怪之，问焉，曰：『若渔几何？』曰：『臣始渔于河中，今渔于海，今主[3]大兹芧水，臣是以来。』曰：『若之渔何如？』曰：『臣幼而好渔。始臣之渔于河，有鲋鱮鳣鰋者，不能自食，以好臣之饵，日收者百焉。臣以为小，去而之龙门之下，伺大鲔焉。夫鲔之来也，从鲂鲤数万，垂涎流沫，后者得食焉。然其饥也，亦返吞其后。愈肆其力，逆流而上，慕为螭龙。及夫抵大石，乱飞涛，折鳍秃翼，颠倒顿踣，顺流而下，宛委冒懵，环坻溆而不能出。问之从鱼之大者，幸而啄食之，臣亦徒手得焉。犹以为小，闻古之渔有任公子者，其得益大。于是去而之海上，北浮于碣石[4]，求大鲸焉。臣之具未及施，见大鲸驱群鲛，逐肥鱼于渤澥之尾[5]，震动大海，簸掉巨岛，

真学师众

《康熙字典》释说鲇（即鲶鱼）即是鱼，近代《辞源》、《辞海》均说是。作者认为自然界中的大鱼吃小鱼的自然现象，其实就是社会政治斗争中各势力团体相互吞并的写照。智伯如此贪婪不知退让的人，必然会最终走向灭亡。

一啜而食若舟者数十，勇而未已，贪而不能止，北蹙于碣石，槁焉。问之以为食者，反相与食之，臣亦徒手得焉。犹以为小，闻古之渔有太公者⑥，其得益大，钓而得文王，于是舍而来。』

智伯曰：『今若遇我也如何？』渔者曰：『向者臣已言其端矣。始晋之侈家⑦，若栾氏、祁氏、郤氏、羊舌氏以十数，不能自保，以贪晋国之利，而不见其害。主之家与五卿⑧，尝裂而食之矣，是无异鲂鱮鳣鰋也。脑流骨腐于主之故鼎，可以惩矣，然而犹不肯寤。又有大者焉，若范氏、中行氏，食人之土田，侵人之势力，慕为诸侯，而不见其害。主与三卿又裂而食之矣。脱其鳞，鲙其肉，刳其肠，断其首而弃之，鲲鲕遗胤⑨，莫不备俎豆，是无异夫大鲔也。可以惩矣，然而犹不肯寤。又有大者焉，吞范、中行以益其肥，犹以为不足。力愈大而求央愈无餍，驱韩魏以为群鲛，以逐赵之肥鱼，而不见其害。贪肥之势，将不止于赵。臣见韩魏惧其将及也，亦幸主之蹙于晋阳。其目动矣，而主乃傲然，以为咸在机俎之上，方磨其舌。抑臣有恐焉，今辅果舍族而退，不肯同祸；段规深怨而造谋。主之不寤，臣恐主为大鲸，首解于邯郸，鬣摧于安邑，胸披于上党，尾断于中山之外，而肠流于大陆，为鱻羹，以充三家子孙之腹。臣所以大惧。不然，主之勇力强大，于文王何有？』

智伯不悦，然终以不寤。于是韩魏与赵合灭智氏，其地三分。

注释

①智伯：指的就是智襄子，名瑶，春秋时期是晋国的世卿。

②『智氏』句：指的是在公元前458年的时候，智伯将韩、赵、魏三国联合起来将范氏、中行氏灭掉，在公元前403年的时候，韩、赵、魏三家分晋，晋国由此灭亡。

③主：这里是对智伯的尊称。

④碣石：山的名字，在渤海边上。

⑤渤澥：渤海的别名。

⑥太公：姜太公，姜子牙。

⑦侈家：贵族、大家族。

⑧五卿：指的是范、中行、韩、赵、魏。

⑨鲲鲕遗胤：比喻范、中行他们的后代子孙像小鱼。

译文

智伯将范氏、中行氏灭掉了之后，有了更为远大的志向，将韩氏、魏氏都联合起来去围攻赵氏，放水冲灌了晋阳。智伯瑶乘着船到赵境巡查，同时不停的观察大水来到的方向，一定要快速的占领了晋阳。一群渔夫中，有这样一个坐着钓鱼的人，智伯觉得很是奇怪，就向他问道：『你钓鱼已经多久了？』这个钓鱼的人这样回答：『开始我是钓黄河里面的鱼，后来钓海里的鱼。如今，你把汾河开掘了出来，水的流量很大，我就来到这里钓鱼了。』智伯又说：

吕尚磻溪垂钓

吕尚，即姜子牙。传说姜子牙直钩吊鱼，后来得遇周文王并得到重用。柳宗元笔下的钓者是以姜子牙自许的，他希望遇到周文王这样怀柔天下、普施仁政的人，实现自己造福于民的理想。

『你有多强的钓鱼本领啊？』这个钓鱼的人回答到：『从小我就爱好钓鱼。刚开始在黄河钓鱼的时候，那里的鱼有一种如手指的小鱼、鲢鱼、鳝鱼、鲇鱼等各类的鱼，它们没有能力来自己寻找食物，只能以我的鱼饵为食，我在这里每天都能钓到上百条的鱼。当我觉得这里的鱼变小的时候，我就离开并来到龙门的下面，等待着来钓大鲔鱼。鲔鱼所在之处，它的身后会有几万条的鲂鱼、鲤鱼在垂涎，就这样鲂鱼、鲤鱼就有了可吃的东西。但是当鲔鱼饿了的时候，也会掉过头去将鲂鱼、鲤鱼吞食掉。不仅如此，还想更加的施展自己的本领，逆着水流一路穿梭，想要跃过龙门变成螭龙。当撞上大石块的时候，在汹涌澎湃的波涛中鲁莽地冲撞着，把自己脊背上的鳍折断了，把自己身体两侧的翼也折断了，浑身无力的从上面翻滚跌落下来，又开始顺着水流的方向，依着蜿蜒的水势，跌跌撞撞、冒冒失失、晕晕乎乎，围绕着水里的暗礁石转来转去，要想逃脱出来实在是太难了。在这时，之前跟在它后面的那些鱼，其中比较大的就开始兴奋地啄食它，我也就很轻易地将它捉到了。我还觉得鲔鱼小了，听人们讲，在过去钓鱼的人里面有一个任公子，他能够钓到更大的鱼。我于是离开了龙门，到大海那边去了，乘着船一直向北走，到了碣石山，希望能在那里钓到大的鲸鱼。我还没有来得及张开自己的渔具，就看到大鲸鱼在渤海岸边，把成群的鲛鱼赶走，向前追逐肥鱼，波涛声响震天，岛屿都跟着颤动了，大鲸鱼一下子就将船那么大的几十条鱼吞食掉了，吃地过猛，它也太贪心而不能停下来，最终在北边的碣石山上被搁置了，落得窘迫不已直至死亡。之前那些作为它食物的鱼们，反过来开始争抢啄食它，我也就很轻松地捉到了它。我还觉得鲸鱼小了，听人们说，在古代有个叫姜太公的钓鱼者，他能够得到更大的，在钓鱼的时候碰到了周文王。这就是我之所以离开大海而来到这里的原因。』

智伯接着说道：『今天，你碰到我这情况又是怎样的呢？』钓鱼的人这样说：『刚才我已经说了我为什么要来到这里。起先晋国像栾氏、祁氏、郤氏、羊舌氏这些大家族们，不能给自己提供安生立命之地，原因就在于他们一味地贪求晋国的好处，不去理会即将带来的灾难，你之前就和五家世卿一起，把他们吞并了，这和四类鱼的结果是一样的。他们脑浆外溢、浑身腐烂在你的鼎镬里，是可以用来吸取教训的，但是其中还是有人不愿意醒悟。像范氏、中行氏这些更有野心的人，贪恋别人的土地丰厚，不断地扩张自己的地盘，只是一心想当诸侯，从来看不到将要来临的灾难。你和韩、赵、魏三卿就将他们给吞噬掉了，将他们的鳞片揭掉，将他们的肉剁碎，挖出内脏，砍掉并丢弃他们的脑袋，这样一来，他们的后世子孙也就变得像那些身边的小鱼一样，成了你们碟中的餐食，这种结果和大鲔鱼是一样的。可以作为前车之鉴，但是在这时还是有人不能幡然醒悟。就又出现了野心更大的，在吞食了范氏、中行氏之后，认为不满足。还要向外扩张地盘，自身不断增长的力量，让贪吃的欲望就会更加扩大，让韩氏、魏氏作为一群鲛鱼，一味地去追讨赵氏这条大鱼，并不知道即将来临的灾难。只知道不断的扩张，对赵氏的吞食一步都不停止。这时，韩氏和魏氏担心灾难会降临到自己的头上，盼望着你能和大鲸鱼那样在晋阳身处窘境。他们已经开始转动自己的眼珠，你还在那里傲然自大，觉得他们都已经控制在了你安排的机关中和切菜用的案板上，正在舔舌头。我现在还觉得不安的是，智果现在已经不属于智氏而改姓了辅，主动脱离和你共受灾难的险境；段规在这时也怀抱着满腔的怨愤，伺机报复。你却还执迷不悟，我害怕你变成那条大鲸鱼，脑袋被割到邯郸，两翅被肢解在安邑，胸腔搁置在了上党，尾巴遗失在了中山之外，肠子流到了大陆之中，被制成鲜鱼或是干鱼，给韩、赵、魏三家奉献上一顿美餐。我对这些是很担心的。不是这样的话，你勇猛善战，哪有比周文王差的地方呢？』

智伯听了这些话，不高兴了，一直都没有觉悟过来。后来智氏被韩、赵、魏三国所灭，领地也被分割成三部分。

说明

这是一篇寓言故事，作者实际上是在抨击唐朝时期藩镇割据的罪恶行径。柳宗元在这篇文章中，以历史上春秋末年所发生的事情为背景和引子，假想出了智伯和渔夫的对话情节，揭示出了现实中贪婪不知退让的藩镇必然会像智伯一样最终走向灭亡。文章将实际存在的智伯和虚构的渔夫同放在一处，将他们之间的对话清晰的勾勒出来，依靠寓言的隐射力量，依靠动物比人的奇妙效果，并且又以史实为依据，指出了过分贪图必然会引来灭亡的灾难。此文条理清晰，道理精辟，同时还能够表达出很深的寓意。这是一篇融社会哲学和自然法则为一体的优秀寓言。

文中讲到的智伯指的就是智襄子，名瑶。在春秋战国交界时期，智伯作为晋国世袭大臣六家世卿中最为强大的一家，曾联合韩赵魏三国灭掉了五家世卿中的范氏和中行氏，最后又反过来被韩赵魏所灭。

梦归赋

原文

罹摈斥以窘束兮①，予惟梦之为归。精气注以凝冱兮②，循旧乡而顾怀。夕予寐于荒陬兮③，心慊慊而莫违。质舒解以自恣兮④，息愔翳而愈微。腾涌而上浮兮，俄之无依⑤。圆方混而不形兮⑥，颢醇白之霏霏。上茫茫而无星辰兮，下不见夫水陆。若有予以往路兮，驭以回复⑦。浮纵以直度兮，云济予乎西北⑧。风以经耳兮⑨，类行舟迅而不息。洞然于以弥漫兮，虹罗列而倾侧。横冲飙以荡击兮，忽中断而迷惑。灵幽漠以汩兮，进怊怅而不得。白日邈其中出兮，阴霾披离以泮释。施岳渎以定位兮，互参差之白黑。忽崩腾上下以徊惶兮，聊案行而自抑。指故都以委坠兮，瞰乡闾之修直。原田芜秽兮，峥嵘榛棘。乔木摧解兮，垣庐不饰。山嵎嵎以岩立兮，水汩汩以漂激。魂恍惘若有亡兮，涕汪浪以陨轼。类曛黄之漠兮，欲周流而无所极。纷若喜而兮，心回互以壅塞。钟鼓喤以戒旦兮，陶去幽而开寤。罾蒙其复体兮，孰云桎梏之不固。精诚之不可再兮，予无蹈夫归路。

注释

①罹：遭受的意思。摈斥：排挤放逐。窘束：窘迫拘束。

②精气：精神气息。凝冱：凝结的样子。循：沿着、遵循。

③荒陬：荒凉僻静的地方，这里指的是永州。慊慊：心中不满足的样子。莫违：不能停止对故乡的思念。

④舒解：舒展放松的样子。恣：放纵。愔翳：安闲舒适之态。

⑤腾涌：飞腾、跃起的意思。之：与『而』同。

⑥圆方：指的是天地，因为古人认为天圆地方，所以用它来指称天地。颢：白色的状态。醇白：雾茫茫的样子。

霏霏：云气笼罩的样子。

⑦回复：迟疑、犹豫的样子。

⑧纵：放纵的样子。直度：直直地度过去。西北：这里指的是唐王朝的都城长安和自己的家乡的方向。

⑨风以经耳兮：风的声音。经耳：与『惊耳』同。

译文

受到贬谪从而被拘束在了遥远的南方，我的家乡只有在梦中才能出现。我心中想的只有一件事情，就是沿着故乡的道路开始畅想。每当晚上来临的时候，我睡在异乡的荒野，心中一直挂念着自己的家乡从来没有离开过。在我坦然的躺着时，心却变得不是十分地明了。忽然间就觉得自己的身体飘到了半空中，天空十分的悠远是那样的无所凭靠。四周都混同在一起分不清什么形状，眼前所有的东西都是白花花的。向上看很茫然看不到星辰，向下看难以分辨哪里是陆地哪里是河水。这个时候，就好像有人在前方指引着我，我驾车的手勉强强地让车子回转了过来。浮云向前滚动着把我送向前方，说是要将我送往西北。风声嗖嗖得在我耳边响起，好像坐在不停向前的船上一样。无边无际的大水在我的身边汹涌奔流，霓虹排成两列在身边穿梭。受到风的冲撞而开始晃动，我的行程忽然间被中断了，不知该去向哪里。睡梦中的灵魂在黑暗的世界里游走，犹豫着想要往前走但是没有办法办到。光艳的太阳突然间出现在了天空，厚重的乌云纷纷地消散开来。依照岳、渎判定自己所在的位置，参差黑白会让你看得清清楚楚。忽然间觉得天地一片奔腾，马上停止了游荡止住了自己的脚步。我指着故乡的方向慢慢下来，去看那村中的小道。平原上的田地早已经荒芜，荆棘在那里杂乱地生长着。高大的树木都已经倒下了，我们家的庐屋早已年久失修。山峰高高地耸立着，水汹涌地流动着。我的灵魂感到怅然若失的样子，眼泪止不住地跌落到了车轼的下边。好像是在黄昏时候，想去到处走走却找不到方向。喜悦的心情忽然间又变得迟疑了起来，满腹的愁绪堵在了胸口。声声钟鼓的声音告诉人们新的一天的到来，黑暗将要离开，梦境就要结束了。好像是被渔网套住的身体，人生的桎梏有谁会认为不牢呢？全心的至诚难以再次聚集成梦的样子，想要回到故乡的路上是再也不可能的。

化而为鸟，其名为鹏

大鹏为庄子《逍遥游》中的形象。「鹏之徙于南冥也，水击三千里，抟扶摇而上者九万里。去以六月息者也。」大鹏鸟能飞到很远很远的地方，但它仍就那么热烈地思恋自己的故乡！此文中蕴涵着柳宗元浓浓的思乡之情。

原文

伟仲尼之圣德兮①，谓九夷之可居。惟道大而无所入兮，犹流游乎旷野。老聃遁而适戎兮②，指淳茫以纵步。蒙庄之恢怪兮③，寓大鹏之远去。苟远适之若兹兮④，胡为故国之为慕。首丘之仁类兮⑤，斯君子之所誉。鸟兽之鸣号兮⑥，有动心而曲顾。胶予衷之莫能舍兮⑦，虽判折而不悟。列兹梦以三复兮⑧，极明昏而告诉。

注释

①伟：赞美之词。仲尼：指孔子，字仲尼。

②老聃：老子，姓李，名耳，字聃。

③蒙庄：指庄子，名周，宋国蒙人，所以又称他为蒙庄。恢怪：恢弘奇特的样子。大鹏之远去：借用庄子《逍遥游》篇中的形象，在柳宗元看来，这一形象表示着远离人间。

④苟：假如、如果的意思。远适：远去之意。若兹：像这个样子。慕：羡慕的意思。

⑤首丘：从屈原『狐死必首丘』得来。誉：美誉、赞誉。

⑥鸟兽之鸣号：鸟在路过自己家乡的时候会发出叫声。曲顾：回环往复的样子。

⑦胶：粘住、执著的意思。判折：分开。

⑧三复：往复的意思。极：尽、全部。明昏：这里指白天和黑夜。

译文

伟大的孔子有着过人的优秀品德，在他看来即使身处九疑也能够安稳的生活。原因就在于他有高尚的道德没是有什么东西可以侵犯的，因此任何旷野都可以当成是居住的地方。老子远远地离开喧嚣之地来到边远的世界，大踏步地走到那遥远的地方。庄子豁达超脱、充满奇思妙想，他假想了一个大鹏鸟向远方飞去。假使到远方没有什么可怕的话，那为什么要热烈的思恋自己的故乡呢？狐死首丘如此执著的道义，是君子所赞誉的品德。鸟兽悲切地鸣叫，是眷恋故土的缘故。我心中也有如此对故土的怀恋之情，不自觉地难以舍弃，即使很明白其中的道理还是要对此执迷。我有过好多次这样的故乡之梦，在天明和黑暗交界的时刻写下了这篇文章。

说明

自从柳宗元被贬为永州司马，他的仕途之路就从此断绝了。他一生政治命运极其的坎坷，但是在文学方面却有很大的成就。几乎所有优秀的作品，都是在被贬之后做的。赋体作品中，这篇是很有代表性的。本篇文章和屈原的《离骚》在精神境界上有很大的相似之处，其中主人公飞到天上遨游的情景也很相像。赋中的梦境描写，迷离、多变，很是形象。梦中的家乡，一片惨景，田园荒芜、屋舍残破，无疑是中唐社会残破景象的真实写照。『山嵎嵎以岩立兮，水汩汩以漂激』，山河在现实的状况下也变得那样的严肃。这篇作品具有丰富的想象力，奇异的想象，与李白等浪漫主义诗人有很相似的地方，然而柳宗元又能在开阔的想象空间当中包含有深沉的愤懑之情，这一点是很难能可贵的。将自己对理想的执着追求、强烈的爱国主义精神都体现了出来。整篇赋的前半部分写升天梦游的情景，与《离骚》的写法很是相像，结尾则和《哀郢》又有相似的地方。是楚辞这种体裁在唐王朝的完美体现，柳宗元之后很少出现类似的骚体作品了。

杨评事文集后序①

原文

赞曰：文之用，辞令褒贬②，导扬讽谕而已。虽其言鄙野③，足以备于用。然而阙其文采，固不足以竦动时听④，夸示后学。立言而朽，君子不由也⑤。故作者抱其根源，而必由是假道焉⑥。作于圣，故曰经；述于才，故曰文。文有二道：辞令褒贬，本乎著述者也；导扬讽谕，本乎比兴⑦者也。著述者流，盖出于《书》之谟、训，《易》之象、系⑧，《春秋》之笔削，其要在于高壮广厚，词正而理备，谓宜藏于简册也⑨。比兴者流，盖出于虞、夏之咏歌，殷、周之风雅，其要在于丽则清越，言畅而意美，谓宜流于谣诵也。兹二者，考其旨义，乖离不合。故秉笔之士，恒偏胜独得，而罕有兼者焉。厥有能而专美，命之曰艺成。虽古文雅之盛世，不能并肩而生。

注释

①杨评事：杨凌，是柳宗元的岳父。

②辞令：指的是文章的文辞。导扬：引导、宣扬的意思。讽谕：用文学语言来劝谏人。

③鄙野：轻卑、粗野的意思。备：满足、够。

④阙：与『缺』同。竦：与『耸』同音，震惊的意思。

⑤立言：著书立传。不由：不为之意。

⑥假道：借道、借路的意思。

刻烛赋诗

南北朝时，齐竟陵王子良常夜集学士刻烛为诗，他们作诗讲究声韵、格律、文采，被称为『永明体』。柳宗元在此篇文章中重点论述了文体与文采方面的问题，他认为应该文采和文质并重。

⑦比兴：这里指的是古代的诗词创作。

⑧《书》：指的是《尚书》。谟、训：指的是两种文体。谟，指的是君臣之间商议国事的文体。训，指的是记叙训诫之类的文体。《易》：指的是《周易》，古代著名的占卜书籍。象：是《周易》中的专用术语，一般是指卦象。系：指的是《周易》中的《系辞》，其中主要是在讲《周易》有哪些意义和功用。

⑨《春秋》：是鲁国的编年史，孔子曾加以修订。本著作言辞褒贬明确，有『春秋笔法、微言大义』之说。笔削：创作修改的意思。后来用它指历史著作。理备：有着完备的道理。简册：指书籍。

译文

有评论这样说：『文章的功用，是用来交际应酬和扬抑美丑的，是用来指引称颂和告诫劝慰的，即使是有的文章语言粗俗无奇，也是可以发挥它实际应用的需要的。但假使文章缺乏文采，就不能震撼当时人们的心灵，同时也不能达到让后世学者称赞的程度。著书立传的人被社会埋没，这不是有高尚道德的人能做的事情。因此，作者要坚守文章的根本，要依照着这一点去写文章。圣人的论著，称为经；才人的论著，叫做文。文章的源起无非就是两类：交际应酬和扬抑美丑之类，源于古文论著；

指引称颂和告诫劝慰之类，源于古代诗词。前者又源于《尚书》中的谟、训，《周易》中的象辞、系辞。《春秋》创作修改的主要特点是气势恢宏、内涵丰富、言语正统、理论充足，很适合在典籍中来存留。后者则是源于虞、夏之际的歌谣，殷、周之际的风雅，主要特点是俊美而又不失章法，音韵明亮高昂，言辞优美又富有意境，很适合在吟诵中来留存。以上两种作品，研究它们各自的主旨，是很不相同的。因此那些爱好写作的人们，经常是只擅长于其中的一个方面，两方面都很擅长的人是很少见的。那些本身很有才华，又善于这两种文章的，就可以称之为艺术上到家的人了。尽管是在古代文化发展的顶峰时期，要想产生这样两种文章都很擅长的作家也是不可能的。

原文

唐兴以来，称是选而不怍者①，梓潼陈拾遗。其后，燕文贞以著述之余②，攻比兴而莫能极；张曲江以比兴之隙③，穷著述而不克备。其余各探一隅，相与背驰于道者，其去弥远。文之难兼，斯亦甚矣。

若杨君者，少以篇什著声于时，其炳耀尤异之词④，讽诵于文人，盈满于江湖，达于京师。晚节遍悟文体⑤，尤邃叙述。学富识远，才涌未已，其雄杰老成之风，与时增加。既获是，不数年而夭。其季年所作尤善⑥，其为《鄂州新城颂》、《诸葛武侯传论》、饯送梓潼陈众甫、汝南周愿、河东裴泰、武都符义府、太山羊士谔、陇西李炼凡六《序》，《庐山禅居记》、《辞李常侍启》、《远游赋》、《七夕赋》，皆人文之选已。用是陪陈君之后⑦，其可谓具体者欤？

呜呼！公既悟文而疾，既即功而废⑧，废不逾年，大病及之，卒不得穷其工⑨、竟其才，遗文未克流于世，休声未克充于时。凡我从事于文者，所宜追惜而悼慕也！宗元以通家修好，幼获省谒，故得奉公元兄命，论次篇简。遂述其制作之所诣，以系于后。

注释

①称：与……相称。怍：惭愧之意。梓潼陈拾遗：指的是陈子昂，字伯玉，梓州射洪人，曾经官任右拾遗。他在诗文创作上主张向建安风骨看齐。

②燕文贞：原名张说，曾经官任宰相，被封为燕国公，谥号文贞，朝廷中的许多文书都是由他完成的，堪称一代文宗。极：达到极点。

③张曲江：指的是张九龄，他是韶州曲江人。曾任过开国宰相，他的作品格调雅致清新。备：完备。

④炳耀：富有文采，发出耀眼的光芒。尤异：特别突出。

⑤晚节：晚年的时候。邃：深邃。

⑥季年：指晚年。

⑦陪：陪伴。陈君：即陈子昂。具体：具有完备的体裁。

⑧即功：即将成功，接近成功。

⑨工：精美之意。

译文

从有唐一代以来，能够称为上面那种优秀人物的，只能是陈子昂了。之后，张说精于古文论著的同时，一心想要在诗歌上面有所成就，但是最终没有达到目的。张九龄精于诗歌创作的同时，一心想要在古文论著方面有所成就，但是最终没有达到目的。除此之外，在某方面有所探索的人们，同时又能和作文的道理相背离的，差距就更大了。文章不能两者兼得，是更厉害的了。

至于说是像杨凌这类作家，早间时候是以诗歌闻名天下的，他所创作的那些富有文辞的诗句，在文人间不断的吟诵，并广为流传，一直传到京城。到了晚年，对各种文体都有了自己的看法和感悟，记叙文是最为擅长的。学问深厚，志存高远，才华横溢，文风刚劲有力，在时光的磨砺中不断加以完善。有了如此之高的成就，没多久就辞世了。他在最后几年中所写的作品尤其值得称颂，《鄂州新城颂》、《诸葛武侯传论》、饯送梓潼陈众甫、汝南周愿、河东裴泰、武都符义府、泰山羊士谔、陇西李炼凡六《序》，《庐山禅居记》、《辞李常侍启》、《远游赋》、《七夕赋》，所有这些都成为世间罕见的佳作。凭着这些和陈子昂相比，能被称为是具备古文论著、诗歌创作两方面才能的人物了吗？

哎！前辈杨凌实际上已经领悟到了各种文章的精要，但却患上了重病，功力已经达到一定程度了却停止了自己的写作，如此不到一年的时间，病魔缠身，无法将艺术上的造诣达到极致，胸怀的才能不能全部地施展出来。遗留下来的文章没有在社会上得到广泛地流传，名声也没有得到远播。对于我们这些工于写作的人来说，都应该对这件事情产生回忆、哀婉、景仰的情感啊！宗元曾以世交的关系和他有往来，很小的时候就拜见过前辈杨凌，因此受到前辈长兄的托付，将前辈的文稿按照次序编排成册。讲述了前辈创作中取得的成就，在文集之后另外附上。

说明

柳宗元的这篇文章重点论述的是文采和文体方面的问题。他在文章中指出，不去考虑文采的问题也能够把文章写成，但它的缺点是『不足以竦动时听，夸示后学。立言而朽，君子不由也』。柳宗元在这里强调的文采，用今天的话讲就是文学作品的艺术美。该篇从作品的社会功用方面谈起，推及到了思想和艺术统一的问题上，体现出了作者推崇文质并重的思想，在当时社会一派复古思潮中，是很有特点的。在这之外，他将广义的文学体裁分成了古文论著和古代诗词两大类，还有对各自特点地分别阐述。这就使文学作品走出了一般性文章的框架，独立门户，这和作者鲜明的文艺观是有很大关系的。此外，他对这两种文学体裁上的精辟分析，至今都是很有借鉴价值的。

原文

柳州山水近治可游者记

古之州治[1]，在浔水南山石间。今徙在水北，直平四十里，南北东西皆水汇。

北有双山，夹道崭然，曰背石山。有支川，东流入于浔水[2]。浔水因是北而东，尽大壁下。其壁曰龙壁。其下多秀石，可砚[3]。

南绝水，有山无麓[4]，广百寻，高五丈，下上若一，曰甑山。山之南，皆大山，多奇。又南且西曰驾鹤山，壮耸环立，古州治负焉[5]。有泉在坎下，恒盈而不流。南有山，正方而崇，类屏者，曰屏山。其西曰四姥山，皆独立不倚，北沉浔水濑下。

又西曰仙奕之山。山之西可上，其上有穴，穴有屏，有室，有宇。其宇下有流石成形，如肺肝，如茄房[6]，或积于下，如人，如禽，如器物，甚众。东西九十尺，南北少半。东登入小穴，常有四尺[7]，则廓然甚大。无窍，正黑，烛之，高仅见其宇，皆流石怪状。由屏南室中入小穴，倍常而上，始黑，已而大明，为上室。由上室而上，有穴，北出之，乃临大野，飞鸟皆视其背。其始登者，得石枰[8]于上，黑肌而赤脉，十有八道，可弈，故以云。其山多柽，多槠，多筼筜之竹，多橐吾[9]。其鸟多秭归。

石鱼之山，全石，无大草木，山小而高，其形如立鱼，尤多秭归。西有穴，类仙奕。入其穴，东出，其西北灵泉在东趾下，有麓环之。泉大类毂，雷鸣，西奔二十尺，有洄，在石涧，因伏无所见，多绿青之鱼，多石鲫，多鲦。

雷山，两崖皆东西，雷水出焉。蓄崖中曰雷塘，能出云气，作雷雨，变见有光。祷用俎鱼、豆彘、修形、糈稌、

岩洞

『仙奕之山』的山顶上有洞穴，洞穴里面有屏风、房子、房檐，房檐下有各式各样的钟乳石。作者用散点描写的方法，把柳州州治附近的奇异山水展现在我们面前。

阴洒，虔则应。在立鱼南，其间多美山，无名而深。峨山在野中，无麓，峨水出焉，东流入于浔水。

注释

①治：指的是州郡官署所在的地方。

②崭然：高大、高貌的样子。浔水：就是指浔江，位于广西桂平。

③可砚：可以制成砚台。

④麓：山脚。寻：一寻为八尺。

⑤负：靠着。

⑥茄房：莲蓬。

⑦常：一常是十六尺。

⑧枰：棋盘。

⑨篔筜：竹子名，节长、竿高、皮薄。橐吾：一种草的名字，多年生草本常绿植物。

译文

古代柳州州治所在地，处于浔水南面的山石中间。如今搬迁到了浔水的北面，方圆四十里的地方，四周都有河流包围着。

柳州城的北面有两座山峰互相对峙着，这两座山峰之间的山路旁的山峰，是那样得高大陡峭，人们称之为背石山。有条河是浔水的支流，从这里向东一直流向浔水的方向。因此浔水也就由北向转成了东向，沿着悬崖绝壁流淌着。这座绝壁称之为龙壁。在它的下面，可以看到好多精美的石头，都可以用来做砚台。

柳州城南，过了浔水的地方，有一座山峰挺拔地树立在那里，在山脚下见不到舒缓的山坡和树木，宽度有八百尺的样子，有五丈高，上下形状很匀称，人们都叫它甑山。在山南，到处都是连绵的山脉，很是奇特。从甑山出发向南，然后向西，有座山叫做驾鹤山，拥有挺拔的身姿，在古代，柳州的州治就在它的身后。在深谷中有一条泉水，那里的水总是满的，而且很少流动。从驾鹤山向南看，有这样的一座山，是正方形的，高耸入云，像一道屏风，因此它的名字就叫做屏山。它的西边有一座叫做四姥山的山峰，也是孤单单地伫立在那里，没有任何的依靠。北面流过来的水都被浔水的急流卷走了。

在四姥山的西面，就是那座能够用来下棋的山峰。山峰的西边有可以登上去的路，山顶上有洞穴，里面有屏风，房子，房檐。房檐下有各式各样的钟乳石，有像肺片的，有像莲蓬的，有一堆堆在地下的，像人，像鸟，像器物等等，形态各异。宽度有九十尺，南北各约占一半。从东边进了小洞穴，大概有二十尺宽窄的样子，宽敞空阔。没有洞，黑黑的，用蜡烛照亮后，从高处来看，只有屋檐是能够看到的，满眼都是各式的钟乳石。从屏风南向而行，到了小洞穴里面，大概宽度有三丈二尺的样子，刚开始的地方很黑，走着走着就渐渐亮了起来，这个是上面的石室。从这里再往上走，会看到一个洞穴，向北一直走出了洞穴，一片广阔的原野就呈现在你的面前了，鸟自在地在下面飞翔着，能看到的只是它们的背部。最早上到这座仙人下棋的山峰的人，在这上面见过棋盘，黑色的石头上刻着红色的线条，一共十八条，刚好够下棋，因此就把这山叫做是仙奕山。仙奕山的树木特别得奇怪，多楮，多篔筜之竹，多橐吾。山上还有很多的杜鹃鸟。

还有叫做石鱼山的，它完全是石头拼成的，上面没有长草，也没有高的树木，山虽然很小但很高，样子就好像是一条站立着的鱼儿，这里的杜鹃鸟就更多了。在这座山的西边有洞穴，和仙奕山差不多。进入山中的洞穴，从东边出来，在西北方向的位置上，灵泉沿着东面山脚流出，周围有很多的树木，水流很急，水流动的声音像是车轮滚动时发出的好似打雷的声音，这泉水往西二十尺的地方，汇成了一个漩涡，到了石涧这个地方，潜伏起来看不见了，水中有好多鱼是青绿色的，有石鲫、鲦鱼等。

还有就是雷山了，整个两座山体是东西走向的，雷水从它们中间流出。两座山中间的水聚集成的水池，那里云雾缭绕，雷雨很容易在这里产生，忽明忽暗地闪着光。有不少的人会来这里祈祷降雨，假使用器皿装上鱼、肉、干肉、米、酒，并且能够很虔诚的对待的话，就会应验的。石鱼山南，有很多美丽的山峰还没有名字，它们都十分深幽。峨山坐落在原野中，上面没有树木植被，峨水从山体中流出，直至向东和浔水汇合。

说明

这篇文章和作者所作的『永州八记』集中笔墨写一个点是不一样的，它采用的是散点描写的方法，把柳州州治附近几乎所有的奇异山水都云集到了这里，并且很有条理地将它们写了出来，形散而神聚，全部都是记叙，没有任何的议论。全篇山水点面结合铺排得很广，细腻和粗犷的特点相得益彰。此文被后人称为是柳州山水的精致导游词。

问战

原文

长勺之役①，曹刿问所以战于严公。公曰：『小大之狱②，必以情断之。』刿曰：『可以一战。』

非曰：刿之问洎严公之对，皆庶乎知战之本矣③。而曰夫『神求优裕于飨』，『不优，神不福也』④，是大不可。方斗二国之存亡，以决民命，不务乎实，而神道焉是问，则事机殆矣⑤。既问公之言狱也，则率然曰：『可以一战』，亦问略之尤也⑥。苟公之德可怀诸侯⑦，而不事乎战则已耳；既至于战矣，徒以断狱为战之具，则吾未之信也。刿之辞宜曰：君之臣谋而可制敌者谁也？将而死国难者几何人？士卒之熟练者众寡？器械之坚利者何若？趋地形得上游以延敌者何所⑧？然后可以言战。若独用公之言而恃以战，则其不误国之社稷无几矣，申包胥之言战得之，语在《吴篇》中⑨。

注释

①长勺之役：指的是鲁庄公十年，齐国攻打鲁国，交战于长勺这个地方，鲁军打败齐军，是我国历史上以弱胜强的战例中最具典型性的一个。曹刿：是春秋时期的鲁国人。严公：指的是鲁庄公，东汉时候，因为要避明帝刘庄的名讳，所以改成严。

②狱：指的是案件。

③洎：和。庶：接近、差不多。

④优裕：充足之意。飨：用酒食等东西来祭祀。不优，神不福也：如果祭祀的东西不够丰厚的话，神灵是不会把福降临下来的。

⑤以：连词，相当于『而』。民命：这里指的是百姓的命运。不务乎实，而神道焉是问，则事机殆矣：不讲实际的而只是追求神道的，这样的战事就凶多吉少了。殆：危险之意。

⑥率然：冲动地、贸然地。问略之尤：问的太过简单了。

申包胥

申包胥，春秋时期楚国的大夫，主张打仗的策略是『智为本，仁次之，勇次之』。作者从曹刿问战这件事出发，对曹刿的作战思想进行了批评，他认为民众、物资和军事准备才是战争的要点。柳宗元对申包胥的战争思想作了肯定。

⑦怀：顺服。

⑧趋：占领、抢占。延：引进、引入。

⑨恃：靠。社稷：是古代帝王祭祀谷神土神的地方，后来指代国家。无几：差不多都没了。申包胥：春秋时期楚国的大夫，主张打仗的策略是『智为本，仁次之，勇次之』。《吴篇》：这里指的是《国语》中的《吴语》。

译文

长勺战役的前夕，曹刿问鲁庄公凭什么条件来打这一仗。鲁庄公说：『凭大大小小的诉讼案件，一定根据实际情况作出判决。』曹刿听了说：『这一条可以打一仗。』

批驳说：从曹刿的问语和鲁公的回答来看，他们都还差不多懂得什么是打仗凭借的根本条件。然而说什么『神要求享受丰盛的祭品』，『不丰盛，神就不会保佑』，这是非常错误的。正当两国进行决定生死存亡的战斗的时候，决定人民命运的关键时刻，不注重与实际相符的现实问题，而大谈所谓神道，那事情就危险了。在庄公谈及处理案件时，就轻率地回答说：『凭借这条件可以打这一仗。』曹刿问的也实在是太粗略了。如果鲁庄公的德行可以使诸侯归服，而不用去进行打仗也就罢了。既然到了要进行战争的地步，只以处理好诉讼案件作为作战的条件，那是我不能相信的。曹刿的问话应该这样说：你的臣子能够出谋划策战胜敌人的有谁？将领中能勇于为国牺牲的有多少人？士兵中技术熟练的有多少人？武器装备是否精良？可以抢占迎击敌人的有利地形在哪里？然后才可以谈论战争。如果单凭鲁庄公说的那一条来作战，那么几乎没有不危及国家的。申包胥关于战争的言论是有道理的，他的这番话记载在《吴篇》中。

说明

这篇文章集中反映了柳宗元军事方面的思想。长勺之战，作为我国历史上以弱胜强最为典型的实例，在本文中成为了关注的核心。作者主要是从曹刿问战这件事的论说出发，对求神助战思想进行了批判，肯定要取信于民，强调做好军事和物资方面的准备的作战思想，要拥有睿智的将领、勇猛的士兵、强大的武器、有利的作战条件，所有这些才是取得战争胜利的必要条件。通过这些论述，对『去兵去食』、『以礼治军』的思想进行了强烈的批判。是一篇很有见地的文章。

送豆卢膺秀才南游序

原文

君子病无乎内而饰乎外[1]，有乎内而不饰乎外者。无乎内而饰乎外，则是设覆为阱也，祸孰大焉[2]；有乎内而不饰乎外，则是焚梓毁璞也，诟孰甚焉[3]！于是有切磋琢磨、镞砺栝羽之道[4]，圣人以为重。豆卢生，内之有者也，余是以好之，而欲其遂焉[5]。而恒以幼孤羸馁为惧，恤恤焉游诸侯求给乎是[6]，是固所以有乎内者也。然而不克专志于学[7]，饰乎外者未大，吾愿子以《诗》、《礼》为冠屦，以《春秋》为襟带，以图史为佩服，琅乎璆璜冲牙之响发焉[8]，煌乎山龙华虫之采列焉，则揖让周旋乎宗庙朝廷斯可也[9]。惜乎余无禄食于世，不克称[10]其欲，成其志，而姑欲其速反也，故诗而序云。

注释

①病：担心、担忧。内：内在的修养。饰：外在的装饰。

②设覆为阱：在陷阱上放置遮盖的东西。孰：很，程度深。

③诟：耻辱、羞耻的意思。

④镞砺：在磨刀石上面磨箭头。栝羽：在箭的尾巴上加上羽毛。两个词都是刻苦磨炼的意思。

⑤遂：成功、成就。

⑥幼孤：年龄很小的孩子。羸馁：瘦弱饥渴的样子。恤恤焉：忧郁的样子。

⑦克：能。

⑧琅乎：象声词，是珠玉等撞击后发出的声音。璆璜：都指的是美玉。冲牙：指的是古代玉饰上的配件。

⑨揖让：古时候宾客之间的礼节。周旋：行礼时进退之礼。

⑩称：满足的意思。

译文

德才兼备的人经常地担忧内心没有一点的本事却一味地炫耀，或是自己很有本事，但是外表却不华美。本来没有本事还到处炫耀，这是为自己布下了一个陷阱，灾害真的是太大了；有本事而不外露，不把它发挥出来，就好像是把好的木材烧掉，把美丽的玉石毁坏，真是太龌龊了！因此就要用锻炼磨砺的方法，让自己变得既有真才实学，又善于将它显露出来，这一点是很为古代圣贤之人看好的。豆卢先生，是一个内心很有本事的人，这是我之所以喜欢他的原

野雉

野雉的羽毛华美。柳宗元把豆卢膺比喻成为美玉碰撞时的美妙声音，比喻成野雉身上炫美的羽毛，柳宗元希望他能把自己的德才显露出来。

因，而且很想让他把才能发挥出来，取得成功。但是由于从小就成了孤儿，经常担心疾病和饥渴的来临，寒酸辛苦地在各个诸侯国之间游走，以此寻求一点生活的资助，他真的是有本事的人啊！但是，这样的话，就没有办法专心致志于自己的学业，内心拥有的才能不能够得到很好的展示和发挥，我多么希望你能将《诗经》、《礼记》当成人生行事的根本，将《春秋》当成是连接的纽带，将那些历史的书籍当成是协助的东西，这样的话，你内在的才华就会像美玉碰撞时发出的声音一样迸发出来，也会像山林中野雉身上炫美的羽毛一样展示出来，到那时，你就能够在各种朝廷政事之间自由地周旋，成为国家的中坚力量。然而遗憾的是我没有俸禄，你的需求我没有办法满足你，从而来完成你的志愿，只能是希望你能尽早的回来，所以写了这篇序文。

说明

这篇序文是柳宗元在送豆卢膺南游启程时所作的。文章中讲到了文学内容和形式等方面的问题。在柳宗元看来，好的作品，不论内容还是形式都是要极其重视的，不能有所偏废。从另一个方面来说，文章要想有好的形式和内容，这又和作者自身的品行和修养是分不开的，提出了内外兼修的思想，反映了作者对内外修养的重视。文章条理清晰，言辞中肯。

法华寺石门精室三十韵

原文

拘情病幽郁①，旷志寄高爽②。愿言怀名缁③，东峰旦夕仰④。

始欣云雨霁⑤，尤悦草木长。道同有爱弟，披拂恣心赏⑥。

松溪窈窕入⑦，石栈夤缘上⑧。萝葛绵层甍⑨，莓苔侵标榜。

密林互对耸，绝壁俨双敞。堑峭出蒙笼，墟险临滉瀁。

注释

①拘情：被拘束的心情。病幽郁：由于深深的苦闷而成病。幽：深、暗。郁：郁结、苦闷。

②旷志：旷达的志趣，舒畅的情怀。旷：开阔、开朗。志：心情、精神。寄：依托、凭靠。高爽：天气明朗，空气流通。

③愿言：思念殷切貌。《诗·卫风·伯兮》：『愿言思伯，甘心首疾。』郑玄笺：『愿，念也。我念思伯，心不能已。』怀：怀念、想念。名缁：名僧。这里指石门精室长老和法华寺觉照（觉照）。缁：黑色，因为和尚多为黑色僧服，故借指和尚。

④东峰：东山。因在永州城内最高处，又名高山。旦夕：早晨和晚上。仰：仰慕、向往。

⑤霁：雨雪、云雾消散。

⑥披拂：摆动、摇动、飘动。恣：尽情、随意。心赏：心情欢畅。

⑦窈窕：山水深远的样子。

崇山峻岭

愉悦山水虽然让诗人愁怀稍解，但被贬蛮荒的悲凄岂能一夕得消？

⑧栈：阶梯、台阶。夤缘：攀附。夤：攀扯。缘：攀缘。

⑨萝葛：这里泛指藤蔓植物。萝：丝萝。葛：葛藤。绵：延伸。层甍：高高的屋脊。层：高。甍：屋栋、屋脊。

原文

稍疑地脉断①，悠若天梯往②。结构罩群崖③，回环驱万象④。

小劫不逾瞬⑤，大千若在掌⑥。体空得化元⑦，观有遗细想⑧。

喧烦困蠛蠓⑨，跼蹐疲魍魉。寸进谅何营，寻直非所枉。

探奇极遥瞩，穷妙阅清响。理会方在今，神开庶殊曩。

注释

①稍：甚、颇、极。疑：通『拟』，类似。地脉：大地的脉络。主要指山丘沟壑的起伏和走向。

②悠：轻飘。天梯：古人想象中的登天的阶梯。比喻高而险的山路。

③结构：构建。这里指建造的寺庙佛舍。罩：覆盖，在……之上。

④回环：环绕四周。驱：奔驰。这里指变化万端，给人以目不暇接的动感。万象：自然界的一切事物和景象。

⑤小劫：佛教的时间名词。指人寿从十岁增至八万岁，又从八万岁减至十岁，如此经过二十个往返为一小劫。《法华经·化城喻品》：『而

诸佛法不现在前，如是一小劫，乃至十小劫，结跏趺坐，身心不动。』《隋书·经籍志四》：『末法已后，众生愚钝，无复佛教，而业行转恶，年寿渐短，经数百千载间，乃至朝生夕死，然后有大水、大火、大风之灾，一切除去之，而更立生人，又归纯朴，谓之小劫。每一小劫，则一佛出世。』逾：超过。瞬：眨眼之间。

⑥大千：佛教名词，又叫大千世界，三千大千世界，指广大无边的世界。佛教认为，以须弥山为中心，以铁围山为外郭，是一个小世界。一千个小世界合起来叫小千世界，一千个小千世界合起来叫中千世界，一千个中千世界合起来叫大千世界。大千世界中含有千的三次相乘，故又叫三千大千世界。在掌：在掌心之中，喻细小。

⑦体：体会、领悟。空：佛教词语，指超乎色相现实的境界。通俗地说，万事万物都非其本相，而是无相的，虚无的。故佛教又以不执著于色相为空。得：懂得。化元：即化于元。世界的一切都是从元气化生而来。化：生成、造化，指自然界生成万物的功能。元：本原、元气。

⑧有：佛教词语，指色相世界。通俗地说，就是指万事万物一时所呈现于外的形态。色相的千变万化会阻碍人们对佛教真谛的把握和理会，所以佛教又以执著色相不能看破为有。遗：抛弃。细想：各种琐屑的念头和欲望。

⑨困蠛蠓：被蚊蚋之类飞虫所困扰。蠛蠓：一种小飞虫，形类蚊蚋，喜欢乱飞。

原文

兹游苟不嗣[1]，浩气竟谁养[2]。道异诚所希[3]，名宾匪余仗[4]。

超摅藉外奖[5]，俯默有内朗[6]。鉴尔揖古风[7]，终焉乃吾党[8]。

潜躯委缰锁[9]，高步谢尘坱。蓄志徒为劳，追踪将焉仿。

淹留值颓暮，眷恋睇遐壤。映日雁联轩，翻云波泱漭。

登高远眺

佛禅为诗人提供了宁静、淡远的意境，而「统合儒释」的思想又使诗人难忘对社会的关切。

注释

①兹：此，这样的。苟：假如。嗣：接续。

②浩气：正大刚直之气，指雄阔的心胸和高远的精神。

③道：方式，这里指处世方式。希：盼望。

④名宾：名称是实际的外在之物。匪：通『非』，不是。仗：依靠、凭倚。

⑤超摅：腾跃。藉：借、凭借。奖：助、帮助。

⑥俯默：低首沉默。内朗：内心开朗。

⑦鉴尔揖古风：古代曾铿锵一声收住琴音，对孔子从容表明自己向往悠闲自在生活的志向，这样的风范令我拜服敬仰。《论语·先进》：「……点，尔如何？鼓瑟希，鉴（一作铿）尔，舍瑟而作。对曰：『异乎三子者之撰。』子曰：『何伤乎？亦各言其志也。』曰：『暮春者，春服既成，冠者五六人，童子六七人，浴乎沂，风乎舞雩，咏而归。』夫子喟然叹曰：『吾与点也。』」鉴尔：即铿尔，弹奏琴瑟收尾时响亮划拨声。尔：词缀。揖古风：向古人的风范表示拜服敬仰。揖：拱手礼，这里指敬服。

⑧终焉：始终。焉：词缀。吾党：我的同道人。党：同道而结合在一起的人群。

⑨潜躯：把自身潜隐起来。委：弃去、卸下。缰锁：缰绳、枷锁，指束缚。

原文

殊风纷已萃①，乡路悠且广②。羁木畏漂浮③，离旌倦摇荡④。

昔人叹违志⑤，出处今已两⑥。何用期所归⑦，浮图有遗像⑧。

幽蹊不盈尺⑨，虚室有函丈。微言信可传，申旦稽吾颡。

注释

①殊风：不同的风俗。殊：特别、不同。萃：聚集。

②乡路：指还乡之路。悠：远、长。

③羁木：木偶。因木偶受绳线的牵引，故名。畏漂浮：害怕漂浮在水上，不知将流到何处去。《战国策·齐策三》：『土偶人曰：「今子东国之桃梗也，刻削以为人，降雨下，淄水至，流子而去，则子漂漂然将何所之也。」』

④离旌：离乡出征者的旗帜。

⑤违志：背离了自己的心愿，指曲己而求仕。

⑥出：外出入世求仕。处：隐居避世。两：分开为二。

⑦何用：用不着。期：期求。

⑧浮图：梵语音译，对佛或佛教徒的称呼，也专指和尚。也作『浮屠』、

幽独怀乡

白日的美景已没入黑夜，诗人的幽寂怀乡之情油然而生。

『佛图』。

⑨蹊：小路。盈：满。

说明

全诗可分为四大部分：

第一部分为开头四句，点出诗人出游的原因。诗人自被贬以来，郁积着无尽的愁绪，这种心情无以排解，故想到借登山出游以抒『旷志』之怀。

第二部分从『始欣云雨霁』至『回环驱万象』。此段诗人极写出游所见美景，表达了诗人愉悦山水的心情。天气放晴，万物生机勃勃，诗人同爱弟一同登山，感到无比开怀畅快。诗人所见之景主要有两个特点：一是幽僻，一是高峻。幽僻既是写实，同时，又与被贬蛮荒的悲凄感受暗含。高峻则是作者孤傲清高个性的映照。

第三部分从『小劫不逾瞬』到『追踪将焉仿』。这里，柳宗元由登高远眺产生了无限感慨：既有对佛家境界的探索领悟，又有对现实生活的感怀议论。总之，诗人极力抛开烦恼、名利，希求真正体会到观游山水的意义。

第四部分则为最后十六句，写诗人天晚以后的所见所感。这段流露出诗人无比孤寂落寞的心绪。首先是由天晚当归而引发的思乡之愁，然后是对前途的无望之叹，最后是希求皈依佛理以便解脱。

全诗虽记游山水，却始终不离诗人的悲愤幽怨。诗人也希望能够洒脱超然，可一旦抒怀畅谈，就难免充满悲切之音。

法华寺，今名高山寺，在永州城内东山上。唐代名法华寺，宋代改名万寿寺、报恩寺，明清改为高山寺。唐代法华寺在明万历初毁于火，今所残存高山寺为清代道光年间在法华寺原址旁边重新改建的。石门精室，在东山南隅不远崖下，其岩名华严岩。明隆庆《永州府志》："『华严岩，在县南一里之郡学后，唐为石门精室。』因有绝壁在石栈两旁敞开，故名石门。石门精室遗址今已被毁。

此诗当作于元和元年（806年）春夏间。其依据有四：其一，法华寺西亭建于元和元年夏，此诗未提及法华寺西亭，时间当稍早。其二，诗中有『愿言怀名溜，东峰旦夕仰』之句，应是慕名而初次探访口气。其三，诗中又有『尤悦草木长』之句，应为春夏间景象。其四，据王昶《金石萃编》卷105柳宗直等华严岩题名，柳子等出游华严岩为元和元年三月八日。因此，这首诗是柳宗元到永州之后最早的记游诗之一。诗的篇幅又较长，内容丰富，已明显地表现出柳宗元记游诗的独特风格和成就，值得我们高度注意。

至小丘西小石潭记

原文

从小丘西行百二十步，隔篁竹①，闻水声，如鸣佩环②，心乐之。伐竹取道，下见小潭，水尤清洌。泉石以为底，近岸③，卷石底以出，为坻为屿，为嵁为岩④。青树翠蔓，蒙络摇缀⑤，参差披拂⑥。潭中鱼可百许头，皆若空游无所依。日光下彻，影布石上，佁然不动⑦；俶尔远逝⑧，往来翕忽⑨，似与游者相乐。

潭西南而望，斗折蛇行，明灭可见。其岸势犬牙差互，不可知其源。坐潭上，四面竹树环合，寂寥无人，凄神寒骨，悄怆幽邃。以其境过清，不可久居，乃记之而去。

同游者吴武陵、龚古，余弟宗玄；隶而从者，崔氏二小生，曰恕己，曰奉壹。

注释

①篁竹：竹林。

②如鸣佩环：如同玉佩、玉环相互碰撞发出的声音。

③近：靠近、临近。

④坻：水中高地。屿：水中的小岛。嵁，不平的岩石。

⑤蒙络摇缀：覆盖、纠结、摇摆、连缀。

⑥披拂：随风摇摆。

⑦佁然不动：一动不动。

⑧俶尔：突然，忽然。

⑨翕忽：轻快敏捷。

译文

从小丘向西走一百二十步，隔着竹林，就能听到水声，好像玉佩、玉环碰撞发出的声音一样清脆，我的心情十分愉悦。砍伐竹林，从中开辟一条小道，在下面发现了一个小水潭，潭水十分清冽。一块完整的石头作为潭底，临近岸边，有些石头从潭底突出，成为形状各异的坻、屿、嵁、岩。青翠的树木和茎蔓，互相遮蔽纠结，参差错落，随风摇摆。潭中的鱼大概有百十来条，都好像是在空中游动，没有任何可依托的。阳光直照到清澈的潭水上，鱼的影子映在石头上，一动不动；忽然间又游了很远，来回游动得很快，好似是与游人一起欢乐。

从小石潭向西南望去，溪流弯弯曲曲，忽明忽暗，若隐若现。溪岸的地势就像狗的牙齿一样参差交错，无法知道它的源头所在。坐在小石潭上，四面竹林树木环绕，空静寂寥，不见一人，忽然很是凄凉，寒意逼骨，寂静得使人忧伤。由于此地的环境太过凄清，不可久留，于是就写下此文走了。

同游的人有吴武陵、龚古、我的弟弟宗玄。跟随而来的还有两个姓崔的少年，一个叫恕已，一个叫奉壹。

说明

本篇是《永州八记》中的第四篇，又名《小石潭记》。本文细腻地勾勒了小石潭及其周围的美景，以及幽寂的气氛，富有诗情画意，从中透露出作者贬居生活中清高孤傲的心境，情景交融。其中尤以对潭中游鱼的刻画见佳，虽只寥寥几句却甚为准确传神地勾勒出了潭水的空明澄净以及游鱼的形神姿态。

石涧记

原文

石渠之事既穷①，上由桥西北，下土山之阴②，民又桥焉。其水之大，倍石渠三之一。亘石为底③，达于两涯。若床若堂，若陈筵席，若限阃奥④。水平布其上，流若织文，响若操琴。揭跣而往⑤，折竹箭，扫陈叶，排腐木，可罗胡床十八九居之。交络之流，触激之音，皆在床下；翠羽之木，龙鳞之石，均荫其上。古之人其有乐乎此耶？后之来者，有能追余之践履耶？得意之日，与石渠同。

由渴而来者⑥，先石渠，后石涧；由百家濑上而来者⑦，先石涧，后石渠。涧之可穷者，皆出石城村东南，其间可乐者数焉⑧。其上深山幽林，逾峭险，道狭不可穷也。

注释

①穷：完毕。

②阴：山南为阳，山北为阴。

③亘：横着。

④限：隔开。阃奥：内室。

⑤揭跣：挽着衣服，光着脚。

⑥渴：地名，袁家渴。

⑦百家濑：地名。

⑧数：很多。

注释

游赏、整治石渠的事已经结束，从桥上向西北方向走，一直走到土山的北坡，百姓们又修了一座桥。这儿的水，比石渠的水量还要大三倍。横着的石头连接两端，构成涧底。有的像床，有的像门堂，有的像摆满了菜肴的宴席，有的像用门槛分隔开的内外屋。水又平铺在这些石头之上，水流的纹理就像纺织物上的花纹，泉水叮咚作响就像是弹奏的琴声。光着脚走过去，折竹箭，扫陈叶，排腐木，清理出的这块空地可以罗列十八九张交椅。像交织一样的纹理的流水，水流激撞的声音，都在床下；如同翠鸟羽毛一样苍翠的树木，像鱼龙鳞片一样的石块，都遮蔽在泉上。古代的人有谁能有这样的乐趣吗？后人，会有人追寻我的足迹来到此地吗？找到石涧的这一天，和发现石渠的那天是同一天。

从袁家渴这个地方过来的人，会先找到石渠，后发现石涧；而从百家濑过来的人，会先找到石涧，后发现石渠。要穷究石涧的源头，要一直走出石城村，源头就在其东南方向，在这路上可以使人愉悦的地方有很多处。上游的深山幽林，道路越来越陡峭险峻，道路十分狭窄不能走到头。

说明

本文为《永州八记》之一。本文最大的写作特色是运用了大量的比喻，石涧之美相得益彰，涧以石名，景以石美。水中石『若床若堂，若陈筵席，若限阃奥』，石上涧『流若织文，响若操琴』，泉上又有『翠羽之木，龙鳞之石』，充满了生趣。

憎王孙文

原文

猿、王孙居异山，德异性，不能相容。猿之德静以恒，类仁让孝慈①。居相爱，食相先，行有列，饮有序。不幸乖离，则其鸣哀。有难，则内其柔弱者。不践稼蔬。木实未熟，相与视之谨；既熟，啸呼群萃，然后食，衎衎焉②。山之小草木，必环而行遂其植。故猿之居山恒郁然。王孙之德躁以嚣，勃诤号呶③，唶唶彊彊④，虽群不相善也。食相噬啮，行无列，饮无序。乖离而不思。有难，推其柔弱者以免。好践稼蔬，所过狼藉披攘。木实未熟，辄龁咬投注⑤。窃取人食，皆知自实其嗛⑥。山之小草木，必凌挫折挽，使之瘁然后已。故王孙之居山恒蒿然。以是猿群众则逐王孙，王孙群众亦龁猿⑦。猿弃去，终不与抗。然则物之甚可憎，莫王孙若也。余弃山间久，见其趣如是，作《憎王孙》云。

湘水之滺滺兮，其上群山。胡兹郁而疲彼兮，善恶异居其间。恶者王孙兮善者猿，环行遂植兮止暴残。王孙兮甚可憎！噫，山之灵兮，胡不贼旃⑧？

跳踉叫嚣兮，冲目宣龂⑨。外以败物兮，内以争群。排斗善类兮，哗骇披纷。盗取民食兮，私己不分。充嗛果腹兮，骄傲欢欣，嘉华美木兮硕而繁，群披竞啮兮枯株根。毁成败实兮更怒喧，居民怨苦兮号穹旻。王孙兮甚可憎！噫，山之灵兮，胡独不闻？

后稷

有穷氏，夏王朝第六任帝，在位八年，嫦娥的丈夫，他和杀他的寒浞为历史上少见的几位改姓未改朝代的篡权者。当时夏王『姒启』的儿子『姒太康』耽于游乐田猎，不理政事，被后羿所逐。太康死后，后羿立太康之弟姒仲康为夏王，实权操纵于后羿之手。但后羿只顾四出打猎，后来被亲信『寒浞』所杀。

猿之仁兮，受逐不校；退优游兮，唯德是效。廉、来同兮圣囚，禹、稷合兮凶诛。群小遂兮君子违，大人聚兮孽无余。善与恶不同乡兮，否泰既兆其盈虚。伊细大之固然兮，乃祸福之攸趋。王孙兮甚可憎！噫，山之灵兮，胡逸而居？

注释

①类：大都，基本上。

②衎衎：温馨快乐。

③勃诤号呶：争斗号叫。

④喈喈：大声呼号。彊彊：相随。

⑤龁：咬。

⑥嗛：猴类储藏食物的皮囊。

⑦龇：撕咬。

⑧贼旃：诛杀了它。

⑨冲目宣龇：瞪着眼龇着牙。

译文

猿和猢狲居住在不同的山上，二者品行有很大的差异，彼此不能相容。猿的德行安静稳重，大部分都很仁爱谦让、孝顺慈爱。群居生活互相关爱，吃东西相互推让，让别人为先，走路时排成行列，喝水时也井然有序。倘若某只猿不幸离群走失，就会哀伤地鸣叫。倘若遭遇灾难，就会把柔弱的猿圈在内侧保护起来。猿不会践踏庄稼蔬菜。果实还没有熟的时候，会彼此共同谨慎地看护着果子；等到果实熟了的时候，它们就会呼叫同伴聚齐到一起，这之后才会吃果子，十分的温馨欢乐。在山上碰到幼小的草木，必定会绕道而行，使草木能够顺利生长。因此猿居住的山头，常常是郁郁葱葱。而猢狲的德行却很暴躁爱吵闹，喜欢争吵号叫，十分喧嚣，虽然群居但彼此却很不友善。进食的时候互相撕咬，走路时也没有行列，喝水的时候没有顺序。离群走失了也不会有思念之情。倘若遭遇灾难，就会把柔弱的推出来以使自己免遭其害。喜好践踏庄稼蔬菜，走过的地方都十分狼藉。树上的果实还没长熟，就被它们咬过扔了。从人类那儿偷了食物，都只知道往自己腮囊里塞。在山上碰到幼小的草木，必定会摧残攀折，不把草木全部毁坏绝不罢休。因此猢狲居住的山头，常常十分荒芜。所以猿群众多的时候就会把猢狲驱逐出去，而猢狲多的时候也会撕咬猿。猿遇到这种情况就会离去，始终不和猢狲对抗。这样，动物中没有什么比猢狲更可憎。我被贬谪到这山间已经很长时间了，看到猢狲的品行这样，就写了这篇《憎王孙文》。

湘江水悠悠，两岸是连绵起伏的群山。为何此郁郁葱葱而彼山却光秃荒芜，原因在于善恶两类动物分别聚居在这两座山上。凶狠的是猢狲啊，善良的是猿，绕道而行以使草木能够好好地生长而制止暴残之行。猢狲啊真是可恨！咳，山上的神灵啊，怎么不将猢狲斩尽杀绝呢？

猢狲又蹦又跳，叫嚣得厉害啊，瞪着眼龇着牙。在外面四处毁坏东西啊，在内部互相争斗打架。排挤打击善良的猿类啊，喧嚣惊骇地乱作一团。从百姓那里偷取的食物啊，只知道自己享用，不会分一些给别的动物。吃饱之后啊，狂妄自大得意洋洋。美丽的花和树啊肥硕繁盛，猢狲们竞相攀折啃咬啊使之变成死树枯根。毁坏了果实啊更加愤怒喧闹，百姓叫苦连天啊。猢狲啊真是可憎！咳，山上的神灵啊，难道就听不见吗？猿的仁慈啊，被驱逐也不与之计较；从容不迫地退避啊，只仿效好的品行。飞廉和恶来一旦勾结啊，圣人周文王就被幽禁起来了；大禹与后稷联手啊，四大恶人就被诛杀了；小人得志啊君子就会遭殃，贤德之人携手啊孽障就会毁灭殆尽。善与恶不能共处啊，是好是坏要视双方的力量而定。弱肉强食，原本就是这个道理，弱者得祸强者得福，这是必然趋势。猢狲啊真是可憎！咳，山上的神灵呀，为何你还能安逸地闲居？

说明

本文是一篇类似于寓言的文章，分为序文和骚体诗两部分。作者在此借用对猿和猢狲善恶的描写，影射以王叔文为代表的革新势力和以宦官、藩镇为主体的顽固保守势力之间的斗争。对革新集团的美好品德进行了高度的赞扬，同时也对顽固保守势力进行了尖锐的批判和猛烈的抨击，昭示了他们竭力排斥异己、危害百姓和国家的恶性。并且还对黑白不分、善恶不明、纵恶为非的统治者进行了责难。

欧阳修集

【作者简介】

欧阳修（1007——1072），字永叔，号醉翁，晚年更号六一居士，祖籍吉州庐陵郡（今江西吉安）永丰县沙溪镇。欧阳修是著名的学者兼政治家。他的一生，为宋代学术文化的繁荣发展，作出了多方面的开创性贡献，成功地领导了北宋诗文革新运动，开创了平易流畅的一代文风，成为北宋中期举世公认的文坛宗师。

欧阳修的青少年时期是在贫寒中度过的。他四岁丧父，母亲郑氏年方三十岁，扶儿携女前去随州（今属湖北）投靠亡夫的胞弟欧阳晔。母亲和叔父是欧阳修的启蒙教师。

二十四岁那年，欧阳修考中进士。历任西京（今河南洛阳）留守推官、谏官、知制诰。后被贬知滁州（今安徽滁县）。又改知扬州（今属江苏）、颍州（今安徽阜阳）、应天府（今河南商丘），后重返汴京。在京师修撰《新唐书》。不久，升为翰林学士，兼任史馆修撰。从此官运亨通，任礼部侍郎拜枢密副使、户部侍郎改参知政事。失去政治靠山后，自罢参政，出知亳州（今安徽亳县），又改知青州（今山东益都），充任京东东路安抚使等。

在我国散文史上，韩愈、柳宗元所开拓的古文运动，经过欧阳修的再倡导，才彻底结束骈文统治文坛的历史。欧阳修的散文不仅风靡宋代，而且泽被整个封建社会后半期。欧阳修是我国文学史上当之无愧的文章大师。

朋党论

原文

臣闻朋党之说，自古有之，惟幸人君辨其君子小人而已①。大凡君子与君子，以同道为朋；小人与小人，以同利为朋。此自然之理也。

欧阳修

欧阳修（1007—1072）北宋政治家、文学家。唐宋古文八大家之一。字永叔，号醉翁，晚号六一居士。吉州永丰（今属江西）人。欧阳修自称庐陵人，因为吉州原属庐陵郡。

然臣谓小人无朋，惟君子则有之。其故何哉？小人所好者，禄利也；所贪者，财货也。当其同利之时，暂相党引以为朋者，伪也；及其见利而争先，或利尽而交疏，则反相贼害，虽其兄弟亲戚，不能相保。故臣谓小人无朋，其暂为朋者，伪也。君子则不然；所守者道义，所行者忠信，所惜者名节。以之修身，则同道而相益；以之事国，则同心而共济，终始如一。此君子之朋也。故为人君者，但当退小人之伪朋，用君子之真朋，则天下治矣。

尧之时，小人共工、驩兜等四人为一朋[2]，君子八元、八凯十六人为一朋[3]。舜佐尧，退四凶小人之朋，而进元、凯君子之朋，尧之天下大治。及舜自为天子，而皋、夔、稷、契等二十二人，并列于朝廷，更相称美，更相推让，凡二十二人为一朋，而舜皆用之，天下亦大治。《书》曰：『纣之臣亿万，惟亿万心；周有臣三千，惟一心。』纣之时，亿万人各异心，可谓不为朋矣，然纣以亡国。周武王之臣，三千人为一大朋，而周用以兴。后汉献帝时，尽取天下名士囚禁之，目为党人[4]。及黄巾贼起，汉室大乱，后方悔悟，尽解党人而释之，然已无救矣。唐之晚年，渐起朋党之论[5]，及昭宗时，尽杀朝之名士[6]，咸投之黄河，曰：『此辈清流，可投浊流。』[7]而唐遂亡矣。

夫前世之主，能使人人异心不为朋，莫如纣；能禁绝善人为朋，莫如汉献帝；能诛戮清流之朋，莫如唐昭宗之世。然皆乱亡其国。更相称美、推让而不自疑，莫如舜之二十二臣，舜亦不疑而皆用之；然而后世不诮舜为二十二人朋党所欺，而称舜为聪明之圣者，以能辨君子与小人也。周武之世，举其国之臣三千人共为一朋，自古为朋之多且大莫如周；然周用此以兴者，善人虽多而不厌也。

夫兴亡之治乱迹，为人君者，可以鉴矣！

李德裕 唐朝晚年，朝臣中产生以牛僧孺、李宗闵为首的牛党，以李德裕为首的李党相互倾轧，史称『牛李党争』。

注释

①『臣闻』二句：先秦典籍《韩非子·孤愤》等，就有关于朋党的记述，故称『自古有之』。

②『尧之时』二句：相传尧时有不服从统治的共工、驩兜、三苗、鲧，时人谓之『四凶』。

③『君子八元』句：《左传·文公十八年》：『昔高阳氏有才子八人：苍舒、隤敳、梼戭、大临、龙降、庭坚、仲容、叔达……天下之民谓之八凯。高辛氏有才子八人：伯奋、仲堪、叔献、季仲、伯虎、仲熊、叔豹、季狸……天下之民谓之八元。』

④『后汉献帝时』三句：据《后汉书·党锢列传》记载，汉桓帝时

宦官专权，河南尹李膺等二百余人被视为党人，遭受逮捕。灵帝时，李膺等百余人死于狱中，全国受株连者达六七百人。这是历史上著名的党锢之祸。作者误记为『汉献帝时』。

⑤『唐之晚年』二句：唐穆宗至宣宗年间，朝臣中产生以牛僧孺、李宗闵为首的牛党，以李德裕为首的李党，两党相互倾轧，势不两立，斗争延续近四十年。史称『牛李党争』或『朋党之争』。

⑥『及昭宗时』二句：据《新五代史·唐六臣传》载，唐哀帝天佑二年，权臣朱全忠（朱温）在白马驿杀裴枢等忠于唐廷的大臣三十余人，诬蔑其为朋党，株连贬死者数百人。昭宗是唐哀帝的父亲，唐哀帝又称『昭宣帝』，此处误将『昭宣帝』记作『昭宗』。

⑦『咸投之黄河』四句：据《旧五代史·李振传》载，朱全忠的谋臣李振早年多次参加进士考试，未能及第，因此非常痛恨缙绅之士。当朱全忠杀害裴枢等人时，他献计说：『此辈常自谓清流，宜投之黄河，使为浊流。』朱全忠笑着接受了他的意见。清流：有名望的清高的士大夫。

译文

臣听说关于朋党的言论，是自古就有的，只是希望君主能区分他们是君子还是小人罢了。一般说来君子之间因目标一致结为朋党，而小人则因利益结为朋党，这是很自然的规律。

然而臣以为小人并无朋党，只有君子才有。这是什么原因呢？小人所爱所贪的是财货利禄。当他们利益一致时，暂时互相勾结成为朋党，那是虚假的；等到他们见到利益而各自争先，或者利益已尽而交情疏远时，就反而会互相残害，即使是兄弟亲戚也不会顾及。所以小人无朋党，他们暂时结为朋党，是虚假的。君子就不是如此。他们坚持的是道义，奉行的是忠信，珍惜的是名节。用这些来修养德操，那么目标一致就能相互补益。用这些来为国效力，那么就

契

舜做天子时，皋陶、夔、稷、契等二十二人同时列位朝廷。

能共同前进。始终如一，这就是君子的朋党。所以做君主的，只需要斥退小人虚假的朋党，进用君子真正的朋党，那么天下就能安定。

尧的时候，小人共工、驩兜等四人结成一个朋党，君子八元、八凯等十六人结成一个朋党。舜辅佐尧，斥退『四凶』的小人朋党，进用八元、八凯的君子朋党，尧的天下得以大治。等到舜自己做了天子，皋陶、夔、稷、契等二十二人同时列位朝廷。他们互相赞美，互相谦让，共二十二人结为一个朋党。但是舜全都进用他们，天下得以大治。《尚书》上说：『纣有亿万臣，有亿万条心；周有三千臣，却只有一条心。』纣王的时候，亿万人心各不同，可以说不成朋党了，纣却因此而亡国。周武王的臣子，三千人结为一个大朋党，但周朝却因此而兴盛。东汉献帝时，把天下名士都视作党人而关押起来。等到黄巾军来了，汉朝大乱，这才悔悟，释放了党人，可局面已无可挽救了。唐朝末期，逐渐生出朋党的说法，到昭宗时，朝中名士都被杀了，而且被投入黄河，说『这些人自命为清流，应当把他们投到浊流里去』。而后唐朝也随之灭亡了。

前代的君主，能使人们各怀异心不结朋党的，都不及纣王；能禁绝好人结为朋党的，都不及汉献帝；能杀害清流朋党的，都不及唐昭宗之时；但是都由此招来混乱以至亡国。彼此赞美谦让而不疑忌的，都不及舜的二十二位大臣，舜也用之不疑。然而后世并不讥笑舜被二十二人的朋党所蒙骗，却称赞舜是聪明的圣主，这是因为他能区别君子和小人。周武王时，全国所有的臣子三千人结成一个朋党，自古以来结为朋党的人数之多，规模之大的，都不及周朝，可是周朝因此而兴盛，就因为善良之士虽多却不感到满足。

唉！这些治乱兴亡的事迹，做君王的可以引为借鉴了。

说明

本文选自《欧阳文忠公文集》，是宋仁宗庆历三年所作的一篇奏章。当时，因欧阳修等人的弹劾，夏竦、吕夷简等被罢官，范仲淹等人执政，就是历史上的『庆历新政』，于是夏竦等攻击范仲淹等人为『朋党』。此事与作者也有关系，作者当时在谏院任职，写了这篇奏章。

纵囚论

原文

信义行于君子，而刑戮施于小人。刑入于死者，乃罪大恶极，此又小人之尤甚者也。宁以义死，不苟幸生，而视死如归，此又君子之所难者也。

方唐太宗之六年，录大辟囚三百馀人，纵死还家，约其自归以就死：是以君子之难能，期小人之尤者以必能也。其囚及期，而卒自归无后者：是君子之所难，而小人之所易也。此岂近于人情哉？或曰：『罪大恶极，诚小人矣；及施恩德以临之，可使变而为君子。盖恩德入人之深，而移人之速，有如是者矣。』曰：『太宗之为此，所以求此名也。然安知夫纵之去也，不意其必来以冀免，所以纵之乎①？又安知夫被纵而去也，不意其自归而必获免，所以复来乎②？夫意其必来而纵之，是上贼下之情也③；意其必免而复来，是下贼上之心也。吾见上下交相贼以成此名也，乌有所谓施恩德与夫知信义者哉？不然，太宗施德于天下，于兹六年矣，不能使小人不为极恶大罪；而一日之恩，能使视死如归而存信义，此又不通之论也。』

然则何为而可？曰：『纵而来归，杀之无赦，而又纵之，而又来，则可知为恩德之致尔。然此必无之事也。若夫纵而来归而赦之，可偶一为之尔；若屡为之，则杀人者皆不死，是可为天下之常法乎？不可为常者，其圣人之法乎？是以尧、舜、三王之治，必本于人情，不立异以为高，不逆情以干誉④。』

注释

①『然安知』三句：推论唐太宗释放囚犯出去，是估计到犯人一定会回来以图得到赦免。

②『又安知』三句：推论囚犯们估计到自动回来一定会得到赦免。

③上贼下之情：在上窥测囚犯的心情。

④『不立异』二句：不标新立异以示自己高明，不违背人之常情谋求个人声誉。

译文

信义只适用于君子，刑罚却是对付小人的。被判处死刑的人，罪大

纵囚归狱 唐太宗贞观六年，查取死刑犯三百多人，放他们回家，与他们约定按期限自动回来受死。

恶极，这种人又是小人中最恶劣的。宁愿为义而死，不苟且侥幸而活，能够视死如归的人，又是君子中最难得的。

唐太宗贞观六年，查取死刑犯三百多人，放他们回家，与他们约定按期限自动回来受死。这是以君子都难得做到的事来期待小人中最恶劣的人一定做到。那些犯人到期果然都自动回来，没有一个超过期限的。这是君子都难于做到的，小人却很容易做到。这难道近乎常情吗？有人说：『罪大恶极，确实是小人。等到对他们施加恩德，就可以使他们变为君子。恩德感人至深，迅速改变人的品行，才有这样的事发生。』我说：『唐太宗之所以这样做，正是为了求得恩德深入人心的名声。怎知放犯人们回去，不是估计到他们希望被免死，一定会回牢来，所以才放他们的呢？又怎知他们被放回去，不是估计到他们自动回来定会被赦免，所以再回来的呢？估计到他们一定会回来才放他们回家，那就是太宗窃得了犯人们的隐情。如果是估计到皇帝会赦免他们才自动回来，那就是犯人知道了皇帝的想法。我从这件事中，只看到皇帝和犯人互相欺骗而成就了各自的美名，哪里有什么施恩德与知信义的事呢？如果不是这样，太宗施恩德给天下人，到这时已经六年了，却不能使小人不去犯极大的罪恶；而一时的恩德却能使犯人视死如归并且懂信义，这又是讲不通的谬论。』

那么，怎样做才可行呢？我认为：『放了又回来的，照样杀头不能赦免，以后的死囚也放他们回去，他们还是自愿回来，这才可以知道是皇帝的恩德将他们感化了。但是，这是一定不会发生的事。放他们回去，他们又自动回来，从而赦免他们，只可偶尔做做，如果多次这样，那么杀人的都可以不死，这可以成为天下的定法吗？不能成为定法，能称得上是圣人制定的法吗？所以尧、舜、禹、汤、文、武治理天下，一定从人情出发，不标新立异来自称高明，不违背人情以获得名誉。』

说明

作者认为，信义只能用于君子，对小人则要用刑罚。因此，唐太宗纵囚使归的事是不合乎常情的，是现实中不大可能存在的事情，即使发生过，也只能是上下互相欺骗沽名钓誉之举，不能成为治理天下的定法。

《梅圣俞诗集》序

原文

予闻世谓诗人少达而多穷[1]。夫岂然哉？盖世所传诗者，多出于古穷人之辞也。凡士之蕴其所有，而不得施于世者，多喜自放于山巅水涯。外见虫鱼草木、风云鸟兽之状类，往往探其奇怪；内有忧思感愤之郁积，其兴于怨刺，以道羁臣寡妇之所叹，而写人情之难言；盖愈穷则愈工。然则非诗之能穷人，殆穷者而后工也。

予友梅圣俞，少以荫补为吏，累举进士，辄抑于有司，困于州县，凡十馀年。年今五十，犹从辟书[2]，为人之佐，郁其所积，不得奋见于事业。其家宛陵[3]，幼习于诗。自为童子，出语已惊其长老。既长，学乎六经仁义之说。其为文章，简古纯粹，不求苟悦于世。世之人徒知其诗而已。然时无贤愚，语诗者必求之圣俞；圣俞亦自以其不得志者，乐于诗而发之；故其平生所作，于诗尤多。世既知之矣，而未有荐于上者。昔王文康公尝见而叹曰[4]：『二百年无此作矣！』虽知之深，亦不果荐也。若使其幸得用于朝廷，作为雅颂，以歌咏大宋之功德，荐之清庙，而追商、周、鲁颂之作者，岂不伟欤？奈何使其老不得志，而为穷者之诗，乃徒发于虫鱼物类、羁愁感叹之言？世徒喜其工，不知其穷之久而将老也，可不惜哉！

圣俞诗既多，不自收拾。其妻之兄子谢景初[5]，惧其多而易失也，取其自洛阳至于吴兴已来所作，次为十卷。予尝嗜圣俞诗。而患不能尽得之；遽喜谢氏之能类次也，辄序而藏之。

梅尧臣 字圣俞，世称宛陵先生，北宋诗人。提倡『平淡』，其诗风意境深远。有《宛陵先生集》传世。

其后十五年，圣俞以疾卒于京师⑥。余既哭而铭之，因索于其家，得其遗稿千馀篇，并旧所藏，掇其尤者六百七十七篇，为一十五卷。呜呼！吾于圣俞诗论之详矣，故不复云。

注释

①『予闻』句：诗人得意显达的少，失志困厄的多。

②辟书：招聘的文书。当时梅尧臣应王举正的招聘，出任许昌忠武军节度签书判官。

③宛陵：安徽宣城的旧名。

④王文康公：即王曙，字晦叔，河南洛阳人。

⑤谢景初：字师厚，富阳人，谢绛的儿子。梅尧臣的妻子是谢绛的妹妹，故称『妻之兄子』。

⑥以疾卒于京师：嘉祐五年春夏之间，京师疫病流行，梅尧臣染病而死。

译文

我常听世人说：诗人做官很少有显达的，多数都很困厄。难道真是这样吗？大概是世上所流传的诗歌，多出于古代穷困之士笔下的缘故吧。大凡胸藏才智而又没有机会施展于世的士人，多数愿意到山头水边放浪形骸，看见虫鱼草木风云鸟兽等事物，往往深入探究它们的奇异之处，内心郁积着忧愁和愤慨，很想写诗来表达他们的怨恨与讽刺，道出逐臣寡妇这类人的哀叹，而写出了一般人难以言传的感受来。遭遇越困厄就越能写得工巧。并不是写诗使人困厄，应该是困厄而不丧失志气的人才能写出好诗。

我的朋友梅圣俞，年轻时由于荫袭补到一个小小的官职，几次被推荐去考进士，总是遭到主考部门的压制，在地方上被困了十多年。已经五十岁了，还要靠别人下聘用，去给人家做帮手。郁积着自己的才能智慧，不能在事业上充分地施展。他家乡在宛陵，幼年就学习诗歌，孩童时写出的诗句就已使得父老长辈惊异了。长大后，学习了六经仁义的学问，写出的文章简古纯正，不愿苟且取悦于世人，世人只知道他会写诗罢了。然而当时人不论高明与否，谈论诗歌必然会向圣俞请教。圣俞也喜欢把自己不得志的心情通过诗歌来发泄，因此他平时所写的东西以诗歌为多。世人虽已知道他，却没有人向朝廷推荐他。从前王文康公看到他的诗作，赞叹道：『二百年没有出现这样好的作品了！』虽对他了解很深，还是没有举荐。假使他有幸得到朝廷的重视，写出如《诗经》中雅、颂那样的作品，以歌颂大宋的功业，献给宗庙，使他类似于商颂、周颂、鲁颂等作者，难道不是很壮观的吗？可惜他到老还未能得志，只能写穷困者的诗歌，只在虫鱼之类上抒发愁苦的感叹。世人只喜爱他诗歌的工巧，却不知道他困厄如此之久，很快就要老死了，这难道不是很可惜吗？

圣俞的诗很多，自己并未收拾整理。他的内侄谢景初担心它因为太多而容易散失，于是选取他从洛阳到吴兴这个时期的作品，编为十卷。我曾非常喜爱圣俞的诗作，担心不能得到他的全部作品，非常高兴谢氏能为它分类编排，就为之作序并珍藏起来。

从那以后又过了十五年，圣俞因病在京城死去，我已痛哭着为他写好了墓志铭，又向他家索求，得到遗稿一千多篇，连同过去所保存的，选取其中最好的六百七十七篇，分为十五卷。啊，我对圣俞的诗歌已评论过多次，这里不再重复。

说明

本文提出了『文穷而后工』的文学理论思想。作者认为穷与工是因果关系。诗人之『穷』是指难以实现自己的理想抱负而在社会下层生活，也因此得以了解普通百姓的生活与困苦，游览观赏自然界的美丽景色，从而写出具有真情实感，能打动人心的优秀作品。

送杨寘序

原文

予尝有幽忧之疾，退而闲居，不能治也。既而学琴于友人孙道滋[①]，受宫声数引[②]，久而乐之，不知疾之在其体也。夫琴之为技，小矣。及其至也，大者为宫，细者为羽；操弦骤作，忽然变之。急者凄然以促，缓者舒然以和。如崩崖裂石，高山出泉，而风雨夜至也；如怨夫、寡妇之叹息，雌、雄雍雍之相鸣也。其忧深思远，则舜与文王、孔子之遗音也；悲愁感愤，则伯奇孤子[③]、屈原忠臣之所叹也。喜怒哀乐，动人心深；而纯古淡泊，与夫尧舜三代之言语、孔子之文章、《易》之忧患、《诗》之怨刺无以异。其能听之以耳，应之以手。取其和者，道其湮郁[④]，写其忧思，则感人之际，亦有至者焉。

予友杨君，好学有文，累以进士举，不得志。反从荫调[⑤]，为尉于剑浦区区在东南数千里外[⑥]，是其心固有不平者。且少又多疾，而南方少医药，风俗、饮食异宜。以多疾之体，有不平之心，居异宜之俗，其能郁郁以久乎？然欲平其心以养其疾，于琴亦将有得焉。故予作『琴说』以赠其行，且邀道滋酌酒、赠琴以为别。

竹坞听琴

欧阳修劝杨寘通过学琴或欣赏音乐来陶冶性情，修身养性。

注释

①孙道滋：作者早年在京师结识的精通乐艺的友人。

②宫声数引：琴调数曲。

③伯奇：周宣王大臣尹吉甫的儿子，受后母谮害驱逐，作《履霜操》。

④道其湮郁：开导发泄他心中的忧郁。

⑤荫调：凭先辈或父兄官爵受封，而改调另外的官职。

⑥剑浦：县名，今福建南平。

译文

我曾患过忧劳的疾病，退职闲居，也没有治好。后来和我的朋友孙道滋学琴，学会了几支曲子，时间一长便爱上了它，也就感觉不到自己身上还有病了。

琴艺只是小的技能。当达到很高水平时，洪亮的声音是宫声，尖细的声音是羽声。骤然弹拨，声音忽变，急切的凄楚而短促，缓慢的从容而平和，如山石崩裂，高山上喷泻出泉水，夜里风雨突降；或如鳏寡男女的叹息，雌雄鸟儿相和鸣叫，忧思之深沉，就像舜、周文王、孔子传下的声音；感愤的悲愁，就像孤儿伯奇、忠臣屈原的叹息。那喜怒哀乐之情，深深地打动着人心，那纯朴淡泊之意，与尧舜夏商周的言语、孔子的文章，《周易》里的忧患和《诗经》里的怨刺并无不同。若能用耳听，以手应，选取平和之声以排遣内心的抑郁，抒发自己的幽情，那么当它到了感人之时，也可达到这样的佳境。

我的朋友杨寘，既好学又写得一手好文章，多次参加进士考试，都未被录取。等到受到荫封，才当上福建南平县尉，而南平是东南数千里地之外的一个很小的所在，他心里自然觉得不平。况且他自幼多病，南方又缺少医药，对风俗饮食又不习惯。以他多病的身体，带着不平的心情，居于风俗习惯差别很大的地方，能郁郁地长久支持下去吗？然而，要想使他的心平和以养好他的病，从琴中或许可以得到益处。因此，我写了这篇琴说送他远行。还请了道滋一起饮酒，弹上一曲为他道别。

说明

杨寘是欧阳修的朋友，屡试不第，怀才不遇，后来为了世袭一个很小的官职，不得不从中原去福建，奔波数千里。因杨寘自幼多病，而南方的环境风俗都与中原不同，作者对他比较担心，所以写了这篇文章，劝他通过学琴或欣赏音乐来陶冶性情，修身养性，从心理上预防疾病。

《五代史·伶官传》叙论

原文

呜呼！盛衰之理，虽曰天命，岂非人事哉！原庄宗之所以得天下[1]，与其所以失之者，可以知之矣。

世言晋王之将终也[2]，以三矢赐庄宗而告之曰：『梁[3]，吾仇也；燕王[4]，吾所立，契丹[5]，与吾约为兄弟，而皆背晋以归梁。此三者，吾遗恨也。与尔三矢，尔其无忘乃父之志！』庄宗受而藏之于庙。其后用兵，则遣从事以一少牢告庙[6]，请其矢，盛以锦囊，负而前驱，及凯旋而纳之。

方其系燕父子以组，函梁君臣之首，入于太庙，还矢先王，而告以成功，其意气之盛，可谓壮哉！及仇雠已灭，天下已定，一夫夜呼[7]，乱者四应，仓皇东出，未及见贼而士卒离散，君臣相顾，不知所归。至于誓天断发，泣下沾襟，何其衰也！岂得之难而失之易欤？抑本其成败之迹，而皆自于人欤？

《书》曰：『满招损，谦得益。』忧劳可以兴国，逸豫可以亡身，自然之理也。故方其盛也，举天下之豪杰，莫能与之争；及其衰也，数十伶人困之[8]，而身死国灭，为天下笑。夫祸患常积于忽微，而智勇多困于所溺，岂独伶人也哉！作《伶官传》。

注释

①庄宗：五代时后唐庄宗李存勖。后梁龙德三年（923）称帝，建都洛阳，国号唐。

②晋王：即李克用，李存勖之父。

③梁：指五代后梁。

④燕王：即刘守光，晋王曾封他为燕王。

⑤契丹：居住在辽河上游一带的古代民族，916年建契丹国，后改称辽国。

⑥从事：三公及州郡长官的僚属，这里泛指一般官员。少牢：古代祭祀，牛羊猪各一称太牢，只有羊或猪为少牢。

⑦一夫：指皇甫晖。

⑧数十伶人困之：后唐同光四年（926），伶人郭从谦指挥一部分禁卫军作乱，李存勖中流矢而死。其后李克用的养子李嗣源即位称帝。

宠幸伶人

后唐庄宗李存勖宠幸伶人，疏远功勋，后来众叛亲离，自己也被乱兵杀死。

译文

唉！盛衰的规律，虽说是天命决定的，难道没有人的作用吗？探求庄宗取得天下与失去天下的原因，就可以明白这个道理。

据说晋王临死时，把三枝箭赐给庄宗，告诉他说：『梁国是我的仇敌；燕王本是我立的，契丹与我约为兄弟，可是他们都背叛我而投靠了梁。这三件事是我的遗恨。给你三枝箭，你不要忘记你父亲的志向。』庄宗接受了箭收藏在祖庙。以后打仗，便派手下用一头羊祭告祖先，从宗庙里恭敬地取出箭来，装在织锦的口袋里，使人背着走在最前面，等打了胜仗回来，再把箭收进宗庙。

当他捉拿并绑缚燕王父子，用盒子装着梁国君臣的头，走进太庙，便把箭交还到晋王的灵座前，告诉他生前报仇的心愿已实现，他的精神气概，是多么威风！等到仇敌都已消灭，天下已经安定，然而某天一人在夜里发难，叛乱的人四面响应，他慌忙出兵东进，还没见到乱贼，部下就溃逃了，君臣们你看着我，我看着你，不知去哪里好；以至于到了割下头发来对天发誓，眼泪沾湿衣襟的时候，又是多么的可怜衰败呢！难道是取得天下难，失去天下容易吗？还是成功失败的原因都是由于人事呢？

《尚书》说：『自满招来损害，谦虚使人受益。』忧劳可以使国家兴盛，安乐能断送自己，这是必然的道理。因此，在他强大时，普天下的豪杰，没有谁能和他对抗；到他衰败时，几十个伶人就能把他困住，导致身死国灭，被天下人耻笑。祸患常常是由一些小事积累而酿成的，纵使是聪明和英勇的人，也常常被某种爱好所迷恋，消磨意志而陷于困穷，岂止是溺爱伶人才这样吗？于是作《伶官传》。

说明

本文是为《新五代史》中的《伶官传》所作的序言。《伶官传》是记录乐工景修等人的一篇合传。这篇序文通过对后唐庄宗得天下、失天下经过的叙述，表达了『忧劳可以兴国，逸豫可以亡身』的观点。

《五代史·宦官传》论

原文

自古宦者乱人之国，其源流深于女祸。

女，色而已；宦者之害，非一端也。盖其用事也近而习，其为心也专而忍；能以小善中人之意，小信固人之心，使人主必信而亲之。待其已信，然后俱以祸福而把持之。虽有忠臣、硕士列于朝廷，而人主以为去己疏远，不若起居饮食、前后左右之亲为可恃也。故前后左右者日益亲，则忠臣硕士日益疏①，而人主之势日益孤。势孤，则惧祸之心日益切，而把持者日益牢。安危出其喜怒，祸患伏于帷闼②，则向之所谓可恃者，乃所以为患也。患已深而觉之，欲与疏远之臣图左右之亲近，缓之则养祸而益深，急之则挟人主以为质。虽有圣智，不能与谋。谋之而不可为，为之而不可成。至其甚，则俱伤而两败。故其大者亡国，其次亡身，而使奸豪得借以为资而起，至抉其种类③，尽杀以快天下之心而后已。此前史所载宦者之祸常如此者，非一世也！夫为人主者，非欲养祸于内，而疏忠臣硕士于外，盖其渐积而势使之然也。

夫女色之惑，不幸而不悟，则祸斯及矣；使其一悟，捽而去之可也[4]。宦者之为祸，虽欲悔悟，而势有不得而去也。唐昭宗之事是已[5]。故曰『深于女祸』者，谓此也。可不戒哉！

注释

①硕士：旧指学问渊博之士。

②帷闼：比喻皇室之内。

③抉：挖出。

④捽：揪。

⑤唐昭宗：李晔，889—904年在位。

译文

自古以来，宦官败乱国家，祸患的根源比女色更深。女性，不过靠美色来取宠，宦官的祸害却不只一方面啊。这是因为他们为君主贴身办事，得以形成熟悉的关系，他们专心取悦皇帝而对人残忍。所以他们能做些小小的好事来使人满意，又能用小小的忠诚以巩固别人对他的好感，使皇帝必定信任而亲近他们。等取得皇帝的信任后，再利用福祸来恐吓并控制他。这时候，虽然有忠臣君子在朝为官，可是皇帝却认为他们与自己很疏远，及不上起居饮食方面都侍奉自己的人可

十侍乱政

宦官祸国，古来有之。汉桓帝时，『十常侍』扰乱朝政，迫害忠良，祸害百姓，最终导致了黄巾起义。

信赖。因此，皇帝与那些总是在身边的宦官日益亲近，而与忠臣君子日渐疏远，慢慢地皇帝越来越被孤立。处境越孤单，害怕大祸降临的心理便逐渐急迫，而挟制他的宦官，地位便愈加牢固。皇帝的安危，取决于宦官的喜怒，祸患就潜伏在君主左右，那些以前认为是可靠的人，却是现在的祸根啊。祸患已经很深，皇帝才发觉，想与疏远的大臣铲除左右亲近的宦官，行动太慢，祸患就会更加严重；行动过急，宦官则会挟制君主作为人质。纵使有才智之士，也无法与他们商议对策了。谋划了也无法实行，实行了也不会成功，甚至可能两败俱伤。严重的可使国家灭亡，其次是使个人送命，而且让一些野心家乘机起事，找出所有宦官，斩尽杀绝，大快天下人之心才了结。从前史书所记载的宦官之祸常是如此，而不只是一代。作为皇帝，并非有意在宫中培养祸患，而疏远忠臣和君子，是由于日积月累的形势造成的。

女色的诱惑，如果皇帝不幸地执迷不悟，祸患就会降临；但只要他一旦觉悟，将她抓起来就能除掉。可是宦官的祸害，虽然悔悟了，已成的形势会到无法铲除的地步。唐昭宗的情况就是这样。所以说『比女色之祸更深』，就是这个道理，怎能不警惕呢？

说明

封建帝王为了独揽大权，往往对大臣怀疑猜忌，而宠信妻妾外戚或宦官。如此一来，就会因疏远大臣而导致外戚或宦官专权的局面。本文总结了历史经验，运用了对比手法，论证了宦官专权的危害及其产生的原因，希望当时和以后的统治者引以为戒。

醉翁亭记

原文

环滁皆山也①。其西南诸峰，林壑尤美。望之蔚然而深秀者，琅琊也②。山行六七里，渐闻水声潺潺，而泻出

欧阳文忠公

欧阳修，谥文忠，北宋政治家，散文家和诗人，唐宋古文八大家之一。

于两峰之间者，酿泉也③。峰回路转，有亭翼然临于泉上者，醉翁亭也。作亭者谁？山之僧智仙也④。名之者谁？太守自谓也。太守与客来饮于此，饮少辄醉，而年又最高，故自号曰醉翁也。醉翁之意不在酒，在乎山水之间也。山水之乐，得之心而寓之酒也。

若夫日出而林霏开，云归而岩穴暝，晦明变化者，山间之朝暮也。野芳发而幽香，佳木秀而繁阴，风霜高洁，水落而石出者，山间之四时也。朝而往，暮而归，四时之景不同，而乐亦无穷也。

至于负者歌于途，行者休于树，前者呼，后者应，伛偻提携⑤，往来而不绝者，滁人游也。临溪而渔，溪深而鱼肥；酿泉为酒，泉香而酒洌；山肴野蔌，杂然而前陈者，太守宴也。宴酣之乐，非丝非竹；射者中，弈者胜，觥筹交错，坐起而喧哗者，众宾欢也。苍颜白发，颓然乎其间者，太守醉也。

已而夕阳在山，人影散乱，太守归而宾客从也。树林阴翳，鸣声上下，游人去而禽鸟乐也。然而禽鸟知山林之乐，而不知人之乐；人知从太守游而乐，而不知太守之乐其乐也⑥。醉能同其乐，醒能述以文者，太守也。太守谓谁？庐陵欧阳修也。

注释

①『环滁』句：写滁州城四周山川形势。此为夸张之辞，滁州仅西南部有丛山。

②琅琊：山名，在滁县西南十里。东晋元帝司马睿为琅琊王时渡江，曾驻滁州，故滁州溪山有琅琊之名。

③酿泉：又名醴泉，为琅琊溪源头之一。

④智仙：琅琊山琅琊寺（一名开化寺）的僧人。

⑤伛偻提携：指老人小孩。

⑥乐其乐：将他人的快乐当作自己的快乐。

译文

滁州的四面都是山。那西南的几座山峰，森林山谷更为优美。郁郁葱葱，幽深秀丽的，是琅琊山。沿着山路走六七里，渐渐可以听到潺潺的水声，从两座山峰之间倾泻而出的，是酿泉。绕过山峰，沿着山路拐弯，高居泉边，有一座亭子像飞鸟展翅，那就是醉翁亭。建亭子的是谁呢？是山上的僧人智仙。给它取名的又是谁呢？是自号『醉翁』的滁州太守。太守与客人们来这儿饮酒，只喝一点儿就醉了；而且他年纪最高，所以自号『醉翁』。其实，醉翁的意趣不在喝酒，而在山水之间。欣赏自然山水的乐趣，是从内心领悟而又寄托在酒中的。

有时太阳出来，山林中云雾四散；浮云归来，岩洞里暮色晦暗。这种黑暗与光明变化，是山中的黎明与黄昏。野花开放，清香飘散，树木繁茂，深秀成荫，风高霜洁，水落石出，是山中的四季。清晨前往，傍晚归来，四季风光各异，其中乐趣也无穷无尽。

至于背扛肩挑的人在路旁唱歌，行路人在树下休息，前面的招呼，后面的答应，老老少少来往不绝，是滁州百姓来这里游赏。到溪边钓鱼，溪水深，鱼肥美；用泉水酿酒，泉水清，酒香醇，还有野味蔬果，交错排列在面前，是太守主办的宴席。宴饮酣畅的乐趣，无需靠琴弦箫管；投壶的中了，下棋的胜了，酒杯和酒筹交错杂陈，人们或坐或立大声喧闹，是客人们快乐的情景。那个苍颜白发，昏昏然地坐在人们中间的老人，是醉了的太守。

不一会儿，太阳下山了。只见人影散乱，是宾客们纷纷跟随太守回去。树林逐渐阴暗，上下阵阵鸟鸣声，那是游人走后鸟儿开始欢唱，然而鸟儿只知山林中的快乐，却不知人们的快乐。而人们只知跟随太守游玩的快乐，却不知太守是因能使人们快乐而快乐啊。喝醉时能与人们一起快乐，酒醒之后又能写文章将其记叙下来的，是太守。太守是谁呢？是庐陵欧阳修啊。

说明

本文作于庆历六年，前一年，作者因为支持革新派的范仲淹而被贬到滁州任职。文章描述了醉翁亭周围优美的环境和多彩的风光，描绘了太守与民同乐的情景，抒发了政治抱负和仕途坎坷的抑郁之情。

秋声赋

原文

欧阳子方夜读书，闻有声自西南来者，悚然而听之，曰：『异哉！』初淅沥以萧飒，忽奔腾而澎湃，如波涛夜惊，风雨骤至。其触于物也，鏦鏦铮铮，金铁皆鸣；又如赴敌之兵，衔枚疾走①，不闻号令，但闻人马之行声。余谓童子：『此何声也？汝出视之！』童子曰：『星月皎洁，明河在天，四无人声，声在树间。』

余曰：『噫嘻悲哉！此秋声也。胡为而来哉？盖夫秋之为状也；其色惨淡，烟霏云敛；其容清明，天高日晶；其气栗冽，砭人肌骨；其意萧条，山川寂寥。故其为声也，凄凄切切，呼号愤发。丰草绿缛而争茂，佳木葱茏而可悦；草拂之而色变，木遭之而叶脱；其所以摧败零落者，乃其一气之馀烈。夫秋，刑官也，于时为阴②；又兵象也，于行为金；是谓天地之义气，常以肃杀而为心。天之于物，春生秋实。故其在乐也，商声主西方之音；夷则为七月之律。商，伤也，物既老而悲伤；夷，戮也，物过盛而当杀。

嗟夫！草木无情，有时飘零；人为动物，惟物之灵；百忧感其心，万事劳其形；有动于中，必摇其精；而况思其力之所不及，忧其智之所不能；宜其渥然丹者为槁木；黟然黑者为星星③。奈何以非金石之质，欲与草木而争荣？念谁为之戕贼，亦何恨乎秋声！』

童子莫对，垂头而睡。但闻四壁虫声唧唧，如助余之叹息。

注释

①衔枚：古代行军时，常令士兵嘴里横衔一根小棍，防止说话，保持肃静。

②于时为阴：古人以阴阳配合四时，春夏属于阳，秋冬属于阴。

③渥然丹者：红润的面容。黟：黑色。星星：鬓发花白。

秋声赋　星月皎洁，明河在天，四无人声，声在树间。

译文

欧阳子夜里正在读书，听到有声音从西南方向传来，不禁悚然一听，惊道：『奇怪！』这声音初听时淅淅沥沥，萧萧飒飒，忽然变得汹涌澎湃，就像夜间波涛突起，风雨骤然而至，碰到物体上如金属撞击的铿锵声。再听，又像奔赴战场的军队正衔枚疾进，听不到号令声，只有人马行进的声音。于是对童子说：『这是什么声音？你出去看看。』童子答道：『星光月色皎洁，银河高悬中天。四周没有人声，那声音是从树林间传来的。』

我恍然大悟，叹道：『唉，伤感啊！这就是秋声呀，它为什么而来呢？秋天的情景是：它的色调凄清惨淡，烟霭飘散，云气密集；它的形貌爽朗清新，天色高远，日光晶明；它的气候清冷萧瑟，凛冽的悲风刺入肌骨；它的意境苍凉萧条，山川空寂。所以它的声音有时凄切，有时激昂。秋风未起时，绿草繁茂争盛；树木葱茏，令人心旷神怡。然而一旦秋风来临，拂过草地，草就会变色，掠过森林，树叶就会飘落。它用来使花草树木摧败凋零的，便是肃杀之气的余烈。秋天是刑官行刑的季节，在时令上，它属阴；秋天又是用兵的象征，在五行中属金。这就所谓的天地之义气，常以肃杀为意志。天地对于万物，是使之在春天生长，在秋天结实。所以在音乐的五声中，秋又属西方之声的商，「夷」则是七月的曲律之名。商，就是「伤」的意思，万物衰老都会悲伤。夷，就是杀戮，万物过了繁盛期，都会趋于衰败。

『唉，草木是没有感情的，也有飘零之时。人为动物，是万物中最有灵性的。无数的忧虑感伤他的心绪，无数的琐事劳累他的身体；劳累心神，必定会损耗精力。更何况常常思考自己的力所不能及之事，担心自己的才智所不能解决的问题，自然会使他红润的肤色变得如枯木苍老，乌黑的须发变得花白。人的身体并非金石，为什么要像草木那样争一时的荣盛呢？应当考虑是谁使自己遭受磨难，为什么又去怨恨这秋声呢？』

书童没有应答，低头睡去，只听到四壁唧唧的虫鸣，好似附和我的叹息。

说明

本文是作者五十三岁时所作，是一篇以悲秋为主题的赋体散文。文章由秋声起，由万物凋零写起，回首曾屡遭贬谪的痛苦，面对当时朝廷的黑暗，国家渐衰而又改革无望的形势，抒发了世事艰难而形神日渐衰老的感慨。

泷冈阡表[1]

原文

呜呼！惟我皇考崇公卜吉于泷冈之六十年[2]，其子修始克表于其阡，非敢缓也，盖有待也。

修不幸，生四岁而孤。太夫人守节自誓，居贫，自力于衣食，以长以教，俾至于成人。太夫人告之曰：『汝父为吏廉，而好施与，喜宾客，其俸禄虽薄，常不使有馀，曰「毋以是为我累」。故其亡也，无一瓦之覆、一垄之植以庇而为生[3]。吾何恃而能自守耶？吾于汝父，知其一二，以有待于汝也。自吾为汝家妇，不及事吾姑，然知汝父之能养也；汝孤而幼，吾不能知汝之必有立，然知汝父之必将有后也。吾之始归也，汝父免于母丧方逾年，岁时祭祀，则必涕泣曰：「祭而丰不如养之薄也。」间御酒食[4]，则又涕泣曰：「昔常不足而今有馀，其何及也！」吾始一二见之，以为新免于丧适然耳。既而其后常然，至其终身未尝不然。吾虽不及事姑，而以此知汝父之能养也。汝父为吏，尝夜烛治官书[5]，屡废而叹。吾问之，则曰：「此死狱也，我求其生不得尔。」吾曰：「生可求乎？」曰：「求其生而不得，则死者与我皆无恨也，矧求而有得邪[6]？以其有得，则知不求而死者有恨也。夫常求其生犹失之死，而世常求其死也。」回顾乳者抱汝而立于旁，因指而叹曰：「术者谓我岁行在戌将死[7]，使其言然，吾不及见儿之立也，后当以我语告之。」其平居教他子弟[8]，常用此语，吾耳熟焉，故能详也。其施于外事，吾不能知；其居于家无所矜饰，而所为如此，是真发于中者邪。呜呼！其心厚于仁者邪，此吾知汝父之必将有后也。汝其勉之！夫养不必丰，要于孝；利虽不得溥于物，要其心之厚于仁。吾不能教汝，此汝父之志也。』修泣而志之[9]，不敢忘。

先公少孤力学，咸平三年进士及第，为道州判官，泗、绵二州推官，又为泰州判官。享年五十有九，葬沙溪之泷冈。

太夫人姓郑氏，考讳德仪，世为江南名族。太夫人恭俭仁爱而有礼，初封福昌县太君，进封乐安、安康、彭城三郡太君。自其家少微时，治其家以俭约，其后常不使过之，曰『吾儿不能苟合于世，俭薄所以居患难也。』其后修贬夷陵，太夫人言笑自若，曰：『汝家故贫贱也，吾处之有素矣。汝能安之，吾亦安矣。』

自先公之亡二十年，修始得禄而养。又十有二年，列官于朝，始得赠封其亲。又十年，修为龙图阁直学士、尚书吏部郎中，留守南京，太夫人以疾终于官舍，享年七十有二。又八年，修以非才，入副枢密，遂参政事。又七年而罢。自登二府，天子推恩，褒其三世，故自嘉祐以来，逢国大庆，必加宠锡。皇曾祖府君累赠金紫光禄大夫、太师、中书令，兼尚书令。曾祖妣累封楚国太夫人。皇祖府君累赠金紫光禄大夫、太师、中书令兼尚书令，祖妣累封吴国太夫人。皇考崇公累赠金紫光禄大夫、太师、中书令兼尚书令，皇妣累封越国太夫人。今上初郊，皇考赐爵为崇国公，太夫人进号魏国。

于是，小子修泣而言曰：『呜呼！为善无不报，而迟速有进，此理之常也。惟我祖考，积善成德，宜享其隆，虽不克有于其躬，而赐爵受封，显荣褒大，实有三朝之锡命。是足以表见于后世，而庇赖其子孙矣。』乃列其世谱，具刻于碑。既又载我皇考崇公之遗训，太夫人之所以教而有待于修者，并揭于阡，俾知夫小子修之德薄能鲜，遭时窃位，而幸全大节不辱其先者，其来有自。

熙宁三年岁次庚戌四月辛酉朔十有五日乙亥，男推诚保德崇仁翊戴功臣、观文殿学士、特进、行兵部尚书、知青州军州事兼管内劝农使、充京东东路安抚使、上柱国、乐安郡开国公，食邑四千三百户、食实封一千二百户。修表。

注释

①泷冈：地名，位于今江西永丰南凤凰山。阡，墓道。

②皇考崇公：皇，尊称；考，指父死；崇公，欧阳修父亲封号崇国公。
③垄：田垄。
④御酒食：进酒进食。
⑤治官书：处理官文。
⑥矧：况且。
⑦术者：算命先生。
⑧平居：平日。
⑨志：记下来。

译文

唉！父亲崇国公在泷冈这块风水宝地已经下葬六十年了，儿子欧阳修我才得以在此为其立碑，这并非是我有意拖延，而是由于有所等待。

十分不幸，父亲在我年仅四岁之时就逝世了，母亲便立志守节，家境贫苦，她凭借自己的力量，还要抚育我长大成人。母亲对我说：『你的父亲为官十分清廉，喜欢施与帮助别人，结交宾客，他的薪俸又很微薄，经常会没有什么剩余，他说：「不要让这些东西拖累了我！」因此在他逝世之后，家中并没有一片瓦、一垄田让我们维持生计。我可以依靠什么来守节呢？我对你父亲也有几分的了解，于是就将希望寄托于你。我嫁到咱们欧阳家，虽然没有赶得上侍奉婆婆，但我明白你的父亲十分孝顺。你从小丧父，我不知你将来是否能成就大事，但我知道你父亲必定后继有人。我出嫁之时，你父亲刚刚为他母亲守了一年的孝。到年末祭祀祖先的时候，他总是痛哭流涕道：「不管祭祀有多么丰盛，也无法和生前的微薄奉养相比啊。」偶然吃到好些的酒菜时，他也会流着泪说：「以前母亲还活着的时候经常吃不饱，现在富足了，她却吃不到这些了！」起初我碰到这种情形，以为是因为他刚刚服完丧，但后来却时常看到他这样，一直到他后来去世。我虽然没有赶上侍奉婆婆，但从这些事我知道你父亲十分孝顺。你父亲为官的时候，有一次在夜里点着蜡烛处理公文，多次停下来叹息。我问他原因，他说：「这个人被判了死罪，我想为他谋条生路，但是却没办法。」我问：「难道还要为判了死罪的人找生路吗？」他说：「想要替他找条生路但是却办不到，这样，死囚和我就都没有什么遗憾了，况且又有为其谋求生路并且办成的啊！正因为有被成功赦免的人，我才知道没有仔细为其谋求就被处死的人会很遗憾啊。经常想着为死囚谋求一条生路，有时候还不免会杀错人；却偏偏还总有人想把犯人都处死！」你父亲回头看见站在旁边被奶娘抱着的你，就指着你，叹了口气说：「算命先生说戌年我就会去世，倘若果真如此的话，我就不能看着儿子长大成人了，将来你一定要把我的话转告给他。」他也经常用这样的话教导别的晚辈，我听得都很熟了，因此就能讲得很清楚。我不知道他在外怎样；但是在家他从来不装腔作势，他所做的事都是出自内心的！唉！他心怀仁义，所以我相信你父亲的后代必然也会很好。你一定要多多勉励自己！奉养父母并非一定要很丰厚，关键在于孝心；虽然你不能施惠于天下所有的人，但要有仁爱之心。我不懂怎么教导你，但这些都是你父亲的心愿啊。』我含泪将这些教诲铭记在心，不敢忘记。

先父年幼之时就丧父了，之后勤奋读书。咸平三年的时候终于考取进士，曾出任道州的判官，泗州和绵州的推官，还曾为泰州判官，享年五十九岁，安葬于沙溪泷岗。母亲姓郑，外祖父的名讳是德仪，在江南世世代代都是有名望的家族。母亲恭敬、勤俭节约、甚为仁爱又很有礼仪修养，最初被诰封为福昌县的太君，后来又晋封为乐安、安康、彭城三郡的太君。家道中落之后，她就勤俭持家，后来家境虽然富足了，但她依然很节俭反对浪费，她对我说：『我的儿子不能与世人苟合，节俭才能承受得住患难。』后来，我被贬到夷陵的时候，母亲还是像以前一样言笑，说道：『你家原本就很贫贱，我都已经习惯了。你能安定平和地对待，我也能。』

父亲去世二十年后，我才得到朝廷俸禄供养母亲。十二年之后，在京为官，才使得双亲得到了加封。又过了十年，我成了龙图阁直学士、尚书吏部郎中，留守南京。母亲最终因病在官邸去世，享年七十二岁。八年之后，我不才，得到恩赏，又成为朝廷的副枢密使，于是就参议朝政。又过了七年终于解除了职务。我从入军、政二府之后，承蒙天子恩赏，使三代宗亲都受到了嘉赏。仁宗嘉祐年间以来，每当国家大庆之时，就会恩赏我的先祖。曾祖父先后被封为金紫光禄大夫、太师、中书令兼尚书令。曾祖母也被封为楚国太夫人。祖父被世袭封为金紫光禄大夫、太师、中书令兼尚书令，祖母也被封为吴国太夫人。父亲崇国公被世袭封为金紫光禄大夫、太师、中书令兼尚书令，母亲被世袭封为越国太夫人。皇上第一次举行郊庙祭祀的大礼，就为父亲晋爵封为崇国公，先母亲晋爵封为魏国太夫人。

于是我含泪感叹道：『唉！做好事必然迟早会得到好报的，这是常理。祖辈和父亲生前积德行善，就该享有这样的回报。虽然他们生前没有享受到，但是加官晋爵，显贵荣耀，因被褒奖而高大，享受三朝的恩赏诰封，这足以使他们的德行流芳后世，庇护子孙。』因此我排列家中历代谱系，将其全部刻在石碑上，并刻下父亲崇国公的遗训，母亲大人的教导，以及所以对我有所期望的缘由，又将它们全都写入这阡表上，以便让大家明白我德行浅薄，才能甚微，只是由于恰好赶上了好时机才身居高位，而有幸保住了大的气节，没有辱没先祖，都是源于上述原因。

神宗熙宁三年，庚戌年，四月初一，四月十五日，儿子推诚保德崇仁翊戴功臣、观文殿学士、特进、行兵部尚书，知青州军州事、兼管内劝农使、充京东东路安抚使、上柱国、乐安郡开国公、食邑四千三百户、食实封一千二百户，欧阳修立表。

说明

《泷冈阡表》是欧阳修在父亲逝世六十年之后进行追悼的文章，文章语言平实质朴，感情真挚，是欧阳修散文中的代表性作品。后人将韩愈的《祭十二郎文》、欧阳修的《泷冈阡表》以及袁枚的《祭妹文》合称为『千古至文』。欧阳修在父亲去世之时年仅四岁，这就使他很难撰述父亲的生平，但是欧阳修却进行了巧妙地处理，运用避实就虚、以虚求实、以虚衬实的独特写作方法，借用母亲的言语，巧妙穿插于文中，从不同的角度进行刻画。既以母亲的叙述为依托，对父亲的仁心惠政进行追悼和表彰；同时又使母亲高尚的品德和节操得以颂扬，父因母显，母受父成，名为父亲写祭文，但实际上却表彰了父母双亲；明写暗写相互交叉映衬。但文风并不虚华，而是简易平实，节奏舒缓有致、态度谦恭平和，处处透着一片深情，着实感人。

丰乐亭记

原文

修既治滁之明年夏①，始饮滁水而甘。问诸县人，得于州南百步之近。其上丰山，耸然而特立；下则幽谷，窈然而深藏；中有清泉，滃然而仰出。俯仰左右，顾而乐之②。于是疏泉凿石，辟地以为亭，而与滁人往游其间。

滁于五代干戈之际，用武之地也。昔太祖皇帝，尝以周师破李景兵十五万于清流山下，生擒其将皇甫晖、姚凤于滁东门之外，遂以平滁。修尝考其山川，按其图记，升高以望清流之关，欲求晖、凤就擒之所。而故老皆无在者。盖天下之平久矣。

自唐失其政，海内分裂，豪杰并起而争，所在为敌国者，何可胜数？及宋受天命③，圣人出而四海一。向之凭恃险阻，刬削消磨，百年之间，漠然徒见山高而水清。欲问其事，而遗老尽矣！今滁介于江淮之间，舟车商贾、四方宾客之所不至，民生不见外事，而安于畎亩衣食，以乐生送死。而孰知上之功德，休养生息，涵煦百年之深也④。

修之来此，乐其地僻而事简，又爱其俗之安闲。既得斯泉于山谷之间，乃日与滁人仰而望山，俯而听泉。掇幽芳而荫乔木，风霜冰雪，刻露清秀，四时之景，无不可爱。又幸其民乐其岁物之丰成，而喜与予游也。因为本其山川⑤，道其风俗之美⑥，使民知所以安此丰年之乐者，幸生无事之时也。夫宣上恩德以与民共乐⑦，刺史之事也。遂书以名其亭焉。

庆历丙戌六月日，右正言、知制诰、知滁州军州事欧阳修记。

注释

①明年：第二年。

②顾：四周环视。

③及：等到。

④涵煦：滋润。

⑤因为：于是就。本：按照，根据。

⑥道：称赞。

⑦夫：用在句首的发语词，没有实在意义。宣：宣扬，宣传。

译文

我在治理滁州的第二年夏天，才在滁州的一个地方喝到十分甘甜的泉水。向滁州的人们询问，得知它的源头就在滁州城南百步之近的地方。上有丰山，高高耸立，下有溪谷，十分幽静而深藏，其中有一道十分清澈的泉水，水势很大，

田家乐

百姓安居乐业，『而孰知上之功德，休养生息，涵煦百年之深也。』

向上喷涌。我上下左右地打量着，环视四周十分高兴。于是就把岩石凿开，使泉流得以疏导，在此开辟了一块地方修建亭子，与滁州的人们一起在此游乐。

滁州在五代战乱的时候，是长期遭受战乱的地方。以前，太祖皇帝曾经统帅周朝的军队在清流山下战胜了李景的十五万大军，在滁州东门外生擒了唐朝的大将皇甫晖、姚凤，此后滁州才算是平定了。我曾经对滁州的山川形势进行考察，根据地方志的记载，登高眺望清流关，想要找到皇甫晖、姚凤被活捉的地方。可是当年亲身经历过这场战争的人都去世了，天下已经平定很久了。

自从唐朝政治凋敝之后，天下就四分五裂，豪杰之士并起，彼此之间相互争夺，敌国林立，怎么能够数得清啊？直到宋朝顺从天命，圣人出世，国家才得以统一。昔日那些凭借高山的险阻而称王的人，铲除消亡之后，百年之间，只剩下高高耸立的山崖与清澈的流水。想要询问当时的战况，可是那些经历战事的人早就死了。现在滁州地处江淮之间，地方偏僻，船只、车马、商人和游客都很少踏足。百姓不知道外面的世界，安心于耕田劳作，安乐的生活、养老。有谁知道这是皇上的功德，才使得百姓能休养生息，如雨露滋润一样，这样的日子已经又一百年了！

我来到滁州之后，非常喜欢它的环境僻静和公事清简，还喜欢安乐闲适的民风。既然已经在山谷中发现了这样的甘泉，就每天和滁州的人民游览此地，仰头欣赏山色之美，低首聆听泉水之声。可供采摘的幽香的花草，可供乘凉的茂盛的树木，风霜冰雪，或刻削裸露，或清秀茂盛，这四季的景色，都十分令人喜爱。百姓们五谷丰登也十分高兴，乐于和我同游。于是我就为他们介绍山川，赞赏美好的风俗，使百姓们明白之所以能够享受五谷丰登的欢乐，是由于有幸生活在太平时期。宣扬皇帝的恩德，与民同乐，这正是刺史的职责。于是就写下了此文，并给亭命名为丰乐亭。

庆历丙戌六月日，右正言、知制诰、知滁州军州事欧阳修作。

说明

庆历三年时北宋实行新政，不久后就宣告失败，杜衍、范仲淹等主张新政的大臣们相继被贬斥放逐，欧阳修上书为其辩护，最终也被贬于滁州。本篇就写于欧阳修被贬到滁州之后的庆历六年(1046)。滁州在五代时长期遭受战乱，宋初时朝廷实行休养生息的政策，百年之后已恢复了一些元气。滁州西南琅琊山风景优美，欧阳修闲暇之时，经常到此地寻幽访胜，辟地筑亭。本文正描绘了修筑丰乐亭的经过及欧阳修与民共同游览的『乐』的情景，并且还对滁州从战乱到和平的变迁进行了勾勒，并呼吁大家珍惜来之不易的和平。

岘山亭记

原文

岘山临汉上[1]，望之隐然，盖诸山之小者。而其名特著于荆州者，岂非以其人哉。其人谓谁?羊祜叔子、杜预元凯是已。方晋与吴以兵争，常倚荆州以为重，而二子相继于此，遂以平吴而成晋业，其功烈已盖于当世矣[2]。至于流风馀韵，蔼然被于江汉之间者，至今人犹思之，而于思叔子也尤深。盖元凯以其功[3]，而叔子以其仁，二子所为虽不同，然皆足以垂于不朽。

予颇疑其反自汲汲于后世之名者何哉。传言叔子尝登兹山，慨然语其属④，以谓此山常在，而前世之士皆已湮灭于无闻，因自顾而悲伤。然独不知兹山待己而名著也。元凯铭功于二石，一置兹山之上，一投汉水之渊。是知陵谷有变而不知石有时而磨灭也。岂皆自喜其名之甚而过为无穷之虑欤？将自待者厚而所思者远欤⑤？

山故有亭，世传以为叔子之所游止也。故其屡废而复兴者，由后世慕其名而思其人者多也。熙宁元年⑥，余友人史君中辉，以光禄卿来守襄阳⑦。明年，因亭之旧，广而新之，既周以回廊之壮，又大其后轩，使与亭相称。君知名当世，所至有声⑧，襄人安其政而乐从其游也。因以君之官，名其后轩为光禄堂；又欲纪其事于石，以与叔子、元凯之名并传于久远。君皆不能止也，乃来以记属于予⑨。

余谓君知慕叔子之风，而袭其遗迹，则其为人与其志之所存者，可知矣。襄人爱君而安乐之如此，则君之为政于襄者，又可知矣。此襄人之所欲书也。若其左右山川之胜势，与夫草木云烟之杳霭，出没于空旷有无之间，而可以备诗人之登高，写离骚之极目者，宜其览者自得之。至于亭屡废兴，或自有记，或不必究其详者，皆不复道也。

熙宁三年十月二十有二日，六一居士欧阳修记。

注释

①汉：指汉水。

②盖：超过。

③元凯以其功：杜预元凯率军讨伐吴国，战绩卓著，功勋显赫。

④属：属下。

⑤『将自待』句：还是过于重视自己才这么有远见呢？

⑥熙宁元年：即公元1068年。熙宁：宋神宗年号。

⑦光禄卿：主管光禄寺的官员，主要掌管朝廷祭祀朝会之事。

⑧声：指好的声誉。

⑨属：通『嘱』，嘱托。

译文

岘山与汉水相邻，看上去十分庄严高大，这是因为周围群山比较小。但是它在荆州却很有名气，这难道不是由于那里的人很有名吗？那些有名的人是谁呢？就是羊祜叔子、杜预元凯。当时晋、吴两国武力相争，经常要凭借荆州这块军事要地，而羊祜、杜预相继在此为将，于是就平定了东吴，晋国实现了统一大业，他们二人的功勋超过了如今的人。他们的事迹功勋，在江汉之间广为传颂，至今人们还十分怀念他们，其中对羊叔子的怀念尤其强烈。大概元凯是因为功绩，而叔子是因为仁义道德而为后人怀念的，虽然二人所凭借的不一样，但是他们却都流芳百世。

我对那些已经建下功业，但是又反过来急于想要留名于后世的人非常怀疑，为什么要这么做呢？相传羊叔子曾经攀登上此山，十分感慨地对他部下说道，这座山还长久地存在，但前世的名人却已经被湮没了，所以羊叔子想到自己十分伤心。可是他没有想到这岘山却是因为自己才闻名的。而元凯将自己的功业刻在两块石碑上，一块立在这岘山上，另一块投到了汉水中。他只想到山峦沟壑会发生变化，却没想到石碑也可能会被磨灭。这是太珍视自己的声誉而作出的十分完善的考虑呢，还是过于重视自己才这么有远见呢？

岘山上原来就有亭子，世人相传是羊叔子游览休息的处所。这里的亭子屡次废弃又被修建，其原因正在于后世的

杜预

杜预，字元凯，京兆杜陵（今陕西西安东南）人。西晋著名政治家、军事家、学者。

人对他们的声名很仰慕，怀念他们的人很多。熙宁元年，我的朋友史君中辉以光禄卿的身份到襄阳来做长官。第二年，由于岘山亭太破旧了，史君中辉就扩大并且重建了岘山亭，既在亭子周围建造了壮丽的回廊，又把后轩的面积扩大了，使它与亭子相协调。史君中辉的名声闻于天下，他在自己所从政的地方都留下了好的声誉。襄阳的百姓在他的执政下生活得很安定，很乐于与他同游，于是就以史君中辉的官职名号光禄来为岘山亭的后轩命名；又有人想将史君中辉的事迹刻在石碑上，以此来使史君中辉与羊叔子、杜预元凯一起长久地流传后世。史君无法制止这种行为，于是他托我写下这篇亭记。

在我看来史君倘若仰慕羊叔子的风范，想要承袭他的遗迹，那么史君的为人和志向就可以知道了；襄阳百姓敬仰史君并且生活得十分安逸，那么史君从政的政绩也可以清楚了。这些就是襄阳的百姓想要记录下来的。岘山周围的山川美景和草木云烟中的青霭，在空旷的原野若隐若现，可以让诗人们登高的时候，用诗记载下自己所望见的，所想到的。至于岘山亭屡次荒废后的重新兴建，或许也自会有人写下碑文，也许就不必详细叙说它的兴废经过了，所以这些都不写了。

熙宁三年十月二十有二日，六一居士欧阳修作。

说明

这篇文章是欧阳修应襄阳知府史中辉之请而作的。文章一方面对羊祜、杜预『垂于不朽』的功业进行了一些肯定，另一方面又对他们这种想要留名于后世的做法进行了讽刺性的评判，委婉地表达了要留名于后世不能寄希望于『纪功于二石』，而应该实实在在地在政事上有所建树。作者在此没有描绘岘山的自然景致，而是着力于自己由岘山名胜而产生的感想，成为别具一格的碑文。

释秘演诗集序①

原文

予少以进士游京师，因得尽交当世之贤豪。然犹以谓国家臣一四海②，休兵革，养息天下，以无事者四十年，而智谋雄伟非常之士，无所用其能者，往往伏而不出，山林屠贩③，必有老死而世莫见者，欲从而求之不可得。其后得吾亡友石曼卿④。曼卿为人，廓然有大志⑤，时人不能用其材，曼卿亦不屈以求合，无所放其意，则往往从布衣野老酣嬉淋漓，颠倒而不厌⑥。予疑所谓伏而不见者，庶几狎而得之，故尝喜从曼卿游，欲因以阴求天下奇士⑦。

浮屠秘演者⑧，与曼卿交最久，亦能遗外世俗，以气节相高，二人欢然无所间，曼卿隐于酒，秘演隐于浮屠，皆奇男子也。然喜为歌诗以自娱，当其极饮大醉，歌吟笑呼以适天下之乐，何其壮也！一时贤士皆愿从其游，予亦时至其室。十年之间，秘演北渡河，东之济、郓⑨，无所合，困而归。曼卿已死，秘演亦老病。嗟夫！二人者，余乃见其盛衰，则予亦将老矣。

夫曼卿诗辞清绝，尤称秘演之作，以为雅健有诗人之意。秘演状貌雄绝，其胸中浩然，既习于佛，无所用，独其诗可行于世，而懒不自惜。已老，胠其橐，尚得三四百篇，皆可喜者。曼卿死，秘演漠然无所向，闻东南多山水，

韩康卖药

韩康，表字伯休，汉朝人。他卖了几十年的药没有两样的价钱。在卖药都不能匿名的情况下，他便隐入霸陵山，并隐居而终。欧阳修认为在太平之年，真正的智谋雄才没有发挥才能的地方，于是常隐居不出。

其巅崖崛峍，江涛汹涌，甚可壮也，遂欲往游焉。足以知其老而志在也。于其将行，为叙其诗，因道其盛时，以悲其衰。

庆历二年十二月二十八日，庐陵欧阳修序。

注释

①秘演：人名，山东人，善于作诗。

②臣一四海：使四海臣服，天下统一。

③山林屠贩：林中，代指隐士；屠贩，指屠夫、商贩等低贱的人。

④石曼卿：名延年，善于作诗，诗风遒劲。

⑤廓然：心胸宽阔。

⑥不厌：不满足。

⑦阴求：暗地里寻求。

⑧浮屠：对佛教僧人的称呼。

⑨济：地名，位于今山东济南一带。郓：地名，位于今山东郓城一带。

译文

我年轻的时候考取进士于是就寄居在了京城，因而便有很多遍结天下豪杰贤士的机会。然而我依然认为：四海臣服国家统一，战事停止，实行休养生息，天下没有战事太平了四十年，那些很有智谋的雄才之士，没有发挥自己才能的地方，于是就常常蛰伏不出，成为山中的隐士、屠夫、商贩，这之中必然有老死其间却没有被世人发现的，想要跟随访求贤士，却未能成功。

之后我结识了我的亡友石曼卿。曼卿为人，胸怀宽广，怀有大志，当时之人不能任用他，曼卿也不想委屈自己迎合他人。没有发挥才能实现抱负的地方，他就常常和平民百姓一起畅快地饮酒嬉戏，闹得都癫狂了还不满足。于是我怀疑那些蛰伏隐居而没有被发现的人，或许只有接近他们才能寻求到。因此我曾非常喜欢和曼卿一起游乐，想借此暗中寻访天下奇士。

僧人秘演和曼卿结交的时间最长，也能使自己超然独立于世俗之外，以高尚的气节相互勉励提高，两人相处十分快乐亲密无间。曼卿隐身于酒，而秘演隐身于佛，都是天下的奇士。然而他们又都喜欢写诗聊以自娱。当他们喝得大醉的时候，就会又唱又吟，又笑又叫，借此享受天下之乐，多么豪迈啊！一时之间贤士们都爱和他们一起交游，我也经常去他们的家里。十年间，秘演北边到过黄河，东边到过济州、郓州，但是没有碰到情投意合之士，十分困顿地返回了。曼卿已经死了，秘演又老弱多病。唉！这两个人，我看着他们由壮年到暮年，而我自己也要老了！

曼卿的诗文清雅绝妙，但是他却更赞赏秘演的诗作，认为它典雅劲健，富于诗人的意趣。秘演相貌雄杰，胸中养着浩然之气。既然已经研习佛学，对世人已经没什么用了，只有他的诗可以在世间流传，但是他又比较懒散不珍惜自己的诗作。人已经老了，打开他的箱子，还能找到三四百首诗作，都是令人珍爱的佳作。曼卿去世了，秘演很寂寞没有可去之处，听闻东南一带山水较多，高崖险峻峭拔，江水汹涌澎湃，十分壮观，于是就想到那儿交游。由此可知，他人虽然已经老了但是志气尚存。在他临行之际，我给他的诗作了序，以此来称赞他的盛年，悲叹他的暮年。

庆历二年十二月二十八日，庐陵欧阳修作序。

说明

本篇序文写法独特，不落俗套，并未向一般的诗序那样着力于对诗歌的鉴赏评判，而是着力于对诗人一生的死生聚散的经历的勾勒，彰显诗人秘演的人格魅力，用笔简练传神，人物形象跃然纸上。欧阳修在此还选用『不屈以求合』、『以气节相高』的石曼卿和自己来映衬秘演的不得志以及其人格精神，并流露出对当权者压抑、轻视人才的强烈不满。

送田画秀才宁亲万州序

原文

五代之初，天下分为十三四。及建隆之际，或灭或微，其存者犹七国，而蜀与江南地最大。以周世宗之雄①，三至淮上，不能举李氏②。而蜀亦恃险为阻，秦陇、山南皆被侵夺，而荆人束手归，峡，不敢西窥以争故地。及太祖受天命，用兵不过万人，举两国如一郡县吏，何其伟欤！

当此时，文初之祖从诸将西平成都及南攻金陵，功最多，于时语名将者，称田氏。田氏功书史官，禄世于家，至今而不绝。及天下已定，将率无所用其武，士君子争以文儒进，故文初将家子，反衣白衣，从乡进士，举于有司。彼此一时，亦各遭其势而然也。

文初辞业通敏，为人敦洁可喜，岁之仲春，自荆南西拜其亲于万州，维舟夷陵。予与之登高以远望，遂游东山，窥绿萝溪，坐磐石，文初爱之，数日乃去。夷陵者，其《地志》云北有夷山以为名；或曰巴峡之险，至此地始平夷。盖今文初所见，尚未为山川之胜者。由此而上，溯江湍，入三峡，险怪奇绝，乃可爱也。当王师伐蜀时，兵出两道，一自凤州以入，一自归州以取。忠、万以西③。今之所经，皆王师向所用武处，览其山川，可以慨然而赋矣。

注释

①周世宗：姓柴名荣。

②李氏：指南唐。

③忠、万：忠，今四川忠县。万，指万县。

译文

五代之初，天下分为十三四个国家。到了建隆年间，这些国家有的被灭掉了，也有的国势衰微，其中只有七个国家还存在着，而蜀国与南唐占地最大。柴荣凭其英雄，三次袭击淮上，都没有攻下南唐。而蜀国虽有险要的地形，但其秦陇以南全被侵夺了。而荆南人退居在归州和峡州，不敢向西争夺回自己的故地。到太祖时，太祖领受天命，只用了不到两万的兵力，就攻占了这两个国家，轻而易举犹如攻占的只是两个郡县，这是多么的伟大啊。

正当这个时候，文初的祖上和诸将西平成都，到向南攻击南陵时，立功最多，在当时称名将都叫做田氏。田氏所立的功被史官记录了下来，禄泽于全家，至今还没有停止。到天下平定时，将兵没有用武之地，仕人君子都争相以文儒晋升。因此文初的将门之子们，返归白衣，在乡试中考取进士，做了个有司，此一时彼一时，各有时运，真是这样子的。

文初辞业通敏，为人敦厚老实招人喜欢，一年初春，从荆南向西拜在万州的亲人，在夷陵停舟，我与他登高远望，共游于东山，赏绿萝溪水，坐于盘石之上。文初十分喜爱，留了数日才离开。夷陵的地志说，因为北面有夷山所以才得此名。有的说，巴峡险要，至了此地是平坦的。在文初看来这并不是山川里之奇胜者。由此地逆流向上，到三峡之地，险怪奇绝，那才是可爱呢。当时王师攻打蜀国时，兵分两路，一军队由凤州攻入，另一支军队由归州攻取。忠县、万县以西，此次经过的地方，都是王师的战场。观览这里的山川，可以慨然而叹，为诗作赋了。

【作者逸事】

有一天，欧阳修在游玩的路上碰到了几个砍柴的百姓和一位教书先生，就和他们猜拳共饮。酒后，欧阳修邀请他们一起到醉翁亭去休息。他的朋友智山听说欧阳修上山，也赶来了，但等了很久也没看见他，于是就下山来找。在醉翁亭外，只看见欧阳修喝得醉醺醺的，于是他赶忙问：『太守为什么醉成这样？』欧阳修高兴地说道：『我不是醉了！我是被老百姓的情怀和山水秀色给弄醉的。原先喝醉了是借酒浇愁，那是太糊涂了。』说完又倒上一杯一口喝下，没过多久，他脱口而出：四十末为老，醉翁偶题篇，醉中遗万物，岂自暴自弃记吾年！那位先生立刻起身，立即赋诗一首：为政风流乐岁丰，每将公子了亭中。泉香鸟语还依旧，太守何人似醉翁？这首诗的碑记直到现在还留在醉翁亭。

卖油翁

原文

陈康肃公尧咨善射[1]，当世无双，公亦以此自矜[2]。尝射于家圃[3]，有卖油翁释担而立睨之[4]，久而不去。见其发矢十中八九，但微颔之[5]。

由基射猿

养由基，楚国人，大约生活于楚庄王到楚康王之间的这段时间内。他箭法如神，有未射却有把握射中的高超本事。文中的卖油翁却不认为箭法高超是本领，他觉得这只是手熟而已。

康肃问曰：『汝亦知射乎？吾射不亦精乎？』翁曰：『无他，但手熟尔。』康肃忿然曰：『尔安敢轻吾射？』翁曰：『以我酌油知之。』乃取一葫芦置于地，以钱复其口，徐以杓酌油沥之，自钱孔入而钱不湿。因曰：『我亦无他，惟手熟尔。』康肃笑而遣之⑥。

注释

①善：擅长。

②自矜：自夸。矜：夸耀。

③圃：园圃，这里指花园。

④睨：拿眼睛斜着看。

⑤微：稍稍。颔：点头。

⑥因：趁机。

译文

陈尧咨的箭术非常好，他的箭术是当时最为好的一个，他为此非常自豪，也常常自夸。有一次，他正在自己家的花园里练习射箭，这时候，恰好有一个卖油的老翁经过，他放下挑着的担子，停下来在一边看，久久没有离开。老翁见到陈尧咨射出的箭只有十之八九能中，只是含着笑点了下头表示了一点赞许的意思。

康肃公问卖油翁：『难道你也会射箭吗？我射箭的本领难道不高吗？』卖油翁回答说：『其实也根本没什么了不起的，你只是手熟罢了。』康肃公听了这话后，心里很是生气，他说道：『你怎么可以看不起我的箭术呢？』卖油翁回答说：『我只是凭着我倒油的经验悟出了这个道理罢了，没什么深奥的。』老翁说完就拿出来一个葫芦放在地上，让葫芦立起来，把一个铜钱放在葫芦的口上，然后用勺子慢慢地把油倒进葫芦里，油从铜钱的口中慢慢地落到了葫芦里，但是这枚铜钱却没沾上一点油。老人语重心长地说：『其实这里面也没有什么玄妙的，只不过我手熟罢了。』陈尧咨看见了这一切，只好笑着把卖油翁送走了。

说明

本文出自《归田录》。《归田录》是作者年老时辞掉官职在颍州（今安徽阜阳）居住时写的，内容基本上是记录朝廷遗事和士大夫的逸闻。作者在这篇文章中是想说明『熟能生巧』的道理。

与高司谏书[1]

原文

修顿首再拜白司谏足下[2]：某年十七时，家随州，见天圣二年进士及第榜，始识足下姓名。是时予年少，未与人接，又居远方，但闻今宋舍人兄弟与叶道卿、郑天休数人者，以文学大有名，号称得人。而足下厕其间[3]，独无卓卓可道说者[4]，予固疑足下不知何如人也。

其后更十一年[5]，予再至京师，足下已为御史里行，然犹未暇一识足下之面，但时时于予友尹师鲁问足下之贤否，而师鲁说足下正直有学问，君子人也，予犹疑之。夫正直者不可屈曲，有学问者必能辨是非，以不可屈之节，有能辨是非之明，又为言事之官，而俯仰默默，无异众人，是果贤者耶？此不得使予之不疑也。自足下为谏官来，始得相识，侃然正色[6]，论前世事，历历可听，褒贬是非，无一谬说。噫！持此辨以示人，孰不爱之？虽予亦疑足下真君子也。

是予自闻足下之名及相识，凡十有四年，而三疑之。今者推其实迹而较之，然后决知足下非君子也[7]。

前日范希文贬官，后与足下相见于安道家，足下诋诮希文为人⑧。予始闻之，疑是戏言，及见师鲁，亦说足下深非希文所为，然后其疑遂决。希文平生刚正，好学通古今，其立朝有本末⑨，天下所共知，今又以言事触宰相得罪，足下既不能为辨其非辜，又畏有识者之责己，遂随而诋之，以为当黜，是可怪也。

夫人之性，刚果懦软禀之于天，不可勉强，虽圣人亦不以不能责人之必能。今足下家有老母，身惜官位，惧饥寒而顾利禄，不敢一忤宰相以近刑祸，此乃庸人之常情，不过作一不才谏官尔。虽朝廷君子，亦将闵足下之不能，而不责以必能也。今乃不然，反昂然自得，了无愧畏，便毁其贤以为当黜，庶乎饰己不言之过。夫力所不敢为，乃愚者之不逮；以智文其过，此君子之贼也。

且希文果不贤耶？自三四年来，从大理寺丞至前行员外郎、作待制日，日备顾问，今班行中无与比者。是天子骤用不贤之人？夫使天子待不贤以为贤，是聪明有所未尽。足下身为司谏，乃耳目之官，当其骤用时，何不一为天子辨其不贤，反默默无一语，待其自败，然后随而非之？若果贤耶，则今日天子与宰相以忤意逐贤人，足下不得不言。是则足下以希文为贤，亦不免责，以为不贤，亦不免责，大抵罪在默默尔。

昔汉杀萧望之与王章，计其当时之议，必不肯明言杀贤者也，必以石显、王凤为忠臣，望之与章为不贤而被罪也。今足下视石显、王凤果忠邪，望之与章果不贤邪？当时亦有谏臣，必不肯自言畏祸而不谏，亦必曰当诛而不足谏也。今足下视之，果当诛邪？是直可欺当时之人，而不可欺后世也。今足下又欲欺今人，而不惧后世之不可欺邪？况今之人未可欺也。

伏以今皇帝即位以来，进用谏臣，容纳言论，如曹修古、刘越，虽殁犹被褒称。今希文与孔道辅，皆自谏诤擢用。足下幸生此时，遇纳谏之圣主如此，犹不敢一言，何也？前日又闻御史台榜朝堂，戒百官不得越职言事，是可言者惟谏臣耳。若足下又遂不言，是天下无得言者也。足下在其位而不言，便当去之，无妨他人之堪其任者也。昨日安道贬官，师鲁待罪，足下犹能以画目见士大夫，出入朝中称谏官，是足下不复知人间有羞耻事耳！所可惜者，圣朝有事，谏官不言，而使他人言之。书在史册，他日为朝廷羞者，足下也。

《春秋》之法，责贤者备。今某区区犹望足下之能一言者，不忍便绝足下，而不以贤者责也。若犹以谓希文不贤而当逐，则予今所言如此，乃是朋邪之人尔，愿足下直携此书于朝，使正予罪而诛之，使天下皆释然知希文之当逐，亦谏臣之一效也。

前日足下在安道家，召予往论希文之事，时坐有他客，不能尽所怀，故辄布区区，伏维幸察。不宣。

注释

①高司谏：即高若讷。官至参知政事、枢密使。

②顿首：叩头。再拜：再次下拜。足下：对别人的敬称。

③厕：置身于。

④卓卓：卓越、突出的样子。

⑤更：经历。

⑥正色：脸色严肃。

⑦决：肯定。

⑧诋诮：诽谤，讥笑。

⑨本末：如言始终。

译文

欧阳修我向您顿首再拜，现在向司谏足下禀告：我家在随州，在我十七岁的时候，我看到天圣二年进士及第的布告，那时候我记住了您。但是那时候我还太年轻，也没有结识别的任何人，所住的地方又很偏，那时我只知道布告上的宋舍人兄弟和叶道卿、郑天休等人，他们都是在文学方面很著名的，所以那次考试可以说是大大收获了人才。而您也在其中，但是我不知道您可以称道的地方是什么，我不知道您是怎样的一个人。

等十一年之后，我第二次到了京师，这时候您已经成为了御史里行，但是我一直都没幸和您见上一面。只是常常从我的朋友尹师鲁处打听您的一些有关情况，师鲁说您『很有学问，人很正直，真可谓是君子』。我当时还是半信半疑。所谓正直，也就是说不轻易弯曲；所谓有学问，就是说能够知道是非曲直。凭借着本身有着不可弯曲的气节，再加上有能够辨别是非曲直的才智，您还担任谏官的职务，只不过跟着别人随声附和，不敢发表自己的看法，和其他的平常人没有两样，这就是所谓的有贤能的人吗？我不禁怀疑起来！我和您相识是在您担任谏官的时候。我看见您脸上写满了正气，您畅谈起前代的事情，思路清晰，说得十分动人。您对正义大加褒扬，对奸邪的事情进行贬斥，丝毫没有不合理的地方。唉，您有这样卓越的辩才和鲜明的立场，谁能不爱戴您呢？就拿我来说，我私下里能不佩服您是一位君子吗？

这是我自从听说您的姓名直到与您认识，十四年中出现了三次怀疑。如今推究您的实际行为再来仔细分析，我可以下结论说道您不能称得上是个君子。

前几天范希文遭到了贬谪，在安道家中我恰巧遇见了您，您当时对希文的为人大加讥笑和诋毁。我刚听到您说这些话的时候，还一直认为您是在开玩笑呢。直到我见到了师鲁，他也证实您是在对希文的为人大加贬斥之后，我心里就没有任何疑问了。希文一生刚正、好学、博古通今，他立身朝廷始终都是那样，这是天下皆知的。只不过因为他的正直触怒了宰相才获罪，您却不对他进行分析、辩护，又担心自己遭到有识之士的责备，就开始附和着别人来诋毁他，也认为他应该得到贬斥，实在是太不正常了。

说起人的性格，刚正果敢，怯懦软弱的性格都受之于天，是不那么好改变的。即便是圣人，自己办不到的事情也不会强求别人去做的。如今您家中有老母，又十分珍惜现在的官位，担心挨饿受冻，十分在意俸禄，所以不想因为触怒宰相而受到牵连。这种想法也是可以谅解的，只不过这不是谏官应该做的。即使是朝廷中的君子，也会同情你的不作为的行为，也不会对您强加什么。而现在的情况完全不是这样，您做这些的时候是非常坦然、得意的，没有一点羞愧的意思，您对希文的贤能是随意大加诋毁的，甚至认为他受到贬斥是合情合理的，希望以此把自己的过错掩饰过去。按理说，有能力却不去做，那只是愚笨之人没法做到而已。可是靠小聪明来为自己的过错进行掩饰，那就成为君子的公敌了。

希文真的不贤能吗？短短三四年的时间里，他就从大理寺丞做到前行员外郎的职务，就是他在做待制的时候，每天也都准备随时受皇上的询问，就是到现在同僚中也没人能赶得上他。这难道是天子没有考虑清楚就急着启用庸人吗？假如天子把不贤的人错认为是贤德之人，那是由于他的一时疏忽了。可是您既然做了谏官，就应该充当起天子的耳目的作用，当希文没什么资历被起用之时，为什么不马上向皇上说明他如何不贤德，反而保持沉默。等到他遭到贬谪了，您却在后面跟着别人说他的不好。如果希文真的是有才德的人，那么现在因为天子和宰相被触怒了而把有才德的人给贬斥了，您就必须站出来为他说话。如此说来，那么您要是承认希文有才德，也会因此受到牵连的；要是认为希文没有才德，同样也脱不掉干系，您的罪过就在于应该说话的时候却没有说话罢了。

从前汉王朝逼杀萧望之和王章，我想象他们在当朝议论起这件事，肯定不会直接说出来杀了有道德、有才能的人。他们肯定认为石显、王凤是所谓的忠臣，并且他们认为萧望之和王章是因为不贤德才遭受罪罚的。可是现在您真认为石显、王凤是忠臣吗？萧望之与王章真的是没有道德和才能的人吗？当时不是没有谏官，他们一定是害怕惹祸上身所以才不想向皇上进谏的，他们肯定会附和说萧望之、王章应该被杀，并不值得进谏。现在依您看来，他们真的该杀吗？那是只可欺骗当时的人们，不能欺骗后代啊。可是现在您又想蒙蔽现在的人们，就没有想到后代是没法欺骗的吗？更何况您连现在的人都没法欺骗呢。

我恭敬地以为自从皇上登基以来，任用谏官，采纳谏官的意见，像曹修古、刘越这样的谏官虽然辞世了，但还是一直为人称扬。如今希文与孔道辅都是因为敢于进谏得到了任用和提拔。生在这个年代是您的幸运，碰到如此圣听的圣主，您却不能说上一句正义的话，到底为了什么呢？前几天又听说御史台在朝廷上出了榜文，告诫百官不要谈论超越本职以外的政事，这样，能够说得上话的就只有谏官了。假如您还是保持沉默的话，那么天下就没人能够和皇上说上话了。您身为谏官却不肯履行谏官的职责，还是离职比较合适，不要妨害让别人担当这个职务。昨天余安道遭到贬谪，尹师鲁还在听候处分，您却还能厚着脸皮去见士大夫们，在朝堂上以谏官的身份出出进进的，那您真的不明白人间还有羞耻的事情啊。更让人痛恨的是，朝廷现在出了事情，谏官保持沉默却让别人去说，要是这种事情写在史书上，日后让朝廷丢脸的人肯定是您啊！

按照《春秋》的笔法，对有道德有才能的人的要求是更加严格的。现在我还一心一意地希望您还能向天子说一句公道话，是因为不忍心对您感到绝望，并不是拿着有道德、有才能的标准来苛求您。要是您还是坚持把希文当作没贤德的人而应当受到斥逐，那么我现在还在为他说话，我肯定是和他狼狈为奸的邪恶的人了。我希望您把这封信直接交给皇上，让天子为我定罪，杀了我，使得天下都明白希文遭到斥逐是应该的，这也是谏官的一大作用啊。

前几天您在安道家中，招呼我去谈论希文的事。还有其他的人也在座，我没法把心里的话说出来。因此在这封信里，又把我那微不足道的意见和您明确地说了，请您多加考虑吧。还没说完就别说了。欧阳修再拜。

说明

这是欧阳修在北宋景祐三年所写的信，那时候他正好三十岁。这个时候，宰相吕夷简已经做了很多年宰相了，政事出现了很多弊端，但是他却只任用自己的亲信。就因为这件事，范仲淹上了很多道奏折，他请求选取贤能的人来当官，对吕夷简加以斥责，所以他得罪了宋仁宗和吕夷简，遭到贬谪到了饶州做知府。当时的朝臣都很想为范仲淹求情，可是身为左司谏的高若讷却不想救他，他还在朋友的家里诬陷范仲淹。欧阳修对这件事很是愤怒，于是就写了这封信痛骂高若讷。高若讷把这封信交给了仁宗，欧阳修也因为这被贬到夷陵，做了夷陵令。

伐树记

原文

署之东园，久茀不治①。修至，始辟之。粪瘠溉枯②，为蔬圃十数畦，又植花果桐竹凡百本。

春阳既浮，萌者将动。园之守启曰：『园有樗焉，其根壮而叶大。根壮则梗地脉、耗阳气而新植者不得滋；叶大则阴翳蒙碍③，而新植者不得畅以茂。又其材拳曲臃肿，疏轻而不坚，不足养。是宜伐。』因尽薪之。明日，圃之守又曰：『圃之南有杏焉，凡其根庇之广可六七尺，其下之地最壤腴，以杏故，特不得蔬。是亦宜薪。』修曰：『噫！今杏方春且华，将待其实，若独不能损数畦之广为杏地邪？』因勿伐。

既而悟且叹曰：『吁！庄周之说曰：「樗、栎以不材终其天年④，桂、漆以有用而见伤夭⑤。今樗诚不材矣，然一旦悉翦弃；杏之体最坚密，美泽可用，反见存。岂才不才各遭其时之可否邪？』

他日，客有遇修者，仆夫曳薪过堂下，因指而语客以所疑。客曰：『是何怪邪？夫以无用处无用，庄周之贵也。以无用而贼有用，乌能免哉！彼杏之有华实也，以有生之具而庇其根，幸矣。若桂、漆之不能逃乎斤斧者，盖有利之者在死，势不得以生也，与乎杏实异矣。今樗之臃肿不材，而以壮大害物，其见伐，诚宜尔。与夫才者死、不才者生之说又异矣。凡物幸之与不幸，视其处之而已。』

客既去，修然其言而记之。

注释

①茀：荒废，荒芜。

②粪：这里用作动词，是施肥的意思。

③阴翳：树荫。

④樗：樗俗名叫臭椿。栎：柞树。

⑤漆：漆树。

译文

有一个园子位于官署的东面，长期长着杂草，却从来没有人去管理它。

樗

庄子行于山中，见大木，枝叶盛茂，伐木者止其旁而不取也。问其故，曰：『无所可用。』庄子曰：『此木以不材得终其天年夫！』庄子对『有用』、『无用』进行了深刻地论述，认为正是因为不材，树木才得以终其天年。欧阳修在此文中对『有用』、『无用』提出了自己的见解。

自从我到了那里，我就开始在那里开荒了。我对这贫瘠的土地进行施肥灌溉，对干枯的地方进行浇水，然后在这块地上种上十几畦的作物，还在这种了很多花草树木。

到了春天，各种植物都开始萌芽了。这时守园人告诫我，说：『这园子里还有樗树，这种树枝繁叶茂的，根系发达。它粗壮的根系妨碍了地气的流通，把大地的精气消耗了很多，这样，你新栽的树就得不到足够的营养。繁盛的树叶把阳光都遮挡住了，新栽的农作物就不能够得到足够的阳光，不能很好地生长。再加上这种树的树茎弯弯的，一点都不直，看起来样子很丑陋，这种树的中间纹路稀疏，所以分量不重，也不结实。这种树没必要留着，砍了吧。』我接受了他的建议就砍掉了。第二天，他又对我说：『位于园子南面的那棵杏树，它的根茎半径多达六七尺大，可是它占的是这园子最好的地，不在这样的地上种农作物，真是可惜啊，把它也砍掉吧。』我说：『哈哈！现在正是杏树长得最好的时期啊，而且快要结果了啊，你就不能为了这片杏林不要那几畦菜吗？』因此杏树被保留了下来。

后来我突然想起以前的事情，感叹道：『唉！我记得庄子说过，樗树和栎树因为没有什么用处能活到老，桂树皮因为芳香的味道遭到了砍伐，树漆因为有用处，所以被斧子砍裂。现在我们一知道樗树没用就砍掉它；杏树的木质结实，纹路很紧致，色泽好看，可以用于装饰，所以才得到幸免。难道要靠事物的天生条件的影响而来判断有用和没用吗？』

有一天，有一位客人前来拜访。这时恰好仆人拉着砍掉的树木经过客厅，我便指着木材向客人说出了我的疑惑，让他给我指点。客人回答说：『这有什么好疑惑的呢？你认为没用就是没用的，你能提出和庄子相反的看法是难能可贵的。有些东西看起来没用但是却能发挥很大作用，又怎么不可能呢？那杏树能结出很多的果实，恰恰是靠着它的巨大的根系。这就是它的优势。如果桂树和树漆幸运地不遭到砍伐，那么肯定有其他的东西来代替，因为形势不允许，所以与杏树结果不一样。樗树树根巨大但是木材不可用，所以它是因为没用才被砍伐，也是合情合理的，这就和你的

砍树

有的树木因为『有用』而被砍伐，有的树木因为『无用』而被砍伐，文中的客人认为事物幸和不幸取决于它所处的环境。

有用者生，无用者死是相反的。所以说，一切的事物，它到底是幸运的还是不幸运的，要取决于所处的环境。』

客人走了之后，我把这些话记录了下来。

说明

这篇文章是仁宗天圣九年（1031）欧阳修在西京（洛阳）留守推官任上所作。前面叙事，主要记叙了修园伐树的过程，因为有些树需要砍伐，而有些不需要，因此引起了思考。后半部分是发表议论，引用庄子的话，对照当今的事，他总结道：『岂才不才各遭其时之可否耶？』然后摆出来和客人的辨析，他认为『凡物幸之与不幸，视其处之而已。』前面注重环境，后面注重事物本身。采取了寓言的写法。这大概是作者刚踏入官场，很有激情，对前途充满了信心，所以才这样说。

养鱼记

原文

折檐之前有隙地[1]，方四五丈[2]，直对非非堂[3]。修竹环绕荫映，未尝植物[4]。因洿以为池[5]，不方不圆，任其地形；不甃不筑[6]，全其自然。纵锸以浚之[7]，汲井以盈之。湛乎汪洋，晶乎清明[8]。微风而波，无波而平。若星若月，精彩下入。予偃息其上，潜形于毫芒[9]；循漪沿岸，渺然有江湖千里之想。斯足以舒忧隘，而娱穷独也。

乃求渔者之罟，市数十鱼，童子养之乎其中。童子以为斗斛之水不能广其容，盖活其小者而弃其大者。怪而问之，且以是对。嗟乎，其童子无乃嚚昏而无识乎！予观巨鱼枯涸在旁，不得其所，而群小鱼游戏乎浅狭之间，有若自足焉。感之而作《养鱼记》。

注释

①折檐：屋檐下的回廊。隙地：空地。

②方：地方。

③非非堂：欧阳修在洛阳时所建，命名为非非堂。

④植物：这里用作动词，是种植植物的意思。

⑤洿：音『乌』，地势低的地方。这里名词用作动词，是挖掘的意思。

⑥甃：音『宙』，砌墙。

⑦浚：疏通。

⑧清明：清澈、明亮的样子。

⑨偃息：休息。毫芒：微小的东西。

译文

在我的屋檐下回廊前有块闲地，面积大概有四五丈，正对着非非堂。这块地被高高的竹子环绕并荫蔽着，地里是空着的没种东西。我让人把它挖成一个池塘，不是方的也不是圆的，只是随着它的地形而已；也没有砌河岸，一切按

观鱼

小池塘是作者的精神家园，小家童自作聪明扔掉了池中大鱼，作者看着干枯的大鱼怅然若失。

照它原来的样子。挖好后用铁锹挖成水渠，引来水井的水把它灌满。池水比大海的水还要澄澈，色彩明亮、澄净。微风吹过来，池水就起一层细碎的波纹；不起风的时候，水面平静得就像镜子。夜间星星和月亮映照在池水中，光彩鲜明。我在池边休息，我的影子在水中那么清晰；我绕着水池散步，仿佛置身在浩荡的江湖之间。我忧愁郁闷的心情也得到释放了，困乏寡助的人也从中得到了快乐。

我从卖鱼人那里买回几十条鱼，叫小童放在水池中养着。小童因为觉得水池的水太少了，不容易养活更多的鱼，为了让小鱼能活下来，他把大鱼都扔了。我对这件事情感到不解于是问他，他却这样回答我。可叹啊，这小童怎么能这么糊涂呢！我看到大鱼在池边变得干枯了，没有回到该回到的地方，可是那一群小鱼却在浅水里嬉戏游玩，非常快乐。我对这件事有所感触，于是写了这篇《养鱼记》来记叙这件事。

说明

池塘面积不大，但却足够作者休息和散步。凭借作者的艺术素养和合理的想象，他在这个小池塘中找到了精神慰藉，『渺然有江湖千里之想』，并且『足以舒忧隘而娱穷独』，可以称得上是抒情的经典。

有美堂记[①]

原文

嘉祐二年[②]，龙图阁直学士、尚书，吏部郎中梅公出守于杭[③]。于其行也，天子宠之以诗[④]。于是始作有美之堂。盖取赐诗之首章而名之，以为杭人之荣。然公之甚爱斯堂也，虽去而不忘。今年自金陵遣人走京师[⑤]，命予志之。其请至六七而不倦，予乃为之言曰：

夫举天下之至美与其乐，有不得兼焉者多矣。故穷山水登临之美者，必之乎宽闲之野、寂寞之乡，而后得焉。览人物之盛丽，夸都邑之雄富者，必据乎四达之冲、舟车之会，而后足焉。盖彼放心于物外[⑥]，而此娱意于繁华，二者各有适焉。然其为乐，不得而兼也。

今夫所谓罗浮、天台、衡岳、庐阜、洞庭之广，三峡之险，号为东南奇伟秀绝者，乃皆在乎下州小邑，僻陋之邦[⑦]。此幽潜之士，穷愁放逐之臣之所乐也[⑧]。若乃四方之所聚，百货之所交[⑨]，物盛人众，为一都会，而又能兼有山水之美，以资富贵之娱者，惟金陵、钱塘。然二邦皆僭窃于乱世。及圣宋受命，海内为一。金陵以后服见诛，今其江山虽在，而颓垣废址，荒烟野草，过而览者，莫不为之踌躇而凄怆。独钱塘，自五代始时，知尊中国，效臣顺及其亡也。顿首请命，不烦干戈。今其民幸富完安乐。又其俗习工巧。邑屋华丽，盖十馀万家。环以湖山，左右映带。而闽商海贾，风帆浪泊，出入于江涛浩渺、烟云杳霭之间，可谓盛矣。而临是邦者，必皆朝廷公卿大臣。若天子之侍从，又有四方游士为之宾客。故喜占形胜，治亭榭。相与极游览之娱。然其于所取，有得于此者，必有遗于彼。独所谓有美堂者，山水登临之美，人物邑居之繁，一寓目而尽得之。盖钱塘兼有天下之美，而斯堂者，又尽得钱塘之美焉。宜乎公之甚爱而难忘也。

梅公清慎，好学君子也。视其所好，可以知其人矣。

四年八月丁亥，庐陵欧阳修记。

注释

①有美堂：现在位于杭县吴山最高处。

②嘉祐：宋仁宗的年号。

③出守：外出担任。

④宠之以诗：宋仁宗用诗来赏赐给梅挚。

⑤金陵：也就是现在的南京市。

⑥物外：外界。

⑦僻陋：偏僻，简陋。

⑧乐：喜欢。

⑨交：聚集。

译文

宋仁宗嘉祐二年，龙图阁的直学士，就是吏部的郎中梅清慎先生将要去钱塘上任。宋仁宗非常喜欢这位人才，在他快要起身走的时候专门为他赠送了一首诗。梅清慎先生到了杭州以后，盖了一座有美堂，这个堂位于吴山上，他从皇上赠诗的前两句中，提取『有美堂』三个字作为

罗浮

祠堂名，而且还专门做了一块匾，他还想尽办法为钱塘的市民带来荣耀。梅先生对『有美堂』情有独钟，虽然他现在已经离开了钱塘，但是还是对『有美堂』念念不忘，今年从金陵专门派人到达京城，让我为有美堂写一篇序文。那人已经来求过五六次了我都拒绝了，但梅先生还是不甘心，又派人来求我写序，因此我就写了如下的序：

天底下山水的秀美和人们从山水中得到的快乐是不可以兼得的。只有亲自到偏僻的地方和寂寞没有名声的村庄里去，才能看到登高俯瞰山水的秀美，要想一览人物秀美、物产丰富的美景，有的富人富到富比城池，这样的地方只靠我们的双脚是走不到的，只有到车水马龙的路口，商贾云集的码头才能看到这样的景致。前一种能让我们流连于风景而达到忘我，而后一种情况能让我们沉浸在物质的富有中迷失自我。这两者的追求是不一样的，人们能够得到的快乐也是不同的，可是这两种情况不是那么容易实现的。

接下来我想说的是『罗浮』、『天台』、『衡山』、『洞庭湖』，还有『三峡』的险要，它们都是我国东南部最秀丽的风景，可是它们都位于小的县城、小的州治、偏僻没有任何名声的乡下。这些风景是专门为隐士、放逐之人准备的。要是非要在交通方便，物产丰富，人口众多的集市中找到山水秀美的地方，而且是给有钱人准备的，那么这样的地方看来只有『金陵』、『钱塘』这两个城市了。这两个城市没有遭受战乱，因此保存得很好。宋朝皇帝受于天命，实现了全国统一，由于金陵归附的时间很晚，现在江山虽然实现了统一，但旧的城墙庙宇遭受破坏被荒草埋没的也不在少数，到过金陵看到这样的情形的人，没有一个不为看到的这些景象而感到凄凉，踌躇不前的。这么说，中国自五代以来闻名于海内的就只有钱塘了。探究原因是因为当地前朝的地方官能够认清形势，归顺大宋，免于战争。现在这个地方的老百姓生活富裕、安定，能够享受快乐。在这个地方的百姓都精于工艺，城市建筑非常漂亮。这样的房屋多达十万多座，整个城市掩映在西湖和山林之中，让人喜欢。在大江的码头上云集有福建来的许多商船，这些商船忙忙碌碌地。穿梭于钱塘和浩瀚的大海之间。到这个地方来的人，不是朝廷的公卿大臣就是皇上的侍从，还有来自各地的喜欢旅游的人。大家纷纷寻找好的地方，在这里筑起了亭台和水榭。朋友们在聚会的同时还能游览风景，享受山水的快乐。在钱塘的其他地方所看到的风景是不全面的，但是在有美堂上所看到的风景却不一般，如果登高望远，那么山水之美和人居物产之盛都会尽收眼底，可以说一眼就能饱览全部胜景！人们说钱塘这个地方收藏了天下的美景，而这个堂又把钱塘之美全部收下了，这就是为什么梅清慎先生非常喜欢这个『有美堂』而且很难忘怀的原因啊！

梅清慎先生，非常喜欢学习，我们只要看他的爱好，就足以知道他的人品是什么样子了。

嘉祐四年八月丁亥日，庐陵人欧阳修所撰写。

说明

有美堂旧址在杭州吴山东麓的山巅上，现在位于吴山茗香楼处。嘉祐二年（1057），梅清慎出任杭州的知县，宋仁宗亲自为他作诗、饯行，诗中有『地有吴山美，东南第一州』这句。梅清慎到达杭州，在吴山顶上建了有美堂。在这座堂的楼上，面向东南，浩瀚的钱塘江就在眼前，还可以看见穿行的舟楫；面向西北，杭城的万家灯火尽收眼底。梅清慎随后又被调任金陵，但是他仍不忘有美堂，多次上书请求让欧阳修为此楼撰文，以表达所受的恩宠。欧阳修答应了梅清慎的请求，为其作了《有美堂记》。

樊侯庙灾记[1]

原文

郑之盗，有入樊侯庙刳神像之腹者[2]。既而大风雨雹，近郑之田麦苗皆死。人咸骇曰：『侯怒而为之也。』余谓樊侯本以屠狗立军功，佐沛公至成皇帝[3]，位为列侯[4]，邑食舞阳[5]，剖符传封[6]，与汉长久，《礼》所谓有功德于民则祀之者欤！舞阳距郑既不远[7]，又汉、楚常苦战荥阳、京、索间，亦侯平生提戈斩级所立功处[8]，故庙而食之宜矣。方侯之参乘沛公，事危鸿门，振目一顾，使羽失气，其勇力足有过人者，故后世言雄武称樊将军，宜其聪明正直，有遗灵矣。然当盗之傳仞腹中[9]，独不能保其心腹肾肠哉？而后贻怒于无罪之民，以骋其恣睢，何哉？岂生能万人敌，而死不能庇一躬邪！岂其灵不神于御盗，而反神于平民而骇其耳目邪！风霆雨雹，天之所以震耀威罚有司者，而侯又得已滥用之邪？盖闻阴阳之气，怒则薄而为风霆，其不和之甚者凝结而为雹。方今岁且久旱，伏阴不兴，壮阳刚燥，疑有不和而凝结者，岂其适会民之自灾也邪？不然，则喑呜叱咤，使风驰霆击，则侯之威灵暴矣哉！

樊哙鸿门闯宴

樊哙，西汉开国功臣，大将，汉高祖刘邦的心腹，封舞阳侯，谥武侯，以勇著称。

注释

①樊侯：即樊哙，汉朝沛县人，跟随汉高祖。

②刳：切割。

③佐：辅佐。沛公：即汉高祖刘邦。

④列侯：即诸侯。

⑤邑食：也就是食邑。

⑥剖符：信物。传封：继承爵位。

⑦距：距离。
⑧级：首级。古时打仗时以斩首的多少来论功封赏。
⑨傳：把刀插进去。

译文

郑地有一些盗贼，他们有些人潜进樊侯庙剖开庙里神像的肚子。没过多久村里就下起了暴雨还带着冰雹，郑地附近田里的麦苗都被冰雹打死了。人们非常害怕地说：『是不是樊侯愤怒了才这样的。』我认为樊哙是靠着杀狗之屠的身份建立军功的，他帮助沛公当上了皇帝，因此被封为侯爵，封地在舞阳，他的爵位被后代接受剖符，一代代继承了爵位，和汉朝有很深的关系，这就是《礼记》所说的对百姓有功德的人一定要享受立祠祭祀的待遇！舞阳县和郑地相距不远，汉、楚经常在荥阳、京（今南京）、索（索溪地区）等地交战，这个地方恰恰是樊哙领兵作战立功的地方，因此在这个地方设置祠庙是很合理的。樊哙做沛公参乘（将职名）的时候，刘邦在鸿门宴上危险重重，樊哙还对项羽瞪了一眼，让项羽失掉了杀气，他勇猛不是一般人能比的，所以后来人们谈起雄武之人时没有人不说樊将军的，他的聪明正直，在当时显灵是合理的。可是盗贼把他的神像肚子剖开时，为什么他不能保全自己的心腹却迁怒到无辜的百姓身上，恰恰表现出他的气度之小，什么原因呢？哪里有活着的时候能抵御万人，死了连自己的身体都保全不了的呢！难道是他的神灵连盗贼都防止不了，只能用来吓唬百姓吗！风雷、雨、雹，是上天用来震慑惩罚犯错的东西的，而樊哙又怎么能随便拿来用呢？听说阴阳之气，如果怒气小就生成狂风暴雨，怒气大就会凝结成冰雹。现在这个季节正赶上大旱，阳光强烈，连阴天都没有，应该是什么触怒了上天才让它发怒导致凝结成冰雹，怎么能说是百姓招致的灾害呢？如果不是这样，那么呼风唤雨，让风雨雷电随便作祟，那樊哙的神灵也太残暴了！

【作者逸事】

欧阳修担任翰林院官职的时候，有一次他和同院的三个下属出游，看见路旁一只被奔马踩死的狗。欧阳修提议：『请大家都来记叙这件事吧。』有一个人抢先说道：『有黄犬卧于道，马惊，奔逸而来，蹄而死之。』另一人马上说：『有黄犬卧于通衢，逸马蹄而杀之。』第三人最后说：『有犬卧于通衢，卧犬遭之而毙。』欧阳修听后笑道：『要是让你们去编史书，一万卷也写不完啊。』那三人马上请教：『您会怎么说？』欧阳修说道：『「逸马杀犬于道」，六个字就够了！』三人听后不好意思地笑了，他们很佩服欧阳修在文字方面的简洁。

尹师鲁墓志铭

原文

师鲁，河南人，姓尹氏，讳洙。然天下之士识与不识皆称之曰师鲁，盖其名重当世。而世之知师鲁者，或推其文学，或高其议论，或多其材能。至其忠义之节，处穷达，临祸福，无愧于古君子，则天下之称师鲁者未必尽知之。

师鲁为文章，简而有法。博学强记[①]，通知今古，长于《春秋》。其与人言，是是非非，务穷尽道理而已，不为苟止而妄随[②]，而人亦罕能过也。遇事无难易，而勇于敢为，其所以见称于世者，亦所以取嫉于人，故其卒穷以死。

师鲁少举进士及第，为绛州正平县主簿、河南府户曹参军、邵武军判官，举书判拔萃，迁山南东道掌书记、知伊阳县[③]。王文康公荐其才[④]，召试，充馆阁校勘，迁太子中允。天章阁待制范公贬饶州[⑤]，谏官、御史不肯言。师鲁上书[⑥]，言仲淹臣之师友，愿得俱贬[⑦]。贬监郢州酒税，又徙唐州[⑧]。遭父丧，服除，复得太子中允、知河南县。赵元昊反，陕西用兵，大将葛怀敏奏起为经略判官[⑨]。师鲁虽用怀敏辟，而尤为经略使韩公所深知，其后诸将败于好水，韩公降知秦州，师鲁亦徙通判濠州。久之，韩公奏，得通判秦州。迁知泾州，又知渭州，兼泾源路经略部署。坐城水洛，与边将异议，徙知晋州，又知潞州，为政有惠爱，潞州人至今思之。累迁官至起居舍人，直龙图阁。

师鲁当天下无事时独喜论兵，为《叙燕》、《息戍》二篇行于世。自西兵起，凡五六岁，未尝不在其间。故其议论益精密，而于西事尤习其详。其为兵制之说，述战守胜败之要，尽当今之利害。又欲训士兵代戍卒，以减边用，为御戎长久之策，皆未及施为。而元昊臣，西兵解严，师鲁亦去而得罪矣。然则天下之称师鲁者，于其材能，亦未必尽知之也。

初，师鲁在渭州，将吏有违其节度者，欲按军法斩之而不果。其后吏至京师，上书讼师鲁以公使钱贷部将，贬崇信军节度副使，徙监均州酒税。得疾，无医药，舁至南阳求医。疾革，隐几而坐，顾稚子在前，无甚怜之色，与宾客言，终不及其私。享年四十有六以卒。

师鲁娶了张氏，某县君。有兄源字子渐，亦以文学知名，前一岁卒。师鲁几十年间，三贬官，丧其父，又丧其兄。有子四人，连丧其三。女一适人，亦卒。而其身终以贬死。一子三岁，四女未嫁，家无馀赀，客其丧于南阳不能归。平生故人，无远迩皆往赙之，然后妻子得以其柩归河南。以某年某月某日，葬于先茔之次。

余与师鲁兄弟交，尝铭其父之墓矣，故不复次其世家焉。铭曰：藏之深，固之密。石可朽，铭不灭。

注释

①博学强记：学习范围很广博，记忆很好。

②妄随：盲目跟随世俗。

③伊阳县：也就是现在的河南伊阳县。

④荐：推荐。

⑤范公：即范仲淹。
⑥不肯言：不肯为范仲淹求情。
⑦俱：一起。
⑧徙：派遣，调任。
⑨起：起用。

译文

师鲁是河南人，他姓尹名叫洙。可是天下的士人不管认不认识他都管他叫师鲁，他的名声很为当代人重视。那些深知师鲁的人，有的人崇拜的是他的文学才能，有的人看重的是他看问题很独到，有的人赞美的是他的才能。论及他的忠义之节，无论处在逆境和顺境，面临的是祸福喜悲他身上都有古代君子的风度，然而那些称颂师鲁的人却不一定知道这些东西。

师鲁写文章，语言简洁而有章法。他博学多识，论古及今无所不通，他很擅长《春秋》。当他和别人谈论时，对于正确的就给予肯定，错误的就给予批判，一定要把道理讲明白才停止，从不盲目听从别人所说的，而且没有几个人能超过他。不论遇上什么事情，他都能敢作敢当，这也是他受到世人称道的缘由，也是遭到某些人嫉恨的原因，因此他才会穷困潦倒而终。

师鲁很年轻的时候就考中进士，担任绛州正平县主簿、河南府户曹参军、邵武军判官。后来调任为山南东道掌书记的官职、做伊阳县知县。王文康公喜爱他的才能举荐他，皇帝召见面试后，任命他担任馆阁校勘，后来又任命他做太子中允。天章阁待制范仲淹遭到贬谪，调任饶州，谏官、御史都不想为他说话，求情。师鲁却毅然上书，说范仲淹和他曾经是师友，希望一块接受贬谪。于是师鲁被贬监管郢州酒税后来又调到唐州。在这个时候，他的父亲去世了，等到守孝期满，他又恢复做太子中允、河南知县的官职。西夏赵元昊造反，陕西一带战争风起云涌，大将葛怀敏上奏朝廷请求让师鲁担任经略判官。师鲁见解敏锐，尤其为经略使韩公所赏识，在好水这个地方大家打了败仗，韩公被贬官到了秦州做知州，师鲁被贬谪到濠州做通判。很长时间之后，韩公上奏朝廷，师鲁随后调到秦州做通判。后来又调到泾州担任知州，在渭州担任知州，同时还兼任泾源路经略部署的官职。他因在水洛时与边将意见不和，又被调往晋州任职，后又到潞州任知州，在政务上他广施仁爱之心，潞州人到现在还念他的好。后来累官升至起居舍人，掌管龙图阁。

师鲁在国家安定的时候对军事情有独钟，他的《叙燕》、《息戍》两篇文章在当时很有名气。师鲁的议论非常精密，对于军事也了解得很详细。他很看重军事备战的重要性，论述了作战、守卫的成败的要义，这些在当时是很有价值的。他还想训练士兵让他们来代替戍守的士卒，用这种方式减少边境的开支，把这作为抵御外敌的长远计策，可是没有被采纳。等到元昊臣服，西部的边防士兵的戒备被解除了，师鲁也离职了，他的言论触及了权臣的利益。在这样的情况下，那些称赞师鲁的人，对于师鲁的才能，也不可能完全了解啊。

在最初的时候，师鲁调任渭州，有不听他管理，违规乱法的官吏，他想按军法处置他们，但是没有实现。这件事后，一些官吏到京师向朝廷上书控告师鲁，说他挪用公款借给部下，师鲁遭到贬职，做崇信军节度副使，后来又调任监管均州酒税。后来他病了，没有药物可以治病，就被抬到南阳求医。等到他好了，靠着几案坐着，看到幼子在眼前，丝毫没有疼爱的表现，和宾客谈话始终不涉及自己的私事。他四十六岁的时候就去世了。

师鲁的妻子张氏是某县县君，他的兄长尹源，字子渐，也以文学而出名，比他早一年去世。师鲁在这几十年间，三次被贬官，先是死了父亲，后来又死了兄长。他的四个儿子，也连着死了三个。一个女儿嫁人了，现在也已死了。他自已也因为被贬而去世。还有一个儿子才三岁，有四个女儿未出嫁，家里没有什么值钱的东西，他死在南阳没办法返回故乡。以前的朋友不管路途的远近都拿出钱来帮忙处理他的后事，这样其妻子才能将他的灵柩送回河南。某年某月某日，将他葬在先人的坟墓旁边。

我与师鲁称兄道弟，也曾给他父亲写墓志铭，因此他的墓志铭我也代写了。铭曰：墓藏得很深，也很牢固，石头也许会朽烂，但铭不会被淹灭。

【作者逸事】

《宋稗类钞》有这样的记载：欧阳修有一次给人写了《相州锦堂记》，在文章中有这么两句：『仕宦至将相，富贵归故乡。』稿成之后，他又斟酌了一下，感觉不恰当，于是派人骑快马追回了稿子，等修改好了才给人送去。那人接到稿子后，浏览了一下，感觉很别扭：这和原稿没有区别啊？等到仔细研读后才明白，文章只是将『仕宦至将相，富贵归故乡』改成了『仕宦而至将相，富贵而归故乡』，他快马追回的原来就是这两个字啊。但是经过反复推敲，终于明白了这两个字的妙处。原来，改句中增加了两个『而』字，意义没什么变化，但是读起来语气却舒缓得多，音节和谐，使语言更加抑扬顿挫，富有音乐美。

曾巩集

【作者简介】

曾巩（1019—1083），字子固，宋建昌南丰县（今江西南丰）人，官宦世家出身。仁宗嘉祐二年（1057）中进士，初任太平州（今安徽当涂）司法参军。嘉祐五年（1060）入京编校史馆书籍，历馆阁校勘、集贤校理。为英宗实录检讨官。后曾巩自求外任，任地方官十二年。元丰四年（1081），迁史馆修撰，兼判太常寺，主修五朝国史。拜中书舍人。

曾巩为地方官时，颇有治绩，为人所称道。但他的主要成就还是在文学创作上。他能诗善文，与欧阳修等一起为宋代的诗文革新运动做出了杰出的贡献，成为『唐宋八大家』之一。著有《元丰类稿》五十卷，《续元丰类稿》四十卷，《外集》十卷。可惜后两种在南宋时已散失，只有《元丰类稿》存世。另有史学著作《隆平集》。

寄欧阳舍人书

原文

巩顿着载拜舍人先生：去秋人还，蒙赐书，及所撰先大父墓碑铭①，反复观诵，感与惭并。

夫铭志之著于世，义近于史，而亦有与史异者。盖史之于善恶无所不书；而铭者，盖古之人有功德、材行、志义之美者，惧后世之不知，则必铭而见之；或纳于庙，或存于墓，一也。苟其人之恶，则于铭乎何有？此其所以与史异也。其辞之作，所以使死者无有所憾，生者得致其严。而善人喜于见传，则勇于自立；恶人无有所纪，则以愧而惧。至于通材达识，义烈节士，嘉言善状，皆见于篇，则足为后法。警劝之道，非近乎史，其将安近？

及世之衰，人之子孙者，亦欲褒扬其亲，而不本乎理；故虽恶人，皆务勒铭，以夸后世。立言者既莫之拒而不为，又以其子孙之请也，书其恶焉，则人情之所不得，于是乎铭始不实。后之作铭者，当观其人。苟托之非人，则书

欧阳修

本文是作者为表示感谢而写给欧阳修的信。

之非公与是，则不足以行世而传后。故千百年来，公卿大夫至于里巷之士，莫不有铭，而传者盖少；其故非他，托之非人，书之非公与是故也。

然则孰为其人，而能尽公与是欤？非畜道德而能文章者，无以为也。盖有道德者之于恶人，则不受而铭之，于众人则能辨焉。而人之行，有情善而迹非，有意奸而外淑，有善恶相悬而不可以实指，有实大于名，有名侈于实；犹之用人，非蓄道德者，乌能辨之不惑，议之不徇？不惑不徇，则公且是矣！而其辞之不工，则世犹不传，于是又在其文章兼胜焉。故曰：非蓄道德而能文章者，无以为也。岂非然哉！

然蓄道德而能文章者，虽或并世而有，亦或数十年或一二百年而有之；其传之难如此，其遇之难又如此。若先生之道德文章，固所谓数百年而有者也。先祖之言行卓卓，幸遇而得铭，其公与是，其传世行后无疑也。而世之学者，每观传记所书古人之事，至其所可感，则往往衋然不知涕之流落也②，况其子孙也哉？况巩也哉？其追睎祖德③，而思所以传之之由，则知先生推一赐于巩，而及其三世；其感与报，宜若何而图之？

抑又思若巩之浅薄滞拙，而先生进之；先祖之屯蹶否塞以死④，而先生显之。则世之魁闳豪杰不世出之士，其谁不愿进于门？潜遁幽抑之士，其谁不有望于世？善谁不为，而恶谁不愧以惧？为人之父祖者，孰不欲教其子孙？为人之子孙者，孰不欲宠荣其父祖？此数美者，一归于先生！既拜赐之辱，且敢进其所以然。所谕世族之次，敢不承教而加详焉。愧甚，不宣。

注释

①先大父：已故世的祖父。

②䀌然：悲伤痛苦的样子。

③睎：仰慕。

④屯蹶：艰难而不顺利。否塞：境遇不好。

译文

曾巩我向欧阳舍人您顿着再拜：去年秋天有人回来，承蒙您赐书信给我及为先祖父撰写墓碑铭。我反复读诵，觉得既感慨又惭愧。

铭志之所以能够著称于世，是因为它的意义与史传相接近，但也有与史传不同之处。史传对传主的善恶都加以记载，而碑铭呢，大概是怕古代功德卓著、德操出众、志向远大、道义高尚的人不为后世所知，所以一定要立碑刻铭来显扬自己，有的放入家庙，有的放置在墓穴中，其用意是一样的。如果是个无功业的恶人，又有什么好铭刻的呢？这就是碑铭与史传的不同之处。铭文的作用，就是使死者没有什么遗憾，生者借以表达哀思和尊敬。行善之人喜欢自己的善行能够流传，就发奋有所建树；恶人没有什么可记，因此感到惭愧和恐惧。至于博学多才、见识通达的人，忠义英烈、节操高尚之士，他们的美言善行，都记载在碑铭里，这就足以成为后人的榜样。铭文警世劝诫的作用，不与史传相近又与什么相近呢？

到了世风衰微之时，为人子孙的，一心只想褒扬他们死去的亲人而不顾事理。虽然是恶人，也一定要立碑刻铭以夸耀后世。撰写铭文的人既不能拒绝不作，又因为死者子孙的一再请托，如果直书死者的恶行，从人情上讲又不应该，因此铭文就开始不真实了。后代要请人作碑铭者，应当观察一下作者的为人。如果所请的人不得当，那么他写的铭文必定会不公正，不合乎事实，就不能流行于世。所以千百年来，尽管公卿以至里巷小民死后都有碑铭，但流传于世的很少。这没有别的原因，正是因为请了不适当的人，撰写的铭文不公正、不符合事实。

那么怎样的人才能做到公正而符合事实呢？不是道德高尚文章高明的人是不能做到的。因为道德高尚的人是不会接受恶人的请求而撰写铭文的，对于一般的人也能够分别善恶。而人们的品行，有内心善良而行为表现不见得好的，有内心奸恶而外表良善的，有人们评价悬殊而很难确指的，有实际大于名望的，有名不符实的。好比用人，不是道德高尚的人，怎么能辨别清楚而不受迷惑，议论公正而不徇私情？能不受迷惑，不徇私情，就会公正和实事求是。但是如果辞藻不精美，依然无法流传，因此就要求他还必须擅长文章。因而不是道德高尚而又工于文章的人是写不好铭文的，难道不是如此吗？

但是道德高尚而又善做文章的人，虽然有时会接连出现，有时也会几十年甚至一二百年才有一个。这种人的出现很难，而遇见这种人就更加困难。像先生的道德文章，是几百年中才会出现的。我先祖的言行高尚，幸运地遇上先生您为其撰写公正而又正确的碑铭，它将流传当代和后世是无疑的了。世上的学者，每当阅读传记所载古人的事迹，看到感人之处，就常常激动得不觉流下泪来，何况是作为子孙的人呢？又何况是我呢？我追怀先祖高尚的道德而想到碑铭所以能传之后世的原因，就知道先生惠赐一篇碑铭，恩泽将及于三代。这感激与报答之情，我应该怎样表达呢？

我又想到，像我这样浅薄愚陋的人，还受到先生的提拔和鼓励，像我先祖这样潦倒不得志而死的人，先生能使他

曾文定

曾巩（1019—1083），字子固，世称『南丰先生』，其『生而警敏，不类童子』，『读书数万言，脱口辄诵』。嘉祐二年（1057年），考取进士，被任命为太平州司法参军，踏上仕途。其文学颇有造诣，为『唐宋八大家』之一。

显扬，那么世上那些俊伟豪杰之士，他们谁不愿意拜倒在您的门下呢？那些潜居山林、穷居退隐之士，他们谁不希望扬名于世呢？好事谁不想做，丑恶的事谁不羞愧害怕？做父亲、祖父的，谁不想好好教导自己的子孙？做子孙的，谁不想使自己的父祖荣耀显扬？这种种好的效果，都应当归功于先生。我荣幸地得到了您的恩赐，并且冒昧地向您陈述自己心里的想法。来信所论及的我的家世的情况，我一定听从您的教诲而加以研究审核。惭愧之至，书不尽怀。

说明

欧阳修为曾巩的祖父撰写了墓志铭，本文即是曾巩为表示感谢而写给欧阳修的信，充分体现了曾巩文纡徐、简奥的特色，被公认为曾巩最有代表性的一篇作品。

醒心亭记

原文

滁州之西南，泉水之涯[1]，欧阳公作州之二年[2]，构亭曰『丰乐』[3]，自为记以见其名之意。既又直丰乐之东几百步，得山之高[4]，构亭曰『醒心』，使巩记之。

凡公与州宾客者游焉，则必即丰乐以饮[5]。或醉且劳矣，则必即醒

心而望，以见夫群山之相环，云烟之相滋，旷野之无穷，草树众而泉石嘉，使目新乎其所睹，耳新乎其所闻，则其心洒然而醒[6]，更欲久而忘归也，故即其事之所以然而为名[7]，取韩子退之《北湖》之诗云。噫！其可谓善取乐于山泉之间也，而名之以见其实[8]，又善者矣。虽然，公之乐，吾能言之。吾君优游而无为于上[9]，吾民给足而无憾于下，天下学者皆为材且良[10]，夷狄、鸟兽、草木之生者皆得其宜，公乐也。一山之隅，一泉之旁，岂公乐哉？乃公所寄意于此也。

若公之贤，韩子殁数百年而始有之。今同游之宾客，尚未知公之难遇也。后百千年，有慕公之为人，而览公之迹，思欲见之，有不可及之叹，然后知公之难遇也。则凡同游于此者，其可不喜且幸欤？而巩也，又得以文词托名于公文之次，其又不喜且幸欤？

庆历七年八月十五日记。

注释

①涯：边际。

②欧阳公：欧阳修。

③构：建筑。

④得：寻到。

⑤即：到达。

⑥洒然：吃惊的样子。

⑦即：猜想。

⑧其实：这个地方真实的情景。

⑨优游：悠然自得的样子。

⑩且良：泛指有才能。

译文

欧阳公出任滁州知州的第二年，就在滁州的西南方靠着泉水的地方，建筑了一座叫『丰乐亭』的凉亭，还为此写了一篇《丰乐亭记》，是用来说明这座亭子是怎么建造的。没过多久在丰乐亭平行往东几百步的地方，他又找到了一块山势高的地块，修了一座叫『醒心亭』的亭子，并且还让我为此做一篇记。

只要欧阳公和宾客来这个地方，丰乐亭是必须要去的。有人喝醉了感觉累了，肯定会到醒心亭上去看风景，从此处他们看到群山环绕，白云山岚水气缭绕，空旷的田野，茂盛的花草树木，秀丽的山泉岩石，他们在这里所见、所听都是那么清新，那么惬意，最后因为这些让他们感到惊奇酒也就醒了，甚至忘了回去，久久沉浸在这里。因此根据这样的情形把这个亭子命名为『醒心亭』，这几个字来自韩愈《北湖》一诗的句子。唉！他真是可以从山水之间得到人生的乐趣，他更擅长的是根据景物的实际情况为亭子取适合的名字！就是这样，欧阳公的快乐，我还是可以形容的。我们的国君能够做到宽大化民，不动用刑法，我们的人民在下面能够生活宽裕，不抱怨，天下的求学的人都贤德有才能，各个地区的鸟兽草木都能得到合适的生长，这才是欧阳修真正最大的快乐。可是现在只是在一座山的角落、一池泉水的旁边，这能说是欧阳公真正的快乐吗？其实是欧阳公把他的理想寄托在这些东西上啊。

像欧阳公这样的贤德，自从韩愈去世几百年我们才又看到。现在与他同游的宾客都还不知道珍惜欧阳公，也不知道他真正的价值。此后的千百年间，有人因为仰慕欧阳公，前来瞻仰他留下来的遗迹，很想和他见上一面，但是却不能见到，是件多么遗憾的事情啊，然后才明白欧阳公是多么难得。所以在这里有幸能和欧阳公一起游玩的人，还有可以不感到欢喜、幸运的理由吗？而我也可以因为这篇文章而留下名声，难道还有什么理由可以不感到欢喜、幸运吗！

宋仁宗庆历七年八月十五日记。

说明

本文是欧阳修请求曾巩作的。在这之前，欧阳修由于赞成『庆历新政』受到保守派的攻击，在庆历五年被贬到滁州做知县。欧阳修在滁州先后兴建了丰乐亭和醒心亭，还为醉翁亭题名，并因此留下了流传千古的名作《丰乐亭记》和《醉翁亭记》，在文章中表明了『与民同乐』的政治理想。曾巩此文明白阐述了欧阳修以『醒心』为亭子的名字的缘由，而且还巧妙地结合了议论。

本文以欧阳修的『醉』、『乐』、『醒』为中心展开议论，指出欧公的『醉』只是表面现象，『醒』却是实质内容，『乐』是人格的体现；他所谓的乐不是『一山之隅，一泉之旁』的山水之乐，而是国泰民安，把天下作为自己最大的责任的贤人达士之乐。欧公之所以筑亭题名就是想让世人『洒然而醒』，不要在太平盛世之中无所作为，而这也正是本文的中心内容。

墨池记[1]

原文

临川之城东[2]，有地隐然而高[3]，以临于溪，曰新城。新城之上，有池洼然而方以长，曰王羲之之墨池者[4]，荀伯子《临川记》云也[5]。羲之尝慕张芝[6]，临池学书，池水尽黑。此为其故迹，岂信然邪[7]？方羲之之不可强以仕[8]，而尝极东方[9]，出沧海，以娱其意于山水之间；岂有徜徉肆恣，而又尝自休于此邪？羲之之书晚乃善，则其所能，盖亦以精力自致者，非天成也。然后世未有能及者，岂其学不如彼邪？则学固其可以少哉！况欲深造道德者邪？

墨池之上，今为州学舍。教授王君盛，恐其不章也，书『晋王右军墨池』之六字于楹间以揭之。又告于巩曰：『愿有记。』推王君之心，岂爱人之善，虽一能不以废，而因以及乎其迹邪？其亦欲推其事以勉其学者邪？夫人之有一能，而使后人尚之如此，况仁人庄士之遗风馀思，被于来世者何如哉！

庆历八年九月十二日，曾巩记。

注释

①本文是作者应抚州州学教授王盛的请求撰写的。

②临川：指宋朝的抚州临川郡。也就是现在的江西抚州市临川县。

③隐然：突起来的样子。

④王羲之：字逸少，晋朝临沂人，是东晋著名书法家，官至右军将军，人称『王右军』，后人把他称作『书圣』。

⑤荀伯子：南朝宋人，曾任临川内史，有《临川记》。《太平寰宇记》卷一一〇载其记叙王羲之官临川及墨池的事。

⑥张芝：字伯英，东汉著名书法家，善草书，人称『草圣』。

竹书竞市

王羲之为我国古代书圣，他的字在当时就为人所重，字值千金。《晋书·王羲之传》本传载：『又尝在蕺山见一老姥，持六角竹扇卖之。羲之书其扇头各为五字。姥初有愠色。因谓姥曰：「但言是王右军书，以求百钱邪。」姥如其言，人竞买之。』

⑦信：真。

⑧强以仕：勉强做官。

⑨极：穷尽，这里指游遍。

译文

在临川郡的城东，有一块地方地势是突起来的，比较高，它靠近溪水，我把它叫做新城。在新城上面，有一口水池，它地势低洼，形状是长方形，这个池子被称作王羲之的墨池。在南朝宋人荀伯子所编著的《临川记》里能找得到。东汉书法家张芝是王羲之所仰慕的人。王羲之常常在水池旁练字，因为一练完，他就在池水中洗笔，时间长了，整个水池都变黑了，这就是他旧日的遗迹。这件事情是真实的吗？当王羲之下决心不想再做官的时候，他就游历完了越东各地，还到了东海泛舟，沉浸在水光山色的喜悦之中。莫非他在逍遥遨游尽情游览的时候，是在这个地方歇脚了吗？王羲之的书法到了晚年才达到顶峰，他的书法能达到这么高深的造诣与他的勤奋刻苦是分不开的，并不是他天生就有这方面的天赋。但是再也没有人的书法造诣能赶上王羲之，这大概是他们所下的学习工夫没有王羲之多的缘故吧？学习所下的工夫是不可以少的啊！更何况那些想在道德方面达到很高成就的人呢？

在墨池旁边现在建设了抚州州学的校舍。教授王君非常担心墨池的事迹被湮没，后世再也不知道了，就在上面题了『晋王右军墨池』这六个大字在门前两柱之间高高地悬挂着，他还告诉我说：『我希望你能写一篇叙记文章。』我揣摩他的心意，可能是因为他爱惜别人的长处，即使是一技之长他也希望能够得到保存，所以就连王羲之的遗迹也同样重视起来吗？或者是想把王羲之临池苦学的事迹推广开来，并借此使这里的学生受到勉励吗？一个人有一技之长，就能使后代将他们推崇到这样的地步，更不用说仁人君子们留下来的风尚和美德是如何影响到后世人的了！

庆历八年九月十二日，曾巩为墨池作记。

说明

这篇文章是一篇说理散文，在宋代以「记」为体裁的文章中，像《墨池记》这样把记作为附，把议论作为主要的手法是非常少见的。《墨池记》中记叙「池」的文字不多，议论文字却占了很大篇幅。使不是记叙完一件事才发表议论的，而是把记事、议论糅合在一起，让它们成为一个整体。尽管议论部分比记叙部分多，但是没有一点如断线风筝，游离意外的弊端，读起来仍然觉得整篇文章是自然天成的。可以说《墨池记》摆脱了其他人的弊端，真可谓是独辟蹊径啊。

道山亭记

原文

闽，故隶周者七。至秦，开其地，列于中国，始并为闽中郡。自粤之太末，与吴之豫章，为其通路。其路在闽者，陆出则阨于两山之间[①]，山相属无间断，累数驿乃一得平地，小为县，大为州，然其四顾亦山也。其途或逆坂如缘絙[②]，或垂崖如一发，或侧径钩出于不测之溪上：皆古芒峭发，择然后可投步。负戴者虽其土人，犹侧足然后能进。非其土人，罕不蹶也。其溪行，则水皆自高泻下，石侧出其间，如林立，如士骑满野，千里下上，不见其首尾。水行其隙间，或衡缩蟉糅[③]，或逆走旁射，其状若蚓结，若虫镂，其旋若轮，其激若矢。舟溯沿者，投便利，失毫分，辄破溺[④]。虽其土长川居之人，非生而习水事者，不敢以舟楫自任也。其水陆之险如此。汉尝处其众江淮之间而墟其地[⑤]，盖以其狭且阻[⑥]，岂虚也哉？

福州治侯官，于闽为土中，所谓闽中也。其地于闽为最平以广，四出之山皆远，而长江在其南，大海在其东，其城之内外皆涂，旁有沟，沟通潮汐，舟载者昼夜属于门庭。麓多杰木，而匠多良能，人以屋室巨丽相矜，虽下贫必丰其居，而佛、老子之徒，其宫又特盛。城之中三山，西曰闽山，东曰九仙山，北曰粤王山，三山者鼎趾立。其附山，盖佛、老子之宫以数十百，其瑰诡殊绝之状，皆已尽人力。

光禄卿、直昭文馆程公为是州，得闽山嵚崟之际[7]，为亭于其处，其山川之胜，城邑之大，宫室之荣，不下簟席而尽于四瞩。程公以谓在江海之上，为登览之观，可比于道家所谓蓬莱、方丈、瀛州之山，故名之曰『道山之亭』。闽以险且远，故仕者常惮往，程公能因其地之美，以寓其耳目之乐，非独志其险且远，又将抗其思于埃壒之外[8]，其志壮哉！

程公于是州以治行闻，既新其城，又新其学，而其馀功又及于此。盖其岁满就更广州，拜谏议大夫，又拜给事中、集贤殿修撰，今为越州，字公辟，名师孟云。

注释

①阸：隔断。

②絙：粗绳子。

③衡缩嵺糅：水势顺着地势蜿蜒流动。

④被溺：船被打破，溺水。

⑤处：处理，安置。

⑥狭：狭窄的意思。

⑦嵚崟：山势高耸的样子。

⑧埃壒：凡尘，世俗。

译文

福建这个地方本来是属于周朝的，到了秦朝的时候，才对这方土地进行开辟，列入中原的版图，到这个时候才合为闽中郡。这个地方的范围从越国的太末县到吴地的豫章郡，是自中原通向它的必经之路。但是这通道一到了闽地，两山就把陆地给堵住了，这两座大山是紧密相连的。没有断裂的地带，直到经过好几个驿站才能见到一块平地，土地少的地方成为县，土地大的成为州，然而州、县（城）还是被山包围着。通向它的道路就像沿着山攀缘的粗绳子一样，有的就像垂直挂在山崖的一丝头发，有的小路在深不可测的溪流上蜿蜒而行，（路旁）峭壁上随时还能看见斜刺出来的石刃，一定要看好了脚下的路才能开始下步。那些背着、顶着东西的人要想走路，即使是本地人，还是要侧着脚小心翼翼地往前走。不是本地人的几乎没有不被绊倒的。要想走水路，那些水都是从高处倾泻下来的，在水中的岩石交错相生，就好像是树木竖立起来，也像兵马遍布野外，上下绵延千里，一眼望不到边。水流在怪石的空隙间穿流通过，有的弯弯曲曲地流淌，有的逆着地势从旁边射出，它的形状就好像是一堆蚯蚓纠结着，有的像虫子，有的漩涡就像车轮，水流就像射出的箭。船逆行而上或顺流而下时，都要利用好水势，要是有一点差错，马上就会船破溺水。就是本地人，要不是一生下来就练习水上工夫，还是不可以从事水上行船的职业的。闽地水陆两路都是这样艰难的。汉代曾经就把人民迁徙到江淮之间，让这个地方空着，很可能就是因为这个地方生存环境太艰险的缘故吧，这可能是没有根据的谣传吗？

福州的州治所设立在侯官，对闽地来说是位于这个地方的中间地带，因此就叫闽中。这个地方是闽地最平坦宽广的地方，四周离山还有很远的距离，而闽江就位于它的南边，它的东边就是大海。城内外都有可以通过的路，小河就在路的两边，这些小河是和大海相通的，用船载的人和货物不管白天晚上都可以聚集在家门。山上长着大树，工匠中不乏很多是手艺精湛的。人们争着夸耀自己的房屋建得如何华丽，即便是下等贫苦的人也一定要让自己的住宅宽敞。而佛教、道教之徒，他们的庙宇都很华丽。城中还有三座山，位于西边的叫闽山，位于东边的叫九仙山，位于北边的叫粤王山，这三座山构成了一座鼎一样。沿着山势，佛教、道教的庙建了有上百处，它那宏伟奇异决然不同的形状，可能是人力所能达到的最高境界了吧。

光禄卿、直昭文馆程公主持福州的政务，在福州的高耸地方，修建了一座亭子，这里的山水景致很美，城池很宏大，宫室很繁华，没必要离开竹席就能把四面景色尽收眼底。程公认为这里位于江海之上，可以作为登山四望的地方，可以和道家所说的蓬莱、方丈、瀛州三座仙山相提并论，因此为它起名叫『道山之亭』。闽地的道路因为很险远，所以做的官都不愿意来这里，程公能够顺着这地方的长处修筑亭子，并把自己的欢乐寄寓其中，把这个地方的路远和险峻放在一边，他又把他的思想提升到世俗之上，可见他的志向是多么高远啊！

程公在这个州府整治得很好，所以声名很好，他不但改造了城墙、还革新了学府，并且利用公事之余的时间建造了这座亭子。一年之后，他就到了广州做知府，随后又担任谏议大夫，接着被任命为给事中、集贤殿修撰，他现在担任越州知府，他的字是公辟，名字叫师孟。

说明

曾巩的散文在当时久负盛名，也是八大家中对后世的影响最为深远的一位。这主要不是由于他的文章温醇深雅、思想深邃，更在于他能够融合各家的长处，文章中富有丰富的表现艺术，所以很值得后代来师法。这篇《道山亭记》就是这方面很好的一个例子。他在文章中运用了寓主于客的表现手法，这种写作范式打破了传统文章的写作方式，所以读来感觉新颖别致，整篇文章艺术性很强。

《战国策》目录序①

原文

刘向所定《战国策》三十三篇，《崇文总目》称第十一篇者阙②。臣访之士大夫家，始尽得其书，正其误谬，而疑其不可考者，然后《战国策》三十三篇复完。

叙曰：向叙此书，言周之先，明教化，修法度③，所以大治。及其后，谋诈用而仁义之路塞，所以大乱。其说既美矣。卒以谓此书战国之谋士度时君之所能行，不得不然。则可谓惑于流俗，而不笃于自信者也。

夫孔、孟之时，去周之初已数百年。其旧法已亡、旧俗已熄久矣。二子乃独明先王，以谓不可改者，岂将强天下之主以后世之不可为哉？亦将因其所遇之时，所遭之变，而为当世之法，使不失乎先生之意而已。

二帝三王之治，其变固殊，其法固异，而其为天下国家之意，本末先后，未尝不同也。二子之道，如是而已。盖法者，所以适变也，不必尽同；道者，所以立本也，不可不一。此理之不易者也，故二子者守此，岂好为异论哉？能勿苟而已矣。可谓不惑乎流俗而笃于自信者也。

战国之游士，则不然。不知道之可信，而乐于说之易合。其设心注意，偷为一切之计而已。故论诈之便，而讳其败；言战之善，而蔽其患。其相率而为之者，莫不有利焉，而不胜其害也；有得焉，而不胜其失也。卒至苏秦、商鞅④、孙膑⑤、吴起⑥、李斯之徒，以亡其身，而诸侯及秦用之者，亦灭其国。其为世之大祸明矣，而俗犹莫之寤也⑦。惟先王之道，因时适变，为法不同，而考之无疵，用之无弊。故古之圣贤，未有以此而易彼也。

或曰：『邪说之害正也，宜放而绝之⑧。则此书之不泯，其可乎？』对曰：君子之禁邪说也，固将明其说于天下，使当世之人，皆知其说之不可从，然后以禁则齐；使后世之人，皆知其说之不可为，然后以戒则明。岂必灭其籍哉？

孙膑马陵伏弩

孙膑，战国时军事家。齐国阿（在今山东阳谷）人，孙武后裔。

放而绝之，莫善于是，是以孟子之书，有为神农之言者，有为墨子之言者，皆著而非之。至于此书之作，则上总春秋，下至楚汉之起，二百四十五年之间，载其行事，固不可得而废也。

此书有高诱注者二十一篇，或曰三十二篇。《崇文总目》存者八篇，今存者十篇。

注释

①战国策：成书于战国末年，后来经过刘向整理成为三十三篇。主要记载战国时期各国的游说之士的策谋、言论和活动。

②阙：通『缺』，缺少。

③明：表明。修：整治。法度：制度，规矩。

④商鞅：鞅卫的庶孙，喜欢刑名之学，入秦见孝公，劝说富强的方法。

⑤孙膑：战国齐人，师从于鬼谷子。

⑥吴起：魏国人，在他逃到楚国之后，做了楚国的相。

⑦寤：通『悟』，醒悟。

⑧放：放弃。绝：断绝。

译文

由刘向所编定的《战国策》全书三十三篇，《崇文总目》说第十一篇缺失了。我在士大夫家中查房搜求，最终才得到了这部书的全部篇目，并且把书中的错误订正过来了，对不可考据的文章提出了我的疑问，因此《战国策》三十三篇才又是完整的一本了。

叙说：刘向为这本书做了序，他在书中称，在周朝早期，教化已经明确了，法度得到了修正，所以天下治理得很好；到了后期，广泛运用计谋和欺骗手段，施行仁义的路线就走不通了，因此才天下大乱，这个说法是很有道理的。但后来他认为这本书所写的事情是战国的谋士们揣摩了当时的君主所能够实现的政治主张，因此才不得不那样做；那就可以说是受到了流俗的迷惑，而不能坚定自己的信念了。

在孔、孟生活的时代，距离西周的初期也有几百年了，周朝的旧有制度已经消亡很久了，旧有的风俗也消亡了。这两个人却偏要阐明先王的政治主张，认为是不能改变的，难道要勉强君主去做后代都做不到的事情吗？也不过是他们所处的时代，所遇到的变化，所遭之变，而为当世之法制定出适合当代的制度，使它不丢掉先王的本意就是了。

二帝三王的统治，他们变革政治的方法本来不同，订下来的制度也就不一样，但是他们要把国家治理好的意图，本末先后都是一样的。这两个人的主张也不外乎这样。制度这个东西，是用来适应时代变化的需要的，不一定都要相同；政治主张是用来建立根基的东西，不必要一致：这个道理是不可变更的。所以这两位先生坚持这一点，哪里是喜欢发表与众不同的论调呢？只不过是苟且从事罢了。真可谓是不受世俗的迷惑而能坚定自己信念的人。

战国的游士却不认为这样不懂得一定的政治主张是可以信赖的。只是因为自己的游说能够投合君主的心意而高兴，他们专心思考的，只不过是拿出一个权宜之计罢了。所以他们好讲用欺骗手段占便宜的好处，不关心因此而带来的坏处。他们都去那样做，没有人不是在有利的时候却面临着无法躲避的灾祸，在成功的时候却面临着种种失败。最后弄到苏秦、商鞅、孙膑、吴起、李斯这些人都丢掉了性命；而采用他们主张的诸侯国和秦国，也都走向了灭亡。游说之

吴起吮卒病疽

战国时期军事家吴起，卫国左氏（今山东省定陶，一说曹县东北）人。后世把他和孙子连称『孙吴』。

士是世界上最大的祸害，这是显而易见的，可是世上的一班人还没有觉悟过来。只有先王的法度能够适应时代的变化，虽然他们制定的制度不同，但是考察起来没有缺点，施行起来也没有什么祸害。所以古代的圣贤都没有用这种主张来改变那种主张的。

有的人问：『邪说损害正道，应该彻底抛弃它，那么还留着这种书，可以吗？』回答说：『君子要禁止邪说，就要在天下揭露邪说的内容，让当世之人都知道这种邪说是行不通的，然后再禁止，那么人们的看法就会一致；使后世的人都明白这种邪说是不能照办的，然后加以戒备，那么人们就能分清楚正道、邪说的界限了。哪里还需要把书籍毁灭了呢！因此在孟子的书中，有鼓吹神农氏的言论，有鼓吹墨子的言论，孟子把他们都记录下来加以批驳。这本书写了上起《春秋》，下至楚汉初期，长达二百四十五年所发生的事件，因此不能把这本书废弃。』

这本书有高诱做注的本子，包括二十一篇，有人说是二十二篇，《崇文总目》存八篇，现在还在的有十篇。

说明

曾巩在襄阳任职期间，还为一起冤狱进行了平反。林希在《宋中书舍人曾公墓志铭》中有记载，自从他接任襄州知州后，他在翻阅前任官员的案卷时，发现了一起冤案。他拿来案卷仔细阅读、分析，并进行合理推论，最后断定是证据不足，所以在押的一百余人得以释放，那些已判极刑的人也都翻案再重新进行处理。襄阳百姓于是非常钦佩他。有的人还跪在地上，感叹道：『我们州里被判刑的人也不少，怎么知道他们不是被冤枉的呢？』曾巩严格执法，还在他任齐州知州的时候就很有名声了。齐州有个周氏的儿子叫周高，一贯为非作歹，奸污妇人，是一方的恶霸。由于他有权贵做后盾，官府没有敢责难他的。曾巩却能够做到不畏权贵，对这个恶少进行了严惩，震慑住了这个地方的暴徒使这一带的治安状况明显好转，因而深得齐州百姓的拥护。当他调离齐州的消息一传出，齐州老百姓都要『绝桥闭门遮留』，曾巩只好趁着夜色悄悄离开了。

送李材叔知柳州序①

原文

谈者谓南越偏且远②，其风气与中州异。故官者皆不欲久居，往往车船未行，辄以屈指计归日，又咸小其官，以为不足事。其逆自为虑如此③，故其至，皆倾摇懈弛，其忧且勤之心。其习俗从古而尔④。不然，何自越与中国通已千馀岁，而名能抚循其民者，不过数人邪？故越与闽、蜀，始俱为夷。闽⑤、蜀⑥，皆已变，而俗独尚陋，岂其俗不可更与？盖吏者莫致其治教之意也。意亦其民之不幸也已。

彼不知由京师而之越，水陆之道皆安行，非若闽溪、峡江、蜀栈之不测；则均之吏于远，此非独优与？其风气吾所谙之，与中州亦不甚异。起居不违其节，未尝有疾；苟违节，虽中州宁能不生疾邪？其物产之美，果有荔子、龙眼、蕉、柑、橄榄，花有素馨⑦、山丹⑧、含笑之属⑨，食有海之百物、累岁之酒醋，皆绝于天下。人少斗讼，喜嬉乐。吏者惟其无久居之心，故谓之不可；如其有久居之心，奚不可邪？

古之人为一乡一县，其德乂惠爱，尚足以熏蒸渐泽⑩。今大者专州，岂当小其官而不事邪？令其得吾说而思之，人咸有久居之心，又不小其官，为越人涤其陋俗而驱于治，居闽蜀上，无不幸之叹。其事出千馀年之表，则其美之巨细可知也，然非其材之颖然迈于众人者，不能也。官于南者多矣，予知其材之颖然迈于众人，能行吾说者，李材叔而已。

材叔久与其兄公翊仕同年，同用荐者为县，入秘书省，为著作佐郎。今材叔为柳州，公翊为象州，皆同时，材又相若也；则二州交相致其政，其施之速、势之便变可胜道也夫！其越人之幸也夫！其可贺也夫！

注释

①柳州：现在的广西马平县。

②南越：也写作南粤，现在的广东、广西地区。

③小：认为……小。逆：事先打算。

④懈弛：懈怠，松懈。

⑤闽：现在的福建。

⑥蜀：现在的四川。

⑦素馨：长绿灌木，花长得像茉莉。

⑧山丹：多年生草本植物，叶长而尖，花有红、黄两种。

⑨含笑：是一种兰属植物，可以做香草。

⑩渐泽：浸泡、润泽的意思。渐：靠近的意思。

译文

精通世事的人都说南越地区偏僻又遥远，这个地方的风俗习惯和中原地区迥异。所以那些被派到这个地方去做官的人都没有想在这里呆很长时间的，总是还没有启程，没有上船前，就已经扳着手指头数着返程的日子了。还看不起那个地方的官职，认为在这个地方没必要好好干。他们还没来之前就已经计划好该怎么做了，因此到任之后，他们的心并不在这里，政务懈怠松弛，丝毫没有为这个地方忧劳和勤勉的心思。这种官场习气由来已久了。否则的话，越地同中原早在一千多年前就建立联系了，但是号称能够安抚此地百姓的官员，难道就区区这么几个人吗？以前的越地和现在的闽地、蜀地差不多，开始的时候都是蛮夷聚居的地方。闽地、蜀地现在变化很大了，只有越地偏偏还保留着一些陋习，难道只有越地习俗难于改变吗？探究根本原因是这里做官的人没有心思做到他治理教化的责任啊！唉！这也是越地百姓的灾祸啊！

那些来越地做官的人，根本就不知道从京师开封抵达越地，这一路所经历的水路和陆上道路都很安全，而不像闽地的溪流、流经三峡险段的长江、还要经过蜀地的栈道那样容易出意外。由此看来，那些被朝廷选拔、委任的官员要分到远方地区，这里难道不是最好的去处吗？我很熟悉这里的风俗习惯，同中原地区也没有什么差别。日常生活，也和别的地方一样，没有什么特别之处。我到这个地方还没有生过病呢。如果违反一般常规就算在中原该生病的不还是要生病吗？越地物产丰饶，这里盛产荔枝、龙眼、香蕉、柑橘、橄榄，还有素馨花、山丹花、含笑花等种类的花，还富有各种海产品，有多年的老酒陈醋，这些可是绝无仅有的。百姓中很少有人打官司，他们都喜欢一起娱乐，玩耍。在这里做官的人因为并没有打算长期留在这里，因此就说这个地方不适合来。如果他做好了长期在这里做官的打算，怎么会不想干下去呢？

古时候的人往往管理一个乡或一个县，就用道德、仁义、恩惠、慈爱来对待那里的乡民，把恩德浸润洒布给那里的百姓。现在这个统辖的范围大到了一个州，怎么能把这个地方的官职看成低一等，没心思好好干呢？让这些人知道我的主张，能够重新思考一下，人人都做好长期供职的思想准备，别把在这里做官看成是低人一等的事情，替越地百姓改变他们的粗鄙习俗，能够把他们带到大治的道路上来，使其处于闽地、蜀地之上，如此一来没有百姓会不赞叹。这番事业早在一千多年以前就能够实现的，那么它本身所得到赞誉的多少，就不得而知了。但是，要不使他个性锋芒崭露，要超出其他士人好多倍，没人能做到这一步。在南方做官的人也为数不少，我深深明白能才干锋芒崭露、才能超众，而且采纳我的主张的人，只有李材叔一个而已。

李材叔在年轻的时候就和他的兄长李公翊同一年为官，一起被人荐举出任县令，升入秘书省，被任命为著作佐郎。现在李材叔在柳州做知州，李公翊到了象州担任知州的职务。他们所发生的一切都是在同一年，才干也相差无几。这样看来，这两个人相互让自己的州的政务达到顶峰，他那施政的速度，形势的近捷，能够说得完吗！恐怕这才真正是越地百姓的幸运啊！还真值得庆贺啊！

【作者逸事】

曾巩在襄阳为官时政治很清廉，而且不喜欢对上级谄媚。熙宁七年（公元1074年），朝廷派要员到各州县去听取民声，了解旱情和兴修水利的情况。派到襄阳来的官员委任不正直，妄想让曾巩贿赂他们，给他们财物。就在曾巩为他们举行的接风筵席上，一个人心术不正的人说：『昨晚三更的时候，大星从西南方坠落，有很大的声响，后来又有一颗小星坠落了。』他的用意在于现在朝廷派来了钦差大臣，你应该小心侍奉。曾巩听出了话外之音，很风趣也很含蓄地说：『那个小星一定是天狗，现在掉下来是处理公事的。』天狗可是很厉害的，它连太阳都敢吃，更别说『大星』了！』曾巩说完，席间官员都很尴尬，满脸羞容。

原文

越州赵公救灾记[1]

熙宁八年夏，吴越大旱。九月，资政殿大学士、右谏议大夫、知越州赵公，前民之未饥[2]，为书问属县：『灾所被者几乡？民能自食者有几？当廪于官者几人[3]？沟防构筑，可僦民使治之者几所[4]？库钱仓粟，可发者几何？富人可募出粟者几家？僧道士食之羡粟书于籍者[5]，其几具存？』使各书以对，而谨其备。

州县吏录民之孤老疾弱不能自食者，二万一千九百馀人以告。故事，岁廪穷人，当给粟三千石而止。公敛富人所输，及僧道士食之羡者，得粟四万八千馀石，佐其费。使自十月朔，人受粟日一升，幼小半之。忧其众相蹂也[6]，使受粟者男女异日，而人受二日之食。忧其且流亡也，于城市郊野，为给粟之所，凡五十有七，使各以便受之，而告以去其家者勿给。计官为不足用也，取吏之不在职而寓于境者，给其食而任以事。不能自食者，有是具也。能自食者，为之告富人，无得闭粜[7]；又为之出官粟，得五万二千馀石，平其价予民，为粜粟之所，凡十有八，使籴者自便如受粟[8]。

又僦民完城四千一百丈，为工三万八千，计其佣与钱，又与粟再倍之。民取息钱者[9]，告富人纵予之，而待熟，官为责其偿。弃男女者，使人得收养之。

明年春，大疫。为病坊，处疾病之无归者。募僧二人，属以视医药饮食，令无失所。时凡死者，使在处随收瘗之。法，廪穷人，尽三月当止。是岁尽五月止。而事有非便文者，公一以自任，不以烦其属。有上请者，或便宜，多辄行。公于此时，早夜惫心力不少懈，事巨细必躬亲，给病者药食，多出私钱。民不幸罹旱疫，得免于转死；虽死，得无失敛埋，皆公力也。

是时，旱疫被于吴越，民饥馑疾疠死者殆半，灾未有巨于此也。天子东向忧劳，州县推布上恩，人人尽其力。公所拊循，民尤以为得其依归。所以经营绥辑，先后始终之际，委曲纤悉，无不备者。其施虽在越，其仁足以示天下；其事虽行于一时，其法足以传后。盖灾沴之行，治世不能使之无，而能为之备。民病而后图之，与夫先事而为计者，则有间矣；不习而有为，与夫素得之者，则有间矣。予故采于越，得公所推行，乐为之识其详。岂独以慰越人之思？将使吏之有志于民者，不幸而遇岁之灾，推公之所已试，其科条可不待顷而具。则公之泽，岂小且近乎？

公元丰二年，以大学士加太子少保致仕，家于衢。其直道正行在于朝廷，岂弟之实在于身者，此不著。著其荒政可师者，以为越州赵公救灾记云。

注释

①越州：治所在山阴。也就是现在的浙江绍兴县。

②前：在……以前。

③廪：官方供给粮食称为『廪』。

④僦：雇用。

⑤羡粟：馀也，多余的粮食。羡：多余。

⑥蹂：践踏。二日之食：两天吃的东西。

⑦粜：卖出粮食。

⑧籴：买进粮食。

⑨息：利息。

译文

熙宁八年夏天，吴越地区发生了严重的旱灾。这年九月，资政殿大学士、右谏议大夫赵公出任为越州长官。在百姓还没有遭到饥荒威胁的时候，他就给所属各县下达文件，询问：『有多少个乡遭受了灾害，有多少户百姓能够养活自己，还要有多少人要靠政府提供救济，可以雇用民工修筑沟渠堤防的工程有多少，仓库里的钱粮还可以发出去多少，有多少富户可以征募粮食？和尚、道士那存了多少多余的粮食？』各县都要呈报文书给知州，并且小心地为灾荒做好准备。

州县官吏经过登记，报告上说全州孤儿、老人、疾病、体弱没有生活能力的一共有二万一千九百多人。按照以往的规矩，官府每年都要给穷人发救济粮，但是发到三千石粮米就不再发了。赵公通过征收富户人家上缴的粮米与和尚、道士的余粮，共得谷物四万八千多石，用来补充不够的救济粮。规定从十月初一开始，每人每天领救济粮一升，幼小的孩子每天领半升。赵公担心人多，领粮食的时候容易出现践踏的事情，他又给男人和女人规定了不同的领粮食的日子，而且每人一次可以领两天的口粮。他还担心人民将要流亡在外，就在大小城镇和郊外地区设置了五十七处发粮点，使他们就近领粮，并下通知说，凡是离开家的人都不给粮食。这样计算一下，官员就不够用了，于是就把那些不在职但是家在当地的官员们就召集来，发给他们口粮还给他们安排工作。对于那些养活自己的人，就用这些措施来解决困难。对那些有能力买粮食的人，就告诉富人们不能不卖给他们粮食。又为他们调出官仓里的粮食五万二千余石，按平常的价格卖给百姓。设置十八处卖粮点，使百姓买粮食就像领救济粮一样方便。

他又雇用民工修补城墙四千一百丈，利用工时三万八千个，还给这些雇工发工钱，并给他们两倍的粮食。老百姓中有愿意出利息借债的，官府就劝说富贵人家尽量把钱借出去，等到有了收成，官府会出面为债主讨回借款。被人扔掉的小孩子，也都由官府来收养。

第二年春上，瘟疫盛行。于是官府又设立了收养病人的处所，来收养无家可归的病人。他还找来两位僧人，委托他们照料病人的医药和饮食，让那些病人有所依靠。

按规定，遇灾年只给穷人发放三个月的救济粮，这一年却发了五个月。凡是不合公文规定需要处理的事情，赵公都揽到自己身上了，不想使下属官员受到连累。下面向他请示的事情只要对救灾有好处，就立即批准施行。赵公在这段时间，早晚身心疲惫、劳心费力从来都没有松懈过，事无论巨细一定亲自去办。给病人吃药吃饭的开销都是他自己出的。百姓不幸遭遇上旱灾和瘟疫，能够避免在逃亡、流浪中死去；即使死了也不会葬身野外，都是赵公的努力。

由于这两年干旱、瘟疫遍及吴越一带，百姓饱受饥荒、瘟病的折磨，人口减半，这是最大的一次灾情。赵公对百姓采取各种措施进行抚慰，百姓都觉得自己有了依靠和归宿了。赵公对用来筹划安顿民众的事，各件事的轻重缓急以及如何开始和结束的方方面面的工作，都非常周到细致，考虑周全。他的德政虽然只限于越州，但他的仁爱之心却可以作为天下人的示范；他的措施虽然只是适合于短时间，但是他的方法值得传给后人。对于灾害的发生，即使在太平时期也是没办法避免的，只是能够预先作对其做些防备。等老百姓受了灾，出于困境之后再来想办法，和事先就谋划好是有很大的差别的。不经过学习就去办事情，和平时注意学习、积累经验，也是有很大差别的。我特意到越地采访，把赵公推行的一套办法整理下来，并高兴地把它详细记载下来。我这样做仅仅是抚慰越州百姓对赵公的思念吗？我是想让那些有心为民做事的官吏在不幸遇到灾年时，能推行赵公已经试行过并得到实践的办法，这样一来救灾的章程条例就会很快制定出来，那么赵公的恩泽还能说只是很小、只影响眼前吗？

元丰二年，赵公被封为大学士兼太子少保。他的正直善行为朝廷所重视，不像我只是有功于自己，这里就不详细说了。为了使大家能以他为榜样，向他学习，我写了这篇《越州赵公救灾记》。

【作者逸事】

曾巩到襄阳任职，遇到的第一件事就很麻烦，那就是襄阳严重的旱情。这些见于《襄州岳庙祈雨文》：『自从秋天就没下过雨，到了冬天温度还很高。麦田饱受干旱，老百姓饱受灾病。』面对这无法抗拒的天灾，曾巩非常着急。他唯一能做的就是求助于神灵，求降雨。从他留下的二十篇祈雨文中，足见他急民之所急、忧民之所忧的可贵品质。为了祈雨，他跑了很多寺庙，登山临水，诚心诚意祈求上苍。当降下大雨后，他比谁都高兴。他还一连写了《诸庙谢雨文》、《薤山谢雨文》等祭文来感谢上天。祈雨、谢神，在今天看来，是很荒谬的，但在封建社会，他的这种精神却是值得称道的。

唐宋八大家集

线装典藏

册三

明·茅坤 编选

黄山书社

线装典藏

唐宋八大家集

明·茅坤 编选

册三

黄山书社

书《魏郑公传》

原文

予观太宗常屈己以从人臣之议[1]，而魏郑公之徒，喜遭其时，感知己之遇，事之大小，无不谏诤，虽其忠诚自至，亦得君而然也。则思唐之所以治，太宗之所以称贤主，而前世之君不及者，其渊源皆出于此也。能知其有此者，以其书存也。及观郑公以谏诤事付史官，而太宗怒之，薄其恩礼，失终始之义，则未尝不反覆嗟恨，恨其不思；而益知郑公之贤焉。

夫君之使臣与臣之事君者何？大公至正之道而已矣。大公至正之道，非灭人言以掩己过，取小亮以私其君[2]，此其不可者也。又有甚不可者，夫以谏诤为当掩，是以谏诤为非美也，则后世谁复当谏诤乎？况前代之君有谏诤之美，而后世不见，则非惟失一时之公，又将使后世之君，谓前代无谏诤之事，是启其怠且忌矣。太宗末年，群下既知此意而不言，渐不知天下之得失。至于辽东之败[3]，而始恨郑工不在。世未尝知其悔之萌芽出于此也。

夫伊尹、周公何如人也？伊尹、周公之切谏其君者，其言至深，而其事至迫，存之于书，未尝掩焉。至今称太甲、成王为贤君，而伊尹、周公为贤相者，以其书可见也。令当时削而弃之，准区区之小让，则后世何所据依而谏，又何以知其贤且良与？桀、纣、幽、厉、始皇之亡，则其臣之谏词无见焉。非其史之遗，乃天下不敢言而然也。则谏诤之无传，乃此数君之所以益暴其恶于后世而已矣。

或曰：『《春秋》之法，为尊亲贤者讳，与此戾矣。』夫《春秋》之所以讳者，恶也，纳谏岂恶乎[4]？『然则焚稿者非欤？』曰：焚稿者谁与？非伊尹、周公为之也，近世取区区之小亮者为之耳，其事又未是也。何则？以焚其稿为

伊尹

伊尹，为商朝汤武王的宰相，辅佐汤武王灭了夏桀，建立了商王朝，他还是厨师之祖。

掩君之过，而使后世传之，则是使后世不见稿之是非，而必其过常在于君，美常在于己也，岂爱其君之谓欤？孔光之去其稿之所言，其在正邪未可知也。而焚之而惑后世，庸讵知非谋己之奸计乎？或曰：『造辟而言⑤，诡辞而出，异乎此。』曰：此非圣人之所曾言也。今万一有是理，亦谓君臣之间，议论之际，不欲漏其言于一时之言耳，岂杜其告万世也！

噫！以诚信持己而事其君，而不欺乎万世者，郑公也。益知其贤云。岂非然哉！岂非然哉！

注释

①屈：委屈。

②小亮：小的信用。

③辽东：辽东，辽河以东之地。

④纳谏：采纳好的言论和劝谏。

⑤造辟：造，拜访的意思。辟，君主。

译文

我常常看到唐太宗肯降低身份，虚心听取群臣的意见，而魏郑公这些人恰好碰到了好年代，很感谢太宗的知遇之恩，不管遇上的事情是大还是小，大家都争着直言进谏，虽然这是与他们的忠诚分不开的，还是因为能遇上圣明的君主才会出现这样的结果的！那么，我想唐代之所以能够政治清平，太宗被称颂为贤君，没有一代君主能比得上太宗的，根本原因大概就是由于这个吧！我之所以能够知道魏郑公有谏诤的事迹，是因为至今还保存着他的奏章。魏郑公让史官把诤谏的事记录下来，太宗大怒，减少了对他的恩礼，没有对他像开始那样好，魏郑公未尝不反复嗟叹惋惜，对考虑的不长远而抱怨，而更加知道魏郑公的忠贤了。

君王起用大臣，臣子侍奉君王的依据什么呢？只是尽量做到公正。极其公正，不是不允许有些时候要掩饰自己，不要老想着博取小信来讨好自己的君主，这些事情都是不允许做的。还有一些事情是一定不能做的，不要以为谏诤是需要掩饰的，这样的看法是把谏诤当作不好的表现，那么后代还有谁敢于当面谏诤呢？况且前代的君主都兼有纳谏的美德，可是后代却不知道，如果这样的话失掉的不仅是一时的公正，还会让后代的君主误以为前代没有谏诤的情况。这样做是打开了惰怠和忌讳进谏的风气。

那伊尹、周公到底是何等的人物呢？伊尹、周公的谏议能够直接触及君主的弊端，言辞非常深刻，事情又非常紧迫。他们的谏词保存在《尚书》里，没有被遗落。就是直到现在人们还称颂太甲、成王他们为贤君，伊尹、周公是一代良相，这与他们的谏书现在还能看到是有缘由的。假使当时就把谏书毁掉了，留下小小的谦让的名声，那么后代还有谁能够主动来劝谏呢，又根据什么来判断他们的贤能和杰出呢？夏桀、商纣、周幽王、周厉王、秦始皇死后，他们的臣子的谏词却没有被发现。这不是历史的遗露，实则是天下人不敢言而导致的。而然谏词诤言没有得以留传，这也是这些君主越来越暴力，于后世留下恶名的原固。

有人说：『《春秋》记史的原则是为君主、父母、贤德之人隐去恶的地方和过错，和这正好是相反的做法。』《春秋》里所掩饰和隐去无非是不良行为，可是接受谏诤又怎么能和不良行为相提并论呢？又说：『那么这样说来，是焚毁谏稿的人做错了吗？』我说：『到底是谁焚稿了？这不是伊尹、周公做的，是那些企图从君主那里博取小信的小人干的，那事情本身是错误的。为什么？因为他们把焚稿的行为看成是帮助君主掩饰过错的好品质了，还希望后世能够传颂这件事。这就使得后世看不到谏言奏章到底是对的还是错的，常常把过错推到君主的身上，把美德常常错归于焚稿者身上，这哪里能够称得上是爱他们的君主呢？』又有人说：『到君主面前说实话，但是出来却不能告诉别人实话。这也与此不同。』我说，这不是圣贤说过的话，即使真有这样的话，也是说君臣之间谈论起时事，不想让别人知道他们所说的话罢了，根本就不是想杜绝谏诤，告诉万世的人呢！

唉！能够要求自己坚持真诚、侍奉君主要真实，而且对万世不欺瞒的人，这个人就是郑公啊！

【作者逸事】

宋代曾巩、曾晔兄弟，参加科举考试很多次，却每次都落第回乡。一些幸灾乐祸的人就编了四句打油诗嘲笑他们。诗云：

一年一度举场开，落杀曾家两秀才。

有似檐间双燕子，一双飞去一双来。

这诗的意思是曾家兄弟，每年都参加科考，却每次都扫兴而回，就房檐下两只燕子，一双飞去，又一双飞回，两个人没有一个能考上的，只是空忙一场。

起初面对讥讽，曾巩兄弟很抑郁。可是他们的妈妈始终鼓励他们，给了他们信心，使他们不再把别人的奚落放在心上，而是潜心攻读。经历十五年的苦学后，曾巩与三个弟弟，两个姐夫一道赴京应考，结果，一门六人全都金榜题名，高中进士。后来，曾巩更是成为唐宋八大家之一。

王安石集

【作者简介】

王安石（1021——1086），字介甫，号半山，抚州临川（今江西临川）人。曾封舒国公、荆国公，死后追赠舒王，谥文。世称荆公、舒王、王文公、王临川。

王安石生于诗书官宦之家。自幼聪明过人，博学强记，文思敏捷。宋仁宗庆历二年（1042）应进士第，中第四名。同年被派往扬州，在韩琦幕下任签书淮南判官厅公事。后任明州鄞县（今浙江鄞县）知县、舒州（今安徽潜山）通判、群牧司判官、太常博士、常州知士、江东刑狱、三司度支判官。作《上仁宗皇帝万言书》，提出变法主张。在神宗的支持下，王安石力排众议，推行新法，力图改变由宋百年以来积贫积弱的局面，收到了一定的实效。但由于变法触及了地主阶级自身的利益，因而遭到了王公大臣乃至皇太后的强烈反对，再加上其他因素，变法最后失败。司马光为相后，新法被逐渐废去。王安石含愤病逝于江宁，终年六十六岁。

王安石的散文长于说理，逻辑性强；布局严整，文势跌宕起伏；运笔倔强、峭拔。另一显著特点是文笔简洁而用意深长。

读孟尝君传

原文

世皆称孟尝君能得士，士以故归之，而卒赖其力以脱于虎豹之秦①。嗟乎！孟尝君特鸡鸣狗盗之雄耳，岂足以言得士？不然，擅齐之强，得一士焉，宜可以南面而制秦，尚何取鸡鸣狗盗之力哉？鸡鸣狗盗之出其门，此士之所以不至也。

秦宫狗盗

鸡鸣狗盗之出其门。

注释

①「而卒」句：秦昭王十年（公元前297年），孟尝君在秦国被囚，他的门客中有善于狗盗者，夜入秦宫，盗得狐白裘，献给昭王宠姬，宠姬因劝昭王释放孟尝君。孟尝君逃至函谷关时，昭王后悔，派人来追。此时，天色未明，按规定到鸡鸣后才能开关放人进出，又有一门客善于学鸡鸣，骗开关门，孟尝君得以逃回齐国。

译文

世人都称赞孟尝君能够搜罗人才，因此人才都投到他的门下，而他终于因他们出力帮助，得以从虎豹一样凶残的秦国逃走。咳！孟尝君只不过是鸡鸣狗盗之徒的首领罢了，哪里称得上能搜罗人才呢？如果不是这样，凭借齐国的强大，得到一个真正的人才，就应该可以南面称王而制服秦国，还用得着这些鸡鸣狗盗之徒吗？鸡鸣狗盗之辈出入他的门下，这正是真正的人才不去他那里的原因呀！

说明

齐国的孟尝君与赵国的平原君、魏国的信陵君、楚国的春申君并称为『战国四公子』，都以招揽贤士闻名于世。本文为王安石读《史记》中孟尝君传记后所作，批驳世人之定论，写得短小精悍，是一篇有名的翻案文章。

游褒禅山记

原文

褒禅山亦谓之华山①。唐浮图慧褒始舍于其址②，而卒葬之；以故其后名之曰『褒禅』。今所谓慧空禅院者，褒之庐冢也。距其县东五里，所谓华山洞者，以其乃华山之阳名之也③。距洞百馀步，有碑仆道，其文漫灭，独其为文犹可识，曰『花山』。今言『华』如『华实』之『华』者，盖音谬也。

其下平旷，有泉侧出，而记游者甚众，所谓『前洞』也。由山以上五六里，有穴窈然，入之甚寒，问其深，则其好游者不能穷也谓之『后洞』。余与四人拥火以入，入之愈深，其进愈难，而其见愈奇。有怠而欲出者，曰：『不出，火且尽。』遂与之俱出。盖予所至，比好游者尚不能十一，然视其左右，来而记之者已少。盖其又深，则其至又加少矣。方是时，予之力尚足以入，火尚足以明也。既其出，则或咎其欲出者，而予亦悔其随之，而不得极夫游之乐也。

于是予有叹焉。古之人观于天地、山川、草木、虫鱼、鸟兽，往往有得，以其求思之深而无不在也。夫夷以近，则游者众；险以远，则至者少。而世之奇伟瑰怪非常之观，常在于险远，而人之所罕至焉。故非有志者，不能至也。有志矣，不随以止也，然力不足者，亦不能至也。有志与力，而又不随以怠，至于幽暗昏惑，而无物以相之，亦不能至也。然力足以至焉，于人为可讥，而在己为有悔；尽吾志也而不能至者，可以无悔矣，其孰能讥之乎？此予之所得也。

余于仆碑，又有悲夫古书之不存，后世之谬其传而莫能名者，何可胜道也哉！此所以学者不可以不深思而慎取之也。

王安石

王安石，字介甫，晚号半山，小字獾郎，封荆国公，世人又称王荆公，宋临川人。唐宋八大家之一。其诗『学杜得其瘦硬』，长于说理与修辞，善用典，风格遒劲有力，警辟精绝，亦有情韵深婉之作。著有《临川先生文集》。

四人者，庐陵萧君圭君玉，长乐王回深父，予弟安国平父、安上纯父④。

注释

①褒禅山：在今安徽含山北。

②唐浮图慧褒：唐代的和尚慧褒。浮图，或作浮屠、佛图，梵语译音，有佛、佛徒、佛塔等义。这里指佛徒。

③华山之阳：华山之南。

④庐陵：今江西吉安。萧君圭君玉：萧君圭，字君玉，生平不详。长乐：今福建长乐。王回深父：王回，字深父（或作深甫），宋代理学家。安国平父：王安国，字平父（或作平甫），安石之弟。安上纯父：王安上，字纯父（或作纯甫），亦安石之弟。

译文

褒禅山也叫做华山。唐代高僧慧褒在这里建房居住，而死后就葬在这里。因此，以后就把这座山称作褒禅山。现在被称为慧空禅院的地方，就是慧褒和尚的房舍和墓地。距离禅院东面五里，有个被称为华山洞的地方，是因为它在华山的南面而得名的。离洞一百多步，有一块石碑倒在路上，碑上的文字已经模糊不清了，只有『花山』二字还能辨认出来。

现在将『华』字读成『华实』的『华』，是把字音读错了。

山洞下面平坦而开阔，有泉水从旁边流出，到这里游览并题字留念的人很多，这就是人称『前洞』的地方。沿山向上走五六里，有一个山洞很幽暗深邃，走进去感觉很寒冷。询问它有多深，就是那些喜欢游山玩水的人也不能走到尽头，人们称它为『后洞』，我和四个游伴举着火把走进去，进去越深，前进越难，而见到的景色就越奇妙。有懈怠而想出来的，说：『不回去，火把就要烧完了。』于是大家就和他一起出来了。大概我们所到的地方，与那些喜欢游山玩水的人相比，还不到十分之一，可是看到左右洞壁，来到这里并且题字留念的人已经很少了。大概越往深处，到达的人就越少。这时候，我的力气还足够继续往前走，火把也还足够照明。出洞以后，有人就责怪那吵着要退出的人，我也后悔跟着他退了出来，而不能尽情享受游览的乐趣。

于是，我颇有感慨。古代的人在观察天地、山川、草木、虫鱼、鸟兽时，往往有心得体会，这是因为他们思考问题很深刻，所考虑的无所不在。那些平坦而距离又近的地方，游人就很多；艰险而又遥远的地方，去的人就很少。然而世界上奇特壮极不寻常的自然风景，常常是在艰险遥远且人们很少到达的地方。因此，没有志向的人是不能到达的。有了志向，不轻易停止前进，但是气力不足，也不能到达。既有志向又有气力，也不轻易后退，但是到了幽深昏暗又神迷目乱之处，没有外物的辅助，也不能到达。然而，气力足却因不够努力而没有到达，是要被别人讥笑的，而自己也会感到懊悔。已经尽了自己的努力却仍不能到达，可以不必后悔，又有谁会讥笑呢？这就是我的心得。

我看到倒伏在路上的石碑，又感慨古书的散失，使后世的人以讹传讹而无法弄清许多事情的真实情况，这类事情哪能说得完呢！这就是治学的人不能不深入思考和谨慎择取的原因。

同游的四个人是：庐陵的萧君圭字君玉，长乐的王回字深父，我的弟弟安国字平父、安上字纯父。

说明

本文是王安石变法前，任舒州通判时所作的一篇叙议结合的游记，通过记述他和同伴游褒禅山的过程，借物言志，生发议论，阐述人生道理，说明若要成就大事业，就要有坚强的毅力，并且有一定的物质条件作为辅助。

伯夷

原文

事有出于千世之前，圣贤辩之甚详而明，然后世不深考之①，因以偏见独识，遂以为说，既失其本，而学士大夫共守之不为变者，盖有之矣，伯夷是已。夫伯夷，古之论有孔子、孟子焉。以孔、孟之可信而又辩之反复不一，是愈益可信也。孔子曰：『不念旧恶，求仁而得仁，饿于首阳之下，逸民也。』孟子曰：『伯夷非其君不事，不立恶人之朝，避纣居北海之滨，目不视恶色，不事不肖，百世之师也。』故孔、孟皆以伯夷遭纣之恶，不念以怨，不忍事之，以求其仁，饿而避，不自降辱，以待天下之清，而号为圣人耳。然则司马迁以为武王伐纣，伯夷叩马而谏，天下宗周，而耻之，义不食周粟，而为《采薇》之歌。韩子因之②，亦为之颂，以为微二子③，乱臣贼子接迹于后世，是大不然也。夫商衰而纣以不仁残天下，天下孰不病纣？而尤者，伯夷也。尝与太公闻西伯善养老④，则往归焉。当是之时，欲夷纣者，二人之心，岂有异邪？及武王一奋，太公相之，遂出元元于涂炭之中⑤，伯夷乃不与，何哉？盖二老所谓天下之大老，行年八十馀，而春秋固已高矣。自海滨而趋文王之都，计亦数千里之远，文王之兴，以至武王之世，岁亦不下十数，岂伯夷欲归西伯而志不遂，乃死于北海邪？抑来而死于道路邪？抑其至文王之都而不足以及武王之世而死邪？如是而言伯夷，其亦理有不存者也。且武王倡大义于天下，太公相而成之，而独以为非，岂伯夷乎？天下之道二，仁与不仁也。纣之为君，不仁也；武王之为君，仁也。伯夷固不事不仁之纣以待仁，而后出武王之仁焉，又不事之，

磻溪垂钓

姜子牙磻溪垂钓。

则伯夷何处乎？余故曰：圣贤辩之甚明，而后世偏见独识者之失其本也。呜呼，使伯夷之不死，以及武王之时，其烈岂独太公哉！

注释

①考：考查，推究。

②韩子：指韩愈。

③二子：这里指伯夷和他的弟弟叔齐。

④太公：姓姜，名尚，字子牙，是西周著名的辅臣。西伯：这里指西伯侯姬昌。

⑤元元：泛指平民百姓。

译文

这件事情发生在一千年之前，圣贤已经把事情讲得很明白、清楚了，可是后世的人却不对这件事仔细推敲、考证，只是按照自己的偏见和一知半解来诠释整件事情，所以才著说，可是已经改变了原来的意思了。那些学士、大夫中能够坚持事情的本来面貌不发生变化的人，还是有的，伯夷就是这样的人。对伯夷进行过评价的古人有孔子和孟子。但是孔、孟的言论经过很多次推敲还是找不出不对的地方，因此觉得更加可信了。孔子说：『他不念旧恶，追求仁德最终得到了仁德，在首阳饿死了，他是好民。』孟子说：『伯夷不侍奉不仁德的君主，也不在恶人的朝廷上供职，他为了躲避纣王的暴虐住在北海之滨，眼睛不看不好的东西，也不侍奉品德不好的人。他可以称得上是百代的楷模啊。』因此孔、孟都认为伯夷遭到纣王的虐待，他却不计较怨恨纣王，但是也不愿意侍奉他，来求得保全仁德，虽然忍饿也要躲避，等待着天下清平的日子的到来，因此把他称为圣人。可是司马迁认为武王伐纣，伯夷能够叩马而谏，可是等到天下宗周的时候，他却认为这是一种耻辱，坚决不吃周朝的粮食，并写了《采薇》的民歌。韩愈也这样认为，并且还赞颂他，他认为伯夷和叔齐两人，不是后代所说的那样的乱臣贼子。商朝衰败的时候，商纣王却对天下很残暴，天下谁不饱受纣王的折磨啊？只有伯夷一个人担忧。他和姜太公曾经都听说西伯善待老人，都想归顺文王。这个时候，他们两个人想讨伐纣王的心愿能有什么差别吗？等到武王奋起，太公辅佐武王伐纣时，把生灵百姓从炭涂中救起，伯夷却不愿归顺周朝，为什么呢？可能是二老都是天下的大老，差不多已经八十岁的高龄了，岁数已经很大了。从海滨赶到文王的领地，应该有数千里远，文王开始兴起，等到武王的时代，也已经十多年了，难道是伯夷打算归顺西伯但是志向没有实现，于是就在渤海去世了？还是死于道路上呢？还是到了文王之都但是没有等到武王之世就死了呢？如果这样说伯夷的话，也有不符合道理的。况且武王对天下百姓倡导大义，太公辅佐他直到取得成功，难道只有伯夷一个人是不对的吗？天下的道义就分仁义和不仁义两种。纣王是不仁义的君主；武王是仁义的君主。伯夷本来就不打算侍奉不仁义的纣王，而是来等待仁义的出现，后来武王成为仁义之君，伯夷又不想侍奉他了，他到底是怎么想的呢？我本来就说：圣贤本来就已经说得很清楚了，而后世却因为自己的偏见歪曲了事实。呜呼，要是伯夷不死的话，等到了武王的时代，难道只有太公一个人功劳大吗！

【作者逸事】

郭祥正担任邵州武冈知县，他给朝廷上书，建议皇帝以后『专门听取王安石的建议，大臣中只要有和王安石的意见不一样的就应该罢免』。神宗感此表章甚为『辨畅』，就问安石：『你怎么评价郭祥正这个人哪？』安石答：『过去在江东时见过他。这个人很有纵横家的才干，办事的时候善于察言观色，但是为人不好，一定不能够重用他。』这时郭祥恰好因功升职了。听到王安石对神宗讲的话，他急忙辞掉官职回家了。

伤仲永

原文

金溪民方仲永，世隶耕①。仲永生五年，未尝识书具，忽啼求之。父异焉，借旁近与之，即书诗四句，并自为其名。其诗以养父母、收族为意②，传一乡秀才观之。自是指物作诗立就，其文理皆有可观者。邑人奇之，稍稍宾客其父，或以钱币丐之。父利其然也，日扳仲永环谒于邑人③，不使学。

余闻之也久，明道中，从先人还家④，于舅家见之，十二三矣。令作诗，不能称前时之闻。又七年，还自扬州，复到舅家，问焉。曰：『泯然众人矣⑤。』王子曰：『仲永之通悟，受之天也，其受之天也，贤于材人远矣。卒之为众人，则其受于人者不至也。彼其受之天也，如此其贤也，不受之人，且为众人。今夫不受之天，固众人，又不受之人，得为众人而已邪！』

注释

①隶耕：属于耕田的人。

②收族：团结同族的人。

闻鸡起舞

晋代的祖逖，每天鸡叫后就起床练剑，春去冬来，寒来暑往，从不间断。功夫不负有心人，经过长期的刻苦学习和训练，他终于成为能文能武的全才。天道酬勤，天才是不存在的，后天努力对成才更为重要。

③环谒：到处拜访别人。

④先人：这里指王安石已故的父亲。

⑤泯然：消失的样子。

译文

金溪县有个人叫方仲永，他家世代都是种田的。仲永到了五岁的时候，还没见过书写的纸墨笔砚，有一天，他哭着要这些东西。父亲感到很奇怪，向左邻右舍借来这些东西，他马上写下四句诗，还题了自己的名字。这首诗的内容是以赡养父母、团结宗族为中心，传出以后，全乡的秀才都来看。从这以后，有人指着事物要他做诗，他马上就成了，诗的文采和道理都有值得一看的地方。同县的人都很惊异，渐渐地用招待宾客的礼节来招待他父亲，有人出钱和财物让仲永写诗。他的父亲觉得这可以得到利益，于是每天领着方仲永四处拜访同县的人，却不让他学习。

我早就听说这件事了。明道年间，我和先父回到家乡，恰好在舅舅家碰见了方仲永，这时他已经十二三岁了。他做诗的表现和以前的传闻实在相差很大。七年之后，我从扬州回来，拜访舅舅，问起方仲永的情况，舅舅说：『他的才华尽失，和一般人没什么区别了。』我认为：方仲永的通大智慧，是先天得到的。他有天赋，比起力学而成的人要优秀得多；然而，最终还是沦落为平常人，是因为没有受到常人所受的教育的结果。他的天资是那样的好，只因为没有受到教育培养，尚且沦为普通人一样。如今，天分不高的人自然是很多的，如果再不加以教育培养，恐怕连一个平常人都不如吧？

说明

本文选自《临川先生文集》，是传记类古文。『伤』，在这里有『感叹』的意思。文章主要是想说明：即使是天赋异禀的人不管天生多么聪明，要是后天不努力，时间长了也会变成平常人的，和普通人没有差别。他想告诫人们正确对待教育和学习，并进一步说明天赋不值得依靠，后天努力更重要。全文只有短短235字，但是叙述有条不紊，议论深入浅出，本文的思想或章法技巧都是十分值得借鉴的。

本文语言凝练，非常质朴。以反诘做尾，没提一个『伤』字，却留下了无限思考的空间，可谓意犹未尽。

答司马谏议书①

原文

某启②：昨日蒙教，窃以为与君实游处相好之日久③，而议事每不合④，所操之术多异故也⑤。虽欲强聒⑥，终必不蒙见察⑦，故略上报⑧，不复一一自辨⑨；重念蒙君实视遇厚，于反复不宜卤莽，故今具道所以，冀君实或见恕也。

盖儒者所争，尤在名实，名实已明，而天下之理得矣。今君实所以见教者，以为侵官，生事、征利、拒谏，以致天下怨谤也。某则以为受命于人主，议法度而修之于朝廷，以授之于有司，不为侵官；举先王之政，以兴利除弊，不为生事；为天下理财，不为征利；辟邪说，难壬人，不为拒谏。至于怨诽之多，则固前知其如此也。人习于苟且非一日，士大夫多以不恤国事，同俗自媚于众为善，上乃欲变此，而某不量敌之众寡，欲出力助上以抗之，则众何为而不汹汹然？盘庚之迁，胥怨者民也，非特朝廷士大夫而已；盘庚不为怨者故改其度，度义而后动，是而不见可悔故也。如君实责我以在位久，未能助上大有为，以膏泽斯民，则某知罪矣；如曰今日当一切不事事，守前所为而已，则非某之所敢知。

无由会晤，不任区区向往之至。

注释

①司马谏议：这里指司马光，他当时担任右谏议大夫。

②某启：安石陈说。某，代词，这里指作者用以自称。古人在写信时为了省事，在草稿上写上『某』，但在正式写给对方的时候，还是要写本人名字的。启：陈述，述说。引申为告，写信说明情况。

③君实：司马光的字。古人写信给同辈而有交谊的，自己称自己称名，称呼别人称字，用来表示对对方的尊敬。

④议事：讨论国家大事。每不合：往往不一致。

⑤所操之术：每个人所持的政治主张。操，持。术，方法，这里指政治主张。

⑥强聒：勉强地罗唆。

⑦不蒙见察：不蒙您考虑，不能得到您的谅解。见，被。察，了解。

⑧略上报：简略地给您回了封信。略，简略。上，表示尊敬对方。报，写回信。

⑨复：再，又。

译文

安石启：昨天感谢您来信不吝赐教，我私下认为与君实您同游共处的时间不短了，可是讨论国家大事意见常常不一样，这是由于我们每个人所持的政治主张存在很多不同的缘故啊。虽然很想和您勉强罗唆一番，结果一定不能得到

司马光

司马光（1019—1086），北宋政治家、史学家、散文家。字君实，号迂叟，世称涑水先生。赠太师、温国公，谥文正。司马光自幼嗜学，尤喜《春秋左氏传》。一生大部分精力都奉敕编撰《资治通鉴》，以此足可留名后世。

您的谅解，所以（我）只是简单地给您回了这封信，不再详尽地为自己辩解了。又承蒙您很看重我，在书信往来中我就更不应该有什么简慢懈怠的，所以现在我想和您详细说明我这样做的理由，希望您能够谅解我。

有学问的读书人所争议的，主要是名义和实际是否相符这个问题。名称和实际的关系已经十分明了了，那么天下一切事物的大道理也就很清楚了。现在君实您拿来指教我的东西，是认为我侵官、生利、征利、拒谏，所以现在天下的人都怨恨和诽谤我。但是我坚决认为我是从皇帝那里接受命令的，并且还议订法令制度，这一切都是在朝廷上得到修正的，还把它交给专门负责的官员去执行了，这并够不上是侵夺官权；我只是在实行古代贤明君主的政策，并且把它用于发展对国家有利的事业、消除有害的制度，这不等同于在制造事端；为国家治理、整顿财政，并不能说是在与百姓争夺财利；对错误的言论进行抨击，巧辩的坏人进行驳斥，并不能说不虚心接受别人的劝谏。至于社会上怨恨和诽谤我的人很多，这是我意料之中的事情，没什么值得大惊小怪的。人们习惯得过且过的时间也不短了。士大夫们基本上不关心国家大事，甚至相互附和世俗（的见解）而没有自己的见解，他们认为讨好别人是一种美德，现在皇上想革除、改变这种风气是多么的不容易啊，我又不在意、也不去估量政敌到底有多少，只是想尽自己最大的力量来辅助皇上抵制这股势力，（这样一来）那些人对我大嚷大叫又有什么奇怪的呢！盘庚迁都（的时候），没有人不抱怨的，不光是朝廷上的士大夫，连老百姓都反对；盘庚不因为有人怨恨就改变了迁都的决定；这是因为他已经充分考虑了，然后才坚决行动；这是因为他认为这件事是正确的，看不出有什么值得后悔的。如果君实您责备我执政太长时间了，却没有辅助皇上成就一番大事业，让老百姓得到实惠的话，那么我承认我是有责任的；如果说现在不应该去做任何事情，只是遵循着前人的法规，那么我就不能听从您的了。没有机会和您见一面，内心对您却是非常仰慕的。

说明

《答司马谏议书》这篇文章，从一个侧面说明的是我国北宋时代革新派与保守派所展开的一场激烈斗争。在这篇文章中王安石对大地主进行了强烈的批判，表达了王安石反对因循守旧，主张革新的愿望，还表达了他敢于向强势力进行斗争的决心。

祭欧阳文忠公文

原文

夫事有人力之可致，犹不可期，况乎天理之溟漠①，又安可得而推？

惟公生有闻于当时，死有传于后世，苟能如此足矣，而亦又何悲？如公器质之深厚，智识之高远，而辅学术之精微，故充于文章，见于议论，豪健俊伟，怪巧瑰琦。其积于中者，浩如江河之停蓄；其发于外者，烂如日月之光辉。其清音幽韵，凄如飘风急雨之骤至；其雄辞闳辩，快如轻车骏马之奔驰。世之学者，无问乎识与不识，而读其文，则其人可知。

呜呼，自公仕宧四十年，上下往复，感世路之崎岖。虽迍邅困踬[2]，窜斥流离，而终不可掩者，以其公议之是非。既压复起，遂显于世，果敢之气，刚正之节，至晚而不衰。

方仁宗皇帝临朝之末年，顾念后事，谓如公者，可寄以社稷之安危。及夫发谋决策，从容指顾，立定大计，谓千载而一时。功名成就，不居而去。其出处进退，又庶乎英魄灵气，不随异物腐败，而长在乎箕山之侧，与颍水之湄。然天下之无贤不肖[3]，且犹为涕泣而歔欷，而况朝士大夫，平昔游从，又予心之所向慕而瞻依[4]。

呜呼，盛衰兴废之理，自古如此，而临风想望不能忘情者，念公之不可复见，而其谁与归？

注释

①溟溟：渺茫不可揣度。

②迍邅：处境困难。困踬：困厄难进。

③不肖：不贤之人。

④向慕：向往仰慕。瞻依：瞻仰、依靠。

译文

有的事情人可以做到，还不一定成功，何况天理渺茫，又怎么能捉摸得清楚呢！

只有欧阳公活着的时候就已经有很好的声望了，死后还有道德文章流传于后世。人要是能这样就很不错了，还有什么值得悲伤呢！先生的气质是如此深厚，见识如此高远，学术功力如此精微，无论他的文章，还是议论，都很豪放、强劲，英俊、奇伟，神奇、巧妙、灿烂、美好。把它们蕴蓄在胸中，浩大有如积聚不流的江河之水；一写出文章，就好像日月的光辉那样明亮。那清幽的韵调，就好像旋风细雨突然到来；那有力的言辞就好像骏马拉着轻车在奔跑。世上的学者，不管认不认识先生，只要读到他的著作，就能了解他的为人。

唉！先生做了四十年的官，几进几出，几升几落，深深地感到人生的不平。处境异常艰难困苦，遭到放逐，但还是没有埋没了他，就是因为是非自有公论。虽然遭到打压，但是很快就能得到重用，终于名声显扬于世。先生果敢的气概，刚正的节操，一直保持到晚年。

当仁宗皇帝在执政的晚年，忧虑身后的事情，他认为可以把国家的前途委托给欧阳修这样的人。要出主意确定策略的时候，他都从容对待，做事果断，辅助今上即位，真是在短时间内建立了千载难逢的功勋。功成名就，他却主动引退，从出世到隐居，大概和他的英灵一样，不会随着尸体的腐烂而消散，而长留在箕山和颍水之滨。天下的人不论贤与不贤，都为欧阳公的逝世流泪、叹息。更何况当朝的士大夫，那些和他曾经有过交往的人呢？更何况我对他衷心向往、仰慕他、依靠他呢！

唉，事物盛衰兴废的道理，自古以来就是这样，我迎风怀念，怎能不动感情呢！一想到我再也见不到他了，谁还是我宗仰的对象呢！

说明

宋代曾巩、曾晔兄弟，参加科举考试很多次，却每次都落第回乡。一些幸灾乐祸的人就编了四句打油诗嘲笑他们。诗云：一年一度举场开，落杀曾家两秀才。有似檐间双燕子，一双飞去一双来。这诗的意思是曾家兄弟，每年都参加科考，却每次都扫兴而回，就房檐下两只燕子，一双飞去，又一双飞回，两个人没有一个能考上的，只是空忙一场。起初面对讥讽，曾巩兄弟很抑郁。可是他们的妈妈始终鼓励他们，给了他们信心，使他们不再把别人的奚落放在心上，而是潜心攻读。经历十五年的苦学后，曾巩与三个弟弟，两个姐夫一道赴京应考，结果，一门六人全都金榜题名，高中进士。后来，曾巩更是成为唐宋八大家之一。

同学一首别子固

原文

江之南有贤人焉，字子固，非今所谓贤人者，予慕而友之①。淮之南有贤人焉，字正之，非今所谓贤人者，予慕而友之。二贤人者，足未尝相过也②，口未尝相语也，辞币未尝相接也③。其师若友，岂尽同哉？予考其言行④，其不相似者，何其少也！曰，学圣人而已矣。学圣人，则其师若友，必学圣人者。圣人之言行岂有二哉？其相似也适然⑤。

予在淮南，为正之道子固，正之不予疑也。还江南，为子固道正之，子固亦以为然。予又知所谓贤人者，既相似，又相信不疑也。

子固作《怀友》一首遗予，其大略欲相扳⑥，以至乎中庸而后已⑦。正之盖亦常云尔。夫安驱徐行⑧，轥中庸之庭⑨，而造于其室，舍二贤人者而谁哉？予昔非敢自必其有至也，亦愿从事于左右焉尔。辅而进之，其可也。

噫！官有守，私系合不可以常也，作《同学一首别子固》，以相警且相慰云。

注释

①慕而友：慕：仰慕。友：与之交朋友，动词。

②相过：拜访，交往。

③辞：这里指书信往来。币：帛，丝织品，这里指礼品。

④考：考察。

⑤适然：理所当然的事情。

⑥大略：大体上。
⑦扳：同『攀』，援引。
⑧安驱：稳稳当地驾车。
⑨轥：车轮碾过。

译文

江南有一位叫子固的贤人，他和现在人们所说的贤人是不一样的，我敬慕他，还和他成为了朋友。淮南也有一位叫正之的贤人，和现在人们所说的贤人也是不同的，我也敬慕他，和他成了朋友。这两位贤人，他们并没有来往过，甚至连话都没说上，更别说互相赠送过礼品。他们的老师和朋友，恐怕不会是一样的吧？我仔细考察过他们的言行，他们之间的不同之处却少得可怜啊！应该说，这与他们学习圣人的结果是有关的。学习圣人，那么这两个人的老师和朋友，肯定也会学习圣人了。圣人的言行还会不一样吗？他们的相似是理所当然的了。

我在淮南的时候，曾经向正之提起子固，正之对我的话毫不怀疑。等到我回到江南，向子固提起正之，子固也对我的话毫不怀疑。于是我知道那些被看做是贤人的人，他们的言行差不多相似，而且相互之间很信任而不猜疑。

子固写了一篇《怀友》赠给我，他的意思是想互相帮助，一起达到中庸的标准才肯罢休。正之的观点也是这样的。驾着车子稳步前进，经过中庸的门庭最后才能到达室内，这样的人除了这两位贤人还有其他人吗？我过去从来不觉得我会达到中庸的境地，但也愿意跟随在他们身旁努力奔走。在他们的帮助下前进，我能够达到目的也是不难的。

唉！做官的各有自己的职守，由于个人私事的牵绊，我们之间相聚不是那么多，作《同学一首别子固》，以这篇文章来相互劝诫，并且互相慰勉吧。

说明

这篇文章是王安石在青年时期所写的一篇赠别之作，虽然是赠别的，但是却没有世俗常见的惜别留念之情。文章明着写的只有两个人，但实际上却有三个人：曾巩、孙侔两人虽然平时没有来往，却有很多相似之处，而且都相互信任。文中指出这正是『学圣人』的共同之处，同时还表达了作者想和两人建立共同进步，相互勉励、相互鞭策的君子之谊，早点达到圣贤倡导的最高境界。文章笔法紧凑，开合有度，清人金圣叹非常欣赏此文，评曰：『此为瘦笔，而中甚腴』。

泰州海陵县主簿许君墓志铭[1]

原文

君讳平，字秉之，姓许氏。余尝谱其世家[2]，所谓今泰州海陵县主簿者也。君既与兄元相友爱称天下，而自少卓荦不羁，善辨说，与其兄俱以智略为当世大人所器[3]。宝元时，朝廷开方略之选，以招天下异能之士，而陕西大帅范文正公[4]、郑文肃公争以君所为书以荐[5]，于是得召试，为太庙斋郎，已而选泰州海陵县主簿。贵人多荐君有大才，可试以事，不宜弃之州县。君亦常慨然自许，欲有所为。然终不得一用其智能以卒。噫！其可哀也已。

士固有离世异俗，独行其意，骂讥、笑侮、困辱而不悔，彼皆无众人之求而有所待于后世者也，其龃龉固宜[6]。若夫智谋功名之士，窥时俯仰以赴势物之会，而辄不遇者，乃亦不可胜数。辩足以移万物，而穷于用说之时；谋足以夺三军，而辱于右武之国[7]，此又何说哉！嗟乎！彼有所待而不遇者，其知之矣。

君年五十九，以嘉祐某年某月某甲子葬真州之扬子县甘露乡某所之原。夫人李氏。子男瑰，不仕[8]；璋，真州司户参军；琦，太庙斋郎；琳，进士。女子五人，已嫁二人，进士周奉先、泰州泰兴县令陶舜元。

铭曰：有拔而起之[9]，莫挤而止之。呜呼许君！而已于斯，谁或使之？

注释

①泰州海陵县：现在的江苏省泰县。

②谱：为……做家谱。

③器：器重。

④范文正公：名仲淹，字希文，苏州吴县人。为宋名臣。

⑤郑文肃公：名戬，字天休，苏州吴县人。

⑥龃龉：这里指政治意见不合。

⑦右武：崇尚武道。

⑧不仕：不出来做官。

⑨起：使……起。

译文

这位人君名平，字秉之，姓许。我曾经为他的家族编过家谱，这个人就是家谱上所写的现任泰州海陵县主簿的人。许君著称于世的是和他哥哥许元的深厚的兄弟之情，他从小的时候就很出众，不愿意被拘束，他还擅长辨析论说，他及其哥哥都很富有智谋才略，当时德高望重的贵人都很器重他们。宝元年间，朝廷开设『方略』的科举考试科目，希望用这种方式来招纳天下的贤才，而陕西大帅范仲淹、郑文肃都争着把许君的文章推荐给皇上，于是许君才得到了招试的机会，让他做太庙斋郎，没过多久就让他担任泰州海陵县主簿。达官贵人都很器重许君，认为其可以担任大事，把他的才能抛弃埋没在州县任上是很可惜的；许君也常常激昂慷慨地赞叹自己，想有一番作为，可惜还没有得到施展才能的时候就去世了。唉！真是可悲啊。

士人中本来就有超凡脱俗的人，却自我率性，遭到世人的谩骂、讥讽、嘲笑甚至轻侮，但是他们虽然困窘受屈却不悔恨。他们都不像一般人那样强烈追求功名，却一心想着流芳于后世。他们肯定是不合时代潮流的。至于那些有智谋、有功名心的士人，他们把握住时机，随机应变，在各种势利的场合穿梭，还是不能得到机遇，这样的人也是不计其数的啊。辩说足以感化万物，却在看重游说的时代遇到冷落；智谋能够使三军降服，但是在崇尚武力的国家却是被鄙视的。又能做什么解释呢？唉！对于那些还有期望但是最终却悔恨的人，大概是悟透了这里面的道理了吧！

许君阳寿五十九岁，在嘉祐某年某月某日去世，在真州的扬子县甘露乡某处下葬。夫人姓李。儿子叫许瑰，一辈子不做官；许璋，是真州司户参军；许琦，担任太庙斋郎；许琳，是进士出身。女儿有五个，已出嫁的有两个；她们分别嫁给进士周奉先和泰州泰兴县令陶舜元。

铭文说：他得到别人的提拔和起用，并没遭受别人的排挤和嫉妒。唉，许君！你一直都担任这个官职。是谁使你落得如此下场呢？

【作者逸事】

一次，王安石写了这样两句咏菊诗：『西风昨夜过园林，吹落黄花满池金。』苏东坡读了之后觉得很荒谬。『菊残犹有傲霜枝』，可能出现风吹过落满地吗？他没多想就提笔续写一句：『秋花不比春花落，说与诗人仔细吟。』王安石这首诗是据《楚辞》『夕餐秋菊之落英』所写。这时候苏东坂又作诗『谤讪朝廷』，王安石就授意李定弹劾苏东坡吟诗诽谤皇上。神宗皇帝非常愤怒，把苏东坡打入大狱，还准备处死他。幸亏张万平出来求情，才被贬到黄州。这时候的宰相是王安石，他主张推行新法，苏东坡却持反对意见。菊花之争只是政治斗争反映在学术领域中的一种表象罢了。

苏洵集

【作者简介】

苏洵（1009—1066），字明允，号老泉，亦称老苏，眉州眉山（今四川眉山）人。苏洵少时游荡不学，至二十七岁始发愤攻读，走上科举仕进之路。他先后两次举进士不中。苏洵目击时艰，既为国家前途渺茫而失望，又为自己仕路不通而灰心，于是『绝意于功名，而自托于学术』。十年之间，他闭户读书，『大究六经、百家之说，考质古今治乱成败、圣贤穷达出外之际』，不仅思想发生了质的飞跃，而且为文也进入新的境界。苏洵一生写的文章，如《几策》、《权书》、《衡论》、《六经论》、《洪范论》、《史论》等，仅有百余篇，却名满天下，被后人奉为一代文豪。

苏洵作为杰出的散文家，其文独树一帜，具有鲜明的特色：一是务出已见，勇于创新；二是非特能文，更重用世；三是文贵自然，简切平易；四是学杂纵横，博辩宏伟。

管仲论

原文

管仲相威公①，霸诸侯，攘戎狄②，终其身齐国富强，诸侯不叛。管仲死，竖刁、易牙、开方用③，威公薨于乱，五公子争立④，其祸蔓延，讫简公⑤，齐无宁岁。

夫功之成，非成于成之日，盖必有所由起；祸之作，不作于作之日，亦必有所由兆。则齐之治也，吾不曰管仲，而曰鲍叔；及其乱也，吾不曰竖刁、易牙、开方，而曰管仲。何则？竖刁、易牙、开方三子，彼固乱人国者，顾其用之者，威公也。夫有舜而后知放四凶⑥，有仲尼而后知去少正卯。彼威公何人也？顾其使威公得用三子者，管仲也。仲之疾也，公问之相。当是时也，吾以仲且举天下之贤者以对，而其言乃不过曰『竖刁、易牙、开方三子，非人情，不可近』而已。

卫灵夫人

卫灵公半夜与夫人闲谈，听见王宫外有辆载人马车驶近。车近王宫门，稍停，声音已轻了许多，说明车上的人已经下车。车过王宫大门后，稍停，又恢复了先前的那种声音，此时，『公问夫人曰：知此谓谁？夫人曰：此必蘧伯玉也。……』为蘧佰玉为子之故。

呜呼！仲以为威公果能不用三子矣乎？仲与威公处几年矣，亦知威公之为人矣乎？威公声不绝乎耳，色不绝乎目，而非三子者，则无以遂其欲。彼其初之所以不用者，徒以有仲焉耳。一日无仲，则三子者可以弹冠而相庆矣。仲以为将死之言，可以絷威公之手足耶？夫齐国不患有三子，而患无仲；有仲，则三子者三匹夫耳。不然，天下岂少三子之徒？虽威公幸而听仲，诛此三人，而其馀者，仲能悉数而去之仲？呜呼！仲可谓不知本者矣！因威公之问，举天下之贤者以自代，则仲虽死，而齐国未为无仲也。夫何患三子者？不言可也。

五霸莫盛于威、文。文公之才，不过威公，其臣又皆不及仲。灵公之虐[7]，不如孝公之厚宽[8]。文公死，诸侯不敢叛晋；晋袭文公之馀威，得为诸侯之盟主者，百有馀年。何者？其君虽不肖，而尚有老成人焉。威公之薨也，一败涂地，无惑也。彼独恃一管仲，而仲则死矣。夫天下未尝无贤者，盖有有臣而无君者矣。威公在焉，而曰天下不复有管仲者，吾不信也。仲之书，有记其将死，论鲍叔、宾胥无之为人，且各疏其短。是其心以为是数子者，皆不足以托国；而又逆知其将死，则其书诞谩不足信也。

吾观史鳍，以不能进蘧伯玉而退弥子瑕，故有身后之谏；萧何且死，举曹参以自代。大臣之用心，固宜如此也！夫国以一人兴，以一人亡；贤者不悲其身之死，而忧其国之衰。故必复有贤者，而后可以死，彼管仲者，何以死哉？

注释

①威公：即齐桓公。宋避钦宗讳，作『威』。

②攘：排斥。戎狄：古代对少数民族的蔑称。

③竖刁、易牙、开方：三人都是齐桓公的宠幸近臣。

④五公子：桓公之五子，即惠公元、孝公昭、昭公潘、懿公商人、公子雍。

⑤简公：即齐简公，名壬，公元前484—公元前481年在位，为田常所弑。

⑥四凶：传说被舜流放的四个凶人，指浑敦、穷奇、梼杌、饕餮。一说指共工、驩兜、三苗、鲧。

⑦灵公：指晋灵公，晋文公之孙。

⑧孝公：指齐孝公，齐桓公之子。

⑨史鳍：即史鱼，春秋时卫国大夫，字子鱼。

译文

管仲辅佐齐桓公，称霸诸侯，攘斥戎狄。管仲在世期间，齐国一直国富兵强，诸侯不敢反叛。管仲死后，竖刁、易牙、开方被任用。齐桓

丑次同车

公在宫廷内乱中死去，五个公子相争继位，这个灾祸蔓延不绝，直到齐简公被杀，齐国都没有一个安宁的年份。

成功，不是发生在宣告成功的那一天，一定有它发生的原因；灾祸，也不是发生在实际发生的那一天，也一定有它的预兆。所以齐国的大治，我不说是因为管仲，而要说是因为举荐管仲的鲍叔牙；后来齐国的动乱，我不说是因为竖刁、易牙、开方，倒要说是因为未曾举贤自代的管仲。为什么呢？竖刁、易牙、开方三人，固然是祸害国家的奸臣，不过任用他们的，都是齐桓公啊。有了舜，才会放逐共工、驩兜、三苗、鲧等四凶；有了孔子，才会除掉少正卯。相比之下，齐桓公算什么呢？使桓公能够起用竖刁、易牙、开方三人的，正是管仲啊。管仲病重之际，桓公询问谁可以继他为相。此时，我以为管仲会荐举贤能之士来回答桓公，可是他只是说竖刁、易牙、开方三个人不合人情不能亲近而已。唉！管仲以为桓公真能够不重用此三人么？管仲与桓公相处多年了。也该知道桓公的为人了吧。桓公的耳朵不能离开音乐，眼睛不能离开女色，若非这三人，也就无从满足桓公的声色之欲。桓公起先不任用他们的原因，只是管仲在世而已。一旦管仲死了，那么这三个人就可以弹着官帽，互相庆祝高升了。管仲难道以为他临终前的嘱咐，就可以束缚桓公的手脚么？齐国并不以此三人为患，却以失去管仲为患；只要管仲在世，这三个人只不过是普通的无权之人而已。不然的话，天下难道还缺少竖刁、易牙、开方这样的三个人吗？即使桓公幸而听从管仲的意见，杀了这三人，但是其他的这类人，管仲能够全部除掉吗？唉！管仲可以说是个不懂得治国之本的人了。如果借桓公向他询问之机，荐举贤能之士以代替自己，那么管仲虽死，齐国并不是没有另一个管仲，又何患此三人呢？管仲不提到他们也是可以的。

春秋五霸中没有强于齐桓公、晋文公的了。晋文公的才能不在齐桓公之上，他的臣子又都不如管仲。晋文公的孙子晋灵公为政暴虐，不似齐桓公之子齐孝公那样仁厚。然而晋文公死后，诸侯不敢背叛晋国，晋国承袭文公的余威，还能维持一百多年诸侯盟主的地位。为什么呢？晋国后来的国君虽不贤能，可是还有老成持重的大臣辅佐。齐桓公死后，

管仲

管仲（约前725—前645年），名夷吾，字仲，谥号敬，史称管子。春秋时政治家，齐桓公任其为相，其生平《左传》有载。

齐国一败涂地，这是无疑的。因为齐国只依靠一个管仲，而管仲已经死了。天下并不是没有贤能的人，但却存在着有贤臣而无明君的情况。桓公在世时，就曾断言天下不再有管仲这样的人才，我不相信。管仲的《管子》一书中，记载管仲临终时评价鲍叔牙、宾胥无二人的为人，还记下了他们各自的优缺点。在管仲的心目中，认为鲍叔牙等人都不能够托付以国家重任，然而管仲又预料到他将要死了。那么此书荒诞不实，不值得相信。

我看春秋时卫国的史鳝，由于不能使卫灵公任用贤者蘧伯玉，疏远宠臣弥子瑕，所以死后以尸进谏；汉相萧何临终前，向汉惠帝推荐曹参继任自己的职位。大臣的用心，本该如此啊。由于一个贤者的能力而兴盛，由于一个贤者的去位而灭亡。贤者并不悲伤自己的死去，而要忧虑国家在自己死后将日趋衰败。所以一定要有贤者继承他，才可以安心死去。做不到这一点的管仲，有什么理由死去呢？

说明

管仲辅佐齐桓公成为春秋时代的第一位霸主，其才能与功绩获得了世代的称赞。苏洵的这篇文章却别开生面，从另一个角度论述了管仲政策上的失误，认为他不懂治国之本，临终未能举贤能代替自己，导致齐国在桓公去世后发生了一百多年的动乱，以此告诫当政者吸取教训，选贤举能以防奸臣作乱。

九日和韩公[1]

原文

晚岁[2]登门最不才，萧萧华发映金罍。不堪丞相延东阁[3]，闲伴诸儒老曲台[4]。佳节[5]屡从愁里过，壮心偶傍醉中来。暮归冲雨寒无睡，自把新诗[6]百遍开。

注释

①韩公：即韩琦，字稚圭，安阳人，曾任宰相。

②晚岁：苏洵初次拜会韩琦时是在嘉祐元年，此时苏洵已经四十八岁，因此说『晚岁』。

③东阁：西汉时，公孙弘任宰相时，建立客馆，开东阁以延请贤人。这里是用公孙弘之事来比拟韩琦设宴款待众人事。

④曲台：指太常寺，嘉祐六年，苏洵奉命在太常寺修纂礼书。

⑤佳节：即重阳佳节。

⑥新诗：即韩琦所作的《乙巳重九》之诗。

译文

我在晚岁才得以登上您的府门，在众人之中是最为不才的，我这满头的华发映衬着这宴席上的闪闪金罍。我的才能原本还不配享受宰相开东阁延请贤人的待遇，只是在闲里陪伴诸位年长儒者一同在曲台供职罢了。我常年在外，很久以来佳节都是在愁绪中度过的，年轻时候的雄心壮志已经渐渐消歇，只有偶尔酒醉以后才又被激发出来。暮色时分

东阁设宴

宰相韩琦喜欢在东阁设宴招待贤能之人。苏洵虽年轻时不努力读书，一无所获，但后来醒悟，开始闭门苦读，最终大器晚成，所以也成为宰相韩琦宴请的宾客之一。

我在萧萧秋雨中归来，寒意笼罩中，我不能入睡，只是把您那首《乙巳重九》的新诗一遍遍地打开赏玩。

【集解】

明允诗不多见，然精深有味，语不徒发。……婉而不迫，哀而不伤，所作自不必多也。

——叶梦得《避暑录话》

说明

英宗治平二年的重阳节，宰相韩琦在家设宴招待宾客，苏洵也是被款待的宾客之一。宴席上，韩琦赋诗《乙巳重九》，众宾客纷纷和诗，苏洵便也写下了这首和诗，这也是苏洵存诗中最受后人称赞的一首诗。

乐论

原文

礼之始作也，难而易行，既行也，易而难久。天下未知君之为君，父之为父，兄之为兄，而圣人为之君父兄。天下未有以异其君父兄，而圣人为之拜起坐立。天下未肯靡然①以从我拜起坐立，而圣人身先之以耻。呜呼！其亦难矣。天下恶夫死也久矣，圣人招之曰：来，吾生尔。既而其法果可以生天下之人，天下之人视其向也如此之危，而今也如此之安，则宜何从？故当其时虽难而易行。既行也，天下之人视君父兄，如头足之不待别白②而后识，视拜起坐立如寝食之不待告语而后从事。虽然，百人从之，一人不从，则其势不得遽至乎死。天下之人，不知其初之无礼而死，而见其今之无礼而不至乎死也，则曰圣人欺我。故当其时虽易而难久。

注释

①靡然：随风而倒，顺从。

②别白：清楚的加以分别。

译文

礼开始制作的时候，虽然很难但很容易施行，等到施行了以后，虽然容易却又难以持久。天下人都还不知道君王有君王的威严，父亲有父亲的威严，兄长有兄长的威严，而圣人让君王父兄之名得以彰显。天下人不知道君王父兄之间的区别，而圣人让他们懂得了拜起站立之礼。天下人不肯听从圣人之说而行拜起站立之礼，是圣人以身作则，让他们有了羞耻之心而依照圣人的教导而行。哎呀，这是很困难的呀。天下人厌恶死亡已经很久了，圣人招来他们对他们说：过来，我让你们得以生存。然后他的方法果真可以让天下人得以生存，天下人看到他们之前所处的境地是如此危险，而现在所处的境地是如此的安全，将会何去何从呢？因此那个时候，虽然制作很难却很容易施行。等到施行以后，天下人对待他们的君王父兄，就像看头和脚一样不需要加以辨别就知道了，对于拜起站立之礼就像是睡觉吃饭一样不需要告诉他们就自然去做。虽然这样，一百个人都能够服从，如果有一个人不服从，他的处境也不至于马上就陷于死地。而天下的人，不知道最初的时候没有礼就会陷于死地，却看到了如今虽然没有礼却还不至于陷于死地，便说道：圣人欺骗了我。因此在那个时候，礼虽然容易施行却很难持久。

原文

呜呼！圣人之所恃以胜天下之劳逸者，独有死生之说耳。死生之说不信于天下，则劳逸之说将出而胜之。劳逸之说胜，则圣人之权去矣。酒有鸩①，肉有堇②，然后人不敢饮食。药可以生死，然后人不以苦口为讳。去其鸩，彻③其堇，则酒肉之权固胜于药。圣人之始作礼也，其亦逆知其势之将必如此也，曰：告人以诚，而后人信之。幸今之时吾之所以告人者，其理诚然，而其事亦然，故人以为信。吾知其理，而天下之人知其事，事有不必然者，则吾之理不足以折天下之口，此告语之所不及也。告语之所不及，必有以阴驱而潜率之④。于是观之天地之间，得其至神之机，而窃之以为乐。

注释

①鸩：一种有毒的鸟，据说将其羽毛放入酒中浸泡后，人喝了此酒就会立即身亡。

②堇：也就是乌头，有剧毒。

③彻：清除、去掉。

④阴驱：暗地里驱逐。潜率：潜隐着率领。

译文

哎呀，圣人所持有的用来战胜天下人劳逸的，只有死生这个说法而已。一旦死生之说不被天下人所信任，那么劳逸之说就会冒出来并且获胜。一旦劳逸之说获胜，那么圣人的权势也就失去了。酒中出现了鸩毒，肉中出现了堇毒，然后人就不再敢喝酒吃肉了。药可以让快要死去的人活过来，然后人就不再逃避药的苦口了。一旦去掉鸩毒，清除了堇毒，那么酒肉的效力就能够胜过药。圣人开始制作礼的时候，他也知道以后的形势也将必定如此，说道：告诉别人

鸩

传说中的毒鸟。用鸩毛或鸩粪泡的酒有剧毒，人饮用少许后，很快就会全身麻痹，失去知觉，迅速死亡。

事实和真相，然后别人才能够相信。幸运的是，如今我用来告诉人民的，其道理是一样的，并且事实也如此，因此人们才相信。我知道其中的道理，天下人知道相应的事，如果事情有虚假的，那么我的道理就不足以让天下人为之信服了，这就是告诉给他们的话有做不到的地方。如果告诉他们的话有做不到的地方，那么必定有人会悄悄地驱逐并且潜隐地率领。于是通观天地之间，我认为能够得到至神的机远，窃取它来作乐。

原文

雨，吾见其所以湿万物也；日，吾见其所以燥万物也；风，吾见其所以动万物也。隐隐谹谹[①]而谓之雷者，彼何用也？阴凝而不散，物蹩而不遂[②]，雨之所不能湿，日之所不能燥，风之所不能动，雷一震焉而凝者散，蹩者遂。曰雨者，曰日者，曰风者，以形用；曰雷者，以神用。用莫神于声，故圣人因[③]声以为乐。为之君臣、父子、兄弟者，礼也。礼之所不及，而乐及焉。正声入乎耳，而人皆有事君、事父、事兄之心，则礼者固吾心之所有也，而圣人之说又何从而不信乎？

注释

①隐隐谹谹：雷霆发出的声音。

②遂：舒展、伸展。

③因：凭借，通过。

译文

我看到雨是用来让万物润湿的，太阳是用来让万物干燥的，风是用来让万物流动的，发出隐隐的声响的是雷霆，它有什么作用呢？阴云凝聚在一起而不消散、万物蹙迫在一起而不舒展、雨不能将其润湿的、太阳不能将其干燥的、风不能将其吹动的那些东西，雷霆一震就能让那些凝聚的东西散开，局促在一起的东西舒展开。名字为雨的，名字为太阳的，名字为风的，所起作用的都是形，而名字为雷的，所起作用的则是神。而有用的莫过于声音，所以圣人便凭借声音获得乐。区别君臣、父子、兄弟之别的，是礼，而礼所不能起作用的地方，乐则能起作用。醇正的声音进入了人的耳朵，人就都会兴起侍奉君王、侍奉父亲、侍奉兄长之心，礼是我心中原本就有的，这样一来对待圣人的言说，又怎么会使人不相信呢？

说明

这篇是《六经论》中的《乐论》，主要论及了乐的产生以及其作用。古人一贯很重视乐在国家和人民生活中的作用，早在周代就开始施行礼乐制度，乐成为让国家政务得以顺利施行的一种重要手段，而儒家尤其强调乐在人伦教化中的作用，苏洵在这篇文章中集成了前人尤其是荀子的乐论说，又提出了自己的新见解，认为乐还能够弥补圣人说教中的不足，显示出了作者高超的写作艺术。

谏论上

原文

古今论谏，常与①讽而少②直。其说③盖出于仲尼。吾以为讽、直一④也，顾用之之术何如耳。伍举⑤进隐语，

楚庄王

春秋时期楚国君主，春秋五霸之一。芈姓，名旅，又称熊侣。即位之初，耽于淫乐，不理政事，后从伍举、苏从之谏，内修国政，外伐诸侯，赏罚分明，群臣和睦，百姓安居乐业，国力日益强盛，为取得霸业奠定了基础。

楚王淫益甚；茅焦⑥解衣危论，秦帝立悟。讽固不可尽与，直亦未易少之。吾故曰：顾用之之术何如耳。然则仲尼之说非乎？曰：仲尼之说，纯乎经者也。吾之说，参乎权而归乎经者也。如得其术，则人君有少不为桀纣者，吾百谏而百听矣，况虚己⑦者乎？不得其术，则人君有少不若尧舜者，吾百谏而百不听矣，况逆忠者乎？然则奚⑧术而可？曰：机智勇辩如古游说之士⑨而已。夫游说之士，以机智勇辩济其论，吾欲谏者，以机智勇辩济其忠。请备论其效。

注释

①与：赞许。

②少：轻视。

③其说：《孔子家语》中孔子称忠臣对君王进谏时有五种方式，一种是谲谏，一种是戆谏，一种是降谏，一种是直谏，一种是讽谏。

④一：相同，一样。

⑤伍举：根据《史记》中记载：楚庄王继承王位三年，一直荒淫无度，伍举便以隐语进谏说：有一只鸟，一连三年不飞也不叫，我不知道这是什么鸟？楚庄王说：三年不飞，日后会一飞冲天，三年不叫，日后会一鸣惊人。事情过后，楚庄王更加荒淫。

⑥茅焦：《说苑》中记载，秦始皇的母亲改嫁后，始皇一怒之下将母亲迁出咸阳，齐国的说客茅焦便直言进谏，指斥始皇不孝，秦始皇不但没有治茅焦的罪，反而将母亲所嫁之人立为仲父，并将母亲接回咸阳。

⑦虚己：即虚己待物，虚心待人。

⑧奚：什么。

⑨游说之士：春秋战国时期，有很多人以游说各国诸侯为业，后世称他们为游说之士。

译文

古往今来的人在论及进谏时，大都是赞成讽谏而轻视直谏，这种说法大概是出于仲尼的言论。我则认为讽谏和直谏都是一样的，只是看进谏时所用的术略是什么样的罢了。伍举以隐语进谏，结果楚王却更加淫乱，茅焦关于解衣的谏论，秦始皇便能立刻大悟。讽谏固然是不值得全然赞许，而直谏也不能轻易地加以轻视。因此我说，问题只是看进谏所用的方法是怎么样的罢了。然而仲尼所说的话不对吗？我认为仲尼的说法，纯粹是不变的常道，而我所持的观点则是参照了权术而归常道的。如果得到进谏之术，那么即便人君大都是像夏桀、商纣一样暴君，君王也会百谏而百听，更何况是那些虚己待人的君王呢？如果不得进谏之术，那么即便人君大都是像尧、舜一样的贤君，君王也会百谏而百不听，何况是那些对谏言感到逆耳的君王呢？那么进谏之术是什么呢？那就是：能像古代机智勇辩的游说之士一样罢了。那些游说之士，用的是机智勇辩再加上狡诈，而我所说的进谏之术，用的则是机智勇辩再加上忠心。请让我详备地论述其效用。

原文

周衰[1]，游说炽于列国，自是世有其人。吾独怪夫谏而从者百一[2]，说而从者十九[3]；谏而死者皆是，说而死者

未闻。然而抵触忌讳，说或甚于谏。由是知不必乎讽谏而必乎术也。说之术可为谏法者五，理谕之，势禁之，利诱之，激怒之，隐讽之之谓也。

注释

①周衰：指周王朝势力衰落，周天子只享其名，而各国诸侯则各自为政。

②百一：一百个里面才有一个。

③十九：十个里面就有九个。

译文

周代衰败以后，游说便在各个诸侯国间盛行起来了，自从那以后便世代都开始有这样的人。我独独对这种情况感到奇怪：向君王进谏而君王听从的，一百个中只有一个，向君王游说而君王听从的，十个之中能有九个，而因为进谏被处死的人比比皆是，因为游说而被处死的人却闻所未闻。然而抵触忌讳到事件的真相，游说有时候甚至会比进谏更有效。由此而知，不一定非要进谏，但一定要懂得进谏之术。游说之术可以作为进谏方法的有五个方面：以理来晓之，以情势来禁之，以利来诱惑之，设法激怒他，隐讳地向他进谏。

原文

触龙以赵后爱女贤于爱子①，未旋踵而长安君出质②；甘罗以杜邮之死诘张唐③，而相燕之行有日；赵卒以两贤王之意语燕④，而立归武臣，此理而喻之也。子贡以内忧教田常⑤，而齐不得伐鲁；武公以麋鹿胁顷襄⑥，而楚不敢图周；鲁连以烹醢惧垣衍⑦，而魏不果帝秦，此势而禁之也。田生以万户侯启张卿⑧，而刘泽封；朱建以富贵饵闳孺⑨，而辟阳赦；邹阳以爱幸悦长君，而梁王释，此利而诱之也。苏秦以牛后羞韩，而惠王按剑太息；范雎以无王耻秦，而昭王长跪请教；郦生以助秦凌汉，而沛公辍洗听计，此激而怒之也。苏代以土偶笑田文，楚人以弓缴感襄王，蒯通以娶妇悟齐相，此隐而讽之也。

琴吟盟坛

孔子出鲁城东门，路过杏坛，拾阶而上，转头对子贡说：『这里是昔日臧文仲誓盟的地方。』睹物思人，孔子拿出琴弹唱说：『暑往寒来春复秋，夕阳西下水东流，将军战马今何在？野草闲花满地愁。』子贡是孔子的学生，姓端木，名赐，子贡是字，孔门七十二贤之一。他是孔子的得意门生，善于经商，是孔子弟子中最富有的。

注释

①触龙：这里指的是触龙说赵太后的事情。根据《战国策·齐策》的记载，秦国征伐赵国时，赵国向齐国求救，齐国提出要求要以赵太后的幼子长安君为人质才肯出兵相救，赵太后爱惜幼子，不肯答应要求。大臣们纷纷进谏，太后都不听从，后来左师触龙便以要为少子舒淇求职为由觐见太后，见了太后以后，巧妙地说道太后情愿让女儿嫁给到燕国为后，却不肯让幼子长安君到齐国，这说明太后爱惜其女燕后胜过其少子长安君，因为她不肯为长安君的将来做打算，太后听了以后大悟，便同意让长安君到齐国做人质。

②旋踵：回身，指时间很短，一会儿。

③甘罗：根据《战国策·秦策》记载，秦国派遣张唐出使到燕国为相，张唐不愿意去，文信侯吕不韦为此很不高兴，吕不韦的门客甘罗便去见张唐，说范雎当年想要讨伐赵国的时候，白起发难，被处死。如今文信侯想让你到燕国为相，而你却不愿意去，我担心你不知道会死在

什么地方。张唐听了以后很害怕便立刻收拾行装前往燕国。

④赵卒：根据《史记·张耳陈馀列传》，秦朝末年的起义中，武臣自立为赵王，张耳为相，陈馀为将，后来赵王被燕军所俘获，燕国要求赵国割一般的地来换取赵王，赵国的一名兵卒便前往燕国，说张耳、陈馀虽然是将相，但早就想要南面称王，如今燕国囚禁了赵王，正中了他们的意，一个赵国尚且轻视燕国，如果是两个贤王（张耳、陈馀）一起来攻击燕国，那么燕国也很容易被灭。燕国听了以后很担心，便放还了赵王。

⑤子贡：根据《史记·仲尼弟子列传》记载，齐国的田常想要兴兵作乱，但又惧怕高、国、晏等诸侯，便想举兵伐鲁以立威，孔子便让子贡去阻止齐国出兵。子贡猜度到田常伐鲁的真实意图，便劝田常舍弃弱小的鲁国而去讨伐强大的吴国去立威，田常听了觉得有道理，便听从了子贡的话，鲁国得以排除了危险。

⑥武公：根据《史记·楚世家》记载，楚国的襄王想要图谋周，周王便派武公去游说楚相昭子说：西周所拥有的土地只不过百里，但却是天下共同的君王，如果攻打周，便会背上弑君的大罪名，如果楚国真的颠覆了周称王，那么天下人将群起而攻之。并以麋鹿为喻，于是楚国便停止了伐周的图谋。

⑦鲁连：根据《战国策·赵策》记载，秦国的军队围困了赵国邯郸，魏安王便派门客辛垣衍去奉劝赵国尊奉秦昭王为帝，以此来求秦国退兵，赵国平原君犹豫不决，这时候鲁仲连便对辛垣衍说，以前九侯、鄂侯、文王是纣王的三公，后来因为妲己的缘故，纣王便将三公残酷杀害，比干被醢，鄂侯被吃肉，文王被囚禁。现在如果尊奉秦国为帝的话，就是将自己置于臣子之地，而秦国称帝以后，一定会变更朝中的大臣，到时候连您都不知道会陷入怎样的境地，于是辛垣衍便不敢再提尊奉秦王为帝的事。

⑧田生：根据《汉书·荆燕吴传》记载，刘泽是高祖的堂兄，最初被封为营陵侯，刘泽和田常关系很好，田常

孟尝君

战国四公子之一，姓田名文，战国时齐国贵族，袭其父田婴的封爵，封于薛（今山东滕县南），称薛公，号孟尝君，被齐王任为相，门下有食客数千，曾联合韩、魏先后打败楚、秦、燕三国。他一度入秦为相，不久逃离，后任魏相，主张联秦伐齐，后来与燕、赵等国合纵攻齐。

便向受到吕后宠幸的张卿游说，让他向吕后建议封诸吕为王，并向他许以万户侯之诺，张卿将之告诉了太后，便封刘泽为琅琊王。

⑨朱建：根据《汉书·郦陆朱刘叔孙传》记载，辟阳侯审食最初得到吕太后的宠幸，审食想交接当时的义士朱建，朱建不肯和他相见，后来朱建的母亲去世，审食趁此机会便和朱建交好。后来惠帝即位，审食下狱，朱建便去求惠帝的幸臣闳孺，游说他劝惠帝赦免审食，并向他许以富贵，闳孺依言向惠帝求情，审食果然得以赦免。

邹阳：根据《汉书·贾邹枚路传》记载，梁孝王派人去刺杀袁盎，后来事发，恐怕受到诛杀，于是孝王的门客邹阳便前往长安去见汉景帝所宠幸的爱姬的兄长长君，对他以利害相诱，劝他以亲亲之道向天子陈说，于是事情便得以解决。

译文

触龙以赵后爱女儿超过爱儿子向赵后进谏，于是很快赵后就同意让长安君到齐国做人质；甘罗用白起在杜邮，以秦王刺剑白起自杀之说向张唐诘问，张唐便很快就到燕国为相了；赵国的一名士卒以陈馀、张耳要分赵国做两贤王的意图告诉燕国，燕国便马上放回了赵王武臣。这就是用道理而晓喻之。子贡以内忧来告诉田常，齐国就不再去讨伐鲁国，武公以麋鹿之论来威胁顷襄王，于是楚国不敢再去图谋周；鲁仲连以烹醢之论来让垣衍感到恐惧，于是魏国便不再谈尊奉秦国为帝的事情。这就是以势禁之。田生以万户侯之论来游说张卿，于是刘泽便得到封王，朱建以富贵来诱惑闳孺，于是辟阳便得到了赦免。邹阳以亲亲之道来讨好长君，于是梁王便得到了释放。这就是以利诱之。苏秦以牛后来羞辱韩宣惠王，于是韩宣惠王便按剑长叹，决意和秦绝交。范雎以秦国无王来让秦王感到耻辱，于是昭王便长跪向他请教。郦生以帮助秦国来凌辱汉王，于是沛公便停止洗脚而聆听他的言论。这就是让他激怒而纳谏。苏代以土偶来嘲笑田文，楚人以弓缴来感发襄王，蒯通以娶妇之论来让齐相醒悟。这就是隐讳地进行讽刺。

原文

五者，相倾险诐[1]之论，虽然，施之忠臣足以成功。何则？理而喻之，主虽昏必悟；势而禁之，主虽骄必惧；利而诱之，主虽怠必奋；激而怒之，主虽懦必立；隐而讽之，主虽暴必容。悟则明，惧则恭，奋则勤，立则勇，容则宽，致君之道尽于此矣。

注释

①相倾：相互倾轧、诋毁。险诐：阴险邪恶。

译文

这五种都是相互倾轧相互诋毁，阴险邪恶之论。虽然是这样，将它们应用到忠臣身上也就能够取得成功。这是什么原因呢？以理而晓喻之，那么君王即便昏庸而一定会醒悟；以势而禁之，那么君王即便骄纵也一定会感到畏惧；以利而诱之，那么君王即便怠懒也一定会奋起；激怒他，即便君王怯懦也一定会自立；隐讳地加以讽刺，那么君王即便暴戾也一定会宽容。醒悟了的话就一定会变得明智，畏惧的话就一定会变得恭敬，奋起的话就一定会变得勤勉，自立的话就一定会变得勇敢，宽容的话就会宽恕，而改变君的方法也就全都在此了。

比干

比干是商纣王的叔叔。商朝末年，比干因不满纣王暴虐，直言进谏，惹怒纣王，被剖心杀害。反观战国的苏秦，他成功游说了六国合众抗秦。但他施的反间计，是导致齐王国破人亡的重要原因。臣子向君王进谏时既要有比干的忠心，又要有苏秦的计谋，才是成功的。

原文

吾观昔之臣言必从，理必济，莫若唐魏郑公①，其初实学纵横之说②，此所谓得其术者欤？噫！龙逄、比干不获称良臣③，无苏秦、张仪之术也；苏秦、张仪不免为游说，无龙逄、比干之心也。是以龙逄、比干我取其心，不取其术；苏秦、张仪我取其术，不取其心，以为谏法。

注释

①魏郑公：即唐代著名的谏臣魏徵，以敢于直言进谏著称，他曾任侍中，被封为郑国公，故称魏郑公。

②纵横之说：即苏秦、张仪的合纵和连横共同抗秦之说。

③龙逄、比干：他们都是有名的忠臣，敢于直谏，但都不被君王所纳，反而受到酷刑而死。

译文

我看以前的臣子中，所进之言一定会被听从，所说之理一定会被应用，都不如唐代的魏徵做得最好。而魏徵最初时所学的就是纵横之说，这就是所说的得到进谏之术了。唉，龙逄、比干没有获得良臣的称誉，是因为没有苏秦、张仪的术略；而苏秦、张仪却不免被称为游说之士，是没有龙逢、比干的那份忠心。因此说，对于龙逢、比干，我取他们的忠心而不采取他们的术略；对于苏秦、张仪，我取他们的术略而不取他们的狡诈之心，这就是进谏之法。

说明

苏洵写有《谏论》上下两篇，在封建社会中，臣子对君王进谏是需要很大勇气的，而要顺利达到进谏的目的，则又需要进谏的机巧，并且还要看君王接受进谏的情况。苏洵在这篇文章中论述了谏说之术，认为听谏如流的贤明君主不是时时都能有的，而臣子就应当熟谙谏说的艺术，应当既有进谏的勇气，又有进谏的机巧，并能灵活机智地应变，这样君王才能接纳他的谏言。文章写得十分雄辩，气势飞扬，很受后人的称赞。

谏论下

原文

夫臣能谏，不能使君必纳谏，非真能谏之臣。君能纳谏，不能使臣必谏，非真能纳谏之君。欲君必纳乎，向之论备矣①。欲臣必谏乎，吾其言之。

注释

①向之论：即前面所说的《谏论》上中所论及的那些臣子如何让君王纳谏之术。

译文

臣子能够进谏，却不能让君王一定纳谏，这就不是真的能够进谏的臣子；君王能够纳谏，却不能一定让臣子进谏，这就不是真正的能够纳谏的君王。想一定要让君王纳谏的话，那么我之前所说的那些言论就已经完备了；想一定要臣子进谏的话，我就为之说一下所需方法。

原文

夫君之大，天也，其尊，神也，其威，雷霆也。人之不能抗天、触神、忤雷霆，亦明矣。圣人知其然，故立赏以劝之。《传》曰『兴王赏谏臣』是也①。犹惧其选阿谀，使一日不得闻其过，故制刑以威之。《书》曰『臣下不正，其刑墨』是也②。人之情非病风丧心③，未有避赏而就刑者④，何苦而不谏哉。赏与刑不设，则人之情又何苦而抗天、触神、忤雷霆哉。自非性忠义、不悦赏、不畏罪，谁欲以言博死者？人君又安能尽得性忠义者而任之？

注释

①兴王赏谏臣：这句话出自《国语·晋语》：『兴王赏谏臣，逸王罚之。』意思是兴国治国会对谏臣加以奖赏。

②臣下不正，其刑墨：这句话见于《尚书·伊训》，原文是『臣下不匡，其刑墨』，匡即正；墨，古代的五种酷刑之一，将字刺在额头上，并涂上墨水。

③病风丧心：风通于『疯』，丧心，形容心理失常。

④就：靠近。

译文

君王的广大就如同苍天一样，君王的尊贵就如同神灵一样，君王的威严就如同雷霆一样。而人不能够反抗苍天，不能够触怒神灵，不能够忤逆雷霆，这也是很明显的了。圣人知道这样的道理，所以便立下奖赏的制度来劝勉臣子来进谏，这就是所说的『兴起的王者赏赐进谏臣子』。圣人还担心臣子们一味阿谀逢迎，让自己无法每天都看到自己的过失，于是便又制定了刑罚来加以威吓。《尚书》中所说的『臣子不纠正君主的过失，他受到的处罚是墨刑』就是这样的例子。人情并不是发疯而心理失常，没有躲避奖赏而甘愿受刑罚的，何苦不去进谏呢？而如果奖赏和刑罚制度不设立的话，人情又何苦去反抗苍天、触怒神灵、忤逆雷霆呢？自身不是生性忠义的话、不喜欢奖赏、不畏惧罪罚的话，又有谁会不惜以博得一死而进谏言呢？人君所得到的臣子又怎么能全都是生性忠义的人而加以任用呢？

原文

今有三人焉，一人勇，一人勇怯半①，一人怯。有与之临乎渊谷者，且告之曰：能跳而越，此谓之勇，不然为怯。彼勇者耻怯，必跳而越焉，其勇怯半者与怯者则不能也。又告之曰：跳而越者与千金，不然则否。彼勇怯半者奔利，必跳而越焉，其怯者犹未能焉。须臾②，顾见猛虎暴然向逼，则怯者不待告，跳而越之如康庄矣③。然则人岂有勇怯哉，要在视势驱之耳。

注释

①半：各占一半。

②须臾：一小会儿，马上，形容时间很短。

③康庄：即康庄大道，也就是四通八达的大路。

译文

如今有这样的三个人，一个人很勇敢，一个人勇敢和怯懦各占一半，一个人很怯懦。有一个和他们一同来到深渊前的人，告诉他们说：能跳过这条深渊的人，就是我们所说的勇士，不然就是懦夫。那个勇敢的人以怯懦为耻，一定会跳并且能跳过去，那个勇敢怯懦参半的人和那个怯懦的人则不敢跳过去。那个人又告诉他们说：能跳并且能跳过去的人，将会被给予千金的重赏，不能的话就没有任何奖赏。那个勇敢、怯懦参半的人为了获利，必定能跳并且跳过去，而那个怯懦的人还是不敢跳。过了一小会儿，他回头看到有一只猛虎向他逼近，那么这个怯懦的人无需等待别人相告，就会像是在康庄大道上一样跳并能跳过去。这样来看，人难道是分勇敢怯懦的吗？关键是以情势相驱使罢了。

原文

君之难犯，犹渊谷之难越也。所谓性忠义、不悦赏、不畏罪者，勇者也，故无不谏焉。悦赏者，勇怯半者也，故赏而后谏焉。畏罪者，怯者也，故刑而后谏焉。先王知勇者不可常得，故以赏为千金，以刑为猛虎，使其前有所趋，后有所避，其势不得不极言规失[1]，此三代所以兴也。末世不然，迁其赏于不谏，迁其刑于谏，宜乎臣之噤口卷舌[2]，而乱亡随之也。间或贤君欲闻其过，亦不过赏之而已。呜呼！不有猛虎，彼怯者肯越渊谷乎？此无他，墨刑之废耳。三代之后，如霍光诛昌邑不谏之臣者[3]，不亦鲜哉[4]！今之谏者，时或有之，不谏之刑，缺然无矣。苟增其所有，有其所无，则谀者直，佞者忠，况忠直者乎！诚如是，欲闻谠言而不获[5]，吾不信也。

注释

①极言规失：这里是指直言进谏，规诫过失。

②噤口卷舌：形容闭口不言。

③霍光：根据《汉书·霍光金日传》记载，霍光在担任大将军时，先是废掉了昌邑王刘贺，后因刘贺的臣子辅导无方，使王陷于恶的境地，便又诛杀了群臣中不进谏的二百多人。

④鲜：少。

⑤谠言：正直的话。

译文

君王的难处，就如同深渊的难以翻越一样，而所谓的生性忠义、不为奖赏所驱、不为罪罚所逼的人就是勇者，因此他们没有不进谏的。而喜欢能得到奖赏的人就是那个勇敢怯懦参半的人，因此他能在得到奖赏以后再去进谏。而畏惧受到刑罚的，就是那个怯懦的人，因此他会在有了刑罚后才去进谏。先王知道勇敢的人并不是经常可以得到，因此便以千金为赏，以猛虎为刑，使臣子们前有利益的驱使，后有刑罚的畏惧，情势逼迫着他们不得不直言进谏君主的过错，这就是夏、商、周三代之所以兴盛的原因。而末世则不同，将奖赏给那些不敢进谏的人，将刑罚给那些敢于进谏的人，于是臣子们便全都闭口不言，而叛乱覆亡也就随之而来了。这其间或者也有贤明的君王想要知道自己的过失，也不过对进谏的采取奖赏的方法罢了。哎呀，没有猛虎的话，那个怯懦的人肯跳越深渊吗？这没有别的原因，只是因为墨刑被废除了罢了。三代之后，像霍光诛杀昌邑王手下的那些不进谏的臣子，不是已经很少见了吗！如今因进谏而受到奖赏，这种情况有时还会发生，而因为不进谏而受到刑罚，这种情况则完全没有了。假使能够增多那种有的情况（因进谏而受到奖赏），并补全那种没有的情况（因不进谏而受到刑罚），那么阿谀的人也会变得正直，奸佞的人也会变得忠贞，更何况那些忠贞正直的臣子呢？果真如此的话，君王想要听到正直的话却不能听到，我是不信会发生的。

说明

这是《谏论》的下篇，苏洵在上篇中论述了臣子如何让君王纳谏之术，在下篇中便论述了君王如何让臣子敢于进谏之术，这样就较为全面地论述了一个问题。而本文在论述上也很有新意，并没有从前人所说的那种君臣之义来论述，而是从人情的角度来论述，并在文中巧妙地使用了比喻，让文章很具形象性，并富有说服力。

审敌

原文

中国[①]，内也，四夷[②]，外也。忧在内者，本也；忧在外者，末也[③]。夫天下无内忧，必有外惧。本既固矣，盍释其末以息肩乎[④]？曰：未也。古者夷狄忧在外，今者夷狄忧在内。释其末可也，而愚不识方今夷狄之忧为末也。古者，夷狄之势，大弱则臣[⑤]，小弱则遁[⑥]，大盛则侵，小盛则掠。吾兵良而食足，将贤而士勇，则患不及中原，如是而曰外忧可也。今之蛮夷，姑无望其臣与遁，求其志止于侵掠而不可得也。北胡骄恣[⑦]，为日久矣，岁邀金缯以数十万计[⑧]。曩者，幸吾有西羌之变，出不逊之语以撼中国。天子不忍使边民重困于锋镝，是以虏日益骄，而贿日益增，迨今凡数十百万而犹慊然未满其欲，视中国如外府。然则，其势又将不止数十百万也。夫贿益多，则赋敛不得不重；赋敛重，则民不得不残。故虽名为息民，而其实爱其死而残其生也。名为外忧，而其实忧在内也。外忧之不去，圣人犹且耻之；内忧而不为之计，愚不知天下之所以久安而无变也。

注释

①中国：即中原，是以黄河流域为中心的华夏民族最早开发出来的区域，故一般用中原来代指整个华夏民族所建立的国家。

②四夷：古代华夏民族对四方少数民族的称呼，具体有东夷、西戎、南蛮、北狄等。

③末：末枝，不重要的。

④盍：何不。息肩：将肩上的重担卸去，这里是比喻解除了忧患。

⑤臣：臣服，俯首称臣。

⑥遁：遁逃。
⑦北胡：这里是指位于宋朝北方的辽国。
⑧金缯：金银和丝织品。

译文

中原是内，四夷为外，如果忧患在自己国内的话那就是祸患的根本，如果忧患在于外夷的话那就只是祸患的末枝。而天下如果没有内忧的话必定就会有外患。如果根基已经固定了，那么何不放开那些末枝来休息呢？但事实并不是这样的。古时候夷狄之患只是外忧，而现在夷狄之患则就成了内患了。放开那些末枝问题是可以的，但我不认为现在的夷狄之患只是末枝问题。古时候，夷狄的情势是：当他们的势力非常弱小的时候，他们就对中国俯首称臣，当他们的势力比较弱小的时候，他们就逃遁，当他们的势力大大强盛起来的时候，他们就开始侵犯，当他们的势力比较强盛的时候，他们就开始抢掠。我们兵士精良，食物充足，将领贤能，兵士勇猛，那就不能患及中原，像这样的情势说他们是外忧还是可以的。如今的那些蛮夷，不要希望他们能够臣服或者逃遁，即便是想要让他们的欲望只止于侵略抢掠之事也是不可能的了。北方的胡人骄纵恣睢，时间已经持续很久了，他们每年都要向中国索取金币丝帛数十万两之多。以前的时候，西羌发生叛乱，他们对中国出言不逊，而天子仁慈，不忍心让边境的人民陷于战争之苦，没有予以打击，导致胡虏一天天的更加骄横，而索要的财物也越来越多，一直到今天总数已经有了数十百万之多却依然没能满足他们的贪婪欲望，他们将中国看做是他们在外面存贮财物的府库。但是，从形势来看他们所想要的又不止于数十百万了。一旦向他们进贡的财物增多，那么在国内征收的赋税也就不得不加重，一旦赋税加重，民生就会受到摧残。因此虽然名义上是为了息战安民，而事实上却是不想让他们死却让他们活着受摧残。名义上是外忧，事实上却是内患。外忧不除，圣人尚且会感到羞耻，如今面临内忧却不为之谋划去除，我不知道这个样子天下将如何长久地保持安定并且不发生叛乱呀。

原文

古者，匈奴之强，不过冒顿①。当暴秦刻剥②，刘、项战夺之后，中国溘然矣③。以今度之，彼宜遂入践中原，如决大河，溃蚁壤④，然卒不能越其疆以有吾尺寸之地，何则？中原之强，固百倍于匈奴，虽积衰新造⑤，而犹足以制之也。五代⑥之际，中原无君，晋瑭苟一时之利，以子行事匈奴，割幽、燕之地以资其强大。孺子继立，大臣外叛，匈奴扫境来寇，兵不血刃而京师不守，天下被其祸⑦。匈奴自是始有轻中原之心，以为可得而取矣。及吾宋景德中大举来寇，章圣皇帝一战而却之⑧，遂与之盟以和⑨。夫人之情胜则狃，狃则败，败则惩，惩则胜。匈奴狃石晋之胜，而有景德之败；惩景德之败，而愚未知其所胜，甚可惧也。

注释

①冒顿：秦末汉初时匈奴的首领，曾弑父自立，统一了各个部落，势力日益强盛起来以后，南下侵占汉朝边境，对刚刚建立起来的汉王朝构成了很大的威胁。

②刻剥：苛刻剥夺，这里指的是暴秦对百姓的残酷剥削。

③溘然：忽然，这里是指中国经过秦王朝的残暴统治和残酷剥削以及楚汉间的纷争以后，国势迅速衰弱。

④蚁壤：被蚂蚁蛀过的堤岸。

⑤新造：指刚刚建立起的汉朝。

⑥五代：指后梁、后唐、后晋、后汉、后周。

⑦被：蒙受，遭受。

⑧却：击退。

⑨盟：即澶渊之盟，景德元年，契丹兴兵侵犯宋朝，宰相寇准坚决主张迎战，宋真宗亲自督战，终于取得胜利，但由于宋朝积弊已久，求和心切，便在打了胜仗的时候订立下屈辱的合约，约定宋每年要给契丹进贡白银十万两，绢二十匹，这也是历史上著名的屈辱条约。狃：安于现状并习以为常。惩：惩戒，反思。

译文

古时候，匈奴人强横的也不过是冒顿而已，在经过暴秦的残酷统治和剥夺之后，又经过楚汉间的战乱纷争，中国的势力迅速衰弱。以如今的形势来度量，他们应当由此而进犯中原，如同大水冲来，那些被蚂蚁蛀过的堤岸将会很快被冲击溃决一样，但是他们最终没有越过自己的边界来侵占我们的土地，这是什么原因呢？这是因为中国国势的强盛，确实就要比匈奴强上一百倍，虽然汉朝是在经历过重重磨难之后新建立起的国家，但尚且足以制服他们。而五代的时候，中国没有统一的君主，后晋石敬瑭为了贪图一时的利益，勾结匈奴，自称儿皇帝，并割了幽燕之地给匈奴，让他们的势力得以进一步扩大。等到他的儿子继位的时候，大臣发动叛变，匈奴率领全部军队来侵犯中原，在强大声势的恐吓下，他们兵不血刃就攻下了京师，天下人都蒙受他们的残害。从此以后匈奴便开始有了轻视中原之心，认为中原对他们来说是可以获取到的。等到我大宋景德年间，他们又兴兵大举来犯，真宗皇帝亲自督战，只打了一仗，暂时阻止了他们的进攻之后，便求和，就和他们签下了屈辱的澶渊之盟。一旦取得了就会安于现状并习以为常，一旦习以为常就容易导致失败，一旦失败了就会引起反思和惩鉴，一旦反思惩鉴了就会再次取得胜利，这是人之常情。匈奴因为战胜过后晋而将胜利视为理所当然，因此便有了景德年间战争的失败，而一旦他们对景德之败进行反思惩鉴的话，我

霍去病渡河受款

霍去病，西汉杰出的军事家、统帅。汉元狩二年（前121），霍去病担任骠骑将军。是年秋天，匈奴浑邪王欲降汉，要求汉派人迎接，汉武帝恐其中有诈，于是派霍去病渡黄河前去会面。他率兵监督浑邪王部众数万人渡过黄河顺利完成受降任务，受到汉武帝的封赏。浑邪王与其他匈奴贵族也都受到了封赏。

不知道他们接下来将会取得怎样的胜利，很是为之担心呀。

原文

虽然，数十年之间，能以无大变者，何也？匈奴之谋必曰：我百战而胜人，人虽屈而我亦劳。驰一介入中国[1]，以形凌之，以势邀之[2]，岁得金钱数十百万。如此数十岁，我益数百千万，而中国损数百千万；吾日以富，中国日以贫，然后足以有为也。天生北狄，谓之犬戎[3]，投骨于地狺然而争者[4]，犬之常也。今则不然，边境之上，岂无可乘之衅？使之来寇，大足以夺一郡，小亦足以杀掠数千人，而彼不以动其心者，此其志非小也。将以蓄其锐而伺吾隙，以伸其所大欲，故不忍以小利而败其远谋。古人有言曰，为虺弗摧[5]，为蛇奈何？匈奴之势，日长炎炎。今也柔而养之，以冀其卒无大变，其亦惑矣。且今中国之所以竭生民之力，以奉其所欲，而犹恐恐焉惧一物之不称其意者[6]，非谓中国之力不足以支其怒耶。然以愚度之，当今中国虽万万无有如石晋可乘之势者，匈奴之力虽足犯边，然今十数年间，吾可以必无犯边之忧。何也？非畏我也，其志不必犯边也。其志不止犯边，而力又未足以成其所欲为，则其心惟恐吾之一旦绝其好，以失吾之厚赂也。然而骄傲不肯少屈者，何也？其意曰邀之而后固也。鸷鸟将击，必匿其形。昔者冒顿欲攻汉，汉使至，辄匿其壮士健马。故兵法曰：『词卑者进也，词强者退也。』今匈奴之君臣，莫不张形势以夸我，此其志不欲战明矣。

注释

①一介：一个，这里是指一个使者。

②邀：索取。

③犬戎：古代少数民族名，是戎人的一支，也称畎戎、犬夷等。

④狺然：犬类争斗时发出的声音。

⑤为虺弗摧，为蛇奈何：意思是要在敌人势力尚且弱小的时候果断出击，而不要让其势力得以强大以致后患。

⑥恐恐焉：害怕畏惧的样子。

译文

虽然是这样，在此后的数十年间，却没有发生什么大的变故，这是什么原因呢？匈奴的谋策必定是这样的：即便我能够百战百胜，人屈服于我，但我也要为此付出战争的辛劳。不过派遣一个使者到中国去，表面上加以欺凌，趁势进行勒索，每年就能得到金钱数十百万。如此这般数十年之久，我便能增加数百千万的钱财，而同时中国也就损失了数百千万的钱财。我国一天天更加富有，而中国则一天天更加贫困，到那个时候我们就可以大有作为了。北狄人生下来就被称为犬戎，犬的本性是，将骨头扔在地上，它们就会发出狺狺的声音相互抢夺打斗。狗的常态现在却不是这样，如今我们的边境难道不存在他们可以进犯的机会吗？假如他们来犯的话，大的话可以夺取一个郡县，小的话也足以杀掠数千人，而他们之所以不动心，就是因为他们的志向不仅仅在于此呀。他们将会积蓄力量，养精蓄锐等待着可乘之机，以实现他们大的欲望，因此他们不忍因为小利而败坏了长远的谋划。古人说过，要在敌人势力尚且弱小的时候果断出

鸷鸟 凶猛的鸟，如鹰、雕、枭等。鸷鸟不合群。《楚辞·离骚》：『鸷鸟之不群兮，自前世而固然。』鸷鸟将要出击时，会收起翅膀，低空滑翔，隐而不露，伺机而后发。

击，而不要让其势力得以强大以致后患。如今匈奴的势力正在一天天的迅速增长。如今只以怀柔政策对付他们，希望他们最终不会发动大的变故，这不也是很糊涂吗？并且中国现在竭尽人民的财力物力，以满足匈奴的贪欲，还惶惶然不可终日，害怕一物不称匈奴的心意，不敢有所拒绝。但是以我来看，如今中国所处的形势虽然万万不像当年石敬瑭后晋治国时一样给匈奴以可乘之机，而匈奴的力量虽然能够进犯边境，但如今的数十年间，我国一定会没有边境之忧。这是什么原因呢？这不是因为匈奴畏惧我国，而是因为他们的图谋不在于犯边。他们的图谋不在于犯边，而他们的力量又不够让他们为所欲为，于是他们便会害怕一旦和我国断绝了交好，便会失去我国给他们的丰厚的财物。但是他们又很骄横不肯有一点屈服之处，这是什么原因呢？他们的意图是想要先索取然后再加以巩固。鸷鸟在将要出击的时候，一定要先隐藏好自己的形体。以前冒顿想要攻打汉朝的时候，汉朝的使者到达匈奴以后，他们就将壮士和健马都藏匿起来以麻痹汉朝。因此兵法上说：『词卑者进也，词强者退也。』如今匈奴君臣，一个个全都虚张声势以向我们夸耀，他们的目的不在于发动战争，这一点就很明显了。

原文

阖庐之入楚也因唐、蔡[①]，勾践之入吴也因齐、晋[②]。匈奴诚欲与吾战耶，曩者陕西有元昊之叛[③]，河朔有王则之变[④]，岭南有智高之乱[⑤]，此亦可乘之势矣，然终以不动，则其志之不欲战又明矣。吁！彼不欲战，而我遂不与战，则彼既得其志矣。兵法曰：『用其所能，行其所欲，废其所不能。于敌反是。』今无乃与此异乎？且匈奴之力，既未足以伸其所大欲，而夺一郡，杀掠数千人之利，彼又不以动其心，则我勿赂而已。勿赂，而彼以为辞，则对曰：尔何功于吾？岁欲吾赂，吾有战而已，赂不可得也。虽然，天下之人必曰：『此愚人之计也。天下孰不知赂之为害而勿赂之为利，顾势不可耳。』愚以为不然。当今夷狄之势，如汉七国之势[⑥]。昔者高祖急于灭项籍，故举数千里之地以王诸将，项籍死，天下定，而诸将之地因遂不可削。当是时，非刘氏而王者八国，高祖惧其且为变，故大封吴、楚、齐、赵同姓之国以制之。既而信、越、布、绾皆诛死[⑦]，而吴、楚、齐、赵之强反无以制。当是时，诸侯王虽名为臣，而其实莫不有帝制之心，胶东、胶西、济南又从而和之，于是擅爵人，赦死罪，戴黄屋，刺客公行，匕首交于京师。罪至章也[⑧]，势至逼也。然当时之人，犹且徜徉容与，若不足虑，月不图岁，朝不计夕，循循而摩之，煦煦而吹之，幸而无大变。

注释

①阖庐：阖庐九年，吴国伐楚，借助了唐、蔡两国的帮助和引导，五战五胜，很快就攻入到楚国的国都。

②勾践：春秋末年，越国勾践趁着吴王夫差忙着争霸中原的机会，和齐国、晋国交结，最终大破吴国。

③曩者：以前。元昊之叛：西夏国国王元昊在宋仁宗宝元元年（1038）自立为大夏仁孝皇帝，后来又兴兵攻打抢掠北宋的保安、延州，并在此以后多次进犯宋朝边境。

勾践

勾践，又称菼执，越国国君，著名的政治家和军事家。周敬王二十四年（前496），越王允常死，其子勾践即位。吴王阖闾趁越丧乱之际率兵伐越，勾践起兵抵抗，吴军失败，阖闾被箭射伤，死于回国途中，其子夫差即位后，攻破越都，勾践投降，后他卧薪尝胆，发愤图强，于公元前473年灭吴。越国终成强国。勾践也成为春秋时期最后一个霸主。

④王则之变：宋仁宗庆历七年（1047），贝州的一名叫王则的兵卒据城叛变，自号为东平郡王。

⑤智高之乱：宋仁宗皇祐元年，知广源州的依智高起兵占据了安德州，并自称是南天国。

⑥汉七国之势：汉景帝时，吴、楚、赵、胶东、胶西、淄川等七国一同发生叛乱。

⑦信、越、布、绾：指前面所说的韩信等汉初的八位异姓王。

⑧章：同彰，彰显。

译文

阖庐入楚是借助了唐、蔡两国的力量，勾践入吴也是借助了齐、晋两国的力量。如果匈奴果真想要和我国交战的话，以前陕西发生过元昊之叛，河朔发生过王则之变，岭南也出现了智高之乱，这些都给了匈奴可乘之机，但是他们始终不战，那么他们志不在战，这一点又很明确了。唉，他们不想发动战争，而我们就不和他们交战，那样他们的志向就得逞了。兵法上说：『用他所能做的，实行他想得到的，废弃他所做不到的人，对于敌人反对这样做。』现在没有和这不一样的吗？而匈奴的力量，既然不能够为所欲为，而那种夺取一个郡县，杀掠数千人的小利又不能让他们动心，那么我们不向他们交纳财物就好了。如果不向他们进贡财物，他们一旦质问，我们就能对他们说：你对我们国家做出了什么贡献吗？每年都想得到我们的财物是不可能的。

虽然这样，天下人一定会说：『这是愚蠢人的主意呀。天下人谁不知道向他们进贡对自己有害而不向他们进贡对自己有利呢？还是形势不得不如此呀。』我认为不是这样的。如今狄夷侵犯我国的这种形势，如同汉初七国共同叛乱时的形势一样。以前汉高祖急于要灭掉项羽，便将数千里的土地都分封给诸将，封他们为王。等到项羽死后，天下大势已定的时候，诸将所占有的封地也都不可削弱了。在那个时候，并非姓刘却是王的有八国之多，高祖畏惧他们以后会发生叛乱，便又封了吴、楚、齐、赵等同姓之国以钳制他们。而等到韩信、彭越等这些人全都被诛杀以后，吴、楚、齐、赵的国力强盛反倒无法控制了。在那个时候，诸侯王虽然名义是臣子，但他们实际上都有称帝之心，接着胶东、胶西、济南也都跟从他们而起。于是淮南王刘安私自以高祖的少子自立，擅自封人以爵位，赦免人的死罪，乘着皇帝才能乘坐的黄屋盖车舆出行，派出刺客公然锥杀辟阳侯审食，并令其手下魏敬自杀，并派刺客到京师行刺。当时他们的罪行已经是彰然大白于天下，势力咄咄逼人。但是当时的统治者，依然逍遥自得，仿佛这些都不值得忧虑，月内不考虑年内，早上不考虑晚上，依然恭敬安抚，和悦自身，贪图眼前的享乐而不顾国家的存亡，幸好没有发生大的变故。

原文

以及于孝景之世，有谋臣曰晁错[1]，始议削诸侯地以损其权。天下皆曰：诸侯必且反。错曰：『固也。削亦反，不削亦反。削之则反疾而祸小，不削则反迟而祸大。吾惧其不及今反也。』天下皆曰晁错愚。吁！七国之祸，期于不免。与其发于远而祸大，不若发于近而祸小。以小祸易大祸，虽三尺童子皆知其当然。而其所以不与错者[2]，彼皆不知其势将有远祸；与知其势将有远祸，而度已不及见，谓可以寄之后人，以苟免吾身者也。然则错为一身谋则愚，而为天下谋则智。人君又安可舍天下之谋，而用一身之谋哉！今日匈奴之强不减于七国，而天下之人又用当时之议，因循维持以至于今，方且以为无事。而愚以为天下之大计不如勿赂。勿赂则变疾而祸小，赂之则变迟而祸大。畏其疾也，不若畏其大；乐其迟也，不若乐其小。天下之势，如坐弊船之中③，骎骎乎将入于深渊④，不及其尚浅也舍之，而求所以自生之道，而以濡足为解者，是固夫覆溺之道也⑤。圣人除患于未萌，然后能转而为福。今也不幸养之以至此，而近忧小患又惮而不决，则是远忧大患终不可去也。

注释

①晁错：汉景帝时的御史大夫，他曾力劝景帝要削减诸侯的封地。

②与：赞同。

③弊船：破旧的船只。

④骎骎：迅速。

⑤覆溺：淹没。

译文

等到到了孝景帝的时代，出现了谋臣晁错，才开始提议削弱诸侯的封地以减少他们的权力。天下人都说：这样一来，诸侯一定会起来叛乱。晁错说：『是的，但是削弱他们时他们会反，不削弱他们他们也会反，削之而反的话祸端会小一点，不削而反的话祸端反而会更大。我担心还来不及将他们削弱他们就反了呀。』当时天下人都说晁错愚蠢。唉，人们都希望七国之祸能够避免发生。然而与其时间一久祸患反而更大，反倒不如短时间内就发生但是祸患比较小的好。用小的祸患来避免大的祸患，这样的道理即便是三尺高的小孩子也是知道的，但是人们之所以不赞同晁错的意见，是因为他们不知道在以后的时间里势必会发生祸患。也有的人知道以后一定会发生祸患，却度量自己不会等到祸患的发生，就说可以将希望寄托给后人，想要以此来求得幸免。但如果说晁错只是为自己谋划的话，那么他的提议是很愚蠢的，但如果从天下生民的立场来看，他的提议就是大大的明智呀。人君又怎么能够不为全天下人的利益图谋，却只顾为自己谋划呢。如今匈奴势力的强大并不比当时七国的势力小，而天下人又采取了七国时的决议，因循守旧，一直维持到今天，并且认为是天下太平无事。而我则认为安定天下的大计应当是不向匈奴进贡财物。不向他们进贡的话那么他们就会很快发生叛变但引起的祸患却比较小，如果继续向他们进贡的话那么他们发生叛变的时间将会推迟但引起的祸患却会很大。与其害怕祸患很快会发生，还不如害怕祸患将会很大。与其希望祸患发生的晚一些，不如希望祸患发生的小一些。如今天下的形势，就如同坐在了一条破旧的船中，与其一直坐在上面随着它渐渐地沉入深渊之中，不如在船刚刚下沉的时候就赶紧离开它，以求能够自己逃生，如果不这样而继续在船上的话，那就是自求被淹没溺死呀。圣人在忧患还没有萌生出来的时候就将它除掉，然后就能够转祸为福。如今局势已经很不幸地成为这个样子了，而对那些近忧小患又心存忌惮不敢将其解决，那么以后的远忧大患将会始终不能够去除呀。

原文

赤壁之战①，惟周瑜、吕蒙知其胜；伐吴之役②，惟羊祜、张华以为是。然则宏远深切之谋，固不能合庸人之意，此晁错所以为愚也。虽然，错之谋犹有遗憾③。何者？错知七国必反，而不为备反之计，山东变起，而关内骚动。今者匈奴之祸，又不若七国之难制。七国反，中原半为敌国；匈奴叛，中国以全制其后。此又易为谋也。然则谋之奈何？曰：匈奴之计不过三：一曰声，二曰形，三曰实。匈奴谓中国怯久矣，以吾为终不敢与之抗，且其心常欲固前好而得厚赂以养其力。今也遽绝之，彼必曰战而胜，不如坐而得赂之为利也。华人怯，吾可以先声胁之，彼将复赂我。于是

宣言于远近，我将以某日围某所，以某日攻某所。如此谓之声。命边郡休士卒、偃旗鼓，寂然若不闻其声。声既不能动，则彼之计将出于形。除道剪棘，多为疑兵以临吾城，如此谓之形。深沟固垒，清野以待，寂然若不见其形。形又不能动，则技止此矣，将遂练兵秣马以出于实。实而与之战，破之易尔。彼之计必先出于声与形，而后出于实者：出于声与形，期我惧而以重赂请和也[4]；出于实，不得已而与我战，以幸一时之胜也。夫勇者可以施之于怯，不可以施之于智。今夫叫呼跳踉以气先者[5]，世之所谓善斗者也。虽然，蓄全力以待之，则未始不胜。彼叫呼者，声也；跳踉者，形也。无以待之，则声与形者亦足以乘人于卒；不然，徒自弊其力于无用之地，是以不能胜也。韩许公节度宣武军[6]，李师古忌公严整[7]，使来告曰：『吾将假道伐滑[8]。』公曰：『尔能越吾界为盗耶？有以相待，无为虚言！』滑师告急，公使谓曰：『吾在此，公安无恐。』或告除道剪棘，兵且至矣。公曰：『兵来不除道也。』师古计穷，迁延以遁。愚故曰：彼计出于声与形而不能动，则技止此矣。与之战，破之易耳。方今匈奴之君有内难，新立，意其必易与。邻国之难，霸王之资也。且天与不取，将受其弊。贾谊曰：『大国之王，幼弱未壮，汉之所置傅相，方握其事。数年之后，大抵皆冠，血气方刚，汉之傅相以病而赐罢。当是之时而欲为安，虽尧舜不能。』呜呼！是七国之势也。

注释

①赤壁之战：三国时，曹操大军南下，阵容强大，孙吴政权中的人多有主张投降者，而唯有周瑜、吕蒙坚决主张抗战，并最终取得了赤壁之战的胜利。

②伐吴之役：羊祜向晋武帝司马炎提议去讨伐吴，晋武帝向群臣询问是否可行，群臣大多都认为时机未到，不可出击，只有张华极力赞成，于是便定下了伐吴之计，并取得了胜利。

③遗憾：不足，缺憾。

羊祜　字叔子，西晋著名的战略家，咸宁二年（276）十月，晋灭吴的准备基本完成，征南大将军羊祜奏请率兵伐吴并指出时机已经成熟，同时提出根据『因顺流之势，水陆并进』的战略方针制订的战略部署。魏帝司马炎接受了建议，但是遭到太尉贾充的反对，再加上西北鲜卑族兴兵反晋，迫使伐吴延迟。

④期：希望。

⑤跳踉：跳跃。

⑥韩许公：即韩弘，唐代人，在德宗贞元十五年任玄武节度副大使，后宪宗用兵淮西时，立下战功，被封为韩许公。

⑦李师古：陇西郡王李讷的儿子，德宗死后，李师古起事，将兵屯在曹地，用来恐吓滑帅，并且声言要借道，结果被韩弘识破了其计。

⑧假道：借道。

译文

赤壁之战的时候，只有周瑜和吕蒙知道一定能够取得胜利；对于是否要发动伐吴之役，也只有羊祜、张华认为是可以的。而那些高瞻远瞩、深远宏大的计谋，原本就不会和庸人的意见相合。这就是晁错之所以被别人认为愚蠢的原因。虽然是这样，晁错的建议也还是存在缺憾和不足的，为什么这么说呢？晁错知道七国必定会发生叛变，却没有想出计策如何对付他们的叛变。等到太行山以东变乱发生的时候，关内局势都为之动摇。如今匈奴之患，又没有七国之难那样难以控制。七国叛乱的时候，中原的一半土地都沦为敌国之手，而匈奴发生叛乱，中国的土地却能够得以保全，并且又比较容易想出对付他们的谋略，那么对他们的谋略是什么呢？说：匈奴的伎俩不过有三：一是声，二是形，三是实。匈奴以为中国一贯怯懦，认为我们不敢和他们对抗。并且他们想要巩固之前所得到的好处，以得到丰厚的财物来壮大他们的势力。如今我们一下子将所给他们的财物断绝，他们必定会说：发动战争以取得战争的胜利，不如坐着不动就得到中国的进贡更为有利。华人一贯胆怯，我们可以先在声势上威胁他们，那样他们就会重新向我们进贡了。于是就远近扬言：我将会在某某天围攻某地，在某某天攻打某地，这样就是所谓的声。我们只需下令给边境上郡县的士卒们，让他们偃旗息鼓，就像没有听到他们的宣言一样不动声色就可以了。如果他们看到声势不起作用的话，就会使出形的计策。他们将会清理道路，剪除荆棘杂草，这样一来人们多半就会认为是兵临城下了，这就是所谓的形。我们只需在深沟处加固壁垒，清除田野的作物，就像没有看到他们的举动一样不动声色就可以了。他们看到形又不能得逞，其技也就止于此了，于是就会厉兵秣马和我们实战。而一旦和他们实战的话，是能很容易地将他们攻破的。他们的计策一定是先用声和形，然后才会真正发起战争。之所以用声和形，是希望能让我们感到害怕而重新向他们进贡以求和。而真正发起战争却又是出于不得已而战的，以求侥幸得到一时的胜利。武力只能对怯懦的人起作用，却不能对智慧的人起作用。如今那些大声叫嚣、四处跳跃炫耀的人，就是世人所谓的善斗的人。虽然是这样，只要积蓄力量去对付他们，未必不能取得胜利。大声叫嚣，就如同匈奴所用的声，四处跳跃炫耀，就如同匈奴所用的形。如果别人没有准备的话，那么声和形也能够在乘人不防的时候猝然发挥作用，如果别人已经有了准备的话，他们的声和形就会没有地方发挥作用，因此也就不能够得胜。韩许公在担任宣武节度使的时候，李师古妒忌韩许公的治军严整，便派遣使者去说：『我将要借道去讨伐滑。』韩许公便说：『你能够越过我的辖界去做强盗吗？我将会在此严阵以待，你就不要说假话使诈了。』滑军向韩许公告急求救，韩许公派遣使者去说：『有我在这里，你一定会安然无恙。』有人告诉韩许公说，李师古的军队正在清理道路，剪除荆棘杂草，军队就要到来了。韩许公说：『军队真的要来的话就不会清除道路了。』李师古的诈计全都用尽了，便拖延时间逃遁了。因此我说：如果他们的用声和用形都不能发挥作用的话，那么他们的本事也就用完了。一旦和他们交起战来，很容易就能将他们打败。如今匈奴的君王是新近立的，存在内患，料想他们现在是很容易被打败的。邻国的大难，正是我国成就霸业的资本。并且这机会是上天赐予的，如果不抓住它，就将受到危害。贾谊说过：『大国的君王，年纪都还弱小，汉代便设置了傅相来辅助他管理政事。过了数年以后，等到他到了加冠之年，血气方刚，意气风发，开始执掌朝政，而傅相便以老病之由被赐罢职还乡。如果在他年幼的时候，他就想安定天下，那么即便他有尧舜之资也是不可能实现的。』哎呀，这就是七国的形势呀。

说明

本文承上一篇《审势》而来，主要论述了怎样应对当时北方的少数民族的问题。北宋一直面临着北方少数民族的侵袭骚扰，而统治者又软弱无能，每每以求和进贡来应对，导致边境问题越来越严重，长久以来，宋王朝面对辽国和西夏的威胁，不但不积极地抗击肃清，反而向他们进贡大量的财物以求和，以换得暂时的安宁。苏洵面对这种情况，写下了这篇文章，表达了自己的见解，议论精妙，逻辑严密，富有很强的说服力和感染力。

御将

原文

人君御臣，相易而将难①。将有二：有贤将，有才将。而御才将尤难。御相以礼，御将以术，御贤将之术以信，御才将之术以智。不以礼，不以信，是不为也。不以术，不以智，是不能也。故曰：御将难，而御才将尤难。六畜②，其初皆兽也。彼虎豹能搏、能噬，而马亦能蹄③，牛亦能触④。先王知能搏、能噬者不可以人力制，故杀之。

杀之不能，驱之而后已。蹄者可驭以羁绁⑤，触者可拘以楅衡⑥，故先王不忍弃其材而废天下之用。如曰是能蹄，是能触，当与虎豹并杀而同驱，则是天下无骐骥⑦，终无以服乘耶⑧？

乘骐骥驰骋

骐骥即千里马，骑上千里马纵横驰骋！

注释

①相：宰相。将：武将。

②六畜：指牛、马、羊、猪、鸡、狗六种家畜。

③蹄：蹄子，以之来踢人。

④触：触角，以之来牴人。

⑤羁绁：指马络头和马缰绳。

⑥楅衡：绑在牛角上的防止它抵人的横木。

⑦骐骥：古代的骏马一般都称之为骐骥。

⑧服乘：服牛乘马。

译文

君王驾驭臣子的时候，宰相容易被驾驭，而武将则难以被驾驭。武将分为两类，一类是贤良的武将，一类是有才的武将。而有才能的武将驾驭起来将会尤其困难。驾驭宰相的时候需要待之以礼，而驾驭武将的时候则需要动之以术，驾驭贤将的时候需要用信任之术，驾驭才将的时侯需要用智慧之术。如果不待之以礼、予之以信任的话，那就是君王的不为；如果不动用权术、智慧的话，那就是君王的不能为。因此说，驾驭武将很难，驾驭有才的武将尤其困难。六畜最初的时候也都是野兽。那些老虎和豹子能搏杀人、噬咬人，而马也有蹄子能踢人，牛也有触角能牴人。先王知道那些能搏杀人、噬咬人的野兽是不能够用人力去制服的，于是就将它们杀死，杀不死它们就将它们远远地驱赶出去。有蹄子的野兽可以用络头和缰绳来制服它，有触角的野兽可以用绑在触角上的横木来制服它，因此先王不忍心抛弃它们的才能将它们杀死，因而也就不能为天下人所用。如果说那些能踢人、能牴人的野兽，就应当将它们和虎豹一并杀死或者驱赶出去的话，那么天下就没有千里马了，也就没有用作乘服之用的骑乘了吗？

原文

先王之选才也，自非大奸剧恶如虎豹之不可以变其搏噬者，未尝不欲制之以术，而全其才以适于用。况为将者，又不可责以廉隅细谨[①]，顾其才何如耳。汉之卫、霍、赵充国[②]，唐之李靖、李勣[③]，贤将也。汉之韩信、黥布、彭越[④]，唐之薛万、侯君集、盛彦师[⑤]，才将也。贤将既不多有，得才者而任之可也。苟又曰是难御，则是不肖者而后可也。结以重恩，示以赤心，美田宅，丰饮馔，歌童舞女，以极其口腹耳目之欲，而折之以威，此先王之所以御才将者也。近之论者或曰：将之所以毕志竭力，犯霜露，蹈白刃而不辞者，冀赏耳[⑥]。为国家者，不如勿先赏以邀其成功。或曰：赏所以使人，不先赏，人不为我用。是皆一隅之说，非通论也。将之才固有小大，杰然于庸将之中者，才小者也，杰然于才将之中者，才大者也。才小志亦小，才大志亦大，人君当观其才之小大，而为制御之术以称其志。一隅之说不可用也。

卫青

卫青，字仲卿，西汉武帝时期抗击匈奴的主要将领。他的姐姐是皇后卫子夫。

注释

①廉隅细谨：廉隅，原意是棱角，这里是用来比喻端正不苟的行为和品行。细谨，细微谨慎。

②卫、霍、赵充国：卫即是卫青，汉武帝的卫皇后的弟弟，曾一连七次出兵攻打匈奴，凭借战绩功劳升作大将军，被封为长平侯。霍即霍去病，是卫青的外甥，曾六次出兵攻击匈奴，官至骠骑将军，被封为冠军侯。赵充国，字翁孙，在汉武帝和汉昭帝时多次出击匈奴，勇猛善战，汉宣帝时被封为营平侯。

③李靖、李勣：李靖，原名药师，谙于兵法，是唐初著名的将领，被封为卫国公。李勣，原姓徐，后被赐姓为李，是唐初的著名将领，被封为英国公。

④韩信、黥布、彭越：他们都是汉高祖刘邦时的名将，都被封侯，又都因犯罪而被杀。

⑤薛万、侯君集、盛彦师：他们都是唐初的名将，都曾被封侯，但后来又都因罪被杀。

⑥冀：希望。

译文

先王在选任人才的时候，对待那些并非是生性大奸大恶如同虎豹不能改变它们搏杀吞噬人的本性的人，没有一个不是想要用权术对他加以管制，以让他的才能得以保全并得以施展应用的。况且那些担任将领的人，又不能用过于细微谨严的规定来限制苛责他，只是看他的才能如何罢了。汉代的大将卫青、霍去病、赵充国，唐代的大将李靖、李勣，都属于贤良的武将。汉代的大将韩信、黥布、彭越，唐代的大将薛万、侯君集、盛彦师，他们都属于有才能的武将。既然贤将不多，那么得到有才能的将领便可任用他。如果还说这些人难以驾驭，那么就是那些不肖的人也都可以被任用了。用厚重的恩惠交结他，以赤诚之心对待他，赐予他丰田美宅，丰富充足的酒食，以及歌童舞女，以满足他们的口腹耳目之欲，用威力来折服他们，这就是先王用来驾驭有才能武将的方法。近世的议论者或许会说：武将之所以不辞辛苦地竭尽智谋机虑，冒着露水霜雾，踩着锋利的刀刃拼杀的原因，是希望得到封赏罢了。如果真的是为了国家而战的话，那么就不如先不奖赏他以邀得他的成功。有的人会说：有了奖赏才能够差遣动人，不先进行奖赏的话，人才就不会为我所用。这些都是一隅之说，而不是通达之论。武将的才能也分大小，在平庸的将领们中表现突出的是武将中才能小的，在具有中才之能的武将中表现突出的是武将中才能大的。才能小的话志向也就小，才能大的话志向也将很大，人君应当看他才能的大小，然后为之制定出驾驭他们的术略，这样以和他们的志向相称。而那些一隅之说都是不可行的。

原文

夫养骐骥者，丰其刍粒①，洁其羁络②，居之新闲③，浴之清泉，而后责之千里。彼骐骥者，其志常在千里也，夫岂以一饱而废其志哉。至于养鹰则不然，获一雉，饲以一雀，获一兔，饲以一鼠。彼知不尽力于击搏，则其势无所得食，故然后为我用。才大者，骐骥也，不先赏之，是养骐骥者饥之而责其千里，不可得也。才小者，鹰也，先赏之，是养鹰者饱之而求其击搏，亦不可得也。是故先赏之说，可施之才大者，不先赏之说，可施之才小者。兼而用之，可也。昔者，汉高帝一见韩信而授以上将，解衣衣之，推食哺之；一见黥布而以为淮南王，供具饮食如王者；一见彭越而以为相国。当是时，三人者未有功于汉也。厥后追项籍垓下，与信、越期而不至，捐数千里之地以畀之④，如弃敝屣。项氏未灭，天下未定，而三人者已极富贵矣。何则？高帝知三人者之志大，不极于富贵，则不为我用。虽极于富贵而不灭项氏，不定天下，则其志不已也。至于樊哙、滕公、灌婴之徒则不然，拔一城、陷一阵，而后增数级之爵，否则，终岁不迁也。项氏已灭，天下已定，樊哙、滕公、灌婴之徒，计百战之功，而后爵之通侯。夫岂高帝至此而啬哉，知其才小而志小，虽不先赏，不怨，而先赏之，则彼将泰然自满，而不复以立功为事故也。噫！方韩信之立于齐，蒯通、武涉之说未去也⑤。当是之时而夺之王，汉其殆哉。夫人岂不欲三分天下而自立者？而彼则曰：『汉王不夺我齐也。』故齐不捐⑥，则韩信不怀⑦。韩信不怀，则天下非汉之有。呜呼！高帝可谓知大计矣。

注释

①刍粒：即草料。

②羁络：即马络头。

③新闲：闲，马厩。新闲即新的马厩。

④畀：投给，给予。

⑤蒯通、武涉之说：蒯通、武涉都是著名的辩说之士，前者曾劝韩信背叛刘邦以自立为王。后者曾担任项羽的说客，前去说服韩信背叛刘邦归依项羽。

马厩和马夫

马厩是养马的地方，也就是马棚，里面有马槽，是一种长方形或梯形的器具，用来盛饲料。

⑥捐：舍弃。

⑦怀：归依到，归向。

译文

饲养千里马时，要给它吃丰美的饲料，带上洁净的络头，并让它住在新建的马厩中，让它在清泉中洗澡，然后再将千里之远的重任交给它。千里马的志向就在于奔走千里，难道会耽于一顿饱食而放弃大志吗？但在养鹰的时候就不是这样了，它抓到一只鸡的话，就要奖赏给它一只麻雀，它抓获一只兔子的话，就要奖赏给它一只老鼠。鹰知道如果它不尽力搏击抓获猎物的话，它就会吃不上任何东西，于是就投靠于我为我所用。才能大的千里马，如果不先犒赏它，在饲养它的时候让它饿着肚子却又交给它千里之远的重任，那样是不可能实现的。才能小的，是鹰，如果先给它犒赏，在饲养它的时候就让它吃得饱饱的之后再让它去搏击抓捕猎物，那也是不可能实现的。因此先行奖赏这种说法是针对那些才大的而实行的，不先行奖赏这种说法是针对那些才小的而实行的。将这两种说法结合在一起使用也是可以的。以前汉高祖一见到韩信就任命他为大将，将自己的衣服脱下来给他穿，将自己吃的食物推到他面前让他吃。一见到黥布就封他做淮南王，赐给他的那些器具以及饮食都是按照王侯

樊哙鸿门闯宴

樊哙，西汉开国功臣，大将，汉高祖刘邦的心腹，封舞阳侯，谥武侯，以勇著称。秦朝末年追随刘邦转战南北，建立赫赫战功。为了争夺天下项羽欲灭刘邦，他在鸿门宴请刘邦。范增召项庄舞剑为酒宴助兴，趁机杀掉刘邦，项伯为保护刘邦，也拔剑起舞，掩护了刘邦，在危急关头，樊哙带剑拥盾闯入，怒目直视项羽，刘邦趁机脱身。

的标准。一见到彭越就任命他为相国。那个时候，他们三个人都还没有为汉朝立下功绩。之后在追击项羽到垓下的时候，高祖和韩信、彭越相约却没能如期而至，便将数千里的封地都给了韩信和彭越，一点也不犹豫，就如同是扔掉了只破鞋一样。项氏还没有被灭掉，天下的大势也还没有确定，这三个人已经享受到了极度的富贵，这是什么原因呢？是因为高祖知道他们都是志向远大的人才呀。如果不让他们享受到极度的富贵，他们就不会为我效力，为我所用。虽然他们已经享受到极度的富贵，但只要项氏还没有被灭掉、天下还没有平定，他们的志向就不会满足。而像樊哙、滕公、灌婴那些人却不一样，他们每攻陷一座城池、每打胜一场战争以后官爵才会得以升级，如果没有战功的话，就一年到头也不给予他们提升。项氏被消灭、天下已经安定了以后，樊哙、滕公、灌婴这些人因为立下了百战之功，才得到通侯的爵位。难道是高祖到了这个时候还很吝啬对他们的封赏吗？这其实是因为知道他们的才能小因而志向也小，即使不对他们先行奖赏，他们也不会因此而怨恨，如果先奖赏他们的话反而会让他们自满自得，因而便不再想去奋战立功了。唉，当韩信在齐地的时候，虽然有蒯通、武涉的游说但他都不为所动。在那个时候，如果韩信自称为王的话，那汉朝就会很危险了。难道会有人不想三分天下而自立为王吗？而韩信却说：『汉王没有夺取我在齐的封地，因此我也不会叛变自立为王。』所以如果不将齐地赐予韩信的话，韩信就不会归向刘邦，如果韩信不归向刘邦，天下也就不会归汉所有。唉，高祖可以称得上是懂得大计的人呀。

说明

苏洵写有《衡论》十篇，这是其中的一篇，是苏洵针对北宋的军队虽然数量庞大但战斗力却不强的现实而做的，探讨了如何驾驭控制武将的方法和策略。北宋的统治者为了防止兵变的发生，采取了一系列的措施，让将不知兵，兵也不知将。在派遣将领出征时，君王又会从中加以限制，不对武将施以信任，因此导致兵多力弱的弊端。因此本文提出了如何驾驭控制武将的方法，并将君臣间的信任作为最重要的条件，并引用了典型的历史史事来加以论证，让文章显得很有感染力和说服力。

任相

原文

古之善观人之国者，观其相何如人而已。议者常曰：将与相均。将特一大有司耳①，非相侔也②。国有征伐而后将权重。有征伐无征伐，相皆不可一日轻。相贤耶，则群有司皆贤，而将亦贤矣。将贤耶，相虽不贤，将不可易也。故曰：将特一大有司耳，非相侔也。任相之道与任将不同。为将者大概多才而或顽顿无耻，非皆节廉好礼不可犯者也。故不必优以体貌，而其有不羁不法之事，则亦不可以常法御。何则？豪纵不趋约束者，亦将常态也。武帝视大将军③，往往踞厕④，而李广利破大宛⑤，侵杀士卒之罪则寝而不问⑥。此任将之道也。若夫相，必节廉好礼者为也，又非豪纵不趋约束者为也，故接之以礼而重责之。

注释

①有司：官吏的统称，古代在设置官职时，各有所司，故称有司。

②侔：相当、齐等。

③大将军：这里指的是大将军卫青。

④踞厕：坐在床的一侧，表示不尊敬意。

⑤李广利：汉武帝的李夫人的兄长，曾出征伐大宛，凭借战功被封为海西侯。

⑥寝而不问：将事情压下去而不予追究责任。

译文

古代善于观察一个国家治理得如何的人，只需要看这个国家的宰相是什么样的人就可以了。议论的人常常说：武将和宰相的地位是一样的。而武将只不过是一个大的主管官罢了，并不能和宰相地位齐等。国家发生征战讨伐之事的时候武将的权力才会增大。但不管有没有战事发生，宰相的职权一天都不会变轻。宰相贤良的话，朝中其他的官吏大体也都会贤良，而武将也会贤良。而武将贤良、宰相却不贤良的话，将军不可能更换。因此说：武将只不过是一个大的主管官罢了，并非能和宰相地位齐等。因此任相和任将之道是不一样的。武将一般都是有才能却资质顽劣愚钝，缺少羞耻之心的人，并非是廉洁节制好礼而不能侵犯的人。因此对待他们不必以礼优待，而一旦他们做了不合法纪的事情，也不可以不变的法律来惩治他，这是什么原因呢？性格粗豪、自我放纵、不服管教，是武将惯有的姿态。汉武帝接见大将军卫青的时候，常常是坐在床的一侧。而李广利在攻破大宛的时候立下大功，虽然他触犯了侵杀兵卒之罪，但汉武帝却将这件事情放在一边不追究，而这恰好就是任用武将的方法。而宰相一定是自我节制、廉明好礼的人，并非那种粗豪放纵不守法纪的人，因此对待宰相要以礼并且着重地要求他。

原文

古者相见于天子，天子为之离席起立，在道①，为之下舆②，有病，亲问，不幸而死，亲吊。待之如此其厚，然其有罪亦不私也③。天地大变，天下大过，而相以不起闻矣，相不胜任，策书至而布衣出府免矣。相有他失，而栈车牝马归以思过矣④。夫接之以礼，然后可以重其责而使无怨言。责之重，然后接之以礼而不为过。礼薄而责重，彼将曰：主上遇我以何礼，而重我以此责也，甚矣。责轻而礼重，彼将遂弛然不肯自饬⑤。故礼以维其心，而重责以勉其怠，而后为相者，莫不尽忠于朝廷而不恤其私。

注释

①道：道路上。

②舆：车子。

③私：偏私。

④栈车牝马：坐的是简陋的车子，乘驾的是粗劣的马匹。

⑤弛然：松懈的样子。

译文

古代的时候，宰相拜见天子的时候，天子会离开座位站起来接待，在道路上时会为之下车相见，宰相有了病，天子会亲自过去探问，如果宰相不幸死去了，天子会亲自前往吊唁。虽然是如此厚待宰相，但是一旦他犯了罪也不会加以偏私赦免。天地间发生大的变故，天下出现大的差错，而宰相却不去过问并推卸责任就是不胜其职，那样天子就会

伊尹

商初大臣，名伊，尹为官名，一说名挚。出仕前，他曾在『有莘之野』躬耕务农，主张德政，治国有方，世称贤相。他理政安民60余载，是商朝三代元老。他对中国古代的政治、军事、文化、教育等多方面都做出过卓越贡献。

下策书将他的宰相之职免去，让他身着布衣搬出宰相府，削为平民。宰相有了其他过失，也让他们乘着陋车劣马回去反思。对待宰相以优厚的礼遇，然后委他以重任他就不会有怨言。因为责任重大，所以以优厚的礼节对待他也不过分，如果以薄礼对待他却以重任委与他，他就会说：皇上待我以如此薄的礼遇，却将这么重大的责任委与我，过分呀。如果责任很轻却以厚礼相待的话，他就会松懈下来而不肯自我整饬。因此要用礼遇来维持他的心，并用重任来勉励他不要生出倦怠之心，然后他在担任宰相的时候就一定会对朝廷竭尽忠心，而不再顾念自己的一己之私。

原文

吾观贾谊书①，至所谓『长太息者』，常反复读不能已。以为谊生文帝时，文帝遇将相大臣不谓无礼，独周勃一下狱，谊遂发此。使谊生于近世，见其所以遇宰相者，则当复何如也？夫汤、武之德，三尺竖子皆知其为圣人②，而犹有伊尹、太公者为师友焉。伊尹、太公非贤于汤、武也，而二圣人者，特不顾以师友之，以明有尊也。噫！近世之君姑勿于此，天子御坐，见宰相而起者有之乎？无矣。在舆而下者有之乎？亦无矣。天子坐殿上，宰相与百官趋走于下，掌仪之官名而呼之③，若郡守召胥吏耳。虽臣子为此亦不过，而尊尊贵贵之道，不若是亵也。

注释

①贾谊书：这里指的是贾谊所著的《治安策》，文中有『可为长太息者六』句，有一条就是针对丞相绛侯周勃因为受到别人的诬告而被逮捕投至长安狱之事，奉劝皇帝要以礼来待朝中大臣。

②竖子：这里是指小孩子。

③名而呼之：直呼其名。

译文

我看贾谊的《治安策》时，每每看到文中的『常太息者』的时候常常反复吟咏感叹，情不自已。贾谊生于汉文帝之时，文帝对待将相大臣可以不是以礼相待，而独独出现了周勃下狱这一案件，于是贾谊便发出了这样的感叹。假如让贾谊生在近世，看到近世君王是如何对待宰相的，那么贾谊的反应又会怎么样呢？商汤、周武王都是以德行著称，即便是三尺高的小孩子也知道他们是圣人，而他们依然以伊尹、太公这些人作为自己的良师益友。伊尹和太公并非比商汤、周武王贤明，而商汤、周武王这两位圣人却不管，认作老师朋友。这些专门以师友之礼对待他们，这就是为了表明对宰相的尊敬呀。唉，近世的君王对待宰相的不足之处还不仅仅在于这一点呀。现在天子坐在御座上的时候，看到宰相有起身接见的吗？没有呀。天子在车子上看到宰相有下车接见的吗？没有呀。天子坐在大殿之上，宰相和文武百官快步走到殿下，执掌礼仪的官员便对宰相直呼其名，就像郡守召集府中的小吏一样。虽然身为臣子这样做也不算是过错，但尊重尊者，贵重尊者的道理，却不应当受到这样的亵渎呀。

原文

夫既不能接之以礼，则其罪之也，吾法将亦不得用。何者？不果于用礼而果于用刑，则其心不服。故法曰：有某

罪而加之以某刑①。及其免相也，既曰有某罪，而刑不加焉，不过削之以一官而出之大藩镇。此其弊皆始于不为之礼。贾谊曰：『中罪而自弛②，大罪而自裁③。』夫人不我诛，而安忍弃其身，此必有大愧于其君。故人君者，必有以愧其臣，故其臣有所不为。武帝尝以不冠见平津侯④，故当天下多事，朝廷忧惧之际，使石庆得容于其间而无怪焉⑤。然则必其待之如礼，而后可以责之如法也。

注释

①加：施加。

②自弛：自我放逐。

③自裁：自杀。

④不冠：不戴帽子，表示亲密意。

⑤石庆：齐国宰相石奋的儿子，曾担任太子少傅、御史大夫、丞相，他才能平常，却以诚实谨慎著称。

译文

既然对待宰相不能以厚礼，那么对他罪过的惩罚，也就不能再按照我之前所说过的方法做了。为什么呢？是因为如果不以礼相待却以重刑相责的话，他就不会心服。因此法令说：犯了什么样的罪就施加给他什么样的刑罚。而等到宰相被免相的时候，虽然是犯了某罪，却没有施加给他相应的刑罚，却只不过将他削去宰相的爵位而将他派遣到地方去做官，而这些弊端的开始却都是因为不以礼相待的缘故。贾谊说过：『犯了中罪的话要自我放逐，犯了大罪的话就要自杀。』虽然君王不将我诛杀，我又怎么忍心自己放弃自己呢，而这就一定会对君王感到大大的愧疚。因此人君一定要让臣子对自己怀有愧疚感，那样臣子就能做到不该为而不为了。汉武帝曾经不戴帽子就去接见平津侯公孙弘，因此当天下面临多事之秋，朝廷为之忧惧之际，那个没有别的才能、只有诚实谨慎的石庆能够得以在中间被容纳也就不值得奇怪了。因此一定要先以礼相待，然后才可以按照法律来责备他。

原文

且吾闻之，待以礼，而彼不自效以报其上；重其责，而彼不自勉以全其身，安其禄位，成其功名者，天下无有也。彼人主傲然于上，不礼宰相以自尊大者，孰若使宰相自效以报其上之为利？宰相利其君之不责而丰其私者，孰若自勉以全其身，安其禄位，成其功名之为福？吾又未见去利而就害、远福而求祸者也。

译文

况且我还听说，对他以礼相待，他却不自效其力以报答皇上的恩惠，对他委以重任，他却不自我勉励以保全其身，安坐于厚禄之位，并成就自己的功名，这样的人天下是没有的。人主自己高高在上，傲视群臣，对宰相不以礼相待却只一味自尊自大，哪里比得上让宰相自效其力以报答主上对自己更为有利呢？宰相利用君王的不责为自己谋求私利，又如何比得上自我勉励以保全其身、安坐于厚禄之位、成就自己的功名对自己来说更为有福呢？我还没有见到过那种避利而就害、躲福而求祸的人呢。

胆识绝伦

公孙弘，字季，一字次卿，西汉人。少时，因家境贫寒，曾在海边为富人放猪以维持生活。年轻时，他曾任过薛县的狱吏，因无学识，故犯罪被免职。为此，他立志在麓台苦读到四十岁，又随老师胡母子修儒家经典著作《春秋公羊传》。

说明

这也是苏洵《衡论》中的一篇，论述的是任相之道。宰相一职很早就已经设置，并且权力很大，有副君之称，到了汉武帝时期，宰相制度开始遭到破坏，宰相的权力也越来越小，并且不受到君王的礼遇和尊敬。苏洵先是浓墨重彩地论述了古代的用相之道，然后又陈述了近世君王的用相之道，两相对比，近世君王任相的不足便明显地摆在人们面前，并指出了这种待相之道的弊端以及长此以往将会产生的严重后果。本文论证严密，并采取了多种论证方法，正面论证、反面论证、侧面论证相结合，将任相这个论题论述得全面、深刻而周密。

养才

原文

夫人之所为，有可勉强者，有不可勉强者。煦煦然而为仁①，孑孑然而为义②，不食片言以为信，不见小利以为廉，虽古之所谓仁与义、与信、与廉者，不止若是，而天下之人亦不曰是非仁人，是非义人，是非信人，是非廉人，此则无诸己而可勉强以到者也。在朝廷而百官肃，在边鄙而四夷惧③，坐之于繁剧纷扰之中而不乱，投之于羽檄奔走之地而不惑④，为吏而为吏，为将而为将，若是者，非天之所与，性之所有，不可勉强而能也。道与德可勉强以进也，才不可强揠以进也⑤。今有二人焉，一人善揖让⑥，一人善骑射，则人未有不以揖让贤于骑射矣。然而揖让者，未必善骑射，而骑射者，舍其弓揖让于其间，则未必失容。何哉？才难强而道易勉也。

注释

①煦煦然：和悦的样子。

②孑孑然：小心谨慎的样子。

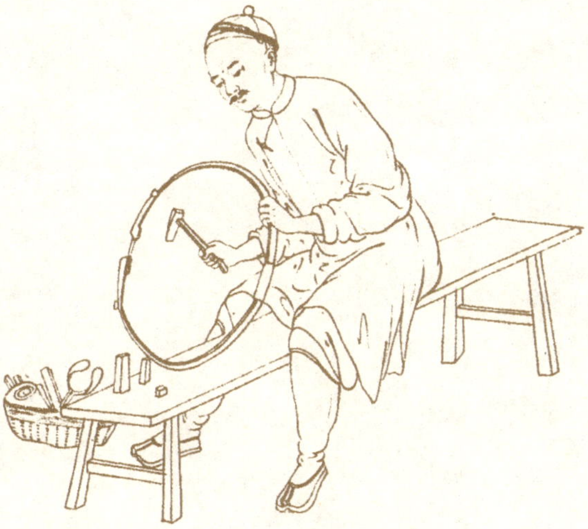

整弓箭

古代用弓发射的具有锋刃的一种远射兵器。弓由弹性的弓臂和有韧性的弓弦构成；箭包括箭头、箭杆和箭羽。箭头为铜或铁制，杆为竹质，是中国古代军队使用的重要武器之一。制作弓箭的办法就是把选好的竹条弄弯，再找一条橡皮筋，把它缠在竹条上，弄紧。中国古代专门有整弓箭这一行当。

③边鄙：即边邑，边境周围的都城。

④羽檄奔走之地：羽檄，用来报告紧急军情的文书。羽檄奔走之地是指国家处于紧急或者危难之境。

⑤揠：拔。

⑥揖让：宾主相见时相互间所施的礼仪。此处是泛指礼仪。

译文

人的所作所为，有的是可以勉强的，有的则是不能勉强。和悦是仁，小心的是义，不食言是信，不图小利是廉，虽然古代所说的仁和义以及信和廉，并不仅仅是这些，但天下人也不说这不是仁慈之人，这不是侠义之人，这不是诚信之人，这不是廉洁之人，这些都是自己没有却能够勉强做到的。在朝廷之上的时候可以让百官为之肃容，在边境的时候可以让四方少数民族为之畏惧，处在繁杂纷乱的环境中也不会感到慌乱，处于紧急危难的境地中也不会感到为之迷惑，做官吏的时候能够胜任吏事，做武将的时候能够带兵打仗，如此这般，如果不是上天赐予或者生性就具有这种特质的话，那么无论再怎么勉强也是无法做到的。道和德是可以勉强修为而有所进益的，而才能却不能够通过强行拔扶而有所长进的。现在有这样两个人，一个人擅长于揖让等礼仪，一个人擅长于骑射之术略，那么人们都会认为那个擅长于礼仪的人要比那个擅长于骑射的人贤明。然而那个擅长揖让的人未必能擅长骑射，而那个擅长骑射的人丢掉弓箭而在人群中间行揖让礼，却未必失态。这是什么原因呢？是因为才能的事是难以勉强提高而道德却较为容易通过勉力而为而得到提高的。

原文

吾观世之用人，好以可勉强之道与德，而加之不可勉强之才之上，而曰我贵贤贱能[1]。是以道与德未足以化人，而才有遗焉[2]。然而为此者，亦有由矣。有才者而不能为众人所勉强者耳。何则？奇杰之士，常好自负，疏俊傲诞，不事绳检[3]，往往冒法律，触刑禁，叫号欢呼，以发其一时之乐而不顾其祸，嗜利酗酒，使气傲物，志气一发，则倜然远去[4]，不可羁束以礼法。然及其一旦翻然而悟，折节而不为此[5]，以留意于向所谓道与德可勉强者，则何病不去？奈何以朴樕小道加诸其上哉[6]。

注释

①贵贤贱能：以贤人为贵，以能人为贱。

②遗：剩余。

③绳检：约束，检点。

④倜然：远远地离开的样子。

⑤折节：强行克制住自己改变以前的志向和行径。

⑥朴樕小道：指平庸不经之道。

译文

我看世上的人在任用人才的时候，喜欢任用那些可以勉强做到的道德，将这些人加之在那些不能勉强而达到的才能之士的人之上，却说『我看重贤人，看轻能人』。因此导致道德之士没有达到化育人的效果，而有才之士却被埋没。然而之所以会出现这种情况，也是有原因的。有才能的人往往不能被众人所认可，是什么原因呢？那些奇杰之士，常常自大自负，疏懒狂傲，不懂得自我约束，往往冒犯法律，触动刑罚，得意时就毫无忌惮地欢呼号叫，以抒发心中的快乐之情却不顾会不会因此而惹上祸端。他们嗜酒好利，任性使气，傲视万物，一旦豪气涌起，便飘然而去，不能够以礼法来约束他们。然而一旦等到他们幡然醒悟的时候，便折节不再做这样的事情，而是留意于那些所谓的可以勉强而至的道德之事，那样一来还有什么值得担心的呢？为何非要将那些庸常不经之道施加到他们身上呢？

原文

夫其不肯规规以事礼法，而必自纵以为此者，乃上之人之过也。古之养奇杰也，任之以权，尊之以爵，厚之以禄，重之以恩，责之以措置天下之务，而易其平居自纵之心，而声色耳目之欲又已极于外，故不待放恣而后为乐。今则不然，奇杰无尺寸之柄，位一命之爵，食斗升之禄者过半，彼又安得不越法、逾礼而自快耶。我又安可急之以法，使不得泰然自纵耶。今我绳之以法，亦已急矣。急之而不已，而随之以刑，则彼有北走胡，南走越耳。噫！无事之时既不能养，及其不幸，一旦有边境之患，繁乱难治之事，而后优诏以召之[①]，丰爵重禄以结之，则彼已憾矣。夫彼固非纯忠者也，又安肯默然于穷困无用之地而已耶。

注释

①优诏：褒奖誉美的诏书。

译文

而他们不遵守规矩，从事于礼法之事，却如此这般自我放纵，都是上层用人者的过错呀。古人对待奇杰之士的时候，委以他们重权，授予他们爵位以示尊敬，赐予他们厚禄，对他们施加重恩，将那些治理天下的重大责任托付给他们，以此来让他们平常的自我放纵之心为之改变，而他们的声色耳目之欲也已经得到最大的满足，因此便不会再恣意为乐了。如今的情势却不是这样，奇杰之士中没有一点职权，没有一命爵位，也没有斗升之禄的人占有一半多，他们又如何不去做那些虽然不合法制、逾越礼节却能自我快意的事情呢？我又如何能够不用法令去治理他们，让他们不得如此泰然地自我放纵呢？如今我将他们绳之以法，也已经是操之过急了，如此操之过急也不能控制住他们，便又接着用刑罚来对付他们，于是这些奇杰之士便纷纷出走，有的向北投奔胡人，有的向南投奔越国。唉，国家平安无事的时候不能养才，等到有了不幸之事发生，面临边境受到侵犯的忧患，以及那些烦乱难以管治的事情以后，再以赞美褒奖的诏书去招募他们，用高官厚禄去结交他们，但他们那时候对国家却已经失望了。那些有才之士并非是纯粹忠心之人，又如何只肯在穷困无用的境地里默默无闻地过活呢？

原文

周公之时，天下号为至治，四夷已臣服，卿大夫士已称职。当是时，虽有奇杰无所复用，而其礼法风俗尤复细密，举朝廷举四海之人无不遵蹈，而其八议之中犹有曰议能者[①]。况当今天下未甚至治，四夷未尽臣服，卿大夫士未皆称职，礼法风俗又非细密如周之盛时，而奇杰之士复有困于簿书米盐间者，则反可不议其能而恕之乎。所宜哀其才而贯其过[②]，无使为刀笔吏所困[③]，则庶乎尽其才矣。

周公

周公旦，姓姬，名旦，亦称叔旦，周代第一位周公。西周时期的政治家、军事家、思想家、教育家，被尊为『元圣』。他辅助武王得天下，武王死后又代理成王治天下，还参与了制定周礼。有诗曰：『周朝初建大分封，成王幼聪靠周公。礼贤下士三吐哺，天下归心百业兴。』

注释

①八议：周代的制度中规定：有八种犯罪的人必须要经过特别审议才能够被减免刑罚，称之为『八辟』，汉代改称为『八议』。

②贳：宽恕。

③笔刀吏：掌管文案以及帮人代笔起草文书的官吏，刀笔是古代的书写工具，古代将文字写在竹简上，出现错误就用刀削去重新写，因此便以『刀笔吏』去称文法吏，也含有吏笔如刀，以笔就能够杀人的意思。

译文

周公治理天下的时候，天下已经称得上是大治了，四方夷族都已经臣服，公卿大夫也都各司其职并且能够胜任其职。在那个时候，虽然奇杰之士没有地方任用，而那些礼法风俗却尤为周密细致，朝廷之臣和四海之士全都遵从这些礼法，而周代所制定的八议中尚且还有一条是宽恕赦免有才能之人的。何况如今天下还没有得到大治，四方夷族还没有全部臣服，公卿大夫都还没能称职，礼法风俗也没有像周代一样周密细致，而奇杰之士仍然有困顿在书簿米盐之间的，却反倒没有赦免宽恕有才能之士的一条。应当顾念他们的才能而宽恕他们的过失，不要让他们被那些刀笔吏所困，那样大概就能够让他们发挥出全部的才能了。

原文

或曰：奇杰之士有过得以免，则天下之人孰不自谓奇杰而欲免其过者，是终亦溃法乱教耳。曰：是则然矣，然而奇杰之所为，必挺然出于众人之上[1]，苟指其已成之功以晓天下，俾得以赎其过，而其未有功者，则委之以难治之事，而责其成绩，则天下之人不敢自谓奇杰，而真奇杰者出矣。

注释

①挺然：突出的样子。

译文

有的人说：如果奇杰之士有了过失却能够得到赦免的话，那么天下的人有谁会不自称奇杰之士以求免除自己的过失呢？而这样最终将会导致礼法教化崩溃混乱了。我的回答是：这么说也是对的。但是那些奇杰之士的所作所为，一定会高出众人之上。如果让他们指出自己所立下的功绩以告知于全天下，以求以功来赎得自己的过失。而那些没有功绩的人，就会将那些难以治理的事情委任给他并责求他做出卓绝的成绩，那么天底下的人就不敢自称是奇杰之士了，那样真正的奇杰之士也就显露出来了。

说明

这是苏洵《衡论》中的一篇，论述了德行和才能的关系以及如何任用优待那些有才能之士。北宋一朝，一直有两个强大的少数民族政权在威胁着国家的安全，那就是辽和西夏，形势一度十分严峻，而北宋的上层统治者却又不思进取，只是一味容忍退让，求和苟安，而天下的豪杰之士却又得不到发现和重用，苏洵针对这样的社会现实，有感于自己以及周围有才之士的坎坷遭遇，便写了这篇文章，认为有德者未必有才，而能者却能够通过修养来提升德行，对于治国用兵来说，有才能的豪杰之士更为重要，而不应仅以德行论，出现那种道德未能教化国人，而有才之士却被埋没的可悲局面，在以德行为尚的封建社会里，苏洵的这番言论可以说是很有些惊世骇俗。

议修礼书状①

原文

洵先奉敕编礼书②，后闻臣寮上言③，以为祖宗所行不能无过差④。不经之事⑤，欲尽芟去⑥，无使存录。洵窃见议者之说，与敕意大异。何者？前所授敕，其意曰纂集故事而使后世无忘之耳⑦，非曰制为典礼而使后世遵而行之也。然则洵等所编者，是史书之类也。遇事而记之，不择善恶，详其曲折，而使后世得知而善恶自著者，是史之体也⑧。若夫存其善者，而去其不善，则是制作之事，而非职之所及也。而议者以责洵等，不已过乎？且又有所不可者，今朝廷之礼虽为详备，然大抵往往亦有不安之处，非特一二事而已。而欲有所去焉，不识其所去者果何事也？既欲去之，则其势不得不尽去，尽去则礼缺而不备。苟独去其一，而不去其二，则适足以为抵牾龃龉而不可齐一⑨。

注释

①状：一种文体名，下级向上级陈述建议或者事实的文书。

②敕：帝王的命令或者诏书。

③臣寮：即臣僚，一同做官的同事。

④过差：过错和差池。

⑤不经：不符合常规或不符合礼仪。

⑥芟：删除，删去。

⑦故事：这里是指先例，原有的典章制度等。
⑧体：体例。
⑨龃龉：差错，过失。

译文

我先是奉了皇上的诏令去修编礼书，而后又听到了有的同僚上书，认为祖宗所有的行为都不能有差错过失，但凡那些不符合礼仪的事，都想将其删去，不让那些事被保存记录下来。而洵则私下里认为，这位上书者所提的建议和皇上的诏令意思很不一样。为什么呢？之前皇上所授的诏令，意思是说将之前的旧例典实编纂搜集起来，让后世之人不要忘记，而并不是将其编成典章制度让后世之人遵守并且按其行事。因此我们这些人所编的，是属于史书一类的。遇到什么事都要如实记录下来，并不选择什么是善的什么是恶的，而是详细地记载事情的曲折缘由，让后世之人知道这些事，然后是善是恶也就自然明白了，这就是史书的体例。如果仅仅保存那些善的，而删去那些不善的，则就是属于制作事了，而就不属于我们编史书人的职责范围了。然而那位提议者用来责备我们这些人的理由，不是太过分了吗？并且又有不能实现的，如今朝廷的礼制虽然已经比较完备了，但是大概来说，往往也有不妥当之处，并非单单只有一两件事而已。而如果想要有所删去，不知道所要删去的果真应有什么事呢？既然想要将其删去，那势必就不得不全部删去。而一旦全部删去的话，礼仪就会缺失而不完备，如果单独去掉其中的一件，而不去掉其他，那么他们所认为的就不足以抵消过失也就不可能变得齐备。

原文

且议者之意，不过欲以掩恶讳过，以全臣子之义，如是而已矣。昔孔子作《春秋》，惟其恻怛而不忍言者而后有

鲁桓公

鲁桓公，春秋时鲁国国君，姓姬名允，与公子挥杀庶兄鲁隐公立为君，因娶了齐襄公的妹妹文姜，后来到齐国，但发现齐襄公与文姜私通后怒斥文姜，结果被齐襄公密谋杀害。

隐讳[①]。盖桓公薨[②]，子般卒[③]，没而不书，其实以为是不可书也[④]。至于成宋乱[⑤]，及齐狩[⑥]，跻僖公[⑦]，作丘甲[⑧]，用田赋[⑨]，丹桓宫楹，刻桓宫桷，若此之类，皆书而不讳。其意以为虽不善而尚可书也。今先世之所行，虽小有不善者，犹与《春秋》之所书者甚远，而悉使洵等隐讳而不书，如此，将使后世不知其浅深，徒见当时之臣子至于隐讳而不言，以为有所大不可言者，则无乃欲益而反损欤？《公羊》之说灭纪灭项，皆所以为贤者讳，然其所谓讳者，非不书也，书而迂曲其文耳。然则其实犹不没也。其实犹不没者，非以彰其过也，以见其过之止于此也。今无故乃取先世之事而没之，后世将不知而大疑之，此大不便者也。班固作《汉志》，凡汉之事，悉载而无所择。今欲如之，则先世之小有过差者，不足以害其大明。而可以使后世无疑之之意，且使洵等为得其所职，而不至于侵官者。谨具状，申提举参政侍郎，欲乞备录闻奏。

注释

①恻怛：心有不忍，伤心。

②桓公薨：桓公是指鲁桓公。桓公十八年，和其夫人文姜一同前往齐国，而文姜却和齐侯私通，桓公知道以后谴责齐侯，齐侯便暗中派力士彭生将桓公杀死在车上，而《春秋》却不直接记载这件事，而只是说：

『夏四月丙子，公薨于齐。』

③子般卒：子般，鲁庄公的儿子，庄公死了以后，子般立，庄公的弟弟庆父和庄公的夫人哀姜私通，指使圉人荦杀死了子般，而改立哀姜的妹妹叔姜的儿子子开为君。《春秋》在记录这件事时，不直书其事，只是说：『冬十月己未，子般卒。』

④其实：其，这件事。实，事实。其实的意思是这件事的事实。

⑤成宋乱：鲁桓公二年，宋国的华父督谋反，弑其君，并贿赂了鲁桓公，桓公会同其他诸侯一同帮助华父督谋反篡位。

⑥及齐狩：《春秋·庄公四年》中记载：『冬，公及齐人狩于禚。』而这个齐人实际上是齐侯，也就是庄公的杀父仇人，而《春秋》则为了为庄公讳，却只写作『齐人』。

⑦跻僖公：僖公是兄，在其弟闵公以后为君，僖公死后，文公二年，将太庙中的僖公的灵位升到了闵公上面，后人认为这是失礼，也就是『跻』。

⑧作丘甲：『丘甲』是鲁成公时推行的一种兵赋制度，大大加重了人民的负担，因此，《春秋·成公元年》中记载『三月，作丘甲』，以讥讽其事。

⑨用田赋：《春秋·哀公十二年》中记载：『十有二年春，用田赋。』哀公推行了重赋，专门写入了史书中以示赋税之重。

译文

况且提议者的意思，不过是想要掩盖那些恶的，避讳那些过失，以此来保全臣子之义，仅仅是这些罢了。以前孔子作《春秋》的时候，只有那些让人伤心不忍说的事情，才加以隐晦而已。如桓公的死，子般的死，都将事实隐去没有直书，是因为事实是不能直接书写的缘故啊。而至于宋国华父的篡政、庄公和齐侯的狩猎、僖公灵位的跻上、丘甲的兴起、田赋的加重、桓公庙柱子的漆红、椽子的刻纹，如此之类的事情，则全都如实书写而没有避讳。其意思是因为这些事虽然不属于善事但尚且可以书写的缘故。如今先祖所行之事，虽然稍稍有不属于善事的，还和《春秋》所书写的那些不善之事相差甚远，然而却让我们这些人全都将其隐讳过去而不提及，如果这样的话，将会让后世之人不知事情的严重程度，而只看到当时的臣子以至于隐讳不加提及，反而会认为事情会严重，以至于不能载入史书，这样的话不就是想要为祖先讳却反而大大损害了祖先的声望了吗？《公羊传》中所说的灭掉纪国和灭掉项国，全都是用来为贤者避讳的。然而他们所说的为贤者讳的，并不是不书写，而是婉转地书写罢了，然而事情的真相依然还是存在的。事情的真相依然存在，并不是用来彰显他们的过错，而是看到其过错并且到此为止了。如今没有什么缘故就将先世所做的事隐讳不言，后世之人将不知道所隐藏的是什么事并因此产生大疑惑，而这就是大大的不便了。班固作《汉书》的时候，但凡汉代所发生过的事情，全部都记载下来而并不加以选择取舍。如今想要仿效班固的做法，那么先世所做过的那些虽然小却有过失的事情，并不足以妨害祖先大的声名，而且还可以让后世之人不产生怀疑之意，并且让我们这些人能够各司其职，而不侵犯别人的职权范围。我谨慎地陈述这件事，写下这篇《议修礼书状》，提交给参政侍郎，想请求加以备案记录，以求得以此上奏皇上。

说明

这篇文章写于宋仁宗嘉祐六年（1061），这年六月，苏洵被任命为霸州文安县主簿，和陈州项城县令姚辟一同修礼书，也就是《太常因革礼》，用来记录宋朝开国以来关于礼仪方面的史实以及相关的因革情况。在修礼书的过程中，

韩琦

字稚圭，自号赣叟，北宋政治家、名将。韩琦出身世宦之家，其父韩国华官至右谏议大夫，宋英宗时，进右仆射，封魏国公，为宰相。他欣赏苏洵的才华，没经过考试，就破格把苏洵任命为秘书省校书郎。

有大臣上书，建议在所修礼书中删去祖宗所行过的不合礼仪之事，以此来保全臣子之义。而本着实录的原则，苏洵坚决反对如此的掩恶讳过，于是便写下了这篇《议修礼书状》，有理有据地驳斥了臣僚的掩恶讳过的观点，提出了正确的主张，论辩高超，分析问题详细，切中要害，充分显示了苏洵的博学和雄辩。

上韩昭文论山陵书[1]

原文

四月二十三日，将仕郎[2]、守霸州文安县主簿、礼院编纂苏洵，惶恐再拜上书昭文相公执事：洵本布衣书生，才无所长，相公不察而辱收之，使与百执事之末[3]，平居思所以仰报盛德而不获其所。今者先帝新弃万国[4]，天子始亲政事，当海内倾耳侧目之秋[5]，而相公实为社稷柱石莫先之臣，有百世不磨之功，伏惟相公将何以处之？

注释

①山陵：古代帝王的坟墓被称之为山陵。

②将仕郎：文职的散官官阶，九品。

③与：参与；百执事：意思是百官。

④先帝新弃万国：意思是说皇帝刚刚去世，这是委婉的说法。

⑤倾耳侧目：倾耳聆听，侧目注视，这里是形容十分关注。

译文

四月二十三日，将仕郎、守霸州文安县主簿、礼院编纂苏洵，怀着惶恐不安的心情再拜并向昭文相公执事您上书：苏洵我原本只是一个布衣出身的书生，没有什么专门的才能，是相公您屈尊收下了我，让我得以和朝中众位官员同列，我时常思量如何报答您的大恩而都没能找到好的途径。如今先帝去世，天子开始亲自掌管政事，现在正是四海之内的人都拭目以待的时候，而相公您是国家社稷的栋梁，怀有百世不磨的功业，不知道相公您将要如何处理呢？

原文

古者天子即位，天下之政必有所不及安席而先行之者①。盖汉昭即位②，休息百役，与天下更始③。故其为天子曾未逾月，而恩泽下布于海内。窃惟当今之事，天下之所谓最急，而天子之所宜先行者，辄敢以告于左右。

注释

①不及安席：来不及安稳高卧，比喻政务繁忙，有紧急的事情需要处理，无暇安稳卧席休息。

②汉昭：也就是汉昭帝，昭帝即位以后，废除了汉武帝时的不少弊政，让百姓得到了休养生息。

③更始：更新。

译文

古代的天子即位的时候，天下必定都有来不及休息也要着急处理的政务。汉昭帝即位的时候，下令停止了百姓的各种徭役，与民休息，让天下人有了一个松弛轮回的新开始。因此昭帝即位还不到一个月，恩泽就布满了天下。我个人认为如今的事情中，可以称得上天下最紧急的，而且天子应当首先施行的，于是才胆敢予以相告。

原文

窃见先帝以俭德临天下，在位四十余年[①]，而宫室游观无所增加，帏簿器皿弊陋而不易[②]，天下称颂，以为文、景之所不若[③]。今一旦奄弃臣下[④]，而有司乃欲以末世葬送无益之费，侵削先帝休息长养之民，掇取厚葬之名而遗之，以累其盛明[⑤]。故洵以为当今之议，莫若薄葬。窃闻顷者癸酉赦书既出[⑥]，郡县无以赏兵，例皆贷钱于民，民之有钱者，皆莫肯自输[⑦]，于是有威之以刀剑，驱之以笞棰，为国结怨，仅而得之者。小民无知，不知与国同忧，方且狼顾而不宁[⑧]。而山陵一切配率之科又以复下[⑨]，计今不过秋冬之间，海内必将骚然，有不自聊赖之人。窃惟先帝平昔之所以爱惜百姓者如此其深，而其所以检身节俭者如此其至也，推其平生之心而计其既没之意，则其不欲以山陵重困天下，亦已明矣。而臣下乃独为此过当逾礼之费，以拂戾其平生之意，窃所不取也。且使今府库之中，财用有余，一物不取于民，尽公力而为之，以称遂臣子不忍之心，犹且获讥于圣人。况夫空虚无有，一金以上非取于民则不获，而冒行不顾以徇近世失中之礼，亦已惑矣。

注释

①在位四十余年：宋仁宗在位的时间共计四十一年，故有此说。

②帏簿：也作『帷薄』，即帏子、帘子一类的物品；易：更换。

③文、景：汉文帝和汉景帝。他们都是西汉卓有才略的君主，采取『轻徭薄赋』、『与民休息』的政策，国家得以政治安定，民富国强，史称『文景之治』。

④奄弃臣下：这里是说仁宗忽然去世，是委婉的说法。

⑤累：损害，连累。

仁厚俭恕

汉文帝刘恒即位后，绝秦之迹，颁诏天下，除其乱法，废除残酷的肉刑，治罪仅止本人，不牵连妻儿，诽谤不治，铸钱者除，通关去塞，不孽诸侯，所为天下兴利除害，变法易故，以安海内者，大功数十，皆上世之所难及者。

⑥癸酉赦书：癸酉，嘉祐八年的四月初二。据《续资治通鉴》记载，癸酉日，颁布了大赦，犒赏了诸军。

⑦自输：自愿输送上交。

⑧狼顾：疑惑不定。

⑨配率之科：这里是指摊派临时增加的捐税。

译文

我看到先帝以节俭的德行治理天下，先帝在位四十余年，宫中的建筑以及游玩的场所没有比前有所增多，所用的帱子帘子以及器皿等物虽然简陋却也都没有更换，天下人都纷纷称颂先帝的德行，认为即便是汉文帝、汉景帝也比不上。如今先帝一旦驾崩，而朝中的臣子们却想要以厚葬之名加于先帝，而这却有损于先帝的圣明。因此我认为如今的大计，应当是施行薄葬。我听说过不久癸酉的赦书就要出台，郡县却没有钱物去犒赏士兵，份例之钱都要向人民借贷，而百姓中那些有钱的，又都不肯主动上交，于是便要以刀剑相威逼，以笞棰相驱使，和整个国家的百姓都结了怨，才得到那些所需要的东西。那些平民百姓无知无识，不知道为国分忧，并且会引发他们的疑惑导致民心不宁。而修建陵墓所需的钱物又将以增添的赋税加到百姓身上，这样一来，估计今年不超过秋冬两季，四海之内的百姓必将发生骚乱，将会出现大量无所依靠的人。我认为先帝以往之所以如此爱惜百姓，并且如此节俭持身，推度先帝平生的用心而估计他去世之后的意旨，他不想让兴修山陵带给天下人负担的心意，已经是十分明显的了。而做臣子的却独独要花费如此厚葬逾礼的重费，将会违背先帝平生的心愿，我认为这是不值得采取的。况且即便是当今府库之中的财用富足，所有的东西都不向百姓索取，倾尽公家的力量而去办理，以遂臣子的不忍之心，这样做的话尚且会受到圣人的讥笑。况且是那种国库中原本是空虚匮乏，即便是一两黄金以上的钱财除了向百姓索取也没有，却又贸然而行，全然不顾，以依从近世以来的逾礼之行，这已经是极其不对的了。

原文

然议者必将以为，古者『君子不以天下俭其亲』，以天下之大，而不足于先帝之葬，于人情有所不顺。洵亦以为不然。使今俭葬而用墨子之说①，则是过也。不废先王之礼，而去近世无益之费，是不过矣。子思曰：『三日而殡，凡附于身者必诚必信，勿之有悔焉耳矣；三月而葬，凡附于棺者必诚必信，勿之有悔焉耳矣。』古之人所由以尽其诚信者，不敢有略也②，而外是者则略之。昔者华元厚葬其君③，君子以为不臣④。汉文葬于霸陵⑤，木不改列，藏无金玉，天下以为圣明，而后世安于太山。故曰：莫若建薄葬之议，上以遂先帝恭俭之诚，下以纾百姓目前之患，内以解华元不臣之讥，而万世之后以固山陵不拔之安。

注释

①墨子之说：墨子即墨翟，战国时的思想家，墨子曾批评儒家的厚葬制度，主张薄葬。

②有略：有所隐瞒略去不言。

③华元：春秋时宋国的大夫，文公死了以后，华元主张厚葬。

④不臣：不符合为臣之道。

⑤汉文：即汉文帝，葬于霸陵。文帝崇尚节俭，在遗诏中下令，自己死了以后不要厚葬。

译文

然而那些议礼者必定要认为，古代的『君子不以天下俭其亲』，以天下之大，却不足于用来厚葬先帝，这对于人情来说是有所不通的，但是我却不这么认为。假如如今要实行墨子所说的那种俭葬，则是有些过了。然而那种既不会废除先王的礼制，又抛弃了近世这种无益的奢侈费用，就可以说是很好的了。子思说过：『三日而殡，凡附于身者必诚必信，勿之有悔焉耳矣；三月而葬，凡附于棺者必诚必信，勿之有悔焉耳矣。』古代的人之所以竭尽诚信，是因为不敢有所忽略隐瞒，而对于那些外在的东西，则可以有所省略。以前华元对其君主实行了厚葬，后世的君子认为他的这种行为是不符合臣子之义的。汉文帝葬在霸陵的时候，墓地旁边的树木都没被砍伐，墓室里面也没有藏有金玉等贵重物品，天下人都认为这种行为是大大的圣明，并且霸陵在后世也一直平安无事。因此说：不如建议实行薄葬，这样对上可以实现先帝的恭俭虔诚，对下也能疏解百姓眼前的困境，对内也能够排解别人对华元的不符合臣子之义的讥讽，并且在千秋万世以后也可以保证山陵的安全。

原文

洵窃观古者厚葬之由，未有非其时君之不达，欲以金玉厚其亲于地下，而其臣下不能禁止，僶俛而从之者[①]。未有如今日之事，太后至明，天子至圣，而有司信近世之礼，而遂为之者，是可深惜也。且夫相公既已立不世之功矣[②]，而何爱一时之劳而无所建明？洵恐世之清议，将有任其责者。如曰诏敕已行，制度已定，虽知不便，而不可复改。则此又过矣。盖唐太宗之葬高祖也[③]，欲为九丈之坟，而用汉氏长陵之制[④]，百事务从丰厚，及群臣建议以为不可，于是改从光武之陵[5]，高不过六丈，而每事俭约。夫君子之为政，与其坐视百姓之艰难而重改令之非，孰若改令以救百姓之急？不胜区区之心[6]，敢辄以告。惟恕其狂易之诛[7]，幸甚幸甚！不宣[8]，洵惶恐再拜。

注释

①僶俛：同『黾勉』，努力，勉力而为。

②相公：指韩琦。

③唐太宗之葬高祖：唐太宗，即李世民，高祖，即李渊，太宗是李渊的次子，李渊死后太宗想要将其厚葬。

④长陵：汉高祖刘邦的陵墓名，十分宏伟壮观，占地面积和规模都十分大。

⑤光武之陵：东汉光武帝刘秀的陵墓名，光武帝在遗诏中下令自己死后不要厚葬。

⑥不胜：不尽。

⑦狂易：疏狂轻率。

⑧不宣：古代书信中的常用语，是『不能备宣』的省略语，也就是不能够一一细说的意思。

汉长陵

位于咸阳城东北16公里处渭城区窑店乡汉陵村，为汉高祖刘邦之墓。墓为覆斗形，底部周长600米，高31.94米，东边不远处有皇后吕雉的墓，阙东有功臣贵戚陪葬墓63座，名臣萧何、曹参、周勃等也都葬于此。

译文

我观看古代帝王的厚葬的因由，并没有那种君王在国家并不富达时，却想将金玉等物厚葬给已经去世的亲人，而朝中的臣子又不能禁止这种行为，反而勉力去做的情况。也没有如今的这种情况：太后至为明达，天子至为圣明，而臣子却听信近世的奢侈之礼，并予以施行的，这样做实在是让人叹息呀。并且相公您已经建立了不世的功绩，又何必爱惜一时间的操劳却没有什么英明的举动呢？我恐怕以后世间的议论，将会有责于您呀。如果说是诏令已经施行，制度已经确定，虽然明知是不便，却又不可以再更改，那这样就又是太过了。如唐太宗埋葬高祖的时候，原本打算修建九丈宽广的坟墓，并且沿用汉代长陵的宏伟规制，一切事务必从厚。而等到朝中群臣提出建议，认为这种举措不可以施行，便又改变了原有的打算，而是依从了汉代光武帝的薄葬之制兴建了山陵，高度没有超过六丈，并且所有事务从俭。君子在治理政事的时候，与其只重视改变政令带来的不便却无视百姓的生计艰难，不如改变政令以解救百姓的困窘。小小的我心意不尽，斗胆直言相告。唯愿您能宽恕我的轻率疏狂之罪，大幸！大幸！其他的事情不能够一一细说了，苏洵惶恐不安地再次拜上。

说明

这篇文章写于嘉祐八年（1063）。当时宋仁宗驾崩，韩昭文即韩琦，是当时的宰相以及山陵使，负责兴建王陵，而韩琦没有考虑国家和百姓的利益，劝告皇室丧事从俭，反倒『事从其厚』，大兴陵墓，征调了大量的百姓和士卒来修陵，并极大地搜刮了百姓的财物，导致一时间怨声载道，州县人心骚动。当时苏洵虽然只是一个小官，并且受到了韩琦的知遇之恩，但毅然上书韩琦，批评他的这番举措，并提出建议薄葬仁宗皇帝。这篇文章充分显示了苏洵心系国家和百姓的崇高责任感和直言不讳的勇气，以及他卓越的见识和才干。

辨奸论

原文

事有必至，理有固然。惟天下之静者，乃能见微而知著。月晕而风，础润而雨，人人知之。人事之推移，理势之相因，其疏阔而难知，变化而不可测者，孰与天地阴阳之事，而贤者有不知。其故何也？好恶乱其中，而利害夺其外也！

昔者，山巨源见王衍[①]，曰：『误天下苍生者，必此人也！』郭汾阳见卢杞[②]，曰：『此人得志，吾子孙无遗类矣！』自今而言之，其理固有可见者。以吾观之，王衍之为人，容貌言语，固有以欺世而盗名者，然不忮不求，与物浮沉。使晋无惠帝[③]，仅得中主[④]，虽衍百千，何从而乱天下乎？卢杞之奸，固足以败国，然而不学无文，容貌不足以动人，言语不足以眩世[⑤]，非德宗之鄙暗[⑥]，亦何从而用之？由是言之，二公之料二子，亦容有未必然也。

今有人[⑦]，口诵孔、老之言，身履夷、齐之行，收召好名之士、不得志之人，相与造作言语，私立名字，以为颜渊、孟轲复出，而阴贼阴狠，与人异趣，是王衍、卢杞合而为一人也，其祸岂可胜言哉！夫面垢不忘洗，衣垢不忘浣，此人之至情也。今也不然，衣臣虏之衣，食犬彘之食[⑧]，囚首丧面而谈诗、书，上此其情也哉？凡事之不近人情者，鲜不为大奸慝。竖刁、易牙、开方是也！以盖世之名，而济其未形之患，虽有愿治之主，好贤之相，犹将举而用之；则其为天下患，必然而无疑者，非特二子之比也。

孙子曰：『善用兵者，无赫赫之功。』使斯人而不用也，则吾言为过，而斯人有不遇之叹，孰知祸之至于此哉？不然，天下将被其祸，而吾获知言之名，悲夫！

注释

①山巨源：（205—283），名涛，西晋河内怀（今河南武陟西南）人，为『竹林七贤』之一。晋初任吏部尚书、

任用六贼

只要认识规律，就能在祸乱发生前认出作乱的奸臣。而宋徽宗却误用蔡京等奸臣，终于导致北宋的灭亡。

尚书右仆射等职。王衍：字夷甫，与山涛同时而年辈较晚。

②郭汾阳：即郭子仪（697—781），华州郑县（今陕西华县）人。唐中期著名大将。卢杞：唐大臣，字子良，滑州灵昌（今河南滑县西南）人。

③惠帝：指晋惠帝司马衷，以昏庸愚蠢出名。

④中主：指才能一般的皇帝。

⑤眩世：惑乱天下。

⑥德宗：即唐德宗李适。鄙暗：鄙陋昏庸。

⑦今有人：指王安石。

⑧彘：猪。

译文

事情有它发生的必然性，道理有它自身的规律。只有天下那些心境静穆的人，才能从微小的迹象中看出显著的结果。月亮四周的光环，预示天要刮风；柱石回潮湿润，说明就要下雨；这是人人所共知的。至于世事的变化，情势的规律，抽象渺茫而不可理解，千变万化而难以预测，又怎能与天地阴阳的变化相比呢？而即使贤能的人也有不知道这些的，这是什么原因呢？就因为心中的好恶扰乱了主见，利害得失又左右着他的行动啊。

郭子仪　唐代著名的军事家。安史之乱时任朔方节度使，在河北打败史思明，后联合回纥收复洛阳、长安两京，封汾阳郡王。

从前山涛见到王衍，说：『日后祸害天下百姓的，定是此人！』汾阳王郭子仪见到卢杞，说：『这个人一旦得志，我的子孙就都要被杀了！』就今天而言，其中的道理固然可以预见一些。据我所见，王衍其人，不论是容貌还是言谈，固然有便于欺世盗名的条件，但是他不妒忌、不贪污，追随大流。假如晋朝当时在位的不是惠帝，只要有一个中等才能的皇帝，即使有千百个王衍，又怎么能扰乱天下呢？像卢杞那样的奸臣，固然有能力使国家败亡，但是他不学无术，容貌难以打动别人，言谈难以影响社会，若不是唐德宗十分昏庸，又怎么会受到重用呢？从这一点来说，山涛和郭子仪对王衍和卢杞的看法，或许有不完全正确之处。

如今有人口中吟诵着孔子和老子的话，身体力行伯夷、叔齐的清高做法，收罗了一批沽名的读书人和不得志的人，相互勾结制造舆论，私下里互相吹捧，自诩为颜回、孟子再世，但实际上阴险狠毒，志趣不同于常人。这真是集王衍、卢杞于一身了，他造成的灾祸难道能够说尽吗？脸脏了记得洗脸，衣服脏了记得洗衣，这是人之常情。如今却不是这样，他穿着罪衣，吃猪狗般的食物，头发像囚犯，面孔像死了家人，却也谈论《诗》、《书》，难道这合乎情理吗？大凡做事不近人情的，少有不是大奸大恶的，竖刁、易牙、开方就是这样的人。他们利用最崇高的名誉，掩盖隐藏的祸患，虽然有愿意励精图治的君主和敬重贤才的宰相，还是会推举、任用他们的。因此，他们成为天下的祸患就毫无疑问了，而决不是仅仅王衍、卢杞等人可以相比的。

孙子说：『善于用兵的人，没有显赫的战功。』如果这个人未被重用，那么是我说错了，而这个人就会产生未遇明主的慨叹，谁又能够知道会有如此的灾祸呢？不然的话，天下就会受到他的祸害，而我也将得到有远见的名声，那真是可悲啊！

说明

本文作者认为，事情皆有一定的规律，只要能够仔细观察并把握规律，就能见微知著，因此人们可以通过观察行为而在祸乱发生之前就发现作乱的奸臣。历来有人认为这篇文章的本意是暗中批判王安石，也有人认为此文并非苏洵所作，未有定论。

心术

原文

为将之道，当先治心。泰山崩于前而色不变，麋鹿兴于左而目不瞬，然后可以制利害，可以待敌。

凡兵，上义；不义，虽利勿动。非一动之为利害，而他日将有所不可措手足也。夫惟义可以怒士，士以义怒，可与百战。

凡战之道，未战养其财；将战养其力，既战养其气，既胜养其心。谨烽燧①，严斥堠，使耕者无所顾忌，所以养其财；丰犒而优游之，所以养其力；小胜益急，小挫益厉，所以养其气；用人不尽其所欲为，所以养其心。故士常蓄其怒，怀其欲而不尽。怒不尽则有馀勇，欲不尽则有馀贪。故虽并天下，而士不厌兵，此黄帝之所以七十战而兵不殆

凿山岭邓艾袭川

公元263年，邓艾与钟会分别率军攻打蜀汉，从阴平山而入，走了七百多里无人之地，当山险无路可通处，邓艾奋勇当先，身裹毡毯，绳索系体，缒下山去，士兵见了便都攀藤附葛而下，直取蜀都成都，蜀国后主投降，蜀亡。

也。不养其心，一战而胜，不可用矣。

凡将欲智而严，凡士欲愚。智则不可测，严则不可犯，故士皆委己而听命，夫安得不愚？夫惟士愚，而后可与之皆死。

凡兵之动，知敌之主，知敌之将，而后可以动于险。邓艾缒兵于蜀中②，非刘禅之庸③，则百万之师可以坐缚，彼固有所侮而动也④。故古之贤将，能以兵尝敌，而又以敌自尝，故去就可以决。

凡主将之道，知理而后可以举兵，知势而后可以加兵，知节而后可以用兵。知理则不屈，知势则不沮，知节则不穷。见小利不动，见小患不避；小利小患，不足以辱吾技也，夫然后有以支大利大患。夫惟养技而自爱者，无敌于天下。故一忍可以支百勇，一静可以制百动。

兵有长短，敌我一也。敢问：『吾之所长，吾出而用之，彼将不与吾校；吾之所短，吾蔽而置之，彼将强与吾角，奈何？』曰：『吾之所短，吾抗而暴之，使之疑而却；吾之所长，吾阴而养之，使之狎而堕其中。此用长短之术也。』

善用兵者，使之无所顾，有所恃。无所顾，则知死之不足惜；有所恃，则知不至于必败。尺棰当猛虎，奋呼而操击；徒手遇蜥蜴，变色而却步，人之情也。知此者，可以将矣。袒裼而按剑，则乌获不敢逼；冠胄衣甲，

据兵而寝，则童子弯弓杀之矣。故善用兵者以形固。夫能以形固，则力有馀矣。

注释

①烽燧：即烽火。古代边防报警的信号。

②邓艾：（197—264），字士载。又自名范，字士则。三国时义阳棘阳（今河南新野东北）人。初为司马懿掾属，后为魏镇西将军。

③刘禅：（207—271），三国蜀汉后主，字公嗣，小字阿斗，涿郡涿县（今属河北）人。蜀汉昭烈帝刘备之子。

④彼：他，指邓艾。

译文

做将领的原则，应当首先加强内心修养。即使是泰山在眼前崩塌也要做到面不改色，麋鹿在身边奔突也目不转睛，然后才能够控制形势的利弊，能够对付敌人。

用兵要崇尚正义。如果不合乎正义，即使有利也不要行动。并非一动就有决定胜负的危害，而是因为后来将导致不能应付的局面。只有正义能够激愤士气，士气一旦被正义激起，就可以百战百胜。

作战的道理大致是：战争尚未发生之时，要积蓄财力；战争即将发

邓艾

邓艾（197—264），字士载，义阳郡棘阳（今河南新野）人。三国时期魏国杰出的政治家和军事家。邓艾破蜀取胜后，居功至伟，且骄傲蛮横。后因擅自行事，遭司马昭疑忌而被收押，被卫瓘派遣的家将田续所杀害。

生之时，要养精蓄锐；战争已经打起来时，要培养士气；取得胜利后，要保持斗志。谨慎认真地设置报警的烽火，严格地在边境巡逻放哨，使农民无所顾忌，安心积蓄财力。用丰盛的酒食等物犒赏士兵，让他们充分修整，这就是培养战斗力的做法。取得小的胜利，要使战士更加振作；受到小的挫折，要给战士们激励，以培养士气。使用战士时不要满足他们所有的欲望，要保持他们的斗志。所以战士们总是怀着旺盛的斗志，心中怀有欲望却不能完全实现。怒气未消就有勇气，欲望无止境就将继续追求，所以即使吞并了天下，战士们也不厌恶战争。这就是黄帝的军队经历了七十余次战斗也不懈怠的原因。如果不修养心性，即使打过一次胜仗也不能继续作战了。

将领要有智谋而严厉，士兵要愚昧。有智谋就不可预测，严厉就不可冒犯，所以战士都不顾自己而听从命令，怎么能不愚昧呢？只有战士愚昧，然后才能和将帅一道舍生忘死。

大凡率军打仗，要了解敌方的主帅和将领，然后才能够出兵于危险的地方。魏将邓艾率兵伐蜀，用绳子拴着士兵从山上坠下悬崖峭壁，如果不是后主刘禅昏庸无能，那么即使有百万大军也可以坐而擒获。邓艾本来就轻视刘禅，所以才敢冒险出兵。因此，古代的良将，能用一定兵力去试探敌人的强弱，同时也用敌人的情况来衡量自己，这样就可以做出自己的决断。

作为主将的方法是：明白道理然后可以用兵，了解形势然后可以出战，懂得节制然后可以指挥战斗。明白道理就不会屈服，了解形势就不会沮丧，懂得节制就不会陷于困境。见了小利不动心，遇上小患不回避。小利小患不值得辱没我的本领，然后才能应付大利大患。只有善于锻炼本领又自爱的人，才能无敌于天下。所以一次忍耐可以抵御百勇，一次冷静可以控制百动。

军队自有长处和短处，无论敌我都是这样。请问：我方的长处，我拿出来使用它，敌人却不与我较量；我方的短处，我隐藏起来，敌人却非要与我对抗，怎么办呢？回答道：我方的短处，我故意暴露出来，使敌人心生疑虑而退却；我方的长处，我暗中隐藏起来，使敌人疏忽而陷入圈套。这就是运用自己的长处和短处的方法。

善于指挥打仗的人，要使战士们无所顾忌但有所依靠。战士们无所顾忌，就明白牺牲了也不值得可惜；有所依靠，就知道不至于失败。手握一尺长的木棍，面对着猛虎，敢于大喊而用棍去打；空着手遇上了蜥蜴，也会吓得变了脸色连连后退，这是人之常情。明白这个道理，就可以带兵了。假如赤身露臂但手握着剑，乌获那样的力士也不敢逼近；要是头戴着盔，身穿铠甲，抱着武器睡觉，小孩也敢弯弓射杀了。所以善于用兵的人，利用各种条件来保全自身；能够利用各种条件来保全自身，他的力量就无穷了。

说明

本文论述了将领与士兵的关系、将领指挥作战的规则、将领内心修养对战争的重要影响以及将领统率士兵的方法，阐述了为将之道，最重要的是治心的道理。

诸葛瞻大战邓艾

魏将邓艾率兵伐蜀，用绳子拴着士兵从山上坠下悬崖峭壁。

六　国[①]

原文

六国破灭，非兵不利，战不善，弊在赂秦[②]。赂秦则力亏，破灭之道也。或曰：『六国互丧[③]，率赂秦耶？』曰：『不赂者以赂者丧。盖失强援，不能独完[④]。故曰「弊在赂秦也」。』

秦以攻取之外，小则获邑，大则得城。较秦之所得，与战胜而得者，其实百倍。诸侯之所亡，与战败而亡者，其实亦百倍。则秦之所大欲，诸侯之所大患，固不在战矣。

思厥先祖父暴霜露[⑤]、斩荆棘，以有尺寸之地。子孙视之不甚惜，举以与人，如弃草芥，今日割五城、明日割五城，然后得一夕安寝。起视四境，而秦兵又至矣。然则诸侯之地有限，暴秦之欲无厌，奉之弥繁[⑥]，侵之愈急，故不战而强弱胜负已判矣。至于颠覆，理固宜然。古人云：『以地事秦，犹抱薪救火，薪不尽，火不灭。』此言得之。

齐人未尝赂秦，终继五国迁灭[⑦]，何哉？与嬴而不助五国也[⑧]。五国既丧，齐亦不免矣。燕、赵之君，始有远略，能守其土，义不赂秦。是故燕虽小国而后亡，斯用兵之效也。至丹以荆卿为计，始速祸焉[⑨]。赵尝五战于秦，二败而三胜。后秦击赵者再，李牧连却之。洎牧以谗诛，邯郸为郡，惜其用武而不终也。且燕、赵处秦革灭殆尽之际，可谓智力孤危，战败而亡，诚不得已。向使三国各爱其地，齐人勿附于秦，刺客不行，良将犹在，则胜负之数，存亡之理，当与秦相较，或未易量。

呜呼！以赂秦之地封天下之谋臣，以事秦之心礼天下之奇才，并力西向，则吾恐秦人食之不得下咽也。悲夫，有如此之势，而为秦人积威之所劫，日削月割，以趋于亡。为国者无使为积威之所劫哉！

夫六国与秦皆诸侯，其势弱于秦，而犹有可以不赂而胜之之势。苟以天下之大，而从六国破亡之故事，是又在六国下矣。

荆轲入秦行刺

公元前227年，荆轲到咸阳去刺杀秦王。太子丹和少数宾客到易水送别。荆轲入咸阳后，在咸阳宫伺机刺杀秦王。但终因寡不敌众，被杀。然其义举却感动后世，司马迁《史记》有载其事迹。

注释

①本文选自苏洵史论文章《权书》十篇中的第八篇。北宋从真宗景德元年（1004）以来和契丹订澶渊之盟后，每年给契丹纳贡，贡金为白银十万两，绢二十万匹。宋仁宗庆历二年(1042)，契丹又派使者来宋朝索取晋阳及瓦桥以南十县之地，迫于压力，宋朝答应加岁币银十万两，绢十万匹给予契丹。苏洵不满于北宋屈辱苟安的政策，于嘉祐元年(1056)写下此文。此文体现苏洵史论文宏大博辩的创作特色。这句话是说六国当中的国家，用割让土地给秦国的办法来讨好敌国。

②弊：弊端。

③互丧：相继灭亡。

④独完：单独获得完整。

⑤厥：那些，指六国现在在任的国君。先祖父：这里指六国的开国之君。

⑥弥繁：更加频繁。

⑦未尝：没有。迁灭：灭亡。古时一个国家被打败后，这个国家的贵重器物都会被迁走，因此称为『迁灭』。

⑧与嬴：帮助秦国。与：帮助。嬴：在这里指秦国，因为秦国的国姓是『嬴』，所以常常用『嬴』来指代秦国。

⑨始速祸焉：才导致了灾祸的发生。

译文

战国时期六国的灭亡，不在于武器不够锋利、不会打仗的策略，主要输在了贿赂秦国这一政策上。对秦国进行贿赂就会使本国国力遭到削弱，这才是灭亡的真正原因啊。肯定会有人反对：『六国相继走上了灭亡，都是因为贿赂秦国导致的吗？』我说：『不实施贿赂的国家因为受到实施贿赂的国家的牵连才走上灭亡的。因为它们失去了强有力的外援，所以没有能力单独自保。所以说六国灭亡的弊病在于贿赂秦国啊！』

秦国靠战争除了夺取土地之外，还受到诸侯国的贿赂，小到一个小城，大到一座大城。秦国由于受贿赂所得的土地比单独靠战争得到的土地，多了何止好几百倍啊；诸侯用于贿赂秦国的土地，要比战败中失去的土地多了又何止几百倍啊。所以秦国最大的欲望，诸侯最大的祸患，当然就不在于战争了。

想想他们为国家死去的祖辈们，冒着霜露，披荆斩棘，经历了很多苦难才得到的少量的土地。但是到了他们的子孙辈却不知道珍惜了，轻易地就送给别人了，就和丢弃一棵小草那么简单。今天割出来五座城池给别人，明天又割出来五座城池拱手送人，这样才能得到一晚上的安宁。早晨起来往四境一看，秦国兵马又围上来了。诸侯的土地就那么些，但是贪暴的秦国的欲望始终没获得满足，照这样下去的话，奉送（秦国）的土地就会更多，它（秦国）侵犯你就更厉害了。所以不需要经过作战，彼此的强弱胜败的情况就已经分出来了。六国最终走向灭亡也没什么值得奇怪的了。古人说：『用土地来使秦国高兴，就好比是抱着柴火去救火，只要柴火烧不完，那么火就不会熄灭。』事实上就是这样的。

齐人没有贿赂过秦国，最终也还是跟着五国走向了灭亡，这是什么原因呢？这是因为它和秦国友好但不帮助五国

李牧雁门纵牧

李牧（？—前229年），战国时期赵国人，杰出的军事家、统帅。官至赵国相，大将军衔，受封赵国武安君。

导致的啊。等到五国都灭亡了，齐国也就保不住自己了。燕国、赵国的国君，在开始的时候还有很长远的打算，能够把他们的国土守护住，还能够坚持正义，不贿赂秦国。因此燕国虽然很小但却是最后灭亡的一个国家，这是用兵抗敌的结果啊。等到燕太子丹采用让荆轲做刺客去刺杀秦王的策略时，才因此招来了灾祸。赵国和秦国作战了五次，结果两败三胜。后来秦国对赵国发动了两次战争，李牧接连打退了秦国的进攻，后来因为赵主听信谗言杀害了李牧，邯郸成了（秦国的）一个郡，可惜赵国能够使用武力，但是没有坚持下去啊。况且燕赵是处在秦把其他国家基本上消灭掉的时候，他们的智谋和力量就变得孤单没有援助、处境很危险，最后因为战败了才被灭亡，实在是没有办法的。当初假使（韩魏楚）三国都很珍惜它们的国土的话，齐国不依附秦国，不派刺客去杀秦王，优秀将领（李牧）还依然活着，那么胜败的命运，存亡的道理，是能够和秦国抗衡的啊，或许还不知道最终的结果是什么样子呢。

唉！要是六国诸侯能够把贿赂秦国的土地给天下的谋臣的话，能够用侍奉秦国的小心的心，来对待天下的奇才，联合起来抵抗秦国的话，那么秦国的人肯定会连吃饭这么短的安稳都得不到。真可悲呀！有这么好的形势，却被秦国长期形成的威势所胁迫，天天削减自己的实力，月月割让祖辈的土地，所以才逐渐走上了灭亡。治理国家的人千万不能让自己受到敌人长期形成的威势所胁迫啊！

说起来六国和秦国同样都是诸侯国，六国的势力虽然和秦国比起来处于弱势，还是有可以不通过贿赂（的方法）来战胜秦的力量。假如凭着天下一统大国的实力，却还仍然走着六国灭亡的老路，这就使自己又列在六国的下一等次了。

说明

这篇论文出自《四部丛刊》本《嘉祐集》中的《权书》，原来的题目是《六国》，一般选本都标作《六国论》。苏洵写这篇文章的目的是评论史事。他借论说战国时代齐、楚、燕、韩、赵、魏六国最终走向灭亡的内在道理是赂秦这一事实，是想说明赂秦的结果反而使秦国日益强盛，自己的国家走向衰弱，并且使那些不赂秦的国家也受到了影响，最终都被秦吞并。他明显地想借古喻今，引起当今执政者的警戒。苏洵在这篇《六国论》中，表明了他反对赂秦，主张联合六国抗秦的想法，实际上他是通过论史来暗指当今的政治：委婉地对北宋妥协苟且偷生的外交政策表达了不满。

张益州画像记①

原文

至和元年秋，蜀人传言有寇至②，边军夜呼，野无居人，妖言流闻，京师震惊。方命择帅，天子曰：『毋养乱，毋助变。众言朋兴，朕志自定。外乱不作，变且中起，不可以文令，又不可以武竞，惟朕一二大吏。孰为能处兹文武之间，其命往抚朕师？』乃推曰：张公方平其人。天子曰：『然。』公以亲辞③，不可，遂行。冬十一月至蜀，至之日，归屯军，撤守备，使谓郡县：『寇来在吾，无尔劳苦。』明年正月朔旦，蜀人相庆如他日，遂以无事。又明年正月，相告留公像于净众寺，公不能禁。

眉阳苏洵言于众曰：『未乱，易治也；既乱，易治也；有乱之萌，无乱之形，是谓将乱，将乱难治，不可以有乱急，亦不可以无乱弛。惟是元年之秋，如器之欹④，未坠于地。惟尔张公，安坐于其旁，颜色不变，徐起而正之。既正，油然而退⑤，无矜容。为天子牧小民不倦，惟尔张公。尔繄以生⑥，惟尔父母。且公尝为我言：「民无常性，惟上所待。人皆曰蜀人多变，于是待之以待盗贼之意，而绳之以绳盗贼之法。重足屏息之民，而以锧斧令⑦。于是民始忍以其父母妻子之所仰赖之身，而弃之于盗贼，故每每大乱。夫约之以礼，驱之以法，惟蜀人为易。至于急之而生变，虽齐、鲁亦然。吾以齐、鲁待蜀人，而蜀人亦自以齐、鲁之人待其身。若夫肆意于法律之外，以威劫齐民，吾不忍为也。」呜呼！爱蜀人之深，待蜀人之厚，自公而前，吾未始见也。』皆再拜稽首曰：『然。』

苏洵又曰：『公之恩在尔心，尔死在尔子孙，其功业在史官，无以像为也。且公意不欲，如何？』皆曰：『公则何事于斯？虽然，于我心有不释焉。今夫平居闻一善，必问其人之姓名与其乡里之所在，以至于其长短大小美恶之状，甚者或诘其平生所嗜好，以想见其为人。而史官亦书之于其传，意使天下之人，思之于心，则存之于目；存之于目，故其思之于心也固。由此观之，像亦不为无助。』苏洵无以诘，遂为之记。

公，南京人，为人慷慨有大节，以度量雄天下。天下有大事，公可属⑧。系之以诗曰：

天子在祚，岁在甲午。西人传言，有寇在垣。庭有武臣，谋夫如云。天子曰嘻，命我张公。公来自东，旗纛舒舒。西人聚观，于巷于涂。谓公暨暨⑨，公来于于。公谓西人：『安尔室家，无敢或讹。讹言不祥，往即尔常。春而条桑，秋尔涤场。』西人稽首，公我父兄。公在西囿，草木骈骈。公宴其僚，伐鼓渊渊。西人来观，祝公万年。有女娟娟，闺闼闲闲。有童哇哇，亦既能言。昔公未来，期汝弃捐。禾麻芃芃，仓庾崇崇。嗟我妇子，乐此岁丰。公在朝廷，天子股肱。天子曰归，公敢不承？作堂严严，有庑有庭。公像在中，朝服冠缨。西人相告，无敢逸荒。公归京师，公像在堂。

注释

①张益州：宋朝南京人，字安道，官益州刺史。

②传言：相互谣传。

③以亲辞：用养老的理由推辞官职。

④攲：倾斜。

⑤油然：谦和谨慎的样子。

⑥繄：是的意思，是一个助词。

⑦锧：砍伐木头的工具。

⑧属：有所托付。

⑨暨暨：果敢的样子。

译文

宗仁宗至和元年的秋天，有谣传从四川一带传过来，说是敌人要侵犯边界，驻边军士夜里都惶恐不堪，老百姓基本上逃跑了。谣言四起，震动了京城。皇上正准备选派、任命御敌的将帅，天子说：『别造成大的祸乱，也不要促成事变。虽然现在谣言很猖狂，但我已经打定主意了，外患是不会造成大灾难的，事变是在内部引起来的。这事既不可一味用文教感化，也不可以付诸武力解决。只需要派一两个大臣前去就能处理好的。不管谁，只要能够处理好这既需文治又需武功的事情，我就让他去带领军队。』于是众人推荐说：『张方平恰好是合适的人选。』天子赞同道：『好！』张公却借口要奉养父母拒绝前去，但是皇上没有批准他的请求，于是他就出发前去了。十一月冬才到达蜀地。就在他上任的当天，就下命令让驻军回去，并解散守备人员，他还派人对郡县长官说：『敌寇由我来对付，你们就不必劳心了。』到第二年正月初一早上，蜀地百姓还和以前一样庆贺新春，一直都没有什么敌寇前来入侵。很快到了第三年的正月里，百姓私下里商量在净众寺里摆放张公的像，张公没有阻止住百姓的这一行动。

眉阳人苏洵告诉百姓说道：『没有发生祸乱，还是很容易控制的；祸乱已经发生了，也还是容易治理；可是已经出现了祸乱的苗子，但是还没表现出祸乱，这种情况叫做将要发生祸乱，祸乱马上要发生但是还没有出现的时候是最难治理的。因为我们不可以出现了祸乱的苗子就急着去做，又不能因为祸乱还没出现就放松警惕了。现在至和元年秋季的局势，正好像是器物现在已经倾斜，可是还没有倒地的情形。只有你们的张公，还能稳稳地坐定，面色不改，慢慢地站起来扶正器皿。扶正之后，他又慢慢地坐下，没有一点骄傲的神色。为天子管理百姓，它能做到孜孜不倦，这就是你们的张公。你们因为张公的智慧得到了生存，他就是你们的再生父母。还有，张公曾对我说：「老百姓的性情是可以改变的，只是要看官吏怎么对待他们呢。众人传言说，蜀地人小乱不断。上司于是就用对待盗贼的办法来对待这里的老百姓，对他们用管束盗贼的刑法来约束他们。那些百姓本来就已经很害怕了，现在还用残酷的刑法对待，这样百姓才狠下心来抛弃父母妻儿，不顾性命，变成了盗贼，所以大乱常常发生。要是对他们施以礼仪教化的话，按照法律来差使他们，这里的人就变成最容易管理的了。要是把他们逼急了导致变乱发生，那么即使是齐鲁的百姓也会叛乱的。我用对待齐鲁百姓的方法来对待他们，那么蜀人也会认为自己是齐鲁有教化的人了。假如任意胡来不按法律来办事，一味靠武力来威胁平民，我是不会干的。」啊，爱惜蜀人是多么真诚啊，对待蜀人是多么厚道啊，在张公之前，我没有见过这样的人。』大家听了，一齐重新行礼说：『是。』

苏洵又说：『张公的恩情，一定要记在心里；即使你们死了，也要让你们的子孙记在心里。他的丰功伟绩，已经

苏 洵

苏洵，字明允，号老泉。汉族，眉州眉山人。北宋散文家，与其子苏轼、苏辙合称『三苏』，均被列入『唐宋八大家』。长于散文，尤擅政论，议论明畅，笔势雄健。有《嘉祐集》传世。

在史官的史册上有记录了，不需要再画像了。况且张公不想这样做，那又怎么办呢？』众人都说：『张公不会理会这些事的。就是这样，我们的心里很是过意不去的。就是在平时听说有人做件好事，还要问那人的姓名和他的住处，还有那人的身形、年龄大小、面容等基本情况呢；还有一些人，还要问到他的生平爱好，是为了更好地推测他的人品。这些人也是史官写入他的传记里的，主要是想让天下人不仅记在心里，还要时刻出现在眼前。音容在人们的眼睛中时常闪现，所以才会记得更加久远啊。因此，画像也还是有一定意义的。』苏洵听了，无言以对，就为他们写了这篇画像记。

张公出生于南京，为人很高洁，有高尚的节操，很有雅量，声明传播于天下。国家有重大事情，都可以托付给他的。在文章的末尾我作一首诗，内容如下：

大宋天子坐龙廷，甲午之年日月新。忽然蜀人谣言起，边关敌寇将兴兵。朝廷良将纷如雨，文臣谋士多如云。天子赞叹说声嘻，命我张公远出征。张公方平来东方，西风猎猎大旗扬。蜀人围观睹风采，人山人海满街巷。齐道张公真坚毅，神色镇静又安详。张公开口谕蜀人：『各自还家且安顿，谣言莫传自安宁。谣言不祥且勿听，回去照常作营生。

春日动手修桑枝，秋天谷场要扫清。』蜀人磕头拜张公，称他就像父与兄。公在蜀国园林居，草木繁茂郁葱葱。宴请文官与武将，击鼓作乐咚咚响。蜀人庆贺来观望，共祝公寿万年长。姑娘佳丽美婵娟，幽娴贞静闺房间。幼儿哇哇向人啼，牙牙学语已能言。当初张公不来蜀，你辈早已填沟壑。如今庄稼多茂盛，粮仓高耸堆满谷。可感我们妇与子，欢欢喜喜庆丰足。张公本是朝中臣，天子左右得力人。天子下诏命返驾，张公岂敢不允承。修起殿堂好庄严，又有廊房又有庭。公像挂在正当中，朝服冠带宛如真。蜀人纷纷来禀告，不敢放荡作懒人。张公放心回京城，像挂殿堂传美名。

说明

苏洵的抒情散文数量不多，但有很多优秀的篇章，《张益州画像记》就是其中一篇。本文记叙张方平治理益州的事迹，表现了他的宽政爱民的思想。苏洵的散文观点鲜明，论据充足，语言锋利，话语纵横，有很强的思辨力。欧阳修称其为『博辩宏伟』，『纵横上下，出入驰骤，必造于深微而后止』（《故霸州文安县主簿苏君墓志铭》）；曾巩也夸赞他『指事析理，引物托喻』，『烦能不乱，肆能不流』（《苏明允哀词》），这些评价都是很合理的。

木假山记

原文

木之生，或蘖而殇①，或拱而夭②；幸而至于任为栋梁，则伐；不幸而为风之所拔，水之所漂，或破折或腐；幸而得不破折不腐，则为人之所材，而有斧斤之患③。其最幸者，漂沉汩没于湍沙之间④，不知其几百年，而其激射啮食之馀，或仿佛于山者，则为好事者取去，强之以为山，然后可以脱泥沙而远斧斤。而荒江之渍⑤，如此者几何！不为好事者所见，而为樵夫野人所薪者⑥，何可胜数！则其最幸者之中，又有不幸者焉。

予家有三峰，予每思之，则疑其有数存乎其间⑦。且其蘖而不殇，拱而不夭，任为栋梁而不伐；风拔水漂而不破折、不腐；不破折，不腐，而不为人所材，以及于斧斤；出于湍沙之间，而不为樵夫野人之所薪，而后得至乎此，则其理似不偶然也。

然予之爱之，则非徒爱其似山，而又有所感焉；非徒爱之，而又有所敬焉。予见中峰魁岸踞肆⑧，意气端重，若有以服其旁之二峰⑨。二峰者庄栗刻峭，凛乎不可犯，虽其势服于中峰，而岌然无阿附意。吁！其可敬也夫，其可以有所感也夫！

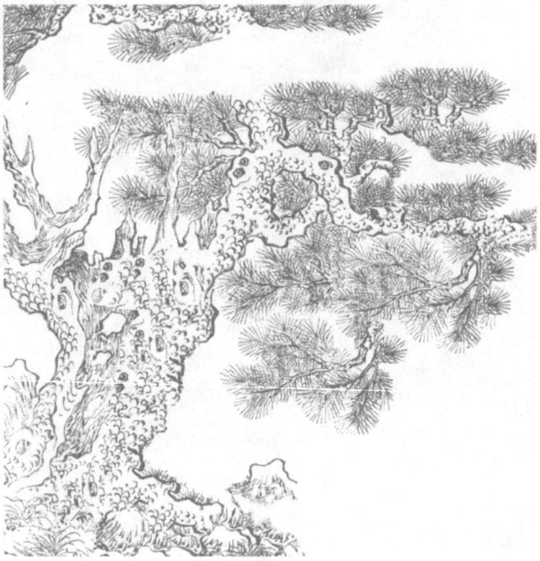

大树

此文借物抒怀，作者通过对树木及木假山的描述，表现了对人才的深深思索。

注释

①蘖：树木的嫩芽，这里用作动词。殇：还没到成年就死了。

②拱：两手合抱为拱，文中指树木很粗。

③斧斤：砍伐树木的工具。这里指树木遭受被砍伐的灾难。

④泊没：沉沦，埋没。

⑤荒江之濆：荒凉的江岸。

⑥野人：村野之人，农民。

⑦数：这里指树木的命运、气数。

⑧魁岸：强壮高大的样子。踞肆：无所拘束地挺立在那里。

⑨服：顺从，这里用为使动词，使……顺从。

译文

树木生长的时候，有的刚出嫩芽就死了，有的长到两手合围的时候居然死了。还有幸运的长成可以用做栋梁的时候，就被锯掉了。还有那些不幸被大风拔起，被水冲走了，有的被劈开折断了，有的烂掉了；还有的很幸运没有被折断，也没腐烂，人们认为它是有用之材，最终还是受到斧头砍伐的灾祸。其中最幸运的，是在急流和泥沙之中被埋没，经过几百年的时间，受到水冲虫蛀之后，形成了山峰一样的形状，让喜爱它的人拿去制成了假山，从此它就可以脱离泥沙的冲击，免遭斧砍刀削的灾难了。但是，在荒凉的江边滩头上，能够这样幸运的木头能有多少啊？要是它们不被好事、喜爱它们的人发现，而是恰好被樵夫农民当作木柴砍伐了的，哪能够数得过来呢？那么在这最幸运的树木中，又有多少幸的木头呢！

我家有一座长着三个峰头的木假山。每次我看到它，总觉得在它身上似乎有一种命运在起作用。再说，它在发芽抽条的时候没死，在长成两手合抱粗细的时候也没死，可用做栋梁却没有被砍伐，被风拔起，在水中漂浮并没有折断，也没烂掉，却未被人当作材料，没有遭受斧头的砍伐，而是从急流泥沙之中出来，没有让种田的人当作柴火烧了，最终到了我的手里，那么这里面的理数仅仅用偶然是无法解释的啊。

但是我之所以喜爱木假山，不仅仅是喜爱它的形状像山，而是还对它的形态有一些感慨；不仅喜爱它，对它我还含有一种敬意。看它的中峰，魁梧奇伟，神情高傲舒展，意态端正庄重，很有气概。好像在用一种力量使它旁边两峰顺从它似的。旁边的两座山峰，神态庄重谨慎，威严挺拔，一副凛然不可侵犯的样子。虽然它们处在服从于中峰的位置，但那高耸挺立的神态，没有一点逢迎、附和的意思，唉！这木架山，难道没有可敬重的地方吗！能不让人发出感叹嘛！

说明

本文除了歌咏木假山之外还蕴含着作者对人才问题的沉重感叹与思考。树木所遇到的坎坷遭遇就是隐喻当时社会上人才所遭受到的压制和迫害。

苏洵一生的政治抱负都没有能够实现，他常常在文中托物言志、借物抒怀、寓托旨意，以不幸中有大幸的木假山作为隐喻，抒发了自己志向得不到舒展却又不愿与世浮沉，力图自立的精神境界。文中对三峰的爱敬，实际上是对三苏父子的人格的肯定。

名二子说

原文

轮、辐[①]，盖、轸[②]，皆有职乎车；而轼独若无所为者。虽然，去轼吾未见其为完车也。轼乎[③]，吾惧汝之不外饰也。天下之车莫不由辙[④]，而言车之功，辙不与焉。虽然，车仆马毙，而患不及辙。是辙者祸福之间也。辙乎，吾知免矣。

注释

①轮：车轮，古代时为木制的。辐：车辐，轮中的直木，用来支撑车轮的。

②盖：车盖。轸：车后的横木。

③轼：车前的横木。

④辙：车走过的印迹。

译文

不管是车轮，车福，车盖还是车后面的横木，它们对于车子来说都是有用处的，可是只有轼用处不大。即使我们这样认为，但是要是车子没有了轼，我不认为这是一辆完整的车。轼啊！你不注意外表行为的表现实在令我担忧啊。天下的车，没有没留下过车辙的车子，可是人们往往说的都是车的功劳，辙是没有任何功劳可言的。虽然他们这样认为，可是一旦车翻了，马倒了，而辙却不会因此受到任何牵连啊。这就是辙的好处啊！在祸与福之间能够处理得很好。辙啊！我知道你可以通过自身免除祸害的。

说明

苏洵在这篇文章中写了为苏轼、苏辙起名这件事，本文借物喻人，借二子各自性格的长处和弱点，阐发做人处世的道理，并且提出自己的期望，教导二子要为国家贡献才智，对社会要有益。

苏轼集

【作者简介】

苏轼（1037—1101），字子瞻，号东坡居士，眉州眉山（今属四川）人。苏洵子。嘉祐进士。宋神宗时任祠部员外郎，知密州、徐州、湖州。哲宗时任翰林学士，出知杭州、颍州，官至礼部尚书。后贬谪惠州、儋州。北还后，第二年病逝常州，追谥文忠。其文汪洋恣肆，其诗清新豪健，其词开豪放一派；于书法丰腴跌宕，自创新意，于绘画则喜作枯木怪石。存世诗文有《东坡七集》等。

刑赏忠厚之至论

原文

尧、舜、禹、汤、文、武、成、康之际[1]，何其爱民之深，忧民之切，而待天下以君子长者之道也。有一善，从而赏之，又从而咏歌嗟叹之，所以乐其始而勉其终；有一不善，从而罚之，又从而哀矜惩创之[2]，所以弃其旧而开其新。故其吁俞之声[3]，欢休惨戚，见于虞、夏、商、周之书[4]。成、康既没，穆王立而周道始衰，然犹命其臣吕侯[5]，而告之以祥刑。其言忧而不伤，威而不怒，慈爱而能断，恻然有哀怜无辜之心，故孔子犹取焉。

传曰[6]：『赏疑从与，所以广恩也；罚疑从去，所以慎刑也。』当尧之时，皋陶为士。将杀人，皋陶曰。『杀之。』三。尧曰：『宥之』。三。故天下畏皋陶执法之坚，而乐尧用刑之宽[7]。四岳曰：『鲧可用[8]。』尧曰：『不可。鲧方命圮族[9]。』既而曰：『试之。』何尧之不听皋陶之杀人，而从四岳之用鲧也？然则圣人之意，盖亦可见矣。《书》曰：『罪疑惟轻，功疑惟重。与其杀不辜，宁失不经。』呜呼！尽之矣！可以赏可以无赏，赏之过乎仁；可以罚可以无罚，罚之过乎义。过乎仁不失为君子，过乎义则流而入于忍人，故仁可过也，义不可过也。

苏轼

苏轼（1037—1101），字子瞻，号东坡居士，眉州眉山人。宋仁宗嘉佑二年（1057年）进士，官至翰林学士、知制诰、礼部尚书。曾上书力言王安石新法之弊后因作诗刺新法下御史狱，遭贬。卒后追谥文忠。文学巨匠，唐宋八大家之一。其文纵横恣肆，其诗题材广阔，清新豪健，善用夸张、比喻，独具风格。词开豪放一派，有《东坡全集》、《东坡乐府》传世。

古者赏不以爵禄，刑不以刀锯。赏以爵禄，是赏之道行于爵禄之所加，而不行于爵禄之所不加也；刑以刀锯，是刑之威施于刀锯之所及，而不施于刀锯之所不及也。先王知天下之善不胜赏，而爵禄不足以劝也；知天下之恶不胜刑，而刀锯不足以裁也。是故疑则举而归之于仁，以君子长者之道待天下，使天下相率而归于君子长者之道。故曰忠厚之至也。

《诗》曰：『君子如祉，乱庶遄已。君子如怒，乱庶遄沮。』夫君子之已乱，岂有异术哉？时其喜怒，而无失乎仁而已矣。《春秋》之义，立法贵严，而责人贵宽。因其褒贬之义以制赏罚，亦忠厚之至也。

注释

①尧：陶唐氏，史称唐尧。舜：有虞氏，史称虞舜。禹：亦称大禹、夏禹，其子启建立夏朝。汤：又称成汤，建立商朝。文：周文王姬昌。武：文王之子，周武王姬发，建立周王朝。成：武王之子周成王。康：成王之子周康王。成康之世，号称大治。

②哀矜：怜悯。惩创：惩治警戒。

③吁：叹其不然之词。俞：应许之词。

④虞、夏、商、周之书：《尚书》中有《虞书》、《夏书》、《商书》、《周书》。

⑤吕侯：周穆王司寇，史录其事作《吕刑》。

⑥传：指《尚书》孔安国传。

⑦皋陶：舜时掌刑法之官。宽：宽恕。

⑧四岳：官名，总掌四岳诸侯之事。鲧：四岳推举鲧治水。后失败被杀，其子禹继而治之。

⑨方命：逆命不从。

译文

尧、舜、禹、汤、文、武、成、康的时候，那么深受人民、关切人民，又用君子长者的态度来对待天下人。有人做了一件好事，奖赏他之余，又唱歌赞美他，欢迎他有一个好的开始，勉励他坚持到底；有人犯下一点错误，处罚他之余，又哀怜同情他，希望他改正错误而开始新的生活。同意和反对的声音，欢喜和忧伤的情绪，在虞、夏、商、周的书里都可见到。成王、康王死后，穆王继位，周朝的王道便开始衰落。但是，周穆王还是吩咐吕侯，告诫他使用刑法的方法。他的话忧愁却不悲伤，威严却不愤怒，慈爱而能决断，有哀怜无罪者的感情。因此，孔子给予了一定的赞赏。

《尚书》说，『奖赏时，对可疑者，应留在奖赏之列，为的是推广恩泽；处罚时对可疑者，宁可免去，为的是慎用刑法。』尧的时候，皋陶是大法官，准备处死一个人，皋陶三次说当杀，尧帝却连续三次说应当宽恕。所以天下人都畏惧皋陶执法坚决，而赞美尧用刑宽大。四岳建议：『鲧可以任用。』尧帝说：『不可！鲧违抗命令，伤害同族的人。』后来又说：『试用一下吧。』为什么尧不听从皋陶处死犯人的主张，却采纳了四岳任用鲧的建议呢？圣人的心意，由此可见了。《尚书》说：『罪行有可疑时，就从轻发落；功劳有疑点，就从重奖赏。与其错杀无辜者，宁可自己承担犯执法失误之过。』唉！这句话所含的忠厚之意已经说尽了。可以赏，可以不赏，赏了是超过了仁的范围；可以罚，可以不罚，罚了是超过了义的规定。过乎仁，不失为君子；过乎义，则堕落成残忍的人。所以仁可过，义不可过。

古时不以爵禄赏赐，不用刀锯执行刑罚。用爵禄赏赐，作用只限于受爵禄的人，对于未受爵禄的人则没有作用；刑罚只用刀锯，威力只限于受刑的人，对于刀锯未到之处则无作用。先王知赏赐不可能普及天下的好人，爵位和俸禄也不足以鼓励他们；知天下的坏人也不可能都处罚，刀和锯也不足以制裁他们。所以赏罚有疑问的就以仁爱对待，以君子长者的态度对待天下人，使天下人走上君子长者之道。因此说：忠厚到了极点了。

《诗经》说：『君子如果乐于听从贤人的话，斥责小人的话，祸乱就会很快停止。』君子止息祸乱，难道还有奇异的方法吗？他不过是恰当地控制喜怒，不偏离仁的原则罢了。《春秋》的大义是，立法贵在严厉，处罚贵在宽厚。根据它赞扬和批评的大意来制定赏罚，这也是忠厚到了极点啊！

仁政服民

作者援引古时仁者以忠厚为本进行赏罚的事例，阐述了仁政的思想。东汉，益州牧刘璋任命董和为成都令，为政清廉。有豪强畏忌董和执法严厉，说服刘璋改任董和为巴郡都尉吏，董和动身前，下属和几千百姓恳求他留下，刘璋得知，留董和继任两年，并升益州太守。董和结好南方外族，外族均爱戴信任他。

说明

本文是嘉祐二年苏轼参加礼部考试的一篇策论。文章置疑儒家典籍中的『疑』字，援引古时仁者以忠厚为本进行赏罚的事例，阐述了仁政的思想，认为忠厚在于以『君子长者之道』治国，而不全在于刑与赏。当时的主考官欧阳修对此文评价很高，曾说：『读轼书不觉汗出，快哉！老夫当避此人，放出一头地。』

论范增

原文

汉用陈平计，间疏楚君臣。项羽疑范增与汉有私[1]，稍夺其权。增大怒，曰：『天下事大定矣，君王自为之。愿赐骸骨归卒伍！』归未至彭城，疽发背死[2]。苏子曰：增之去，善矣！不去，羽必杀增。独恨其不早耳！然者当以何事去？增劝羽杀沛公，羽不听，终以此失天下，当于此去耶？曰：否。增之欲杀沛公，人臣之分也；羽之不杀，犹有人君之度也。增曷为以此去哉？《易》曰：『知几其神乎？』《诗》曰：『相彼雨雪，先集维霰。』增之去，当于羽杀卿子冠军时也[3]。

陈涉之得民也，以项燕、扶苏。项氏之兴也，以立楚怀王孙心[4]；而诸侯叛之也，以弑义帝。且义帝之立，增为谋主矣；义帝之存亡，岂独为楚之盛衰，亦增之所与同祸福也。未有义帝亡，而增独能久存者也。羽之杀卿子冠军也，是弑义帝之兆也；其弑义帝，则疑增之本也，岂必待陈平哉？物必先腐也，而后虫生之，人必先疑也，而后谗入之。陈平虽知，安能间无疑之主哉？

吾尝论义帝，天下之贤主也。独遣沛公入关，而不遣项羽；识卿子冠军于稠人之中，而擢以为上将；不贤而能如是乎？羽既矫杀卿子冠军，义帝必不能堪；非羽弑帝，则帝杀羽，不待知者而后知也。增始劝项梁立义帝，诸侯以

宰肉均平

汉用陈平计，间疏楚君臣。陈平为人公正无私，此图讲的是陈平早年宰肉均平的故事。

此服从；中道而弑之，非增之意也；夫岂独非其意，将必力争而不听也。不用其言而杀其所立，羽之疑增必自是始矣。

方羽杀卿子冠军，增与羽比肩而事义帝⑤，君臣之分未定也。为增计者，力能诛羽则诛之，不能则去之，岂不毅然大丈夫也哉？增年已七十，合则留，不合则去；不以此时明去就之分，而欲依羽以成功名，陋矣！虽然，增，高帝之所畏也。增不去，项羽不亡。呜呼！增亦人杰也哉！

注释

①范增：项羽的重要谋臣，屡劝项羽杀刘邦而项羽不听。

②疽：恶疮。

③卿子冠军：指宋义。卿子，是对人的尊称；冠军，指楚怀王封宋义为上将，位在其他将领之上。

④心：楚怀王孙子熊心。项梁曾立熊心为怀王。项羽自称西楚霸王后，尊熊心为义帝。

⑤比肩：地位相当。

译文

汉高祖采用陈平的计策，离间疏远楚国君臣。项羽怀疑范增和汉私下串通，逐渐剥夺他的权力。范增大怒，说：『天下的事情已经确定了，君王自己处理吧。希望您开恩准我告老还乡。』可是还没到彭城，就因背上痈疽发作而死。苏子说，范增离开得对，若不离开，项羽一定会杀他。只遗憾他没有早些离开。那么，范增应当因什么事情离开呢？范增劝项羽杀沛公，项羽不听，因此失掉天下；应当在此时离去吗？回答说，不。范增建议杀沛公，是做臣子的职责。项羽不杀刘邦，说明他还有君王的度量。范增怎能因此事离去呢？《易经》说：『懂得事情的预兆，那不是很神明吗？』《诗经》说：『观察下雪之前，水气必定先聚集成霰。』范增离开，应当在项羽杀宋义的时候。

陈涉受到拥护，因为打出了项燕和扶苏的旗帜。项羽的兴起，因为拥立了楚怀王的孙子心；而诸侯反叛，是因为他杀了义帝。况且拥立义帝，范增实为主谋。义帝是否被杀，也关系到范增的祸福，没有义帝被杀，范增独存之理。项羽杀宋义；是杀害义帝的先兆；他杀义帝，就是怀疑范增的根本。难道还要等到陈平去离间吗？物品必定先腐烂了，然后才能生出虫子；人必定先有了疑心，然后谗言才能听得进去。陈平虽说聪明，又怎能离间没有疑心的君主呢？

我曾经评论义帝是天下的贤君。他只派沛公入关而不派遣项羽，在许多人之中识别宋义，提拔他做上将军，这样做还不够贤明吗？项羽既然假托义帝之命杀死宋义，义帝必然不能容忍。不是项羽谋杀义帝，就是义帝杀了项羽，这用不着聪明人指点就可知道了。范增当初劝项梁立义帝，诸侯因此而服从；中途谋杀义帝，必不是范增的想法；岂止不是他的主意；他必然极力反对却不被接受。不听他的话而杀死他所拥立之人，项羽怀疑范增，必定是从此时开始的。

在项羽杀宋义时，项羽和范增同为义帝之臣，还没有确定君臣名分，替范增考虑，有能力杀项羽就杀了他，不能杀他就离开他，岂不是很果断的男子汉吗？范增年纪已经七十，意见相合就留下来，不合就离开，不在此时弄清去、留的分寸，却想依靠项羽而成就功名，不明智啊！虽然如此，范增还是汉高祖所畏惧的人。范增不离去，项羽也不会

刘邦

汉高祖刘邦（前256年—前195年），沛郡丰邑人，字季，因为被项羽立为汉王，所以建国时定国号为『汉』。秦朝时曾担任泗水亭长，在秦末农民战争中起义，登高一呼，天下英雄云集于麾下，称『沛公』；公元前202年称帝，定都洛阳，后迁都长安。登基后，刘邦采取的休养生息的宽松政策，安抚人民。

被灭。唉，范增也是人中的豪杰呀！

说明

本文主要论证了范增没有正确地选择离开项羽的时机。作者认为，范增应该在项羽杀宋义时选择离开。因为杀宋义后，项羽与义帝必不能再共存，项羽杀掉义帝，也就开始怀疑范增，范增应在他与项羽同侍义帝而尚无君臣名分时择机离开。虽然作者认为范增在此事上不很聪明，但在文章结尾还是评价范增为人中的豪杰。

次韵张安道读杜诗

原文

大雅初微缺①，流风困暴豪。张为词客赋，变作楚臣骚。

展转更崩坏，纷纶阅俊髦②。地偏蕃怪产，源失乱狂涛。

粉黛迷真色，鱼虾易豢牢③。谁知杜陵杰，名与谪仙高。

扫地收千轨，争标看两艘。诗人例穷苦，天意遣奔逃④。

尘暗人亡鹿，溟翻帝斩鳌⑤。艰危思李牧，述作谢王褒⑥。

失意各千里，哀鸣闻九皋⑦。骑鲸遁沧海，捋虎得绨袍⑧。

巨笔屠龙手，微官似马曹⑨。迂疏无事业，醉饱死游遨。

简牍仪刑在，儿童篆刻劳。今谁主文字，公合把旌旄。

开卷遥相忆，知音两不遭。般斤思郢质，鲲化陋儵濠。

恨我无佳句，时蒙致白醪。殷勤理黄菊，未遣没蓬蒿。

注释

①大雅：表示《诗经》所体现出的创作传统。李白在《古风》中有『大雅久不作，吾衰竟谁陈』之句。

②纷纶：纷纭，形容众多。俊髦：英俊之士。

③粉黛：古代妇女们使用的化妆品。易：替换。豢牢：古代祭祀用牛羊。

④天意：此处指的是安史之乱，长安沦陷，杜甫逃难出来后一直过着颠沛流离的生活。

⑤尘暗：征尘遮天，此处指的是安史之乱爆发，唐玄宗逃往西蜀。亡鹿：《汉书·蒯通传》中说：『秦失其鹿，天下共逐之。』作者借此典故，比喻李唐王朝失去政权。溟翻：大海波涛翻滚，比喻干戈四起。帝斩鳌：喻指唐肃宗李亨平定安史之乱。鳌：巨龟。

⑥李牧：战国时赵国的名将。王褒：汉代文士。

⑦九皋：深深的沼泽。

⑧骑鲸遁沧海：指李白晚年的远游。自安史之乱后，李白遭流放，后沿江游历，经三峡，泛洞庭，自称是海上骑鲸客。捋虎得绨袍：指杜甫漂泊西南依傍严武一事。时严武任剑南节度使，杜甫曾得罪过严武，但此时在生活上仍然得到严武的诸多关照。

⑨巨笔屠龙手：《庄子·列御寇》中说：『朱漫学屠龙于支离益，殚千金之家，三年技成而无所用其巧。』这里借指杜甫才高。马曹：管马的官。

杜甫

杜甫字子美，自号少陵野老，我国唐代伟大的现实主义诗人。杜甫生活在唐朝由盛转衰的历史时期，其诗作多涉及社会动荡、政治黑暗、人民疾苦，被誉为『诗史』，其人忧国忧民，人格高尚，诗艺精湛，被奉为『诗圣』。

般斤思郢质：《庄子・徐无鬼》中说，郢人鼻端沾了些蝇翼大小的石灰，让石匠给他砍去，石匠『运斤成风』，霎时便把石灰砍掉，而鼻子毫无损伤。般：通搬。斤：斧子。鲲化：鲲鹏，大鱼的名字。鯈：白鲦鱼。濠：水名。

译文

自《诗经》之后，干戈四起，诗风也受到了困扰。后来发展为赋，演变成了骚体诗。经过辗转变迁，风雅的体式越发破裂，出现了许多作者。诗歌走入了偏地，繁衍出一些怪异之作，不仅离开了诗歌的本源，而且称得上是一股浊浪狂涛。诗作逐渐优劣混淆，就好像用鱼虾替换了祭祀用的牛羊。当今只有杜甫才得以与李白并驾齐驱。这两个人都是集诸家之大成，成就如并行的两条船，难分高下。可惜诗人都是穷苦的，自长安陷落后，一直过着颠沛流离的生活。唐肃宗虽然平定了战乱，但唐朝也因此失去了天下。动乱的年代，朝廷只需要李牧这样的猛将，对王褒这样的文士便不再重视。李白和杜甫政治失意，只能流落江湖，写诗抒怀，即便是偏远的地方也能听到他们的诗作。李白骑鲸海上漂游，杜甫则依傍严武生活。虽然才学卓著，却是官职低微。杜甫疏于世事，做官也不成功，不时醉酒遨游。但杜甫的诗作堪称典范，那些雕虫小技都无与伦比。

如今在诗作上，张安道堪称文章旗手。看你的文章就想到杜甫，只可惜生在不同的朝代无法成为知音。你是杜诗的知音，好似石匠对郢人运斤成风。你的诗作如鲲鹏，我的文章不过是鲦鱼，不敢与你相提并论。只恨自己没什么好诗作，倒承蒙你敬以白酒。我还是栽种菊花吧，不要再作诗了。

说明

宋神宗熙宁四年（1071），苏轼任杭州通判，上任途中路经陈州（今河南淮阳），拜访父亲的旧友、知府张方平（字安道），作此诗。自欧阳修作《水谷夜行寄子美圣俞》后，宋人写诗论诗的风气日盛，本篇也是苏轼论诗诗中的名篇。

唐道人言，天目山上俯视雷雨，每大雷电，但闻云中如婴儿声，殊不闻雷声也

原文

已外浮名更外身①，区区雷电若为神。山头只作婴儿看，无限人间失箸人②。

注释

①外：度外，不放在心上。浮：虚浮，不实。

②失箸：《三国志·蜀志·先主传》载：曹操曾与刘备论天下英雄，『曹操从容谓先主（指刘备）曰：「今天下英雄，惟使君与孤耳，本初（指袁绍）之徒，不足数也。」先主方食，失匕箸。于时正当雷震，备因谓操曰：「圣人云：迅雷风烈必变。良有以也。」』箸：筷子。

译文

如果将虚名和躯体置之度外，区区雷电也算不上神威。在天目山上看雷电，其声若婴儿啼哭，而山下之人闻之，

天目山

地处浙江省西北部临安市境内。它的历史悠久，是儒、道、佛等文化熔于一体的名山。

却是非常的响，以致有多少人被吓得丢掉了筷子啊。

说明

唐道人，字子霞，曾作《天目山真境录》。天目山在今浙江省西北部，查慎行注引《咸淳临安志》载：『天目山有雷神宅，在西尖峰半山间。』

此诗是宋神宗熙宁六年（1073）苏轼在杭州所作。从自然科学的角度看，同一种现象，变换了方位和视点，就能够得出不同的认识。从社会心理的角度看，同一个事物，由于心境不同，也能够得出不同的感受。世人闻雷声而失箸，是由于他们心有未安，竟相逞巧斗智，所以总是为外物所动，不能获得心灵的自由。此处作者所强调的是心理承受的差异，成为对人生境界的妙喻。

水调歌头

丙辰中秋，欢饮达旦，大醉。作此篇，寄子由。

原文

明月几时有？把酒问青天①。不知天上宫阙②，今夕是何年③。我欲乘风归去，又恐琼楼玉宇④，高处不胜寒。起舞弄清影⑤，何似在人间！转朱阁，低绮户⑥，照无眠。不应有恨，何事长向别时圆？人有悲欢离合，月有阴晴圆缺，此事古难全。但愿人长久，千里共婵娟⑦。

注释

①把酒：端起酒杯。

②宫阙：宫殿。

③今夕是何年：古代神话传说，天上只三日，世间已千年。古人认为天上神仙世界年月的编排与人间是不相同的。

④琼楼玉宇：白玉砌成的楼阁。

⑤弄清影：在月光下起舞，自己的影子也翻动不已，仿佛自己和影子一起嬉戏。

⑥朱阁：朱红色的楼阁。绮户：刻有纹饰的门窗。

⑦婵娟：月里的嫦娥，代指月亮。

译文

明月什么时候出现的？我端着酒杯问青天。不知道天上的神仙宫阙里，现在是什么年代了。我想要乘着风回到天上去，返回玉石砌成的美丽月宫，经受不住高空的寒冷。在浮想联翩中对月起舞，清影随人，仿佛乘云御风，置身天上，哪里比得上在人间！

月亮照遍了华美的楼阁。夜深时，月光低低地透进雕花的门窗里，照着心事重重不能入眠的人。月亮既圆，便不应有恨了，但为什么常常要趁着人们离别的时候团圆呢？人生，有悲哀有欢乐，有离别也有团聚；月亮呢，也会有阴、晴、圆、缺的转换；这种情况，自古以来难得十全十美。只愿我们都能健康和平安，虽然远隔千里，却能共同欣赏这美丽的月色。

【集解】

中秋词自东坡《水调歌头》一出，余词尽废。

——（南宋）胡仔

缠绵惋恻之思，愈转愈曲，愈曲愈深，忠爱之思，令人玩味不尽。

——（清）黄蓼园

说明

此词作于宋神宗熙宁九年（1076）中秋，时苏轼四十一岁，为密州（今山东诸城）知州，与其弟苏辙长期别离，中秋之夜对月抒怀。

江城子

陶渊明以正月五日游斜川，临流班坐，顾瞻南阜，爱曾城之独秀，乃作《斜川诗》，至今使人想见其处。元丰壬戌之春，余躬耕于东坡，筑雪堂居之。南挹四望亭之后丘，西控北山之微泉，慨然而叹：此亦斜川之游也。乃作长短句，以《江城子》歌之。

原文

梦中了了醉中醒①。只渊明，是前生。走遍人间，依旧却躬耕。昨夜东坡春雨足，乌鹊喜，报新晴②。雪堂西畔暗泉鸣。北山倾，小溪横。南望亭丘、孤秀耸曾城。都是斜川当日境，吾老矣，寄余龄。

注释

①了了：明白。

②乌鹊喜，报新晴：古有乌鹊鸣叫而天放晴的说法。

译文

只有醉中才清醒，梦中才明白，表达了愤世嫉俗的情怀。醉梦恍惚之间，仿佛自己的前生就是陶渊明，我们的命运是何其相似啊！都是遍尝人世艰辛，最后以躬耕为生。昨晚一场春雨过后，乌鹊报晴，满是生机盎然。

我的雪堂之西有泉水叮咚。北临山，门前小溪流淌。向南望去，山坡之上有亭，亭后的山巍然独耸，好像是传说中的昆仑仙境。今日的春景好似渊明当日描述的斜川之景。我老了，只想在这里平淡地度过剩下的岁月。

说明

此词作于宋神宗元丰五年（1082）春，时苏轼贬谪黄州，他以自己『躬耕于东坡，筑雪堂居之』自比于晋代诗人陶渊明的斜川之游，融说理、写景和言志于一炉，在词中表达了对渊明的深深仰慕之意，抒发了随遇而安、乐而忘忧的旷达襟怀。

南歌子

原文

带酒冲山雨①，和衣睡晚晴。不知钟鼓报天明，梦里栩然蝴蝶一身轻②。老去才都尽，归来计未成。求田问舍笑豪英，自爱湖边沙路免泥行。

注释

①冲：冒着。

②栩然：欢乐畅快的样子。

译文

山中下雨我会冒雨去喝酒，傍晚的天气晴好我便和衣而睡。不知道钟鼓几时报天亮，酣睡甜梦中，我如蝴蝶一样欢乐畅快！

人老才尽，还无法实现归隐的志向。我经营家产惹得人们笑话，不知我只想在湖边无泥的沙路上悠闲散步而已。

说明

此词作于宋神宗元丰五年（1082）春，表现了作者洒落的襟怀和飘逸的情绪，词作意境清朗空明，语言俊真奇拔。

念奴娇·赤壁怀古

原文

大江东去，浪淘尽、千古风流人物。故垒西边①，人道是、三国周郎赤壁②。乱石穿空，惊涛拍岸，卷起千堆雪③。江山如画，一时多少豪杰。遥想公瑾当年，小乔初嫁了④，雄姿英发⑤。羽扇纶巾⑥，谈笑间、强虏灰飞烟灭⑦。故国神游⑧，多情应笑我，早生华发。人间如梦，一樽还酹江月⑨。

注释

①故垒：黄州古老的城堡。

②周郎：指周瑜，字公瑾，为吴中郎将时年仅二十四岁，吴中称他为『周郎』。

③雪：比喻浪花。

④小乔：乔玄的小女儿，嫁给周瑜。

⑤英发：勃发、谈吐不凡。

周瑜

三国时吴国将领，精音律，为人胸襟广阔，人称周郎。他足智多谋，具有超凡的军事指挥才能，即便是像赤壁之战这样众寡悬殊的险恶战争，他却能『羽扇纶巾，谈笑间，强虏灰飞烟灭。』赤壁之战得胜后，他又被予以重任，镇守江陵。

⑥羽扇纶巾：手摇羽扇，头戴纶巾。这是古时儒将的装束，形容周瑜从容娴雅。纶巾是古代配有青丝带的头巾。

⑦强虏：此处代指曹操的水军战船。

⑧故国神游：神游于故国。指词人想象当年周瑜大破曹军的情景。故国，指旧地。

⑨酹：以酒洒地表示祭奠。

译文

长江滚滚向东流去，千百年来，那些才华横溢的英雄豪杰，都被这滚滚的波浪冲洗掉了。那旧营垒的西边，就是人们常说的三国时周郎大破曹兵的赤壁。陡峭不平的石壁插入天空，惊人的巨浪拍打着江岸，卷起层层雪似的浪花。俊美的江山啊，那时该有多少英雄豪杰！

遥想当年的周公瑾，小乔刚刚嫁了过来，正是英姿勃发，手里拿着羽毛扇，头上戴着青丝帛的头巾，谈笑之间，曹操的无数战船便在浓烟烈火中烧成了灰烬，神游于三国的古战场，不禁笑我自己太过多愁善感，以至于早早生出了白发。人生就像一场梦，还是把这酒献给江上的明月，和我同饮共醉吧！

【集解】

语意高妙，真古今绝唱。

——（南宋）胡仔

说明

宋神宗元丰五年（1082）七月，苏轼游览黄州赤壁，作此词。

归朝欢·和苏坚伯固

原文

我梦扁舟浮震泽①，雪浪摇空千顷白。觉来满眼是庐山，倚天无数开青壁②。此生长接淅③，与君同是江南客④。梦中游，觉来清赏，同作飞梭掷⑤。

明日西风还挂席⑥，唱我新词泪沾臆⑦。灵均去后楚山空⑧，澧阳兰芷无颜色⑨。君才如梦得。武陵更在西南极。《竹枝词》，莫傜新唱，谁谓古今隔。

注释

①震泽：即太湖，在江苏、浙江交界处。

②倚天无数开青壁：形容庐山峰峦叠翠，上插云霄。

③接淅：漉干已淘之米，比喻四处奔波，席不暇暖。语出《孟子·万章下》：『孔子之去齐，接淅而行。』孔子急于离开齐国，等不及做好饭，将已淘的米捞起来漉干就走。淅的本意为淘米。

④与君同是江南客：指自己与苏坚皆客居九江。宋时九江属江南西路，故云。

⑤飞梭掷：形容时光飞逝。

⑥挂席：扬帆远行。

⑦臆：胸。

⑧灵均：屈原。

⑨澧阳：又称澧州，今湖南澧县。芷：一种香草，屈原赋中经常将之与兰并提。苏坚与作者分手后将去澧阳，故提及之。

译文

我梦见自己坐在一叶扁舟中，徜徉于太湖的云水之间，看雪花似的浪花翻滚，广阔的湖面一片银白。醒来却见青山蔚然深秀，千峰峭峙，拔地参天。忽然想到，这一生屡遭贬黜，四处奔波，充满了艰难挫折。和您一样，此时都是客居九江。梦中的景象迷离，醒来看到湖山清景，感觉时光飞逝，转瞬即逝。

明天您就要扬帆西去了，吟唱这新作的离别之曲，不由得泪洒胸前。自从屈原死后，楚地更无人才，那些散发着屈原人格光辉的香草，也因为他的逝去而憔悴无华了。您的才学堪比唐朝诗人刘禹锡，这回您要去的地方就在当年刘禹锡贬所的西南端。刘禹锡曾用巴渝民歌《竹枝》曲调创作了九首《竹枝词》，您到了那边可接续刘禹锡的余风，创作出可与他的《竹枝词》媲美的新词来，让这个寂寞已久的澧阳重新鸣奏出诗的合唱，与千古名贤后先辉映。那时谁还会说古今有所不同呢？

说明

此词作于宋哲宗绍圣元年（1094）七月的九江，是作者为酬赠阔别多年后又不期而遇的老友苏坚（字伯固）而作。词中以雄健的笔调，营造出纯真爽朗、境界阔大、气度昂扬的词境，抒写了作者的浩逸襟怀。全词气象宏阔，情致高健，堪称苏词中写离别的代表作。

西江月·梅

——（明）杨慎

原文

玉骨那愁瘴雾[1]，冰姿自有仙风。海仙时遣探芳丛，倒挂绿毛幺凤[2]。　素面常嫌粉涴[3]，洗妆不褪唇红。高情已逐晓云空，不与梨花同梦。

注释

①玉骨：形容梅花品质之美好。瘴雾：旧称南方湿热蒸发易致疾病的气候。

②幺凤：岭南珍禽，绿毛红嘴，状似鹦鹉而小，栖息时倒挂在树枝上，又称『倒挂子』。相传自东海来，非当地产，故上二句想象倒挂梅枝的这种珍禽是海仙遣来探望梅花的。芳丛：梅林。

③涴：污染。

译文

惠州的梅花生长在瘴疠之乡，却不怕瘴气的侵袭，是因它冰雪般的肌体、神仙般的风致。它的仙姿艳态引起了海仙的羡爱，海仙经常派遣使者珍禽幺凤来到花丛中探望。

岭南的梅花天然洁白，不屑于用脂粉来妆饰；施了脂粉，反而掩盖了它的自然美。岭南的梅花花叶四周皆红。即使梅花谢了，梅叶仍有红色。我喜爱梅的高尚情操已随着晓云而成空无，此生不再梦见梅花。

【集解】

古今梅词，以东坡此首为第一。

说明

此词作于宋哲宗绍圣三年（1096）十一月，是苏轼为悼念死于岭外的歌妓朝云而作。东坡有数妾，与朝云最相知。绍圣元年十月被贬惠州时，其他人早散去，惟朝云随其度岭。此词托物取兴，纯用喻体，以岭外梅花的玉骨冰姿、素面洗妆，喻指朝云美丽的容颜和品格。

贺新郎

原文

乳燕飞华屋。悄无人、桐阴转午[1]，晚凉新浴。手弄生绡白团扇[2]，扇手一时似玉。渐困倚、孤眠清熟。帘外谁来推绣户？枉教人、梦断瑶台曲。又却是，风敲竹。

石榴半吐红巾蹙[3]。待浮花、浪蕊都尽，伴君幽独。秾艳一枝细看取[4]，芳心千重似束。又恐被，西风惊绿[5]。若待得君来向此，花前对酒不忍触。共粉泪，两簌簌[6]。

注释

①桐阴转午：桐树的影子逐渐转移，时间已指向午后。

②生绡白团扇：白色生丝制的团扇。

③石榴半叶红巾蹙：形容石榴花半开时状如褶皱的红巾。

④秾艳：茂盛，美丽。李白《清平调》诗：“一支秾艳露凝香。”

⑤西风惊绿：石榴夏天开花，西风起后，榴花凋谢，便只有一片绿叶了。

⑥共粉泪，两簌簌：指佳人泪、榴花蕊一起落下。簌簌，形容花瓣与眼泪落下的声音。

石榴

原产西域，汉代时传入我国，据晋代张华《博物志》记载：『汉张骞出使西域，得涂林安石国榴种以归，故名安石榴。』石榴成熟于中秋，其色彩鲜艳、子多饱满，常被用为喜庆水果，象征多子多福、子孙满堂。文中写石榴花凋谢，抒发了一种忧郁的情怀。

译文

雏燕儿在华丽的房屋中飞过。悄然无人，桐树的影子逐渐转移，时间已指向午后。晚间凉爽，美人刚刚沐浴完毕，手里摇弄着白绢团扇，团扇与素手似白玉凝酥。渐渐困倦，独自睡得香熟。窗外是谁推响彩绣的门户？白白地把人叫起，惊散了好梦一场，唉，敲门并不是有人来，而是夜风敲响了翠竹。

半开的石榴花像红巾叠簇，等轻浮的花朵谢尽，它就会来陪伴孤独的美人。取一枝艳丽的石榴花细细看，千层的花瓣好像美人心事重重。只怕那西风骤起，吹得只剩下一树绿叶。若那时美人再来，残花之前即便对着美酒也不能畅怀，只有花蕊与美人的眼泪一起落下。

【集解】

本咏夏景，至换头单说梅花。高手作文，语意到处即为之，不当限以绳墨。

——（明）沈际飞

前一阕，是写所居之幽僻。次阕，又借榴花以比此心蕴结，未获达于朝廷，又恐其年已老也。末四句，是花是人，婉曲缠绵，耐人寻味不尽。

——（清）黄蓼园

情节相生，笔致婉曲，东坡笔墨自有东坡心事。

——（清）陈廷焯

说明

这是一首抒写闺怨的双调词，上片写美人，下片专咏榴花，借花取喻，时而花人并列，时而花人合一。作者赋予词中的美人、榴花以孤芳高洁、自伤迟暮的品格和情感，在这两个美好的意象中渗透进自己的人格和感情。词中写失时之佳人，托失意之情怀；以婉曲缠绵的儿女情肠，寄慷慨郁愤的身世之感。

关于这首词前人传说纷纭。杨湜《古今词话》说：东坡知杭州时，府僚西湖宴集，官妓秀兰浴后倦卧，姗姗来迟，折一支榴花请罪，东坡乃作此词，令秀兰歌之以侑觞。曾季狸《艇斋诗话》说：此词是东坡在杭州万顷寺作，寺有榴花树，是日有歌者昼寝云云。陈鹄《耆旧续闻》说：有人在晁以道家见东坡此词真迹，问之为侍妾榴花作。然从词的内容看，词人为生活中某事而作，只不过借题发挥而已，这首词实是写东坡自己的情怀的。而胡仔说得好：『东坡此词，冠绝今古，托意高远，宁为一娼而发耶！』（《苕溪渔隐丛话》后集卷三十九）

留侯论

原文

古之所谓豪杰之士者，必有过人之节。人情有所不能忍者。匹夫见辱，拔剑而起，挺身而斗，此不足为勇也。天下有大勇者，卒然临之而不惊①，无故加之而不怒。此其所挟持者甚大，而其志甚远也。

夫子房受书圯上之老人也，其事甚怪；然亦安知其非秦之世，有隐君子者，出而试之？观其所以微见其意者，皆圣贤相与警戒之义。而世不察，以为鬼物，亦已过矣。

圯上受书

张良少游邳邑，遇老人堕履桥下，谓良曰：『孺子，下为我取履。』良欲不从，悯其老，乃为之取。老人以足受之，曰：『孺子可教。后五日平明，与我期于此。』良依期往，老人先在。复约五日，良半夜而往，老人乃喜，授良书，旦视之，乃《太公兵法》。

且其意不在书。当韩之亡、秦之方盛也，以刀锯鼎镬待天下之士，其平居无罪夷灭者，不可胜数。虽有贲育②，无所获施。夫持法太急者，其锋不可犯，而其势未可乘，子房不忍忿忿之心，以匹夫之力，而逞于一击之间。当此之时，子房之不死者，其间不能容发，盖亦已危矣。千金之子，不死于盗贼③，何者？其身之可爱，而盗贼之不足以死也。子房以盖世之才，不为伊尹、太公之谋④，而特出于荆轲、聂政之计⑤，以侥幸于不死，此固圯上之老人所为深惜者也。是故倨傲鲜腆而深折之，彼其能有所忍也，然后可以就大事。故曰：『孺子可教也。』

楚庄王伐郑，郑伯肉袒牵羊以迎。庄王曰：『其君能下人，必能信用其民矣。』遂舍之。勾践之困于会稽，而归臣妾于吴者，三年而不倦。且夫有报人之志，而不能下人者，是匹夫之刚也。夫老人者，以为子房才有馀，而忧其度量之不足，故深折其少年刚锐之气，使之忍小忿而就大谋。何则？非有平生之素，卒然相遇于草野之间，而命以仆妾之役，油然而不怪者，此固秦始皇之所不能惊，而项籍之所不能怒也。

观夫高祖之所以胜，项籍之所以败者，在能忍与不能忍之间而已矣。项籍惟不能忍，是以百战百胜，而轻用其锋；高祖忍之，养其全锋而待其弊，此子房教之也。当淮阴破齐，而欲自王，高祖发怒，见于辞色。

由是观之，犹有刚强不忍之气，非子房其谁全之？

太史公疑子房以为魁梧奇伟，而其状貌乃如妇人女子，不称其志气。呜呼，此其所以为子房欤！

注释

①卒然：突然。卒，通『猝』。

②贲育：战国时的勇士孟贲、夏育。

③千金之子，不死于盗贼：语出《史记·货殖列传》：『谚曰：千金之子，不死于市。』

④伊尹：商朝开国功臣，商汤之师。太公：即吕尚，周朝开国功臣，周武王之师。

⑤荆轲：卫国人，为燕太子丹刺杀秦王，不中，被杀。聂政：韩国人，为韩卿严遂刺死相国韩傀，后自杀。

译文

古时人们所说的豪杰之士，必定有过人的节操。以及按人之常情无法忍受的事情。一个人受到侮辱，拔剑而起，挺身与对方搏斗，这算不上勇敢。世上真正勇敢的人，遇到突发的情形毫不惊慌，无故受辱也不动怒。因为他抱负远大，志向很远啊。

张良从桥上老人手里得到兵书，此事确实很古怪。但是，谁知那不是秦朝时的一位隐士考验他？看那老人用来暗示的意思，都是圣贤互相劝诫的道理。一般人不明白，认为他是神仙，真是太过分了。

再说，老人的用意并不在于送兵书。当时韩国已灭亡，秦朝势力强大，秦王用刀锯、油锅迫害天下的志士，那种住在家里毫无罪过被抓去杀头灭族的人，数也数不清。就是有孟贲、夏育那样的勇士，也无用武之地。凡是执法过分严厉的政权，他的锋芒是不好硬碰的，他的威势是不可利用的。张良控制不住对秦王的气愤，以他个人的力量，想用

张子房悲歌散楚

这是一场很经典的心理战，霸王项羽被韩信十面埋伏包围在垓下，张子房悲歌散楚，使项羽军心动摇。

一次猛砸达到目的，在那时他没有被捕被杀，但也处于死亡的边缘，危险极了！富贵的人，是不会死在盗贼手里的。为什么呢？因为他们的生命宝贵，死于盗贼之手不值得。张良有超人的才能，不去作伊尹、姜尚那样的深远的考虑，反而用荆轲、聂政的手段，因为侥幸没有死掉，这是那位桥上老人为他深感到痛惜的。所以那老人故意傲慢无礼地侮辱他，如果他能忍受，才可以成就伟大的事业，所以说：『这个年轻人可以教育。』

楚庄王攻打郑国，郑襄公赤膊牵了羊来迎接。庄王说：『国君能委屈自己尊重别人，一定能信任和使用他的人民。』于是放过了他。越王勾践在会稽被吴国围困，就投降到吴国做奴仆，好几年都不懈息。再说，只有报复的大志，却不能做人下人的，不过是普通人的刚硬而已。那老人认为张良才智有余，担心他度量不够，所以深深折服他年轻人的刚锐之气，使他能忍得住小怨愤去完成大计划。为什么这样呢？老人和张良素不相识，突然在野外相遇，却命他做奴仆做的事，张良顺从了他却毫不责怪，因此秦始皇不能使他害怕、项羽也不能使他发怒了。

观察汉高祖成功，项羽失败的原因，就在于一个能忍耐、一个不能忍耐而已。项羽不能忍耐，所以虽百战百胜，但随便使用了他的力量。汉高祖能忍耐，保全自己的力量等待项羽衰亡，这是张良教他的啊。当韩信攻破齐国要自立为王，汉高祖大怒，语气脸色都显露出来，由此可见，他还有刚强不能忍耐的气度，不是张良帮助他，又有谁能成全他呢！

太史公原本认为张良是魁梧奇伟的，但他的长相却像个女人，和他的志气不相称。啊，这就是张良之所以成为张良的原因吧！

说明

本文是苏轼应制科考时所作的一篇历史人物评论，对《史记》中记载的张良于桥上遇黄石老人『纳履授书』的事进行评论，说明张良取得成功的原因，是能够做到『忍小忿而就大谋』，在辅佐汉高祖时，也能够劝汉高祖忍耐，从而得到天下。

贾谊论

原文

非才之难，所以自用者实难。惜乎！贾生王者之佐[①]，而不能自用其才也。夫君子之所取者远，则必有所待；所就者大，则必有所忍。古之贤人，皆有可致之才，而卒不能行其万一者，未必皆其时君之罪，或者其自取也。

愚观贾生之论，如其所言，虽三代何以远过？得君如汉文[②]，犹且以不用死，然则是天下无尧舜，终不可以有所为耶？仲尼圣人，历试于天下，苟非大无道之国，皆欲勉强扶持，庶几一日得行其道。将之荆，先之以子夏，申之以冉有。君子之欲得其君，如此其勤也。孟子去齐，三宿而后出昼[③]，犹曰『王其庶几召我。』君子之不忍弃其君，如此其厚也。公孙丑问曰：『夫子何为不豫？』孟子曰：『方今天下，舍我其谁哉？而吾何为不豫？』君子之爱其身，如此其至也。夫如此而不用，然后知天下之果不足与有为，而可以无憾矣。若贾生者，非汉文之不用生，生之不能用汉文也。

贾谊

贾谊（前200—前168），又称贾太傅、贾长沙、贾生。洛阳人。西汉初年著名的政治家、文学家。18岁即有才名，年轻时由河南郡守吴公推荐，20余岁被文帝召为博士，后遭群臣忌恨，被贬。后被召回长安，至33岁忧伤而死。其著作有《过秦论》、《论积贮疏》、《吊屈原赋》、《鹏鸟赋》等。

夫绛侯亲握天子玺而授之文帝，灌婴连兵数十万，以决刘吕之雌雄，又皆高帝之旧将，此其君臣相得之分，岂特父子骨肉手足哉？贾生，洛阳之少年，欲使其一朝之间，尽弃其旧而谋其新，亦已难矣。为贾生者，上得其君，下得其大臣，如绛、灌之属，优游浸渍而深交之④，使天子不疑，大臣不忌，然后举天下而惟吾之所欲为，不过十年，可以得志。安有立谈之间，而遽为人痛哭哉！观其过湘为赋以吊屈原⑤，悲郁愤闷，跃然有远举之志⑥。其后卒以自伤哭泣，至于夭绝，是亦不善处穷者也。夫谋之一不见用，安知终不复用也？不知默默以待其变，而自残至此。呜呼！贾生志大而量小，才有馀而识不足也。

古之人，有高世之才，必有遗俗之累。是故非聪明睿哲不惑之主，则不能全其用。古今称苻坚得王猛于草莽之中，一朝尽斥去其旧臣而与之谋，彼其匹夫略有天下之半，其以此哉！

愚深悲贾生之志，故备论之。亦使人君得如贾生之臣，则知其有狷介之操⑦，一不见用，则忧伤病沮，不能复振。而为贾生者，亦慎其所发哉！

注释

①贾生：即贾谊。古代对有学识的人尊称为『生』，犹后世称『先生』。

②汉文：汉文帝刘恒，西汉前期最有作为的君主之一。

③昼：地名，在今山东临淄。

④优游浸渍：从容不迫，逐渐渗透。

⑤『观其过湘』句：即流传至今的《吊屈原赋》。

⑥跃：飘然远举的样子。

⑦狷介：性情正直，不肯同流合污。

译文

不是才能难得，难的是把自己的才能施展出来。可惜啊，贾谊是辅佐帝王的人才，却未能发挥出自己的才能。君子想达到远大的志向，就一定要等待；想成就伟大的功业，就一定要忍耐。古代的贤士，都有建功立业的才能，但有些人最终未能发挥出万分之一，未必都是当时君王的过错，有的是他们自己造成的。

我考察贾谊的议论，按所说的规划去做，即使夏、商、周三代的成就又怎能远远地超过它？遇到汉文帝这种明君，尚且因未能尽才而郁郁死去，那不就是说，如果天下没有尧、舜就不能有所作为了吗？孔子是圣人，遍游诸国，只要不是极端无道的国家，他都想勉力扶助，希望有一天能实践他的治国主张。将到楚国时，先派子夏去，再派冉有去。君子要想得到国君的重用，就是要有这样的殷切与努力。孟子离开齐国时，在昼地住了三夜才离去，还说：『齐宣王大概会召我回朝。』君子不忍心别离他的国君，感情是如此深厚。公孙丑问道：『先生为什么不高兴？』孟子回答：『当今世界上，除了我还有谁呢？我为什么要不高兴？』君子爱惜自己到这种程度。如果做到了这样，还是得不到任用，那么就应当明白天下果然不值得他去努力，也就可以没有遗憾了。至于贾谊这样的人，不是汉文帝不重用他，而是他不能利用汉文帝啊。

烛送词臣　北宋哲宗时，太皇太后和皇帝接见苏轼，然后撤御前的金莲烛送他回去。

周勃曾亲自握着皇帝的印玺献给汉文帝，灌婴曾联合数十万兵力，这都决定了吕、刘两家的胜败，他们又都是汉高祖的旧部，他们这种君臣相遇合的情分，岂止是父子骨肉之情所能比拟的呢？贾谊不过是洛阳的一个青年，想要皇帝在一朝一夕就全部弃旧图新，也真太难了。作为贾谊这样的人，如果上面得到皇帝的信任，下面得到大臣的支持，从容不迫地，逐渐地同周勃、灌婴之类的大臣结成深交，使得天子不疑虑，大臣不猜忌，然后整个天下就会按他的想法去治理了。不出十年，他就可以实现自己的抱负。怎么能在顷刻之间就突然对人痛哭流涕呢？看他经过湘江时作赋凭吊屈原，心绪紊乱，忧郁愤懑，大有远走高飞的退隐之意。此后，终因经常感伤哭泣而夭折，这是个不善于在逆境中生存的人。谋略一次不被采用，又怎么知道就永不再被采用呢？不知道默默地等待形势的变化，而自我摧残到这种地步。唉，贾谊真是志向远大而气量狭小，才能有余而识见不足。

古人有高出世人之才，必有超越世俗的缺点，所以若不是英明智慧、不受蒙蔽的君主，就不能使他们充分发挥才能。古今之人都称道苻坚能从草野平民之中起用王猛，在很短时间内全部斥去旧臣而与王猛商讨军国大事。苻坚那样一个普通人，竟能占据半个中国，大概就是这个原因吧。

屈尊劳将

周勃曾亲自握着皇帝的印玺献给汉文帝。此图讲的是汉文帝屈尊去军营慰问周勃之子周亚夫之事。

我很惋惜贾谊的不得志，所以对此加以详尽的评论。同时也要使君主知道：如果得到贾谊这种臣子，就应当了解这类人有孤高不群的性格，一旦他们得不到重用，就会忧伤颓废，不能重新振作。而作为贾谊这样的人，也应该谨慎地发泄自己的情感！

说明

贾谊是西汉时人，很有才干，却一生不得志，被贬远离朝廷。这篇文章引证古今，从正反两方面举例，分析了贾谊才能得不到施展的原因。作者认为，贾谊只是对君王不伤有识之士心存埋怨，却忽略了自身性格不坚强的弱点，有才能的人应当不怕挫折，持之以恒。这种看法也是作者的自勉。

晁错论

原文

天下之患，最不可为者，名为治平无事，而其实有不测之忧。坐观其变，而不为之所，则恐至于不可救；起而强为之，则天下狃于治平之安①，而不吾信。唯仁人君子豪杰之士，为能出身为天下犯大难，以求成大功。此固非勉强期月之间，而苟以求名者之所能也。天下治平，无故而发大难之端。吾发之，吾能收之，然后有以辞于天下。事至而循循焉欲去之，使他人任其责，则天下之祸必集于我。

昔者晁错尽忠为汉，谋弱山东之诸侯[②]。山东诸侯并起，以诛错为名，而天子不之察，以错为之说。天下悲错之以忠而受祸，而不知错之有以取之也。

古之立大事者，不惟有超世之才，亦必有坚忍不拔之志。昔禹之治水，凿龙门[③]，决大河，而放之海。方其功之未成也，盖亦有溃冒冲突可畏之患。惟能前知其当然，事至不惧，而徐为之所，是以得至于成功。

夫以七国之强而骤削之，其为变岂足怪哉？错不于此时捐其身，为天下当大难之冲，而制吴、楚之命，乃为自全之计，欲使天子自将而已居守。且夫发七国之难者谁乎？已欲求其名，安所逃其患？以自将之至危，与居守之至安，已为难首，择其至安，而遗天子以其至危，此忠臣义士所愤惋而不平者也。当此之时，虽无袁盎，错亦未免于祸。何者？已欲居守，而使人主自将，以情而言，天子固已难之矣，而重违其议，是以袁盎之说得行于其间。使吴、楚反，错以身任其危，日夜淬砺[④]，东向而待之，使不至于累其君，则天子将恃之以为无恐，虽有百袁盎，可得而间哉？

嗟夫！世之君子，欲求非常之功，则无务为自全之计。使错自将而击吴、楚，未必无功。唯其欲自固其身，而天子不悦，奸臣得以乘其隙。错之所以自全者，乃其所以自祸欤！

注释

①狃：习惯。

②山东：指崤山以东。

③龙门：今陕西韩城东北，是黄河奔流最湍急处。

④淬砺：锻炼磨砺。引申为冲锋陷阵，发愤图强。

译文

天下的灾祸，最难以解决的，是表面太平无事，其实有难以预料的隐患。旁观事态发展而不加处理，就怕发展到无可救药的地步；采用强制办法武断处理，那么我不相信天下还能习以为常地安于太平状态。只有那些仁人君子贤士英雄，才能挺身冒险为国效力，来建立功勋；但这本来就不是在短时间勉强去做，只为了出名的人就能办到的。国家安定，突然无故发生灾难；我引起此事，我又能解决，对天下人就可以交代。事情无法解决时却胆怯地想逃避，让别人承担责任，那国家灾难就集中到我一人身上了。

从前晁错忠心为汉朝谋划削弱山东诸侯国的实力，这些国家一同叛乱，以杀晁错为名；但皇帝不加详查，反以杀晁错为理由劝诸侯退兵。天下人惋惜晁错忠于汉朝却被杀，却不知道是晁错自取其祸啊。

自古建立大功业的人，不只有杰出的才能，也一定有坚忍不拔的意志。从前大禹治水，凿开龙门，引导黄河之水流入大海。尚未成功之时，也有洪水泛滥的可怕隐患；只是大禹能够预料事情的进展，洪水发生后就不会畏惧，而能从容地思考处理办法，所以获得了成功。

以七国那样的强大，而突然削弱它们，发生叛乱难道很奇怪吗？晁错不在此时挺身而出，为天下承担解决这场大难的责任，制服七国，反而想出保全自己的办法，想让皇帝亲自出征而自己驻守后方。那么引起七国叛变的是谁呢？自己要追求美名，怎么能够逃避它所引发的灾难呢？亲自出征是最危险的，留守京城是最安全的；自己是问题的制造者，却选择了最安全的，反劝说皇帝去做最危险的事，这是忠臣义士们最气愤的做法。当时，即使没有袁盎，晁错也难免一死。为什么呢？自己希望留守，而让皇帝亲自出征。从情理上说，皇帝已经很难接受了，因此内心反对晁错的建议。所以袁盎的建议得以实行。如果吴国楚国等叛乱，晁错担当起最危险的任务，昼夜练兵，做好防守东边的准备，使局势不会威胁到皇帝，那么皇帝就会依赖晁错而无所畏惧，就算有一百个袁盎，又怎能离间他们君臣的关系呢？

唉！世上的君子如果想成就非凡的事业，就不要只做好保全自己的准备。如果晁错亲自率军讨伐叛军，未必不能取胜，只是他想保全自身，才使皇帝不高兴。奸臣可乘机挑拨，晁错用来保全性命的做法，正是自取其祸啊！

说明

本文总结了削藩失败是晁错被杀的原因。作者认为，晁错被杀，首先有七国叛乱给皇帝造成的压力和受到政敌中伤的原因，但又提出了另一个观点，即晁错自己也缺乏坚强的意志和临危不惧的精神，才给了政敌攻击他的机会。

决壅蔽

原文

所贵乎朝廷清明而天下治平者，何也？天下不诉而无冤[1]，不谒而得其所欲。此尧舜之盛也。其次不能无诉，诉而必见察；不能无谒，谒而必见省。使远方之贱吏，不知朝廷之高；而一介之小民，不知官府之难；而后天下治。今夫一人之身，有一心两手而已，疾痛苛痒[2]，动于百体之中[3]，虽其甚微不足以为患，而手随至。夫手之至，岂其一一而听之心哉？心之所以素爱其身者深，而手之所以素听于心者熟，是故不待使令而卒然以自至[4]。圣人之治天下，亦如此而已。百官之众，四海之广，使其关节脉理，相通为一。叩之而必闻，触之而必应。夫是以天下可使为一身，天子之贵，士民之贱，可使相爱。忧患可使同，缓急可使救。

今也不然，天下有不幸，而诉其冤，如诉之于天。有不得已，而谒其所欲，如谒之于鬼神。公卿大臣不能究其详悉，而付之于胥吏[5]。故凡贿赂先至者，朝请而夕得；徒手而来者，终年而不获。至于故常之事，人之所当得而无疑者，莫不务为留滞，以待请属[6]。举天下一毫之事，非金钱无以行之。

昔者汉唐之弊，患法不明，而用之不密，使吏得以空虚无据之法而绳天下，故小人以无法为奸。今也法令明具，而用之至密，举天下惟法之知。所欲排者，有小不如法，而可指以为瑕。所欲与者，虽有所乖戾⑦，而可借法以为解。故小人以法为奸。今天下所为多事者，岂事之诚多耶？吏欲有所鬻而未得⑧，则新故相仍，纷然而不决，此王化之所以壅遏而不行也⑨。

昔桓文之霸，百官承职，不待教令而办。四方之宾至，不求有司。王猛之治秦，事至纤悉，莫不尽举，而人不以为烦。盖史之所记：麻思还冀州，请于猛，猛曰：『速装，行矣。』至暮而符下，及出关，郡县皆已被符。其令行禁止而无留事者，至于纤悉，莫不皆然。苻坚以戎狄之种至为霸王，兵强国富，垂及升平者，猛之所为，固宜其然也。

今天下治安，大吏奉法，不敢顾私，而府史之属招权鬻法，长吏心知而不问，以为当然。此其弊有二而已：事繁而官不勤，故权在胥吏。欲去其弊也，莫如省事而厉精。省事莫如任人，厉精莫如自上率之。

今之所为至繁，天下之事，关于其中，诉者之多，而谒者之众，莫如中书与三司。天下之事，分于百官，而中书听其治要。郡县钱币制于转运使，而三司受其会计。此宜若不至于繁多。然中书不待奏课以定其黜陟，而关预其事，则是不任有司也。三司之吏，推折赢虚，至于毫毛，以绳郡县，则是不任转运使也。故曰：省事莫如任人。

古之圣王爱日以求治，辨色而视朝，苟少安焉而至于日出，则终日为之不给。以少而言之，一日而废一事，一月则可知也，一岁则事之积者不可胜数矣。欲事之无繁，则必劳于始而逸于终。晨兴而晏罢，天子未退，则宰相不敢归安于私第，宰相日昃而不退，则百官莫不震悚尽力于王事，而不敢宴游，如此则纤悉隐微莫不举矣。天子求治之勤，过于先王，而议者不称王季之晏朝，而称舜之无为。不论文王之日昃，而论始皇之量书。此何以率天下之怠耶。臣故曰：厉精莫如自上率之，则壅蔽决矣。

注释

①诉：诉讼。

②疾痛苛痒：出自《礼记·内则》。苛：同“疴”，疥疮。

③百体：身体的各个器官。

④卒：通“猝”。

⑤胥吏：官府中的衙差小吏。

⑥请属：请托，指通关系。

⑦乖戾：违法。

⑧鬻：卖。

⑨壅遏：堵塞。

译文

什么叫做朝廷的政治清明，天下得到平稳治理呢？即百姓没有冤枉要进行诉讼，不用向官府反映问题就能得到解决。做到这点，就可以说重现了尧舜盛世。如果做不到这一点，那么退一步讲，百姓去官府诉讼能够得到明察，去反映问题能够得到解决，也是好的。要让远离朝廷的小吏，不觉得朝廷距离自己遥不可及；要让普通的百姓，不觉得面见官府困难，这样天下就能得到很好的治理了。一个人，不过有一颗心两只手罢了，而身体的各个器官都会得病，且病症繁多。就算是很微小的症候，可以手到病除，但这只医治病痛的手，能够完全听从心的指挥吗？心一向是希望身体康健的，而手一向是听从心的指挥的，因此四肢灵活，关节畅通，一旦身体的某处发生痛痒，两手就会自动保护。

舜

舜，历来与尧并称，为传说中的圣王。舜名重华，晋代皇甫谧又说他字都君。舜又称虞舜，建国号有虞，都蒲阪。按先秦时代以国为氏的习惯，故称有虞氏帝舜。

圣人治理天下，也应该如此。百官数量庞大，分布在广阔的疆域，使国家关节畅通，这和人的身体是同一个道理，敲它、碰它都会得到回应。天下就好比一个人的身体，高贵的天子和贫贱的百姓应该互相关爱，这样忧患可以共同分担，灾祸可以一同救助。

今天的情况却不是如此，天下有了不幸的事，百姓去官府申诉，好像是在祈求上天为其申冤。有了无法解决的问题，去官府反映，就好像去面见鬼神。公卿大臣们不能听取百姓详尽的诉说，完全让官府中的衙差小吏去办。于是那些先进行了贿赂的人，问题往往很快就得到解决；而没有贿赂的人，问题可能永远得不到解决。于是，哪怕是一些平常之事，一旦没有得到及时解决，人们就会认为是官吏故意滞留，等着通关系的人来行贿。于是天下很小的事，没有金钱就无法实行。

以前汉唐的弊端，就在于法度不明，执行不细致，使得官吏钻了法律的空子，让小人做了奸佞之事而得不到法律的制裁。今天法令明确，执行周密细致，天下之人都知道法度。所要排除的，就是一些很小的，吹毛求疵之事。所要管的，不但是违法的事，还有知法犯法的事，这就是小人的行径。如今天下之所以多事，并不是事情确实那么多，而是官吏想卖法收贿却还没达到目的，因此新旧交替，事情越积越多，得不到解决。

这就是朝廷的法令得不到切实实行的原因。

古时齐桓公、晋文公建立霸业，百官奉行各自的职责，不用等待教令就会自行办理。四方来客，不需要临时请有关的部门解决。王猛治理前秦，细微的小事也没有不尽力的，没有人厌烦。据史书记载，麻思要回冀州，向王猛告假，王猛说：『快快收拾行李，马上上路吧。』晚上麻思出关，所有的郡县都接到了公文，准许其通行。王猛令行禁止，没有滞留的公事，连如此小事也不例外。苻坚虽然是氐族，但能够在中原建立霸业，使国富兵强，社会太平繁荣，这都是王猛的功劳。

如今天下太平安定，高官大吏奉公守法，不敢顾及私利，但是官府中的小吏却揽权出卖法制，他的上司虽然知道，但却不过问，认为这种事情是理所当然的。这种情形会产生两种弊端：公事繁多但官员不勤奋，权力掌握在小吏的手中。要想去除这个弊病，就要精简中央官署的事务，让官员们振奋精神勤于政务。要精简官署的事务就要信任官员，要让官员勤奋就必须自上而下有一个表率的作用。

今日所说的繁多的官务，以天下之事来看，其中最多的，莫过于向上反映问题，而这其中的多数，是向中书省和盐铁、度支、户部这些掌管国家财政的机构投诉。国事分给百官掌管，而中书省总领他们，考察掌管要紧的事务。郡县的财政由转运使掌管，三司对其进行总的统计。这种办法适宜事务并不繁多的情况。如今，中书省不等有关方面的申奏考核，可以直接决定官员的升降，这表明不信任常设的在职官员。三司对各路财政管得太细太死，想以此管辖郡县，这也是不信任转运使的表现。因此说，要想精简事务，一定要信任所任命的官员。

古代有德行的圣君无不是勤于政事，天明即上朝听政，偶尔多休息一会儿，等太阳出了才上朝，必然会一整天忙于政事。以小事来看，如果一天少做一件事，那么一个月要少做多少事呢，那么一年呢，积累起来的事就多得数不胜数了。所以，要想事情不至于繁多，就必须自始至终勤奋不懈怠。早起上朝晚上退朝，天子不休息，宰相就不敢回家，宰相到了太阳偏西还在工作，那么百官都会为之震动，尽力做好自己的工作，而不会去宴乐游玩。这样一来，就算是细微的小事也会得到妥善处理。天子勤于政事，比以前的皇帝都要勤劳，可是朝官不称颂古代帝王的励精图治，偏偏鼓吹无为之治。不称颂周文王的勤政，而讥讽秦始皇量书，这种言论怎么能让天下的官员都勤奋起来呢。因此臣认为，励精图治一定要由天子做出表率，这样才能治理政令法规，堵塞无法执行的弊病。

说明

苏轼于宋仁宗嘉祐六年（1061）应制科考试时，曾奏《进策》二十五篇。本篇是进策中《策别课百官》其三。文中分析了宋朝的政治弊害和社会危机，提出了改革主张。全文说理透辟，见解明晰，是一篇切中时弊的政论文。

教战守

原文

夫当今生民之患，果安在哉？在于知安而不知危，能逸而不能劳。此其患不见于今，而将见于他日。今不为之计，其后将有所不可救者。

昔者先王知兵之不可去也①，是故天下虽平，不敢忘战。秋冬之隙，致民田猎以讲武。教之以进退坐作之方，使其耳目习于钟鼓、旌旗之间而不乱，使其心志安于斩刈、杀伐之际而不慑②。是以虽有盗贼之变，而民不至于惊溃。及至后世，用迂儒之议，以去兵为王者之盛节③；天下既定，则卷甲而藏之。数十年之后，甲兵顿弊，而人民日以安于佚乐，卒有盗贼之警④，则相与恐惧讹言，不战而走。开元、天宝之际⑤，天下岂不大治？惟其民安于太平之乐，酣豢于游戏⑥、酒食之间，其刚心勇气，消耗钝眊⑦，痿蹶而不复振⑧。是以区区之禄山一出而乘之⑨，四方之民，

田猎图

北宋中叶以后，辽和西夏严重威胁着北宋西北边境和平与安定，苏轼清醒地预见到战争不可避免，明确指出应该居安思危，虽然天下太平，也应忘记操练军队。

兽奔鸟窜，乞为囚虏之不暇，天下分裂，而唐室因以微矣。

盖尝试论之：天下之势，譬如一身。王公贵人，所以养其身者，岂不至哉？而其平居尝苦于多疾。至于农夫小民，终岁勤苦，而未尝告病，此其何故也？夫风雨、霜露、寒暑之变，此疾之所由生也。农夫小民，盛夏力作，而穷冬暴露，其筋骸之所冲犯，肌肤之所浸渍，轻霜露而狎风雨，是故寒暑不能为之毒。今王公贵人，处于重屋之下，出则乘舆，风则袭裘，雨则御盖。凡所以虑患之具，莫不备至。畏之太甚，而养之太过，小不如意，则寒暑入之矣。是故善养身者，使之能逸而能劳，步趋动作，使其四体狃于寒暑之变，然后可以刚健强力，涉险而不伤。夫民亦然。今者治平之日久，天下之人，骄惰脆弱，如妇人孺子，不出于闺门。论战斗之事，则缩颈而股慄；闻盗贼之名，则掩耳而不愿听。而士大夫亦未尝言兵，以为生事扰民，渐不可长。此不亦畏之太甚而养之太过欤！

且夫天下固有意外之患也。愚者见四方之无事，则以为变故无自而有，此亦不然矣。今国家所以奉西北之虏者，岁以百万计。奉之者有限，而求者无厌，此其势必至于战。战者，必然之势也。不先于我，则先于彼；不出于西，则出于北。所不可知者，有迟速远近，而要以不能免也。天下苟不免于用兵，而用之不以渐，使民于安乐无事之中，一旦出身而蹈死地，则其为患必有所不测，故曰：天下之民，知安而不知危，能逸而不能劳，此臣所谓大患也。

臣欲使士大夫尊尚武勇，讲习兵法；庶人之在官者，教以行阵之节；役民之司盗者，授以击刺之术。每岁终则聚于郡府，如古都试之法，有胜负，有赏罚。而行之既久，则又以军法从事。然议者必以为无故而动民，又悚以军法，则民将不安。而臣以为此所以安民也。天下果未能去兵，则其一旦将以不教之民而驱之战。夫无故而动民，虽有小恐，然孰与夫一旦之危哉？

今天下屯聚之兵，骄豪而多怨，陵压百姓而邀其上者，何故？此其心以为天下之知战者，惟我而已。如使平民皆习于兵，彼知有所敌，则固已破其奸谋，而折其骄气。利害之际，岂不亦甚明与？

注释

①先王：指夏、商、周三代帝王。

②慑：害怕。

③盛节：美好的法度。

④卒：同『猝』，突然。

⑤开元、天宝：唐玄宗李隆基的年号。

⑥酣豢：沉醉安养。

⑦钝眊：迟钝衰竭。

⑧痿蹷：精力疲敝。

⑨禄山：安禄山，安史之乱的发动者，天宝末年起兵攻陷长安。

译文

目前人民的忧患，究竟在哪里呢？就在于处平安而不知处危险，能享受安乐而不能忍受劳苦。这种忧患不会马上显现，而是会在日后体现出来。如果现在不设想出对策，那么往后危险降临就不好救援了。

过去夏、商、周三代帝王知道军队是不可以解散的，因此虽然天下太平，也不敢忘记操练军队。在秋冬的农闲时节，召集百姓打猎借以练武。教他们前进、后退、跪下、起立的操作，使大家听惯了战鼓，看惯了旌旗，不会发生混乱。使大家在攻守斩杀的时候心志安定，不会感到恐惧。因此即使有叛乱发生，人民也不会惊慌溃散。到了后世，采用那些迂腐的儒生的建议，认为解除军备才是圣明天子美好法度的体现；天下既然安定了，就要将铠甲、兵器都收起来。数十年以后，兵将都麻痹了，老百姓也日益安于享乐。突然有了兵乱，就只会相互传播恐惧的气氛，不抵抗就逃跑了。唐朝开元、天宝年间，天下难道不是得到了太平的治理吗？老百姓都在太平世道中安稳生活，沉醉于吃喝游玩之中，勇气和心志都被消耗殆尽，精力疲惫不再振奋。因此区区一个安禄山的叛变，就让天下的百姓四处逃亡，好像受惊的鸟兽一样没有主张，忙不迭地向敌人投降。至此天下分裂，唐朝从此被藩镇割据，国家走向了衰微。

由此，我曾试着分析这个问题：如果将天下的形势比作一个人。王公贵人，能够养护他身体的，没有不用的，但为什么他还总是苦恼身体多病呢？那些农夫贫民，终年劳苦耕作，却很少叹息身体多病，这是为什么呢？刮风下雨、霜降露水、冷热天气的交汇，都是疾病产生的原因。农夫小民，炎热的天气也会努力耕作，最冷的冬天也在野外劳作，他们的筋骨受过磨炼，肌肤被水浸泽，习惯了风雨霜露的侵袭，冷热的变化也不能够侵害到他们。而那些王公贵人，住在高楼大厦里，出门就乘车，刮风就穿皮袄，下雨就打伞；凡是能防备灾患的东西，没有不完备的。因为太过害怕，所以保养得就太过小心谨慎，一旦有些小的地方没注意到，就会病倒。因此善于保养身体的人，都是既会休息又不忘劳作。在行走劳动之中，让身体习惯于季节的更替，这样才能使身体强健有力，遇到不好的天气也不会生病。身体是这样，百姓也是这个道理。如今天下太平，人们安于这种现状，骄傲懒惰的情绪日益增多，小心得与女人和孩子一般，轻易连门都不出。一说到战斗的事，就缩着脖子两腿发抖；传来盗贼的恶名，就捂着耳朵不愿去听。百姓如此，士大夫们也不议论战争，以为说到战争就是生事扰民的举动，这不就是因为畏惧情绪太深，所保养得愈发谨慎小心吗？

要知道天下的忧患往往发生在意料和预防之外。没有长远思虑的人，看到眼下天下太平，就认为不会发生什么变故，这是不对的。如今国家被西夏和辽国侵扰，每年要向他们献纳银百万。我们供给的钱和绢帛是有限量的，可是他们贪婪的心理是不会满足的，这种情势发展下去，一定要带来战争。这种战争是必然的，不是我方先发动，就是对方先发动；不是由西夏发动，就是由契丹发动。我们所不能确定的，是这战争何时发生，在何地发生，但却没有办法提前制止。既然不能避免要用兵作战，就要早作准备。用兵不在平时渐进地训练，使人民在安乐无事之时提高警惕，忽然有一天要他们出来牺牲生命去与敌人交战，那么这样造成的祸患必定是不可预测的。因此说：天下的百姓，如果只贪图安乐生活而没有忧患意识，只会享受不能劳动，这就是国家最大的危机。

我希望士大夫们都能尊崇习武的精神，习惯于谈论兵法；那些在军队中服役的平民，要练习阵法兵法；从民间抽调的负责捕盗的差役，要学会搏杀的技巧。每年的年末农闲时节，官府要组织聚会，像古时候那样组织官兵演习，不但要有胜负的较量，还要有赏罚的措施。这种方法推行一段时间后，可以按照军队的法规办事。有些人会认为这样做是无故使人民劳累，让军队的法令受到困扰，人民将得不到安定的生活。但我认为这样做恰恰是让人们得到安定生活的保障。天下如果不能免除战争，那么一旦发生动乱，就必须要让得不到训练的人民去战场交锋。平时无故劳动人民，虽然会给人民带来一些小的恐慌，但比起突如其来的危险，哪一个带来的恐惧更大呢？

如今国家的军队，士兵大多骄傲并怀有怨气，不时欺压百姓，要挟上官，这是为什么呢？他们认为天下懂得战争，了解军法的只有自己而已。如果平时能够让百姓也习武，让这些兵士知道百姓也是不弱于他们的。知道了这些，不但能挫败他们反叛的锐气，也能打败他们骄傲的气焰。权衡利弊，这难道不是很好的举措吗？

说明

本文是苏轼在宋仁宗嘉祐六年（1061）应制科考试时，所奏《策别》中议论『安万民』问题的第五篇。北宋中叶以后，辽和西夏成为西北边境的严重威胁，苏轼分析了当时的形势，清醒地预见到战争不可避免，明确指出知安忘危的危险，建议朝廷改变萎靡不振的局面，使百姓『尊尚武勇，讲习兵法』，以便应对战局。是一篇很有见地，现实性、针对性较强的政论文。

线装典藏

唐宋八大家集

明·茅坤 编选

册四

黄山书社

乞校正陆贽奏议进御札子

原文

臣等猥以空疏，备员讲读①。圣明天纵，学问日新。臣等才有限而道无穷，心欲言而口不逮②，以此自愧，莫知所为。

窃谓人臣之纳忠，譬如医者之用药，药虽进于医手，方多传于古人。若已经效于世间，不必皆从于己出。

伏见唐宰相陆贽③，才本王佐，学为帝师。论深切于事情，言不离乎道德。智如子房而文则过，辨如贾谊而术不疏，上以格君心之非，下以通天下之志。三代已还，一人而已。但其不幸，仕不遇时。德宗以苛刻为能，而贽谏以忠厚；德宗以猜忌为术，而贽劝以推诚；德宗好用兵，而贽以消兵为先；德宗吝用财，而贽以散财为急。至于用人听言之法，治边驭将之方，罪己以收人心，改过以应天道，去小人以除民患，惜名器以待有功④，如此之流，未易悉数。可谓进苦口之药石，针害身之膏肓。使德宗尽用其言，则贞观可得而复。

臣等每退自西阁，即私相告言，以陛下圣明，必喜贽议论。但使圣贤之相契，即如臣主之同时。昔冯唐论颇、牧之贤⑤，则汉文为之太息⑥；魏相条晁、董之对⑦，则孝宣以致中兴。若陛下能自得师，则莫如近取诸贽。夫六经三史，诸子百家，非无可观，皆足为治。但圣言幽远，末学支离，譬如山海之崇深，难以一二而推择。如贽之论，开卷了然。聚古今之精英，实治乱之龟鉴。臣等欲取其奏议，稍加校正，缮写进呈。愿陛下置之坐隅，如见贽面，反覆熟读，如与贽言。必能发圣性之高明，成治功于岁月。臣等不胜区区之意，取进止。

注释

①备员：凑数。讲读：指侍讲、侍读，官名。

陆 贽

陆贽（754—805），字敬舆。浙江嘉兴人。唐代政治家、医学家。大历五年（770年）举进士第六名，历授华州郑县尉，渭南县主簿，迁监察御史。著述多种，流传有《陆宣公集》。

②逮：到，及。

③陆贽：唐德宗时任翰林学士、宰相，后受谗被贬。著有《翰苑文集》，亦名《陆宣公奏议》。

④名器：《左传》：『唯器与名，不可以假人。』意即赏赐不可滥。

⑤颇：廉颇。牧：李牧。均为战国时名将。

⑥太息：出声长叹。

⑦晁：晁错。董：董仲舒。均为西汉时思想家。

译文

臣等才疏学浅，成为皇帝的侍读不过是凑数而已。皇帝的聪明是上天赐予的，学问每天都有进益。我们的才学有限，但知识是无限的，想要陪伴皇帝读书，但心有力而力不足，因此感到非常羞愧，不知该怎么办才好。

我们私下议论，认为臣属要对皇帝尽忠，就像医生对病人用药一样，药虽然是医生所配，但药方大多源自古代。只要是已经被证明是有用的，何必在乎一定要是医生自己所发现的呢。

我们所敬佩的唐朝宰相陆贽，以才学辅佐君王，对任何事都有深切的见地，言谈不违背道义，智谋堪比张良，而才学要比张良高；答辩之术和贾谊不相上下，处世之道却比贾谊强多了。他能够指出君王的不足，有治理天下的抱负。然而不幸的是，他做官的时运不济。德宗治世苛刻，陆贽以忠厚之心进谏；德宗为人猜疑不定，陆贽便劝他要用人不疑；德宗好大喜功，而陆贽力在消除兵患；德宗喜欢聚揽钱财，陆贽却以散财救民为己任。在用人、治理边患等问题上，陆贽主张自己主动承担过失，以此稳固人心，及时改正错误以顺应天道。远离小人消除百姓的疾苦，不能随便赏赐臣下，只有立功之人才能获得封赏。能做到这样的人实在太少了！可以说，陆贽就是治病的良药，如果德宗能够听从陆贽的建议，那么贞观之治的局面就可以重现了。

臣等每次从西阁退出，相互谈论，认为以皇上的聪明，一定喜欢陆贽的议论。只要圣主和贤臣的意见相合，等于相隔百年的君臣身处同一时代。从前，冯唐谈论廉颇、李牧的贤能，使汉文帝为不遇贤才而叹息；魏相列举晁错、董仲舒的对策，令汉宣帝采用而导致汉室中兴。如果皇上能够自去求得老师，没有比就近从陆贽那里取得教益更合适了。圣人传统的六部经书和三部史书，诸子百家的文章，并非没有可观的地方，学习这些文章都有助于治理国家。但是，圣人的言论太深奥，史书和诸子百家的道理太支离破碎，好像山高海深，难以精简地选出来。可是像陆贽的言论，一看就明白，聚合了古今政治见解的精华，确实是国家治乱的借鉴。臣等想取来他的奏议，稍为校正，缮写进呈，希望皇上把它放在座位旁边，就像见到陆贽一样；反复熟读，好像和陆贽交谈一样。这样，相信一定能启发皇上神圣的天分，在短时间内成就太平盛世的伟业。臣等表达不尽诚恳的心意，希望皇上决定呈进与否。

说明

本文是苏轼呈给皇帝的奏折。

凌虚台记

原文

国于南山之下，宜若起居饮食与山接也。四方之山，莫高于终南，而都邑之丽山者，莫近于扶风。以至近求最高，其势必得，而太守之居，示尝知有山焉。虽非事之所以损益，而物理有不当然者。此凌虚之所为筑也。

方其未筑也，太守陈公，杖屦逍遥于其下。见山之出于林木之上者，累累如人之旅行于墙外而见其髻也。曰：『是必有异。』使工凿其前为方池，以其土筑台，高出于屋之危而止。然后人之至于其上者，恍然不知台之高，而以为山之踊跃奋迅而出也。公曰：『是宜名凌虚。』以告其从事苏轼，而求文以为记。

轼复于公曰：『物之废兴成败，不可得而知也。昔者荒草野田，霜露之所蒙翳[①]，狐虺之所窜伏[②]。方是时，岂知有凌虚台耶？废兴成毁，相寻于无穷，则台之复为荒草野田，皆不可知也。尝试与公登台而望，其东则秦穆之祈年、橐泉也，其南则汉武之长杨、五柞也，而其北则隋之仁寿、唐之九成也。计其一时之盛，宏杰诡丽，坚固而不可动者，岂特百倍于台而已哉！然而数世之后，欲求其仿佛，而破瓦颓垣，无复存者，既已化为禾黍荆棘丘圩陇亩矣，而况于此台欤！夫台犹不足恃以长久，而况于人事之得丧，忽往而忽来者欤？而或者欲以夸世而自足，则过矣。盖世有足恃者，而不在乎台之存亡也。』

既已言于公，退而为之记。

注释

①翳：遮盖。

②虺：古书上说的一种毒蛇。

凌虚台

崩腾赴幽赏，披豁露天悭。落日衔翠壁，暮云点烟鬟。

译文

居住在南山脚下，自然饮食起居都与山接近。四面的山，没有比终南山更高的了。而城市当中靠近山的，没有比扶风城更近的了。凭借靠山最近而要求住得最高，那么这位置必然能达到。但太守的住处，开始还不知道附近有山。这虽然不是事情得失的原因，但是按事物的道理却不该这样，这就是凌虚台修筑的原因。

就在它还没有修建之前，陈太守拄着拐杖穿着布鞋在山下闲游，见到山峰高出树林之上，山峰重重叠叠的样子正如有人在墙外行走而看见其发髻的形状一样。陈太守说：『这必然有不同之处。』于是派工匠在山前开凿出一个方池，用挖出的土建造了一个高台。台子修到高出屋檐才停。这之后有人到了台上的，都恍恍惚惚不知道台的高度，而以为是山突然活动起伏冒出来的。陈公说：『这台叫凌虚台很合适。』把这件事告诉了他的下属苏轼，要他写一篇文章来记叙这件事。

苏轼回复陈公说：『事物的兴盛和衰败，是无法预料的。这里从前是长满荒草的野地，是被霜露覆盖的地方，狐狸和毒蛇出没的所在。在那时，哪里知道这里会有凌虚台呢？兴盛和衰败交替无穷无尽，那么这高台会不会又变成长满荒草的野地呢，这些都是不能预料的。我曾试着和陈公一起登台而望，看到其东面就是当年秦穆公的祈年、橐泉两座宫殿遗址，其南面就是汉武帝的长杨、五柞两座宫殿遗址，其北面就是隋朝的仁寿宫，也就是唐朝的九成宫遗址。回想它们一时的兴盛，宏伟奇丽，坚固而不可动摇，何止百倍于区区一座高台而已呢？然而几百年之后，想要寻找它们的样子，却连破瓦断墙都不复存在，已经变成了种庄稼的田亩和长满荆棘的废墟了。相比之下这座高台又怎样呢？一座高台尚且不足以长久依靠，相比于人之间的得失，来去匆匆又如何呢？或者想要以高台夸耀于世而自我满足，那就错了。因为要是世上真有足以依仗的东西，就不会在乎台子的存亡了。』

对陈公说了这些话后，我回来后便为他记了下来。

说明

宋仁宗嘉祐八年（1063），苏轼任凤翔府签书判官。太守陈希亮于后圃筑土台，自名『凌虚台』，请苏轼写了这篇题记。文章记叙了土台的修建和命名过程，并引古证今，大发感慨，从人事万物变化无常的感叹中，批判了稍有所得便『夸世而自足』的作风，鼓励人们去探求真正可以永久依靠的东西。文章寓理深刻，委婉含蓄，读来耐人寻味。

喜雨亭记

原文

亭以雨名，志喜也。古者有喜，则以名物，示不忘也。周公得禾，以名其书[①]；汉武得鼎，以名其年[②]；叔孙胜狄，以名其子[③]。其喜之大小不齐，示其不忘一也。

予至扶风之明年，始治官舍。为亭于堂之北，而凿池其南。引流种树，以为休息之所。是岁之春，雨麦于岐山之阳[④]，其占为有年。既而弥月不雨，民方以为忧。越三月，乙卯乃雨，甲子又雨，民以为未足。丁卯大雨，三日乃止。

官吏相与庆于庭，商贾相与歌于市，农夫相与忭于野⑤。忧者以喜，病者以愈，而吾亭适成。

于是举酒于亭上，以属客而告之，曰：『五日不雨可乎？』曰：『五日不雨则无麦。』『十日不雨可乎？』曰：『十日不雨则无禾。』『无麦无禾，岁且荐饥⑥。狱讼繁兴而盗贼滋炽，则吾与二三子虽欲优游以乐于此亭，其可得耶！今天不遗斯民，始旱而赐之以雨，使吾与二三子，得相与优游以乐于此亭者，皆雨之赐也。其又可忘耶？』

既以名亭，又从而歌之，曰：『使天而雨珠，寒者不得以为襦；使天而雨玉，饥者不得以为粟。一雨三日，伊谁之力？民曰太守，太守不有；归之天子，天子曰不然；归之造物，造物不自以为功；归之太空，太空冥冥，不可得而名，吾以名吾亭。』

注释

①『周公』句：指《尚书·微子之命》。周成王把其弟献的异株同穗之禾赐予周公，『周公既得命禾，旅天子之命，作《嘉禾》』。

②『汉武』句：指《史记·孝武本纪》。武帝于元狩六年夏六月得宝鼎于汾水，即改年号为元鼎。

③『叔孙』句：指《左传·文公十一年》。叔孙得臣在这一年击败狄军，俘获其首领侨如，即将自己的儿子命名为侨如。

④雨麦：天上落下麦子。

⑤忭：欢喜。

⑥荐饥：连年饥荒。

译文

这座亭子以雨命名，是为了体现喜庆。古时遇到喜事，就用它来命名事物，以示不忘。周公得到稻禾，便用『嘉禾』作为他文章的篇名；汉武帝得鼎，便用『元鼎』作为年号；叔孙得臣打败狄人侨如，便用『侨如』作为儿子的名字。他们的喜事大小不同，表示不忘的用意却是一样的。

我到扶风的第二年，才开始营造官邸，在厅堂北面修建了一座亭子，在南面凿了一口池塘，引水种树，当作休息的场所。这年春天，岐山南面的天空落下麦子，占卜后认为今年是个好年成。然而此后整月没有下雨，百姓非常忧虑。到了三月的乙卯日才下雨，甲子日又下雨，百姓们觉得还不够；丁卯日又下了大雨，一连三天才停止。官吏们在院子里相互庆贺，商人们在市场相互唱歌，农夫们在野地里相互欢笑，忧愁的人为之高兴，生病的人为之痊愈，而我的亭子也恰好在此时造成。

于是，在亭子里摆上酒宴，向客人举杯劝酒，问道：『「五天不下雨行吗？」你们会说：「五天不下雨，就长不成麦子了。」又问「十天不下雨行吗？」你们会说：「十天不下雨就养不活稻子了。」无麦无稻，年成自然荒歉了，诉讼案增加而盗贼猖獗。那么我与你们即使想在这亭中游赏，做得到吗？现在上天不遗弃百姓，刚旱了几天便降下雨来，使我与你们能够一起游玩赏乐于亭中，都是这雨的恩赐啊！这怎么能够忘记呢？』

既已确定亭名，又接着来歌唱此事。歌词道：『假使上天下珍珠，受寒的人不能将其作棉衣；假使上天下白玉，挨饿的人不能将其作粮食。一场雨下了三天，是谁的力量？百姓说是太守，太守说不具备这力量。归功于天子，天子也说不对。归功于造物主，造物主也不把它当作自己的功劳，归功于太空。而太空缥缈，不能够命名它，因而用雨来命名我的亭子。』

说明

嘉祐六年，苏轼在凤翔府任职，第二年修建了这座亭子，因正逢喜降春雨，所以将其命名为『喜雨亭』。文章记述了喜雨亭命名的原因及修建经过，表达了人们喜得春雨的快乐之情，体现了作者重视农耕、重视百姓的儒家思想。

放鹤亭记

原文

熙宁十年秋，彭城大水[1]，云龙山人张君天骥之草堂，水及其半扉。明年春，水落，迁于故居之东，东山之麓。升高而望，得异境焉，作亭于其上。彭城之山，冈岭四合，隐然如大环；独缺其西十二，而山人之亭，适当其缺。春夏之交，草木际天；秋冬雪月，千里一色。风雨晦明之间，俯仰百变。山人有二鹤，甚驯而善飞。旦则望西山之缺而放焉，纵其所如，或立于陂田，或翔于云表；暮则傃东山而归[2]，故名之曰『放鹤亭』。

郡守苏轼，时从僚吏，往见山人，饮酒于斯亭而乐之。挹山人而告之曰：『子知隐居之乐乎？虽南面之君[3]，未可与易也。《易》曰：「鸣鹤在阴，其子和之。」《诗》曰：「鹤鸣于九皋[4]，声闻于天。」盖其为物，清远闲放，超然于尘垢之外，故《易》、《诗》人以比贤人君子。隐德之士，狎而玩之，宜若有益而无损者，然卫懿公好鹤则亡其国。周公作《酒诰》[5]，卫武公作《抑戒》，以为荒惑败乱，无若酒者；而刘伶、阮籍之徒，以此全其真而名后世。嗟夫！南面之君，虽清远闲放如鹤者，犹不得好，好之则亡其国；而山林遁世之士，虽荒惑败乱如酒者，犹不能为害，而况于鹤乎？由此观之，其为乐未可以同日而语也。』

山人欣然而笑曰[6]：『有是哉！』乃作放鹤、招鹤之歌，曰：『鹤飞去兮西山之缺，高翔而下览兮择所适。翻然

放鹤亭

山人有二鹤，甚驯而善飞。

敛翼，婉将集兮，忽何所见，矫然而复击。独终日于涧谷之间兮，啄苍苔而履白石。』『鹤归来兮，东山之阴。其下有人兮，黄冠草屦葛衣而鼓琴。躬耕而食兮，其馀以汝饱。归来归来兮，西山不可以久留。』

注释

①熙宁十年：公元1077年。彭城：徐州。

②傃：向。

③南面：古之帝王皆坐北面南称尊。

④九皋：深泽。

⑤《酒诰》：《尚书》篇名。

⑥欣然：张口而笑的样子。

译文

熙宁十年秋，彭城遭遇了洪水，云龙山人张君的草屋，被洪水淹到大门的一半。第二年春天，水退了，山人搬家到原来住屋的东面的东山脚下。登高眺望，找到了一块奇异的地方，就在那里造了一座亭子。彭城地方的山，冈岭四面围拢，隐约望去像个大环，只缺少正西一面，山人的亭子刚巧对着那个缺口。春夏交替时，草木茂盛，似乎接近天空；秋冬时的月光雪景，千里一色；风雨阴晴之日，景色变化万千。山人有两只鹤，很驯服，也很善飞。早晨，就向西山的缺口把它们放出去，听任它们飞翔。它们有时站在水边田里，有时高飞至云层上面，傍晚，就向着东山回来，所以将亭子命名为『放鹤亭』。

郡守苏轼时常带着幕僚和下属去拜访山人，在放鹤亭上喝酒，感到很快乐。苏轼向山人敬酒，并且告诉他说：『您知道隐居的快乐吗？即使是南面而坐的君主，也不能改变。《易经》上说：「鹤在山上隐蔽的地方叫，它的雏鹤在应和它。」《诗经》也说：「鹤在低洼的地方叫，声音会直达天上。」这是因为鹤的品格清高、深沉、安静，处于尘世之外，所以《易经》和《诗经》的作者把它比作贤人、君子。道德高又有才能的贤者，跟它亲昵，跟它玩耍，好像是有利而无害的。然而，卫懿公好鹤竟丧失了国家。周公作《酒诰》，卫武公作《抑戒》，他们都认为迷惑性情，败坏和扰乱国家的，没有比酒更严重的了；可是刘伶、阮籍这班人却以酒保全了自身，而且名传后世。唉！朝南坐的君主，即使是清高沉静如鹤，也不能爱好；爱好它就会亡国。然而，在山林间逃避世俗的人，即使是爱好如酒一样迷惑性情，败坏和扰乱国家的东西，也不能成他的祸害，何况是鹤呢？由此可见，国君和隐士的快乐是不可相提并论的。』

山人听了我的话，笑着说：『是这个道理啊？』于是，我作放鹤和招鹤的歌：『鹤飞去呀，望着西山的山口。高高飞翔，向下面俯看，选择它们认为好的地方。很快地收起翅膀，似乎打算降落下来；忽然看到什么东西，又昂首振翅高翔。终日徘徊在涧谷之间。嘴啄青苔，停在白石之上。鹤归来了，在东山的北面。山下有个人，头戴道帽，足穿草鞋，身着葛衣，正坐着弹琴。他亲自耕种，并用剩余的粮食喂养你们。归来吧！归来吧！西山不能够久留。』

说明

放鹤亭是『云龙山人』张天骥在宋神宗元丰元年所建。云龙山人在此养了两只鹤，故名『放鹤亭』。苏轼任徐州知州时与他结为好友，本文即写于这一时期。文章描写了作者与云龙山人的游宴之乐，描绘了山中的景色，赞美了隐逸生活的乐趣，也寄托了自己政治上不得志的感慨。

石钟山记

原文

《水经》云：『彭蠡之口有石钟山焉[1]。』郦元以为下临深潭，微风鼓浪，水石相搏，声如洪钟[2]。是说也，人常疑之。今以钟磬置水中，虽大风浪不能鸣也，而况石乎！至唐李渤始访其遗踪，得双石于潭上，扣而聆之，南声函胡，北音清越，枹止响腾[3]，馀韵徐歇。自以为得之矣。然是说也，予尤疑之。石之铿然有声者，所在皆是也，而此独以钟名，何哉？

元丰七年六月丁丑，予自齐安舟行适临汝[4]，而长子迈将赴饶之德兴尉，送之至湖口，因得观所谓石钟者。寺僧使小童持斧，于乱石间择其一二扣之，硿硿然。余固笑而不信也。至莫夜月明[5]，独与迈乘小舟至绝壁下。大石侧立千仞，如猛兽奇鬼，森然欲搏人；而山上栖鹘，闻人声亦惊起，磔磔云霄间；又有若老人咳且笑于山谷中者，或曰：『此鹳鹤也』。予方心动欲还[6]，而大声发于水上，噌吰如钟鼓不绝。舟人大恐。徐而察之，则山下皆石穴罅[7]，不知其浅深，微波入焉，涵澹澎湃而为此也。舟回至两山间，将入港口，有大石当中流，可坐百人，空中而多窍，与风水相吞吐，有窾坎镗鞳之声，与向之噌吰者相应，如乐作焉。因笑谓迈曰：汝识之乎？噌吰者，周景王之无射也[8]；窾坎镗鞳者，魏庄子之歌钟也[9]。古之人不予欺也』！

事不目见耳闻，而臆断其有无，可乎？郦元之所见闻，殆与予同，而言之不详；士大夫终不肯以小舟夜泊绝壁之下，故莫能知；而渔工水师，虽知而不能言；此世所以不传也。而陋者乃以斧斤考击而求之，自以为得其实。予是以记之，盖叹郦元之简，而笑李渤之陋也。

注释

①彭蠡：鄱阳湖。

②洪钟：古代一种打击乐器。

③枹：鼓槌。

④齐安：即黄冈。临汝：即汝州。

⑤莫：通『暮』。

⑥心动：指害怕。

⑦穴罅：洞和裂缝。

⑧无射：钟名。

⑨歌钟：即编钟，古代乐器。

译文

《水经》上说：『彭蠡湖口有座石钟山。』郦道元认为，山下面是深潭，微风掀起波浪，撞击石块，发出如大钟般的声音。对这种说法，人们常常很怀疑。现在把钟和磬放在水里，即使大风浪也不能使它发出响声，何况石头呢。到唐代，李渤寻访了郦道元到过的地方，在潭边上找到两座山石，敲着听它的声音，南边的山石声音厚重而模糊，北边的山石声

石钟山

石钟山有大石当中流，可坐百人，空中而多窍，与风水相吞吐。

舟行适临汝

元丰七年农历六月丁丑日，苏轼乘船从齐安到临汝。并书写一路见闻。

音清脆而响亮。敲击停止以后，声音还在响，余音慢慢消失。他便认为找到石钟山命名的原因了。然而对这种说法，我更加怀疑。能敲出铿锵响声的山石。到处都有，可是唯独这座山用钟来命名，这是什么原因呢？

元丰七年农历六月丁丑日，我乘船从齐安到临汝，大儿子苏迈也要到饶州德兴县做县尉，我送他到湖口，借此机会来到石钟山。庙里的和尚叫小童拿着斧头，在杂乱的石壁中间选择几块敲击，发出硿硿的响声，我只是笑笑，并不相信。到了夜里，我单独和迈儿坐小船，到绝壁下面。大石壁在水边耸立，高达千尺，形状就像猛兽和鬼怪，阴森森的，好像要扑过来抓人似的；栖息在山上的鹘鸟，听到人声也受惊飞起，磔磔地叫着飞入高空；还有像老人咳着笑着的声音，有人说这是鹳鹤。我正心中惊恐打算回去。忽然，巨大的声音从水上发出，噌吰的声音响个不停，有如击鼓敲钟。船夫非常害怕。我细细地观察，原来山下都是石头的洞穴和裂缝，不知有多深，微波进入里面，激荡澎湃，便形成这种声音。船行至两山中间，快要进入港口，有一块大石挡在水流中心，上面大约可坐百人，中间却是空虚的，有很多窟窿，风卷着浪吞进吐出，发出窾坎镗鞳的声音，跟先前的响声互相应和，就像奏乐一样。我因而笑着对迈儿说：『你知道吗？发出噌吰响声的，就像周景王的无射钟，发出窾坎镗鞳响声的，是魏庄子的编钟。古人并未欺骗我们！』

事情不是亲眼所见、亲耳所闻，却主观地推断它的有无，行吗？郦道元所见所闻大概与我相同，可是记载不够详尽；一般士大夫又总不愿夜晚乘小船停靠在绝壁下面，所以没能了解真相；而渔夫船工，虽然知道却又说不出来。这就是这座山山名的来历没能流传于世的原因啊。而浅陋的人竟用斧头敲击来寻求以『石钟』命名的缘由，还自以为发现了真相。我记下上面的情况，叹息郦道元记叙的简略，而笑李渤见识的浅陋。

说明

这是一篇富有哲理性的游记散文，记述了作者考察石钟山名称由来的过程。首先，作者对石钟山两种得名的原因表示了怀疑，然后通过实地考察去探求真实的原因，最后得出『事不目见耳闻』便不能『臆断其有无』的观点。

超然台记

原文

凡物皆有可观。苟有可观，皆有可乐，非必怪奇伟丽者也。餔糟啜醨[①]，皆可以醉，果蔬草木，皆可以饱。推此类也，吾安往而不乐？

夫所为求福而辞祸者，以福可喜而祸可悲也。人之所欲无穷，而物之可以足吾欲者有尽。美恶之辩战乎中，而去取之择交乎前，则可乐者常少，而可悲者常多，是谓求祸而辞福。夫求祸而辞福，岂人之情也哉！物有以盖之矣。彼游于物之内，而不游于物之外。物非有大小也，自其内而观之，未有不高且大者也。彼挟其高大以临我，则我常眩乱反覆，如隙中之观斗，又乌知胜负之所在。是以美恶横生，而忧乐出焉；可不大哀乎。

予自钱塘移守胶西，释舟楫之安，而服车马之劳；去雕墙之美，而庇采椽之居；背湖山之观，而适桑麻之野。始

至之日，岁比不登，盗贼盈野，狱讼充斥；而斋厨索然，日食杞菊，人固疑予之不乐也。处之期年，而貌加丰，发之白者，日以反黑。予既乐其风俗之淳，而其吏民亦安予之拙也。于是治其园囿，洁其庭宇，伐安丘、高密之木，以修补破败，为苟完之计。而园之北，因城以为台者旧矣；稍葺而新之，时相与登览，放意肆志焉。南望马耳、常山，出没隐见，若近若远，庶几有隐君子乎！而其东则卢山，秦人卢敖之所从遁也，西望穆陵，隐然如城郭，师尚父、齐威公之遗烈，犹有存者。北俯潍水，慨然太息，思淮阴之功，而吊其不终。台高而安，深而明，夏凉而冬温。雨雪之朝，风月之夕，予未尝不在，客未尝不从。撷园蔬，取池鱼，酿秫酒，瀹脱粟而食之②，曰：乐哉游乎！

方是时，予弟子由适在济南，闻而赋之，且名其台曰『超然』。以见予之无所往而不乐者，盖游于物之外也。

注释

①铺糟啜醨：吃酒糟，喝薄酒。铺，吃。糟，酒糟。啜，饮。醨，薄酒。典出《楚辞·渔父》：『众人皆醉，何不铺其糟而啜其醨？』

②瀹：煮。

译文

凡是事物都有可观赏的地方。如有可观赏的地方，就一定有快乐，不必一定是奇险伟丽之景。吃酒糟、喝薄酒，都可以使人醉，水果蔬菜草木，都可以使人饱。类推开去，我到哪儿会不快乐呢？

人们之所以求福避祸，是因为福能带来快乐，祸会引起悲伤。人的欲望是无穷的，而能满足我们欲望的外物却是有限的。孰美孰丑，在心中争论不已，取此舍彼，又在眼前选择不停，这样可乐之处常常很少，可悲之处常常很多，

超然台

夏凉而冬温。雨雪之朝，风月之夕，予未尝不在，客未尝不从。撷园蔬，取池鱼，酿秫酒，瀹脱粟而食之，曰：乐哉游乎！

这叫做求祸避福。求祸避福，难道是人之常情吗！这是外物蒙蔽人呀！他们只游心于事物的内部，而不游出于事物的外面，事物本无大小之别，如果人拘于其内部而来看待它，那么没有一物不是高大的。它以高大的形象只是注视着我，那么我常常会眼花缭乱犹豫反复了，如同在隙缝中看人争斗，又哪里能知道谁胜谁负？因此，美丑交错而生，忧乐夹杂并出，这不是很大的悲哀么！

我从钱塘调任到胶西地方来做知州，舍去坐船的安逸，而承受坐车骑马的劳累；放弃墙壁雕绘的漂亮住宅，而蔽身在粗木造的居室里；离开了湖山的景观，而行走在种植桑麻的野地里。刚到之时，连年收成不好，盗贼到处都有，案件也数不胜数；厨房内空空如也，每天只吃枸杞和菊花，人们一定都怀疑我会不快乐。过了一年，我面腴体丰，头发白的地方，也一天天变黑了。我既喜欢这里的风俗淳厚，而这里的官吏百姓也习惯于我的笨拙质朴，因此，在这里修整花园菜圃，打扫干净庭院屋宇，砍伐安丘、高密县的树木，来修补破败之处，作为苟且求安的法子。在园子的北面，靠着城墙而造的台已经很旧了，稍稍修葺使它焕然一新，常常与众人一起登台观赏。放开心意，尽展情志。

从台上向南望去，是马耳山、常山，它们忽出忽没，时隐时现，若近若远，也许是有隐士住在那里吧？而东面是卢山，秦人卢敖就是在那里隐遁的。向西望去是穆陵关，高高地如同城郭一般，姜太公、齐桓公的遗风，尚有留存。向北俯视潍水，不禁慨叹万分，想起了淮阴侯韩信的赫赫战功，又哀叹他不得善终。

这台高大而又平稳，进深而又明亮，夏凉冬暖。雨雪纷飞的早晨，微风明月的夜晚，我没有不在那里的，客人们没有不跟从着我的。采摘园子里的蔬菜，钓取池塘里的游鱼，酿米酒，煮糙米，大家吃喝着，说道：『游玩真痛快啊！』当时，我的弟弟子由恰在济南，听说了这件事，写了一篇赋，并且把这台命名为『超然』，以表示我到哪儿都快乐的原因，其实这在于我的心能超出于事物之外啊！

说明

本文作于宋神宗熙宁九年（1076），时苏轼任密州知州，修复了一座残破的楼台，其弟苏辙为之起名『超然』。苏轼便写了这篇《超然台记》，以表明超然物外、无往而不乐的思想。文章写景生动，说理透辟，语言清新自然，行文如汩汩流泉，体现了苏文洒脱自如、纵横不羁的特点。

李氏山房藏书记

原文

象犀珠玉怪珍之物①，有悦于人之耳目，而不适于用。金石草木丝麻五谷六材②，有适于用，而用之则弊，取之则竭。悦于人之耳目，而适于用；用之而不弊，取之而不竭；贤不肖之所得，各因其材；仁智之所见，各随其分；才分不同，而求无不获者，惟书乎。

自孔子圣人，其学必始于观书。当是时，惟周之柱下史聃为多书③。韩宣子适鲁，然后见《易象》与《鲁春秋》。

窗下读书

手倚明月上西楼，飘身一掩卷帘钩，青书可与涤尘垢，芭蕉飒飒雨不休。

季札聘于上国，然后得闻《诗》之风《雅》颂。而楚独有左史倚相，能读《三坟》、《五典》、《八索》、《九丘》。士之生于是时，得见《六经》者盖无几[4]，其学可谓难矣！而皆习于礼乐，深于道德，非后世君子所及。

自秦汉以来，作者益众，纸与字画日趋于简便[5]，而书益多，世莫不有，然学者益以苟简[6]，何哉？余犹及见老儒先生，自言其少时，欲求《史记》、《汉书》而不可得；幸而得之，皆手自书，日夜诵读，惟恐不及。近岁市人转相摹刻，诸子百家之书，日传万纸，学者之于书，多且易致如此，其文词学术，当倍蓰于昔人[7]，而后生科举之士，皆束书不观，游谈无根，此又何也？

余友李公择，少时读书于庐山五老峰下白石庵之僧舍，公择既去，而山中之人思之，指其所居为李氏山房。藏书凡九千馀卷。公择既以涉其流，探其源，采剥其华实，而咀嚼其膏味，以为己有，发于文词，见于行事，以闻名于当世矣。而书固自如也，未尝少损。将以遗来者，供其无穷之求，而各足其才分之所当得。是以不藏于家，而藏于其故所居之僧舍。此仁者之心也！

余既衰且病，无所用于世，惟得数年之闲，尽读其所未见之书，而庐山固所愿游而不得者，盖将老焉。尽发公择之藏，拾其馀弃以自补，

庶有益乎。而公择求余文以为记，乃为一言，使来者知昔之君子见书之难，而今之学者，有书而不读，为可惜也。

注释

①象犀：象牙、犀牛角。

②六材：指干、角、筋、胶、丝、漆六种材料。

③惟周之柱下史聃为多书：老子姓李名耳，谥聃，曾为周三室的柱下守藏史，即掌管藏书的官。

④六经：即《诗》、《书》、《礼》、《乐》、《易》、《春秋》。

⑤纸与字画日趋于简便：古代无纸，秦汉以前的文字主要刻写在甲骨、青铜器、竹木条等材料上。秦汉以来，竹木简册和帛书成为主要书写材料，东汉时发明了纸，六朝隋唐演变成为手抄的帛书和纸书，五代时起，开始发展为印本。这句话说明了文字的笔画书法越来越方便。

⑥益以苟简：越发不认真。

⑦当倍蓰于昔人：当超过前人好几倍。蓰：五倍。

译文

象牙、犀牛角、珠宝、玉器之类珍贵的东西，看着它们可以让人心情愉悦，但是不适合使用。金、石、草木、丝麻、五谷等六种常用的材料，适合人们日常使用，但使用就会有所损坏，且这些材料不断使用就会越来越少。既要让人看着心情愉悦，又要适于使用；既要善于使用且不会损坏，不会越使越少；仁者、智者都会因其天分才智的不同而各有所见；才智、天分不同，所求得不到的，只有书籍。

自圣人孔子开始，读书都十分刻苦。那时，老子也曾做过周王室掌管书籍的官员。韩宣子到鲁国，读到《易象》和《鲁春秋》两部书，大为感叹。季札受聘于鲁国，得以观看乐工歌唱的《诗经》中的《风》《雅》《颂》。而楚国有左史倚相，能读《三坟》《五典》《八索》《九丘》等经典，颇受君王重视。生在那时的士人，能够读到《六经》的人太少了，可见那时的学习是多么困难。他们都要学习礼乐，懂得做人的道德，这就不是后世的读书人所能相比的了。

自秦汉两朝以来，作者越来越多，书写的工具和材料越来越多，非常方便，书因此也越来越多，这是以前不曾有过的情形，但读书人的态度却越发不认真了，这是为什么呢？我有幸见过几位年长的儒者，说他们年轻的时候，想要读《史记》《汉书》，却总是不能如愿；一旦幸运地得到一本，都会自己抄录下来，日夜诵读不止，生怕来不及看。最近几年人们大多辗转翻印书籍，诸子百家的作品，每天能印出数万张纸，学者对于书的所求，一下子竟然变得如此容易，那么他的文辞和学术，该当比过去的读书人高出好几倍才对。但是这些年轻的士子们，都不再看书了，言谈中没有学识根基，这又是为什么呢？

我的友人李公择，年轻的时候住在庐山五老峰下白石庵的僧舍中读书。离去后，山里的人都十分想念他，将他住过的房子称为李氏山房，里面的藏书有九千余卷。公择已经遍读这些书，领悟了其中的道理，明白了书中的精华，并将其为己所用，他的学识在文辞中尽显，行事中可见，因此闻名于世。那些书保存得很好，很少有损坏的。公择将这些藏书留下，为了给后来之人阅读，以满足他们不同的才智天分。因此没有将书收藏在家中，而是放在以前所住的僧舍中。这是仁者博大的心胸啊！

我的身体衰弱多病，活在这世上也是用处不大，希望还能有一些闲暇的岁月，读遍以前所没读过的书。庐山是我一直向往却无法成行的地方，我希望能够终老在此。读遍公择的藏书中自己所没有读过的书，这该是多么好的事啊。公择请我为他的藏书写一篇文章，好让来此读书的人知道过去的士子读书的难处，而今天的士子，有书却不读，真是太可惜了。

说明

本文作于宋神宗熙宁九年（1076）。李氏，指李常，字公择，南昌军建昌（今江西南城县）人，做过齐州（今山东济南）知州，是黄庭坚的舅父。李常早年力学，藏书很多，本篇是苏轼应李常之约所写的一篇藏书记。

日喻

原文

生而眇者不识日[①]，问之有目者。或告之曰：『日之状如铜槃。』扣槃而得其声，他日闻钟，以为日也。或告之曰：『日之光如烛。』扪烛而得其形，他日揣籥[②]，以为日也。

日之与钟、籥亦远矣，而眇者不知其异，以其未尝见而求之人也。道之难见也甚于日，而人之未达也，无以异于眇。达者告之，虽有巧譬善导，亦无以过于槃与烛也。自槃而之钟，自烛而之籥，转而相之，岂有既乎[③]？故世之言道者，或即其所见而名之，或莫之见而意之，皆求道之过也。然则道卒不可求欤？苏子曰：『道可致而不可求。』何谓致？孙武曰[④]：『善战者致人，不致于人。』子夏曰[⑤]：『百工居肆，以成其事，君子学以致其道。』莫之求而自至，斯以为致也欤？

南方多没人[⑥]，日与水居也，七岁而能涉，十岁而能浮，十五而能浮没矣。夫没者？岂苟然哉必将有得于水之道者。日与水居，则十五而得其道；生不识水，则虽壮，见舟而畏之。故北方之勇者，问于没人，而求其所以浮没矣，以其言试之河，未有不溺者也。故凡不学而务求道，皆北方之学没者也。

昔者以声律取士，士杂学而不志于道；今者以经术取士，士求道而不务学。渤海吴君彦律[⑦]，有志于学者也，方

观日

蓝草幽香在，月落了无痕，无为观日坠，霜是今夜白。

求举于礼部⑧，作《日喻》以告之。

注释

①眇：瞎一只眼，这里泛指双目失明。

②揣籥：摸着一支笛状的管乐器。

③既：尽。

④『孙武曰』三句：谓善于争取主动。

⑤子夏：孔子的弟子，名卜商。

⑥没人：潜水的人。

⑦渤海：宋代的滨州别名渤海郡，即今山东滨州。吴君彦律：吴彦律，名琯，时任徐州监酒正字。

⑧方求举于礼部：据《乌台诗案》载：『元丰元年，苏轼知徐州。十月十三日，在本州监酒正字吴琯锁厅得解，赴省试。苏轼作文一篇，名为《日喻》，以讥讽近日科场之士，但务求进，不务积学，故皆空言而无所得，以讥讽朝廷更改科场新法不便也。』

译文

一出生就双目失明的人不认识太阳，问看得见的人太阳是什么样子。有的人告诉他说：『太阳的样子像铜盘。』这个失明的人敲铜盘听到了它的声音，一天听到钟声，就把发出声音的钟当作了太阳。有的人告诉他说：『太阳的光像蜡烛。』失明的人用手摸蜡烛，晓得了它的形状。一天，揣摩到一支形状像蜡烛的乐器籥，就把它当作了太阳。

太阳和钟、籥的差别太大了，但是天生双目失明的人却不知道它们之间有很大的差别，因为他不曾亲眼看见，而是向他人求得关于太阳的知识。抽象的道理很难被认识，这一点比太阳难认识的情况更加严重，人们不通晓抽象的道理的情况，比生来就不认识太阳的盲人没有什么不同。通晓的人告诉他，即使有巧妙的比喻和很好的启发诱导，也无法使这些比喻或教法比用铜盘和用蜡烛来说明太阳的比喻或教法好。从用铜盘比喻太阳到把铜钟当作太阳，从把铜钟当作太阳而到把乐器籥当作太阳，像这样辗转连续地推导，难道还有个完吗？所以人世上大谈『道』的人，有的就他自己的理解来阐明它，有的没有理解它却主观猜度它，这都是研求『道』的弊病。既然如此，那么这个『道』最终不可能求得吗？苏轼说：『道能够通过自己的虚心学习，循序渐进使其自然来到，但不能不学而强求它。』那么什么叫做自然来到呢？孙武说：『会作战的将军能招致敌人，而不被敌人所招致，不使自己处于被动的境地。』子夏说：『各行各业的手艺人坐在店铺作坊里，完成他们制造和出售产品的业务；有才德的人刻苦学习，来使道自然到来。』不是强求它而使它自己到来！

南方有很多会潜水的人，他们天天都生活在水边，七岁就能趟水过河，十岁就能浮在水面游泳，十五岁就能潜入水里了。潜水的人能长时间地潜入水里，哪里是马虎草率而能这样的呢？一定是对水的活动规律有所领悟才能做到。天天生活在水边，那么十五岁就能掌握它的规律。生来不识水性，那么即使到了壮年，见到了船也会害怕。所以北方的勇士，向南方会潜水的人询问来求得他们能潜入水里的技术，按照他们说的技术到河里试验，没有不淹死的。所以凡是不老老实实地刻苦学习而专力强求道的，都是像北方的学潜水的人一样。

从前以讲究声律的诗赋择取人才，所以读书人学习儒家、墨家还兼及名家、法家，而不是立志在求儒家之道；现在以经学择取人才，所以读书人只知道强求义理，而不是踏踏实实地学。渤海人吴彦律，是有志对经学做实实在在地学习的人，正要到京城接受由礼部主管的进士考试，我因此写《日喻》来勉励他。

说明

本篇是宋神宗元丰元年（1078），苏轼任徐州知州时所作，是一篇善于用形象比喻的议论文。

前赤壁赋

原文

壬戌之秋[1]，七月既望，苏子与客泛舟游于赤壁之下[2]。清风徐来，水波不兴。举酒属客，诵明月之诗，歌窈窕之章。少焉，月出于东山之上，徘徊于斗牛之间。白露横江，水光接天。纵一苇之所如[3]，凌万顷之茫然。浩浩乎如冯虚御风[4]，而不知其所止；飘飘乎如遗世独立，羽化而登仙[5]。

于是饮酒乐甚，扣舷而歌之。歌曰：『桂棹兮兰桨，击空明兮溯流光[6]。渺渺兮予怀，望美人兮天一方。』客有吹洞箫者，倚歌而和之。其声呜呜然，如怨如慕，如泣如诉；余音袅袅，不绝如缕，舞幽壑之潜蛟，泣孤舟之嫠妇[7]。

苏子愀然，正襟危坐而问客曰：『何为其然也？』客曰：『「月明星稀，乌鹊南飞」，此非曹孟德之诗乎？西望夏口[8]，东望武昌[9]，山川相缪，郁乎苍苍，此非孟德之困于周郎者乎？方其破荆州，下江陵，顺流而东也，舳舻千里，旌旗蔽空，酾酒临江，横槊赋诗，固一世之雄也，而今安在哉？况吾与子渔樵于江渚之上，侣鱼虾而友麋鹿，驾一叶之扁舟，举匏樽以相属；寄蜉蝣于天地，渺沧海之一粟。哀吾生之须臾，羡长江之无穷。挟飞仙以遨游，抱明月而长终。知不可乎骤得，托遗响于悲风。』

苏子曰：『客亦知夫水与月乎？逝者如斯，而未尝往也；盈虚者如彼，而卒莫消长也。盖将自其变者而观之，则天地曾不能以一瞬；自其不变者而观之，则物与我皆无尽也，而又何羡乎？且夫天地之间，物各有主。苟非吾之所有，虽一毫而莫取。惟江上之清风，与山间之明月，耳得之而为声，目遇之而成色，取之无禁，用之不竭，是造物者之无尽藏也，而吾与子之所共食。』

客喜而笑，洗盏更酌。肴核既尽，杯盘狼藉。相与枕藉乎舟中，不知东方之既白。

注释

①壬戌：指宋神宗元丰五年（1082）。

②赤壁：赤壁之战的故地，说法不一。一般人认为在今湖北蒲圻县北。苏轼所咏的赤壁是黄州的赤鼻矶。

③一苇：小船。

④冯虚：凌空。冯，通『凭』；虚，太空。

⑤羽化：变化飞升。道家谓人升仙为『羽化』。

⑥空明：指明澈如空的江水。流光：月光浮动的水面。

⑦嫠妇：寡妇。

⑧夏口：在湖北武昌西的黄鹄山上。

⑨武昌：即今湖北鄂州。

译文

壬戌年秋季，刚过七月半那天，苏先生与客人们在赤壁下泛舟游玩。清风阵阵拂来，水面没有波澜。主人举起酒

与客泛舟

桂木船棹呵木兰船桨，迎击空明的粼波。

杯向客人敬酒，吟诵《陈风·明月》的诗句，吟唱首章《窈窕》。不一会儿，明月从东山后升起，盘桓在斗宿与牛宿之间。白蒙蒙的雾气横贯江面，清泠泠的波光连着天际。听任小船自在而行，凌驾于苍茫的万顷烟波之上。浩大无边，似乘着轻风无所不至，不知到哪才会停歇，感觉身轻得似要离开尘世飘飞而去，有如飞举的神仙。

这时，喝酒喝得很高兴，用手叩击着船舷，引吭高歌。唱道：『桂木船棹呵木兰船桨，迎击空明的粼波，逆着东来的水光。我的心怀无尽，我思念的伊人在天涯那方』。同伴吹起洞箫，随着歌声伴奏，洞箫呜呜作声：在怨怼，在倾慕，像啜泣，像低诉，余回荡，丝丝缕缕缭绕不绝。深谷中的蛟龙为之起舞，孤舟上守船的孀妇为之饮泣。

苏先生的神色也悲伤起来，正襟危坐，向同伴问道：『箫声为何如此哀怨呢？』同伴回答：『「月明星稀，乌鹊南飞」，这不是曹孟德的诗么？向东望到夏口，向西望到武昌，山河连绵，树木苍苍。这不正是曹孟德被周瑜所围困的古战场么？当初他攻陷荆州，夺得江陵，大军顺流东下，麾下的战船延绵千里，旌旗遮天蔽日，在江边持酒而饮，横槊赋诗，也算是当世的一位英雄人物，而他今天又在哪里呢？何况你我就像在江边的水渚上打鱼砍柴，为友做伴的只有鱼虾和麋鹿，驾着这一叶小舟，举

水波不兴

清风阵阵拂来，水面没有波澜。

起杯盏相互劝酒，如同蜉蝣置身于广阔的宇宙中，像沧海中渺小的一粟。哀叹我们的一生只是短暂的片刻，羡慕长江的流水没有穷尽。希望与仙人携手遨游，与明月相拥而永存世间。知道这些终究难以实现，只得将憾恨借着箫音，托寄在悲风中而已。』

苏先生说：『你理解这水与月么？江水流逝不停，也可以说他并未流去；月亮圆缺变化不定，终究又何尝盈亏。可见，从变的方面看，天地间没有一瞬间不发生变化；而从不变方面看，万物与自己的生命同样无穷无尽，为什么又羡慕长江的无穷尽呢？何况天地之间的物品，各有自己的归属，若不是我们所有的，即便一分一毫也不能求取。只有江上的清风，以及山间的明月，送到耳边便是美好的音乐，进入眼帘便是美丽的图画，不会有人禁止这些，也不必忧虑会有穷尽。这是造物者恩赐的源源不竭的大宝藏，你我都可尽情享用。』

客人笑了，大家洗杯重饮，直到酒菜净尽，杯盘凌乱，相互依靠着在船上睡着了，连天亮了也不知晓。

说明

苏轼游黄州城外赤壁时，联想到三国时周瑜打败曹操的赤壁，写下了一首词和两篇赋。后人称前一篇赋为《赤壁赋》或《前赤壁赋》，称后

赤壁

一篇赋为《后赤壁赋》。本文通过记述宾主于月夜泛舟，饮酒赋诗引起的对话，表达了作者吊古伤今的感慨和坚定不移的志向。

后赤壁赋

原文

是岁十月之望，步自雪堂①，将归于临皋。二客从予过黄泥之坂。霜露既降，木叶尽脱；人影在地，仰见明月。顾而乐之，行歌互答。

已而叹曰：『有客无酒，有酒无肴；月白风清，如此良夜何？』客曰：『今者薄暮，举网得鱼，巨口细鳞，状如松江之鲈。顾安所得酒乎？』归而谋诸妇。妇曰：『我有斗酒，藏之久矣，以待子不时之需。』

于是携酒与鱼，复游于赤壁之下。江流有声，断岸千尺，山高月小，水落石出。曾日月之几何，而江山不可复识矣！予乃摄衣而上，履巉岩，披蒙茸②，踞虎豹③，登虬龙④；攀栖鹘之危巢⑤，俯冯夷之幽宫⑥。盖二客不能从焉。划然长啸，草木震动，山鸣谷应，风起水涌。予亦悄然而悲，肃然而恐，凛乎其不可留也。反而登舟，放乎中流，听其所止而休焉。时夜将半，四顾寂寥。适有孤鹤，横江东来，翅如车轮，玄裳缟衣⑦，戛然长鸣，掠予舟而西也。

须臾客去，予亦就睡。梦一道士，羽衣蹁跹，过临皋之下，揖予而言曰：

『赤壁之游乐乎？』问其姓名，俯而不答。『呜呼噫嘻！我知之矣！畴昔之夜，飞鸣而过我者，非子也耶？』道士顾笑，予亦惊寤。开户视之，不见其处。

注释

①雪堂：苏轼在黄冈县城东所建的住所。

②披蒙茸：拨开丛生的灌木杂草。

③踞虎豹：蹲坐状如虎豹的山石。

④登虬龙：攀缘形似虬龙的弯曲古木。

⑤鹘：鹰隼。

⑥冯夷：水神名，即河伯。

⑦玄裳缟衣：黑色下裙，白色上衣。

译文

同年十月半，我自雪堂出发，准备回临皋亭。两位客人与我同行，走过黄泥坂。这时霜露已经降下，树叶也都落光了。清晰的身影倒映在地上，抬头就可以望见明月升起。主客相视而笑，一路相互吟诗问答。

过了一会儿，我叹惜说：『有客人而没有酒，有了酒，却没有菜。月色皎洁，清风吹拂，这样的美景良宵，我们怎么度过呢？』一位客人说：『今天傍晚，我撒网得到了一条鱼，大嘴细鳞，形状就像吴淞江的鲈鱼。不过，从哪儿才能弄到酒呢？』一到家就和妻子商量，妻子说：『我有一斗酒，保藏了很久，正是为了应付您的突然需要的。』

就这样，我们携带着酒和鱼，再次游于赤壁下面。江水发出声响，江岸高耸陡峭；山势越高，月亮显得越小，水

赤壁山图

大江东去，浪淘尽，千古风流人物。故垒西边，人道是、三国周郎赤壁。乱石穿空，惊涛拍岸，卷起千堆雪。

位降低，礁石露了出来。才相隔多少时日，景色却变得再也认不出来了！我就撩起衣襟上岸，登上险峻的山岩，拨开丛生的野草；蹲在虎豹形状的怪石上，又不时拉住形如虬龙的古树，爬上猛禽盘踞的悬崖，俯视水神冯夷的深宫。两位客人都不能跟着我到这个险处。我一声长啸，草木被震动，山谷回声呼应，大江波浪狂涌。我也不觉忧伤悲哀，寂静恐惧，寒风凛冽，感到毛骨悚然，觉得这里使人害怕，不敢停留。返回小船，把船划到江心，任凭它漂流到哪里就在哪里停泊。这时快到半夜，举目四顾，得冷清寂寞得很。正好有只孤鹤横穿江面从东边飞来，翅膀像车轮一样大小，尾部的黑羽如同黑色的裙边，白色的羽毛如同洁白的衣衫，戛然一声长叫，擦过我们的小舟向西飞去。

一会儿客人离开了，我也睡觉了。梦见一位道士，披着羽衣，轻快地走来，走过临皋亭的下面，向我作揖说：『赤壁之游玩得快乐吗？』我问他的姓名，他低头不答。『噢！哎呀！我知道了。昨天夜里，边飞边叫经过我船边的，不就是你吗？』道士回过头笑了笑，我也惊醒了。开门一看，却已不知他的去处。

说明

此文是《前赤壁赋》的续篇，写于作者因『乌台诗案』被贬至黄州时。本文主要描写了孟冬季节江岸上的活动，采用了传统赋体主客问答的形式，阐发了内心感悟的人生哲理。作者借孤独的鹤与奇异的山石，表达了自己超凡自在的心境。

方山子传

原文

方山子，光、黄间隐人也①。少时慕朱家、郭解为人②，闾里之侠皆宗之③。稍壮，折节读书，欲以此驰骋当世，然终不遇。晚乃遁于光、黄间，曰岐亭。庵居蔬食，不与世相闻；弃车马，毁冠服，徒步往来山中，人莫识也。见其所著帽，方屋而高④，曰：『此岂古方山冠之遗像乎⑤？』因谓之方山子。

余谪居于黄，过岐亭，适见焉。曰：『呜呼！此吾故人陈慥季常也，何为而在此？』方山子亦矍然，问余所以至此者。余告之故。俯而不答，仰而笑。呼余宿其家。环堵萧然，而妻子奴婢皆有自得之意。余既耸然异之。

独念方山子少时，使酒好剑，用财如粪土。前十有九年，余在岐山⑥，见方山子从两骑，挟二矢，游西山。鹊起于前，使骑逐而射之，不获；方山子怒马独出，一发得之。因与余马上论用兵及古今成败，自谓一时豪士。今几日耳，精悍之色犹见于眉间，而岂山中之人哉⑦？

然方山子世有勋阀，当得官；使从事于其间，今已显闻。而其家在洛阳，园宅壮丽与公侯等；河北有田，岁得帛千匹，亦足以富乐。皆弃不取，独来穷山中，此岂无得而然哉？

余闻光、黄间多异人，往往阳狂垢污。不可得而见；方山子傥见之欤？

注释

①光：光州（治所在今河南光山）。黄：黄州（治所在今湖北黄冈）。

②朱家、郭解：均为汉时著名游侠。

③闾里：乡里。闾，里巷大门，代指里巷。

④方屋：帽顶呈方形。

⑤方山冠：汉代祭宗庙时乐师所戴的帽子。遗像：遗留下的式样。

⑥岐山：岐山之下，指陕西凤翔。苏轼曾做凤翔佥判。

⑦山中人：指一般的隐居山野之人。

译文

方山子是光州、黄州一带的隐士。年轻时，仰慕朱家、郭解的为人，乡里的游侠都推崇他。年岁稍长，就改变志趣，发奋读书，想以此在当世闻名，但是一直没有机遇。他晚年才隐居在光州、黄州一带名叫岐亭的地方。住茅屋，吃素食，不与俗士交往。舍弃了车马，毁坏书生衣帽，徒步来往于山里，当地无人认识他。人们见他戴的帽子又方又高，就说：『这不就是古代方山冠遗留下来的样子吗？』因此都称他为『方山子』。

我因贬居黄州，有一次经过岐亭时，正巧遇见他。我说：『啊哟，这是我的老朋友陈慥呀，为什么住在这里呢？』方山子也惊讶地问我到此地的原因。我把原因告诉了他，他低头不语，接着又仰天大笑，请我住到他家去。他家里四壁空空，然而他的妻儿奴仆都有种怡然自得的神情。

我感到十分惊异，就回想起方山子年轻的时候嗜酒弄剑，挥金如土的情景。十九年前，我在岐山，见到方山子带随从骑两匹马，身藏两箭，在西山游猎。前方飞起一鹊，他便叫随从追赶射鹊，未能射中。方山子独自跃马而出，一箭射中飞鹊。他和我就在马上谈论起用兵之道及古今成败之事，自诩为一代豪杰。至今又过了多少日子了，那股英气勃勃的神态，依然在眉宇间显现，这怎么会是一位隐士呢？

方山子出生于世代功勋的家族，理应有官做，假如他进入官场，到现在必已显达了。他家原在洛阳，园林宅舍雄伟富丽，可与公侯之家媲美。在河北还有田产，每年可得上千匹的丝帛收入，这些足以使他过上富裕安乐的生活了。然而他都抛开了，偏要来到穷乡僻壤，这难道不是因为他有自得之乐吗？

我听说光州、黄州一带有不少奇人逸士，常常假装疯癫、衣衫破旧，但是总也没有机会见到他们。方山子或许见过他们吧。

说明

陈慥为人豪爽，好饮酒，苏轼在凤翔任职时曾与他交游。十九年后，苏轼被贬为黄州团练副使，途中遇到了陈慥。此时的陈慥已成了隐士，号方山子。苏轼认为他放弃富贵隐居深山能够怡然自得，感慨于人世的变迁，为他写了此篇传记，记下了他青年时期的豪气和隐居后的风度。

文与可画筼筜谷偃竹记

原文

竹之始生，一寸之萌耳[1]，而节叶具焉。自蜩腹蛇蚹以至于剑拔十寻者[2]，生而有之也。今画者乃节节而为之，叶叶而累之，岂复有竹乎？故画竹必先得成竹于胸中，执笔熟视，乃见其所欲画者，急起从之，振笔直遂[3]，以追其所见，如兔起鹘落，少纵则逝矣。与可之教予如此。予不能然也，而心识其所以然。夫既心识其所以然，而不能然者，内外不一，心手不相应，不学之过也。故凡有见于中而操之不熟者，平居自视了然，而临事忽焉丧之，岂独竹乎？子由为《墨竹赋》以遗与可曰：『庖丁[4]，解牛者也，而养生者取之；轮扁，斫轮者也[5]，而读书者与之。今夫夫子之托于斯竹也，而予以为有道者则非邪？』子由未尝画也，故得其意而已。若予者，岂独得其意，并得其法。

与可画竹，初不自贵重，四方之人持缣素而请者[6]，足相蹑于其门。与可厌之，投诸地而骂曰：『吾将以为袜材。』士大夫传之，以为口实。及与可自洋州还，而余为徐州。与可以书遗余曰：『近语士大夫，吾墨竹一派[7]，近在彭城，可往求之。袜材当萃于子矣[8]。』书尾复写一诗，其略云：『拟将一段鹅溪绢[9]，扫取寒梢万尺长。』予谓与可：『竹长万尺，当用绢二百五十匹，知公倦于笔砚，愿得此绢而已。』与可无以答，则曰：『吾言妄矣。世岂有万尺竹哉？』余因而实之，答其诗曰：『世间亦有千寻竹，月落庭空影许长。』与可笑曰：『苏子辩则辩矣，然二百五十匹绢，吾将买田而归老焉。』因以所画筼筜谷偃竹遗予曰：『此竹数尺耳，而有万尺之势。』筼筜谷在洋州，与可尝令予作洋州三十咏，《筼筜谷》其一也。予诗云：『汉川修竹贱如蓬，斤斧何曾赦箨龙。料得清贫馋太守，渭滨千亩在胸中。』与可是日与其妻游谷中，烧笋晚食，发函得诗，失笑喷饭满案。

元丰二年正月二十日，与可没于陈州。是岁七月七日，予在湖州曝书画，见此竹，废卷而哭失声。昔曹孟德祭桥公文，有车过腹痛之语。

竹图

与可画竹，初不自贵重，四方之人持缣素而请者。

而予亦载与可畴昔戏笑之言者，以见与可于予亲厚无间如此也。

注释

①萌：嫩芽。

②蜩腹：蝉的肚皮。蛇蚹：蛇腹下的横鳞。

③遂：完成。

④庖丁：《庄子·养生主》说：庖丁解牛的技艺高妙，因为他能洞悉牛的骨骼肌理，运刀自如，十九年解了数千只牛，其刀刃还同新磨的一样，毫无损伤。文惠君听了庖丁的介绍后，说：『善哉！吾闻庖丁之言，得养生焉。』庖丁：厨师。

⑤轮扁，斫轮者也：《庄子·天道》载：桓公在堂上读书，轮扁在堂下斫轮，轮扁停下工具，说桓公所读的书都是古人的糟粕，桓公责问其由。轮扁说：臣斫轮『不徐不疾，得之于手而应于心，口不能言，有数存焉于其间。』却无法用口传授给别人。

⑥缣素：供书画用的白色细绢。

⑦墨竹一派：善画墨竹的人，指苏轼。

⑧袜材当萃于子矣：谓求画的细绢当聚集到你处。

⑨鹅溪：在今四川盐亭县西北，附近产名绢，称鹅溪绢，宋人多用以作书画材料。

译文

竹子刚开始生长的时候，是一寸的嫩芽，竹节和叶子都有了。竹子开始拔节生长的时候，笋壳逐渐脱落，好像蝉的肚皮和蛇腹下的鳞片，竹子长得很快，而且越长越高，这都是自然生成的。如今画竹子的人是一节一节地画，然后逐渐加画叶子，这还怎么能够看得见竹子呢？因此画竹子一定要在心中先有竹子的形态，拿起笔就能看出竹子的形态，看清了，拿起笔很快就能开始画，挥笔落纸，一气呵成，要想捕捉他画竹的笔法，就好似看兔子飞跑，看鹰降落一般，一个不注意便错过了。文与可就是这样教我的。我虽然不能照他教的作画，但心里明白这个作画的方法。心里明白却画不出来，心里所想与手中之笔无法相应，这是没有认真练习的缘故。因此，凡是平时认为自己了解一切，却不勤于练习的，自以为掌握了一项技能，可事到临头却无法实行，这不单单是画竹才出现的问题。子由将《墨竹赋》送给文与可说：『庖丁，职责是解剖牛，但他的经验被养生者所取。轮扁，工作是砍削轮子，但他的见解被读书人所赞许。现在您借画竹来寄托这番道理，我认为您是一位深晓规律的人，难道不是吗？』子由从来没画过画，且领悟了其中的道理。而我，怎么能够只懂得其中的道理，而不去学会这种方法呢。

文与可画竹子，起初并不认为这画有多贵重，四面八方的人抱着白色的细绢来求画，人多得在门口都互相踩脚。文与可很是厌烦，把白绢扔在地上骂道：『这些绢不过是做袜子的材料。』士大夫们口口相传，一时成为笑话。文与可洋州任满之时，我恰好出任徐州知州。文与可给我写信说道：『最近告诉那些求画的士大夫们，有善画墨竹的人，就在徐州，可以去向他求画。求画的细绢不久就要汇集到你那里了。』信的后面还写了一首诗，大意是说：『想用一段名贵的鹅溪绢，用来作画竹子的材料，绘画出长长的竹子。』我对文与可说：『竹子长万尺，应当使用二百五十匹绢来作画，正好就是一万尺。知道你懒得作画，只是想要这二百五十匹绢而已。』文与可无法回答，只得说：『你说胡话呢，这世上哪里去找一万尺长的竹子呢？』我因此举例证实，这世上有万尺竹的可能，作诗答复他说：『世间若有千尺高的竹子，月下投影在庭院中，说不定就有万尺了。』文与可笑着说：『苏轼真是狡辩啊，如果得到这二百五十匹绢，我就可以买田归隐了。』因此，文与可将他所画的筼筜谷的竹子送给我，说：『这些竹子只高几尺而已，但有长到万尺的可能。』筼筜谷在洋州，文与可曾经让我写了洋州三十咏，《筼筜谷》是这三十咏之一。我在诗中写道：『汉川修长的竹子多且散乱，刀斧怎么能够砍得光呢。想必是清贫的生活让太守无法生存，把这千亩竹笋都吞没了。』文与可那天正与妻子在谷中游玩，烧笋做晚饭，打开信封读了这首诗，笑得将饭喷了一桌子。

元丰二年正月二十日，文与可在陈州去世了。这年七月七日，我在湖州曝晒书画，见到他画的这幅竹子，不禁痛哭失声。以前曹操祭桥玄，祭文中有戏谑之语。我这篇文章中也记载了与文与可往昔的欢笑言谈，以此表露我们之间笃厚的情谊。

说明

筼筜谷，在陕西洋县西北，谷中多竹。宋神宗熙宁八年（1075），文同任洋州知州，曾在此谷中筑亭。文同，字与可，梓潼（今属四川）人，苏轼的表兄兼好友，北宋著名画家，长于画竹，曾画筼筜谷偃竹赠苏轼。元丰二年（1079）正月，文与可病逝。七月，苏武在湖州曝晒书画，看到文与可的这幅遗作，写了这篇题记。

江行唱和集叙

原文

夫昔之为文者，非能为之为工，乃不能不为之为工也。山川之有云雾，草木之有华实[1]，充满勃郁[2]，而见于外，夫虽欲无有，其可得耶？自闻家君之论文，以为古之圣人有所不能自已而作者。故轼与弟辙为文至多，而未尝有作文之意。己亥之岁[3]，侍行适楚[4]，舟中无事，博弈饮酒，非所以为闺门之欢[5]。而山川之秀美，风俗之朴陋，贤人君子之遗迹，与凡耳目之所接者，杂然有触于中，而发为咏叹。盖家君之作，与弟辙之文皆在，凡一百篇，谓之《南行

江滨

稠花乱蕊裛江滨，行步欹危实怕春。诗酒尚堪驱使在，未须料理白头人。

集》。将以识一时之事，为他日之所寻绎⑥，且以为得于谈笑之间，而非勉强所为之文也。时十二月八日。江陵驿书。

注释

①华实：华同花，实即为果实。

②勃郁：蓄积。

③己亥：宋仁宗嘉祐四年。

④楚：指今湖北一带。

⑤闺门：家门。

⑥寻绎：寻思、推求。

译文

以前那些作论文之人，不是无法论述得精妙，而是不知道如何论述得精妙。要知道，山川会有云雾笼罩，花草树木开花结果，是原本蓄积的能量释放出来，才能被外界所看到。如果只有写作的欲望，而没有发自内心的感悟，怎么可能作出好文章呢？自从看了父亲的论文，我就意识到，自古以来，圣贤之人都是有感触于内心，不吐不快，才能写出好的文章来。因此我和弟弟苏辙虽然也写过不少文章，但从没奢望写作父亲那样的论文。己亥这年，我们陪伴父亲行船到达湖北一带，在船中没有什么事做，无非是下棋饮酒，无法像在家中那样安乐。然而沿途秀美的山川景色，朴实或简陋的风俗，贤人名家的遗迹，凡是我们见到的，多少都会有一些感悟，自然便会感慨，继而写成诗作。父亲的文章，我和弟弟写作的诗文，共有一百篇，结成集子，名为《南行集》。里面记录了沿途的所见所闻和内心感受，作为以后细细寻思考量的依据吧。这些诗文都是在谈笑之间而写，随感而发，不是刻意、勉强所作的文章。此时是十二月八日，我在江陵的驿站写下了这片序文。

说明

本篇是作者于宋仁宗嘉祐四年（1059），为苏氏父子的诗集《江行唱和集》做的叙。时苏轼母亲程氏死于四川家乡，苏轼、苏辙兄弟奔丧回家，后随父亲苏洵由水路赴京。一路上父子三人随感而发，写了一百篇诗文，汇成《江行唱和集》。

三槐堂铭

原文

天可必乎？贤者不必贵，仁者不必寿。天不可必乎？仁者必有后。二者将安取衷哉！吾闻之申包胥曰[①]：『人定者胜天，天定亦能胜人。』世之论天者，皆不待其定而求之，故以天为茫茫，善者以怠，恶者以肆。盗跖之寿，孔颜之厄，此皆天之未定者也。松柏生于山林，其始也困于蓬蒿，厄于牛羊，而其终也，贯四时阅千岁而不改者，其天定也。善恶之报，至于子孙，而其定也久矣。吾以所见所闻考之，而其可必也审矣。

国之将兴，必有世德之臣，厚施而不食其报，然后其子孙能与守文太平之主共天下之福。故兵部侍郎晋国王公显于汉周之际，历事太祖、太宗、文武忠孝，天下望以为相，而公卒以直道不容于时。盖尝手植三槐于庭曰：『吾子孙

槐

绿长阶蓂九。近黄钟、薰晴爱日，渐添宫绣。乾鹊檐头声声喜，催与东屏祝寿。怪一点、星明南斗。玉燕当年储瑞气，记垂弧、共醉蓬莱酒。无杰语，为觞侑。

必有为三公者。』已而，其子魏国文正公相真宗皇帝于景德、祥符之间朝廷清明、天下无事之时，享其福禄荣名者十有八年。

今夫寓物于人，明日而取之有得有否。而晋公修德于身，责报于天，取必于数十年之后，如持左券，交手相付。吾是以知天之果可必也。吾不及见魏公，而见其子懿敏公，以直谏事仁宗皇帝，出入侍从将帅三十馀年，位不满其德。天将复兴王氏也欤？何其子孙之多贤也。世有以晋公比李栖筠者[2]，其雄才直气，真不相上下，而栖筠之子吉甫，其孙德裕，功名富贵，略与王氏等，而忠恕仁厚，不及魏公父子。由此观之，王氏之福盖未艾也。懿敏公之子巩与吾游，好德而文，以世其家，吾是以录之。铭曰：

呜呼休哉！魏公之业，与槐俱萌。封植之勤，必世乃成。既相真宗，四方砥平。归视其家，槐阴满庭。吾侪小人，朝不及夕。相时射利，皇恤厥德。庶几侥幸，不种而获。不有君子，其何能国。王城之东，晋公所庐。郁郁三槐，惟德之符。呜呼休哉！

注释

①申包胥：春秋时楚国大夫，名包胥，封于申，故名申包胥，楚君蚡冒之后，《战国策》作蚡冒勃苏。楚平王七年（前 522），伍子胥因父

亲冤案逃离楚国，途遇申包胥道『我必覆楚』。申包胥答曰：『子能覆之，我必能兴之。』楚昭王十年（前506），吴王用伍子胥计破楚入郢。申包胥随昭王撤出辗转随国。后自请赴秦，求秦哀公出兵救楚。初未获允，七日不食，日夜哭于秦廷。哀公为之感动，终于答应发兵前往救援。在秦、楚军队的反击下，楚人驱走吴国军队，收复了郢都。申包胥归郢后，昭王对他欲予奖赏，他声称请救兵是为了楚国人民，拒受赏赐。随即隐居山中，以度余年。

②李栖筠：字贞一，『安史之乱』时，肃宗驻灵武，李栖筠选精兵七千护驾，后被肃宗擢为殿中侍御史。时关中一带靠白渠、郑渠灌溉，有豪强者堵截上游，设置水磨，夺去农用水量十分之七。李栖筠请旨，全部拆除。因受宰相元载忌妒，出为常州刺史。李栖筠在当地指挥百姓开渠引水，捕获盗贼，兴办学堂，倡行教化。但终因受元载压制，忧郁而卒。赐吏部尚书，谥文献。

译文

上天一定会展现他的意愿吗？但为什么贤德的人不一定富贵，仁爱的人不一定长寿？难道上天不一定会展现他的意愿吗？但行善仁爱之人一定有好的后代。这两种说法哪一种是对的呢？我曾经听申包胥说过：『人为的因素可以改变天命，天命胜于人为因素。』世上议论天道的人，都不等上天的意愿完全表现出来就去责求，因此认为天是茫茫无知的。善良的人因此而懈怠，邪恶的人因此而放肆。盗跖可以长寿，孔子、颜回却遭受困厄，这都是上天还没有表现出来他的真实意愿的缘故。松柏生长在山林之中，起初被蓬蒿围困，遭牛羊践踏，但最终还是四季常青，经千年而不凋零，这就是上天赐予它的天性。关于对人的善恶报应，有的要一直到子孙后代才能表现出来，这也是上天确定已久的。我根据所见所闻来验证，上天的意愿一定会展现，这是明白无疑的。

国家将要兴盛时，必定有世代积德的大臣，做了很大的好事而没有得到福报，但此后他的子孙却能够与遵循先王法度的太平君主，共享天下的福禄。已故的兵部侍郎晋国公王佑，显赫于后汉、后周之间，先后在太祖、太宗两朝任职，文武忠孝，天下的人都期盼他能出任宰相，然而王佑由于正直不阿，不为当世所容。他曾亲手在庭院里种植了三棵槐树，说：『我的后世子孙将来一定有位列三公者。』后来他的儿子魏国文正公，在真宗皇帝景德、祥符年间做了宰相，当时朝廷政治清明，天下太平，他享有福禄荣耀十八年。

现在如果把东西寄存在别人处，第二天就去取，可能得到，也可能得不到了。但晋国公自身修养德行，以求上天的福报，在几十年之后，得到了必然的回报。如同手持契约，亲手交接一样。我因此知道上天的意愿一定会展现的。我没来得及见到魏国公，却见到了他的儿子懿敏公。他事奉仁宗皇帝时直言敢谏，出外带兵、入内侍从三十多年，这种爵位还不足以和他的德行相称。上天将再一次使王氏兴盛吗？为什么他的子孙有这么多的贤人呢？世上有的人把晋国公（王佑）与李栖筠相比，他们两人的雄才大略、正直气节，确实不相上下。而李栖筠的儿子李吉甫，孙子李德裕，享有的功名富贵和王氏也差不多，但论忠恕仁厚，他们则不如魏公父子。由此可见，王氏的福分正旺盛不衰啊！懿敏公的儿子王巩，跟我交游，他崇尚道德而又善诗文，以此继承了他的家风，我因此把他记了下来。铭曰：

啊，多么美好啊！魏公的家业，跟槐树一起萌兴。辛劳的培植，一定要经过一代才能长成。他辅佐真宗、天下太平，回乡探家，槐阴笼庭。我辈小人，一天从早到晚，只知窥察时机求取名利，哪有空闲修养自己的德行？只希望有意外的侥幸，不种植就能收获。如果没有君子，国家又怎能成为一个国家？京城的东面，是晋国公的住所，郁郁葱葱的三棵槐树，象征着王家的仁德。啊，多么美好啊！

说明

此文是宋神宗元丰二年（1079）苏轼在湖州任上为学生王巩家中的『三槐堂』题写的铭词。三槐堂是北宋初年兵部侍郎王佑家中的厅堂，因手植三棵槐树于庭院而得名（古代传说，三棵槐树象征朝廷官吏中职位最高的三公）。王巩是王旦（宋真宗时任宰相）的孙子，北宋诗人，授太常博士，任宗正丞，与苏轼既是师生又是朋友。王巩的家在汴京东郊，苏轼在京期间曾去家访见过王巩之父王素（官至工部尚书）。苏轼在徐州期间，王巩曾与其一起郊游吟诗。苏轼来湖州上任，王巩也赶来相会，并请其为自家三槐堂题铭。苏轼便应邀撰写《三槐堂铭》。从此，王佑后裔便称为三槐王氏，是我国王氏最大的望族。

记承天寺夜游

原文

元丰六年十月十二日夜，解衣欲睡，月色入户，欣然起行。念无与为乐者，遂至承天寺，寻张怀民①。怀民亦未寝②，相与步于中庭③。庭下如积水空明④，水中藻荇交横⑤，盖竹柏影也。何夜无月，何处无竹柏，但少闲人如吾两人者耳⑥。

注释

①张怀民：即张梦得，清河（今属河北）人，当时也贬居黄州。

②寝：睡觉。

③相与：共同，一起。中庭：院子里。

④空明：形容水清澈、透亮。

⑤藻荇交横：水藻与荇菜交织。藻、荇均为水生物。荇：荇菜，根生在水底，叶子浮在水面上。

⑥但：只是。闲人：清闲的人。

译文

元丰六年十月十二日晚上，解开衣服想睡觉时，月光从窗口射进来，我愉快地起来走出户外。想到没有可与自己一起游乐的人，于是来到承天寺，找张怀民。张怀民也还没有睡觉，于是和我一起在庭院中散步。庭院中的月光宛如一泓积水那样清澈透明，水中的水藻和荇菜纵横交叉，都是绿竹和翠柏的影子。哪个夜晚没有月光呢，哪里没有绿竹和翠柏呢，但唯独缺少像我两个这样的闲人。

说明

本文是宋神宗元丰六年（1083），苏轼在在黄州所作。承天寺，在湖北黄冈南。

记游定惠院

原文

黄州定惠院东小山上，有海棠一株，特繁茂。每岁盛开，必携客置酒，已五醉其下矣。今年复与参寥师及二三子访焉①，则园已易主。主虽市井人，然以予故，稍加培治。山上多老枳木②，性瘦韧，筋脉呈露，如老人头颈。花白而圆，如大珠累累，香色皆不凡。此木不为人所喜，稍稍伐去，以予故，亦得不伐。既饮，往憩于尚氏之第。尚氏亦市井人也，而居处修洁，如吴越间人，竹林花圃皆可喜。醉卧小板阁上，稍醒，闻坐客崔成老弹雷氏琴③，作悲风晓月，铮铮然，意非人间也。晚乃步出城东，鬻④大木盆，意者谓可以注清泉，瀹瓜李⑤，遂夤缘小沟⑥，入何氏、韩氏竹园⑦。时何氏方作堂竹间，既辟地矣，遂置酒竹阴下。有刘唐年主簿者⑧，馈油煎饵，其名为甚酥，味极美。客尚欲饮，而予忽兴尽，乃径归。道过何氏小圃，乞其丛桔，移种雪堂之西。坐客徐君得之将适闽中⑨，以后会未可期，请予记之，为异日拊掌。时参寥独不饮，以枣汤代之。

注释

①参寥师：僧人道潜，钱塘人，苏轼通判杭州时与之交游。

②枳木：也称枸橘，果实可入药。

③雷氏琴：苏轼题跋有《家藏雷琴》一首，言琴上有『雷家记』字样。谓『此最琴之妙，而雷琴独然』。

④鬻：卖，这里可作买讲。

⑤瀹：浸。

⑥夤缘：循沿。

⑦何氏、韩氏：指友人何圣可、韩毅甫。

⑧刘唐年：字君佐。

⑨徐君得之：徐大正，字得之，黄州知州徐大受之弟，苏轼友人。

译文

黄州定惠院东边的小山上有一株海棠，枝叶特别繁荣茂盛。每年花开的时候，我都会带着客人前去喝酒，已经五次醉在这海棠之下了。今年又和参寥禅师以及其他的两三个人去访赏，然而那个园子已经换了主人，主人虽然是个市井平凡的人，但因为我的原因，稍稍地培育整理了这个园子。园子里有很多年老的枳木，木性瘦瘠而坚韧，树的筋脉都显露在外面，好像老人的头颈。开的花白色，很圆，好像很多颗大粒的珍珠，香气和颜色都很不平凡。这种树不讨人喜欢，本来想过一阵砍去，也是因为我的缘故，没有被砍掉。喝过酒之后，我们去姓尚的人家休息。尚氏也是个平凡的人，但居住的地方干净整洁，好像吴越之地的人。他家的竹林和花圃都很讨人喜欢。我醉躺在小板阁上，一会醒了，

海棠

听见客人崔成老弹奏雷氏琴，琴声像悲鸣的风，微亮的月光，铮铮有声，得到的享受是人间所没有的。到了晚上，徒步出到城东，买了一个大木盆，心想可以注入清水，浸泡瓜和李子，于是沿着小沟，走进了姓何与姓韩人家的竹园，那时何氏在竹间作大堂，已经把地方都腾出来了，于是把酒放在竹荫下。有一个叫刘唐年的主簿，送给了我们一种油炸的小吃，名字叫『甚酥』，味道很好。客人还要喝酒，而我忽然没了兴致，于是直接回家了。路上经过了姓何人家的小园子，跟他要了一丛橘子，移植到了雪堂的西边。客人徐得之马上就要启程到闽中去，以后不知道什么时候才能再见面，于是恳请我记下今天之事，作为以后的谈资。那个时候，参寥是唯一一个不喝酒的人，用枣汤代替了酒。

说明

本文约作于宋神宗元丰七年（1084）三月，记述了苏轼与友人一天的愉快游赏。

书吴道子画后

原文

知者创物，能者述焉，非一人而成也。君子之于学，百工之于技，自三代历汉至唐而备矣①。故诗至于杜子美②，文至于韩退之③，书

吴道子画迹

吴道子（680—759），玄宗赐名道玄。唐代第一大画家，被后世尊称为『画圣』，被民间画工尊为祖师。画史尊称吴生。少孤，相传曾学书于张旭、贺知章，未成，乃改习绘画。曾在韦嗣立幕中当大吏，苏东坡在《书吴道子画后》一文中说：『画至于吴道子，而古今之变，天下能事毕矣！』。

至于颜鲁公④，画至于吴道子，而古今之变，天下之能事毕矣。道子画人物，如以灯取影，逆来顺往，旁见侧出，横邪平直，各相乘除⑤，得自然之数，不差毫末，出新意于法度之中，寄妙理于豪放之外，所谓游刃馀地，运斤成风⑥，盖古今一人而已。予于他画，或不能必其主名，至于道子，望而知其真伪也。然世罕有真者，如史全叔所藏，平生盖一二见而已。

注释

①三代：指夏、商、周三个朝代。

②杜子美：杜甫，字子美，唐代诗人。

③韩退之：韩愈，字退之，唐代杰出文学家。

④颜鲁公：颜真卿，字清臣，封鲁国公，世称颜鲁公，唐代著名书法家。

⑤乘除：增减。

⑥运斤成风：语出《庄子·徐无鬼》：『郢人垩慢其鼻端，若蝇翼，使匠石斫之。匠石运斤成风，听而斫之，尽垩而鼻不伤，郢人立不失容。』这里用以比喻吴道子手法纯熟。

译文

聪明的人创造事物，有能力的人来叙述，这不是一个人能够独立完成的。士人攻读诗书，匠人学习技艺，从夏、商、周三代，一直到汉朝、唐朝，一套体系都很完备了。因此作诗有了杜甫，写文章出现了韩愈，书法有了颜真卿，而作画则当推吴道子，虽然从古至今有许多审美的不同，但能够超过他们的几乎没有。吴道子画人物，好似看着灯烛能描绘出影子，笔锋往来自如，笔势不拘一格，横竖笔画互位增减补充，这是得到了自然之法啊。他的画作传神逼真，在传统的画法中不乏新意，豪放的风格里不乏细腻，手法娴熟，可以称得上是游刃有余，古今只有他可以当此殊荣。我对于其他人的画作，不能肯定其作者的名字，但对于吴道子的画，一看就知道真伪。可惜现在存世的赝品太多，像史全叔收藏的这幅真品，我这辈子也不过见过一两次。

说明

本文是宋神宗元丰八年（1085），苏轼为史全叔收藏的吴道子的画写的题跋。吴道子，名道玄，阳翟（今河南禹县）人，唐代杰出画家，有画圣之称。

记游松风亭

原文

余尝寓居惠州嘉祐寺①，纵步松风亭下②，足力疲乏，思欲就亭止息。仰望亭宇，尚在木末③。意谓如何得到。良久忽曰：『此间有甚么歇不得处？』由是心若挂钩之鱼，忽得解脱。若人悟此，虽两阵相接，鼓声如雷霆，进则死敌，退则死法，当恁么时，也不妨熟歇④。

注释

①嘉祐寺：故址在白鹤峰以东，明代改建城隍庙。今为广东惠州东坡小学所在地。

亭

清秋有馀思，日暮尚溪亭。高树月初白，微风酒半醒。独行穿落叶，闲坐数流萤。何处渔歌起？孤灯隔远汀。

②松风亭：原在嘉祐寺旁边，故址在今惠州桥东区东坡小学的后山上。

③木末：树梢，指在高处。

④熟歇：很好地歇息一番。

译文

我曾经住在惠州的嘉祐寺，信步走到松风亭下，感到腿酸疲乏，很想找个能躺下的地方休息一下。抬头望向松风亭，还在高处。心想这么高，我可如何爬上去休息呢。就这样想了一会儿，忽然对自己说：『这里为什么就不能休息呢？偏偏要到亭子里才能休息吗？』于是心情一下子放松了，好像已经挂在鱼钩上的鱼儿，得到了解脱。如果人们都能领悟随遇而安的道理，即便是马上就要上阵杀敌，耳边听得战鼓声声，想到前进杀敌也是死，逃跑受到军法处置也是死，到那时，一样能放下担心，很好地休息一番。

说明

宋哲宗绍圣元年（1094），哲宗亲政，章惇为相，苏轼被贬为宁远军节度副使惠州（今广东惠州）安置。十月，苏轼到达惠州，居住在嘉祐寺，游览松风亭时作此文。

在儋耳书

原文

吾始至南海，环视天水无际，凄然伤之，曰：『何时得出此岛耶？』已而思之，天地在积水中，九州在大瀛海中①，中国在少海中，有生孰不在岛者？覆盆水于地，芥浮于水②，蚁附于芥，茫然不知所济。少焉水涸，蚁即径去，见其类，出涕曰：『几不复与子相见，岂知俯仰之间，有方轨八达之路乎？』念此可以一笑。戊寅九月十二日，与客饮薄酒小醉，信笔书此纸。

注释

①大瀛海：大海，相当于大洋。

②芥：小草。

译文

我刚到海南岛的时候，看到四周天水相连，无边无际，不禁为之伤心，说道：『什么时候我才能离开这里啊？』现在想来，天和地也都是在水中的，偌大的九州在大海的包围中，中国在小一些的海洋包围中，有谁能说自己不是生活在岛上的呢？将一盆水倒在地上，小草浮在水面上，蚂蚁便会爬到小草上，茫然不知如何是好。不久，水干了，蚂蚁爬开，见到了它的同类，不禁伤心地说：『我还以为见不到你了，哪里知道就在一会儿工夫，宽阔的道路就出现了。』想到此处不禁一笑。戊寅年九月十二日，与客人饮酒微醉，随手将这些感触写在了纸上。

说明

儋耳，古郡名，治所在今海南儋州西北。本文为宋哲宗元符元年（1098）在儋耳所写，一题作《试笔自书》。

黠鼠赋

原文

苏子夜坐，有鼠方啮①。拊床而止之②，既止复作。使童子烛之，有橐中空③，嘐嘐聱聱④，声在橐中。曰：『嘻！此鼠之见闭而不得去者也。』发而视之，寂无所有，举烛而索，中有死鼠。童子惊曰：『是方啮也，而遽死耶？向为何声，岂其鬼耶？』覆而出之，堕地乃走，虽有敏者，莫措其手。

苏子叹曰：『异哉！是鼠之黠⑤也。闭于橐中，橐坚而不可穴也。故不啮而啮，以声致人；不死而死，以形求脱也。吾闻有生，莫智于人。扰龙伐蛟，登龟狩麟，役万物而君之⑥，卒见使于一鼠；堕此虫之计中，惊脱兔于处女，乌在其为智也。』

坐而假寐⑦，私念其故。若有告余者曰：『汝惟多学而识⑧之，望道而未见也。不一于汝，而二于物，故一鼠之啮而为之变也。人能碎千金之璧，不能无失声于破釜；能搏猛虎，不能无变色于蜂虿⑨：此不一之患也。言出于汝，而忘之耶？』余俛而笑，仰而觉。使童子执笔，记余之作。

注释

①啮：咬。

②拊：拍。

③橐：箱状的盛衣食的家具。

④嘐嘐聱聱：象声词，形容鼠啮咬的声音。

⑤黠：狡猾。

东坡赋鼠

鼠之黠也。闭于橐中，橐坚而不可穴也。故不啮而啮，以声致人；不死而死，以形求脱也。

⑥君之：做它们的主宰。

⑦假寐：闭目打盹。

⑧识：通志，记。

⑨蜂虿：蝎类毒虫。

译文

苏子在夜里坐着，有只老鼠在咬东西。苏子拍击床板，声音就停止了，停止拍击床板，声音又响了起来。苏子命令童子拿蜡烛照床下，有一个空的箱型器具，老鼠咬东西的声音就是从里面发出来的。童子说：『啊，这只老鼠被关住就不能离开了。』童子打开箱子来看里面，却是空空的一无所有。童子举起蜡烛来搜索，只见箱子中有一只死老鼠，童子惊讶地说：『老鼠刚才是在叫的，怎么会突然死了呢？以前是什么声音，难道是鬼吗？』童子把箱子翻过来倒出老鼠，老鼠一落地就逃走了。再敏捷的人也措手不及。

苏子叹了口气，说：『怪了，这是老鼠的狡猾！老鼠被关在箱子里，箱子是坚硬的，老鼠不能够钻透。所以老鼠是在不能够咬的时候咬箱子，用声音来招致人来；在没有死的时候装死，凭借装死的外表求得逃脱。我听说生物中没有比人更有智慧的了。人能驯化神龙、捉住蛟龙，能用龟壳占卜、狩猎麒麟，役使世界上所有的东西然后主宰它们，突然被一只老鼠利用，陷入这只老鼠的计谋中，吃惊于老鼠从极静到极动的变化中，人的智慧在哪里呢？』

苏子坐下来，闭眼打盹，自己在心里想这件事的原因。听到好像有人对自己说：『你只是多学而记住一点知识，但还是离「道」很远。你自己心里不专心，又受了外界事物的干扰、左右，所以一只老鼠发出叫声就能招引你受它支配，帮它改变困境。人能够在打破价值千金的碧玉时不动声色，而在打破一口锅时失声尖叫；人能够博取猛虎，可见到蜂蝎时不免变色，这是不专一的结果。这是你早说过的话，忘记了吗？』苏子俯下身子笑了，仰起身子又醒悟了。于是命令童子拿着笔，记下了这篇文章。

说明

本文借一只狡猾的老鼠利用人的疏忽而逃脱的故事，说明了一个道理：最有智慧的人类，尽管可以『役万物而君之』，却难免被狡猾的老鼠所欺骗，原因全在做事时是否精神专一。专一则事成，疏忽则事败。文章故事生动，寓意深刻，发人深省。

上梅直讲书

原文

某官执事。某每读《诗》至《鸱鸮》[1]，读《书》至《君奭》[2]，常窃悲周公之不遇。及观史，见孔子厄于陈、蔡之间，而弦歌之声不绝；颜渊、仲由之徒，相与问答。夫子曰：『匪兕匪虎[3]，率彼旷野，吾道非耶？吾何为于此？』颜渊曰：『夫子之道至大，故天下莫能容；虽然，不容何病？不容然后见君子。』夫子油然而笑曰：『回！使尔多财，吾为尔宰[4]。』夫天下虽不能容，而其徒自足以相乐如此。乃今知周公之富贵，有不如夫子之贫贱。夫以召公之贤，以

苏文忠公

史书载苏轼身长八尺一寸有余，为人豁达心胸宽广，宋高宗朝乾通6年，赠太师。眉州人，是苏洵的大儿子，北宋著名文学家、书画家、文家、诗人、词人，豪放派词人代表。

管、蔡之亲，而不知其心，则周公谁与乐其富贵？而夫子之所与共贫贱者，皆天下之贤才，则亦足与乐乎此矣！

轼七八岁时，始知读书。闻今天下有欧阳公者，其为人如古孟轲、韩愈之徒；而又有梅公者，从之游，而与之上下其议论。其后益壮，始能读其文词，想见其为人。意其飘然脱去世俗之乐而自乐其乐也。方学为对偶声律之文，求升斗之禄，自度无以进见于诸公之间。来京师逾年，未尝窥其门。今年春，天下之士群至于礼部，执事与欧阳公实亲试之。轼不自意，获在第二。既而闻之人，执事爱其文，以为有孟轲之风，而欧阳公亦以其能不为世俗之文也而取焉。是以在此。非左右为之先容[5]，非亲旧为之请属，而向之十馀年间，闻其名而不得见者，一朝为知己。退而思之，人不可以苟富贵，亦不可以徒贫贱，有大贤焉而为其徒，则亦足恃矣！苟其侥一时之幸，从车骑数十人[6]，使闾巷小民聚观而赞叹之，亦何以易此乐也！

《传》曰[7]：『不怨天，不尤人』，盖『优哉游哉，可以卒岁』。执事名满天下，而位不过五品，其容色温然而不怒，其文章宽厚敦朴而无怨言。此必有所乐乎斯道也。轼愿与闻焉！

注释

①《鸱鸮》：《诗经·豳风》篇名。

②《君奭》：《尚书》篇名。

③兕：雌性犀牛。

④宰：指家臣、管家。

⑤先容：先作介绍，疏通关节。

⑥从车骑：使车骑相从。

⑦《传》：指《论语》。

译文

我每次读到《诗经》的《鸱鸮》，读到《尚书》的《君奭》，总是私下里悲叹周公的不幸遭遇。等到读了史传，看到孔子在陈蔡受困，而弹琴唱歌之声不绝；颜渊、仲由等学生与孔子互相问答。孔子说：『不是兕，不是虎，却能在旷野上奔跑，我的主张难道不对吗，为什么落到这个地步？』颜渊说：『先生的主张太宏大了，所以天下无人接受；虽然这样，不被接受又有什么害处？不被接受，才显出您是君子。』孔子高兴地笑着说：『颜回，如果你很富有，我替你掌管。』虽然天下无人接受孔子的主张，但他的学生竟能够在精神上得到满足。于是我懂得了，周公的富贵实在还比不上孔子的贫贱。像召公这样的贤人，管叔、蔡叔这样的亲属，却不了解周公的心思，那么周公还能跟谁同享这富贵的快乐呢？然而跟孔子一同过着贫贱生活的人，却都是天下的贤才，也足够因此得到快乐。

我七八岁时，才知道读书。听说天下有一位欧阳公。他的为人就像古代孟轲、韩愈那样；又有一位梅公，与欧

仲由

仲由，字子路。仲由（前542—前480）字子路，又字季路，鲁国卞人，孔子得意门生，以政事见称。为人伉直鲁莽，好勇力，事亲至孝。

阳公往来，同他上下议论。后来年纪大了，才能读他们的文章辞赋，想象他们的为人，料想他们必定是潇洒地脱离世俗而自得其乐。我当时正在学做讲究对偶声律的文章，以求取微薄的俸禄，自知无法进见诸位前辈。来到京城一年多，也未曾登门求教。今年春天，天下文士聚集在礼部，先生和欧阳公亲自主持考试。我没有想到，会得到第二名。后来听说，先生赏识我的文章，认为有孟轲的风格，而欧阳公也因为我能够写出不同流俗之文而录取我。原因就在这里。不是先生手下的人替我疏通关节，不是亲朋为我请求嘱托，从前十多年里只能闻名而不得相见的人，一下子竟成为知己。退下来想一想，觉得人不可轻率地追求富贵，也不可空守着贫贱，世有大贤而能成为他的学生，那也就可以依靠了。如果侥幸获得成功，成为有成队的车马和几十个随从的高官，使里巷百姓围观并赞叹他，又怎么抵得上为大贤之徒的乐趣。

《论语》上说：『不怨天，不尤人』，因为『从容自得，可以过一辈子』。先生名满天下，但官位不过五品；先生的面色温和而不生气；先生的文章宽厚质朴而无怨言。这心定是乐于此道。我希望听到您的教导啊。

说明

本文是苏轼为表示感谢之情而写给梅尧臣的信。作者先将周公与孔子作对比，突出表现了孔子虽贫贱却能够与弟子分享快乐，而周公虽富贵却不得知己而缺乏快乐。然后竭力赞美欧阳修和梅尧臣，表达了自己『士遇知己』的喜悦与感激之情。

答黄鲁直书

原文

轼顿首再拜鲁直教授长官足下[1]。轼始见足下诗文于孙莘老之坐上[2]，耸然异之，以为非今世之人也。莘老言：『此人，人知之者尚少，子可为称扬其名。』轼笑曰：『此人如精金美玉，不即人而人即之，将逃名而不可得，何以我称扬为？』然观其文以求其为人，必轻外物而自重者，今之君子莫能用也。其后过李公择于济南[3]，则见足下之诗文愈多，而得其为人益详，意其超逸绝尘，独立万物之表，驭风骑气，以与造物者游，非独今世之君子所不能用，虽如轼之放浪自弃，与世阔疏者，亦莫得而友也。今者辱书词累幅，执礼恭甚，如见所畏者，何哉？轼方以此求交于足下，而惧其不可得，岂意得此于足下乎？喜愧之怀，殆不可胜。然自入夏以来，家人辈更卧病，匆匆至今，裁答甚缓，想未深讶也。《古风》二首，托物引类，真得古诗人之风，而轼非其人也。聊复次韵，以为一笑。秋暑，不审起居何如？未由会见，万万以时自重。

注释

①鲁直：黄庭坚字鲁直，号山谷道人。洪州分宁（今江西修水）人。

②孙莘老：孙觉，字莘老，苏轼之友，黄庭坚的岳父。

③李公择：李常，字公择，苏轼友人，黄庭坚的舅父。

黄庭坚

黄庭坚（1045—1105），字鲁直，自号山谷道人，晚号涪翁，又称黄豫章，洪州分宁（今江西修水）人。北宋诗人、词人、书法家，为盛极一时的江西诗派开山之祖。

译文

苏轼这里再次叩头拜见黄鲁直教授。我第一次欣赏您的诗文，是在孙莘老家，当时不觉耸肩惊讶，认为这不是当代人能够写出来的文章。孙莘老说：『这个人，了解他的人还不多，你可以给他宣扬一下。』我笑着回答：『这人必定如纯金美玉一般，就算他不去接触别人，别人也会主动接近他，哪里用我去宣扬呢？』看他的文章来揣度他的为人，必定是看轻身外之物，注重自身品德之人，如今正直的君子没有不被争相起用的。这以后我与李公择在济南相会，见到了更多您的诗文，对您的为人有了更加详尽的了解，知道您风度超然脱俗，与众不同，且品格超拔，不受世俗的羁绊，不是得不到当今君子的赏识，也不像我这样放浪形骸，与世俗格格不入，交不到好的朋友。今日看到您的书信，礼数甚是恭敬，态度极是谦卑，好像是见到了一个让您害怕的人，这又何必呢？我一直想以书信与您结交，却害怕唐突，不料得到您的书信，欣喜之余不禁有些惭愧。只因自从入夏以来，家人不断有人生病卧床，断断续续直到如今，所以回信很是缓慢，希望您不要介意。您寄来的《古风》两首诗，以物寄托深意，真是具备古代诗人的风格，而我并不是您所推崇备至的人。我也作了次韵诗寄给您，见笑见笑。秋天的暑气还很重，不知您的生活如何？没有机会见面，希望您保重身体，善自珍重。

说明

宋神宗元丰元年（1078）初，北京（北宋时北京为大名府，在今河北大名）国子监教授黄庭坚致信徐州知州苏轼，并附《古风》二首，表达了对苏轼的景仰倾慕之情。苏轼次韵奉和，并写了这封书函。函中追述了两次见黄庭坚诗文的感受，称扬了对方超尘拔俗的品格。

与王定国书

原文

某启：罪大责轻，得此甚幸，未尝戚戚。但知识数十人，缘我得罪，而定国为某所累尤深，流落荒服①，亲爱隔阔。每念及此，觉心肺间便有汤火芒刺。今得来教，既不见弃绝，而能以道自遣，无丝发蒂芥②，然后知定国为可人，而不肖他日犹得以衰颜白发厕宾客之末也。甚幸！甚幸！恐从者不由此过，故专遣人致区区。惟愿定国深自爱重，仍以戒我者自戒而已。临书悒悒③，不知此人到江，犹及见仙舟否④？匆匆，不宣。

注释

①荒服：远离皇城的偏远地区。

②蒂芥：草芥，比喻胸中郁积。司马相如《子虚赋》中说：『吞若云梦者八九于其胸中，曾不蒂芥。』

③悒悒：郁闷惆怅的样子。

④仙舟：装饰华丽的游船，此处指王定国乘坐的船。

译文

我写信相告。罪责重大惩罚却很轻微，能得到这种处分已经是很幸运了，不曾觉得悲伤。但是几十位好友，因为我的缘故都受到了处罚，而王定国被我连累得最深，被发配到远离皇城的偏远地区，与亲人朋友相隔遥远。每每想到此处，我便觉得心肺都像被热汤浇，被芒刺扎那样难受。今日得到了你的来信，不但没有责怪我，反倒安慰我，心中丝毫没有郁积的情绪，看见你的为人，不以得势失势定弃朋友，真是太难得了！我唯恐路过的人不能将这封信送到，因此专门派人送去，表达我一点诚恳的心意。我希望你多多保重身体，用告诫我的那些话自诫吧。写到此处心情郁闷，不知送信的人走到江边，还能不能赶上你的游船呢？信写得匆忙，无法尽述我的心意。

说明

王定国，名巩，大名莘县（今山东莘县）人，工于诗，与苏轼交谊甚厚。因苏轼乌台诗案受到株连，被谪宾州（今广西宾阳）监酒税。苏轼被贬黄州后，对王定国的远放深感不安，但王安国在赴贬所途中却致书安慰苏轼。本文是宋神宗元丰三年（1080），苏轼写给王定国的回信，倾吐了因自己获罪而连累朋友的负疚之情。

答毛滂书

原文

轼启：比日酷暑①，不审起居何如？顷承示长笺及诗文一轴，日欲裁谢，因循至今，悚息②！今时为文者至多，可喜者亦众。然求如足下闲暇自得，清美可口者实少也。敬佩厚赐，不敢独飨③，当出之知者。世间唯名实不可欺。文章如金玉，各有定价，先后进相汲引④，因其言以信于世⑤，则有之矣。至其品目高下，盖付之众口，决非一夫所能抑扬。轼于黄鲁直⑥、张文潜辈数子⑦，特先识之耳。始诵其文，盖疑信者相半，久乃自定，翕然称之⑧，轼岂能为之轻重哉！非独轼如此，虽向之前辈，亦不过如此也。而况外物之进退。此在造物者，非轼事。辱见贶之重⑨，不敢不尽。承不久出都，尚得一见否？

注释

①比日：近日。

②悚息：恐惧惭愧的样子。

③飨：享用酒食，这里比喻欣赏美文。

④汲引：推荐。

⑤信于世：展现于世。信：通『伸』，展现。

⑥黄鲁直：黄庭坚的字。

⑦张文潜：苏轼友人。

⑧翕然：聚合在一起的样子，此处表示一致。

⑨见贶：受赐。

译文

苏轼陈述：近日天气炎热，不知道你身体如何？前几天接到了你送来的诗文，当天就想着要回复答谢，不想到今日才写回信，深感惭愧！如今作诗文的人很多，写得好的也不少。不过像你的文章这样自然清新的却太少了。我很是敬佩，感谢你的赠文，不敢自己独自欣赏，于是推荐给了一些通晓诗文的人。世上只有名实不能假冒。文章也像黄金玉石一样，有着不同的价值，需要不同的人互相之间推荐，因为这种推荐才能使它们展现于世间，被人们认可。至于品评诗文的价值，要让大家共同来评价，不是一个人能够褒扬或是贬低的。我和黄鲁直、张文潜等数人结交比你早，也都是通过诵读诗文才结交的。品读诗文时，有的人认为好，有的人认为不好，时间久了，大多数人才都表示认可，我一个人又怎么能轻易地表示抑扬呢。并不是只有我这样，向任何前辈请教，大多是这种态度。何况诗文进退的高低，完全在于个人的努力，并不是我的评论所能左右的。我承蒙你的看重，赠送诗文，不敢不说明自己的看法。不久后我就要离开汴京了，不知还能不能见上一面呢？

说明

毛滂，字泽民，衢州江山（今浙江江山）人，著有《东堂词》。这封书札是宋哲宗元祐四年（1089）苏轼调离汴京，出知杭州前写给毛滂的。

与参寥子

原文

某启：专人远来，辱手书，并示近诗，如获一笑之乐，数日慰喜忘味也。某到贬所半年，凡百粗遣，更不能细说，大略只似灵隐、天竺和尚退院后①，却住一个小村院子，折足铛中②，罨糙米饭便吃③，便过一生也得。其余，瘴疠病人④。北方何尝不病，是病皆死得人，何必瘴气。但苦无医药，京师国医手里死汉尤多。参寥闻此一笑，当不复忧我也。故人相知者，即以此语之，余人不足与道也。未会合间，千万为道自爱。

注释

①灵隐、天竺：均为杭州著名的寺院，灵隐在西湖西北灵隐山麓，天竺在城西一十里。

②折足铛：断腿的锅。

③罨：捞。

④瘴疠：旧指南方山林水边容易致人疾病的湿热之气。

译文

你专门派人远来送信，还有你近日的诗作，好像得到开怀一笑的快乐，数日喜慰，都不知道饭菜的味道了。我来到贬谪的居所有半年了，凡事大多过得去，这里也就不细说了。就好像灵隐寺、天竺寺的僧人离开禅房，住到了一个小村落中过活，用断腿的锅煮饭，捞里面的糙米饭吃，就这样过一辈子了。其余的，就是这里病人多，都是因为湿热之气生病的。其实北方何尝没有人生病呢，得了病就会死人，并不单单是因为瘴气才让人生病。只是这里缺少医药，不过京城里的著名医生也不能保证不死人呀。你看到此处肯定会一笑抒怀，不会再为我忧虑。你是昔日与我相知的好友，我才这样写信相告，其他的人也就没有必要对他们讲述什么。我们没有机会见面，请你千万保重。

说明

参寥，即僧人道潜，钱塘（今杭州）人。苏轼通判杭州时结交的朋友。在苏轼南贬途中，参寥多次致函问候。至惠州后，参寥又派专人送函慰问。本文是宋哲宗绍圣二年（1095）苏轼的复信。

与侄孙元老

原文

侄孙元老秀才。久不闻问[1]，不识即日体中佳否？蜀中骨肉，想不住得安讯。老人住海外如昨，但近来多病瘦瘁，不复如往日，不知余年复得相见否？循、惠不得书久矣[2]。旅况牢落[3]，不言可知。又海南连岁不熟，饮食百物艰难，及泉、广海舶绝不至[4]，药物鲊酱等皆无，厄穷至此，委命而已。老人与过子相对，如两苦行僧尔。然胸中亦超然自得，不改其度，知之，免忧。所要志文，但数年不死便作，不食言也。侄孙既是东坡骨肉，人所觑看[5]。住京，凡百加关防，切祝切祝！今有一书与许下诸子[6]，又恐陈浩秀才不过许，只令付与侄孙，切速为求便寄达。余惟万万自重。不一一。

注释

①闻问：通音讯。

②循、惠：循指循州，治所在今广东惠阳东。时苏辙贬居循州，苏轼的家属留在惠州。

③牢落：孤寂零落。

④泉、广：泉指泉州（今福建泉州），广指广州（今广东广州），均为当时的海上贸易城市。

⑤觑看：细看、关注。

⑥许下诸子：当时苏轼兄弟两家分住惠州、筠州、许州和常州四处。许下指许州，治所在今河南许昌。

译文

侄孙元老秀才。很久没有通音讯了，不知最近身体可好？四川的家人，都得不到他们安好的消息。我住在海南岛，情况一如往昔，只是近来生病，瘦了一些，不如往日那样健壮了，不知道这剩下的岁月还能不能与你再见面。循州和惠州也很久没通音讯了。贬谪在外的凄凉孤寂，我不说你也明白。加上海南岛连年荒灾，吃饭生活等事很是艰难，泉州和广州的商船很久没来了，因此连药品、咸菜、鱼酱等物都缺乏了。穷困到这种地步，只有听天由命了。我和儿子苏过相伴过日，好像两个苦行僧。不过心中依然超脱自得，没有改变心意，你知道了这些，可以不必替我们担忧。你以前向我要求的墓表，只要我不死，一定会写，不会食言的。因为你是我的侄孙，必然会受到人们的关注，你又住在京城，行事一定要小心防范，切记！切记！我还有一封书信给许州的家属，但是担心送信的陈浩秀才不路过许州，便只请他送信给你，请你再速速替我转寄吧。剩下的话不多说了，你一定要多保重呀。

说明

苏元老，字在廷，是苏轼的侄孙。这是苏轼在儋州写给他的一封书札，是一封娓娓动听的家书。

又答王庠书

原文

别纸累幅过当，老病废忘，岂堪英俊如此责望耶。少年应科目时，记录名数沿革及题目等，大略与近岁应举者同尔。亦有少节目文字[①]，才尘忝后[②]，便被举主取去，今皆无有，然亦无用也。实无捷径必得之术。但如君高才强力，积学数年，自有可得之道，而其实皆命也。但卑意欲少年为学者，每一书皆作数过尽之。书富如入海，百货皆有，人之精力，不能兼收尽取，但得其所欲求者耳。故愿学者每次作一意求之。如欲求古人兴亡治乱圣贤作用，但作此意求之，勿生余念。又别作一次，求事迹故实典章文物之类，亦如之。他皆仿此。此虽迂钝，而他日学成，八面受敌，与涉猎者不可同日而语也。甚非速化之术，可笑可笑！

注释

①节目文字：指应试时较难较大的题目。《礼记·学记》载：『善问者如攻坚木，先其易者，后其节目。』

②才尘忝后：才能低下，名列榜后。自谦之辞。

译文

你在来信中称颂我太过了，我如今年老多病爱忘事，如何能承受你这样的期望啊。我年轻时参加科举考试时，那

苏辙

苏辙（1039—1112），字子由，宋朝眉山人，晚年自号颍滨遗老。苏轼之弟，人称『小苏』。苏辙是散文家，为文以策论见长，『汪洋澹泊，有一唱三叹之声，而其秀杰之气终不可没』。著有《栾城集》。

些需要死记的应试的科目，大概和近几年的依然相同。也有一些应试时较难较大的题目，我因才能低下，因此这部分的考试名列榜后。这些文章都已经被当年的考官拿走了，今天估计都不在了，不过就算在，也没什么用了。其实学习是没有任何捷径的，像你这样天分高，学习能力又强，学习几年之后，自然会悟出学习的方法，不需要外力来辅佐。年轻人读书，每一本好书都读它几遍。好书内容丰富就像知识的海洋，读书时人的意识指向一个方面，不能使各个方面的知识都被掌握，所以每读一遍都只带着一个目标去读就可以了。因此我希望求学的时候每次都能专心。如果想掌握古人是如何安定国家、治理祸乱的，学习古代的圣贤之人，就要像我说的这样去求学，不要有其他走捷径的想法。你还可以仿照古人的名文，写一篇类似的文章，并且要从不同的角度下笔。这个方法虽然有些笨拙，但将来必定受益匪浅，学成之时，可应付各种学问上的质难，那些博览群书却不作深入研究的人是无法与你相比的。这些都不是速成的方法，见笑见笑！

说明

王庠，荣州（今四川荣县）人，苏辙的女婿。本篇是苏轼晚年回答王庠问学的一封书札，以循循善诱的态度，告诉王庠求学无捷径可走，必须勤奋学习，讲求方法，抓住重点，深入把握。

答谢民师书

原文

近奉违①，亟辱问讯②，具审起居佳胜，感慰深矣！某受性刚简，学迂材下，坐废累年，不敢复齿缙绅③。自还海北，见平生亲旧，惘然如隔世人，况与左右无一日之雅④，而敢求交乎？数赐见临，倾盖如故⑤，幸甚过望，不可言也。

所示书教及诗赋杂文，观之熟矣。大略如行云流水，初无定质，但常行于所当行，常止于所不可不止，文理自然，姿态横生。孔子曰：『言之不文，行而不远。』又曰：『辞，达而已矣。』夫言止于达意，即疑若不文，是大不然。求物之妙，如系风捕影；能使是物了然于心者，盖千万人而不一遇也，而况能使了然于口与手者乎？是之谓辞达。辞至于能达，则文不可胜用矣。扬雄好为艰深之辞⑥，以文浅易之说；若正言之，则人人知之矣。此正所谓『雕虫篆刻』者，其《太玄》《法言》皆是类也，而独悔于赋，何哉？终身雕篆而独变其音节，便谓之『经』，可乎？屈原作《离骚经》，盖《风》、《雅》之再变者，虽与日月争光可也，可以其似赋而谓之『雕虫』乎？使贾谊见孔子⑦，升堂有馀矣；而乃以赋鄙之，至与司马相如同科。雄之陋如此比者甚众。可与知者道，难与俗人言也，因论文偶及之耳。欧阳文忠公言：『文章如精金美玉，市有定价，非人所能以口舌定贵贱也。』纷纷多言，岂能有益于左右，愧悚不已。

所须惠力法雨堂字⑧，轼本不善作大字，强作终不佳，又舟中局迫难写，未能如教。然轼方过临江⑨，当往游焉。或僧有所欲记录，当为作数句留院中，慰左右念亲之意。今日至峡山寺⑩，少留即去，愈远。惟万万以时自爱。不宣。

注释

①奉违：离别。奉，敬辞。

②亟：屡次。辱：承蒙。
③缙绅：官僚士大夫。
④一日之雅：一天的交往。
⑤倾盖如故：一见如故。倾盖，指途中相遇，两人车盖倾斜。
⑥扬雄：字子云，西汉文学家。
⑦贾谊：西汉人，少年时即精通诸家书，后被召为博士。
⑧惠力：寺名，一作慧力寺，临近谢民师的家乡。
⑨临江：临江军，治所在今江西清江。
⑩峡山寺：在今广东清远县。

译文

最近我俩分别之后，多次承你来信问候，详知你日常起居安好，十分欣慰。我秉性刚直简慢，学问迂阔，才质驽钝，因事连年被贬谪，不敢再自居于士大夫的行列。自从海南北还，见到旧日亲友，也已经漠然如同路人，何况与您平素没有交往，还敢与您订交吗？您数次屈尊光临，立谈之间一见如故，使我万分欣幸，意想不到，无法用言辞来形容。

您给我看的诗赋、杂文，我已读了多遍，犹如行云流水，原本无一定的形式，当行则行，当止则止，文理毫不做作，千姿百态，舒卷自如。孔子说：『说话不讲究文采，流传就不会广远。』又说：『言辞只求能表达意思就行了。』言辞仅要求能达意，好像是不讲究文采，这是不对的。要把握事物的微妙处，就像捕风捉影那样难。心中能把事物彻底弄清楚的，大概在千万人中也找不到一个，更何况是要用口说和手写来把事物表达清楚呢？表达清楚的，这就叫『辞达』。言辞要做到能够达意，那么文采就运用不尽了。扬雄喜欢用艰深的辞藻来文饰浅显易懂的意思，假如直截了当地说出来，就人人都能明白了。这种写作方法正是扬雄自己所批评的『雕虫篆刻』。他的《太玄》《法言》都属于这一类。而他偏偏只对作赋追悔，这是为什么呢？终身经营雕虫小技，而写作《太玄》《法言》时仅仅变有韵之文为无韵之文，便称之为经，这可以吗？屈原作的《离骚》，是《风》《雅》传统的再发展，即使与日月争辉也不逊色。难道我们可以因为它像赋，就称之为雕虫小技吗？如果贾谊赶上了做孔子的学生，那么他的学识已经足以『入室』了。而扬雄却因他作过辞赋而贬低他，以至与司马相如等同。像这样浅陋的见解，在扬雄身上是很多的。这些话可以同明白人说，不能同一般人讲，我因为议论文章，所以偶然谈到。欧阳修先生说：『文章像赤金美玉，市上本有定价，不是凭谁的一句话就能论定价格的贵贱。』我啰里啰唆讲了一大堆，对您未必有什么好处吧，真是惭愧惶恐不已。

您索要惠力寺法雨堂的题字，我本来不善于书写大字，勉强写来终究不好，又加上船上地方狭窄难以书写，所以未能遵命。但是我将路过临江，会去游览。或者寺僧要我写一点什么，我会写上几句留在寺院内，以安慰您的乡土之思。今天到达峡山寺，稍作逗留后就离开了。与您相距越来越远，希望您千万珍重。

说明

谢民师，名举廉，新淦（今江西新干）人。宋哲宗元符三年（1100），苏轼自琼州遇赦北还，十月过海至广州。时谢民师任广州推官，曾携诗文谒见苏轼，深得苏轼赞赏。苏轼离开广州后，谢民师多次函候。本文即是苏轼行至广东清远时写给谢民师的复函，以简洁朴实的文笔倾谈了个人的心绪，并阐述了对诗文创作的见解，也是一篇相当精彩的文论。

亡妻王氏墓志铭

原文

治平二年五月丁亥①，赵郡苏轼之妻王氏卒于京师②。六月甲午③，殡于京城之西④。其明年六月壬午⑤，葬于眉之东北彭山县安镇乡可龙里⑥，先君、先夫人墓之西北八步。轼铭其墓曰：

君讳弗，眉之青神人，乡贡进士方之女。生十有六年而归于轼，有子迈。君之未嫁，事父母；既嫁，事吾先君先夫人⑦，皆以谨肃闻。其始，未尝自言其知书也。见轼读书，则终日不去，亦不知其能通也。其后，轼有所忘，君辄能记之。问其他书，则皆略知之，由是始知其敏而静也。

从轼官于凤翔。轼有所为于外，君未尝不问知其详。曰：『子去亲远，不可以不慎。』日以先君之所以戒轼者相语也。轼与客言于外，君立屏间听之，退必反覆其言，曰：『某人也，言辄持两端，惟子意之所向，子何用与是人言。』有来求与轼亲厚甚者，君曰：『恐不能久，其与人锐，其去人必速。』已而果然。将死之岁，其言多可听，类有识者。其死也，盖年二十有七而已。始死，先君命轼曰：『妇从汝于艰难，不可忘也。他日，汝必葬诸其姑之侧。』未期年而先君没，轼谨以遗令葬之，铭曰：

君得从先夫人于九原，余不能。呜呼哀哉！余永无所依怙。君虽没，其有与为妇何伤乎。呜呼哀哉！

注释

①五月丁亥：阴历五月二十八日。

②赵郡：指苏轼家族所属的郡望。

③甲午：阴历六月六日。

④殡：入殓，还没有下葬。

⑤明年：第二年。

⑥眉：这里指眉州，现在的四川眉县。

⑦先：用于称呼死去的人。

译文

在治平二年（1065）五月二十八日这一天，赵郡苏轼的妻子王氏于京师开封因病辞世。六月甲午将灵柩停在京城的西门外。于次年的六月壬午在眉州城东北彭山县的安镇乡可龙里把妻子下葬了，妻子的坟墓位于父亲和母亲墓葬的西北约有八步远的地方，我现在为她做墓志铭如下：

死去的妻子叫王弗，是眉州青神县人，她父亲是乡贡进士王方。在她十六岁的时候就嫁给了我苏轼，为我生了儿子叫苏迈。未嫁之前，在家里她很孝顺父母。嫁给我之后，对我的父母也很孝顺，她的端庄、严肃在当地是很有名声的。刚嫁来的时候，她没有告诉我自己认字。她见我读书，就坐在我的旁边，我不明白她是否懂得我读的书。后来，我读过的书会有忘记的地方，她就会记得这些地方的内容。我问她一些书籍她基本上都记住了，这件事以后我才知道她聪敏且文静。

她陪同我苏轼去凤翔府做了签书判官，我经常外出办公事，每次回来她都详细询问我办事的情况。她还经常警告我：『你在这人生地不熟的，办事一定要处处小心啊。』每天她告诫我的这些话我父亲也曾经告诫过我。我在外和朋友们说话的时候，她常常站在屏风后面仔细地听，等我回来她还能复述出来我们曾经说的话。还说：『某个人讨论问题很有偏见，常常走极端化。但是你的意见本来就是正确的啊，那为什么还要和这帮人讨论呢！』凡是有事情来求我办的人来和我套近乎，她总告诫我：『这种人是不能长久做朋友的，这个人这么快就和你交上朋友了，不符合常理，因此，遇上坏人也是很容易的，这种人还是别交的好。』不久，她的看法果然被证实了。仅仅二十七岁她就告别了人间。在刚刚失去她的时候，我父亲吩咐我说：『你媳妇是和你一起同甘共苦的人，你不能忘了她啊。以后有机会，千万把她埋葬在你母亲墓旁。』不到一年，我的父亲也离开了我。我苏轼遵奉父亲的遗嘱把她安葬在我们家的墓地中。我给她做铭文，内容如下：

你能在九泉之下跟随着咱们的母亲，我却没有这种机会。真是可悲啊！失去了你我就失去了永远的依靠。你虽然离开了我，但今生我能有幸娶你做妻子，你作为儿媳能够安葬在公婆身边，我也没有什么值得悲伤的了。真是可悲啊！

说明

宋仁宗至和元年（1054），苏轼娶了王弗为妻，王弗是眉州青神人王方的女儿。那时候苏轼才十九岁，王弗十六岁。宋英宗治平二年（1065），王弗在京师逝世（今河南开封）。第二年苏轼的父亲苏洵去世，葬在了原籍，王氏也迁葬到原籍。这篇墓志铭，作者在记事中倾注了自己的情思，记事虽简练但感情深厚。所记的事，只有寥寥两三件，但是却刻画了一个贤德的妻子的形象。

韩幹画马赞

原文

韩幹之马四[1]：其一在陆，骧首奋鬣[2]，若有所望，顿足而长鸣；其一欲涉，尻高首下，择所由济[3]，跼蹐而未成[4]；其二在水，前者反顾，若以鼻语，后者不应，欲饮而留行。

以为厩马也，则前无羁络，后无棰策[5]；以为野马也，则隅目耸耳[6]，丰臆细尾[7]，皆中度程[8]。萧然如贤大夫、贵公子⑨，相与解带脱帽，临水而濯缨。遂欲高举远引，友麋鹿而终天年，则不可得矣；盖优哉游哉，聊以卒岁而无营。

注释

①韩幹：唐代画家。擅长画人物，尤其工于画马。
②骧：往上举。
③尻：指屁股。
④跼蹐：局促徘徊的样子。
⑤棰：鞭子。
⑥隅目：眼眶富有棱角。
⑦丰臆：胸肌丰满。
⑧度程：标准。
⑨萧然：洒脱。

马群

本文以马喻人，赞扬了一种热爱自然、脱离世俗的人生态度。

译文

韩幹在这幅画中画出了四匹马：一匹是陆地上的马，它把头高高扬起而且押运着鬃毛，神态好像在遥望远方，跺着蹄子嘴里发出长嘶；另一匹马正想踏过水，马的臀部高高挺起，而头却低着，好像是在选择过河的路线，筹备过回还没有下水呢；另外的两匹马已经下水了，前面的一匹把头转向同伴好象在用鼻子与后面的马交流着什么，后面的那一匹却对前面的马保持沉默，大概是想饮水所以就停下啦。

我以为他画的这些马是养在马圈里的马，可是这些马的头上并没有戴笼头，身上也没有挂马鞭的配；但是也不好说是野马，因为它们长着有棱有角的高耸的耳朵，前胸长得丰满健壮但是尾巴却是细细的，这些都符合好马的标准尺度，就如贤德的大夫，高贵的公子，争着散开腰带摘掉帽子，在水边洗涤帽顶的缨子。它们好像准备高飞到远方，与麋鹿一起安享自己的寿命，可是不那么容易做到。但是，它们却不能再回到山林里去了，只好在这些地方悠闲度日，直到它们老死也没有什么可追求的。

说明

这篇赞文，是苏轼对韩幹的画进行评述的文章，文章在散中却饱含神韵，旨趣高远，让人很是寻味。前段用洗练的文字把画中四匹马的神态活灵活现地展现，非常生动，栩栩如生。后段展开联想，以马喻人，这样不但使马显得更加气度非凡，而且着重地赞扬了一种热爱自然、脱离世俗的人生态度。

刚说

原文

孔子曰：『刚毅木讷①，近仁。』又曰：『巧言令色②，鲜矣仁。』所好夫刚者，非好其刚也，好其仁也。所恶夫佞也，非恶其佞也，恶其不仁也。吾平生多难，常以身试之，凡免吾于厄者③，皆平日可畏人也；挤我于俭者，皆异时可喜人也。吾是以知刚者之必仁，佞者之必不仁也。

建中靖国之初，吾归自南海，见故人，问存没④，追论平生所见刚者，或不幸死矣。若孙君介夫讳立节者，真可

孔子

孔子，名丘，字仲尼，中国春秋末期思想家、教育家、儒家创始人，被尊称为圣人。

谓刚者也。

始吾弟子由为条例司属官，以议不合引去。王荆公谓君曰[5]：『吾条例司当得开敏如子者。』君笑曰：『公言过矣，当求胜我者。若我辈人，则亦不肯为条例司矣。』公不答，径起入户，君亦趋出[6]。君为镇江军书记，吾时通守钱塘，往来常、润间，见君京口。方新法之初，监司皆新进少年，驭吏如束湿[7]，不复以礼遇士大夫，而独敬惮君，曰：『是抗丞相不肯为条例司者。』

谢麟经制溪洞事宜，州守王奇与蛮战死，君为桂州节度判官，被旨鞫吏士有罪者。麟因收大小使臣十二人付君并按，且尽斩之。君持不可。麟以语侵君。君曰：『狱当论情，吏当守法。逗挠不进，诸将罪也。既伏其辜矣，馀人可尽戮乎！若必欲以非法斩人，则经制司自为之，我何与焉。』麟奏君抗拒，君亦奏麟侵狱事。刑部定如君言，十二人皆不死，或以迁官。吾以是益知刚者之必仁也。不仁而能以一言活十二人于必死乎！

方孔子时，可谓多君子，而曰『未见刚者』，以明其难得如此。而世乃曰『太刚则折』！士患不刚耳，长养成就，犹恐不足，当忧其太刚而惧之以折耶！折不折，天也，非刚之罪。为此论者，鄙夫患失者也。君平生可纪者甚多，独书此二事遗其子勰、勔，明刚者之必仁以信孔子之说。

注释

①木讷：淳朴，少言。

②令色：善于察言观色。

③厄：困顿。

④存没：是否活着。

⑤王荆公：王安石，谥号荆公。

⑥趋：小步跑。

⑦束湿：吏治太急叫束湿。

译文

孔子说：『为人刚强坚毅、朴实寡言的人应该就是个仁爱的人。』孔子还说：『花言巧语、喜欢察言观色的人，他的身上很少有仁爱之心。』孔子喜欢那些刚强坚毅的人，其实喜欢的并不是他们的刚强坚毅，而是他们身上的仁爱之心。孔子对那些花言巧语的人很厌恶，实际上也不是讨厌花言巧语，而是他们缺少仁爱之心。我这一生遇到了很多不平事，对于他的这句话能够有所体会。凡是在我非常困顿的时候帮助我的，都是为人刚强坚毅令人敬佩的人；在我仕途最艰难的时候还排挤、打击我的，都是以前喜欢花言巧语讨好别人的人。所以我知道刚毅的人身上肯定有仁爱之心，而花言巧语的人是缺少仁爱之心的。

建中靖国初年，我从南海回到家中，见到老朋友，便问人家的情况，谈论起一生中所见过的刚毅的人，有的都不幸过世了。

像孙介夫这一类的人，完全可以称得上是刚毅的人了。起初我的弟弟子由被任命为条例司的属官。因为朝政观点和当朝官僚不同就主动请退。王安石对孙介夫说：『我们条例司所录用的人就应该像你一样，做事敏捷，性格开朗啊！』孙介夫笑着说：『此话差矣。要用就用能力强的。但是至于我，是不想担任条例司属官的。』王安石沉默不语，直接进门，孙介夫也快步离开。孙介夫担任镇江军书记，这时候变法刚刚开始，监司都是刚入仕的新人，对士大夫也不礼遇，只有对孙介夫才给予尊敬和忌惮，他们说：『这人就是回绝丞相，不愿意担任条例司属官的人。』

谢麟治理溪洞，桂州守官王奇战死于疆场，当时孙介夫在桂州担任节度判官，按照皇帝的旨意对犯罪的官吏和士兵进行审讯。谢麟把捕获的二十人交给孙介夫审查，孙介夫不同意把他们杀掉。谢麟就想胁迫孙介夫。孙介夫说：『审案要注重事实，官吏应该按法办事。军队停滞不前是几位将领的过错，他们承认罪行了，其他人还能杀吗！如果非要违法杀人，那么经制司您自己处置吧，我不好参与这样的事情！』于是谢麟上奏说孙介夫公然抗命，孙介夫也上奏说谢麟侵权管案。刑部最后同意了孙介夫的奏章，十二个人全部免死。有人只是被降职。于是我更加相信他的刚毅和仁爱之心了。

孔子生活的年代，有品德的人应该不少了，但是孔子仍然感叹『哪里有刚毅的人啊』，主要是想说这种人很难遇到。可是现在的人却说『人太刚毅就容易被折断！』士人应该害怕的是不刚毅，还要担心长期修养都不能养成这种品德呢，怎么害怕自己太刚毅，遭到被折损呢！到底能不能被折损是天意，不是刚毅本身的错误。持这种观点的人都是计较得失的小人。

【作者逸事】

苏东坡调任杭州的时候，恰好赶上了这个地方瘟疫流行。杭州城里的各个地方，每处都能看到求医问药的穷苦百姓。在这个时候，杭州城里出了个叫金百万的大财主，他抓住了瘟疫这个商机，赶紧在城里开设了药铺。他哄抬要价，遇到没钱买药的百姓，他就高息赊着。苏东坡听说这件事，心里很是不痛快，在与妻子经过一番商量后，他很快就在巾子巷开了家『惠民药局』，专门把『圣散子』施与百姓。很快，金百万也病倒了，他听说苏东坡『惠民药局』的『圣散子』很管用，就派仆人前来取药方。但药局有一个人尽皆知的规矩：只给药，不给药方；只给穷人，富人不管。有钱人用药，必须捐助药局一百两纹银才能用一副。金百万为了买药只好捐银子。金百万吃了三副病就好得差不多了。他又叫仆人继续去拿药，苏东坡告诉仆人：『这种药三副就差不多了，你家主人高价卖药，高息赊药，不做善事。人要是不做善事的话，就会有不好的想法，要是想法不好的话，就会得不好的病。要是想除掉病根，应该先把不好的念头除掉，把那些百姓赊药的借据当众焚烧，然后让他按照规定再捐银子。捐得越多好得越快，否则病势加重，肯定会死的！』金百万为了活命，件件照办。苏东坡用他捐的这些钱，又在众安桥和江干两地开了药局，都叫『惠民药局』，前后救活的人数有好几千。

宝绘堂记

原文

君子可以寓意于物，而不可以留意于物。寓意于物，虽微物足以为乐[1]，虽尤物不足以为病。留意于物，虽微物足以为病，虽尤物不足以为乐。老子曰：『五色令人目盲，五音令人耳聋，五味令人口爽，驰骋田猎令人心发狂。』然圣人未尝废此四者，亦聊以寓意焉耳。刘备之雄才也，而好结髦。嵇康之达也，而好锻炼。阮孚之放也[2]，而好蜡

钟繇

钟繇（151—230），字元常，颍川长社人。三国时期曹魏著名书法家、政治家。官至太傅，魏文帝时与当时的名士华歆、王朗并为三公。有二子：钟毓、钟会。

展。此岂有声色臭味也哉，而乐之终身不厌。

凡物之可喜，足以悦人而不足以移人者，莫若书与画。然至其留意而不释③，则其祸有不可胜言者④。钟繇至以此呕血发冢，宋孝武、王僧虔至以此相忌，桓元之走舸，王涯之复壁，皆以儿戏害其国，凶此身。此留意之祸也。

始吾少时，尝好此二者，家之所有，惟恐其失之。人之所有，惟恐其不吾予也。既而自笑曰：吾薄富贵而厚于书，轻死生而重于画，岂不颠倒错谬失其本心也哉？自是不复好，见可喜者虽时复蓄之，然为人取去，亦不复惜也。譬之烟云之过眼，百鸟之感耳，岂不欣然接之，然去而不复念也。于是乎二物者常为吾乐而不能为吾病。

驸马都尉王君晋卿虽在戚里，而其被服礼义，学问《诗》、《书》，常与寒士角。平居攘去膏粱⑤，屏远声色，而从事于书画，作宝绘堂于私第之东，以蓄其所有，而求文以为记。恐其不幸而类吾少时之所好，故以是告之，庶几全其乐而远其病也。

熙宁十年七月二十二日记。

注释

①微物：小的东西。

②放：放荡。
③释：释然。
④胜言：说得完。
⑤膏粱：精细的饭食。

译文

君子可以在事物中寄托性情，但绝不可以完全沉浸在外在的事物中。如果把性情寄予在事物中，不管是多么微小也会得到快乐，即使事物发生了变化也不会变成祸害。如果把心意完全沉溺于事物中，那么不管是多么微小也会成为祸害，即使是很不一般的东西也不会从中找到快乐。老子说：『色彩过于缤纷容易使人的眼睛瞎了；动听的音乐会让人耳聋；食物过于丰美容易让人口伤；骑马打猎会使人心发狂。』但是圣人不主张废除此事啊，也只是暂时从中寄托心意罢了。刘备富有雄才大略，却喜欢编织毛物。嵇康生性恬淡却喜爱打铁。阮孚狂放不羁，却对造鞋情有独钟。这难道又和音乐美色和香气有关吗？但他们却一辈子都喜欢。

事物之中最好的没有比书画更足以取悦于人但不会移动人心的。然而到了那种把心意完全停留在书画上的程度了，它的祸害也就大了。钟繇最后因此吐血盗墓，宋孝武帝和王僧虔因为这个变得相互猜忌；桓元甚至到打仗时随身携带着书画，王涯甚至将书画藏在夹墙内，这些小孩子般的举动害了他们的国家，甚至他们的身体。这就是把心意留滞在事物所产生的害处。

我小的时候也很喜欢这些东西的。家里已经有了的我害怕会失去它们，别人拥有的我又害怕他们不给我。没隔多久我就自我解嘲说：我把富贵看得很轻，只重书画，甚至看得比生死还重要，这不也是犯了把厚薄轻重弄反了的错误吗，丧失自我了吗？从这以后就不再那样痴迷了。看见喜欢的书画虽然还想再收藏，可是别人拿走了，我也不为之惋惜。就好比烟雾从眼前经过，鸟鸣在耳边闪过，只是愉快地接受，虽然消失了，也不难过。于是书画二物带给我的是快乐，而没有什么灾祸。

驸马都尉王君贵为皇亲国戚，但他谨记遵循礼仪，学习《诗》、《书》，经常与贫寒的读书人较劲，平日里也不喜欢精致的饮食，不近歌舞和女色，但是在书画方面却情有独钟，在私宅的东边又建了宝绘堂，用来存放全部的书画，还要求我写文章记叙此事。我担心他把握不好分寸会出现我少年时的心态，所以写这篇文章劝告他，只是想让他真正得到快乐而远离祸害。

写于熙宁十年七月二十二日。

【作者逸事】

苏东坡自幼就受到父亲苏洵的指导，广博读书，知识非常渊博。最后成了有用之才，他还有一副用于自勉的对联。内容如下：

发愤识遍天下字

立志读尽人间书

这副对联就挂在苏东坡书房的正中间，为了看见它用于自勉奋进。

苏东坡的志向非常高远，聪颖过人，本身非常刻苦地学习，最后成了北宋的著名诗人和书画家，被列入唐宋八大散文家之一，诗词造诣颇高，成就显著。

书蒲永升画后[1]

原文

古今画水，多作平远细皱[2]，其善者不过能为波头起伏，使人至以手扪之，谓有洼隆，以为至妙矣。然其品格，特与印板水纸争工拙于毫厘间耳。

唐广明中，处士孙位始出新意，画奔湍巨浪，与山石曲折，随物赋形，尽水之变，号称神逸[3]。其后蜀人黄筌、孙知微皆得其笔法[4]。始知微欲于大慈寺寿宁院壁作湖滩水石四堵，营度经岁[5]，终不肯下笔。一日，苍黄入寺[6]，索笔墨甚急，奋袂如风，须臾而成，作输泻跳蹙之势，汹汹欲崩屋也。知微既死，笔法中绝五十馀年。

近岁成都人蒲永升，嗜酒放浪，性与画会，始作活水，得二孙本意，自黄居宷兄弟[7]、李怀衮之流，皆不及也[8]。王公富人或以势力使之，永升辄嘻笑舍去。遇其欲画，不择贵贱，顷刻而成。尝与予临寿宁院水，作二十四幅，每夏日挂之高堂素壁，即阴风袭人，毛发为立。永升今老矣，画亦难得，而世之识真者亦少。如往日董羽、近日常州戚氏画水，世或传宝之。如董、戚之流，可谓死水，未可与永升同年而语也。元丰三年十二月十八日夜，黄州临皋亭西斋戏书。

注释

①蒲永升：成都人，宋画家，善画水。

②皱：曲折的纹路。

③神逸：神韵十足。

④孙知微：字太古，宋代画家。

黄筌画迹

黄筌（903—965），字要叔，四川成都人，西蜀宫廷画家，以后转入北宋画院。黄筌从小爱好绘画，而且很早就显露才能。十七岁就在前蜀的画院里当待诏。他的花鸟画妙于写生，造型准确，颇能乱真。

⑤营度：谋求，计算，这里指构思、布置。

⑥苍黄：匆促，慌张。

⑦黄居寀：筌季子，字伯鸾，仕蜀孟昶为翰林待诏，归宋授光禄寺丞。善画。

⑧及：赶得上。

译文

古今画家画水多半都是用细小的纹路把水画成平静、广远的样子，那些画得好的也只不过是画出波头的起伏，让别人在用手摸画时，觉得波头有高有低，就认为是画得最好的了。但这种画法，也只能在技法的工拙上和印制板差不多罢了。

到唐广明年间，处士孙位在画水方面有很深的造诣，画奔流湍急的巨浪和山石的曲折相映，随着山石变化的形态赋予水不同的形态，时人称为『神逸』。后来蜀人黄筌、孙知微都学会了他的笔法。起初的时候，孙知微打算于大慈寺寿宁院墙上作一幅湖滩水石画，构思、规划了一年，迟迟没有下笔。有一天，他慌慌张张地跑进寺庙，急忙要来了笔墨，飞快如风地下笔，一会就画成了。画中的水有一股奔腾倾泻，急促跳跃的势头好像要把房子冲垮。孙知微死后，这种笔法中断了五十多年。

近年来成都人蒲永升，喜欢喝酒，为人放浪，把性情融于画中，从才开始学前人画活水，就掌握了二孙作画的本意。黄居寀兄弟、李怀衮之类，都不能和他相比。有王公富人仗着势力要他作画，永升总是笑着离开。等到他想画的时候，不论来要画人地位的高低，立刻就能做成。他曾给我临摹余临寿宁院壁画中的水，画二十四幅水画，每到夏天把它们挂在高堂白墙上，会感觉到阴风袭人，使人毛发竖起。永升现在老了，很难得到他的画了，世上懂画识画的人也不多了。像往日董羽、近日常州戚氏画水，世人有的把它们当宝贝一样传来传去。但像董、戚之类的人，可以说是死水，不能和永升相提并论。元丰三年十二月十八日夜，戏写于黄州临皋亭西斋。

【作者逸事】

有一天，苏东坡去拜访佛印禅师。两人盘腿而坐，聊得非常高兴，苏东坡问佛印禅师：『你觉得我现在像什么？』

佛印禅师回答：『您像一尊佛。』

苏东坡却出乎意料地对佛印禅师说：『我看你像一堆牛屎』。

佛印禅师只是笑而不答。

苏东坡很是沾沾自喜，回家后还兴高采烈地和他妹妹苏小妹说起这件事。他妹妹说：『哥哥！真正输的是你。禅师的心和佛一样纯净，所以看你像一尊佛。可你的心像牛屎那么污浊，所以认为禅师就像一堆牛屎了』。苏东坡听后很难为情。

苏辙集

【作者简介】

苏辙（1039—1112），字子由，一字同叔，晚号颍滨遗老，眉州眉山（今属四川）人。与父苏洵、兄苏轼合称『三苏』，并入『唐宋八大家』之列。

苏辙的主要文学成就在散文。有『冲和淡泊，遒逸疏宕』之誉。

六国论

原文

尝读六国世家[1]，窃怪天下之诸侯，以五倍之地，十倍之众，发愤西向，以攻山西千里之秦[2]，而不免于灭亡。尝为之深思远虑，以为必有可以自安之计；盖未尝不咎其当时之士，虑患之疏，而见利之浅，且不知天下之势也。

夫秦之所与诸侯争天下者，不在齐、楚、燕、赵也，而在韩、魏之郊；诸侯之所与秦争天下者，不在齐、楚、燕、赵也，而在韩、魏之野。秦之有韩、魏，譬如人之有腹心之疾也。韩、魏塞秦之冲，而蔽山东之诸侯；故夫天下之所重者，莫如韩、魏也。昔者范雎用于秦而收韩，商鞅用于秦而收魏；昭王未得韩、魏之心，而出兵以攻齐之刚、寿[3]，而范雎以为忧。然则秦之所忌者可以见矣。秦之用兵于燕、赵，秦之危事也。越韩过魏而攻人之国都，燕、赵拒之于前，而韩、魏乘之于后，此危道也。而秦之攻燕、赵，未尝有韩、魏之忧，则韩、魏之附秦故也。夫韩、魏，诸侯之障，而使秦人得出入于其间，此岂知天下之势耶？委区区之韩、魏，以当强虎豹之秦，彼得安不折而入于秦哉？韩、魏折而入于秦，然后秦人得通其兵于东诸侯，而使天下遍受其祸。

夫韩、魏，不能独当秦，而天下之诸侯，借之以蔽其西，故莫如厚韩亲魏以摈秦。秦人不敢逾韩、魏以窥齐、楚、燕、赵之国，而齐、楚、燕、赵之国，因得以自完于其间矣。以四无事之国，佐当寇之韩、魏，使韩、魏无东顾之忧，而为天下出身以当秦兵④。以二国委秦，而四国休息于内，以阴助其急。若此，可以应夫无穷，彼秦者将何为哉？

不知出此，而乃贪疆场尺寸之利⑤，背盟败约，以自相屠灭，秦兵未出，而天下诸侯已自困矣；至使秦人得伺其隙⑥，以取其国，可不悲哉？

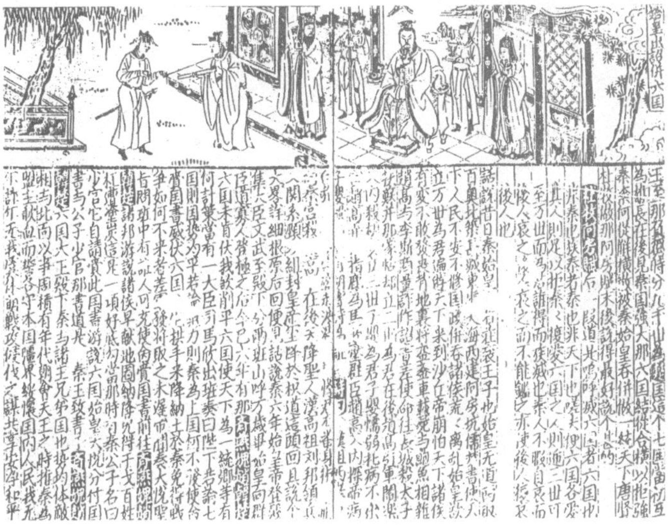

秦始皇出诏灭六国

『天下之诸侯，以五倍之地，十倍之众』却被秦一一灭掉。

注释

①世家：指《史记》中记述诸侯王的家世兴衰的传记。六国在《史记》中专列『世家』记述。

②山西：战国秦汉时，崤山或华山以西为山西，即关西；以东为山东，即关东，也指秦以外的六国。秦国地属山西。塞秦之冲：堵塞、阻挡着秦国的军事要冲。

③刚：今山东宁阳。寿：今山东郓城。皆齐国领地。

④出身：挺身而出。

⑤场：边界。

⑥伺其隙：利用六国间的矛盾。

译文

我读过《史记》的六国世家，私下里感到奇怪：天下的诸侯，凭着比秦国大五倍的土地，多十倍的民众，全心全力向西攻打崤山以西方圆千里的秦国，却最终不免于灭亡。我常深远地思考此事，认为一定有能够使他们自我保全的计策；因此我总是怪罪那时六国的谋臣，在考虑忧患时疏忽大意，图谋利益时又目光短浅，而且不了解天下的情势！

秦国要和诸侯争夺天下的要害，不在齐、楚、燕、赵等地区，而在韩、魏的边境；诸侯要和秦国争夺天下的要害，也不在齐、楚、燕、赵等地区，而在韩、魏的边境。对秦国来说，韩、魏的存在，就好比人的心腹之患；韩、魏两国阻碍了秦国出入的要道，掩护着崤山东边的各诸侯国，所以全天下再也没有比韩、魏更重要的地方了。从前范雎被秦国重用，就想征服韩国，商鞅被秦国重用，又想征服魏国。秦昭王在还没获得韩、魏的归心以前，却出兵去攻打齐国的刚、寿两地，范雎就觉得是可忧的。那么秦国忌惮的事情就可以看出来了。秦国对燕、赵出兵，这对秦国是危险的事情；越过韩、魏两国去攻打别国的国都，燕、赵在前面抵挡，韩、魏就又后面袭击，这是危险的方式。可是当秦国去攻打燕、赵时，却不曾有韩、魏从后面袭击的顾虑，那是因为韩、魏归附了秦国的缘故啊。韩、魏是诸侯各国的屏障，却让秦国人在他们之间进出自如，这难道说是了解天下的情势吗？任由小小的韩、魏两国，去抵挡强暴如虎狼的秦国，他们怎能不屈服而归顺秦国呢？韩、魏屈服而归向秦国，于是秦国就可以出动军队直达东边各国，而使天下到处都遭受到他的祸害。

韩、魏无法单独抵挡秦国，可是全天下的诸侯，却必须靠着他们去挡住西边的秦国，所以不如亲近韩、魏使他们抵挡秦国。秦国人就不敢越过韩、魏，来图谋齐、楚、燕、赵四国，然后齐、楚、燕、赵四国，也就可以保全自己了。凭着四个没有战事的国家，协助面对强敌的韩、魏，让韩、魏无东顾之忧，替全天下挺身而出来抵挡秦军；用韩、魏两国对付秦国，四国在后方休养生息，暗中帮助解决急难，像这样就可以源源不绝地应付下去，秦国还能做些什么呢？

诸侯们不知道这样的谋略，却只贪图边境上些微土地的利益，破坏盟约，自相残杀，秦国的军队还没出动，天下的诸侯各国就已经将自己困住了。直到让秦国人能够乘虚而入来夺取他们的国家，怎能不令人感到悲哀！

说明

这是一篇史论文章，通过史实论述了六国灭亡的原因。作者认为，六国只看重眼前的小利，撕毁了相互之间的盟约，齐、楚、燕、赵不去帮韩、魏抵抗秦国，却争相割地贿赂秦国，导致自身逐渐被削弱，最后一一被秦国灭掉。

上枢密韩太尉书

原文

太尉执事：辙生好为文，思之至深，以为文者气之所形①；然文不可以学而能，气可以养而致。孟子曰：『我善养吾浩然之气。』今观其文章，宽厚宏博，充乎天地之间，称其气之小大。太史公行天下，周览四海名山大川，与燕、赵间豪俊交游，故其文疏荡②，颇有奇气。此二子者，曷尝执笔学为如此之文哉！其气充乎其中而溢乎其貌，动乎其言而见乎其文，而不自知也。

辙生十有九年矣。其居家所与游者，不过其邻里乡党之人③；所见不过数百里之间，无高山大野可登览以自广；百代之书④，虽无所不读，然皆古人之陈迹，不足以激发其志气。恐遂汩没⑤，故决然舍去，求天下之奇闻壮观，以知天地之广大。过秦、汉之故都，恣观终南、嵩、华之高⑥；北顾黄河之奔流，慨然想见古之豪杰；至京师，仰观天子宫阙之壮，与仓廪、府库、城池、苑囿之富且大也，而后知天下之巨丽；见翰林欧阳公，听其议论之宏辩，观其容貌之秀伟，与其门人贤士大夫游，而后知天下之文章聚乎此也。太尉以才略冠天下，天下之所恃以无忧，四夷之所惮以不敢发；入则周公、召公⑦，出则方叔、召虎⑧，而辙也未之见焉。

且夫人之学也，不志其大，虽多而何为？辙之来也，于山见终南、嵩、华之高，于水见黄河之大且深，于人见欧阳公，而犹以为未见太尉也。故愿得观贤人之光耀，闻一言以自壮，然后可以尽天下之大观而无憾矣。

辙年少，未能通习吏事。向之来，非有取于斗升之禄；偶然得之，非其所乐。然幸得赐归待选⑨，使得优游数年之间，将归益治其文，且学为政。太尉苟以为可教而辱教之，又幸矣！

注释

①文者气之所形：指文章是作者的精神气质的外在表现。

②疏荡：指文风疏畅而跌宕有致。

③邻里乡党：泛言乡里。古代以五家为邻，二十五家为里，五百家为党，一万二千五百家为乡。

④百代：指诸子百家。

⑤汩没：埋没，消沉。

⑥终南：终南山，在今陕西西安南。嵩：嵩山，在河南洛阳东南。华：华山，在陕西华阴南。

⑦周公：名旦。召公：名奭。二人都是周初的辅弼大臣。

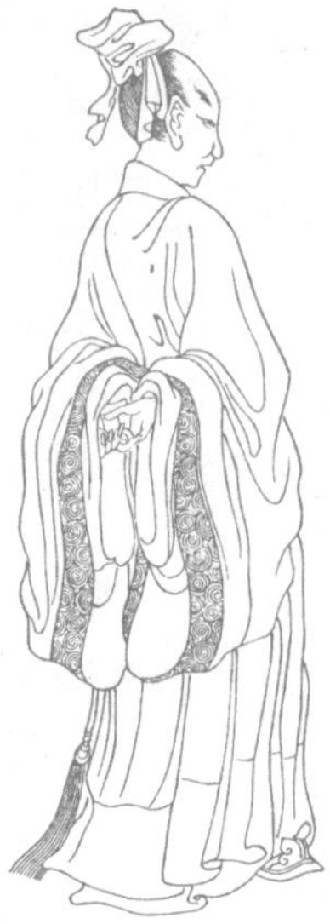

苏文定公

经纬天地曰文，成其道；道德博闻曰文，无不知；学勤好问曰文，不耻下问；慈惠爱民曰文，惠以成政；愍民惠礼曰文，惠而有礼；赐民爵位曰文，与同升。

⑧方叔、召虎：周宣王的大臣。方叔征荆蛮、猃狁有功。召虎曾讨平淮夷。

⑨待选：等待选派官职。

译文

太尉执事：我生性喜欢写作，对此考虑得很深。我认为文章是由气形成的，然而文章不是单凭学习就写得好的，而气可以通过修养获得。孟子说『我善于修养自己的浩然之气。』今天看他的文章，宽厚广博，充塞于天地之间，与他气的大小相称。司马迁走遍天下，广游四海名山大川，与燕、赵之间的豪杰才俊交游，因此他的文章疏放不羁，很有奇特之气。这两个人，难道靠执笔学习就能写出这样的文章吗？他们的气充满在内心而外化于容貌，流动在言语中而表现为文章，自己却并未察觉。

我出生已经十九年了，在家乡所交往的，不过是邻居乡里的人。所见到的不过方圆数百里的景物，没有高山旷野可以登高远望以开阔自己的视野。诸子百家的书，虽然无所不读，然而都是古人的陈迹，不足以激发自己的志气。恐怕就此而被埋没，因此坚决地离开家乡，去寻求天下的奇异见闻、雄壮景观，以便了解天地的广大。经过秦汉故都，纵情观览终南山、嵩山、华山的高大；北望奔流的黄河，慷慨激昂地想到了古代的豪杰。到了京城，仰望壮丽的天子宫殿和富庶巨大的粮仓、府库、城池、园林，然后才知道天下的富有美好。见到翰林学士欧阳公，听他宏肆雄辩的议论，看他秀美伟岸的容貌，和他的门人贤士大夫交游，这才知道天下的文章都聚集在这里。太尉您雄才大略天下第一，举国百姓依靠您而无忧无虑，周边的少数民族畏惧您而不敢侵犯，进入朝廷像周公、召公一样德高望重，领兵出征像方叔、召虎一样勇猛威武，可是我还未见过您。

况且一个人的学习，如果没有立下大志，即使学得再多又有什么用呢？我来到京城，对于山，见到了终南山、嵩山、华山，对于水，见到了深广的黄河，对于人，见到了欧阳公，而我还以没有见到您而感到遗憾。所以希望能够看到贤德的风采，听到您一句话也足以激励我，这样我就可以遍历天下的宏伟景观而没有遗憾了。

我还年轻，不能掌握做官的事情。先前来京城参加科试，并不是为了求取一官半职，偶然考中了，不是我喜欢的。然而，有幸能够被准许回家，等待朝廷的选用，使我能够过几年从容的日子，我将好好地揣摩做文章，而且学习处理政事。太尉如果认为我还可以教导并且愿意屈尊教导我，那就更使我感到幸运了。

说明

本文为苏辙十九岁时所作。苏辙考中进士后，写了这封自荐信，求见当时管理全国军事的韩琦。文章没有阿谀谄媚之态，而是从作文之道着手，将求进之事与文学结合起来，不同流俗，使得韩琦另眼相看。文中提出了实践对创作具有重要意义的观点，丰富和发展了我国古代的文学理论。

黄州快哉亭记

原文

江出西陵，始得平地，其流奔放肆大；南合湘沅，北合汉沔[1]，其势益张；至于赤壁之下，波流浸灌，与海相若。清河张君梦得，谪居齐安[2]，即其庐之西南为亭，以览观江流之胜；而余兄子瞻名之曰『快哉』。

盖亭之所见，南北百里，东西一舍[3]，涛澜汹涌，风云开阖；昼则舟楫出没于其前，夜则鱼龙悲啸于其下；变化倏忽，动心骇目，不可久视。今乃得玩之几席之上，举目而足。西望武昌诸山，冈陵起伏，草木行列，烟消日出，渔夫樵父之舍，皆可指数[4]，此其所以为快哉者也。至于长洲之滨，故城之墟，曹孟德、孙仲谋之所睥睨[5]，周瑜、陆逊之所驰骛[6]，其流风遗迹，亦足以称快世俗。

水调歌头快哉亭

即其庐之西南为亭，以览观江流之胜。

昔楚襄王从宋玉、景差于兰台之宫⑦，有风飒然至者，王披襟当之，曰：『快哉此风！寡人所与庶人共者耶？』宋玉曰：『此独大王之雄风耳，庶人安得共之！』玉之言盖有风焉。夫风无雌雄之异，而人有遇不遇之变；楚王之所以为乐，与庶人之所以为忧，此则人之变也，而风何与焉！

士生于世，使其中不自得，将何往而非病？使其中坦然，不以物伤性，将何适而非快？今张君不以谪为患，收会计之馀功，而自放山水之间，此其中宜有以过人者。将蓬户瓮牖，无所不快；而况乎濯长江之清流，揖西山之白云，穷耳目之胜以自适也哉！不然，连山绝壑，长林古木，振之以清风，照之以明月，此皆骚人思士之所以悲伤憔悴而不能胜者。乌睹其为快哉也哉！

注释

①汉沔：汉水和沔水。汉水上游称漾水；至陕西沔县一段又称沔水；东经褒城，纳褒水，始称汉水。

②齐安：旧郡名，即黄州。

③一舍：三十里。

④指数：指点计算。

⑤睥睨：斜视的样子。此指傲视对方，相互争雄。

⑥驰骛：逐战。

⑦宋玉、景差：楚国以辞赋见长的文学家。兰台：楚国宫苑，故址在今湖北钟祥。

译文

长江流出西陵峡，开始进入平地，水流变得奔腾浩荡。南边与沅水、湘水合流，北边与汉水、沔水汇聚，水势显得更加壮阔。流到赤壁之下，江流滚滚，如海洋一般。清河张梦得，贬官后居住在齐安，在靠近住宅的西南方向建了一座亭子，用来观赏长江的胜景。我的哥哥子瞻将其命名为『快哉亭』。

在亭子里能看到南北上百里、东西三十里。波涛汹涌，风云多变。白天，船只在亭前出没；夜间，鱼龙在亭下悲鸣。景色瞬息万变，令人触目惊心，不能长时间观看。现在能在亭中的小桌坐席旁赏玩这些景色，抬起眼来就看个够。向西眺望武昌的群山，山脉高低起伏，草木排列成行，烟云消散后，太阳出来，渔夫、樵夫的房舍历历可数。这就是把亭子称为『快哉』的原因。至于沙洲的岸边，故城的废墟，是曹操、孙权争夺的地方，是周瑜、陆逊率兵驰骋的场所，他们流传下来的风采和遗迹也足以使世俗之人称快。

从前，楚襄王让宋玉、景差跟从游兰台宫。一阵风吹来，飒飒作响，楚王敞开衣襟迎着风，说：『这风多么令人畅快啊！这是我和百姓共有的吧。』宋玉说：『这只是大王的雄风，百姓怎么能和大王共同享受！』宋玉的话里大概有讽喻的意味。风并无雄雌之别，而人有是否受到赏识的不同。楚王之所以觉得快乐，而百姓之所以感到忧愁，是因为人的境遇不同，与风又有什么关系呢？

士人生活在世上，假如他心中不坦然，那么，到哪里能没有痛苦？假使心中坦荡，不因为外界的影响而破坏性情，那么，到哪里能没有快乐？现在，张君不因贬官而感到忧患，在办完了公务之后，在山水之间尽情游玩，这大概是因为他的心胸有超过常人之处。即使是用蓬草编门，以破瓦片做窗，也不会有什么不快乐的，更何况在清澈的长江中洗浴，面向西山的白云来观赏，使耳目饱览美景而使自己畅快呢？如果不是这样，连绵的峰峦，深陡的沟壑，大片的森林，参天的古木，清风吹拂，明月高照，这些都会使失意文人感到悲伤憔悴而难以忍受的景物，哪里看得出这是能使人快乐的呢？

说明

元丰二年，苏轼因『乌台诗案』被贬，苏辙因上疏替苏轼辩解也遭到贬谪。与苏轼同样谪居在黄州的张梦得于元丰六年在住所西南建了一座亭子，苏轼将其命名为『快哉亭』。本文描写了三个人，即张怀民、苏轼和作者自己，他们的共同之处是都于被贬中。文章赞扬了身处逆境时旷达乐观的精神，也流露出失意和不平之情。

东轩记

原文

余既以罪谪监筠州盐酒税[1]，未至，大雨，筠水泛溢，蔑南市，登北岸，败刺史府门。盐酒税治舍，俯江之漘，水患尤甚。既至，敝不可处，乃告于郡，假部使者府以居。郡怜其无归也，许之。岁十二月，乃克支其欹斜[2]，补其圮缺，辟听事堂之东为轩，种杉二本，竹百个，以为宴休之所。然盐酒税旧以三吏共事。余至，其二人者适皆罢去[3]，事委于一。昼则坐市区鬻盐、沽酒、税豚鱼，与市人争寻尺以自效[4]。莫归筋力疲废，辄昏然就睡，不知夜之既旦。旦则复出营职，终不能安于所谓东轩者。每旦莫出入其旁，顾之未尝不哑然自笑也。

余昔少年读书，窃尝怪颜子以箪食瓢饮居于陋巷[5]，人不堪其忧，颜子不改其乐。私以为虽不欲仕，然抱关击柝[6]，尚可自养，而不害于学，何至困辱贫窭自苦如此？及来筠州，勤劳盐米之间，无一日之休，虽欲弃尘垢，解羁

絷，自放于道德之场，而事每劫而留之⑦。然后知颜子之所以甘心贫贱，不肯求斗升之禄以自给者，良心其害于学故也。嗟夫！士方其未闻大道，沉酣势利，以玉帛子女自厚，自以为乐矣。及其循理以求道，落其华而收其实，从容自得，不知夫天地之为大与死生之为变，而况其下者乎？故其乐也，足以易穷饿而不怨，虽南面之王，不能加之。盖非有德不能任也。余方区区欲磨洗浊污⑧，晞圣贤之万一⑨，自视缺然而欲庶几颜氏之乐，宜其不可得哉！若夫孔子周行天下，高为鲁司寇，下为乘田委吏，惟其所遇，无所不可，彼盖达者之事，而非学者之所望也。

余既以谴来此，虽知桎梏之害而势不得去。独幸岁月之久，世或哀而怜之，使得归伏田里，治先人之敝庐，为环堵之室而居之，然后追求颜氏之乐，怀思东轩，优游以忘其老。然而非所敢望也。

元丰三年十二月初八日，眉阳苏辙记。

注释

①以罪谪：这里是说作者受苏轼的『乌台诗案』牵连遭贬。

②克支：支撑起。攲斜：倾斜。

③罢去：离开。

④寻尺：这里指细小之物；自效：愿为别人贡献出自己的力量。

⑤箪食瓢饮：用来说生活俭朴，贫困。

⑥抱关击柝：守门打更的小官吏。

⑦劫：约束、阻碍。

⑧区区：四处奔走的意思。

在陈绝粮

从者病，莫能兴。子路愠见曰：『君子亦有穷乎？』子曰：『君子固穷；小人穷斯滥矣。』苏辙论述了圣贤之人安贫乐道的态度。

⑨晞：仰望、向上看。

译文

我因为获罪已经被贬担任管理筠州盐酒税收政策的税务官，还没到任，就下起了大雨。筠州大水泛滥成灾，淹没了南岸的市场，漫上了北坡，冲坏了州府的大门。盐酒税所就在锦江边，水灾尤其严重。我来到任所时，房屋破败，无处安身。于是向郡府的长官作了报告，请求借用户部巡察使衙门暂居。郡府长官同情我无安身之处，就答应了我的请求。这年十二月，才能勉强支立起倾斜的房子，修补上倒塌的墙辟，又是在厅事堂的东边盖了一间小屋，屋前种了二株杉树和上百颗竹子，作为我读书休息的处所。但是，盐酒税务的差事，以前由三个人来管，我来到这里时，其余二人正好都卸职离去，所有的事务都落在我一个人头上。白天我得坐守在市场上，卖盐沽酒，收猪、鱼交易的利税，与市场上的买卖人为尺寸的小利争执以尽我的职责。晚上回去就已经筋疲力尽，昏然睡去，天已经亮了都不知道。第二天又得出去工作，始终也不能在所谓的东轩安闲地休息。每天早晚都从它旁边出入，回头看看，不禁使人内心产生一种无可奈何的苦笑。

从前，我小的时候读书，曾经暗地里责怪颜回用一个竹器盛饭，一个飘盛水，住在简陋的小巷里，别人都忍受不了这种困苦，颜回却怡然自乐。我私下认为即使不想从政做官，那么至少也应该做点看门打更的小差事，这样也可以自己养活自己，而且不妨碍治学，何至于贫穷困苦到如此地步呢！可是自从我来到筠州，每天为盐米这些锁事辛勤操劳，没有一天休息的时间。虽然很想离开入声喧嚣、尘土飞场的市场，摆脱繁杂琐碎的事务，回到能修身养性、培养品德的场所去，但每每被繁杂的事务缠绕住而身不由已。从这以后才知道颜回之所以甘心贫贱，不肯谋求一斗一升的薪禄来养活自己的原因，实在是因为这样的处境对治学是有害的缘故啊。唉！读书人在他还没有最高理想境界的时候，沉醉在权势利益之中，为财帛子女经营，并以此为乐趣。等到他按着正理而寻求人生的最高理想的时候，就能摆脱虚华而追求真正的人生。那时就会从容自得，连天地的大小、人的生死都置之不顾，何况其他事情呢！所以那种乐趣，足够对穷困饥饿的处境漠视不顾，毫无怨言，即使让他南面称王他也不会接受，大概品德不高尚的人是达不到这种境界的。我正想以诚挚的心情洗心革面，勤学求道，希望能达到至圣先贤们的万分之一。可是我自知我的不足，而希望达到颜回那样忧道不忧贫的境界，不是更做不到吗！至于孔子东列国游说，最高的官职是做了鲁司寇，最低的时候还做过乘田、委吏，只要他接触的官职，他都能做好。他所做的都是『达者的事情，不是我们这些平常学者能够办到的』。

我已经被贬谪在这里，虽然知道受职事的束缚不能离开，只希望时候长久了，世人或许能同情可怜我，让我返回家乡，修建先人留下的破败家园，盖起简陋的房屋栖身，然后追求颜回安贫乐道的志趣，实现所想望的东轩之乐，优哉游哉，其乐无穷，以至不知老之将至。然而这不过是幻想，我是不敢有这样的希冀的。

现在是元丰三年十二月初八日，眉山苏辙所作。

【作者逸事】

苏东坡是宋代的大文学家，但是宋代元祐年初，他由于『乌台诗案』被人诬陷被打入大牢，在狱中备受狱吏的凌辱。没过多长时间就被释放了，皇帝还任命他为礼部员外郎。一天，苏东坡去上朝，恰好碰到当年那个狱吏，狱吏非常窘迫。苏东坡讽刺说：『有一条用蛇毒杀人的蛇，到了阎王府要追究它的罪行，按法被处死。蛇哀求道：「我承认有罪，可是还有功劳啊，是否可以将功赎罪啊。」冥官说：「你有功吗？」蛇说：「我有黄，可以治病，已救活了好多人呢。」冥官听后把它放了。很久之后，狱吏牵来了一头牛，说：「这头牛用角把人抵死了，按法判死罪。」牛说：「我也有黄，可以治病，好多人被救活了呢。」冥官最终也放了它。很久之后，狱吏又牵来一个人，说：「这个人杀了很多人，按法应该偿命。」那个人一听，立刻也说自己有黄。冥官震怒了，呵斥道：「蛇黄牛黄都能做药，这是人尽皆知的啊，你却有人黄，能干什么呢？」那个人很是尴尬，说：「我的确没有黄，只有惭惶。」』

孟德传

原文

孟德者，神勇之退卒也①。少而好山林，既为兵，不获如志。嘉祐中戍秦中，秦中多名山，德出其妻，以其子与人，而逃至华山下，以其衣易一刀十饼，携以入山，自念：『吾禁军也，今至此，擒亦死，无食亦死，遇虎狼毒蛇亦死，此三死者吾不复恤矣』。惟山之深者往焉，食其饼既尽，取草根木实食之。一日十病十愈，吐利胀懑无所不至②。既数月，安之如食五谷，以此入山二年而不饥。然遇猛兽者数矣，亦辄不死③。德之言曰：『凡猛兽类能识人气，未至百步辄伏而号，其声震山谷。德以不顾死，未尝为动。须臾，奋跃如将搏焉，不至十数步则止而坐，逡巡弭耳而去④。试之前后如一。』

后至商州，不知其商州也，为候者所执。德自兮死矣。知商州宋孝孙谓之曰：『吾视汝非恶人也，类有道者。』德具道本末，乃使为自告者置之秦州⑤。张公安道适知秦州，德称病得除兵籍为民，至今往来诸山中，亦无他异能。

夫孟德可谓有道者也。世之君子皆有所顾，故有所慕，有所畏。慕与畏交于胸中未必用也，而其色见于面颜，人望而知之。故弱者见侮，强者见笑，未有特立于世者也。今孟德其中无所顾，其浩然之气发越于外，不自见而物见之矣。推此道也，虽列于天地可也，曾何猛兽之足道哉？

注释

①神勇：这里指禁军的一个兵营名。退卒：逃跑的士兵。

②利：同『痢』，这里指患了痢疾。

③辄：常常，总是。

④弭耳：指贴耳。这里是形容动物非常驯服。

⑤自告者：自首的人。

译文

孟德曾经是禁军神勇营的逃兵。他小的时候很喜欢山林，就入了军营，『好山林』的愿望没有实现。在宋仁宗嘉祐年间，他守卫秦中，陕西关中这个地方有很多名山。孟德休掉妻子，把他的儿子送人了，他逃奔到华山脚下，用身上的衣服交换到了十个饼和一把刀，就这样进山了。他心里想：『我是属于禁军的，现在跑到了这里，万一被拿着还是要被处死的，要不就被活活饿死，万一遇到虎狼毒蛇还是要死。对这三种死，我没有什么顾虑，只管向山上走吧！』他把饼吃完了以后，就靠野草和野果充饥。一天生病十次又好了，呕吐、下痢、腹胀、胸闷，没有不遇上的。这样过了几个月，他吃这些东西就像吃五谷一样安全。因此进山两年没有被饿死，遇上很多次猛兽也幸免于难。孟德说：『只要是猛兽，都能认出人的气息。离人还有百步，就伏在地上号叫，声音响彻山谷。我不害怕死所以才没死。过一会，它就跳过来想跟我搏斗，离我只差十几步，又不向前蹲坐在那里，犹豫不定，终于驯服地走了。我所遇到的猛兽都是这样的。』

后来孟德到达商州，他却不知道，被哨兵抓住，他认为肯定必死无疑了。商州知府宋孝孙对他说：『我不认为你是坏人，而像是是有道的人。』孟德就把事情的经过全部对他说了，宋就把他看做是自首，并将其安置在秦州。张安道恰巧在秦州做知府，孟德谎称有病，得以成为百姓。至今仍在各山中往来，没看出有什么特别的本事。

孟德真可谓一个有道之人啊。世上的君子都有自己的喜好，所以对有的事会仰慕，对有的事会畏惧；仰慕畏惧在内心纠缠，虽没有在行动中有所表现，但脸上还会露出情绪的，旁人一看就知道了。所以弱者遭到侮辱，强者遭受讥笑，没有一个人能做到超凡脱俗、独立于世。如今孟德没有挂念，盛大刚直之气外露于表，他自己没有觉察，但众人却看见了。把这个道理推而广之，即使遇上天地并列也是可以的，猛兽又有什么呢！

说明

苏辙寄来《孟德传》中有猛虎畏人的说法，这引起了苏轼的极大兴趣，于是对老虎吃人的心理做了一番探讨。作者立论的要点是，老虎吃人之前，必先被之以威，慑于威而惧者方食之，相反，不惧者则不敢食。这一论点是建立在三个传闻基础上的，第一个传闻，是二小儿在虎以首抵触之时，戏沙自若，虎怏怏离去；第二个传闻是醉者不醒，虎亦不食；第三个传闻更加有趣，夜黑人静时，有人错把虎当成猪狗以杖击之，则虎仓皇逃窜。有这三条轶闻作根据，则作者的立论可以成立了。

三国论

原文

天下皆怯而独勇，则勇者胜；皆暗而独智，则智者胜。勇而遇勇，则勇者不足恃也；智而遇智，则智者不足恃也。夫惟智勇之不足以定天下，是以天下之难蜂起而难平。盖尝闻之，古者英雄之君，其遇智勇也，以不智不勇，而后真智大勇乃可得而见也。

悲夫！世之英雄，其处于世，亦有幸不幸邪？汉高祖、唐太宗，是以智勇独过天下而得之者也；曹公[①]、孙[②]、刘[③]，是以智勇相遇而失之者也。以智攻智，以勇击勇，此譬如两虎相捽[④]，齿牙气力，无以相胜，其势足以相扰，而不足以相毙。当此之时，惜乎无有以汉高帝之事制之者也。

昔者项籍以百战百胜之威，而执诸侯之柄，咄嗟叱咤，奋其暴怒，西向以逆高祖，其势飘忽震荡如风雨之至。天下之人，以为遂无汉矣。然高帝以其不智不勇之身，横塞其冲，徘徊而不得进，其顽钝椎鲁，足以为笑于天下，而卒能摧折项氏而待其死，此其故何也？夫人之勇力，用而不已，则必有所耗竭；而其智虑久而无成，则亦必有所倦怠而不举。彼欲用其所长以制我于一时，而我闭门而拒之，使之失其所求，逡巡求去而不能去[⑤]，而项籍固已惫矣。

今夫曹公、孙权、刘备，此三人者，皆知以其才相取，而未知以不才取人也。世之言者曰：孙不如曹，而刘不如孙。刘备唯智短而勇不足，故有所不若于二人者，而不知因其所不足以求胜，则亦已惑矣。盖刘备之才，近似于高祖，而不知所以用之之术。昔高祖之所以自用其才者，其道有三焉耳：先据势胜之地，以示天下之形；广收信、越出奇之将[⑥]，以自辅其所不逮；有果锐刚猛之气而不用，以深折项籍猖狂之势。此三事者，三国之君，其才皆无有能行之者。独有一刘备近之而未至，其中犹有翘然自喜之心，欲为椎鲁而不能纯，欲为果锐而不能达，二者交战于中，而未有所定。

是故所为而不成，所欲而不遂。弃天下而入巴蜀，则非地也；用诸葛孔明治国之才，而当纷纭征伐之冲，则非将也；不忍忿忿之心，犯其所短，而自将以攻人，则是其气不足尚也。

嗟夫！方其奔走于二袁之间⑦，困于吕布而狼狈于荆州⑧，百败而其志不折⑨，不可谓无高祖之风矣，而终不知所以自用之方。夫古之英雄，惟汉高帝为不可及也夫！

孙权

孙权（182—252），三国时期吴国的开国皇帝。字仲谋。吴郡富春县人。幼年跟随兄长吴侯孙策平定江东，后兄长逝世，孙权继位为江东之主。

注释

①曹公：这里指曹操，字孟德。他的儿子曹丕废掉汉献帝自立，改国号为魏。

②孙：孙权，字仲谋，建立东吴，形成三国割据的局面。

③刘：刘备，字玄德，在西蜀称帝，建立蜀国。

④捽：相遇。

⑤逡巡：停滞不前的样子。

⑥信、越：韩信、彭越，都是汉高祖的功臣。

⑦二袁：袁绍和他的弟弟袁术。

⑧狼狈：指作战不顺利。

⑨百败：这里指经历过很多次失败，是约数，不是确数。

韩信

韩信，字重言，淮阴（今江苏省淮安市淮阴区码头镇）人，西汉开国功臣，初属项羽，后归刘邦。中国历史上伟大军事家、战略家、统帅和军事理论家。

译文

要是天下的人都很胆小害怕只有一人勇敢的话，那么最后能够取得胜利的只有这位勇敢的人了；如果全天下的人都不那么聪明，可是仅仅一人拥有智慧，那么这位有智慧的人最终会取得胜利的。勇敢的人和勇敢的人交手，那么勇敢就不可以作为最后能够取得胜利的依据了；同样，聪明的人碰到同样聪明的人，那么智慧就不是能够取得胜利的依据了。因此说：仅仅依靠智慧和勇气来使天下得到平定那是不够的，因此天下处于混乱的时候，英雄们都风起云涌还是不能让天下实现平定。我还听说过这样的话：从古到今的那些英雄君主，他们所遇到的那些所谓的有智慧和有勇气的圣贤，实际上并没有多大的智慧和勇气，其实在这样的情况下才能真正显示出这些英雄们的真正的勇气和智慧。

真是可悲啊！世界上的英雄，他们活在这个世上，有些人是幸运的，有些人却是不幸的。像汉高祖、唐太宗他们两个都是有勇有谋的人物，他们的智慧和谋略超过天下所有人，所以最终得了天下。像曹操、刘备、孙权这三个却是智勇相当的人相遇，因此他们三个才失去了得到整个天下的机会。用智慧和智慧去斗争，用勇气和勇气去对抗，这就像两只老虎相斗的情形，老虎的牙齿和力气都是差不多的，因此谁也赢不了谁。

它们的势力基本差不多，是可以抗衡的，但是却不能够有一方彻底取胜。像这样的时刻，要是出现像汉高祖那样的人来制服他们就好了。

当年项羽凭着百战百胜的强大的威望，最后当上了诸侯的盟主，能够对诸侯呼风唤雨，发泄他内心的愤怒之气，向西对刘邦实行反攻。那气势就像狂风暴雨马上就要来了一样势不可挡，天下的人，没有人不认为汉会马上就要被项羽消灭了。但是刘邦这个人能凭借着本身并不十分智慧和十分勇敢的本领，把项羽的进攻挫败了，使项羽徘徊不敢轻易进攻了。天下人都嘲笑项羽的鲁莽和处事的迟钝。使得刘邦能够最后击败项羽，逼迫项羽自杀身亡，这里面到底有什么奥秘呢？大概和个人的勇敢和力量有关吧，如果不停地使用个人的勇敢和力量，那么肯定有用完的时候啊。那些智谋用久了但是还没有取得成功的话，肯定就会变得疲惫了，因此不能取得成功。这时候如果对方用他们的长处来牵制我，我只要能够阻挡住，使他的目的不能那么快就实现，徘徊不前，后退又没有退路的话，那么项羽肯定会走上失败的道路。

现在我们来说曹操、孙权、刘备这三个人，人人都知道他们三个人都有自己独特的才能，但是人们却不知道他们三个还有不可取的地方呢。世人都说，孙权不能和曹操相比，而刘备更是不能和孙权相比，刘备这个人本身就缺少智慧并且勇气不充足，在他的身上有很多的地方是不能和孙权、曹操两人相比的。但是如果对自己的不足之处还不清楚却还能去求胜，那也是十分荒谬的事情了。刘备的才能近似和刘邦差不多，却不知刘邦所使用的计谋。当年刘邦的才能主要展现在三方面，第一是先占据有利地势，来展现出夺取天下的趋势；能够招纳到像韩信、彭越等能出奇制胜的将领，刘邦就是靠这些来弥补自己的不足的。他自己就有果锐刚猛之气但是却不展露，深深地把项羽的猖狂之势消减了。这三方面，三国君主的才智都不能和刘邦相比。只有刘备能和他相比但是还说没有赶上他，

刘邦起事 公元前209年，秦末农民起义爆发，陈胜、吴广攻占陈后，建立了『张楚』政权。这时，沛县的县令也想响应来继续掌握沛县的政权，百姓对平时就不太体恤他们的县令很不满，杀了县令后开城门迎进刘邦，又推举他为沛公，领导大家起事。这一年刘邦四十八岁。

却还有自得的心意，现在拿他和一个锥子来做比较，如果太迟钝了就不够锋利，要是把他比作成一个圆锤那么他又太过锋利了而不能用来敲打其他东西。他的这种方法在实战于中，没办法说什么时候要用到哪种方法。所以总想成就一番事业却不成功，想做的事情最后都办不成。于是放弃了夺取天下的愿望而进入巴蜀地区，这可不是一个好地方；他重用诸葛亮的才能来治理国家，但是在这个纷乱的争战时代，诸葛亮本身不是将领。不能够忍受一时的气愤之心，亲自率兵去打仗，是气度不宽大的表现。

真是可悲啊！当他在二袁之间疲于奔波，被吕布困厄住，狼狈地逃到荆州时，他的百折不挠的精神不能说没有高祖的风范，但最终还是不知道自己能够成就什么事业。自古以来能堪称上是英雄的，恐怕只有汉高祖一个人吧。

说明

在《三国论》这篇文章中作者把刘备和刘邦拿来作比较，他评价刘备为『智短而勇不足』，而且『不知因其所不足以求胜』，同时这篇文章还有借古鉴今的寓意。

武昌九曲亭记①

原文

子瞻迁于齐安②，庐于江上③。

齐安无名山，而江之南武昌诸山，陂陁蔓延④，涧谷深密，中有浮图精舍⑤，西曰曲山，东曰寒溪。依山临壑⑥，隐蔽松枥，萧然绝俗⑦，车马之迹不至。每风止日出，江水伏息，子瞻杖策载酒⑧，乘渔舟，乱流而南⑨。山中有二三子，好客而喜游。闻子瞻至，幅巾迎笑，相携徜徉而上。穷山之深，力极而息，扫叶席草，酌酒相劳。意适忘返，往往留宿于山上。以此居齐安三年，不知其久也。

然将适西山，行于松柏之间，羊肠九曲，而获少平。游者至此必息，倚怪石，荫茂木，俯视大江，仰瞻陵阜，旁瞩溪谷，风云变化，林麓向背，皆效于左右。有废亭焉，其遗址甚狭，不足以席宾客。其旁古木数十，其大皆百围千尺，不可加以斤斧。子瞻每至其下，辄睥睨终日。一旦大风雷雨，拔去其一，斥其所据，亭得以广。子瞻与客入山视之，笑曰：『兹欲以成吾亭邪？』遂相与营之。亭成，而西山之胜始具。子瞻于是最乐。

昔余少年，从子瞻游。有山可登，有水可浮，子瞻未始不褰裳先之。有不得至，为之怅然移日。至其翩然独往，逍遥泉石之上，撷林卉，拾涧实，酌水而饮之，见者以为仙也。盖天下之乐无穷，而以适意为悦。方其得意，万物无以易之。及其既厌，未有不洒然自笑者也。譬诸饮食，杂陈于前，要之一饱，而同委于臭腐。夫孰知得失之所在？惟其无愧于中，无责于外，而姑寓焉。此子瞻之所以有乐于是也。

注释

①九曲亭：旧址在鄂城县西山九曲岭，为孙吴遗迹。

②子瞻：苏轼的字。迁：贬谪。

③庐：居住。

④陂陁：起伏不平的样子。

⑤浮图：梵语，指佛寺。精舍：僧人住所。

⑥临：面临。

⑦萧然：清静寂寞的样子。

⑧杖：拄。策：拐杖。

⑨乱：横渡。

译文

子瞻被贬到齐安后，他的家就住在江边。

齐安没有什么名山，可是长江南岸武昌的群山，连绵起伏，山谷非常幽深，其中有寺庙、僧舍，西边的叫曲山寺，东边的叫寒溪寺。它们紧靠着山梁，面朝山沟，被茂密的松树枥树丛所隐蔽，其中寂寞清静恍然绝于世，听不到车马的喧嚣，看不见人的足迹。每当风停了，太阳出来的时候，江面波平浪静，子瞻就拄着拐杖，带上酒，驾着渔舟，到江南去。山中有几个人，待客热情，都爱好游玩，听说子瞻到来，急忙裹着头巾，笑着出来迎接他，然后一起去游玩，一直走到深山尽处，大家都很疲惫了，他们扫去落叶，席地而坐，大家举起酒杯，互相问候，玩得非常开心，都忘记了回家，常常在山上夜宿。因为过着这样惬意的生活，子瞻在齐安住了三年，没觉得时间有多长。

可是要到西山去时，必须经过青松翠柏之间，还要走弯弯曲曲的羊肠山路，才能到达平坦的地方，游人到了这里

竹林七贤

魏正始年间嵇康、阮籍、山涛、向秀、刘伶、王戎及阮咸等七人常聚在当时的山阳县（今河南辉县西北一带），他们不拘礼法，清静无为，常喝酒纵歌，故世谓竹林七贤。本文记述了把心思寄托于山水间的乐趣，说明了苏轼『适意为悦』的思想情趣。

一定要休息一会儿。人们倚靠在奇形怪状的石头上，在大树的树荫下休息，向下可俯视滚滚大江，向上可以看到巍巍高山，小溪幽谷就在旁边，还有风云变化和树林山脚的阴面和阳面的景象，都展现在人们面前。这里还有一座破旧的亭子，它的遗址非常狭小，不能容纳游人。亭子旁长着几十棵古树，树干很粗壮、千尺之高，不能够用刀斧来砍伐。子瞻每次到了树下，就成天观察着它们。一天，来了一阵暴风雷雨，其中一棵古木被连根拔起，子瞻趁机把长树的地方开辟出来，亭子的地基于是扩大了。子瞻与朋友们进山看了看，笑着说：『这大概是上天想成全我们重修亭台的愿望吧？』于是一座新亭子就开始修建了。亭子建成后，西山的胜景终于完备了。子瞻非常高兴。

我年轻的时候，跟随着子瞻到各地游玩。遇山就登山，遇水就划船，子瞻每次都是带头提起衣服卷起裤脚先下水。有些地方不能到达，子瞻就一天都闷闷不乐。有时他一个人飘然独游，自由自在地在泉边岩石上漫游，采摘着树林中的山花野草，随意拣着山中的落果，喝着溪水，看到他这样子的人都把他当做神仙。其实天下的乐事很多，而以使人心情畅快的事是最开心的。而当他称心如意的时候，什么都不能换取这种快乐；到了他兴尽的时候，常常感到吃惊，又自我解嘲。就好像是喝酒吃饭，丰盛的菜肴摆在面前，只不过是为了填饱肚子罢了，而吃下去后，那些食物同样都变成了腐臭的东西，有谁知道哪些东西该吃，哪些东西不该吃呢？只要心中无愧，在外面不会受到人家的指责，把心思寄托在这山林之间又有什么呢。这就是子瞻在这里找到快乐的原因。

说明

本篇选自《栾城集》。写于元丰五年（1082）。这时候苏辙被贬到筠州，苏轼被贬到黄州，政治上很不得志，但他们都还保持乐观。这篇题记记述了苏轼重建武昌九曲亭的缘由，说明苏轼『适意为悦』的思想情趣，表现出苏轼游乐山水中的那份洒脱和磊落。显然，作者也在此寄托着思想。本文构思奇特，既抓住建亭的事实特点，也凸现了苏轼的思想性格。

为兄轼下狱上书

原文

臣闻困急而呼天，疾痛而呼父母者，人之至情也。臣虽草芥之微，而有危迫之恳，惟天地父母哀而怜之。臣早失怙恃[①]，惟兄轼一人，相须为命。今者窃闻其得罪逮捕赴狱，举家惊号，忧在不测。臣窃思念，轼居家在官，无大过恶，惟是赋性愚直，好谈古今得失，前后上章论事，其言不一。陛下圣德广大，不加谴责。轼狂狷寡虑[②]，窃恃天地包含之恩，不自抑畏。顷年通判杭州及知密州日，每遇物托兴，作为歌诗，语或轻发，向者曾经臣寮缴进，陛下置而不问。轼感荷恩贷，自此深自悔咎[③]，不敢复有所为。但其旧诗已自传播。臣诚哀轼愚于自信，不知文字轻易，迹涉不逊，虽改过自新，而已陷于刑辟，不可救止。轼之将就逮也，使谓臣曰：『轼早衰多病，必死于牢狱，死固分也。然所恨者，少抱有为之志，而遇不世出之主，虽龃龉于当年[④]，终欲效尺寸于晚节。今遇此祸，虽欲改过自新，洗心以事明主，其道无由。况立朝最孤，左右亲近，必无为言者。惟兄弟之亲，试求哀于陛下而已。』臣窃哀其志，不胜手足之情，故为冒死一言。昔汉淳于公得罪，其女子缇萦，请没为官婢，以赎其父。汉文因之，遂罢肉刑。今臣蝼蚁之诚，虽万万不及缇萦，而陛下聪明仁圣，过于汉文远甚。臣欲乞纳在身官，以赎兄轼，非敢望末减其罪，但得免下狱死为幸。兄轼所犯，若显有文字，必不敢拒抗不承，以重得罪。若蒙陛下哀怜，赦其万死，使得出于牢狱，则死而复生，宜何以报！臣愿与兄轼，洗心改过，粉骨报效，惟陛下所使，死而后已。臣不胜孤危迫切，无所告诉，归诚陛下，惟宽其狂妄[5]，特许所乞，臣无任祈天请命激切陨越之至。

注释

①怙恃：这里指父母。

②狂狷寡虑：为人行为放荡，考虑问题不全面。

③悔咎：悔过，反省。

④龃龉：齿，这里指意见不合。

⑤惟：希望。宽：宽容。

译文

臣听说人所处的环境如果很恶劣就会呼叫苍天，遇到难忍的痛苦就会呼叫父母，这些都是人感情最强烈的表现。臣比小草一般卑微，但在受危难压迫时也还是有所求的，恐怕现在能悲悯我的只有天地和父母了吧。臣很小的时候就没了父亲，一直无依无靠，只有哥哥苏轼和我相依为命。现在我听说他犯罪，被打入监狱，我们全家都非常惊恐害怕，担心的是他会有什么不测。臣在下面揣度，苏轼的个人生活和在朝廷为官，从总体上说没有大错，只是

缇萦救父

淳于意从前当过官，后来弃官行医。后被人陷害。当地的官吏判他『肉刑』，要把他押解到长安去受刑。缇萦陪父亲一起到了长安，并托人写了一封奏章，到宫门口递给守门人。缇萦的毅力和勇气，不但使父亲含冤得直，免受肉刑，而且也使汉文帝深受感动。因此废除了肉刑。

为人过于率直，缺少周全的考虑罢了，他喜欢谈古论今，还有好几次他所上的奏折中观点与陛下不一致。陛下有很深广的圣德，没有责难他什么。但苏轼性格过于狂妄，做事缺乏考虑，还以为现在有天地宽容的恩德，就不知道敬畏，也不知道收敛。近来他在担任杭州通判和密州知府期间，看到事物时就有感而发，于是写成诗，也不对用词多加考虑，在这之前曾经有一些同僚就把他的诗文呈给陛下过，但是陛下放在一旁没追问。苏轼觉得辜负了圣上的恩泽，常常自己悔过，不敢再行为有所轻慢了。但是他以前写的诗却传开了。臣真心哀叹苏轼过于自信的愚昧，不知道写出来文字容易，但是其中的不恭敬言辞带来的影响不容易消除，虽然他现在已改过，但却违反了刑律，这是没法挽回的。苏轼在被捕之前，他就让人来捎话说：『我身体过早就不好了而且多病，肯定会死在牢狱里。死也是我应该的。可是我还有遗憾在世间，年少时我就想有一番作为，恰好逢到世上难遇的贤明君主，当年的所作所为也确实糊涂，也有所悔悟，只想在晚年时有所报效国家；现在却出了这样的祸患，即使想改过自新，洗心革面重新报答贤明的君主，却没有足够的理由来证明。况且我在朝中没有什么朋党，即便是以前显得和我交好的人，肯定也不会出来为我求情。只能指望兄弟亲情，向陛下为我请求。』我很赞同他的志向，而且没法拒绝手足之情，所以只好冒死向陛下为他求情。从前汉朝的淳于公犯了罪，他的女儿缇萦请求朝廷将自己收为官婢，求得赎回父亲。淳于公因此免遭肉刑。我现在就像蚂蚁一般渺小，是不能和缇萦相比的，但是陛下比汉文帝更为聪明仁圣。臣想用我的官职赎回兄长苏轼，不奢望到最后能够减轻他的罪过，只求能不让他死在牢狱里。臣的兄长苏轼所犯的罪，真的是因为他的诗文，他肯定会承认因此获得重罚的。如果陛下能够给予同情怜悯，赦免他的死罪，把他从牢狱中放出来，他就等于死而复生了。这样的恩德无论如何怎能够报答呢？臣愿意和兄长苏轼，改过自新，粉身碎骨报答陛下，只要陛下差遣去做，就是肝脑涂地也要去做。臣现在非常慌张和迫切，不知道如何去说话了，我所能对陛下说的就是：希望您对他的狂言妄行能包容，恩许我的请求。臣不能再承受这种祈天请命的惶恐了，这已经到达我所承受的极限了。

说明

《为兄轼下狱上书》是苏辙的代表篇目。这篇文章写在神宗元丰二年（1079）。该年八月，苏轼因文字狱牵连坐狱。由于苏轼在湖州做知州的时候，他写的《湖州谢上表》中有这样几句话：『皇上陛下天覆群生，海涵万族，用人不求其备，嘉善而矜不能。知其愚不适时，难以追陪新进，察其老不生事，或能牧养小民』。后来，御史中丞李定等人用这些话来断定他诋毁变法，对朝廷不敬；他们在苏轼居杭州期间所作的大量诗文中发掘出六十多处所谓『讪上骂下』、『公为诋訾』的词句，上奏皇上，苏轼因此下狱。这就是所谓的『乌台诗案』。事件一发生，苏辙迅速作了此文呈交神宗皇帝，『乞纳在身官以赎兄轼』，希望能赦免苏轼。文章写于性命攸关的时刻，因为苏氏兄弟情深义重，因此文章饱含真情，文章的开头和结尾处更是强烈地表现了他那种为兄弟担心的情怀。以情感人是这篇文章的最大特色。

墨竹赋

原文

与可以墨为竹①，视之良竹也。

客见而惊焉，曰：『今夫受命于天，赋形于地，涵濡雨露②，振荡风气，春而萌芽，夏而解弛③，散柯布叶，逮冬而遂。性刚洁而疏直，姿婵娟以闲媚。涉寒暑之徂变④，傲冰雪之凌厉。均一气于草木，嗟壤同而性异。信物生之自然，虽造化其能使？今子研青松之煤⑤，运脱兔之毫，睥睨墙堵⑥，振洒缯绡⑦，须臾而成。郁乎萧骚⑧，曲直横斜，秾纤庳⑨高，窃造物之潜思，赋生意⑩于崇朝。子岂诚有道者耶？』

注释

①与可：文同（1018—1079），字与可，号笑笑居士、笑笑先生，人称石室先生等。北宋梓州梓潼郡永泰县（今属四川绵阳市盐亭县）人。以学名世，擅诗文书画，以善画竹著称。深为文彦博、司马光等人赞许，和苏轼、苏辙是表兄弟。

②涵濡：指滋润，沉浸。

③解弛：这里指竹笋脱落，开始长成竹子。

④徂变：指往来变化。徂，即逝去。

⑤青松之煤：因为墨是由松烟制造的，所以如此说。

⑥睥睨墙堵：形容漫不经心看着作画的墙壁。睥睨，眼睛斜着看，形容高傲的样子。

⑦振洒缯绡：形容在绢帛上尽情、挥洒作画的样子。缯绡，泛指绢帛之类。

制墨

古代制墨所采用的主要原料有松烟、漆烟和桐烟。最先使用的是松烟，其次是漆烟和桐烟。墨的烟料须经过燃烧，才能制成，烟料是半成品，再经过入胶、和剂、蒸杵等工序制成墨锭，才是成品。

⑧郁乎：指植物纷繁茂盛貌。萧骚：形容风吹竹叶发出的声音。
⑨庳：指低矮，与『高』相对。
⑩生意：指生命力。崇朝：指从天亮到早饭前的一段时间，喻指时间短。

译文

文同擅长画墨竹，画出的竹子看起来和真的一样。

客人见到他画的竹子之后非常惊讶，说：『大自然赋予了竹子生命和形貌。竹子受到雨露滋润，存在于天地间。春天竹子开始萌芽生长，夏天竹笋就脱离竹壳，舒展为竹。等到叶子慢慢增多，到了冬天竹子就长成了。竹子性情刚直，长得姿态却娴雅妩媚。历经寒暑变化，笑傲面对冰雪严寒。草木所吸收的天地间浑然之气是一样的，嗟叹它们生长的土壤一样，但是性情却不一样。确实万物生长有其天然的本性，除了造物主谁能够驾驭的了？如今你却用松烟制成的墨，用兔毛制成的笔，漫不经心地看着作画的墙壁，然后在绢帛上尽情挥洒。不一会儿就画好了。竹子枝叶纷繁茂盛，极为传神，仿佛能听到风吹竹叶发出的声音。画出的竹子弯直横斜，粗细高低，形态各异。窃取了造物主的神妙构思，赋予画竹以蓬勃生机。你难道就是那得道的人吗？』

原文

与可听然而笑曰①：『夫予之所好者道也，放乎竹矣。始予隐乎崇山之阳，庐乎修竹之林，视听漠然，无概乎予心。朝与竹乎为游，莫与竹乎为朋，饮食乎竹间，偃息乎竹阴②。观竹之变也多矣。若夫风止雨霁，山空日出，猗猗其长③，森乎满谷，叶如翠羽，筠④如苍玉。澹乎自持，凄兮欲滴，蝉鸣鸟噪，人音寂历⑤。忽依风而长啸，眇掩冉以终日⑥。笋含箨而将坠⑦，根得土而横逸，绝涧谷而蔓延，散子孙乎千忆。至若丛薄之余⑧，斤斧所施，山石荦埆⑨，荆棘生之。蹇将抽而莫达，纷既折而犹持，气虽伤而益壮，身已病而增奇。凄风号怒乎隙穴，飞雪凝冱乎陂池。悲众木之无赖，虽百围而莫支。犹复苍然于既寒之后，凛乎无可怜之姿。追松柏以自偶，窃仁人之所为，此则竹之所以为竹也。始也余见而悦之，今也悦之而不自知也。忽乎忘笔之在手与纸之在前，勃然而兴，而修竹森然。虽天造之无朕，亦何以异于兹焉？』客曰：『盖予闻之，庖丁，解牛者也，而养生者取之。轮扁，斲轮者也，而读书者与之。万物一理也，其所从为之者异尔，况夫夫子之托于斯竹也。而予以为有道者则非耶？』与可曰：『唯唯。』

注释

①听然：指微笑的样子。

②偃息：表示睡觉休息。

③猗猗其长：秀丽茂盛的样子。

④筠：指竹子的青皮。

⑤寂历：形容凋零疏落，这里指孤寂、落寞。

⑥眇：同『渺』，远，高。掩冉：形容偃倒的样子。

翠鸟

翠鸟属于鸟纲、翠鸟科，因其全身以鲜艳的翠绿色为主，故得名翠鸟。翠鸟头大，身体小，嘴长而壳硬，有角棱，末端尖锐，常栖息于溪涧边的低枝或岩石上，营巢也在岸旁洞穴中，伺机捕食鱼虾等，因而又有鱼虎、鱼狗之称。

⑦箨：指竹笋外层一片一片的皮，即笋壳。

⑧丛薄：指草木丛生。

⑨荦埆：形容怪石嶙峋的样子。

译文

文同听过了之后微笑着说：『我所追求的就是道，把这种追求寄予在竹子中了。我开始在高山的南面隐居，在竹林附近修建房屋，视听淡漠，对外界无牵挂。早晨和傍晚都和竹子在一起。在竹林间吃饭，在竹荫下睡觉休息。看到竹子形态体貌的变化很多，每当风住、雨停的时候，山林间空旷幽静，太阳出来，竹林就显得特别秀丽茂盛，布满了整个山谷。竹叶像是翠鸟的羽毛，竹上的青皮像是青玉，非常淡薄，竹上的寒露好像都要滴下来了。只有蝉和鸟在林间鸣叫，人的声音寂寞而寥落，我顺着风长啸一声，终日看着那苍茫的远方。新的竹笋带着笋壳一起落下，根在土里生长，穿过涧谷蔓延开来，生出成千上万的子孙。到了被斧头砍过，比较稀薄的地方，怪石嶙峋，荆棘丛生，竹在那种地方艰难地抽出来却不能伸展开，虽欲倒却顽强支撑着，虽环境艰难元气受损却更加坚强，身体弯折形状却更加奇特。狂风怒号的天气，天寒地冻，叹息别的树木即使很粗大却没有自持。竹却依旧在严寒之后苍翠，没有那种可怜的姿态，使自己与松柏同列，这是效仿仁者的做法。这就是竹子为什么称之为竹了。我一开始见到竹子就很喜悦，现在这种喜悦的感觉已经融入自己身体里了。来了兴致之后，挥毫泼墨，那真切的竹子就在眼前了。虽然自然的竹子是天造地设的，可是这与墨竹又有什么分别呢？』客人听了之后说：『我从前听说，庖丁，是个杀牛的厨师，但是学养生的人从他那里学到了养生的道理；轮扁，是制造车轮的木匠，读书的人却从中学到了读书的道理。世上的一切的道理都是一样的，只不过他们所从事的工作不一样而已，更何况您把这道理寄托在竹子中，我说您是得道的人，难道不对吗？』文同听过之后说：『大概是这样子的吧。』

说明

文与可是北宋著名画家，他与苏轼、苏辙是表兄弟，极为擅长画墨竹。苏辙这篇文章，通过客人与文与可对话的形式，作者先写客见墨竹惊讶神情，突出墨竹之神似，通过客之口，得出文与可已经深谙『道』了。与可讲到自己为画竹，整日与竹生活在一起，对竹的生长过程以及习性等都了然在胸。达到了一种很高的境界了，后来由对竹『悦之』到了一个『悦之而不自知』的境界，这就是从忘我到忘物的一个境界，最后达到了物我两忘，进入了一种与物完全融合的创作境界。最后又借助客人之口，引用『庖丁解牛』与『轮扁斫轮』两个典故，把题旨升华到了『万物一理』的这个社会生活根本的原则上。

文章在描写与可为了得到『竹道』终日与竹子相处在一起，对竹子的发芽生长以及面对不同环境的神态的描写，特别传神，把竹的那种秉直、刚强之性极为传神表现出来。文章句式上以散句为主，骈散结合的方法非常灵活。行文也很流畅，前后联系密切，结构合理紧凑。

上刘长安书

原文

辙闻之，物之所受于天者异，则其自处必高，自处既高，则必趯然有所不合于世俗[①]。盖猛虎处于深山，向风长鸣，则百兽震恐而不敢出。松柏生于高冈，散柯布叶而草木为之不殖[②]。非吾则尔拒，而尔则不吾抗也。故夫才不同则无朋[③]，而势远绝则失众；才高者身之累也，势异者众之弃也。昔者伯夷、叔齐已尝试之矣，与其乡人立，以其冠之不正也，舍而去之。夫以其冠之不正也，舍之而去，则天下无乃无可与共处者耶？举天下而无可与共处，则是其势岂可以久也？苟其势不可以久，则吾无乃亦将病之[④]，与其病而后反也，不若其素与之之为善也。伯夷、叔齐惟其往而不反，是以为天下之弃人也。以伯夷之不吾屑而弃伯夷者，是固天下之罪矣。而以吾之洁清而不屑天下，是伯夷亦有过耳。古语有之曰：『大辩若讷，大巧若拙。』何者？惧天下之以吾辩而以辩乘我，以吾巧而以巧困我。故以拙养巧，以讷养辩，此又非独善保身也，亦将以使天下之不吾忌，而其道可长久也。今夫天下之士，辙已略观之矣：于此有所不足，则于彼有所长；于此有所蔽，则于彼有所见，其势然矣。仄闻执事之风，明俊雄辩，天下无有敌者，而高亮刚果，士之进于前者，莫不振栗而自失[⑤]；退而仰望才业之辉光，莫不逡巡而自愧[⑥]。盖天下之士已大服矣，而辙愿执事有以少下之，使天下乐进于前而无恐，而辙亦得进见左右，以听议论之末。幸甚幸甚。

注释

①趯然：形容超然、高超出俗的样子。趯，古通『跃』。

②散柯布叶：指枝叶茂盛。

③无朋：指没有同类。

伯夷典礼

唐尧时，伯夷辅佐禹治水有功，被封为吕国侯。

④无乃：表委婉推测语气，相当于『大概』。

⑤振栗：指颤抖。

⑥逡巡：形容迟疑不敢向前的样子。

译文

我听说，秉受上天的特殊恩赐的事物，他自持会比周围高洁；既因为比别人不一样，一定会不合乎世俗的标准。猛虎生活在深山中，对着风长啸，百兽吓得不敢出来；松柏长在高岗上，枝叶茂盛，那些低矮的草木却不能繁衍。不是和你是一类的人你就拒绝，但是你却不拒绝我。因此，才情不一样就没有同类，疏远隔绝就会脱离众人；才高累身，处高被众人抛弃。从前的伯夷、叔齐已经这样试过了，与一个乡下人站在一起，乡下人帽子戴的歪斜，他们便离开。只是因为帽子不正，就转身离开，那么天下还怎么有能和他一起相处的呢？全天下的人都不愿意和他共处，那他的势怎么会长久呢？如果这种势不长久，那么我怎能对这种势孤表示担忧呢？与其等到势孤之后再去改变，不如现在就用一颗平常心与别人相处。伯夷、叔齐最后势孤却没有改变他们自己，所以被天下人所弃。因为伯夷与众人不一样而把伯夷抛弃，是天下人的不对，但是只顾及自己的高洁而不屑与众人为伍却是伯夷的不对。古语说：『真正灵巧的人看起来很笨拙，真正善言的人看起来很木讷。』为什么呢？害怕天下人用我的辩才辩倒自己，用自己的机巧来困住自己。所以用笨拙来包容巧智，用木讷来茹涵巧辩。这并不是仅仅的独善其身，也是为了不让天下人妒忌，是长久之道。如今天下的士人，我已经大概观察了一遍，这方面有所不足，那方面就有所擅长；这方面被遮掩了，另一方面就会彰显，这是必然的。听说您明慧俊逸，词锋不可犯，天下没有能够和您抗衡的。您的高风亮节、刚毅果决，那些想接近您的士人，都会因为与您相比看到自身的缺点而颤抖；那些士人们看到您的高深的才学造诣，都会因为自我惭愧而离开您。天下的士人都很敬重您，我希望您能够礼待别人，使天下士人愿意接近您而不感到害怕，那么我也有机会拜访您，听您议论，那将是多么荣幸啊！

说明

刘长安，即刘敞，北宋史学家、经学家、散文家。字原父，世称公是先生。据《宋史》本传记载：『敞以议论与众忤，求知永兴军。』永兴军治所在长安。所以这里称刘敞为刘长安。这封信写于嘉祐六年（1061），刘敞初任永兴军但是还没有赴任的时候。那个时候，苏辙应制科试，就写了这封信求见。苏辙在信中借助伯夷、叔齐的例子规劝刘敞不要过于特立独行，从而把自己推到一个孤立无友的境地。文章铺排开张，观点鲜明，说理清晰明澈，兼顾情理。

上昭文富丞相书

原文

辙西蜀之人，行年二十有二，幸得天子一命之爵①，饥寒穷困之忧不至于心，其身又无力役劳苦之患，其所任职不过簿书米盐之间，而且未获从事以得自尽。方其闲居，不胜思虑之多，不忍自弃，以为天子宽惠与天下无所忌讳，而辙不于其强壮闲暇之时早有所发明以自致其志，而复何事？恭惟天子设制策之科②，将以待天下豪俊魁垒之人③。

是以辙不自量，而自与于此。盖天下之事，上自三王以来以至于今世，其所论述亦已略备矣，而犹有所不释于心。夫古之帝王，岂必多才而自为之，为之有要，而居之有道。是故以汉高皇帝之恢廓慢易，而足以吞项氏之强④；汉文皇帝之宽厚长者，而足以服天下之奸诈⑤。何者？任人而人为之用也，是以不劳而功成。至于武帝，材力有余，聪明睿智过于高、文，然而施之天下，时有所折而不遂。何者？不委之人而自为用也⑥。

注释

①「幸得」一句：苏辙于嘉祐五年（1060）三月，授河南府渑池主簿。没有到任，所以下文才说：「未获从事以得自尽。」

②制策之科：即制举。开始于唐代科举取士制度。除了地方荐举以外，朝廷在中央，由皇帝亲自在殿廷诏示制科举，称为制举或者制科。

③魁垒：形容高超特出。宋曾巩《本朝政要策·文馆》：「悉择当世聪明魁垒之材，处之其中，食于太官，谓之学士。」

④「是故」二句：汉高祖平定天下之后，置酒洛阳宫，问列诸侯将领分析他为什么能够战胜项羽取得天下的原因。高起、王陵对曰：「陛下慢而侮人，项羽仁而爱人。然而陛下使人攻城略地，所降下着因以予之，与天下同利也。而项羽嫉贤妒能，有功者害之，贤者疑之，战胜而不予人功，得地而不予人利，此所以失天下也。」高祖认为他们只知其一，不知其二，他能够任用张良、韩信、萧何三人，才是「此吾所以取天下也」。

⑤「汉文」二句：汉孝文帝即位二十三年，节俭而无犬马宫苑之好，是宽厚仁德者，对于奸邪之人能够以德报怨。

任用三杰

汉高祖刘邦识人善任，常破格提拔人才，所以能够以弱胜强，战胜项羽，建立汉朝。

⑥『至于』以下七句：汉武帝刘彻在位五十四年，承接文景之治，对内进行改革，对外用兵，加上大兴土木，迷信神仙，急征敛，使得国家空虚。

译文

我是川西人，今年已经二十二岁，很幸运地得到一个天子任命的官职，心中不会再担忧饥饿穷困，我的身体也没有劳役的折磨，我所需要做的只不过是处理一些简簿公文和米盐等事情。并且没有得到实职来发挥自己的力量。空闲时间比较多，所以思考了一些问题，不愿意自暴自弃。我认为天子非常宽厚仁德，对天下人的言论没有什么忌讳，而我如果不趁着自己强壮并且空闲的时候，早点实现自己的志向，还要做什么别的事呢？恭敬地想到天子设立制科，用来选择天下英俊豪杰，所以我试着不自量力地参加这次考试。天下的事情，从远古到现在，人们的议论大体已经完备了，但是仍然有一些不让人满意的。那些古代帝王难道一定要博学多才，什么事情都要自己亲自去做吗？做事情要抓住要领，才能够更好地做好。因此，汉高祖宽宏傲慢却能够战胜强大的项羽；汉文帝有宽厚长者风度，却能够让天下奸诈的人顺从。为什么会这样呢？知人善任，所以才能够不用事必亲躬却让事情做得很好。到了汉武帝，财力都很丰富，聪明才智超过了汉高祖和汉文帝，然而用来治理天下，却经常遇到挫折而不能成功。为什么会这样呢？不善于用人，事必亲躬的原因啊。

原文

由此观之，则夫天子之责亦在任人而已。窃惟当今天下之人，其所谓有才而可大用者，非明公而谁？推之公卿之间而最为有功[1]；列之士民之上而最为有德；播之夷狄之域[2]而最为有勇。是三者亦非明公而谁？而明公实为宰相，则夫吾君之所以为君之事，盖已毕矣。古之圣人，高拱无为，而望夫百世之后，以为明主贤君者，盖亦如是而可也。然而天下之未治，则果谁耶？下而求之郡县之吏，则曰：『非我能。』上而求之朝廷百官，则曰：『非我责。』明公之立于此也，其又将何辞？嗟夫，盖亦尝有以秦越人之事说明公者欤？昔者秦越人以医闻天下，天下之人皆以越人为命。越人不在，则有病而死者，莫不自以为吾病之非真病，而死之非真死也。他日，有病者焉，遇越人而属之曰：『吾捐身以予子，子自为子之才治之，而无为我治之也。』越人曰：『嗟夫，难哉！夫子之病，虽不至于死，而难以愈。急治之，则伤子之四支；而缓治之，则劳苦而不肯去。吾非不能去也，而畏是二者。夫伤子之四支，而后可以除子之病，则天下以我为不工；而病之不去，则天下以我为非医。此二者，所以交战于吾心而不释也。』既而见其人，其人曰：『夫子则知医之医，而未知非医之医欤？今夫非医之医者，有所冒行而不顾，是以能应变于无穷。今子守法密微而用意于万全者，则是子犹知医之医而已。』天下之事，急之则丧，缓之则得，而过缓则无及。孔子曰：『道之难行也，我知之矣。知者过之，不肖者不及也。』夫天下患于不知，而又有知而过之者，则是道之果难行也。昔者，世之贤人，患夫世之爱其爵禄，而不忍以其身尝试于艰难也。故其上之人，奋不顾身以搏天下之公利而忘其私。在下者亦不敢自爱，叫号纷詉[3]，以攻讦[4]其上之短。是二者可谓贤于天下之士矣，而犹未免为不知。何者？不知自安其身之为安天下之

帝舜图　舜品德高尚，尧请他来接替自己管理天下。舜当政的时候，沿袭尧的主张，不做改变，遵循自然的法则而自己不妄为，从而使天下得到治理。

人，自重其发之为重君子之势，而轻用之于寻常之事，则是犹匹夫之亮耳。伏自明公执政，于今五年，天下不闻慷慨激烈之名，而日闻敦厚之声。意者明公其知之矣，而犹有越人之病也。

注释

①『推之』一句：《宋史·富弼传》，仁宗『锐以太平责成宰辅，数下诏督弼与范仲淹等』。『弼为相，守典故，行故事，而傅以公议，无容心于其间。当是时，百官任职，天下无事。』

②播之夷狄之域：《宋史·富弼传》，契丹屯兵境上以求地。『朝廷择报聘者，皆以其情叵测，莫敢行，夷简因是荐弼。』欧阳修引颜真卿被李希烈所杀的故事，请求留之。而『弼即入对，叩头曰：「主忧臣辱，臣不敢爱其死。」帝为之动色。』

③纷詉：表示纷杂、争吵。

④攻讦：举发他人的过失或阴私而加以攻击。《北齐书·刘贵传》：『刘贵性峭直，攻讦无所回避。』

译文

这么看来，天子主要职责是做好用人就好了。我看当今天下的人，那些所谓的有才能而可以任用的人，除了您还能有谁呢？看公卿之间功劳最大的，在士民之上而又德行最高，声名远播在异族中最无畏的，除了您还有谁呢？这三种人不是阁下又是谁呢？而阁下担任宰相职位，那么我们的君王的职责就到位了。古代的帝王能够无为而治，希望百代之后作为明主贤君之人，能够做到这样就行了。然而，天下没有治理好，责任在谁呢？从下面郡县的官吏中找，他们说：『我们做不到这样。』到上面的朝廷中去找，他们则说：『也不是我们的责任。』阁下身居要职，又怎么能够推辞呢？哎呀！恐怕是有人曾经用秦越人的事情向您进言吧？从前，秦越人凭借医术名闻天下，天下人把越人看成是生命所系。越人不在，那么病死的人就认为自己的病不是真病，死也不是真死。有一天，一个病人遇到越人对他说：『我把身体交给你，你只是要为了你的才能而诊治它，不要为了我而治疗它。』越人说：『哎呀，这很难做，你的病虽然不至于死，但是，要想完全治愈也很困难。如果用药过猛，就会伤及你的四肢，如果用药太缓，那病就不好除根。我不是不能治疗，而是怕出现上述的两种情况。伤害你的肢体治疗你的疾病，那天下人就以为我的医术不精；但是（如果用药缓）你的病根不除，那天下人就认为我不配当医生。我心中一直有这两种矛盾在斗争。』后来又见到那人，那人说：『您只知道医生的医术，却不知道不是医生的医术吧？如今不是医生的医生，敢于冒险，所以能够应付无穷的变化。而你在（疾病面前）严格遵守法则，追求万无一失，你所知道的医术只是医生的医术罢了。』天下的事情就是这样，急于成功往往会失败，如果从容去做，往往能够成功，但是，如果过分拖沓，也会使机会白白失去的。孔子说：『中庸之道难于实行，我早就知道。聪明人往往超过界限，而愚笨的人却又达不到要求。』天下的事情既怕不明白，也怕明白过度的人，于是中庸之道的确难以实行。古代的贤能忧虑世人吝惜官爵，所以不肯试着用自己的身体去尝试艰难。因此高高在上的人奋不顾身为天下人谋取公利，忘掉了自己的私利；下面的人也不顾惜自己的私利，敢于说话，指出上面的不足。这两种人可以说是比天下人都贤明，却还不免做不聪明的人，为什么会这样呢？不明白让自己安全是为了天下人安全的道理。

对自己的举动要慎重，是为了尊重君子的权势，但是把这种慎重普遍化，那是普通人的识见。从阁下执政，到现在已经有五年的时间了，天下听不到慷慨的陈颂，却听到您淳朴厚道的名声。想来阁下还是知道的，但是，还有秦越人身上的缺点啊。

决胜负贾诩谈兵

东汉末年，张绣与曹操交战，带兵追击曹军。当时他手下的谋士贾诩劝其不可追，张绣不听，结果大败。贾诩又说：『再去追击，再战必胜！』张绣集合败军去追击。果然大获全胜。

原文

辙读《三国志》，尝见曹公与袁绍相持，久而不决，以问贾诩，诩曰：『公明胜绍，勇胜绍，用人胜绍，决机胜绍。绍兵百倍于公，公画地而与之相守，半年而绍不得战，则公之胜形已可见矣。而久不决，意者顾万全之过耳。』夫事有不同，而其意相似。今天下之所以仰首而望明公者，岂亦此之故欤？明公其略思其说，当有以解天下之望者。不宣①。辙再拜。

注释

①不宣：古代的书信末尾常用语，即不用一一细说。

译文

我读《三国志》，记得见过这样的情节：曹操和袁绍相对峙，久久不能决断，曹操问贾诩，贾诩说：『您的明智比袁绍高明，胆力也超过了他，在用人方面也比他强，当机立断的魄力也超过了他。袁绍虽然兵力百倍于您，您与他划地而守，半年袁绍却不能取胜，那您取胜的形势已经比较清楚，但是却久而不决，那是因为你为考虑万无一失的过错罢了。』事情虽然不一样但是道理却一致。如今天下人寄希望于您难道不是这个缘故吗？阁下只要稍微考虑一下我上面的说法，就应该明白天下人希望您所要做的事情。不一一细说了。苏辙敬上。

说明

本文是苏辙写给昭文馆大学士富弼丞相的一封书信。当时苏辙年方二十二岁，初生牛犊，血气方刚有一种少年的豪迈之气。在文章中，苏辙一开始引用汉高祖、汉文帝等典故，希望富丞相能够做好本职，任用贤能的人来管理国家。然后通过病人与秦越人之间的对话，讲到要敢于冒险，任何事情不要等到有万无一失的把握的时候才去做，那样往往会失去很多机会。接下来引用孔子论述中庸之道的一段话，讲要想真正做到中庸，度是不好把握的。最后，苏辙讲到自己读《三国志》，讲到曹操与袁绍对峙时候力量分析，想要说明不要等到所有的事情都准备好了才开始动手去做的道理。借以劝谏富丞相能够不拘一格任用贤能的人才治理国家。

本文采取议论形式，运用讲道理、举例子等说理方式，从多个角度和侧面对自己的论点进行分析，让人读了之后比较有感触，很容易被打动。语言形式多变，行文显现了苏辙那种年少豪迈之气。

隋论

原文

人之于物，听其自附，而信其自去，则人重而物轻。人重而物轻，则物之附人也坚。物之所以去人，分裂四出而不可禁者，物重而人轻也。古之圣人，其取天下，非其驱而来之也；其守天下，非其劫而留之也①。使天下自附，不得已而为之长，吾不役天下之利，而天下自至。夫是以去就之权在君，而不在民，是之谓人重而物轻。且夫吾之于人，己求而得之，则不若使之求我而后从之；已守而固之，则不若使之不忍去我，而后与之。故夫智者或可与取天下矣，而不可与守天下。守天下则必有大度者也。何者？非有大度之人，则常恐天下之去我，而以术留天下。以术留天下，而天下始去之矣。

注释

①劫：劫持，表示强行留住人民。

译文

人对于事物，任凭它来依附自己，任凭它自由离去，如果能够做到那样就是人重而物轻。人重物轻，物依附人就牢固。物之所以离开人，分裂四散却没有办法聚拢起来，是因为物重而人轻。古代那些圣贤，他们之所以取得天下，并不是他驱使人得来的；他们守天下，也并不是劫持而留住人的。天下人自己来依附，不得已做了他们的头领。我没有驱使天下的利，利自己却来了。这样，离去的权力就在君王而不在百姓，这就是所谓的人重物轻。像我和别人交往，通过自己请求得到，不如让别人邀请而答应他。自己固守着，不如让他不忍心离开我，然后给予他。所以那些聪明的人或许可以和他一起打天下。但是，不能够和他们一起来守天下。守护天下必须要有大度的胸怀。为什么呢？那些没有宽广胸怀的人，时常担心天下会离自己而去，所以就玩弄权术来留住天下。用权术来留守天下，那天下就开始离去了。

原文

昔者三代之君，享国长远，后世莫能及。然而亡国之暴，未有如秦、隋之速，二世而亡者也。秦、隋之亡，其弊果安在哉？自周失其政，诸侯用事，而秦独得山西之地，不过千里。韩、魏压其冲①，楚协其肩，燕、赵伺其北，而齐掉其东。秦人被甲持兵，七世②而不得解，寸攘尺取③，至始皇然后合而为一。秦见其取天下若此其难也，而以为不急持之，则后世且复割裂以为敌国。是以毁名城，杀豪杰，销锋镝[4]，以绝天下之望。其所以备虑而固守之者甚密如此，然而海内愁苦无聊，莫有不忍去之意。是以陈胜、项籍[5]因民之不服，长呼起兵，而山泽皆应。由此观之，岂非其重失天下，而防之太过之弊欤？

注释

①冲：指要塞。

②七世：指自战国（前475）七国并立以来，秦朝经过二百多年，到公元前221年秦始皇统一全国。

③寸攘尺取：表示秦国夺取土地的艰辛。攘，指夺取。

④『是以毁名城』几句：出自《史记·秦楚之际月表》：『堕毁名城，销锋镝，鉏豪杰，结万世之安。』锋镝，指兵刃和箭头，这里泛指兵器。

⑤陈胜、项籍：指秦朝末年的起义军领袖陈胜和项羽。

译文

从前三代的君主，长久地拥有国家，后代是赶不上了，然而，国家灭亡之快，没有赶得上秦朝和隋朝的，他们都是二世就灭亡了。秦朝、隋朝的灭亡，他们的弊病究竟在什么地方呢？自从周朝政治衰败，诸侯之间相互争霸，但是，秦国单独拥有山西之地，却有韩国、魏国扼住它的要冲。楚国威胁它的肩头。燕国、赵国窥视它的北面，齐国牵制它的东面。秦国的人披甲胄、拿着兵器，七代都不能够解除，一寸一寸的夺取土地，直到秦始皇统一了六国。秦国看到夺取天下是如此的困难，于是认为如果不迅速的守护天下，天下就会重新陷入混乱的境地，所以毁坏名城，杀戮英雄豪杰，熔铸兵器，来消灭分裂天下的念头。他们想到守护天下的办法是这么的周密、严谨。但是，四海之内的人民，

游幸江都 隋炀帝乘四层高的龙舟从京城下江南。『三游江都』是凝聚中华的英明之举。

却不堪忍受这种政策，都怀有离秦而去的念头。因此，陈胜、项羽他们这些人能够借助百姓的这种不满，高呼起义，天下响应。这么看来，这不是秦国因为害怕失去天下，防备过分的弊病吗？

原文

今夫隋文之世[①]，其亦见天下之久不定，而重失其定也。盖自东晋以来，刘聪、石勒、慕容、苻坚、姚兴、赫连之徒[②]，纷纷而起者，不可胜数。至于元氏[③]，并吞灭取，略已尽矣，而南方未服。元氏自分而为周、齐[④]，周并齐而授之隋。隋文取梁灭陈，而后天下为一。彼亦见天下之久不定也，是以既得天下之众，而恐其失之；享天下之乐，而惧其不久；立于万民之上，而常有猜防不安之心，以为举世之人，皆有曩者英雄割据之怀[⑤]，制为严法峻令[⑥]，以杜天下之变。谋臣旧将，诛灭略尽，而独死于杨素之手[⑦]，以及于大故。终于炀帝之际[⑧]，天下大乱，涂地而莫之救。由此观之，则夫隋之所以亡者，无以异于秦也。

注释

①隋文之世：隋文帝是杨坚。杨坚，弘农华阴（今陕西省华阴县）人，其父杨忠是西魏和北周的军事贵族，北周时官至柱国大将军，封为隋国公，杨坚承袭父爵。后废北周静帝而称帝，建隋朝，为隋朝开国皇帝。

杨坚

隋朝刚建立的时候，百废待兴、百乱待治。隋文帝刚一登基，就开始施展他的雄才伟略，对政治制度进行了一系列重大改革，结束了中国长期混战的局面，征服各族蛮夷，使中国又回到了和平统一的年代。

在位24年，被子杨广谋杀，终年64岁。

②『刘聪』句：刘聪，字玄明，他是匈奴十六国汉国开创者刘渊的第四子，父汉王刘渊死后，杀害兄弟自立为王。在位八年，骄横淫逸。石勒，字世龙，原名匐勒。上党武乡（今山西榆社北）人，羯族。杀前赵刘曜称帝，在位十五年。慕容，鲜卑族的复姓，这里指前燕的创建者慕容皝，字元真，在位十五年。苻坚，字永固，氐族人，苻雄之子，苻洪之孙，苻健之甥，是十六国时期前秦的皇帝。姚兴，十六国时期后秦统治者。字子略，赤亭（今甘肃陇西西）人，羌族，姚苌长子，继姚苌为后秦国君。赫连，代北复姓。这里指赫连勃勃，字屈子。在位十九年，性嗜杀。

③元氏：即拓跋氏，北魏皇族。这里是指拓跋宏。他把都城迁到洛阳，改姓元氏，大兴文治，在位二十九年。

④『元氏自分』一句：是指公元550年，东魏齐王高洋逼迫东魏孝静帝元善见禅位，自立为王，即北齐；公元556年，西魏宇文护逼迫魏恭帝拓跋廓禅位于周公宇文觉，次年，宇文觉即位，史称北周。

⑤曩者：从前的意思。

⑥『制为』一句：是指隋文帝命令大臣修订的刑律，『刑纲简要，疏

而不漏』，被后代所取法。但是，隋文帝晚年喜怒无常，过于杀戮。

⑦杨素：字处道，弘农华阴（今陕西华阴）人，杨素『少落拓，有大志，不拘小节』。后来杨素帮助杨广争夺了帝位。

⑧炀帝：隋文帝次子，他杀死文帝及兄长杨勇后继位。在位14年，被农民大起义的浪潮困于江都（今江苏扬州市），为部下宇文化及等发动兵变缢杀。

译文

隋文帝的时代，也是因为看到天下初定，害怕天下混乱。因为从东晋以来，刘聪、石勒、慕容、苻坚、姚兴、赫连这些人，连续不断地崛起。到了北魏的元氏，兼并灭取，大体上已经统一了，只有南方还没征服。北魏后来分为周、齐，周国兼并了齐国，周禅位给了隋。隋文帝攻取梁国，灭掉陈国，统一了天下。他看到天下长久的不安定，因此得到天下之后，就非常害怕失去它，享受拥有天下的乐趣却担心天下不能够长久。高高在万民之上，就经常处在怀疑和猜忌之中，认为天下的人都有以前的那种英雄割据的情怀。所以就制定了很严酷的法律来防止天下变乱。他的那些谋臣、猛将基本上被他杀得差不多了，而他却偏偏死在杨素手中，以至于发生了大变故。终于在隋炀帝的时候，天下大乱，一败涂地而没有办法收拾。这样看来，隋朝灭亡的原因，和秦朝没有什么两样。

原文

悲夫！古之圣人，修德以来天下，天下之所为去就者，莫不在我，故其视失天下甚轻。夫惟视失天下甚轻，是故其心舒缓，而其为政也宽。宽者生于无忧，而惨急者生于无聊耳。昔尝闻之，周之兴，太王避狄于岐，豳①之人民扶老携幼，而归之岐山之下，累累而不绝，丧失其旧国，而卒以大兴②。及观秦、隋，唯不忍失之而至于亡，然后知圣人之为是宽缓不速之行者，乃其所以深取天下者也。

注释

①豳：同『邠』。古都邑名，在今陕西郴县。

②卒以大兴：这里指的是太王，即周文王之祖，当时狄人攻打豳地，国人想要抵抗，可是太王不希望杀戮，就离开豳地去了岐山，豳地的人感激太公的教化与恩情就与他一起来到岐山。

译文

可悲啊！古代的圣人通过修养德行来让天下人归附，拥有天下或者离开天下，都在我自己，所以把天下看得很轻，这样心态就平稳，所实行的政策就宽松。宽松来自无忧虑，急暴来自于无所依赖。过去曾经听说，周朝的兴起，太王为躲避狄人而跑到岐山，而豳地的人民，扶老携幼也跟随他来到岐山，络绎不绝。虽然失去了原来的国土，但是随后再次振兴。再来看看秦朝和隋朝，正是因为舍不得天下，最后导致了灭亡。最后才明白，圣人之所以作出这么不缓不急的行为，正是他用来稳固天下的办法啊。

说明

这是苏辙的一篇政论文。文章一开始先摆出自己的论点，通过对人与物的关系的剖析，得出，如果过于在乎外在事物，反而容易失去的道理。接着讲到了得天下与守天下，可以用那些聪明之人用权术来得到天下，但是一旦拥有天下，如果没有宽广的胸怀，一味凭借权术治理，是很容易失去的。

然后，以秦朝和隋朝为例，来说明过于紧张，害怕失去天下，最后往往适得其反，天下反而很容易失去；而像太公那样，以一颗平常之心，用宽松仁爱来治理天下，即使土地没有了，可是却拥有天下的人心，最后天下还是他的。

苏辙的政论文大多警辟，能够巧妙运用历史，将说理与历史有机结合起来，很有说服力；行文结构严谨，有一种紧凑的感觉。

唐论

原文

天下之变，常伏于其所偏重而不举之处，故内重则为内忧，外重则为外患。古者聚兵京师，外无强臣，天下之事，皆制于内。当此之时，谓之内重。内重之弊，奸臣内擅而外无所忌，匹夫横行于四海而莫之能禁。其乱不起于左右之大臣，则生于山林小民之英雄。故夫天下之重，不可使专在内也。古者诸侯大国，或数百里，兵足以战，食足以守，而其权足以生杀，然后能使四夷、盗贼之患不至于内，天子之大臣有所畏忌，而内患不作。当此之时，谓之『外重』。『外重』之弊，诸侯拥兵，而内无以制。由此观之，则天下之重，固不可使在内，而亦不可使在外也。

译文

天下的变化，经常隐藏在它所偏重但是却无法控制的地方。因此，如果偏重朝廷，就会产生内忧，偏重外边就会产生外患。古代军队在京城聚集，外边如果没有强藩，那么天下的大事就都会在朝廷的控制之下。那个时候就称之为『内重』。『内重』的弊病在于奸邪专权于内，外地却无所顾忌，那些不法之徒纵横于海内却没有人能够收拾他们。祸乱如果不是发生在皇帝周围的大臣身上，就是发生在民间的那些豪杰身上。因此天下的重心，不能仅仅放在朝廷内部。古代那些大的诸侯国，有的方圆能够达到数百里，拥有足够多的能够打仗的兵力，粮食也非常充足，也拥有生杀予夺的权力。只有这样，才能够让四方的外族以及盗贼感到害怕，才能够让朝廷感到安稳，以至于皇帝大臣也感到恐惧，从而有效地阻止了内部祸乱的发生。那个时候，就是所谓的『外重』。『外重』的弊端就在于，诸侯坐拥重兵，朝廷对他的节制作用非常微弱。这样看来，天下的重心，既不能完全在朝廷内，也不能完全在朝廷外。

原文

自周之衰，齐、晋、秦、楚，绵地千里，内不胜于其外，以至于灭亡而不救。秦人患其外之已重而至于此也，于是收天下之兵而聚之关中，夷灭其城池，杀戮其豪杰，使天下之命皆制于天子①。然至于二世之时②，陈胜、吴广大呼起兵③，而郡县之吏，熟视而走，无敢谁何。赵高擅权于内④，颐指如意，虽李斯为相⑤，备五刑而死于道路。其子李由守三川⑥，拥山河之固，而不敢校也。此二患者，皆始于外之不足而无有以制之也。至于汉兴，惩秦孤立之弊，乃大封侯王。而高帝之世，反者九起⑦，其遗孽余烈，至于文、景而为淮南、济北、吴、楚之乱⑧。于是武帝分裂诸侯⑨，以惩大国之祸，而其后百年之间，王莽遂得以奋其志于天下，而刘氏子孙无复龃龉。魏晋之世，乃益侵削诸侯，四方微弱，不复为乱，而朝廷之权臣、山林之匹夫，常为天下之大患。此数君者，其所以制其内外轻重之际，皆有以自取其乱而莫之或知也。

王莽时雨五铢钱

中国古铜币。汉武帝时期『罢半两钱，行五铢钱』（《汉书·武帝纪》）。圆形，中间有方孔，正面和背面都有外郭与文字一样高低。

注释

①『于是』几句：出自《史记·秦楚之际月表》：『堕毁名城，削锋镝。』贾谊《过秦论》：『聚之咸阳，削锋镝，铸以为金人十二，以弱天下之民。』

②二世：是指秦二世胡亥，他在位三年，最后被赵高所杀。

③陈胜、吴广：秦朝末年农民起义的领袖，其国号『张楚』，起义最后失败，二人被害。

④赵高：本为赵国贵族，后入秦为宦官。秦始皇死后，他与李斯合谋伪造诏书，逼秦始皇长子扶苏自杀，另立胡亥为帝，并自任郎中令。他在任期间独揽大权，结党营私，征役更加繁重，行政更加苛暴。公元前207年又设计害死李斯，成为秦国丞相。第二年他迫二世自杀，另立子婴。不久被子婴杀掉，诛夷三族。

⑤李斯：秦代政治家。战国末年楚国上蔡（今河南上蔡西南）人。早年为郡小吏，后从荀子学帝王之术，学成入秦。初被吕不韦任以为郎，后劝说秦王政灭诸侯、成帝业，被任为长史。秦始皇死后，他与赵高合谋，伪造遗诏，迫令始皇长子扶苏自杀，立少子胡亥为二世皇帝。后为赵高所忌，于秦二世二年（前208）被腰斩于咸阳闹市，并夷三族。

⑥李由：秦相李斯之子。李由儿时起便与扶苏相交甚好，一同拜在蒙恬将军门下学习兵法。而后就任三川郡守，驻守三川郡。始皇死后，李斯因与赵高不睦，而被赵高设计陷害入狱，并意欲诬告李由通匪，而致其全家死罪。赵高派人去找李由，发现李由已被项梁所杀。

⑦高帝之世，反者九起：九起叛乱是指：公元前201年十月，燕王臧荼叛乱，被俘获；利己反，被击走；七年，韩王信造反。被高祖平定；八年，赵国丞相贯高谋害高祖，九年，事发被杀掉三族；十年，赵国相国陈豨谋反，被镇压；十一年，淮阴侯韩信等反，被诛杀三族；梁王彭越谋反，被灭三族；淮南王黥布叛乱，被诛三族；十二年，燕王卢绾被告与陈豨勾结，被讨伐。一共九起。

⑧淮南、济北、吴、楚之乱：这里指的是汉文帝时候，因为诸侯的势力非常强大。到了景帝的时候，听取晁错的建议，进行削藩。吴王刘濞勾结楚、赵、济南、胶西等地的诸侯国，打着『诛晁错，清君侧』的旗号发动武

汉景帝

汉景帝刘启是汉文帝刘恒的长子，在位 16 年，他与其父文帝共同开创了『文景之治』，也为后来的『汉武盛世』奠定了基础。

装叛乱，最后被周亚夫平定，历史上称为『七国之乱』。

⑨武帝分裂诸侯：是指汉武帝吸取诸侯之乱的教训，采用国中国的办法，对诸侯的领地进一步进行分封，削弱诸侯的实力，减除对中央政府的威胁。

译文

自从周朝衰微以来，齐晋秦楚，疆土面积绵延千里，中央不能控制诸侯，最后到了灭亡而无法挽救的地步。秦国统一以后，吸取周朝诸侯拥有重兵最终导致天下灭亡的教训，就收缴了天下所有的兵器，全部聚集到关中，毁坏了诸侯的城池，灭掉各个国家的豪强，将整个天下的命运控制在天子的手中。就是这样，等到了秦二世的时候，陈胜、吴广号召百姓起义，那些郡县的长官纷纷逃跑，没有人能够抵挡。赵高在朝廷内专权，颐指气使、横行霸道，就是丞相李斯，也在经受很多酷刑之后，被腰斩于咸阳集市。李斯的儿子李由，担任三川郡守，虽拥有山河的天险，却不敢起来反抗。这两种祸患之所以能够发生，根源在于没有足够强大的外部力量足以制衡他们的力量。到了汉代之后，汉代接受秦朝灭亡的教训，所以大封诸侯，然而，在汉高祖的时候，就有九个地方造反、叛乱。这些叛乱的残余，到了文帝和景帝的时候，就最终酿成了淮南、济北、吴、楚等诸侯国的祸乱。于是，汉武帝就在诸侯国中再分诸侯，进一步削弱他们的力量，防止大的诸侯国家叛乱的发生。然而，此后百年左右，王莽就实现了篡夺天下的目的，而刘氏子孙却不敢阻挠。魏晋的时候，就更加削弱了诸侯的势力，地方势力非常微弱，没有再发生叛乱。但是，朝廷的握有重要权柄的大臣和山间的平民，却是天下祸乱的很大的隐患。这些君主，他们在处理内外关系的时候，都犯了自取其祸的错误但是他们自己却不明白。

原文

夫天下之重，在内则为『内忧』，在外则为『外患』。而秦汉之间，不求其势之本末，而更相惩戒，以就一偏之利，故其祸循环无穷而不可解也。且夫天子之于天下，非如妇人孺子之爱其所有也。得天下而谨守之，不忍以分于人，此匹夫之所谓智也，而不知其无成者，未始不自不分始。故夫圣人将有所大定于天下，非外之有权臣，则不足以镇之也。而后世之君，乃欲去其爪牙，剪其股肱①，而责其成功，亦已过矣。愚尝以为天下之势，内无重，则无以威外之强臣；外无重，则无以服内之大臣而绝奸民之心。此二者，其势相持而后成，而不可一轻者也。

注释

①剪其股肱：是指除掉得力的助手。

译文

天下权力的重心放在朝廷，就会成为『内忧』；反之，如果放在外边，就会成为『外患』。然而，在秦汉时期，不去探求造成这种局面的根本的原因，只是交替吸取前朝的教训，用来迁就另外一方面的益处。所以祸乱就不断地轮回交替而没有终止。并且，天子对于国家的喜爱，与一般妇人、孩童喜欢他们自己的东西还不一样。得到天下之后就小心地守护它，舍不得与别人共享，这是庸夫之智啊！他们不明白，之所以守不住天下，正是因为不舍得与人分享的缘故啊。因此，圣人将要大治天下，外边一定要有握有重要权柄的大臣才能够震得住。但是，后代的君王，却处心积虑的除掉自己的爪牙，剪除辅佐的朝廷重臣，来实现国家的稳定，这已经是错误的了。我曾经以为，天下的形势，朝廷如果没有权威，就不能够镇压住地方上的豪强；外地没有握有重兵的权臣，就没有办法牵制朝廷内那些怀有奸邪之心想作乱的大臣。这两种力量要达到一种平衡，相互牵制才能够形成一种势，不能够削弱任何的一方。

周成王　周成王姬诵，周武王之子，12岁即位。由周公旦摄政，在位30年，平定武庚叛乱，并大封诸侯。

原文

昔唐太宗既平天下，分四方之地，尽以沿边为节度府①，而范阳、朔方之军②，皆带甲十万，上足以制夷狄之难，下足以备匹夫之乱，内足以禁大臣之变。而其将帅之臣常不至于叛者，内有重兵之势，以预制之也。贞观之际③，天下之兵八百余府，而在关中者五百，举天下之众而后能当关中之半。然朝廷之臣亦不至于乘隙间衅以邀大利者，外有节度之权以破其心也。故外之节度，有周之诸侯外重之势，而易置从命，得以择其贤不肖之才。是以人君无征伐之劳，而天下无世臣暴虐之患。内之府兵，有秦之关中内重之势，而左右谨饬④，莫敢为不义之行。是以上无逼夺之危，而下无诛绝之祸。盖周之诸侯，内无府兵之威，故陷于逆乱而不能以自止。秦之关中，外无节度之援，故胁于大臣而不能以自立。有周秦之利，而无周秦之害，形格势禁，内之不敢为变，而外之不敢为乱，未有如唐制之得者也。

注释

①节度府：节度使是官职名，唐初沿北周及隋旧制，于重要地区设总管，后改称都督，总揽数州军事。唯辽金仍沿唐制设此官。元废。

②范阳：唐方镇名。亦名范阳镇、幽州。开元二年（714）设幽州节度使，天宝元年（742）更名为范阳节度使，为玄宗时十节度使之一。以临制东北奚、契丹。兵额九万一千人，马匹六千五百。后为河朔三镇之一，治幽州（治今北京西南）。朔方：汉武帝时卫青破匈奴，取河南地，遂置朔方郡，辖河套西北部及后套地区，治朔方县（今内蒙古杭锦旗北）。东汉废朔方县，移郡治于临戎（今磴口北）。唐方镇有朔方，开元时置治灵州（今宁夏灵武西南）。

③贞观之际：是唐太宗李世民的年号，一共22余年（627—649），李世民的清明的执政也被称为『贞观之治』。

④谨饬：是指细心慎重。

译文

从前，唐太宗平定了天下之后，分封天下的土地，在国家的边境全部设置了节度府，范阳、朔方的节度使拥有十万全副武装的军队。对上足以制止外族发动的叛乱，下足以镇压平民的造反，对内足以约束大臣们发动叛变。贞观年间，天下的兵，分布在八百多个府内，而在关中就有五百个府，集中全国的兵力才相当于关中的一半。然而，朝廷然而，那些担任将帅的大臣们之所以能够不敢叛乱的原因，在于外有朝廷也拥有足够多的兵力可以制约他们。

安禄山

安禄山一向与杨国忠不和，恐其对己不利，遂以讨杨为借口，发动自己手下的军队及同罗、奚、契丹、室韦、突厥等少数民族共同组成十五万大军，在范阳起兵。

大臣也没有乘机钻空子过分追求利益的原因，在于地方节度使的权力和兵力足够让他们感到震慑。所以在外的节度使，有周朝时候诸侯拥有重权在外的形势，并且更换设置都要服从命令，可以对他们的好坏忠奸进行选择。因此，国君就免去了亲自征战的劳苦，而天下也没有出现世代为官的大臣引发的祸乱。关中的那些府兵，与秦朝时候在关中拥有重兵的形势差不多，左右的大臣们都小心翼翼，谁也不敢做那些奸邪的事情。因此，上面没有被逼宫篡夺的危险，下面就没有被杀头灭族的灾祸。周朝时候的诸侯，因为没有中央的政府军的威慑，所以陷于叛乱却不能够自己制止；秦朝的关中地区，外边没有节度使的援助，所以最后才会受到权臣的胁迫不能够自立。集合了周秦的好处，却没有周秦的弊病，用形势来加以相互牵制和制约，朝廷内部不敢搞政变，并且外边也不会发生叛乱，没有一个像唐朝制度这样得体的。

原文

而天下之士不究利害之本末，猥以成败之遗踪而论计之得失，徒见开元之后，强兵悍将皆为天下之大患，而遂以太宗之制为猖狂不审之计。夫论天下，论其胜败之形，以定其法制之得失，则不若穷其所由胜败之处。盖天宝之际，府兵四出，萃于范阳，而德宗之世，禁兵皆戍赵、魏，是以禄山、朱泚得至于京师①，而莫之能禁，一乱涂地。终于昭宗，而天下卒无宁岁。内之强臣，虽有辅国、元振、守澄、士良之徒②，而卒不能制唐之命。诛王涯，杀贾餗③，自以为威振四方，然刘从谏为之一言④，而震慑自敛，不敢复肆。其后崔昌遐倚朱温之兵以诛宦官⑤，去天下之监军，而无一人敢与抗者。由此观之，唐之衰，其弊在于外重，而外重之弊，起于府兵之在外，非所谓制之失，而后世之不用也。

注释

①禄山：（703—757）为营州（今辽宁朝阳）人。安禄山从一方节帅到身兼三镇，荣耀君宠达到顶峰。天宝十四年狡黠奸诈、骁勇善战的他拥有重兵，以清君侧为由发动叛乱，使强大的大唐帝国开始走下坡路。叛乱后称帝，做了二年瞎眼皇帝，被其子谋杀。朱泚：唐代德宗时叛将。幽州昌平（今北京昌平西南）人。朝廷授他为幽州卢龙节度使。建中三年（782），其弟朱滔谋反，朱泚因此被软禁在京城。时淮西（今河南汝南）节度使李希烈叛，攻襄城（今属河南）。四年（783）十月，泾原军哗变。德宗仓皇逃往奉天，叛军迎朱泚为主，史称泾卒之变。朱泚自称大秦皇帝，改元应天。兴元元年（784）五月，李晟等军才攻克长安，朱泚逃往宁州彭原县（今甘肃庆阳西南），六月，为部将梁廷芬等所杀。

②辅国、元振、守澄、士良之徒：是指李辅国、程元振、王守澄、仇士良四个人。李辅国，（704—762）唐肃宗时当权宦官。本名静忠，曾赐名护国，后改辅国。程元振，唐宦官。京兆三原（今陕西三原东北）人。宝应末，闻张皇后废立阴谋，密告李辅国，使代宗得立，由此深获宠信，任右监门卫将军，知内侍省事。旋代李辅国判元帅行军司马，总率禁兵，升任骠骑大将军。操纵朝政，冤杀大将来瑱，斥逐宰相裴冕，诋毁李光弼等。广德元年（763）罢官归乡里。继又私入京师，被放逐，行至江陵病死。王守澄，唐宦官。宪宗元和时监徐州军，后

召还京。元和十五年（820），与内常侍陈弘志等杀宪宗，又与中尉马进潭、梁守谦、刘承偕、韦元素等定策立穆宗。文宗后用李训计，任宦官仇士良为左军中尉以分其权，继予左右神策观军容使虚名，夺其实权，终使内侍李好古赐死之。仇士良（781—843），唐代文宗时当权宦官。唐文宗受制于阉党，与宰相李训、节度使郑注谋，诈称后院石榴有甘露，引诱仇士良等去观看，仇士良发现伏兵，就逃走了。事情败露之后，李训、郑注等人被杀，仇士良与右军中尉鱼弘志于是大肆杀戮群臣，挟持文宗。历史上称这件事件是『甘露之变』。

③诛王涯，杀贾餗：王涯，字广津，太原人。博学，工属文。贞元中擢进士。又举宏词，调蓝田尉，以左拾遗为翰林学士，进起居舍人。宪宗元和初，贬虢州司马，徙袁州刺史。以兵部员外郎召知制诰，再为翰林学士，累迁工部侍郎。贾餗，字子美，河南人，第进士。太和初拜中书舍人、礼部侍郎，转兵部，授京兆尹兼御史大夫，封姑臧县男。九年拜中书侍郎同中书门下平章事，加集贤殿大学士。李训谋诛宦官，事败，餗罹其祸。

④刘从谏：刘从谏（803—843），范阳（今北京）人，唐朝藩镇割据时期任昭义节度使，以忠义自诩。『甘露事变』之后，刘从谏因素来与王涯关系很好，又痛恨宦官当权，于是连上奏章为其鸣冤，由于刘从谏手握重兵，又有威名，因此掌权宦官仇士良等人对他也非常忌惮，宰相郑覃、李石等人得以继续掌权。

⑤崔昌遐：即崔胤。唐清河武城（今山东武城西北）人，字昌遐，一说字垂休。乾符进士。累迁御史中丞。景福二年（893），为宰相。与朱温相结，欲倚之除宦官。屡罢政事，均以朱温的支持再起，先后四拜宰相，时号『崔四入』。天复元年（901），遗书朱温，令出兵迎驾，宦官韩全诲先劫昭宗赴凤翔倚李茂贞。天复三年，昭宗还长安后，他劝朱温尽杀宦官，自任判六军十二卫事，谋另建禁军。次年，为温所杀。朱温：唐末黄巢起义军叛将，后梁王朝的开国皇帝。宋州砀山（今属安徽）人。他生性残暴，滥行诛戮。晚年，因皇位继承人未定，皇室内部矛盾

尖锐。乾化二年（912），为次子朱友珪所杀。

朱温

原名朱全忠。他参加了黄巢起义，后背叛并打败黄巢，又灭唐自己称帝，建都汴，国号为梁，后人称为后梁太祖。

译文

而天下的人，并没有深究利和害的原因，一味轻率地吸取成败的历史，议论前代政治的得失。只是看到唐玄宗在开元之后，凶悍的武将拥有强大的军队成为天下的祸患，就认为唐太宗的政策是自大轻率不慎重的办法。议论天下事情以及胜败的形势，用来确定其法制的得失，还不如深究造成这种局面的原因。天宝年间，府兵被分派到各地，主要兵力在范阳；到了德宗一朝，禁军在河北一带驻守。所以，安禄山、朱泚能够直捣京师，并且没有人能够制止他们，造成一败涂地的局面。最后，到了昭宗一朝，天下就没有一天安生日子了。朝内握有重权的大臣，即使像李辅国、程元振、王守澄、仇士良这样一群宦官，也无法控制朝廷的命运了。他们杀掉王涯、贾餗等人，自以为能够震慑四方，但是，刘从谏一讲到清君侧，那些朝臣们就惊恐并且自我收敛了，不敢再肆意横行了。这以后，崔胤凭借朱温的兵力，杀掉了很多的宦臣，取消了宦官监军的制度，没有一个人敢反对。这么看来，唐朝的衰落，弊病就在于，外部藩镇的权力太大了，但是，藩镇的弊病，起源于府兵的外调，并不是府兵制的结果。但是，后代却取消了府兵制。

说明

《唐论》一篇，用了一半以上篇幅论述一般历史现象，无只字及唐，但却处处都为后文论唐作铺垫，而论唐又实际上是在论宋，是为宋王朝开救弊的药方。落笔甚远而紧扣中心，言在彼而意在于此，具弦外之音、言外之意。

文章立意允当，结构严谨，行文简洁畅达，语言朴实淡雅。他的一生写的大量政论文就具有这种特点。而且在短短的篇幅中，往往波澜起伏，委曲变化，说理透彻警辟，具有严密的逻辑性和说服力。

《古今家诫》叙

原文

老子曰：『慈故能勇，俭故能广。』[①]或曰：『慈则安能勇？』曰：『父母之于子也，爱之深，故其为之虑事也精。以深爱而行精虑，故其为之避害也速而就利也果，此慈之所以能勇也。非父母之贤于人，势有所必至矣。』辙少而读书，见父母之戒其子者，谆谆乎惟恐其不尽也，恻恻乎惟恐其不入也，曰：『呜呼！此父母之心也哉！』师之于弟子也，为之规矩以授之，贤者引之，不贤者不强也。君之于臣也，为之号令以戒之，能者予之，不能者不取也。臣之于君也，可则谏，否则去。子之于父也，以几谏不敢显，皆有礼存焉。父母则不然，子虽不肖，岂有弃子者哉！是以尽其有以告之，无憾而后止。《诗》[②]曰：『泂酌彼行潦[③]，挹彼注兹[④]，可以馈饎[⑤]。岂弟君子，民之父母。』夫虽行潦之陋[⑥]，而无所弃，犹父母之无弃子也。故父母之于子，人伦之极也。虽其不贤，及其为子言也必忠且尽，而况其贤者乎？

注释

①『老子』句：引文出自《道德经》六十七章。

②《诗》：选自《诗·大雅·泂酌》。

③「泂酌」句：泂，古同「颎」。水名。《字汇·补水部》：「泂，与颍同。」《水经注·颍水》：「《吕氏春秋》曰：下随耻受汤让，自投此水而死。张显《逸民传》、嵇叔夜《高士传》，并言投泂水而死。」颍河，淮河最大的支流。《说文》：「颍，颍水，出颍州阳城干山东入淮。」这里用为水名，即泂水。酌，通「爵」。《楚辞·招魂》：「华酌既陈，有琼浆些。」是指古代的一种酒器。行，《诗·召南·行露》：「厌浥行露，岂不夙夜？谓行多露。」《说文》：「行，道也。」这里用为道路之意。潦，同「涝」。《庄子·秋水》：「禹之时，十年九潦。」这里用为水淹没之意。

④挹彼注兹：挹，《诗·小雅·大东》：「维北有斗，不可以挹酒浆。」《说文》：「挹，抒也。从手，邑声。」这里用为舀、酌之意。兹，唐李白《送友人》：「挥手自兹去。」这里用为这里之意。

⑤馈饎：指煮饭做酒。《毛传》：「馈，馏也。饎，酒食也。」

⑥行潦之陋：行潦，本来指沟中的流水。后来把「行潦」指祭祀或进献用的酒食。

译文

老子说：「做到仁慈就能够勇敢，做到节俭就能够广大。」有人问：「仁慈，怎么会变勇敢？」回答说：「父母对于子女，爱之既深，所以为他们考虑的事情很多也很深。因为深爱的情感所以才能够做到精深的思虑，所以他们为了保护子女躲避灾祸就很迅速，而为子女成就利益也十分果敢，这就是仁慈能够导致勇敢的原因。并不是因为父母比其他的人贤明，这是形势必然到这步啊。」我小时候读书，看见父母告诫他们的子女，不厌其烦唯恐有说不到的地方，伤心地唯恐子女听不进去劝告。那人感叹到：「是啊，这就是父母的心啊！」老师对于弟子，给他们立了规矩传授给他们知识、本领，贤明的人引导他们，不贤明的人也不勉强他们。君主对于臣子，对他们发号施令告诫他们。对贤能的给予官职，对于不贤能的不授予官职。臣子对于君主，可以的话就谏诤，不然就离职。儿子对于父亲，用隐约的言辞劝谏，不敢太显露，这都是因为礼仪的存在约束着。父母就不这样了，儿子即使不好，哪有遗弃儿子的呢？所以他们竭尽所能教给子女，直到没有遗憾才停止。《诗经》说：『从远方勺取流水，从那里舀取注入此中。可以蒸饭煮酒食，不仅仅是君主，更像是父母子女的关系。』即使是卑陋到流水也不弃去，就像是父母不遗弃子女一样。所以父母对于子女，是人类伦理道德的极致。即使他们本身并不贤能，等到他们和自己的子女说话的时候，一定会竭尽所能的，更何况那些贤明的父母呢？

原文

太常少卿长沙孙公景修①，少孤而教于母。母贤，能就其业，既老而念母之心不忘，为《贤母录》，以致其意。既又集《古今家诫》，得四十九人以示辙，曰：『古有为是书者，而其文不完。吾病焉，是以为此。合众父母之心，以遗天下之人，庶几有益乎？』辙读之而叹曰：『虽有悍子，忿斗于市莫之能止也，闻父之声则敛手而退，市人之过之者亦

老子观井

老子观井见水得出感悟：有道德的人，有像水一样的柔性。水性柔顺，明澈能照物，滋润万物但却不与万物相争，有功于万物而又甘心屈尊于万物之下。

莫不泣也。慈孝之心，人皆有之，特患无以发之耳。今是书也，要将以发之欤？虽广之天下可也。自周公以来至于今，父戒四十五，母戒四。公又将益广之，未止也。』

元丰二年四月三日，眉阳苏辙叙。

注释

①太常少卿：太常寺的副长官，掌礼乐、郊庙、社稷等事宜。孙景修：长沙人。咸平进士，担任太常少卿。

译文

太常少卿，长沙人孙公景修，年幼丧父而受教于母亲，母亲贤能，能够成就他的学业。等到年纪老了之后，就感激母亲的心意而不能够忘怀，作《贤母录》以表达他的心意。以后又编辑《古今家诫》，得到四十九人，拿来给我看并说：『古代就有辑集这种书的人，而他们的内容不完整。我对此感到遗憾，所以又作了此书。集中天下众多父母的心，用来馈赠给天下的人，希望能够带来益处。』我读了之后感叹道：『即使有凶悍的儿子在集市上狠斗，没有人能够阻止，他却听到父亲的声音就收敛罢手退去，路过集市的人没有不哭泣的。慈孝的心，所有的人都有，只是担忧没有能够启发它罢了。如今的这本书，大概将会启发吧！即使推广流传于天下也是行得通的。自从周公以来到如今，父戒四十五人，母戒四人，孙公又要将它加以发扬广大。』元丰二年四月三日，眉阳苏辙叙。

说明

这是苏辙为孙景修所作的《古今家诫》所写的一篇序言，在这篇序言中，苏辙把自己对于孝、慈等人伦观念的理解表达了出来。文章紧紧围绕父母对于子女的那种至大至刚的爱，父母为了自己的孩子能够作出一些超越他们自身能力的事情。

在论述的过程中引用《诗经》中关于孝道的说法，表现了父母那种无私的爱，同时，对孙景修编写的《古今家诫》给予了很高评价，赞扬了天下能够父慈子孝。文章有理有据，写得很感人。

《元会计录》叙

原文

臣闻汉祖入关，萧何收秦图籍①，周知四方盈虚强弱之实，汉祖赖之以并天下。丙吉为相②，匈奴尝入云中、代郡，吉使东曹考案边琐③，条其兵食之有无与将吏之才否，逡巡进对，指挥遂定。由此观之，古之人所以运筹帷幄之中、制胜千里之外者，图籍之功也。盖事之在官，必见于书，其始无不具者，独患多而易忘，久而易灭，数十岁之后，人亡而书散，其不可考者多矣。唐李吉甫始簿录元和国计④，并包巨细，无所不具。国朝三司使丁谓等因之⑤，为景德、皇、治平、熙宁四书⑥，网罗一时出内之计，首尾八十余年，本末相授，有司得以居今而知昔，参酌同异，因时施宜，此前人作书之本意也。

注释

①萧何：西汉初期政治家，汉初三杰之一，沛（今属江苏沛县）人。早年任秦沛县狱吏，秦末辅佐刘邦起义。攻克咸阳后，诸将皆争夺金银财宝，他却接收了秦丞相、御史府所藏的律令、图书，掌握了全国的山川险要、郡县户口，并知民间疾苦，对日后制定政策和取得楚汉战争胜利起了重要作用。

②丙吉：字少卿，鲁国人。为人深沉忠厚，不夸耀自己的长处。地节三年（前67），立皇太子，丙吉充任太子太傅。几个月后，升任御史大夫。五年后，代替魏相当丞相。丙吉原本自狱法小吏被起用，后来学《诗》、《礼》，能通大义。最后官居相位，（他处理政务）崇尚宽大，讲求礼让。

萧何

西汉初期政治家，早年在秦沛县任狱吏，后跟随刘邦起兵，为沛丞。

③边琐：亦作『边锁』，指边境官吏情况的记录。语本《汉书·丙吉传》：『吉善其言，召东曹案边长吏，琐科条其人。』

④李吉甫：字弘宪。赵郡（今河北赵县）人。父栖筠，唐代宗朝为御史大夫。吉甫以门荫入仕，德宗时，任驾部员外郎，颇为宰相李泌、窦参推重，后出为刺史。宪宗即位，征为考功员外郎、知制诰。

⑤三司使：北宋前期最高财政长官。后唐长兴元年（930），始设三司（盐铁、户部、度支）使，总管国家财政。宋初沿旧制，三司总理财政，成为仅次于中书、枢密院的重要机构，号称『计省』，三司的长官三司使被称为『计相』，地位略低于参知政事。丁谓：字谓之，苏州长洲（今吴县）人。淳化进士。历任转运使、工部员外郎、权三司使、参加政事、同中书门下平章事，封晋国公，是北宋太宗、真宗、仁宗三朝元老，显赫一时。曾不动刀枪，安抚西南地区少数民族的叛乱，并根据西南地区产粟米，缺食盐的情况，从内地调入食盐换取当地粟米以充军粮，使官民两利。还建议按当年全国户籍和粮赋数为准，固定粮赋的数额，获朝廷采纳。

⑥景德、皇、治平、熙宁：景德，宋真宗的年号，北宋使用这个年号共4年。皇，宋仁宗赵祯的年号。治平，宋英宗赵曙的年号。熙宁，

丙吉

字少卿，西汉宣帝时的一位贤相。为人深沉忠厚，从不夸耀自己的长处。他处理政务崇尚宽大，讲求礼让，一生兢兢业业，始终都在努力学习诗书礼易等儒家经典，熟谙治国之道。

是北宋时宋神宗赵顼的一个年号，共计10年。以王安石在此期间变法而闻名，称『熙宁变法』。

译文

我听说汉高祖进入关里之后，萧何收集秦国的图书和簿册，全面了解四方的富裕亏损的情况。汉高祖正是依靠着这些信息统一了天下。丙吉担任丞相之后，匈奴曾经入侵云中郡和代郡。丙吉让那里的主管考查守边军务的有关记录，看看士兵的军饷是否到位，将领的才干是否称职，这样很快就向朝廷奏报，指挥策略就这样确定下来了。这么看来，古代的人之所以能够在帷幄中筹划谋略，在千里之外能够取得胜利，都是图籍的功劳啊。凡是在官府的公事，一定会被记录下来。开始的时候，什么事情都记录，恐怕事情多而忘记，时间一长，就容易湮没。等到了几十年之后，人死书散，许多事情都没有办法查了。唐代的李吉甫开始用簿册来记录。本朝的三司使丁谓也学习这种做法，写了景德、皇祐、治平、熙宁四部会计录，收集了一个时期的出纳会计，前后有八十多年，相互衔接，主管部门能够借鉴以前的情况，斟酌那些相同和相异的情况，根据当时实际情况采取适宜的措施，这是前人著述会计录的本意啊。

原文

臣以不佞，待罪地官①，上承元丰之余业，亲睹二圣之新政②，时事之变易，财赋之登耗，可得而言也。谨按艺祖皇帝创业之始③，海内分裂，租赋之入不能半今世。然而宗室尚鲜④，诸王不过数人，仕者寡少，自朝廷郡县，皆不能备官。士卒精练，常以少克众。用此三者，故能奋于不足之中，而绰然常若有余⑤。及其列国款附，琛贡相属于道⑥，府库充塞，创景福内库以畜金币，为殄虏之策。太宗因之，克平太原，真宗继之，怀服契丹。二患既弭，天下安乐，日登富庶，故咸平、景德之间，号称太平。群臣称颂功德，不知所以裁之者，于是请封泰山⑦，祀汾阴⑧，礼亳社⑨，属车所至，费以巨万⑩。而上清、昭应、崇禧、景灵之宫相继而起，累世之积，縻耗多矣。其后昭应之灾，臣下复以营缮为言，大臣力争，章献感悟，沛然遂与天下休息。仁宗仁圣，清心省事，以幸天下。然而民物蕃庶，未复其旧，而夏贼窃发，边久无备，遂命益兵以应敌，急征以养兵，虽间出内藏之积，以求纾民，而四方骚然，民不安其居矣。其后西戎既平，而已益之兵，遂不复汰，加以宗子蕃衍，充牣宫邸，官吏冗积，员溢于位，财之不赡，为日久矣。英宗嗣位，慨然有救弊之意。群臣竦观，几见日新之政，而大业未遂。神考嗣世，忿流弊之委积，闵财力之伤耗，览政之初，为强兵富国之计。有司奉承，违失本旨，始为青苗、助役，以病农民，继为市易、盐铁，以困商贾，利孔百出，不专于三司。于是经入竭于上，民力屈于下。继以南征交趾，西讨拓跋，用兵之费，一日千金，虽内帑别藏，时有以助之，而国亦惫矣。今二圣临御，方恭默无为，求民之疾苦而疗之，令之不便，无不释去，民亦少休矣。而西夏不宾，水旱继作，凡国之用度，大率多于前世。当此之时，而不思所以济之，岂不殆哉？

注释

①不佞：谦辞，犹言不才。待罪：古代大臣奏请时候的谦辞，意思是能力胜任不了职位，必将获罪。

②二圣：元祐初年，年仅十岁的宋哲宗即位，由祖母太皇太后垂帘听政。

③艺祖：有才艺的祖上，多指开国皇帝，这里指的是宋太祖赵匡胤。

④尚鲜：表示很少。

⑤绰然：表示宽裕、富余、用不完。

⑥琛贡：谓宝物财货的进贡。《晋书·四夷传序》：『既而惠皇失德，中宗迁播……琛贡之礼，于兹殆绝。』

⑦封泰山：指到泰山上举行祭祀天地之礼。在山上筑坛祭天称为封，在泰山下梁父山上辟场祭地，称为禅。

⑧祀汾阴：汾阴，地名。因为在汾水的南面而得名。传说汉武帝在这个地方得到宝鼎，所以设立祠堂汾阴，并改元元鼎。

⑨亳社：即殷社。古代建国一定要先建社，殷都是亳，所以称为亳社。

⑩巨：表示大和多。

译文

我不才，在户部担任职务，仰承元丰的功绩，亲眼看了二位圣上的新政，对时事的变更、赋税的收支，能够发表一些看法。仔细按查太祖皇帝创业开始，天下分裂，租税的收入，还赶不上现在的一半。但是，那个时候，宗室比现在要少很多，王爷不过几个，做官的人也少，从朝廷到郡县，官员的编制还不是很完善。那时候士兵虽然很少，但是都是精兵，常能以少胜多。凭借这三点，所以能够在困难中奋发有为，而且还有剩余。等到各个国家归附以后，纳贡的财物源源不断地运到京城，库府一下子充盈了，设立了景福内库，用来储藏财物，作为消灭外敌的策略。太宗继承了，平定了太原；真宗继承了，怀柔臣服了契丹。这两件患难得到了平息，天下处在安乐之中，渐渐富裕，所以咸平、景

泰山

古代历朝帝王都对泰山顶礼膜拜。皇帝行祭天地的大典，就在泰山上筑土为坛，报天之功，称封；在泰山下的梁父山辟场祭地，报地之德，称禅。

德年间，人民称之为『太平盛世』。大臣们只知道称颂皇帝的功德，却不晓得如何削减开支。因此，就奏请封禅泰山，祭祀汾阴，礼拜亳社，车队所到，耗费惊人。并且，上清、昭应、崇禧、景灵的工程，相继修建，几代的积蓄，一下就耗去了很多。后来，昭应发生火灾，臣僚们建议修复，大臣们力争，章献太后受到感动醒悟了，好像是足量的及时雨，让天下得到休养生息。仁宗仁慈圣明，清心寡欲，没有兴建大型工程，让天下人感到幸运。但是，人口物产等都没有能够恢复到以前。西夏叛变自立为国的事情突然爆发，因为边境很久没有防备，就命令增兵抗敌，征敛大量赋税来提供军费。虽然，有时候拿出内府的库藏来缓解百姓的负担，但是，国家不安定，百姓还是不能够安居。等到少数民族的边患得到平息之后，已经增加的兵员就没有淘汰，加上宗室子孙众多，官吏队伍庞大，每个职位人满为患，财力供应不上了，这样的情况已经出现很长的时间了。英宗即位以后，感慨这种情况，并且想改变这种状况，各个大臣几乎是吃惊地看着时常更新的朝政，但是，这重大的功业没有成就。神宗即位之后，对目前的这种弊病的堆积和国家财力消耗损失感到伤心，掌握政事的初期，有富国强兵的打算。被臣僚们奉承之后，就违背和失去了本意。开始实行青苗、募役法，使得农民困顿；接着推行市易、盐铁法，使得商人困扰。各种获取利益的通道开出，权力没有集中在三司。因此，上面国家的财政枯竭，下面百姓财力的穷窘。接着对外用兵，接着南征交趾，西讨西夏，军饷一日千金。即使内府和别的府库对此有所补助，国家已经疲惫不堪了。如今二位圣上治理天下，恭敬简政、无为而治，了解民生的疾苦而加以疗救。对于那些对国家对人民不利的法令都被废除了，百姓也可以得到稍许休息。但是，西夏没有臣服，水旱等自然灾害相继发生，国家的耗费，不比前代少。这个时候，还不思考怎么样减少开支，不是很危险吗？

原文

臣历观前世，持盈守成，艰于创业之君。盖盈之必溢，而成之必毁，物理之至，有不可逃者。盈成之间，非有德者不安，非有法者不久。昔秦、隋之盛，非无法也，内建百官，外列郡县，至于汉、唐，因而行之，卒不能改，然皆二世而亡，何者？无德以为安也。汉文帝恭俭寡欲，专务以德化民，民富而国治，后世莫及。然身没之后，七国作难①，几于乱亡。晋武帝削平吴②、蜀，任贤使能，容受直言，有明主之风。然而亡不旋踵③，子弟内叛，羌胡外乱，遂以失国。此二帝者，皆无法以为久也。今二圣之治，安而静，仁而恕，德积于世，秦、隋之忧，臣无所措心矣。然而空匮之极④，法度不立，虽无汉、晋强臣敌国之患，而数年之后，国用旷竭，臣恐未可安枕而卧也。故臣愿得终言之。

注释

①七国作难：汉景帝前元三年（前154）吴王刘濞勾结楚、赵、胶西、济南、淄川、胶东六国，以『请诛晁错，以清君侧』为名义，发动叛乱。最后被周亚夫平定。

②晋武帝：司马炎（236—290）晋开国君主，司马昭之子。昭死，继位为晋王，后魏帝让位，乃登上帝位，建都洛阳，灭吴，统一中国，在位二十六年。

③踵：脚后跟，这里表示时间短。

④空匮：表示穷乏，财用不足。

日暮西山 日落断桥人独立，山涵幽树鸟相依。

译文

我遍观前代，守业比创业艰难。因为充盈了就会溢出，成就的东西最后一定会毁坏，这是事物发展的必然的道路，是无法摆脱的。功成名就之时，不实行仁政国家就不安稳，不实行法治国家就不能长久。从前，秦朝和隋朝那种盛世不是因为没有法度，朝廷内设置各种官吏，朝廷外设置郡县，直到汉代和唐朝，仍然沿袭这些制度，最终也没有改变。然而，秦朝和隋朝都是二世就灭亡了，这是为什么呢？没有实行德政国家就不会安定啊。汉文帝谨慎节俭，清心寡欲，致力于德政的建设，结果百姓富庶，国家得到很好的治理，后代都赶不上。但是，他死之后，七国发难，汉朝几乎因为叛乱而灭亡。晋武帝统一了吴国和蜀国，任用贤能，接纳那些切直的言论，有开明君主的作风。然而，就在他去世后不久，子弟在国内发动叛乱。羌羯等在外部作乱，以此亡国。这两位君主，都是因为没有法度为国家做一个长久的计策。如今二位圣上的治理，安稳而平静，仁慈而宽容，德政遍布民间。秦朝和隋朝亡国的那种忧患，我不需要担心了。但是，现在国家空乏，法度没有很好地确立，虽然没有汉代和晋代那样的权臣与敌国的忧患，等到若干年之后，国家财产枯竭，我担心那个时候就不能高枕无忧了，因此，我希望有机会把自己的担忧说出来。

原文

凡计会之实，取元丰之八年，而其为别有五：一曰收支，二曰民赋，三曰课入，四曰储运，五曰经费。五者既具，然后著之以见在，列之以通表，而天下之大计，可以画地而谈也。若夫内藏右曹之积，与天下封桩之实，非昔三司所领，则不入会计，将著之他书，以备览观焉。臣谨叙。

译文

那些会计的实情，选取的是元丰八年的，其中的项目有五种，分别是：一为收支，二为人民赋税，三是抽税的收入，四是储运，五是经费。五样现在都已经具备，登记现在的，用一览表列出，然后根据这个，就可以筹划天下的重大计划了。至于内府右曹的库藏以及天下封桩库的情况，不属于前三司管辖的范畴，就不登记在这里了，将会写进别的书中，以便查阅。我恭谨地作序。

说明

《元祐会计录》，中国第一部全面的财政会计学专著。元祐三年（1088）户部尚书李常及苏辙等人主编的，一共三十卷。

本文就是《元祐会计录》的序，文章一开始，就举出汉代的萧何收取秦国的图籍来帮助汉高祖夺取天下，丙吉依靠图籍迅速制定出恰当的策略，及时平定了边患，说明图籍的重要性以及编辑这部会计录的意义。

接下来就历数本朝从太祖皇帝开始，财政收支的发展变化，并且指出其中的得失以及利弊，从财政对国家的政治、经济、军事等方面的作用结合具体的历史事件进行了有力的论证。最后得出，国家要尽量减少消耗，将德治与法治结合起来，才能够国富民强，国家才能够更好地发展。在文章最后，重新回到《元祐会计录》的本意上，希望能够给国君以借鉴，制定更合理的政策来发展国家。

整篇文章写得有理有据，情辞恳切，可以看出苏辙对当时政治的那种深深的忧虑，对国家的那片赤诚的忠心，给人很大的警醒。

子瞻和陶渊明诗集引

原文

东坡先生谪居儋耳①，置家罗浮之下②，独与幼子过负担渡海③。葺茅竹而居之。日啖茶芋④，而华屋玉食之念不存于胸中。平生无所嗜好，以图史为园囿，文章为鼓吹，至此亦皆罢去。独喜为诗，精深华妙，不见老人衰惫之气⑤。

注释

①儋耳：儋州古称「儋耳」，又名「儋县」，唐高祖武德五年（622）改郡为州，将「儋耳郡」改为「儋州」。以后各朝代虽相继变更为昌化军、南宁军等，但明清仍沿用儋州。北宋大文学家苏东坡谪居儋州三年。

②罗浮：即惠州。罗浮山，在今广东省东江北岸，在惠州境内。

③过：即苏过，是苏轼的第三子。字叔党，号斜川居士，眉州眉山（今属四川）人。后家颍昌（今河南许昌），营水竹数亩，名小斜川，故自号斜川居士，时称为小坡。苏轼贬岭南，苏过一直随侍身边。苏轼去世后，苏过闲居颍昌十年。苏过能文，有《斜川集》二十卷行世。

④啖茶芋：啖，就是吃的意思。茶芋，即芋艿，因为味道苦涩，所以如此称呼。

陶渊明 又名陶潜，字元亮。东晋著名田园诗人，文学家。因其住宅旁种了五棵柳树所以号五柳先生。

⑤衰惫：形容衰弱疲惫。

译文

东坡先生被贬谪到儋耳，他把家安置在罗浮山下，只和幼子苏过挑着东西过海。在儋耳，他住的是用茅草、竹子修建的房屋，每天吃的是苦涩的芋艿，心中没有那种住室堂皇、食物精美的想法。子瞻平日没有什么特殊的爱好，只是把图书史籍当作园囿来游览，把文章当作音乐来欣赏，到了这时也全都停下来了，只是喜欢写诗。他写的诗精深华妙，并未显露出老年人那种衰弱疲惫的精神状态。

原文

是时，辙亦迁海康[1]，书来告曰：『古之诗人有拟古之作矣，未有追和古人者也。追和古人，则始于东坡。吾于诗人，无所甚好，独好渊明之诗。渊明作诗不多，然其诗质而实绮，癯而实腴[2]。自曹、刘、鲍、谢、李、杜诸人皆莫及也[3]。吾前后和其诗凡百数十篇，至其得意，自谓不甚愧渊明。今将集而并录之，以遗后之君子。子为我志之。然吾于渊明，岂独好其诗也哉？如其为人，实有感焉。渊明临终，疏告俨等[4]：「吾少而穷苦，每以家弊，东西游走。性刚才拙，与物多忤，自量为己必贻俗患，黾勉辞世[5]，使汝等幼而饥寒。」渊明此语，盖实录也。吾今真有

此病，而不早自知。半生出仕，以犯世患，此所以深服渊明，欲以晚节师范其万一也。』

注释

①海康：汉元鼎六年（前111）置徐闻县于此。隋改为海康县，元为雷州路治，明、清为雷州府。后建置虽有分合，但海康一名沿用至今。

②『质而』二句：表面上质朴，实质上则是绮丽；表面上瘦劲，实际上丰腴。这是后人评价陶渊明的诗歌风格经常用到的话语。

③曹、刘、鲍、谢、李、杜：是指曹植、刘桢、鲍照、谢、李白、杜甫等著名的诗人。

④『渊明临终』等几句：见于陶渊明的《与子俨书》，俨、俟等都是陶渊明的孩子。

⑤黾勉：指努力。

译文

这时，我也被贬谪到海康，子瞻来信对我说道：『自古以来，已经有诗人写过模拟古人的作品，却没有人追和古人的诗。追和古人的诗，便从我东坡开始。在诗人中没有谁是我非常喜爱的，我唯独喜爱陶渊明的诗。陶渊明作诗不多，但他的诗看上去朴质而实际上华美得很，看上去很瘦而实际上肥美得很。即使是曹植、刘桢、鲍照、谢灵运、李白、杜甫众位诗人，都赶不上他。我前后和渊明的诗共几十首，至于那些得意之作，自认为在渊明面前并不觉得很惭愧。现在我要把它们编成集子并且抄录下来，为的是把它们送给后世的君子，你为我把这些记下来。但是我对于渊明，哪里只是喜爱他的诗呢？如对于他的为人，我确实是很有感触的。渊明临死前写信给陶俨等人说：「我年轻时生活穷苦，常常因为家里贫穷东奔西跑。我性子刚烈，才智笨拙，和外界事物多有抵触，自己估量照我的性子干下去，一定会给你们留下祸患。于是尽力辞去世事，使你们很小就过着挨饿受冻的生活。」渊明这些话，说的是实际情况。我现在真的有了和他同样的忧患，由于自己没有早早知道这种毛病，做了半辈子官，却招来了世间的灾祸。这就是我十分佩服渊明、想在晚年学得他一点长处的原因。」

原文

嗟夫！渊明不肯为五斗米一束带见乡里小人①，而子瞻出仕三十余年，为狱吏所折困，终不能悛②，以陷于大难，乃欲以桑榆之末景，自托于渊明，其谁肯信之？虽然，子瞻之仕，其出入进退，犹可考也。后之君子其必有以处之矣。孔子曰：『述而不作，信而好古，窃比于我老彭。』③孟子曰：『曾子、子思同道。』④区区之迹，盖未足以论士也。

注释

①『渊明』句：《晋书·陶渊明传》中记载陶渊明在做彭泽县令的时候，会郡的一个官员到来，那个官员要求陶渊明束带见他。陶渊明感叹道，我难道会为了一点点的俸禄向这个家伙折腰吗？于是，陶渊明辞官不做。

②悛：悔改之意。

③『孔子』句：出自《论语·述而》。大意是：传述而不创作，笃信古代的文化私下里自比殷代的老彭。

④『孟子』句：出自《孟子》，曾子在武城居住，寇贼来了就离开；子思在卫国居住，寇贼来了就不离开了。孟子认为他们的做法在当时都是符合大义，在不同情况下作出的不同决定。这里喻指陶渊明和苏轼。

译文

唉！陶渊明不肯为了五斗米而穿戴整齐去拜见乡里小人；子瞻做了三十多年的官，被管监的官吏置于屈辱、困顿的地位，最后还是不能悔改，以致陷入大难之中，才想起在晚年从渊明身上求得寄托，哪里有人肯相信呢？虽然是这样，子瞻做官，官职或升或降的原因还是可以考究出来的。后世君子，一定会从中总结出一些立身处世的教训来。孔子说：『传述成说而不自立新义，诚实而喜好古事，私下自认为可比殷的贤大夫老彭。』孟子说：『曾子与子思所行之道相同。』很小的行迹，不能够评论文士。

原文

辙少而无师，子瞻既冠而学成，先君命辙师焉。子瞻常称辙诗有古人之风，自以为不若也①。然自其斥居东坡，其学日进，沛然如川之方至②。其诗比杜子美、李太白为有余，遂与渊明比。辙虽驰骤从之③，常出其后，其和渊明，辙继之者亦一二焉。

注释

①『自以』一句：出自苏轼的《答张文潜书》：『子由之文实胜仆，而世俗不知，乃以为不知。』

②沛然：盛大的样子。

③驰骤：指马飞快地奔跑。这里比喻用力的追。

译文

我年轻时没有老师，子瞻已经成年，学问也有成就了，先父便要我向他学习。子瞻曾经称赞我的诗具有古人的风格，我自己认为比不上古人。然而子瞻自从被贬谪到黄州住在东坡之后，他的学问日益有所长进，如同河水奔流般充沛盛大，他的诗和杜子美、李太白比起来，是要超过他们的，于是就和陶渊明相比。我虽然随着他奔驰不已，但总是落在他的后面。对于他追和陶渊明的诗，我继续跟着写了一些和韵的诗。

说明

本文写于宋哲宗绍圣四年（1097）十二月，这个时候苏轼已经六十岁。苏轼早年喜欢杜甫的诗，晚年喜欢陶渊明的诗，这反映了他的人生思想的变化。元祐七年（1092），苏轼在扬州作《和陶渊明饮酒二十首》。本文就是其弟苏辙为苏轼《和陶集》所做的序言。与一般的序言写作者人品、文章的风格以及成书等问题不一样的苏辙的这篇序言，只是写了苏轼晚年虽然凄凉但是没有那种衰飒之气，对苏轼的作该文的出处进行了简单的评论。对苏轼的那种『精深华妙』的诗风进行了概括。

序文的近一半的篇幅是引用苏轼给苏辙信的原文，引用原文主要是想说明：与古人诗和开始于苏轼；陶渊明的诗歌的风格是『质而实绮，癯而实腴』；渊明自己说，『性刚才拙，与物多忤』，苏轼也认为：『半生出仕，以犯世患』。苏轼实际上借和陶渊明的诗来表明自己的态度。苏辙直接引用苏轼的书信来表明苏轼的态度，让苏轼自己来说明自己，更加有说服力。

图书在版编目（C I P）数据

唐宋八大家集 / （明）茅坤编选．-- 合肥 ：黄山书社，2014.4
（线装典藏）
ISBN 978-7-5461-4407-8

Ⅰ．①唐… Ⅱ．①茅… Ⅲ．①古典散文－注释－中国－唐宋时代 Ⅳ．①I264.2

中国版本图书馆CIP数据核字（2014）第054616号

ISBN 978-7-5461-4407-8

9 787546 144078 >

唐宋八大家集

总策划　任耕耘　李　克
选题策划　赵国华　汤吟菲　白剑峰
项目策划　智品天下图书（北京）有限公司
项目统筹　汤吟菲　朱莉莉
责任编辑　刘　春
装帧设计　未　氓
责任印制　戚　帅
出版发行　黄山书社（http://www.hssbook.taobao.com）
社址　合肥市蜀山区翡翠路一一一八号出版传媒广场七楼
印刷　安徽联众印刷有限公司
开本　二一〇×二八五毫米　十六开
印张　四十二
版次　二〇一四年六月第一版　二〇一四年六月第一次印刷
书号　ISBN 978-7-5461-4407-8
定价　三百八十元（全四册）